Jean-François Vilar vit à Paris. Auteur de nombreux romans, il a reçu en 1998 le grand prix Hammett du roman noir pour l'ensemble de son œuvre.

Jean-François Vilar

NOUS CHEMINONS ENTOURÉS DE FANTÔMES AUX FRONTS TROUÉS

ROMAN NOIR

Seuil

TEXTE INTÉGRAL

ISBN 978-2-7578-4841-8
(ISBN 2-02-019571-2, 1re édition)

Nous cheminons entourés de fantômes
aux fronts troués.
Natalia Trotsky

Un journal du matin suffira toujours
à me donner de mes nouvelles
André Breton

– C'est un mardi 8 novembre, figurez-vous, qu'on a perdu toute trace d'Alfred Katz. C'est ce jour anniversaire que nous recouvrons notre liberté. Curieuse coïncidence, n'est-ce pas ?

Alexandre avait lâché ces quelques mots tout en considérant le ciel plombé, lourd d'une averse prochaine.

– Qui est Alfred Katz ?

Alex haussa les épaules, releva le col de son pardessus. D'une mimique, il me suggéra de passer outre à ce qu'il venait de dire. C'était sans importance. Du moins pour le moment. Un des chauffeurs toussota. On n'attendait plus que notre bon vouloir. Alex et moi étions un peu embarrassés. Que pouvions-nous nous dire de plus ? Comment mettre fin sans trop de grandiloquence ni de ridicule à plus de mille vingt et un jours et nuits d'intimité forcée ? Nous nous sommes embrassés en nous donnant, pour la bonne forme, de solides tapes dans le dos.

– Je te remercie.

– Moi aussi, Victor. Prends soin de toi.

Nous nous sommes séparés, chacun prenant place dans son véhicule. Une grosse et massive voiture de service, noire, confortable. À peine quittions-nous la cour de l'hôpital du Val-de-Grâce que les premières gouttes tombèrent. Une belle pluie parisienne, fine, froide, oubliée.

Le chiffon rouge

Nous dépassâmes la place de la République. Jusqu'ici, mes souvenirs étaient conformes. La rue du Faubourg-du-Temple était embouteillée, comme tous les matins à cette heure-là. Pris dans l'encombrement, mon chauffeur ne manifestait pas la moindre impatience. Moi, j'avais mon temps.

Depuis le parking, l'homme n'avait pas dit un mot. Je n'avais pas eu à lui indiquer mon adresse, il savait.

La statue en buste de Frédérick Lemaître était toujours en place, dans le petit square. En face d'elle, de l'autre côté de la rue, la Grisette de pierre, tendue dans son élan, tout admirative. Pas de grandes œuvres d'art, ces effigies. Juste des bornes familières. La voiture tourna vers la gauche, s'engagea quai de Jemmapes.

– Nous y sommes, monsieur.

N'importe qui aurait pu trouver hostile cette pluie persistante. Le stationnement en double file était inévitable, aussitôt des klaxons retentirent. Vrai que nous gênions. Je saisis mon sac sur la banquette arrière. Un sac d'épaisse toile kaki, pratique. Il me rappelait, forcément, toute cette époque de ma vie où je m'étais fourni, habillé, dans les surplus américains.

– Merci.

Durant le parcours, je n'avais pas trop observé l'homme. Il n'avait rien de très remarquable. La trentaine, cheveux courts réglementaires, visage sans caractéristiques notoires, un type taciturne. Je me tournai vers lui. Le remerciai encore. Sans trop de raisons. Sa mission n'avait pas été si compliquée. Il entendait la mener jusqu'au bout.

– Si vous le désirez, je peux vous accompagner jusque chez vous.

Il pouvait aussi me rendre n'importe quel menu service, à mon gré. On m'avait prévenu. C'était inutile, vraiment. Et déplacé. Pas souhaitable du tout.

– Je suis au courant de ce qui m'attend. Ne vous inquiétez pas.

Il n'avait pas l'air inquiet, ça n'entrait pas dans ses fonctions. Je sortis, claquai la portière. La voiture démarra, se perdit dans le flux cahotique et bruyant.

J'étais seul, enfin. Du moins, je pouvais faire comme si. Une moto me frôla. À regret, j'entendis mal l'injure lancée par son conducteur. J'allumai une cigarette. La bouffée de Gauloise me fit comme un choc au fond de la gorge. Rentrer dans l'immeuble tout de suite était au-dessus de mes forces. Me diriger vers le canal était tentant. J'avais assez imaginé ces quelques premiers pas le long du quai, jusqu'à l'écluse, en bas. J'y renonçai, me dirigeant plutôt vers le marchand de journaux de la Capitale. Mon rade habituel.

Derrière les piles de papier, ce n'était plus le même vendeur.

J'achetai *Libé*, *Le Soir*, *Le Monde* de la veille, *L'Officiel*, *Les Cahiers du cinéma*, *L'Obs*. Et puis *Lui*, *Actuel*, *Zoom*, *Paris-Match*, *Télérama*. Et, après une fausse hésitation, *Vogue*, *Globe*, *Photo* et cinq ou dix autres revues, presque au hasard, avec boulimie. Le nouveau vendeur était un colosse roux, au visage rond, très à l'étroit dans sa petite cahute. Il s'embrouilla en me rendant la monnaie. Se reprit.

– Et puis non, je suis con, c'est cadeau. Je suis tellement content de vous voir, monsieur. Quels salauds !

J'entrai dans le bistrot. Au zinc, on ne me reconnut pas. Il y avait une vieille une du *Soir* placardée derrière le comptoir que je remarquai, entre miroir piqué et bouteilles d'apéros. Feuille de journal toute jaunie, avec ma gueule. Une photo pas très bonne, charbonneuse. Je me penchai pour voir la date : 20 janvier 1987. Une semaine après l'enlèvement, pas moins.

À Paris, on avait mis longtemps à y croire. Ou à admettre le constat.

– Pour monsieur, ce sera ?

– Café noir, serré. Et blanc sec.

Derrière son comptoir, il eut presque un hoquet de surprise, se ravisa.

– Comme d'habitude ?

– S'il te plaît.

Il s'appelait Demis. Il était grec, avait racheté le fonds de commerce un an avant mon départ. La plupart de ses clients étaient turcs. Il se débrouillait très bien. Peu importe comment. « Comme d'habitude. » Pas question de rien changer. Le café noir n'était pas indispensable mais, à cette heure-là, le blanc sec, oui.

La photo, sur le journal, était du genre anthropométrie policière. Elle me faisait une très mauvaise figure, celle d'un coupable au terme d'une garde à vue. Ce n'était qu'une vilaine photo d'identité, sans doute récupérée dans les archives du *Soir*. Ils n'avaient eu que ça à donner en pâture.

Le café était toujours aussi dégueulasse. Le blanc, un sauvignon très moyen, râpait la gorge. Autour de moi, maintenant, il y avait une sorte de silence pénible, des gestes qui hésitaient. Rien que des clients familiers. Ils avaient l'air content, embarrassé.

– Champagne ? proposa Demis. Ça me ferait plaisir, je t'assure. C'est moi qui offre. Tournée générale, d'accord ?

– Une autre fois. Tu veux bien ?

– C'est toi le client.

J'étais fatigué, Demis comprenait. Il avait lu tous les journaux, tout vu à la télé. Comme tout le monde ici.

– Tu peux pas savoir la joie, avant-hier.

Avant-hier, c'était déjà très loin. Perdu dans le brouillard de la nuit, des embrassades, des questions, des examens médicaux à la chaîne, du décalage horaire. Dans l'agitation des uniformes dépareillés, des blouses blanches impeccables.

– On arrosera ça bientôt, dis-je. Promis.

J'aurais promis n'importe quoi. Je me sentis livide.

– J'ai pleuré en apprenant ton retour, assura Demis.

Il m'évaluait du coin de l'œil. Quoi de changé ? J'avais un peu maigri mais pas trop. Le teint gris, les cheveux courts. À la Capitale, certains matins d'autrefois, on m'avait vu avec une plus sale mine. Les toubibs n'avaient diagnostiqué aucun problème spécialement aggravé par la détention. Sauf, éventuellement, du côté des aspects psy. J'avais refusé l'interminable poursuite des examens de contrôle approfondis. Demis, lui, avait nettement grossi.

– Ç'a été dur ?

On en reparlerait une autre fois, jamais. C'était fini. Je séchai mon deuxième verre de sauvignon, bien conscient que cette rupture de sevrage était une erreur. Le premier vrai moment d'émotion passé, Demis s'affairait de nouveau aux choses de son commerce. Un gamin vint me demander un autographe. Je sortis.

Pour la deuxième fois de la matinée, le crachin me fit du bien.

Entre le seuil de la Capitale et celui de mon immeuble il y a exactement quatorze pas. J'ai souvent compté. Il fallut bien se résoudre à les franchir.

On m'avait tout dit. Ce à quoi il fallait que je m'attende. Les gens du Val-de-Grâce avaient parfaitement fait leur travail, avec prudence, courtoisie. On appelle ça, paraît-il, un *debriefing*. Une procédure devenue très au point. À force.

Dans le hall, aussitôt, j'ai entendu les chats miauler. Je n'ai pas prêté attention au courrier dans la boîte à lettres au nom de Victor B. Je suppose qu'il n'y en avait pas. On avait veillé au ramassage, depuis le début. Carmen ou quelqu'un d'autre. Un type était tapi dans le recoin, sous l'escalier, près du minuscule cagibi où la concierge range ses ustensiles de ménage. Tout rabougri, clodo attardé, il ressemblait à un sac de vieux linge effrangé. Chez moi, les miaulements se firent pressants. Ou rageurs.

Rien n'avait changé, c'en était consternant. Odeur de cire Johnson dans l'escalier, ampoule grillée au premier étage, degrés grinçants, peinture à refaire – il faudrait bien convaincre un jour le propriétaire de restaurer la bâtisse. Le conflit prévisible me fatiguait d'avance. J'y étais. Devant ma porte.

Là-bas, de transfert en transfert, mes quelques bagages avaient été dispersés dès les premiers mois. Mes vêtements aussi. Sauf le blouson de jean que j'avais pu garder presque jusqu'au bout. Pourtant, le dernier geste du dernier gardien, pas un geôlier habituel, avait consisté en ceci, juste avant de me lâcher devant l'hôtel : me rendre mon passeport, mon chéquier, mes clés. Tout ce petit matériel de liberté.

C'était donc que toutes les pseudo-pertes n'avaient été que brimades, négligences méprisantes.

– Mon appareil photo ?

– L'appareil ? Quel appareil ? Je te jure, camarade, je sais pas où il est passé.

Il aurait été absurde d'insister, y compris parce que ce connard avait l'air sincère. Devant, Alex s'impatientait, craignant un quelconque retournement de situation. C'était dimanche soir. À quelques mètres de la fin du cauchemar.

Les chats griffaient le bois, inquiets, rageurs. Radek et Bastille.

Il devenait ridicule de retarder le moment de l'épreuve. Je me résolus à faire jouer la serrure, à pousser doucement la porte. Les chats détalèrent aussitôt. J'entrai. Résigné et curieux.

On m'avait prévenu. Durant ma détention, l'appartement avait été cambriolé, dévasté. Une razzia.

Ça remontait à quelques semaines, paraît-il. Carmen, voisine dévouée, avait découvert le désastre, alors qu'elle venait nourrir les chats, comme tous les jours en mon absence.

Vides le séjour et le bureau. Vides aussi, inutile de monter pour vérifier, le studio et le labo de l'étage supérieur, tout le matériel professionnel. Restaient quelques sièges, le fauteuil d'osier éventré, des restes d'étagères disloquées, des objets brisés. Ils avaient même arraché des lambeaux de papier peint. Plus rien, sur les murs, que des balafres. Malgré des efforts de nettoyage et de désinfection que je pouvais imaginer, il flottait dans certains coins une persistante odeur d'urine.

Plus rien. Il ne restait plus rien de longues et patientes et paresseuses années de sédimentations. Plus de livres, plus d'images, plus d'objets fétiches, archives et collections, accumulés jusqu'à l'encombrement maniaque. Un dépouillement en règle. Seuls avaient été épargnés, comme par dérision ou parce que c'étaient de bien vieilles machines, le téléphone et le répondeur, la télévision et le magnétoscope. J'aurais pu être affligé, je ne l'étais pas.

Les chats guettaient, à bonne distance. Radek, tout noir, tendu. Bastille, la tricolore que j'avais quittée bébé et farceuse, était devenue une chatte respectable.

La cuisine avait été laissée à peu près en l'état.

Carmen avait épinglé un mot sur le mur du vestibule : « Aujourd'hui on te libère, et aujourd'hui je dois partir à un congrès, je ne peux pas t'accueillir mais… » Sans doute avait-elle répugné à écrire qu'hélas le moment de ma libération tombait mal pour elle, vrai manque de chance en somme. Carmen n'avait jamais su résister à un congrès. Elle m'embrassait très fort, avait pensé à me faire quelques courses de base. Le chablis était au frais.

Une rangée d'assiettes était alignée sur le carrelage, pour recevoir la pitance des bestioles. Pas d'inquiétude rétrospective. Carmen avait scrupuleusement veillé à l'essentiel tout le temps : la cantine.

Je posai le sac. Les minauderies des chats ne dissimulaient pas leur fringale. Ils couinaient, rôdaient. Ils avaient faim. Après tout, c'était l'heure. Je les servis. Rien d'autre qu'une boîte de pâtée standard à leur offrir. Je me fis généreux dans l'attribution des pitances, pure démagogie. Ils attendirent, circonspects, n'acceptant de venir manger qu'une fois que j'eus abandonné la cuisine.

Inutile de faire l'état détaillé des lieux. C'était un désastre. L'idée me vint, idiote, fugitive, que cette désolation était dans l'ordre des choses. Plus qu'un cambriolage, un véritable déménagement. Ils avaient vraiment fait le vide ! Qui ?

Je commis une erreur. Je voulus profiter de ce que les chats se nourrissaient pour refaire ami avec eux, leur caresser un peu l'échine, me faire pardonner. Le coup de griffes de Radek me lacéra le dos de la main. La petite bête cracha, tout en campant sur sa position, près de l'écuelle.

J'allai me nettoyer à la salle de bains. Après un long gargouillement de tuyauterie, le robinet consentit à donner un filet d'eau. Le lavabo se teinta de rouge. Je me souvins qu'ici même j'avais eu parfois à soigner de douteuses blessures, pas seulement les miennes. Les malfrats n'avaient pas manqué de briser le miroir. L'étoile ainsi réalisée était assez jolie. Le téléphone sonna. Un bruit d'une incroyable agressivité.

Le téléphone !

Chez moi. Donc, éventuellement : pour moi.

Je ris de bon cœur, je crois bien, le temps de plusieurs rafales de sonnerie insistante. Le silence revenu, je branchai le répondeur. Plus question qu'on m'emmerde jamais. J'étais trop vieux de mille vingt et un jours.

À peine la rue traversée, je dus battre en retraite. Pas à cause de la pluie, ni de ces palissades de chantier incongrues qui entouraient la Grisette, le bistrot d'angle du quai de Valmy et de la rue du Faubourg-du-Temple. Je respirais mal. Ce n'était qu'un aspect bénin d'un malaise violent. Il m'avait saisi dès la sortie de l'immeuble.

J'entendis plusieurs fois les coups de feu, tout près, le martèlement des rangers sur le sol, juste au-dessus, le halètement des combattants. Vacarme des kalachnikovs. Les tireurs sont embusqués pas loin, quelques rues. On ne sait pas de quel camp ils sont. Celui de nos ravisseurs ? Des autres ? Qui sont les autres ? Le mitraillage se fait assourdissant. Il y a aussi des engins lourds. Le sol tremble. La peur bloque les maxillaires, les dents vont casser, elle fige tout le corps, le rend insensible aux coups. Un hurlement, d'Alex ou d'un autre. C'est à cause de ces hurlements insupportables, dangereux, que je suis dans ce cercueil de fer. Impossible de bouger, pas le moindre geste possible, le plus petit mouvement. Ils frappent sur les parois. Je crie. Personne ne peut entendre. Même pas moi.

Avant même d'être éveillé, je sus qu'il s'agissait d'un rêve. J'étais trempé de sueur, je tremblais. Pas à cause de l'illusoire fusillade déjà presque oubliée. À cause de la chambre. Où étais-je ? Je ne savais plus. Je réalisai d'abord, c'était une surprise folle, que j'avais les mains libres, que je pouvais bouger sans entrave. Mon dos humide collait à la toile du matelas. Un vrai matelas. Pas l'infect rectangle de mousse crasseuse, puante, de la prison.

Cette pièce vide, c'était ma chambre. Je n'étais pas dans une nouvelle cellule mais chez moi. Dehors, pas d'affrontement armé. Rien que la nuisance paisible des automobiles, le long du canal Saint-Martin. J'allumai une cigarette. Ce faisant, les dernières bribes de rêve s'estompèrent. J'aimais autant.

Je tentai de réguler ma respiration. Rien n'y fit, la peur s'installait. Après plusieurs minutes, je tremblais tout autant qu'à l'instant du réveil. J'étais certain de ne pas avoir la fièvre. Je me levai. Dans le vestibule, j'hésitai un moment entre la cuisine et les chiottes. Ça n'allait pas, pas du tout. Cette crise grotesque, totalement prévisible, me paniquait.

Je me servis un verre d'eau. Puis un verre de vin, encore un autre, glacé, par défi puéril. J'allumai une nouvelle cigarette. La nausée monta immédiatement, nébuleuse envahissante, dans les tripes. Je ne voulais pas vomir. Pas cette nuit-là, du retour, pas si vite. Adossé au mur, je me forçai à reprendre lentement mon souffle. Ne surtout pas me laisser aller à m'accroupir, à me rouler autour de ce ventre qui faisait si mal, à gémir, à tout lâcher. Je parvins à atteindre le téléphone.

Le numéro de secours laissé par Laurent était griffonné sur une carte. Je dus m'y reprendre à plusieurs fois pour le composer, les doigts glissant sur les touches du cadran. On décrocha aussitôt.

– Victor ? Quelque chose qui ne va pas ?

Je reconnus la voix du toubib. Ce docteur Laurent. Son ton calme, lointain, avait un rien d'immédiatement humiliant. Un instant, je l'imaginai, assis dans son bureau du Val-de-Grâce. Il assurait sa permanence. Une corvée par rotation. Je réprimai un hoquet. Qu'est-ce qui n'allait pas, au fait ? Laurent était là pour m'aider, pas de problème. Une mission. Un job comme un autre. Le sien.

– Si vous voulez, je viens tout de suite. Vous n'avez qu'à dire.

La honte de m'être servi de ce numéro d'urgence l'emporta sur le malaise. Laurent parlait, là-bas, en continu, comme s'il craignait que je raccroche trop vite. Il comprenait ce qui m'arrivait, c'était normal, le contrecoup classique, fallait pas que je m'alarme, tout le monde – il voulait dire : tous les autres – y était passé plus ou moins. Une sorte de petite dépression. Vraiment rien de grave. Cette histoire d'appartement cambriolé ne devait pas arranger les choses, certes, mais c'était moi qui avais insisté pour rentrer malgré tout. Ma liberté, en somme. Ils respectaient ce genre de conneries, lui et ses collègues. Laurent insista.

– Ne jouez pas au plus malin. Je peux être chez vous dans un quart d'heure.

– Désolé de vous avoir dérangé, docteur. Allez vous faire foutre.

Je coupai court. Ça allait mieux. C'était fini, au moins pour cette nuit, pour le moment. Quelle heure était-il ? Je n'avais pas encore racheté de montre. Je n'en avais pas besoin pour savoir.

C'était toujours à 5 heures du matin qu'ils nous réveillaient. 5 heures, à la minute près, quels que soient le lieu de détention, les conditions, je n'ai jamais compris pourquoi.

5 heures.

Au début, les premiers jours, le réveil se faisait avec des coups de pied, de crosse, dans les reins, des sarcasmes. Pas si méchants que ça, ces types. À la longue, on avait bien fini par le comprendre. C'était l'heure, et c'étaient les consignes, rien de plus.

Des exécutants. De pauvres sales connards de mecs aux ordres, responsables de rien, de jamais rien.

– Debout ! *Wake up !*

Debout à cause de la consigne indiscutable. Dix minutes pour le ménage. Mais comment nettoyer cette terre battue ? Ou ce ciment tellement rugueux ? Ce chiotte nauséabond ? Ce matelas engorgé de toutes les sueurs de l'angoisse, de toutes les incontinences de la trouille ? Les connards s'en foutaient. Il fallait attendre qu'ils reviennent, Alex et moi au garde-à-vous, cagoule sur la tête.

Ne jamais voir les gardiens : la première règle imposée, dès la première minute. Ne pas identifier. Une garantie de survie. Pour peu qu'on veuille y croire. Nous n'y avions jamais trop cru. Sauf dans les conversations courantes, pour se remonter le moral. Exercice dans lequel nous étions peu brillants.

Par superstition affichée, Alex m'avait constamment assuré que nous ne sortirions pas vivants de là.

Je réprimai l'envie de téléphoner à Alex. Pourtant, j'étais certain qu'il était réveillé, lui aussi.

Radek et Bastille me surveillaient. Yeux verts de l'un, jaunes de l'autre. Ce matin, j'avais tout mon temps. Je trouvai dans les provisions laissées par Carmen de quoi faire un quelconque café instantané, vite effacé par un verre de chablis. Un seul verre. Fenêtres ouvertes, la rumeur du quai de Jemmapes était rassurante, parce que lointaine, en bas.

Ce cambriolage n'était pas une mauvaise chose.

Je ne me rendormis pas. Je ne répondis pas non plus aux multiples appels qui s'entassèrent en silence sur le répondeur, au long de la matinée.

J'avais eu de la chance. C'était la seule idée qui s'imposait, au milieu de toutes les autres plus ou moins confuses ou déprimantes. Une chance fantastique, inespérée. Même les chats finiraient par le comprendre.

Les piles de courrier rassemblées par Carmen étaient soigneusement entassées dans un coin du vestibule. Elles attendraient le temps nécessaire.

Il pleuvait toujours autant, ce jeudi 9 novembre 1989. C'était le début de l'après-midi lorsqu'on sonna. Un coup bref, qui me surprit. Qui ? J'hésitai puis ouvris.

Radek avait conservé ses habitudes. Il tenta une fugue vers l'étage supérieur, un de ses jeux. Je pus le retenir à temps, la main plaquée sur son échine. Surpris, il ne protesta pas. Pas question de profiter de ce bref avantage.

Sur le palier, la femme se tenait droite, patiente, un peu dans l'ombre mais ce n'était pas sa faute. Elle était journaliste, déclina son nom sans que j'y prête attention, attendit que je me décide à la faire entrer. Radek se mit à ronronner. C'était la première fois. Il s'interrompit.

Une journaliste ?

Vu l'état des lieux, il n'y avait pas de politesses particulières à consentir. La visiteuse n'avait qu'à se poser où elle pouvait. Elle choisit de s'asseoir sur le parquet avec pour fond, très exactement, le grand pan de mur dépouillé. À cette heure, c'était la partie la plus éclairée de la pièce. La plus exposée à la lumière crue. La visiteuse avait une allure composée de vieux jean et de soie chic. Son blouson était trempé. Elle s'en débarrassa.

À ma demande, elle se répéta. J'avais mal compris sa présentation.

Elle s'appelait Solveig. Journaliste au *Soir*. Elle venait pour l'interview.

– Pardon ?

– J'ai laissé un message sur votre répondeur, expliqua-t-elle. Sans contrordre de votre part, le rendez-vous était convenu. Et puis Marc a dû vous prévenir.

Elle parlait lentement, presque avec application, avec un léger accent. Marc ?

– Je n'ai aucune nouvelle de votre patron depuis ma libération.

Solveig haussa les épaules. Elle n'était pas comptable des négligences de sa direction.

Pas de nouvelles ? Ce n'était pas tout à fait exact. Marc avait cherché à me joindre, au Val-de-Grâce, téléphonant d'Allemagne. Plus précisément de Berlin, à ce que j'avais cru comprendre du message transmis par le standardiste chargé de filtrer les appels. Il couvrait là-bas une urgence, décisive comme d'habitude. Mon retour le rendait bien entendu fou de joie. Ou aux anges.

Ou tellement soulagé. Au-delà du baratin, je n'étais pour lui que l'objet d'une dépêche d'agence parmi d'autres. Pas prioritaire. Solveig chercha des yeux un cendrier. Elle fumait des Craven.

D'où, son accent ? De quel pays ?

– Marc est votre vieux copain, je crois ?

– Il dirige un journal.

– De quoi avoir, pour lui, de bonnes raisons d'être à Berlin en ce moment. Aujourd'hui. Vous ne croyez pas ?

– Pourquoi ?

Une fraction de seconde Solveig faillit manifester de l'étonnement. Elle se ravisa.

– Ce jeudi 9 novembre a toutes les chances de rester un jour historique.

– Il l'est déjà. Mais je vois mal notre cher Marc se rendre à Berlin pour commémorer le cinquante et unième anniversaire de la nuit de Cristal.

Elle aspira longuement une bouffée.

– Vous dites ?

La nuit de Cristal. Un mercredi 9 novembre, en 1938. La date d'un très grand pogrom, pour sanctionner l'assassinat par un jeune juif parisien d'un fonctionnaire nazi. Fallait-il faire de la pédagogie ?

– Il y a eu des morts, des blessés, des destructions de magasins, de synagogues. Des milliers de déportés. Un pas de plus vers la solution finale.

– Je sais tout cela, dit Solveig avec un mouvement d'impatience. Tout le monde le sait. Tout le monde fréquentable. Ce que je ne comprends pas, c'est pourquoi vous vous souvenez aussi précisément de la date, du jour. Je vous croyais photographe. Vous êtes historien ?

Pas comme elle devait l'entendre. Puisqu'elle était là pour m'interviewer, je lui confiai une petite chose toute simple, vraiment pas une confidence, à peine une légère manie. Depuis toujours, j'ai la passion des calendriers, des almanachs, des éphémérides. Le 9 novembre est aussi l'anniversaire de la naissance, en 1915, d'Hedy Lamarr, actrice inoubliablement nue dans *Extase*. Celui aussi, dans un autre genre, de Gaboriau. Solveig ne me laissa pas préciser l'année.

Elle ne me regardait pas. Elle regardait les chats.

– Vous connaissez tout par cœur ?

– Certainement non.

J'ai la mémoire bien trop défaillante. Je m'accroche juste à quelques dates repères, qui marquent plus que d'autres, peu importe pourquoi, à partir desquelles, avec un peu de concentration, l'écheveau peut se dévider. Ou se reconstituer. Rien qu'un petit jeu. Il aurait été compromettant d'expliquer à cette Solveig que, durant toute la captivité, chaque jour, il m'avait un peu aidé à ne pas capituler. Alex l'avait admis, qui, en continuant, de cellule en cellule, à gratter sur les murs les petites croix de chacun de nos jours d'enfermement, façon primaire de ne pas perdre la notion du temps, s'amusait de cet agenda idéal que je le conviais à enrichir. Pour le 9 novembre, c'était lui qui s'était souvenu de Gaboriau.

– Je vois, dit la journaliste. Vous n'êtes au courant de rien, encore complètement coupé du monde.

– J'ai tort ? Je néglige quelque chose d'important ?

– Cette nuit, le mur de Berlin a été ouvert.

– Quoi ?

– C'est encore un peu symbolique, c'est quand même chose faite. Au moins à un endroit. Des centaines de gens sont passés de l'Est à l'Ouest. Librement.

– Une émeute ?

– Pas même un coup de force. Une hémorragie. Vous n'aviez donc accès à aucune information ?

– Pas depuis plusieurs mois.

Depuis mon retour, il ne s'agissait que de quelques heures, je n'avais pas ouvert les journaux. J'achetais des brassées de presse que je n'osais pas affronter. Je me souvins sans effort que la construction du Mur avait commencé le 13 août 1961. Mais ce dernier été, pour l'almanach, j'avais préféré retenir le 13 août 1792, jour de l'incarcération de Capet et de sa famille au Temple. Alex en avait été d'accord.

Bastille, la chatte, avait été recueillie petite, en pas bien bonne forme, dans le square du Temple. Pas bien loin de l'endroit où s'érigeait autrefois la vieille tour, avec toutes ses légendes. Une autre histoire.

Solveig m'écoutait poliment, sans plus. Je me ressaisis. Donc le Mur était ouvert. Marc était à Berlin. Rien à redire. Elle fouilla dans son sac. Son cartable, plus exactement. Une vachette qui avait beaucoup servi.

– Il m'a donné consigne de vous remettre ceci. De ne pas attendre qu'il revienne pour l'entamer.

Solveig me tendit une bouteille de Jack Daniel's, le bourbon fétiche. Un magnum. Je soupesai avec plaisir la belle bouteille carrée, bien lourde de bon liquide ambré. La première lampée, au goulot, faillit me faire tousser. Solveig but aussi, deux ou trois gorgées, sans sourciller.

– Aux accélérations de l'Histoire !

Puis elle sortit un magnétophone. N'ayant pas franchement pris la décision d'être désagréable, je la laissai faire.

À cause du Jack Daniel's, je réalisai que les cambrioleurs m'avaient dépossédé de toutes mes cassettes du Velvet Underground, de Lou Reed, de Nico, de Cale.

Pour la première fois, sans aucun rapport, je me souvins de ce qui était, après tout, mon métier. Longtemps exercé dans ces lieux mêmes. Il aurait été impossible de photographier dans ces conditions. Lumière trop crue, trop agressive. Solveig n'était plus si jeune. Elle avait dû avoir très tôt des cheveux gris.

Autrefois, j'avais cette coutume : tirer le portrait de tous ceux qui me visitaient. Trombinoscope personnel, systématique, accumulé sans prendre l'avis des intéressés. Je ne parvenais pas à bien cadrer Solveig. Que voulait-elle ?

– J'imagine que c'est une corvée. Mais *Le Soir* est votre journal.

– Je ne suis pas journaliste.

– Je tente de faire comme si moi je l'étais, dit-elle sans aucune conviction. On devrait pouvoir s'arranger.

Je n'étais pas journaliste, je ne l'avais jamais été. Simple photographe. En studio, de préférence. De rue, tout au plus. Exclusivement dans Paris. Je déteste quitter Paris. Je déteste les voyages. Depuis plus de vingt ans, l'idée de préparer une valise me rend littéralement malade. Solveig vérifia la bonne marche de sa machine.

– Ce n'est pourtant pas au bord du canal que vous vous êtes fait enlever.

Et alors ?

Marc avait bien manœuvré. Ce n'était même pas pour une question de fric que j'avais finalement accepté sa proposition de reportage. Rien qu'un défi. Une manière de provoc. Une vague plaisanterie sur mon âge, mon incapacité à sortir de mes routines bien connues. La discussion avait eu lieu ici même, dans le séjour. Il avait copieusement ironisé sur mon capharnaüm, mes collections obsessionnelles, mon musée dérisoire. La démonstration était facile. Paris, par exemple. Paris, justement. Selon la rumeur, j'en étais un grand arpenteur, un de ses bons photographes, mais quoi ? Il suffisait de faire l'inspection. L'appartement était envahi de plans, de boîtes contenant des clichés de pratiquement toutes les rues, tous les monuments. Les livres s'empilaient, les dossiers, les albums. Paris, rien que Paris. Mais est-ce que je sortais encore ? Prenais-je encore le moindre risque ? Au fil des années, j'avais tout stocké à domicile : des enseignes de magasin, un banc public, des chaises de square, des panneaux émaillés du métro, des plaques de rue, une borne de Police secours, un arrêt d'autobus, tout un bric-à-brac urbain, glané au fil de virées incertaines. Marc s'était moqué des mannequins d'étalage, des figures de cire récupérées çà et là. « Tout Paris chez toi, c'est ce que tu veux, hein ? Chez toi. C'est tellement plus commode. Ça évite les rencontres, les accidents ! Tu ne t'aventures plus, Victor, tu ne sais plus ! »

C'était injuste et un peu bête. Marc avait eu la malignité de me faire ce numéro un jour de doute. À cause de cela, je l'avais considéré non pas comme le patron de presse un peu méprisable qu'il était devenu, mais comme le vieux témoin des années passées. Un des rares types qui étaient restés dans ma vie, malgré lui, malgré tout. J'avais su garder peu d'amis. Marc n'en était pas un. Il avait l'avantage rassurant de la constance, sans faire de sentiment, avec la fidélité des grands indifférents têtus. Je faisais partie de son agenda. Et je n'étais pas un mauvais photographe, à ce qu'on lui disait. Je pouvais donc servir, de temps à autre.

Ce n'était pas une si inutile soirée.

Nous avions revu quelques cassettes. Johnny H. au Zénith, des épisodes de *Destination danger*, avec Patrick McGoohan. Des bribes choisies du *Troisième Homme*. Marc avait tenu à préparer lui-même les tacos, le vin californien était glacé. Sa proposition perfide était venue en conclusion, comme on dit « chiche ! » Un reportage court, là-bas, même pas une semaine. Histoire de montrer à quoi cela ressemble, une ville en pleine guerre civile. Une ville vivante en somme. En étais-je encore capable ?

– Vous avez accepté. Pour voir quoi ? demanda Solveig.

– Rien. Je n'ai pas eu le temps de prendre une seule photo.

À l'aéroport, les taxis étaient rares. J'ai fini par en trouver un, à peu près en même temps qu'un autre type. Nous nous mîmes facilement d'accord pour partager la course. Le taxi était une vieille Volvo déglinguée. De couleur verte. On s'attache à ces détails. Le chauffeur ne parlait pas français.

– Cet autre type, c'était Alexandre Katz ?

– Alex, oui. Lui aussi voulait gagner le centre-ville. Nous ne roulions pas depuis trois minutes qu'une voiture nous a fait une queue de poisson, barrant le passage.

Freinage brutal, hommes qui jaillissent. Ils sont encagoulés, vêtus de treillis, ils crient. Pas de vrais techniciens, des affolés.

On basculait. Le canon de la kalachnikov pointé sur le front ne faisait pas peur. Ce n'était qu'un élément d'ambiance. Un passage obligé.

– Une kalachnikov, vraiment ? Vous vous y connaissez à ce point ?

– C'était très exactement une AK 47. Quel est le sens de votre question ?

– Rien, dit Solveig. Continuez. J'admire la précision de votre témoignage, c'est tout.

J'avais vu les mêmes armes à Lisbonne pendant la révolution des œillets, aux mains des gars du MFA, avant de devenir vraiment photographe. Et sur des tas de photos d'agence ensuite, prises lors de toutes les révolutions. Nos assaillants étaient très nerveux. Alex a pris un mauvais coup sur la tempe. Une maladresse, dans l'énervement. Le sang a pissé. Je suis certain qu'une excuse a été formulée. Ils nous ont extirpés du taxi. À peine dehors, nous avions les mains liées, derrière le dos.

Le temps de voir ceci. Le soleil, très blanc. La silhouette bleutée de la ville, au loin. La réverbération brumeuse, un peu sale, de la chaleur sur le bitume craquelé de la route. Dans un fossé proche, la carcasse calcinée d'une sorte de Mercedes. Je ne suis pas certain. Je sais pour les armes, pas pour les bagnoles.

Aucune peur, je peux le jurer. Simplement la conviction que c'était joué. Que j'étais l'exception, tombée pile au mauvais endroit, à la mauvaise heure. C'était d'une banalité totale, bouleversante seulement pour moi. J'étais otage.

– Vous avez tout de suite raisonné les choses ainsi ?

– Buvez. Cette conversation m'emmerde.

Ils nous mirent tout de suite une espèce de sac sur la tête, nous bousculèrent vers une autre voiture. Le sac était en plastique, un truc de supermarché. J'ai cru que j'allais suffoquer. La voiture démarra presque aussitôt. Otage ! C'est comme d'avoir les jambes prises sous la ferraille dans un accident de train, ça fait partie des probabilités, celles qu'on néglige. C'est ennuyeux, pas de doute, pas très surprenant et encore moins tragique. Ou alors, c'est qu'on ne lit jamais le journal. Le sac plastique n'était pas tellement serré, autour du cou. Je pus respirer. Pas très bien mais assez.

Il y avait les gémissements d'Alex.

Le parcours jusqu'à la première prison fut de courte durée. Quelques minutes, à peine. On nous avait jetés dans une sorte de cave obscure, menottes aux poignets. Nous nous retrouvions accroupis sur une terre battue graisseuse. On allait rester là des mois. À peu près dans la même position. Notre merde en plus.

– Attendez, dit Solveig. Ce n'est pas ce genre d'interview que veut Marc. Il faudrait reprendre.

– Qui a dit que nous faisions une interview ?

Je ne faisais que lui répéter le récit qui avait fini par s'imposer au cours de nos interminables ressassements, à Alex et moi. Le film acceptable qui faisait dénominateur commun. Celui que nous avions resservi, dix fois, vingt fois, à nos interlocuteurs du Val-de-Grâce.

J'en eus soudainement marre de cette présence. Même dévasté, c'était chez moi. Cette femme était en trop.

– D'accord, dit Solveig. On fait comme vous voulez. On arrête. Dites-moi où j'ai commis l'erreur.

Était-ce bien compliqué ? Après plus de trois ans, il était vain, purement anecdotique, de me poser des questions sur le pourquoi et le comment de la prise d'otages, le détail des conditions de détention. Maintenant, la première, la seule question civilisée que pouvait me poser Solveig était : « De retour au port, avec qui baisez-vous ? »

– Avec qui ?

– J'envisage de tenter les putes.

– Je m'en voudrais de vous retarder.

Elle était déjà debout, souriante. Se dirigeant vers le vestibule.

– J'aime autant cette réaction. Je vous trouvais un peu trop complaisant, trop prêt à vous raconter. Petite star. Vous voyez le genre ? Tant pis pour moi.

– Une prochaine fois, peut-être.

Solveig se retourna, engagée dans l'ombre de l'escalier.

– Vous répondrez alors à la seconde question qu'il faut vous poser.

– Laquelle ?

– Quitte à vous éloigner de votre tanière, pourquoi avez-vous choisi cet accident-là, un rapt ?

Elle me tendit une carte postale. C'était la reproduction d'un tableau de Chirico. Un tableau connu, dont je ne sus retrouver le titre, sur l'instant. Une place de ville, déserte. Un numéro de téléphone était écrit au verso.

– *Na shledanou*, dit Solveig.

Elle s'esquiva.

J'eus à peine le temps de refermer la porte, la sonnette retentit. Solveig avait disparu. À sa place, le docteur Laurent.

Je ne pouvais pas plaider la surprise, la visite était dans l'ordre logique des choses. Au Val-de-Grâce, le toubib m'avait abondamment prévenu qu'il me « suivrait », prendrait régulièrement de mes nouvelles avec toute l'attention professionnelle requise. C'est toujours tellement délicat, le suivi des affaires d'otages. Surtout libérés.

– Je vous dérange ?

– J'ai l'habitude.

D'où je venais, on pouvait entrer dans notre cellule quand on voulait, à n'importe quelle heure du jour ou de la nuit, sous n'importe quel prétexte. Pour rire, éventuellement, ou pour faire peur. Pour faire chier.

Alors Laurent n'était que bien peu de chose.

Médecin, c'est entendu. Spécialisé dans le *debriefing* des otages politiques. Il était chercheur, homme de terrain aussi, paraît-il. C'est-à-dire d'entretien. Quasi la cinquantaine. Des cheveux blonds, un peu décolorés, le teint bronzé, sans doute en permanence. Belle gueule, belles rides, veste grenat. De bonne coupe. *Le Soir* dans la poche. Je n'aimais pas cet homme.

– Je peux ?

Que ne pouvait-on pas se permettre, chez moi ? Il était déjà dans le séjour.

Laurent aussi s'était annoncé, par le biais de mon répondeur. Lui aussi s'était un peu fichu de l'absence de réponse. Disponible par définition, Victor B. !

Ces visites m'amusaient. Il n'était pas à exclure qu'elles me fassent du bien. Laurent était de ceux qui m'avaient serré le plus près dès le début. Il y a deux siècles. Deux jours. Dans l'avion, le Falcon 900 du Glam, on nous avait proposé de nous changer. Je compris instantanément la raison de cette offre pudique, gentille, même si c'était une feinte. Nous puions, j'imagine. À plein nez. Une vraie saloperie de crasse incrustée dans nos frusques, dans chacun de nos pores. Vrai que ce que nous avions sur le dos était dégueulasse. Ils eurent des attentions, ne nous proposèrent pas d'effets strictement militaires. Ils avaient prévu des pantalons de toile, des chemises à l'origine mal identifiée. Puis des blousons, des blousons satin de parade. Pas moches, au demeurant.

Au début, les tout premiers jours, nous nous forcions à penser que cela ne durerait pas, que c'était un malentendu. Ou que nous serions échangés. Puis, après les fouilles successives, instinctivement, nous nous étions mis à préserver quelques objets personnels laissés en notre possession. Les ultimes signes du temps de la liberté. Une montre. Un stylo. Un briquet. Des niaiseries. Je m'étais attaché déraisonnablement à mon blouson, un Levi's râpé de partout, porté depuis des années. Lorsqu'ils me le prirent, je fus définitivement leur prisonnier. Alex se moqua beaucoup de mes stupides fétichismes identitaires. Avec raison.

À peine quelques minutes après le décollage, nous nous étions retrouvés épouillés, propres, rasés de frais, bien vêtus. Ils avaient même prévu un coiffeur. C'est dans son miroir que j'ai vu pour la première fois les touffes blanches dans ma barbe.

Derrière le hublot, il n'y avait que des nuages, très blancs, presque aveuglants. À ce moment, très sincèrement, j'ai cru que je ne pourrais plus jamais me réhabituer à la lumière. Laurent s'installa dans un fauteuil, à mon côté. Il pétait la santé.

– Ça va ?

– Ça ira.

– C'est surtout moi qui m'occuperai de vous. Qu'est-ce qui pourrait vous convenir comme petit plaisir ?

– Des cigarettes et un verre de raide.

– Gauloises et bourbon. Vous ne préférez pas profiter de la désintoxication qui vous a été offerte ? C'est bien sûr ?

Il donna un ordre. C'était lui le patron, dans l'appareil. Paris n'était plus qu'à une heure de vol. Emprisonné, j'avais toujours eu en tête cette donnée désespérante : Paris tout près, à portée d'un geste banal, d'un vol régulier.

La Gauloise me donna mal au cœur. Je tins bon.

On n'en était plus là. Plusieurs jours avaient passé. J'étais revenu dans mes murs. Le Mur était tombé. Laurent était toujours dans ses fonctions. Quelles fonctions, exactement ?

Il jeta un coup d'œil circulaire, évaluant l'état des lieux, soupira. C'était une pure forme de politesse, j'étais certain qu'il n'avait rien à découvrir chez moi. Au

Val-de-Grâce, c'était lui qui avait tenu à m'apprendre la déplorable nouvelle, le récent pillage de ma maison.

– Pas ma maison, docteur. Rien que mon appartement.

– J'en prends bonne note.

Inutile de tenter d'expliquer au toubib ce qui n'était pas très clair pour moi. Après toutes les cellules, le vide des locaux était une transition rassurante. Me retrouver dans mon ancien fatras aurait été une véritable épreuve.

Laurent s'installa dans ce qui restait du fauteuil thaïlandais. La bouteille de bourbon traînait toujours sur le parquet. Il s'offrit une rasade.

Il avait pris soin de se mettre à contre-jour.

Pour ce qui est du fauteuil, hors dégâts de cambriole, les chats n'avaient pas lésiné. La trame d'osier était lacérée, complètement déchiquetée. Résultat de manifestations systématiques d'impatience, de colère face à la rupture de contrat. Radek et Bastille logeaient chez moi, alors que ni lui ni elle n'avaient rien demandé. Je les avais trahis.

Ils rôdaient, méfiants. Je les avais abandonnés une fois. Je pouvais recommencer. Il fallait que j'expie et fasse mes preuves. En attendant, j'étais l'intrus.

Laurent remarqua les traces de griffes sur le dos de ma main. Il fumait des Lucky Strike, comme un vrai libérateur.

– C'est bien une journaliste que j'ai croisée dans l'escalier ? Une fille du *Soir*, exact ?

Il était encore tôt dans la journée, une absurde fatigue me gagnait.

– Faites ce que vous voulez, dit Laurent. À mon avis, c'est une erreur que vous fréquentiez si vite les gens des médias.

Il rayonnait la bonne santé. En une brève séquence, je lui soupçonnai sinon une épouse confortable, du moins des maîtresses gratifiantes, une culture générale convenable, une carrière. Laurent sourit largement.

Nos geôliers souriaient souvent. Ils avaient tous des dents terriblement cariées.

Laurent tint à préciser son propos :

– Les premières déclarations des otages libérés sont quelquefois un peu maladroites. Ou même franchement embarrassantes. Après avoir côtoyé, par la force des choses, des terroristes, pendant des mois et des mois, tous les jours, il y a des liens qui se créent, une certaine compréhension, voire une sympathie.

Je coupai court. Il pouvait être rassuré. Je n'étais en aucune manière sujet à ce fameux « syndrome de Stockholm » qui fait pactiser les victimes avec les vues de leurs bourreaux.

– Je n'ai pas à juger la cause politique que défendent ces types. Ce que je sais, c'est que la fin ne justifie jamais les moyens. Leurs moyens sont inacceptables. On ne fait pas une révolution avec des méthodes de gangsters.

– Excellent !

Laurent s'étira, bonhomme, savourant ma tirade ridicule. Que je n'aille surtout pas croire qu'il avait voulu m'offenser !

– Mettez-vous à ma place. Vous n'êtes pas mon premier client. Je sais d'expérience qu'on est fragile, à la sortie du trou. Si ça ne tenait qu'à moi, vous et vos semblables, nous vous garderions quelques jours de plus en sas de décompression. Pour votre bien, pour faciliter la réinsertion.

– Lavage de cerveau à l'envers, pour la bonne cause cette fois ?

– Vous avez été basculé près de trois ans hors du monde, dans une sorte d'enfer, à la merci de fous furieux. Un beau jour, sûrement un très beau jour pour vous, c'est fini. La liberté ! Comme si c'était si simple, ce retour à la vraie vie !

– Soyez tranquille, toubib. J'ai toujours pensé que j'étais dans ce que vous appelez la vraie vie. Complètement. Si là-bas c'était l'enfer, comme vous dites, ici ce n'est certainement pas le paradis.

– Intéressante analyse. J'en tiendrai compte. Le mieux serait de faire plus ample connaissance.

Je dus avoir un geste vague. Il pouvait bien me raconter ce qu'il voulait, comme il le voulait. À cet instant, Laurent m'importait peu. Je repensai à Solveig. Un détail m'avait troublé. Je ne savais pas quoi. Quelque chose qui atteignait son apparente aisance, son insolence. Je m'en voulus de l'avoir mal observée. À vrai dire, je n'étais même pas certain de l'avoir vue.

J'écoutais à peine le babil de Laurent. Selon lui, il me le démontrerait un jour, nous avions bien des points communs.

– Depuis votre libération, je suis officiellement votre médecin traitant.

– Seulement médecin ?

Il éclata de rire, se racla la gorge.

– Officier traitant, si vous voulez. Flic, agent, je vous laisse le choix des termes. Vrai toubib, mais travaillant avec des services spécialisés. Spéciaux, donc. Dans la hiérarchie, je dois être quelque chose comme commandant. Si on se tutoyait ?

– À vos ordres, mon commandant.

– Parfait !

Il se resservit à boire, puis m'expliqua.

Certainement, là-bas, c'étaient des dingues, des fanatiques. Un conflit devenu incompréhensible. On y prend en otage n'importe qui, le premier venu. Pourtant…

– Pourtant ?

– Ils capturent leurs otages à l'aveuglette, c'est entendu. Pourtant, on est forcé de se demander, à chaque fois, pourquoi celui-ci plutôt que tel autre. Pourquoi lui, à ce moment-là. Pourquoi Alex. Pourquoi toi.

– Conclusion ?

Il m'agaçait. Il toussota.

– Conclusion ? Tu t'en doutes bien. Je suis en droit de me poser des questions. Le magnétoscope marche toujours ?

Il sortit une cassette vidéo de sa poche.

– Eh bien ?

– Regarde. C'est un cadeau souvenir.

Laurent tripota quelques touches. L'écran s'alluma.

C'était un collage vidéo, parfois répétitif, des flashes d'actualité concernant notre arrivée, à Villacoublay d'abord, puis au Val-de-Grâce. Tout y était. L'annonce mélodramatique de notre arrivée. Le faux suspense du retard de l'avion – un mauvais orage en était la cause, rien de plus. Notre descente, au milieu du comité d'accueil officiel. Personne ne sait trop quoi faire, où se placer. Il n'existe pas encore de protocole prévu pour ce genre de cérémonie.

D'abord, j'ai du mal à me reconnaître.

Je suis derrière Alex. Je descends l'escalier, entre carlingue et sol. Je me vois, je me souviens qu'à cet instant j'ai le soleil dans les yeux, que j'ai peur de louper une marche. On nous entoure. Beaucoup trop. Une certaine réserve, en même temps. Toute diplomatique. On nous accueille comme des gens qui reviennent de loin, d'une zone inconnue du monde, qui y ont séjourné très longtemps, assez sans doute pour être devenus des étrangers imprévisibles. Inquiétants.

Je vois, sur la bande vidéo. On se presse autour de nous. On nous congratule, on voudrait bien nous embrasser. Les gens, autour – mais qui sont-ils ? des journalistes, des officiels, des militaires – ont l'air soulagé. Ça ressemble à une foule et on ne nous distingue même plus, noyés, ensevelis. Des flashes crépitent, des micros se tendent. Je me souviens qu'à ce moment Alex a embrassé une femme. Puis d'autres personnes. Une famille. Il avait les larmes aux yeux.

Je suis de haute taille. Ma tête dépasse un peu.

Ensuite, ce plan bizarre.

Le groupe se défait, se disloque, je ne sais pas pourquoi. J'apparais seul, dans le champ. Grande carcasse maigre, efflanquée. J'hésite, je fais quelques pas. Je cherche, des yeux, vaguement. Qui ? Je ne vois pas, personne de connu, aucun ami pour m'accueillir. Rien que de l'agitation. Autour d'Alex, par exemple.

Laurent suit avec moi, image après image.

– Regarde. Tu fouilles dans ton blouson. Tu en tires un paquet de cigarettes. Tu regardes autour de toi.

À ce moment, personne ne s'intéresse à moi, ça ne me dérange pas, je ne m'en rends même pas compte.

Sur l'écran, je marche. Je titube, un peu. Aux lèvres, mais il faut y regarder de près, le sourire est un peu contraint. Je ne me tiens pas trop mal, ç'aurait pu être pire. Quelqu'un me met un micro sous le nez. Je l'écarte. J'ai l'air d'un somnambule.

Laurent fait arrêt sur l'image.

– Surprenant, tout de même ! Victor B., quarante-trois ans, photographe estimé, débarque après plus de trois ans d'une sale péripétie et personne pour l'accueillir. Pas de femme aimée, pas de vieux amis, pas de parents. Tu expliques ça comment ?

Ce court moment de flottement avait été agréable, paisible.

– Je n'avais pas rendez-vous.

Ce tutoiement était polluant. Le combattre était au-dessus de mes forces immédiates. Qu'est-ce qu'il voulait savoir, au juste, ce flic ? De quoi avais-je à lui rendre compte ? Mille vingt et un jours de captivité et personne pour m'accueillir au retour, oui, c'était ainsi. Pas plus mal. De même que cet appartement vide. J'avais tout mon temps pour y réfléchir, avec des chats à réapprivoiser.

– Que savez-vous sur moi, Laurent ?

– Tout.

J'encaissai. Il continua. Dès l'annonce de mon enlèvement, les services s'étaient mis en branle, avaient enquêté. Ma vie, mes activités, mes relations professionnelles, amoureuses, amicales, familiales. Ils avaient fouillé dans mes antécédents, étudié mes manies, mes réseaux, mes voyages, mes dérives, traqué les zones d'ombre de ma biographie, cherché à localiser les secrets. Ce qui donnait ?

– Un gros dossier et, au bout du compte, rien qui puisse expliquer qu'un type qui déteste quitter Paris ait accepté ce reportage. Rien qui puisse expliquer qu'ils t'aient pris, toi. Toi et pas un autre. C'est du moins notre conclusion, en l'état.

– En l'état ?

Encore une fois, son large sourire sur ses dents impeccables.

– L'irruption de tout éventuel élément nouveau nous passionnera.

– Je vois. J'imagine que ma libération est un élément nouveau.

– Assez considérable, en effet. Car, encore une fois, il reste, hélas, pas mal d'otages détenus. Alors, pourquoi toi et… ton ami Alex ?

Que venait faire ce flic chez moi ? De quel droit occupait-il le terrain ? Me prenait-il mon temps ? Laurent fit un geste comique pour m'apaiser.

Il se montrait maladroit, fallait pas lui en vouloir. Bien sûr que j'avais besoin de me retrouver un peu, tranquillement, après une pareille épreuve. Il s'en allait. Il était déjà debout. La bande vidéo était pour moi. Et puis cette autre-là, aussi, qu'il sortit de sa poche. Il connaissait le chemin de la sortie.

– Et puis…

– Dites toujours.

– Je suis embêté. Impossible de contacter Alex. Depuis sa sortie du Val-de-Grâce, il est totalement injoignable. Étrange, tu ne trouves pas ? C'est ton ami. Tu as de ses nouvelles ?

Je proposai à Laurent un pacte de courtoisie préalable. Qu'il cesse son tutoiement. Il s'inclina, prit congé.

Alex n'était pas mon ami. Il faut plus de mille vingt et un jours de cohabitation contrainte pour cela. Je ne l'avais jamais vu avant ce jour où nous avions pris le taxi ensemble. Ne plus le fréquenter était parfaitement envisageable.

Soudain, je me rappelai cette bizarrerie dans le visage de Solveig. Elle avait les yeux pers.

Plusieurs fois je tentai de téléphoner à Alexandre. En vain.

Dès les premières heures de notre détention, il m'avait donné un numéro qu'il m'avait supplié d'apprendre par cœur. Si on le tuait et moi pas, si seulement je me trouvais être libre avant lui, il fallait que j'appelle là, que je raconte. Au bout du fil, il y aurait une femme. La femme qu'il aimait.

Après plusieurs semaines – on nous avait transférés de cachot en cachot –, Alex me pria de retenir un autre numéro de téléphone. Je me souviens, c'était un soir où nos geôliers nous avaient laissé un demi-paquet de cigarettes américaines. C'était un 3 août. Aucun rapport avec l'anniversaire de la mort de Lenny Bruce, en 1966.

– Ce numéro, c'est celui de ma femme. Elle aussi a le droit de savoir, tu comprends ?

– Ta femme ?

– Mon épouse. L'autre numéro, le premier, c'est celui de… J'aurais pu en entendre plus, avec bienveillance, c'était tellement banal. Une maîtresse, une épouse. Alex avait des pudeurs d'un autre âge. Je lui assurai que j'avais retenu les deux numéros.

– Et toi ? Si je sors le premier ?

Ce soir-là, il faisait une chaleur accablante. La vermine nous rongeait. Je pouvais apprendre quelques chiffres par cœur, j'étais dans une période dépressive, bien certain que nous ne sortirions jamais vivants. Il n'y avait aucune raison. On nous avait oubliés. Et ceux qui, parfois, se souvenaient éventuellement de nous, que pouvaient-ils faire ? J'étais possédé par un très calme désespoir, attentif à ne pas contaminer Alex.

– Aucun numéro, Victor ? Tu n'as personne à joindre ?

J'ai prié Alex de ne pas insister.

Les premiers mois de la captivité, c'était un très grand type, une stature de baroudeur ou de joueur de rugby, à peine alourdie par une approximative soixantaine. Ventre massif et poches sous les yeux, lippe gourmande. Puis il s'était mis à maigrir, se ratatinant. Le regard perdit de son éclat et même de son intelligence. Alex se sentit très tôt vaincu, il me demanda souvent de ne pas lui en vouloir. La plupart du temps, c'était assez facile.

Une nuit, ils nous réveillent brusquement. Il est bien plus tôt que 5 heures. Rien ne va plus, la règle change. Ils nous bousculent avec moins de ménagements encore qu'à l'accoutumée. On sent qu'il y a des ordres venus d'ailleurs, qui se doivent d'être scrupuleusement exécutés. C'est leur peur à eux qu'ils nous communiquent par leur brutalité, leurs gestes violents. Ils nous injurient. Pas loin, à quelques rues, des mortiers tonnent.

C'est la fin.

Pas à cause de la cagoule. Ça, nous avons l'habitude, c'est comme tout le temps, à la moindre alerte. Là, c'est un climat affolé. Une manière d'être poussé avec encore moins d'égards dans un couloir où l'on se heurte aux parois de béton granuleux. Nous nous y écorchons. Il fait froid.

Les voix, la plupart d'entre elles, je les connais bien. J'ai même imaginé leurs visages. Eux, gardiens. Pas forcément mauvais bougres. Moi, otage. Et Alex.

Nos épaules se heurtent. Alex souffle :

– Cette fois, on est foutus.

Les voix ne sont plus les mêmes. On titube, on se cogne, puisqu'on ne voit rien. On nous pousse, on nous plaque, le dos contre un mur. Le schéma classique. C'est comme l'enlèvement, une sorte de clip.

Ils ne nous ont pas dit que c'était l'exécution capitale. Ce n'était pas la peine. J'ai dû chier à ce moment-là, tandis que je les entendais se mettre en place, juste devant, dix mètres à peu près.

Alex dit :

– Je suis navré. C'est tellement con.

La peur a disparu. J'ai l'envie, classique toujours, de voir la mort en face. Qu'ils enlèvent la cagoule. Je n'ai pas de testament, pas de numéro de téléphone à donner à qui que ce soit. Pas non plus une belle phrase finale que personne ne recueillerait mais qui me consolerait, moi. J'entends les chargeurs qui s'enclenchent, tous ces déclics de ferraille, presque à l'unisson, en réponse docile aux commandements.

Je n'ai pas retenu la succession des ordres de leur putain de rituel, je n'ai jamais voulu comprendre leur langue.

C'est forcément quelque chose comme : « En joue (longues secondes) ! Feu ! » Comme partout.

Un bruit d'enfer – comment le qualifier autrement ? Les éclats de pierraille blessent le crâne, la nuque, les épaules, vraies blessures à peine brûlantes, qui provoquent la chute. Je glisse.

Morts ? L'air chaud, une bouffée, sent la poudre, c'est tout. Le silence.

Et puis les rires. On nous empoigne pour nous remettre debout.

C'était un jeu. Une rigolade. Avec impacts aussi près que possible des têtes.

On nous a soignés, après. Avec des bourrades presque amicales, enfantines. Quelle bonne blague ! Pour des ennemis, des espions, nous n'avions pas manqué de courage. Cette nuit, je me suis dit que nous allions nous en tirer. Ça prendrait du temps, celui de devenir fou, voilà tout.

À bien y réfléchir, je n'avais rien laissé de bien indispensable à faire, à Paris.

La carte laissée par Solveig ne reproduisait pas un Chirico. C'était un collage de Raoul Ubac. Un hommage explicite au maître. D'où l'erreur compréhensible.

Tout un jour, le vendredi 10 novembre, m'étant levé tôt, je nettoyai l'appartement. Il ne restait pas grand-chose de récupérable. L'idée était de faire place encore plus nette. Je fis le propre, méthodiquement. Bastille et Radek restèrent sur la réserve. J'étais très fatigué et j'avais le temps puisque je me découvrais vieux.

Ayant compris que je ne m'occupais guère de mon répondeur, Marc me fit parvenir un message par coursier me fixant un rendez-vous téléphonique. Pourquoi pas ? À l'heure dite, je décrochai. Il était encore à Berlin.

– Avec le Mur qui s'ouvre, je ne pouvais vraiment pas être là pour ton arrivée. Je suis sincèrement désolé.

– Il n'y a pas offense, Marc. Je t'ai connu de pires manquements.

– Cette prise d'otages, quelle histoire de merde, hein ?

Il y avait cette voix traînante, légèrement faubourienne, à l'autre bout du fil. La première voix retrouvée du monde d'avant.

– Je suis assez d'accord.

– Comment ça s'est passé avec Solveig ?

– Pas trop bien.

J'entendis la longue inspiration d'une bouffée de tabac. Le temps de la contrariété.

– J'aurais dû m'en douter. Cette fille est nulle. Elle croit toujours qu'elle en sait plus que les gens qu'elle interviewe. Un genre qu'elle se donne. Oublie-la.

C'était en mission pour *Le Soir* que j'étais parti. Tout au long de ma détention, le journal avait mené campagne pour ma libération.

– L'exclusivité de tes premières déclarations, c'est bien à nous que ça revient, non ?

Marc allait m'envoyer un autre journaliste, quelqu'un d'expérimenté, autre chose que cette conne prétentieuse. Je l'interrompis :

– Berlin, raconte un peu.

Il ne répondit pas tout de suite.

– Tu ne peux pas imaginer ce qui se passe, ici depuis l'ouverture de cette putain de brèche. C'est presque impossible à dire. La nuit dernière, j'ai pensé très fort à toi. Pas seulement à cause de ton retour. Il y avait le Mur, ouvert, et puis des deux côtés une foule énorme. La liesse complète. Les gens riaient, pleuraient, s'embrassaient, buvaient du mousseux, de la bière. Et puis tous ces types avec leurs petits marteaux, leurs petits pics, essayant d'effriter leurs petits bouts de Mur. Et ils y arrivaient ! Des malins vendent déjà des moellons aux touristes. On envisage d'en exporter.

– Pourquoi pensais-tu à moi ?

– Parce que sur ce mur, cette nuit, sur la crête, il y avait un lascar, tout seul, totalement indifférent à ce qui se passait en bas. Sais-tu ce qu'il faisait ? Du vélo, tu te rends compte ? Sur le Mur ! La bécane était un peu trop haute pour lui, il se promenait comme un funambule, le nez en l'air. Je t'assure que j'ai beaucoup pensé à toi en le voyant.

– Il s'est cassé la gueule ?

– Au bout d'un moment, il est descendu. Il a chargé tranquillement son vélo sur l'épaule, sans le moindre petit salut à tous ceux qui l'avaient applaudi. Il a disparu dans l'ombre. Je te jure, Victor, j'ai douté pendant quelques secondes. L'allure, la dégaine, le vélo, j'ai cru que c'était toi qui étais là, à Berlin, cette nuit.

– Marc, s'il te plaît. N'en fais pas trop.

Il hésita. Derrière lui j'entendais ce qui pouvait ressembler au bordel d'une salle de rédaction.

– C'est une question difficile à poser mais… Est-ce que tu m'en veux ? Sans moi, tu ne serais jamais allé là-bas.

Si je lui en voulais ? Oui, bien sûr, cher Marc ! Où était le problème ?

Je raccrochai.

Dès la première visite de Laurent, j'avais repéré des individus bizarres aux alentours de mon immeuble, tenacement statiques. Certains avaient su dissuader quelques journalistes. Ma concierge, qui est yougoslave, serbe de Voïvodine et professionnellement vindicative, s'en était sentie vexée. Elle avait une âme de cerbère et avait parfaitement intégré la consigne. Sauf contrordre explicite, je ne voulais voir personne.

Assis sur un banc du square, il y avait le curieux clochard, aperçu près de mon escalier le jour de mon arrivée. Tout en guenilles, il donnait l'impression d'être emmailloté dans des bandelettes de tissu. Personne ne lui prêtait la moindre attention.

C'est Alex qui reprit contact. Le hasard fit bien les choses. C'était une soirée où je m'étais résolu à prendre connaissance des messages stockés dans la machine. Vieux copains disparus de ma vie, journalistes, modèles avec qui j'avais travaillé, clients, ex-amantes. Il ne fallait pas trop que je me vante quant à mes aptitudes au retour. Tout ce monde m'était devenu étranger.

À peine avais-je remis l'appareil en marche qu'il y eut un appel.

– Si tu es là, Victor, réponds, je t'en prie.

Je décrochai immédiatement.

– Alex ? C'est moi.

Il soupira, soulagé. Puis parla, très vite :

– Je dois te voir. C'est urgent. Demain, c'est possible ? Disons 15 heures, d'accord ? Où ? Attention, soyons prudents. Ils nous écoutent en ce moment, Laurent, tous les autres, c'est leur boulot. Ils nous surveillent. On est toujours prisonniers. Je veux te voir sans eux, sans qu'ils rôdent autour. Ça ne les regarde pas.

Un ton de voix paniqué.

– Alex, qu'est-ce qui se passe ?

– Je te dirai, demain. Tu te souviens de cette vieille librairie dont nous avons quelquefois parlé ? Oui ? Ne la nomme surtout pas ! Tu y seras ? Tu feras attention à n'être pas suivi ?

– Entendu.

– Une dernière chose, Victor. Il faudrait que tu y réfléchisses, avant de venir.

– Oui.

– Est-ce que tu penses que je suis un salaud ?

– Qu'est-ce que tu veux dire ?

– Rien. Pas maintenant. On parlera demain. Mais réfléchis. Et puis…

– Oui ?

– Je t'embrasse.

Il raccrocha.

Il n'y avait plus tellement de raide dans la bouteille. Je me servis un dernier verre. Il me donna de mauvaises idées.

J'ouvris des enveloppes au hasard dans le tas de courrier. Elles ne contenaient rien de décisif. Puis j'examinai ce qui, d'après le tampon de la poste, était mon dernier état bancaire. Sur les derniers dix-huit mois, les relevés étaient sans aucune ambiguïté. La logique des choses après mon enlèvement fortuit me dotait d'un découvert de quelques dizaines de milliers de francs. Il était question d'agios, de retrait de chéquier, de plaintes, de sommations, de procès. Autres aspects de la vraie vie.

Laurent avait parlé de reconversion.

Alex voulait discuter.

À cause de Paris retrouvé, j'aurais voulu avoir un peu la paix, rien que quelques jours. Je savais bien que c'était illusoire. Je connais assez Paris.

J'avais souvent parlé du canal Saint-Martin à Alex. Comme on se parle entre détenus, entre conscrits, du pays qu'on ne reverra peut-être plus jamais, ce genre de bêtises.

Une nuit que j'avais trouvé nos geôliers, ces grands révolutionnaires, particulièrement cons (leur télé hurlait dans une pièce voisine, c'était la retransmission d'un match de foot), j'avais évoqué la vieille librairie du Travail, tout près de l'écluse de la Grange-aux-Belles (les belles étaient en l'occurrence des putes, c'est connu), quai de Jemmapes, mon quai. Librairie que fréquentaient les zimmerwaldiens, les irréductibles internationalistes opposants à la guerre, la Grande. J'avais cité des noms : Monatte, Rosmer et même Trotsky. Mon compère avait bien ri. Comme il était bien tard et que nous n'avions pas si souvent l'occasion de rire, j'avais feint d'être indigné.

Comment lui expliquer que, si j'avais choisi d'habiter quai de Jemmapes, c'était à cause du souvenir de cette librairie ? De cette dignité militante, très vieille, très inscrite, mais qui s'en souvenait ?

– Tout cela n'a plus aucune importance, avait tranché Alex. Je parle en connaisseur.

Connaisseur de quoi ? Avec cette librairie, c'était la première fois que nous abordions, même très peu, un propos politique. Comme moi, Alex était accusé d'être un espion. J'ignorais quasi tout de ses activités, avant.

Les journaux s'empilaient. Les brèches du Mur s'élargissaient. Les titres déclinaient la fin du communisme. Chaque édition se prétendait « historique ».

Peu à peu les régies domestiques se remettaient en place. À la Capitale, on ne me regardait plus comme une bête curieuse. J'avais besoin de tranquillité, telle était la consigne. Mes premières tentatives au flipper furent grotesques.

Les chats m'ignoraient sans me fuir. La nuit, ils faisaient lit à part, mais appréciaient d'avoir un premier service à 5 heures du matin.

Conformément aux indications d'Alex, je fis quelques détours et pris bien des précautions pour dérouter d'éventuels suiveurs. Exercice compliqué car le lieu de rendez-vous était à moins de trois cents mètres de mon domicile. J'arrivai à l'heure, à l'écluse de la Grange-aux-Belles. Un peu en avance, même. Les fenêtres de l'hôtel du Nord étaient obstruées par des parpaings. La destruction semblait proche malgré la façade théoriquement classée. Au numéro 96, la librairie du Travail n'existe plus depuis des dizaines d'années. Le local des syndicalistes-révolutionnaires fut un temps reconverti en restaurant à couscous. C'était devenu le dépôt d'un grossiste, un marchand de fringues.

La circulation était dense, sur le quai, malgré l'étroitesse de la chaussée. À l'heure dite, accoudé à la balustrade, je guettai Alex, du haut de la passerelle qui enjambe le canal et domine le pont tournant.

Je vis bien le gros camion, sa charge de ferraille sur le pont arrière. Il s'arrêta net au feu rouge. Trop. Trop brusquement. Un coup de frein derrière, un choc. Une voiture s'encastre.

Ce sont de longues tiges de métal fileté que transporte le camion.

Je vois nettement et il n'y a rien à faire. Quelques-unes de ces tiges glissent sans résistance vers le pare-brise de la voiture, derrière. L'une d'entre elles est agrémentée d'un chiffon rouge, un fanion. La vitre éclate. Sur les trottoirs, les premiers cris fusent, horrifiés.

Je me précipitai, dégringolai les marches. Les badauds étaient déjà nombreux, agglutinés, qui encombraient. Pas assez pour m'empêcher d'arriver vite au véhicule.

Les mains encore sur le volant, l'homme mort était comme cloué par la tige rouillée, percé en plein front. Le sang coulait à peine, un mince filet. Le chiffon rouge couvrait une partie du visage d'Alex, mâchoire béante.

Une forte poigne me tira en arrière, je faillis tomber. C'était Laurent. Furieux.

On se retrouva à l'appartement.

Malgré toute sa volonté de maîtrise sur lui-même, Laurent ne décolérait pas.

Infantiles ! Nous avions été infantiles, avec notre petit rendez-vous pseudo-clandestin, quasiment sur mon pas de porte. Qu'avions-nous donc à cacher ? Il n'avait eu connaissance de l'écoute téléphonique qu'une heure avant la rencontre prévue.

– Je vous connais par cœur. J'ai exploré tous vos papiers, avant le cambriolage. La librairie ne pouvait être que celle du Travail. Vous avez pris des dizaines de photos de son emplacement, soigneusement légendées. Votre obsession archiviste !

– Perquisition légale ?

– Parfaitement. Comme la surveillance de votre immeuble, celle de votre ligne. Vous coûtez assez cher à la République. Nous sommes dans une affaire de terrorisme. On a le droit de savoir à qui l'on a affaire.

Laurent s'était rendu seul au rendez-vous, à la hâte, guettant de loin, voulant reprendre le contact avec Alex.

Il se calma un peu. Risquant un geste un peu trop familier vers Bastille, il se fit griffer, pesta derechef.

Accident ou assassinat ? C'était la seule question. Le chauffeur du camion avait été longuement interrogé. Il n'y avait pas grand-chose à lui reprocher. Ce n'était même pas lui qui avait procédé à l'amarrage des tiges. Son entreprise de travaux publics n'avait rien de particulièrement suspect. Il y avait aussi l'autre conducteur, celui qui avait percuté l'arrière de la voiture d'Alex, la poussant à s'encastrer dans le camion. Brave type consterné, il reconnaissait bien volontiers qu'il était en tort, qu'il aurait dû laisser plus de distance entre son véhicule et celui d'Alex. Le brusque freinage l'avait surpris. Ç'aurait pu être un froissage de tôle banal, comme il y en a cent par jour dans Paris.

– Sauf qu'il y a un mort, et que ce mort a été pendant plus de mille jours au cœur d'une crise internationale. Sacrée coïncidence.

– Votre opinion ?

– Aucune *a priori*. J'ai juste assez d'ancienneté pour savoir qu'un citoyen apparemment respectable peut avoir une vie double. De taupe. De tueur. C'est d'ailleurs pour cela que je m'intéresse à vous.

– J'ai l'apparence respectable ?

– J'ai les idées larges. À votre avis, qu'avait de si important à vous dire Alex ?

– Pas la moindre idée.

– Imaginez-vous qu'on ait pu vouloir le faire taire ?

– Je n'en sais rien.

Laurent se trémoussa un peu. Ce n'était plus de la nervosité, rien qu'une manière d'être bien dans son rôle de malin. Je savais ce qu'il allait me dire.

– Si l'on retient, pure hypothèse d'école, l'idée d'un assassinat. Vous seul étiez au courant de ce rendez-vous.

C'était une provoc. La réponse allait d'elle-même :

– Moi seul avec vos flics, et vous en fin de chaîne. Sans compter les éventuelles confidences d'Alex à des proches. Exact ?

– Pas faux, convint Laurent.

Il me confia que la famille s'était manifestée. Sa femme. Des gens honorables eux aussi. Le monde en était plein, ça finirait bien par se savoir.

– Sa femme ?

– Vous ne la connaissez pas ? Non, bien sûr. Tant pis. Vous avez partagé l'intimité d'Alex. Y a-t-il un élément, un seul, même minuscule, qui pourrait vous laisser penser qu'il a été assassiné ?

Je répondis que non. Ce n'était pas complètement vrai.

Les premières semaines, chacun soupçonnait l'autre d'être le responsable de ce qui arrivait. Alex pouvait fort bien être ce genre de salopard avec qui nos ravisseurs avaient un compte à régler. Avoir été pris dans un même taxi nous rendait complices. L'ambiance était franchement détestable, avec injures, empoignades à l'occasion. Il fallut bien trouver une solution. Nous passâmes un accord. Solidarité minimale durant le temps de notre cohabitation forcée, aucune évocation de nos activités respectives avant janvier 1987, aucune question.

– Vous avez tenu longtemps ?

– Environ un an.

La promiscuité, les peurs partagées, les coups équitablement reçus, les brimades… Nous avons presque fini par déplorer de ne pas nous être rencontrés dans d'autres circonstances.

– Vous parliez de quoi ?

– J'ai déjà répondu à cette question lors de vos précédents interrogatoires.

– Alors Alex était vivant.

– C'est vous qui mènerez l'enquête ?

– Je la suivrai pas à pas.

La règle était de s'en tenir à des conversations d'ordre général. Nous parlions de livres, de peinture. Alex était un érudit.

– Mais encore ?

– Sur l'art contemporain il était intarissable. À sa manière d'exposer les sujets qui lui tenaient à cœur, je le sentais prof, conférencier.

– Un grand universitaire, en effet.

– Il en était parfois pédant. Ce qui peut s'expliquer par ses origines assez modestes.

– Il vous les a révélées ? Un accroc à vos accords ?

Aussi n'avait-il pas été disert. Sans avoir à se contraindre. Accords de coexistence ou pas, Alex n'était pas un expansif.

– Un homme renfermé, secret ?

– Chacun a le droit au secret.

– À la dissimulation ? Au mensonge ?

– D'élémentaires droits démocratiques.

– Quoi d'autre ?

– Je me répète. J'ai apprécié en Alex un assez bon connaisseur des avant-gardes artistiques des années vingt-trente.

– Il y a beau temps qu'on n'assassine plus les gens pour ça.

Ce qui restait à démontrer.

Une fois Laurent parti, je composai l'un des numéros de téléphone qu'Alex m'avait confiés. Pas celui de son épouse. Celui de « la femme qu'il aimait ». Je ne l'avais encore jamais utilisé. Personne ne décrocha.

Je finis bien par venir à bout des travaux de réfection. Ce n'était pas si difficile, seulement fastidieux. Du coup, se posa avec encore plus d'acuité la question : comment allais-je organiser ma vie ? La chatte Bastille tint à poser une patte sur la dernière touche de peinture, encore humide. Elle s'en trouva toute sotte et mit beaucoup de temps avant de parvenir à se nettoyer complètement. Je décidai de laisser l'empreinte. Au-dessus, j'écrivis au feutre la date : 13 novembre 89.

Plusieurs fois, je me repassai la cassette de notre arrivée à l'aéroport. Si Alex descend le premier, c'est que dans l'avion il était le plus près de la porte. La foule le surprend, les journalistes. Tout de suite, un petit groupe se lance vers lui, l'entoure, le presse. On l'embrasse, on l'étreint. Une femme se détache. Assez grande, rousse ou auburn. Je l'imagine, à ce que je vois, assez élégante. La cinquantaine en tailleur vert pâle, sèche, brushée. Elle ne quitte plus son homme, il lui appartient. En quelques gestes d'autorité, chacun comprend qu'elle est là désormais pour le protéger de tout, elle écarte les micros. Le couple fait bloc. Ensuite, la caméra se pose sur moi, seul. Images déplaisantes. Il en existait de pires.

La seconde cassette vidéo que Laurent m'avait remise était l'enregistrement de notre exécution fictive, réalisé par nos ravisseurs. Malgré l'amateurisme de la prise de vue et malgré nos cagoules, Alex et moi étions parfaitement identifiables. La séquence n'était pas très longue, une minute à peine. Elle s'ouvrait sur des hommes qui nous poussaient vers un mur, elle s'achevait par des impacts de balles qui éclataient à quelques centimètres de nos têtes.

Des copies de cette bande avaient été envoyées à différentes agences de presse. Après d'assez longues discussions entre eux puis avec des services du gouvernement, les journalistes avaient décidé de ne pas diffuser le document.

Selon les recoupements que j'ai pu faire, c'est à ce moment que les conditions de notre détention se durcirent singulièrement.

Cette vidéo était détestable. Je changeai de programme. La majeure partie des journaux télévisés était consacrée à la chute du Mur, à la probable unification allemande. Au milieu des images d'euphorie se glissa une petite nouvelle, une brève sans commentaire. L'annonce du décès à Madrid de Dolorès Ibarurri, la « Pasionaria » de la guerre d'Espagne. La vieille stalinienne avait quatre-vingt-treize ans.

Le Soir chercha à me contacter. Je laissai défiler les messages répétitifs. Ce n'était pas la voix de Solveig mais celle d'un rédacteur en chef au nom mal articulé. On voulait mon témoignage. Je n'avais aucune envie de parler d'Alex à quiconque. Au ton pressant des messages, je compris que l'hypothèse de l'assassinat était loin d'être la lubie du seul Laurent. Je ne pouvais espérer tenir très longtemps dans le silence. Avoir été otage ne donnait que des obligations.

La très spectaculaire photo du cadavre d'Alex faisait un quart de page à la une de la plupart des journaux.

Le Soir ne livrait aucune information substantielle. Rien que des sous-entendus. Sans mention de mon rendez-vous avec la victime. La photo exhibée était un mauvais cliché d'amateur, assez flou. Le scoop d'un passant de hasard. Le plus saisissant était le chiffon rouge, touche esthétisante dans cette image de mort.

Nous ne parlions jamais de politique, ainsi qu'il était convenu. Le petit jeu quotidien de l'almanach ne m'avait pas permis d'en savoir beaucoup sur les opinions d'Alex. Quand arrivait le 21 août, il acceptait sans broncher de commémorer, au choix, la mort de Léon Trotsky, frappé la veille par Jacques Mornard-Mercader, ou l'invasion de la Tchécoslovaquie par les troupes du pacte de Varsovie.

Nous avions été enlevés un 20 janvier. Ce qui nous permettait de fêter sans sectarisme la condamnation de Louis Capet, la mort de Lénine, la naissance de Fellini et celle de Raymond Roussel, le départ de Lenz dans la montagne. Pas de quoi intéresser un journaliste.

Listopad

Le vendredi 17 novembre, je me rendis au cimetière de Thiais en taxi. Il y a toujours du vent au cimetière de Thiais, un peu frais ou très froid. Ce jour-là, pour l'enterrement d'Alex, il était glacé.

J'étais à l'heure. Je n'eus aucune difficulté à repérer le petit cortège noir.

Il y avait la famille, les proches, en grand deuil, tous derrière le fourgon, chargé de gerbes et de couronnes.

Dans un premier mouvement de mauvaise humeur, je me dis que c'était abject, toutes ces indifférences polies, ces haines intimes en procession. Je décidai de ne pas rester trop à l'écart.

Il y avait aussi des officiels, plus difficiles à identifier, grisaille mêlée dans le deuil convenu. Des collègues, des observateurs. Le Quai d'Orsay et les confrères de Laurent. Je ne vis pas Laurent.

Le cortège s'achemina vers le nord du terrain, là où la famille avait sa concession. Un caveau, avec un gros bloc de marbre imposant. Nous fûmes une vingtaine, autour du trou. Pas plus. Le prêtre, car il y en avait un, dit quelques mots que je n'entendis pas. Un soir qu'il n'allait pas bien, Alex m'avait avoué que malgré tout son bon vouloir, malgré le réconfort que cela eût pu lui apporter, il ne croyait en aucun dieu, qu'il n'y croirait jamais. S'il ne quémandait aucune faveur à nos gardiens, ce n'était pas pour s'en remettre à un quelconque tireur de ficelles.

Le prêtre fit son métier, avec la bénédiction de la famille. Insulter était momentanément au-dessus de mes forces.

J'observais aussi. Et d'abord la veuve, la légitime. Grande belle femme au profil anguleux, aux traits durs. Elle était manifestement tendue par la volonté de ne pas faillir, de n'offrir qu'une image de dignité convenue. Du grand deuil élégant. Les photographes s'en régalèrent. Elle ne protesta pas. Les petits rituels indécents prirent fin. Pour mettre le cercueil dans la fosse, il n'y avait plus qu'à attendre son accord à elle. Tout était prêt.

Elle se tourna vers moi, qui étais plutôt derrière le beau monde et, je crois, discret. M'appela.

– Vous étiez le dernier compagnon d'Alexandre. Vous seul pouvez dire sa vérité, lors des derniers temps. Je vous en prie, monsieur.

La veuve était abusive. Je remarquai ses yeux verts et sa forte poitrine.

Comment vaincre cette gêne ? Rien ne me forçait d'être à Thiais, ce jour. J'avais à gérer ma propre aventure, y compris dans ce cimetière, et ce n'était pas réductible à une simple prise d'otages, pas du tout. Pas non plus à un dernier hommage de circonstance.

– Si vous voulez dire quelques mots…

Qu'avais-je à dire ? Autour de moi, on s'écarta pour me donner plus d'aisance. Certains se souvinrent qu'ils m'avaient vu au journal télévisé. J'étais ce genre de célébrité d'un soir. Petite star, comme avait dit Solveig ? J'avais très fort envie d'être infiniment ivre. Je fus courtois.

J'allumai une cigarette.

– C'est la dernière que je grille avec lui. Nous avions le même goût pour le même tabac. Il était rare là où nous nous sommes connus. Chaque fois, c'était une petite fête.

Je me mis à parler, à parler sans effort, comme un imbécile. De très belles phrases, car je sais faire, à l'occasion. On m'écouta. Les employés des pompes funèbres furent patients, c'était leur métier.

J'avais du mal à m'imaginer le corps d'Alex, dans son cercueil.

Ils nous avaient fait ce coup-là, lors d'un transfert de prison à prison. Ils nous avaient sortis après le brouet du soir. Toujours pareil, lorsque les consignes inattendues, urgentes, devaient s'appliquer. Des cris, rien que des cris et des coups. Pas question de traîner.

Il faisait nuit. Un camion stationnait dans la cour. Il fallait faire vite. Devant nous, à nos pieds, des caisses métalliques ouvertes, étroites et longues, des sortes de cantines militaires. On nous lia les poignets. Il fallait s'y allonger. Une fois qu'elles furent bouclées, cadenassées, ils glissèrent sans ménagement nos boîtes sous les ridelles.

Ce n'était pas une torture. Juste un acte de routine, un simple déplacement technique, en camion. C'était le pire qu'ils pouvaient faire. Me faire à moi, en tout cas. La caisse n'était pas plus large que les épaules. À chaque cahot, le front heurtait le couvercle. Impossible de bouger, les bras, les jambes, des heures durant, soumis aux démangeaisons obsédantes, aux crampes, avec la chaleur étouffante puis le froid. Je hurlai, je me blessai, la tête, les genoux, avec la certitude épouvantable de devenir absolument fou dans ce cercueil. Ça n'en finirait jamais.

Je ne suis pas devenu fou, je ne sais pas comment. À ce jour, je jure de tuer sur-le-champ quiconque s'avisera de m'empêcher de pousser un geste jusqu'au bout.

Alex ?

Qu'avais-je dit ? Quelle oraison ?

Ils firent glisser le cercueil dans le caveau. La veuve vint vers moi, me serra la main puis m'embrassa. Son parfum était très fort malgré le vent, un peu sucré. Alex disparut. C'est alors que le curé agita son goupillon rituel, accentuant ainsi l'obscénité globale. Autant de gouttes d'eau en trop.

Elle était longue, pas immédiatement jolie et s'était tenue à l'écart de la petite mascarade. Pas bien loin. Elle se présenta, me demanda, très agitée, si elle pouvait faire quelques pas avec moi. Je dis que pourquoi pas.

– Abigaïl Stern, dites-vous. Nous nous connaissons ?

Elle ne répondit pas.

– C'était odieux, n'est-ce pas ? Cette femme, Maud, ces gens. Ils se conduisent comme des porcs.

– Maud ?

– La veuve. Quelle hypocrisie ! Elle n'aimait pas Alex.

– Ah !

– La preuve que vous pensez comme moi, c'est que vous êtes venu avec une rose et que vous ne l'avez même pas laissée sur la tombe, pas au milieu de toutes leurs sales fleurs.

C'est vrai, j'avais une rose à la main.

– Elle ne lui était pas destinée.

– Pour qui alors ?

Abigaïl devait flirter avec la quarantaine, elle avait une allure d'étudiante. Telle du moins que j'en avais le très lointain souvenir. Un lourd sac en cuir à l'épaule, les bras encombrés de dossiers cartonnés, elle était vêtue d'un manteau, une sorte de houppelande de laine épaisse et d'une robe lie-de-vin rescapée des indienneries du début des années soixante-dix. Elle lui allait bien. Son visage était exempt de tout maquillage.

– Venez. C'est à côté.

Je l'entraînai vers une sépulture voisine, dans une allée dépourvue de tout charme. Une simple dalle de marbre, extrêmement modeste. « Léon Sedov… » Abigaïl se raidit. Je déposai la fleur rouge.

– Sedov ?

– Fils de Léon Trotsky. Mort à Paris, le 16 février 1938.

– Je sais, coupa-t-elle. Mais pourquoi venez-vous sur cette tombe ?

Le vent était vraiment glacial. Comme la dernière fois, en mars 1985.

C'étaient de très vieilles histoires. Une concession qui arrive à son terme, l'administration du cimetière qui le fait savoir. La bureaucratie des sépulcres a ses lois. Ou bien une nouvelle tombe, ou bien la fosse commune. Des amis ont organisé la collecte pour éviter la fosse commune.

– Des amis ?

– Des camarades, si vous voulez.

La nouvelle sépulture installée, il y eut une petite cérémonie. Une douzaine de personnes devaient être présentes. Toutes ne se connaissant pas fatalement bien. Certaines brouillées depuis des dizaines d'années à cause des querelles de factions, des scissions, des aigreurs. Des vieux types, des jeunes gens.

– Et vous ?

Tout le monde était un peu embarrassé. Le discours de circonstance prononcé par un historien n'apprit rien à personne, telle n'était pas sa fonction. Fallait bien dire quelque chose, voilà. Liova était en terre, tranquille pour un moment.

– Liova ?

Le diminutif affectueux de Léon Sedov.

– Il est mort assassiné, n'est-ce pas ? La Guépéou.

– On l'a cru. Certains le croient encore. Il n'y a aucune certitude. C'était une époque tellement trouble.

– Partons, dit Abigaïl.

Il n'y avait pas à s'attarder. Je détestais le cimetière de Thiais. À une centaine de mètres devant, les derniers accompagnateurs d'Alex se dispersaient. Le ciel était gris. Que me voulait Abigaïl, au juste ?

– Alex était mon amant.

Elle sourit, à peine mélancolique.

– Pendant plusieurs années. J'y ai vraiment cru et lui aussi, j'en suis certaine. J'ai tout accepté. Sa femme, naturellement. Ses voyages, ses missions. Ses obsédantes recherches. Quelle importance ! Il me donnait tellement. Et maintenant… Un minable, que viennent saluer par devoir, une dernière fois, parce qu'il faut bien, d'autres minables. Êtes-vous un minable, monsieur Victor ?

Gaïl éclata de rire, se forçant à être tonitruante. Ce n'était pas dans sa nature. Elle fit de son mieux. Au loin, la veuve d'Alex se retourna.

– Ce que j'ai à vous dire ? Un minuscule secret, huit années entières de ma vie. Cet important professeur, ce malheureux otage pour qui l'on s'est passionné, pour qui l'on a compati, ce rescapé qui meurt tragiquement quelques jours après sa libération, cet homme m'aimait. Il m'aimait, moi. Pas elle, là-bas, l'épouse. Moi, Gaïl !

Abigaïl tentait de crier, se risquait dans les aigus de la crise de nerfs. Sa sincérité n'était pas à mettre en doute. Le tragique n'entrait pas dans ses catégories, voilà tout. Elle avait même un mal de chien à être vindicative. Je posai ma main sur son épaule, pas pour la calmer. Pour l'assurer que je la prenais au sérieux. Ou, plus banalement, qu'elle m'était sympathique. Sur ce dernier point, je m'avançais un peu.

– Pourquoi moi ?

– Pour qu'au moins quelqu'un sache que j'existe, que je suis vivante, guérie d'Alex. Que c'est fini. Pas depuis sa mort : depuis avant. Depuis l'aéroport.

La nuit tombait sensiblement. Gaïl tremblait, d'autoexcitation, de froid. Elle n'était pas à sa place dans ce grand espace qui écrasait tous les gestes. Malgré l'emportement voulu, les siens étaient approximatifs, mal ajustés à l'ampleur de l'indignation.

– Sortons.

Elle avait tant à dire.

– Comment avez-vous connu Alex ?

– J'étais étudiante.

Ce qu'elle racontait était d'une redoutable banalité. Une rencontre, au cours d'une recherche menée dans le cadre d'une thèse. Alex avait accès à des documents intéressants, paraît-il. Elle vient chez lui, bardée de références, de recommandations de tiers soucieux de bien faire. Coup de foudre, amour fou. C'était sa version.

– Vous savez ce que c'est, l'amour fou ?

– Continuez.

Rien que du prévisible. Gaïl se calmait, cherchant à me rendre inouïe une histoire indigente. L'épouse qu'il fallait ménager, son statut et son fric, l'incertitude de l'âge, les obligations professionnelles, les voyages, les urgences inventées d'un homme bien inscrit dans son monde. Malgré tout, les heures dérobées, les petites fêtes, les nuits. Un jour, Alex avait été pris en otage.

– Il vous a parlé de moi ?

– Il m'a demandé d'apprendre par cœur votre numéro de téléphone.

– C'est tout ?

Alex n'avait jamais prononcé le nom de Gaïl. En quelques minutes, je venais d'en apprendre plus qu'en trois ans de détention. Je rendis grâce au tact de mon ancien compagnon.

Nous franchîmes le portail du cimetière. Il était temps. Je cherchai du regard un quelconque taxi. En vain. Une voiture s'avança près du trottoir. Laurent était au volant. Il nous suggéra de monter. Gaïl accepta, sans discuter. Il n'y avait pas matière à.

Le fleuriste n'avait plus qu'une seule rose rouge, un peu fanée. Avant d'entrer dans le cimetière, je ne savais pas encore à qui je la destinais. Sedov ou Kiki de Montparnasse.

Mais Kiki n'avait plus de tombe. Aucun ami posthume n'avait pu lui épargner la fosse commune.

Laurent semblait de belle humeur. Il venait de faire le pointage des présents à la cérémonie. Ce qu'il avait vu corroborait les renseignements drainés par lui lors de son enquête.

– Peu d'amis, presque pas de famille. Quant aux collègues, l'Université s'est contentée du service minimum.

– Le Quai d'Orsay ?

– Vous le saviez ? Quel homme secret c'était ! Alex a fait une partie de sa brillante carrière dans les services culturels des Affaires étrangères. Professeur et conférencier. D'où les fréquents voyages.

Laurent se tourna vers Gaïl, lui adressa son habituel sourire.

– Je suis ravi de faire enfin la connaissance de la maîtresse de notre défunt ami.

Gaïl rougit violemment. Laurent enregistra l'aveu.

– Je savais que vous existiez. Malgré tous mes efforts, j'ai été incapable de vous identifier. Alex protégeait admirablement ses relations extraconjugales. Peut-être aussi ses vies multiples.

Voulait-elle lui dire son nom ou bien fallait-il qu'il donne encore du travail à ses services ? Gaïl hésita plusieurs longues secondes.

– Je ne veux plus entendre parler de cette histoire.

– Cela risque d'être difficile. À plus forte raison si nous avons l'impression que la simple déclinaison de votre identité vous pose un ennuyeux problème.

Ce « nous » se voulait légèrement menaçant. Bien pauvre manière d'intimider les gens, Gaïl restait désarçonnée. Elle dit ses nom et prénom.

– Adresse ?
– 12, rue de Buci.
– Française ?
– Américaine. Je vis en France depuis 1980.
– Profession ?

À ce stade de l'interrogatoire, elle n'était nullement tenue de répondre. Laurent en convint avec bonne humeur. Gaïl n'avait aucune envie de lui tenir tête.

– Je suis correspondante d'une revue littéraire. Je fais aussi des traductions. Et puis j'écris un livre…

Laurent l'arrêta. Gaïl n'était pas suspecte d'être clocharde, ni immigrée en situation irrégulière. Il ne souhaitait pas l'importuner. Pas trop.

– Étiez-vous le seul mystère dans la vie d'Alex ? Là est la question.

Nous entrions dans Paris, la nuit tombait. La place d'Italie me parut somptueuse, ce qui, bien entendu, est une évaluation assez contestable. Laurent proposa de nous déposer où bon nous semblait. Rue de Buci ? Quai de Jemmapes ?

– Nous avions décidé d'aller manger au restaurant, dit Gaïl de manière inattendue.

– Parfait. Où ?

J'optai pour la place de la Bastille.

– Je suppose que vous ne m'invitez pas, dit Laurent.

Il y avait de l'intuitif chez cet homme-là.

Dès l'entrée dans la brasserie, j'avais dû serrer plusieurs mains. Des garçons, des chefs de rang, quelques vieux habitués, le gérant. Ils ne savaient trop comment le dire mais ils étaient contents de me revoir, eux aussi, comme tout le monde. Je venais reprendre des habitudes, rien de plus. On nous proposa une table, un coin de salle tranquille.

L'envie me vint comme un caprice. Je demandai à Gaïl si elle était du genre frileuse. Elle dit que non, à tout hasard. J'avisai un loufiat.

– Ce qui me ferait plaisir ? Ce serait de dîner dehors.

– Malgré la pluie ?

– À cause.

Aucun problème, on allait faire tirer le store. Nous serions parfaitement à l'abri.

– Drôle d'idée, dit Gaïl une fois installée.

Je me réacclimatais comme je pouvais, avec de menus artifices. J'aimais la rue. J'aimais ce quartier. En principe. J'étais loin de m'y sentir de nouveau à l'aise.

Nous commandâmes ce qui convenait, des huîtres, quelques crevettes, des bulots, des praires, des clams. Et du chablis. C'est alors que je remarquai qu'on avait restauré la colonne de Juillet. Le Génie de la Bastille, cette Liberté brisant ses chaînes et prenant son envol, dorée ? C'était grotesque.

– À l'occasion du bicentenaire de votre révolution, dit Gaïl. Ça vous plaît ?

– À partir de maintenant, je tiens ce *golden boy* pour une offense personnelle.

L'intervention de Laurent tracassait Gaïl. Elle ne comprenait pas qui il était, ce qu'il lui voulait. Qu'avait-elle fait de mal ?

Je n'avais pas très envie de discuter de cela avec elle. Bien des pans de l'aventure m'échappaient. D'abord, j'ignorais tout des tractations qui avaient permis notre libération. J'avais posé assez peu de questions à ce sujet, sachant bien qu'on ne me répondrait que de manière évasive ou par de francs mensonges. Ce n'était pas mon problème, j'étais assez disposé à l'admettre. Alex ? Je savais tout de sa manière de ne pas terminer ses phrases, de son agaçante gymnastique du matin, de sa connaissance remarquable de Desnos, d'Éluard, de Breton – la discussion sur ceux-là avait alimenté nombre de nos soirées. Je l'avais vu vaillant devant les outrages et blême de peur pour des riens. Je pouvais décrire comment il se lavait les dents, imiter son ronflement, témoigner de l'inquiétude qu'il avait de cette varice, au mollet droit. J'avais été témoin de ses crises d'hémorroïdes. Il pleurait parfois. Lui, qu'avait-il retenu de moi ?

Laurent présentait Alex comme un grand intellectuel. Je n'étais probablement pas un photographe trop idiot. Notre cohabitation n'avait pas posé de problèmes insurmontables. D'ailleurs, nous ne nous étions pas entretués. Je crois bien que nous nous estimions.

– Pas au point de devenir amis ?

– Non.

Gaïl dévorait ses huîtres avec un bel appétit, bon point pour elle. Restaient les secrets d'Alex. Ceux qu'évoquait Laurent avec une lourde insistance. Gaïl avait son mot à dire. Elle y tenait absolument. Le chablis l'échauffait.

– Ce n'était pas commode pour lui, sa femme, son travail, d'accord. Je ne lui demandais rien. C'est lui qui a déclaré qu'il m'aimait, qu'il voulait vivre avec moi. Je lui ai demandé s'il était bien sûr de lui. Il a répondu oui. Alors je lui ai fait confiance, malgré tous ses petits mensonges bâclés. J'étais patiente.

– Que vouliez-vous de lui ?

– L'avoir pour moi.

Je recommandai du vin. L'affirmation ne coïncidait pas avec l'apparence de Gaïl, sa robe indienne, son collier de graines séchées, son look de rescapée de Woodstock (j'appris plus tard qu'elle était allée à Woodstock). Elle n'avait à livrer qu'un vindicatif message d'amante flouée. Du moins, le comprenais-je ainsi.

– Huit ans de ma vie, n'oubliez pas.

À l'annonce de la prise d'otages, elle est désemparée. Elle lit les journaux, se renseigne tant qu'elle peut. Tous les jours, elle voit cette méchante photo d'identité d'Alex, à la télévision. Elle répertorie les manifestations, les pétitions, les actes de solidarité, tous aussi impuissants les uns que les autres. Elle se dit que, peut-être, elle pourrait contacter la femme d'Alex, la légitime. Gaïl n'ose pas. Qu'aurait-elle pu dire ? Voilà, je suis la femme qu'aime cet homme, détenu. J'ai les preuves. Des centaines de lettres, des souvenirs irréfutables, certains très beaux.

Elle se tait, reste cachée.

– Dès que j'ai appris l'enlèvement, j'ai passé avec Alex ce contrat. Je lui serais fidèle. Il était dans l'épreuve, il était mon homme. Le temps n'avait pas d'importance. Pour moi aussi, cela a duré mille vingt et un jours. C'était la peur de sa mort, l'idée absurde que sans lui je n'étais rien, que sans moi il n'aurait pas la force de résister. Une conviction s'est installée. Si un jour il revenait, il reviendrait pour vivre avec moi, complètement, comme il m'avait dit qu'il le ferait. Quand on revient de l'enfer – je suis certaine que vous avez connu l'enfer –, on ne s'embarrasse plus du vieux passé, même estimable, même digne, après tout. Je n'ai même pas eu le droit d'accéder à la piste d'atterrissage.

Gaïl avait suivi les choses à la télévision. Elle avait vu. L'épouse, son autorité, sa capacité d'enveloppement et de protection, la passivité d'Alex. Sa soumission définitive.

– J'ai rompu à ce moment-là. En voyant ces images de petit mari minable.

Elle ne l'aime plus, elle le méprise à peine. Dans son récit, Gaïl prend bien garde de ne pas avancer des termes qui pourraient évoquer une haine, un amour renversé. Elle connaît la chanson. Non. C'est plus simple, plus radical. Une fin, c'est tout. La dernière étape – il ne serait pas dit qu'il y aurait manquement de sa part – avait été l'inhumation, cet après-midi. Dernier salut à un homme lâche. La fracture ne fait même plus mal. Dit-elle.

– Je vous ennuie ?

– Je m'instruis.

– Ce Laurent est-il dangereux ?

Le gérant proposa le champagne, avec toute la discrétion requise. Nous acceptâmes. Je ne savais que faire des confidences de Gaïl. J'avais aussi d'autres préoccupations. Mais lesquelles ?

Le taxi nous prit devant la terrasse.

En cours de route, alors que nous roulions boulevard Beaumarchais, Gaïl exprima l'envie d'un dernier verre. C'était un simple détour à faire, par chez moi, quai de Jemmapes.

Elle était ivre, c'est entendu. Sa manière à elle de ne plus pleurer.

La porte poussée, les chats détalèrent. Pas très loin. Il y avait du progrès. Gaïl jeta un coup d'œil sur mon chantier, les pièces vides. Décréta que c'était un bel appartement. Y avait-il à boire ? Ou, mieux, un petit joint. Je sentis qu'elle se forçait.

Tout s'annonçait clairement, je n'avais pas la volonté de résister. Gaïl but.

– Vous avez une femme ? Une amie qui s'occupe de vous ?

– Ça se verrait.

Elle regarda autour d'elle, le décor calamiteux.

– J'ai un service à vous demander. Si ça ne vous embête pas, j'aimerais que vous me baisiez.

C'est le soir, la nuit déjà tombée. Ils s'avancent en chaînes, résolus. Impossible de saisir l'inscription de la banderole. Face à eux, à deux pas, un cordon de flics, casques blancs, boucliers de plexiglas transparents, matraques. Le commentateur dit que les manifestants sont cinquante mille. La plus grande manifestation depuis vingt ans. Ils sont très jeunes, des étudiants. Certains se baissent, allument de petites bougies, toute une rangée, au pied des flics. La voix *off* précise : des brigades anti-émeutes. Ce n'est pas une émeute. Ces jeunes sont très pacifiques, au contraire. Jusque dans les gestes les plus touchants, les plus usés, les plus perdus d'avance : les bras levés, doigts écartés, le bouquet de fleurs tendu. Le flic, très jeune lui aussi, l'écarte d'un geste brutal de bouclier, reprend la pose.

– Berlin ?

– Prague. Hier soir.

La suite est saccadée. Un matraquage violent, acharné. Canons à eau, corps au sol, roués de coups. Débandade des manifestants, intimidation des journalistes. Quelques visages tuméfiés. Des expressions fugitives saisies par la caméra. Pas de la colère, pas de la douleur non plus. De l'indignation.

– Prague ?

J'ignorais les causes spécifiques. Une manifestation d'une telle ampleur, à Prague, me semblait extraordinaire, folle. Le 17 novembre ? Dans mon almanach, ce pouvait être le cinquantième anniversaire de l'assassinat par les nazis d'un étudiant résistant tchèque, Jan Opletal. Le martyr de la première rébellion ouverte contre l'occupant. J'éteignis le téléseur.

Gaïl ne comprenait pas bien ce qui me tracassait. Nous prîmes le petit déjeuner comme on pique-nique, sur le plancher du séjour. J'étais gêné par cette présence chez moi, cette gentillesse convenue. Je n'avais aucune envie d'être désagréable avec Gaïl. Pas envie non plus de la laisser s'attarder.

La contrariété venait aussi de ceci. Les images du petit reportage nocturne étaient confuses. Je n'avais pas réussi à localiser le lieu exact de la manifestation. À Prague certes mais quelle rue ?

J'avais décidé qu'après tout le mieux, le plus simple, était de prendre rendez-vous avec Marc au journal, rue de Charonne. Pas par plaisir. Pour reprendre pied.

Ce n'était plus le même bureau de patron que j'avais connu. Une cloison avait dû être abattue, des meubles changés. Tout faisait plus chic, plus installé. Mes souvenirs n'étaient plus très précis. *Le Soir* avait prospéré, son directeur avec. À peine la porte franchie, Marc se précipita vers moi, m'étreignit.

Il m'étreignit très longtemps, avec une effusion qui n'avait pas l'air complètement feinte, en vrai pro. Sa forte carcasse m'oppressait. Je n'étais pas mécontent de le revoir. Au-dessus de son épaule, au-delà de la vitre qui isolait le bureau, quelques employés du journal observaient nos retrouvailles.

– Bon dieu ! Je ne me pardonnerai jamais de t'avoir envoyé dans ce merdier.

– Un jour, je voterai la prescription.

Derrière son confortable fauteuil de grand chef, une première page du *Soir* était affichée, agrandie en poster. Une photo de moi, avec au-dessus, en lettres grasses : « Cent jours ».

Combien de ventes, ce jour-là ?

Où en étions-nous, au centième jour ? Qu'avait-il de différent des autres ? Rien. Il manquait quelqu'un sur cette belle affiche. Marc évacua l'objection d'un geste.

– Jamais nous n'avons oublié Alex Katz. Tu pourras vérifier en relisant la collection du canard. Tu étais notre journaliste. Il était normal de mettre le paquet sur toi. Et puis…

– Oui ?

– Les proches d'Alex, sa femme n'ont jamais été très favorables aux campagnes de solidarité en votre faveur. Ils n'ont participé à aucun comité de soutien. Leur avis a toujours été qu'il fallait laisser faire la diplomatie, les services compétents. Nous avons respecté.

Qui en doutait ?

C'était devenu un véritable bureau de chef, le centre nerveux d'un minuscule empire, avec tout ce qu'il devait comporter d'ordinateurs, d'écrans TV en activité plus ou moins neigeuse, de dossiers épars, de livres de référence, de photos souvenirs de la carrière, de lithographies merdiques, de fauteuils confortables pour les interlocuteurs élus. Sous mon poster était alignée une collection d'albums de Tintin. Des éditions originales, à n'en pas douter. Et puis, excès de zèle ou symptôme d'abjection, était accrochée une photo de De Gaulle. Marc avait grossi, pas trop. Au point où il en était, cela ne lui allait pas si mal. Il s'était mis aux Stuyvesant ultra-light.

– Ce cambriolage avant ton retour, quel coup de chien !

À voir l'état de son petit environnement surchargé, Marc aurait été mieux inspiré de m'envier. Il fouina dans son réfrigérateur de bureau.

– Vieux Jack ?

Je m'étais toujours accommodé des gobelets de carton, reliquats des temps héroïques, devenus vague snobisme. Le bourbon au frigo, c'était la faute, le vieux sujet de conflit. Marc n'avait jamais rien voulu entendre. Tout juste, quand nous avions encore vingt ans, avais-je pu lui faire admettre qu'il fallait mieux éviter la glace dans la merveille ambrée. Nous trinquâmes.

– J'ai un cadeau pour toi, dit Marc.

Il contourna son bureau, ouvrit un tiroir, en sortit un assemblage bizarre. Un moellon. L'une de ses faces, la plus plane, portait des traces de peinture jaune et rouge. Façon œuvre d'art, il était monté sur un socle de bois sombre, avec une petite plaque de métal. *Viva la liberta – Le Soir.*

– Cette caillasse est un morceau d'Histoire, mon camarade. Un fragment du mur de Berlin. Tu ne peux pas imaginer ce qu'a été cette soirée-là.

– Une sorte de grand soir ?

Je regrettai aussitôt cette pauvre perfidie, rappel du titre originel du canard. La cuti révolutionnaire de Marc avait viré depuis bien des lustres. Ce n'était même plus un sujet de plaisanterie, ni de discussions en ville.

– Tu te souviens de l'année où cette saloperie de Mur a été construite ?

– 1961. J'avais quatorze ans et toi quinze. Tu redoublais ta quatrième. Tous les profs t'avaient dans le nez, à cause de ce canard de bahut que tu diffusais, où tu les allumais les uns après les autres.

– J'étais déjà antistalinien. Toi aussi. Ce mur nous a indignés.

– Peut-être. Mais en 65, à la présidentielle, tu t'es aligné sur les positions du PC et tu as défendu qu'il était juste de voter Mitterrand, candidat bourgeois.

– Débat passionnant puisque ni toi ni moi n'étions en âge de voter. Tu te prétendais trotskyste.

– Tu admirais les audaces du Parti italien.

– Merde, Victor. Tout cela n'a plus aucun sens.

Je reposai l'inestimable présent. Sur l'un des écrans défilèrent fugitivement des images de la manifestation de vendredi soir, à Prague.

Marc répéta qu'il était très content de me revoir. Se ressaisit. Il avait aussi un journal à faire, donc des questions à poser. Alex ?

– Cette mort, deux jours à peine après votre libération, c'est tout de même une coïncidence impossible.

– Enquête en cours.

– Mais toi, ton avis ?

Rien. Absolument rien. Pas plus que je n'avais eu à dire à Gaïl, le même matin, alors qu'elle me posait la même question et qu'elle avait le peignoir ouvert sur son assez modeste mais très aimable poitrine.

Marc avait fait travailler ses journalistes. Le dossier d'Alex était là, devant lui. Coupures de presse et témoignages de ses familiers. Pas grand-chose.

– Origines modestes. Un premier roman, publié assez jeune, qui connaît un petit succès d'estime. Puis un autre, qui n'intéresse personne. Il fut un remarquable professeur. Sur le tard, il a délaissé l'Université, se consacrant à des recherches personnelles, voyageant beaucoup. Ce qui donne quoi ?

Le profil d'un agent. J'avais compris, je m'en foutais. Et alors ?

Laurent n'était pas si difficile à voir venir. Marc non plus.

Bon sang ! Pourquoi avions-nous été libérés ? Je n'en savais rien. Pour eux, les ravisseurs, nous étions des espions. Des jours ils y croyaient, auto-intoxiqués. D'autres fois ça les faisait bien rire. Nous des agents de l'impérialisme, etc. ? Allons donc !

À l'occasion, aussi, le canon sur la tempe. Les tabassages.

– Victor, je ne fais que mon boulot. On peut tenter d'avancer, non ?

– Je suis fatigué.

Marc me tendit une photo, très nette. Alex, cloué sur son siège. La tige de fer bien visiblement enfoncée dans le front. J'eus droit à tous les états d'âme. Un amateur était venu proposer ses photos au journal, un passant de hasard. Il n'avait fallu que quelques minutes pour développer la planche contact. Je connaissais ce genre de prise. Le témoin n'avait rien vu. Il avait laissé faire le moteur de son appareil, au jugé. Sans trop manquer son affaire.

– C'est volontairement que je n'ai pas choisi les meilleures. Le flou m'a paru plus décent. Qu'en penses-tu ?

– Tu es devenu un grand professionnel, Marc.

Il approuva, sans rire. On avait bien le temps de reparler de cette sale affaire.

– Avec le Mur, elle prend moins d'importance.

– On ne t'a pas oublié, dit Marc, pincé.

La rédaction avait été mobilisée sur mon cas dès le premier jour. Des quantités de voyages, de reportages au plus près avaient été réalisés. Même lui (oui, même lui, Marc) s'était déplacé plusieurs fois, sur place. Probablement très près de notre prison clandestine. Avec conférences de presse, raffut médiatique.

– Tu ne peux pas savoir tout ce qu'on a fait. Que pouvait-on faire d'autre ?

J'étais très reconnaissant. Presque gêné de ne pas avoir lu l'édito qu'il nous avait consacré, à notre retour. Dicté de Berlin, du haut d'un bureau de l'immeuble Springer.

– Springer, son groupe de presse pourri ? Contre qui nous avons manifesté, la seule fois où nous sommes allés à Berlin ensemble ? Quelle année, rappelle-moi ?

– Victor, si on se saoulait ?

Pour une fois, je trouvai cette proposition très conne. Démagogique. Marc était un pauvre homme. Plus du tout le voyou de presse qu'il avait su être. Il était devenu une puissance, avide de respectabilité.

De notre cachot, nous avions eu l'écho de ses interventions. Elles avaient irrité nos geôliers. Nos conditions de détention en avaient été durcies. À cette époque-là, les menottes portées en permanence m'avaient sérieusement entamé la peau. Une infection avait suivi, m'occupant plusieurs semaines.

– Désolé. Tu peux penser que ces gesticulations vous ont fait du tort, sur le coup. Nous, ce que nous craignions, c'est que le silence retombe sur vous. Qu'on vous oublie complètement.

Ce n'était pas le Marc cynique, l'homme des coups tordus. Cet aspect de lui, je le connaissais assez bien et, finalement, je le respectais. Il me regardait comme un étranger. Point de vue que je n'étais pas loin de partager.

Un type frappa à la porte. Posa sur le bureau une première maquette pour les pages d'ouverture du lendemain. « Prague : le compte à rebours. » Étaient jointes quelques photos d'agence. Au verso, crayonné : « 17. Listopad. » *Listopad* pour novembre.

– Il faudra reparler, dit Marc. Plus tard. Si aujourd'hui tu as cinq minutes, je crois qu'il y a une petite fête prévue. En ton honneur.

Il renoua sa cravate.

C'était dans la salle des « politiques ». Je crois bien que presque toute la rédaction était là. Debout, un peu empruntés, beaucoup étaient pour moi des inconnus, *Le Soir* était un journal à forte rotation d'effectifs. Il y eut quelques applaudissements, pas très suivis. Un des vieux fondateurs du canard, du temps du *Grand Soir*, se détacha du groupe. Il avait les larmes aux yeux. Accolade.

– Pas de discours, hein ! Pour une fois, on ne trouve pas les mots.

Cheveux blanchis, paupières bouffies, Robert avait beaucoup subi (mais quoi ?) depuis notre dernière rencontre, laquelle remontait à bien avant mon enlèvement. Sa réputation justifiée était d'être un porte-flingue de Marc. Des bouchons de champagne sautèrent.

On s'attache à des détails. Il n'y avait plus une seule de ces bonnes vieilles machines à écrire dans cette putain de rédaction. Bradées les Remington mythiques, les Underwood romanesques. Rien que des ordinateurs.

Quelques photographes immortalisèrent l'émotion ambiante, pour l'édition du lendemain. Enfin, je levai mon verre, dis qu'il était déroutant de me retrouver parmi eux, merci à tous, pour tout. À tout hasard. Marc décida que le moment était venu de faire son petit speech. Le boss obtint le silence.

– Il est temps de t'informer d'une décision que nous avons prise. Tu es parti avec un statut de pigiste. Dès l'annonce de ton enlèvement, nous t'avons embauché comme grand reporter.

Avec le salaire afférent. Marc m'avait aussi bricolé des primes de risque, des indemnités somptueuses, sans oublier le treizième mois. Il me remit solennellement le chèque. Au total, ça faisait une assez jolie somme. Je remerciai, quoi faire d'autre ? Marc leva son verre.

– À notre nouveau confrère !

C'était manifestement une fois de plus mon tour de prendre la parole. Rien de bien difficile, pour le coup. Marc avait préparé sa partition. Je pouvais improviser la mienne. C'est à ce moment que je remarquai Solveig, tout au fond de la salle.

– C'est un réconfort d'avoir été des vôtres pendant ces mois difficiles. Aujourd'hui, je suis honoré de faire partie de cette rédaction. Il ne me reste plus qu'à porter un toast. Buvons à ma démission !

Un vague brouhaha suivit, avec de petits rires, des mines étonnées. Marc me prit par l'épaule.

– Tu ne préfères pas réfléchir un peu ?

Il savait bien que non. Du coup, c'est moi qui fus assez piteux. Je me sentis forcé de m'expliquer. Pas pour Marc, pour eux, là, rassemblés, avec leur champagne, leurs gobelets et leurs petits gâteaux. Je n'étais pas journaliste, je n'avais jamais voulu l'être. Pigiste à l'occasion, et encore. Quand les impôts me faisaient mal. J'étais juste photographe. Petit, tout petit, sans ambition. Rien d'un agité du scoop, pas du tout un fébrile de la valise toujours prête. Ce métier était au-dessus de mes forces, de mes compétences. Fallait pas m'en vouloir, si possible. Assise en tailleur sur un bureau, Solveig fut une des seuls à lever son verre. Marc décréta que la récré était finie puisque, mine de rien, l'heure du bouclage arrivait. Il me tira vers son bureau, ferma la porte derrière nous.

– Tu démissionnes vraiment ? Oui ? À ta guise. On se connaît depuis trop longtemps pour que ça fasse contentieux. Tu restes ici chez toi.

– Comme avant ?

– Comme avant. Mais il y a une chose que tu ne dois pas perdre de vue, c'est que tu me dois un préavis. Tu étais grand reporter, je veux un grand reportage. Ou n'importe quel papier signé de toi, exclusif bien entendu, racontant ton aventure. Tu n'y échapperas pas.

– C'est tout ?

– Non. Je suis en droit de te demander ta pleine collaboration quant à l'enquête sur la mort d'Alex. Tu as des idées ?

– Pas aujourd'hui.

– Accident ou assassinat ?

– Grave question. La même que se pose Laurent.

Sur celui-là aussi, Marc voulait des renseignements, des infos, de l'exclusif, tout ce baratin polluant.

– Tu sais qu'il était des nôtres, il y a vingt ans ? Une biographie comme on les aime. D'abord, l'ultra-gauche, comme tout un chacun. Ensuite, l'action humanitaire. Là, il fait l'apprentissage des coups de grande envergure, au profit de bonnes causes soigneusement sélectionnées. Au début des années quatre-vingt, il devient conseiller chez un de ses copains promu ministre. À cause de ses vieilles relations, on lui a confié quelques missions délicates. Il a appris à devenir discret. Maintenant, il ne dédaigne pas les affaires un peu spéciales. Et on te le met dans les pattes.

– Figure-toi que j'avais un peu deviné le parcours. Il se prétend commandant.

– Rien que pour l'impressionner.

À peu de chose près, je ne faisais pas une grande différence morale entre un officier de renseignement et un patron de presse en vogue. Qu'importait ce que nous avions cru entreprendre, jeunes hommes. Il en restait des complicités faciles, factices, donc de moins en moins conflictuelles. Des rentes honteuses. Pas de quoi gloser.

Je considérai Marc. Lourd et avide, toujours pressé mais habile dans l'art de distiller le contenu de ses dossiers, gros titre par gros titre. Au fond, je n'avais pas grand-chose à lui reprocher. Dans sa catégorie, c'était un grand. À l'échelle du petit monde que je retrouvais. Il aurait son article. Pour au moins une bonne raison. À sa place, j'aurais agi de même.

Mon morceau de Mur sous le bras, je quittai *Le Soir*, sans parvenir à entr'apercevoir Solveig, rien qu'une curiosité, en passant. Au premier étage, je remarquai un écriteau sur une porte à double battant : « Salle de musculation ». Ainsi, ils en étaient à faire de la gonflette.

Le journal

Abigaïl habitait un petit appartement. J'aurais pu le décrire avant même d'y avoir mis les pieds. Des étagères de bois blanc posées sur des briques, encombrées de bouquins, quelques plants d'avocat montés en graine, un yucca famélique, des disques rangés dans un cageot récupéré au marché, une planche sur tréteaux pour le bureau, un poster de Man Ray (portrait de Nancy Cunard), un tapis de paille-coco, en guise de lit un matelas posé à même le sol, recouvert d'une draperie indienne bien mauve. Ne manquait plus que l'encens au patchouli. Il devait y avoir des heures pour ça. Par la fenêtre ouverte montaient les rumeurs de la terrasse du café, juste en dessous. Le Dauphin.

Gaïl disposa des coussins par terre, m'invita à m'installer.

– Ça me fait plaisir de te revoir.

J'avais téléphoné sur un coup de tête moins d'une heure avant. J'étais dans le quartier avec le projet, dénué de toute conviction, de me documenter sur le nouveau matériel photographique qu'il me faudrait bien acquérir. Une recherche déprimante. J'avais acheté un appareil Polaroid, pour ne pas revenir les mains vides. Gaïl m'avait proposé de monter.

– Tu es certaine que je ne te dérange pas ?

– Je travaillais. Un peu.

Son bureau était encombré de feuilles dactylographiées, éparses, de livres ouverts ou truffés de signets. À côté du Macintosh, deux photographies encadrées. L'une était un portrait d'André Breton. L'autre, un montage. La répétition verticale de quatre paires d'yeux, identiques. Un regard de femme, un peu mélancolique. Où avais-je vu cette image ?

– « Ces yeux de fougère… », dit Gaïl. Ça ne t'évoque rien ?

Ces yeux de fougère ? Bien sûr.

– Nadja ?

Gaïl se saisit du montage. C'était une page découpée dans un livre.

– La Nadja de Breton, cette femme tellement extraordinaire. C'est le seul vrai document photographique dont on dispose pour se faire une idée de son visage. C'est peu de chose. Totalement bouleversant.

– Pourquoi le seul vrai ?

– Quantité de filles ont prétendu être Nadja.

Elle se leva pour aller chercher à boire. J'eus du mal à faire le lien entre cette grande femme mince, presque maigre, vêtue d'une ample chemise militaire, d'un jean mal ajusté à ses fesses, et la furie nocturne côtoyée quelques heures plus tôt.

Sur quoi travaillait Gaïl ?

Elle ignorait encore quelle forme cela prendrait, au final. Elle étudiait *Nadja*, le livre d'André Breton. Pas une simple étude approfondie du texte. Tous les à-côtés.

– Les dates, les itinéraires précis, les lieux. Et puis les petits mensonges du récit, ses omissions. Tout ce qui se passait ces années-là, en 1926-1927, dans le mouvement surréaliste, ailleurs. Ça t'intéresse ?

Je m'abstins de répondre à une question aussi intime. Gaïl s'animait, me montrant plusieurs éditions du livre, annotées, certaines découpées, les passages décisifs étant recollés sur de larges feuilles, elles-mêmes couvertes de commentaires (écriture ronde, ample, à l'encre rouge, parfois verte). Ça donnerait un livre, peut-être. Ou un film. Ou une pièce de théâtre. Elle s'en moquait, à l'en croire. Gaïl rejeta une longue mèche raide qui, depuis quelques instants, lui barrait artistement le visage, du front jusqu'au menton.

Aujourd'hui, elle était jolie.

– C'est à cause de Nadja que j'ai fait la connaissance d'Alex. Tu veux que je te raconte ?

Gaïl s'assit sur ses talons, médita sur la meilleure manière de présenter sa petite histoire. Elle se lança :

– Mon père est un grand professeur. Un homme important, très savant, qui donne des conférences un peu partout. Encore maintenant. C'est un vieux monsieur avec qui je ne m'entends pas très bien, que je vois assez peu. Un jour, lors d'un quelconque congrès, il fait la connaissance d'Alex. Pour des raisons qui m'échappent, ils sympathisent. Au fil d'une de leurs conversations, mon père réalise qu'il a connu celui d'Alex, avant-guerre, lors d'un séjour à Paris. Un nommé Alfred Katz. Qui est mort, très jeune, dans des circonstances mal éclaircies, avant la naissance de son fils.

– Quelles circonstances ?

Gaïl fronça le nez. Mimique fréquente, qui se veut aguicheuse.

– Probablement un assassinat, laisse-moi continuer. Avant la guerre, mon père était un militant politique très actif, dans les milieux de l'opposition antistalinienne. Pour tout dire, il était trotskyste.

– Trotskyste ?

– Et même secrétaire occasionnel de Trotsky lui-même, figure-toi. Alfred Katz quant à lui n'était pas un dirigeant, c'était un tout jeune homme modeste plein d'enthousiasme, très dévoué. Mon père sut apprécier l'efficacité de son savoir-faire. Les deux hommes eurent de longues conversations amicales. Une chose intéressait beaucoup mon père. Katz lui avait avoué qu'outre son engagement politique il se passionnait pour la poésie et qu'il était particulièrement séduit par ce mouvement qu'on appelait le « surréalisme ».

– Nous sommes en quelle année ? 1938 ?

– Évidemment.

L'année de l'exposition internationale. De la mort de Sedov, du troisième grand procès de Moscou, Boukharine et les autres, de l'Anschluss. L'année de la rencontre entre Trotsky et Breton, au Mexique, à Coyoacan. L'année de Munich. Gaïl continua son récit :

– Précisément. Mon père…

– Comment s'appelle-t-il ?

– Piotr. Ou Pierre. Ou Petr. Peter Levinski. Levine, si tu veux savoir son nom actuel. À l'époque, son pseudonyme de militant était Max. Entre autres.

– Va pour Max.

– Je continue. Nous sommes donc en 1938. Max savait que des contacts étaient engagés entre Breton et Trotsky, que certains surréalistes militaient dans les rangs antistalinistes. Benjamin Péret en Espagne, par exemple. Le contact avec Katz en fut donc d'autant plus chaleureux. Et intéressé. Max cherchait à s'informer sur ces étranges jeunes gens qui voulaient, disaient-ils, c'était leur grand mot d'ordre, non seulement changer le monde, mais aussi changer la vie. Son militantisme le contraignit à quitter Paris, la France. Il ne revit plus jamais Alfred Katz.

– Alex, dans tout cela ?

– J'y viens. Mon père fut troublé, perturbé même, par cette rencontre tout à fait imprévue avec Alex. Elle le replongeait dans un passé non pas renié mais très ancien. Il faut savoir : à partir de 1948, Max redevient Petr. Il a trente-trois ans. Il cesse toute activité politique, reprend ses études très tôt interrompues, obtient des diplômes, beaucoup, développe une brillante carrière. Pour lui, Alex est le fils d'un fantôme venu de très loin. Tout aurait pu en rester là. Je suis venue tout compliquer. Je vois très peu mon père, nous nous évitons presque. Un jour pourtant, nous dînons ensemble. C'est à Philadelphie, dans un restaurant. J'ai toujours l'impression d'avoir à lui rendre des comptes. Je lui parle de mes activités de critique d'art, des revues auxquelles je collabore. Je lui parle aussi de Breton, de Nadja sur qui je tente d'écrire. Il me regarde d'un drôle d'air, comme il sait faire, un peu condescendant. Si les relations avec mon père sont si difficiles, c'est qu'il sait tout et que, dans certains cas, il a su avant tout le monde.

Ici, Gaïl s'interrompit, se leva. Elle fouina dans une enveloppe, sur son bureau. Rue de Buci, un jazz-band ridicule et sans doute sympathique faisait du bruit, histoire d'animer la vie. Gaïl me tendit deux nouvelles photos.

La première n'était qu'une reproduction, une photocopie soignée. C'est Trotsky. Le Trotsky du début de l'exil à Prinkipo, homme encore jeune, le poil dru, poivre et sel. On est encore très près d'Octobre. Derrière, à peine au second plan, un long jeune homme, blond, bouclé, souriant. Il est vêtu d'une vareuse, tient une solide canne à pêche. Une note manuscrite, à l'encre bleue, délavée : « Île des Princes, 1932 ».

– C'est tout ce que tu vois ?

Non. La barque, derrière, n'avait pas grande importance. Je pouvais m'attarder sur le visage de Lev Davidovitch, son sourire ironique face à l'objectif.

Gaïl s'agita.

– Comment as-tu dit ? Lev Davidovitch ?

Oui. Comme j'aurais pu dire « L.D. », puisque ainsi le nommaient ses camarades. Ou « le Vieux », ce qui était parfaitement affectueux. Ou « Gourov », comme il signait certains de ses articles, à l'époque. Ou

« Bronstein », qui était son vrai nom. Qui ignore ces choses ?

Lev Davidovitch, comme Léon Sedov était Liova. Je n'avais pas à m'expliquer.

Max Levinski avait forcément rencontré Sedov à Paris. Ils étaient, ces oppositionnels, un si petit milieu.

Il y avait autre chose à voir sur l'image. Ce n'était sans doute pas volontaire, pas trop. Le jeune Max, la main sur la hanche, retroussait le pan de sa veste de toile. Il était difficile de ne pas distinguer, accroché à sa ceinture, l'étui d'un revolver. La crosse.

Secrétaires, gardes du corps, émissaires, la vie des jeunes gens qui avaient rejoint Trotsky n'avait pas été une partie de plaisir. Elle comportait des servitudes et des dangers concrets. Max avait l'allure assez crâne. Tête d'angelot à mâchoire forte.

Sur l'autre photo, il accusait vingt ans de plus. Ou plus encore. Il était à la tribune. Pas celle d'un meeting. En chaire. Pas de parabellum à la ceinture. Une toque carrée sur le chef, avec pompon. Ce jour-là, fin des années cinquante, Peter Levinski, éminent linguiste, devenait professeur *honoris causa* de l'université de Yale.

Deux photos passionnantes.

Sur la première, Levinski, flingue à la hanche, avait l'air paisible. Partie de pêche.

Sur la seconde, prof à l'autorité considérable, l'instantané figeait une expression vindicative, doigt tendu vers je ne sais quel adversaire scissionniste. Je ne sais rien de la linguistique, ni de la grammaire générative, sa spécialité, d'après Gaïl. Même sur cette méchante photo, les yeux de Max, de Levinski, activiste, ex-révolutionnaire professionnel, naturalisé américain, ayant surmonté tous les obstacles des commissions de contrôle mac-carthistes de la guerre froide, restaient très manifestement bleus, assez doux.

– Levinski, Levine ?

– À partir de sa naturalisation, il se fait appeler Levine.

– Toi, tu t'appelles Stern.

– Le nom de ma mère. Ils se sont rencontrés en Amérique. Amour, rupture. Le temps pour ma mère de faire l'expérience d'Israël. D'en revenir vite. Amour encore. Maintenant, elle est au Mexique. Elle peint. C'est une grande artiste. Mon père la rejoint dès qu'il ne fait pas le beau dans un congrès international.

À Philadelphie, lors de ce dîner dans une boîte un peu mode, le VVV, Levine ne put s'empêcher d'évoquer ses longueurs d'avance.

– Je travaillais sur Nadja, sur les surréalistes ? Fort bien. Quelle formidable idée. Il n'avait pas, mon cher professeur Levine, de conseil à me donner mais, à l'occasion, je pouvais toujours essayer de contacter ce confrère universitaire dont le père avait connu Breton et – croyait-il se souvenir – Nadja. Il détenait quelques documents, paraît-il. De retour à Paris, je suis allée voir Alex. Il fut très accueillant.

Alex n'avait pas grand-chose à raconter de concret sur ce père qu'il n'avait pas connu. Alfred Katz n'avait pas été une des grandes figures du surréalisme. Sans doute n'avait-il pas été un très grand poète.

– Alex était réticent, semblait presque gêné que je lui parle de cette vieille histoire. En même temps, il se montrait charmant, curieux de mes recherches. Il savait bien des choses sur cette période qui me passionne. J'ai soupçonné qu'il ne me disait pas tout.

Avec le recul, Gaïl voyait bien. Alex était de ces profs qui jouent sans vergogne de leur savoir et de leur séduction. Bateleurs qui brouillent les cartes en ayant l'air d'annoncer le jeu. Un jour, il lui dit qu'il l'aime. Elle n'a pas vu le coup venir. Elle n'y croit pas. Et puis si, totalement. Il est, Alex, ce qu'elle veut, au fond. Le seul genre d'homme capable de la bouleverser. C'est fait. Il sait y faire.

– Nous étions amants depuis quelques jours à peine. Il vient ici, dans cette pièce. Il a une chose à me montrer. Un carnet.

Un journal. Un volume étroit, épais, tout en longueur, toilé. Ce genre de semainier en usage dans les administrations. À l'intérieur, chaque page couverte d'une méticuleuse écriture à l'encre verte.

– Comme Breton ?

– Oui. Tout le monde sait qu'André Breton écrivait à l'encre verte. Je pouvais prendre connaissance de ce carnet. Mieux, Alex souhaitait que je le garde en dépôt. Ça le gênait de le laisser chez lui.

Question de morale, avait-il dit. Il tenait à ce document, le seul héritage de son père. Alex voulait vivre avec Gaïl. Les ruptures pratiques, forcément difficiles, avec sa femme, n'étaient qu'une question de temps. Ce carnet, c'était un gage, un don en forme d'alliance.

Gaïl s'emporta, seule dans sa colère. Se répétant.

– Des boniments ! Pas un instant, pas une seconde il n'a pensé quitter sa bonne femme. Pas parce qu'il l'aimait. Pas à cause du fric. Parce qu'il avait peur. Est-ce que l'amour te fait peur, Victor ?

Que contenait ce carnet ?

– Pour moi, presque rien d'intéressant. Des commentaires sympathiques, naïfs, écrits par un témoin très secondaire. Un surréaliste de quatrième zone, amoureux d'une fille, un vague modèle de Man Ray.

– Tu dis qu'Alfred Katz est mort tragiquement.

Gaïl se pencha un peu, la chemise ouverte, longues pointes de sein durcies, me prit une cigarette.

– C'était l'idée d'Alex. Sa théorie du père assassiné était un tour très romanesque.

– Assassiné par qui ?

Elle ricana, remalaxant son ressentiment.

– Les stalinistes, bien entendu. La Guépéou, le NKVD, que sais-je ? Très chic dans la généalogie. Tout ce qu'on sait, c'est qu'à un moment donné le journal s'interrompt. Rien de plus.

Rien de plus ? J'avais le carnet en main, je le feuilletai. Alfred Katz était loin d'avoir couvert toutes les pages. Son journal s'arrêtait le mardi 8 novembre 1938. Où l'on fête, en pays catholiques, les Godefroy.

– Alex avait bien une mère. Qu'a-t-elle dit ? Elle devait bien savoir ce qui était arrivé.

– Morte en déportation. Alex ne l'a pratiquement pas connue. Il n'a jamais trouvé de trace de la disparition de son père. Rien de sérieux à la police, rien dans les journaux de l'époque, rien dans les archives d'aucune administration. Ce type, Alfred Katz, s'est comme évaporé.

– Cette hypothèse d'un assassinat, il ne l'a pas inventée ?

– Il a bien inventé qu'il m'aimait.

Il était déplaisant de constater que Gaïl était un peu idiote. Dehors, dans la ville, le jazz-band s'était tu, le marché de Buci se mettait en place. Je n'avais pas encore fait de marché depuis mon retour. Qu'allait faire Gaïl de ce carnet ?

– J'y ai pris ce que j'avais à prendre, depuis longtemps. Pas grand-chose. Je te le donne. Garde-le. C'est un service que je te demande. Tout le reste, tout ce qu'il y avait d'Alex ici, je l'ai jeté. Un gros sac-poubelle bien ficelé. Ce carnet, c'est tout ce qui me reste d'Alex et ce n'est pas lui. C'est son père. Je respecte.

– Pourquoi moi ?

– Pas à cause de la baise de cette nuit, ni de notre avenir radieux. À cause du cimetière de Thiais, j'imagine. De Liova Sedov. Tu m'as touchée.

Gaïl avait fait son petit numéro sans être certaine d'avoir réussi son effet. Toute compassion bien comprise, ses états d'âme n'étaient pas dans mes urgences. J'eus l'idée de la photographier. Pour calmer le jeu ou intéresser la partie, peu importe. Je connaissais mal le fonctionnement du Polaroid. Il me parut très compliqué. Je renonçai.

Il faudrait que je me réhabitue patiemment à ça, voir les gens. Le moment venu.

Rue de Buci, j'achetai du thon frais, des carottes, pour Radek et Bastille, de l'herbe à chat. Des olives noires, aussi. Puis je me forçai à rentrer chez moi à pied.

J'avais peu prêté attention à ce qu'avait griffonné Solveig au dos de la reproduction du collage d'Ubac, son numéro de téléphone. Le considérant de plus près, il était assez déconcertant. (4) ARC. 17. 13. Depuis combien de temps les indicatifs téléphoniques excluaient-ils les lettres, les références aux quartiers ? Dix ans ? Quinze ans ? Plus ? Je ne me souvenais plus. Cet « Archives » anachronique me décida à contacter la journaliste. Sa petite blague valait bien une deuxième chance.

Ce qui n'était pas si simple. Le cadran de mon combiné, cadeau d'un ami, acheté dans je ne sais quelle zone *tax-free* d'aéroport, connaissait les chiffres, pas les lettres. Comment composer le code d'appel ? Mine de rien, c'était un petit défi malin.

Je pris une feuille de papier, tentai de reconstituer l'ancien cadran. À la touche 1, on trouvait « ABC », à 2, c'était « DEF », et ainsi de suite. Un schéma convenable. Facile. Je composai le numéro ainsi obtenu. Une voix féminine, enregistrée, me signala aussitôt que j'avais commis une erreur. Pure distraction, j'avais oublié de taper le 4. Je recommençai. Une voix d'homme, grave et fort courtoise, m'assura qu'il n'y avait pas de Solveig dans les parages.

Bien sûr, j'aurais pu appeler Marc, lui demander les coordonnées de la journaliste. J'aurais même pu tenter de consulter l'annuaire, encore que, selon toute vraisemblance, la journaliste portait pseudonyme ou était *red*-listée. C'était faisable, un peu tricheur.

Je reconsidérai mon petit dessin. Les correspondances semblaient parfaites, les groupes de trois lettres accolés correctement aux chiffres. Où était l'erreur ?

Il me fallut tâtonner pas mal de temps. Les lettres s'alignaient-elles si sûrement dès le numéro 1 ? Finalement, non. Et puis me revint une petite anomalie. Le lettre O ne venait pas à son rang alphabétique logique, mais était propulsée – en même temps que le Q et en compagnie du Z – à la touche 0. Avant d'en arriver là, je dérangeai pas mal de braves gens. Quand je parvins enfin à contacter Solveig, elle accepta de retenter l'expérience d'une interview, pour le lendemain, lundi 20 novembre.

– Quel est ce bruit près de vous ? demanda-t-elle.

Un bruit ? Oui, bien sûr.

– Le téléviseur. Les infos. Je tente de me remettre un peu au courant.

– On parle de quoi ?

– Les pays de l'Est. L'implosion du système communiste, etc. Tout de suite, un commentateur évoque les manifestations, à Prague. Il y aurait eu un mort. Un certain Martin Šmid.

Un silence. Un petit rire.

À l'écran, on repassait une fois de plus les images violentes de la répression.

– Martin Šmid, dit Solveig. Vraiment ? En Tchécoslovaquie, cela pourrait se traduire par Jacques Dupont ou Pierre Durand. Ou Paul Machin. C'est grotesque. Même à Prague, qui peut croire à l'existence d'un martyr dont le nom serait Martin Šmid ?

Son ricanement était une touche nouvelle à l'idée que je me faisais de Solveig. Elle coupa court.

Je n'étais pas vraiment certain d'avoir envie de m'attaquer, vite, à la réinstallation de l'appartement. Entreprendre d'acheter des meubles, de les faire livrer, de les monter, me paraissait une entreprise épuisante, insensée. Mon vieux fauteuil défoncé convenait largement à mes exigences de bien-être.

Je m'appliquais à regarder la télévision, à compulser les journaux. Malgré tous mes efforts de concentration je ne parvenais pas à organiser les titres, les séquences. Des dirigeants mondiaux inquiets des changements d'interlocuteur se concertaient à Paris, se verraient à Malte bientôt. Un certain Modrow manœuvrait en RDA. Plusieurs centaines de milliers de Berlinois avaient profité du week-end pour faire un petit tour à l'Ouest. Des commentaires insupportables de condescendance moquaient leurs Trabant, leur appétit pour les bananes, leurs sacs en plastique bourrés de menus achats, les pauvres petites gens. Il y avait des manifestations à Sofia, à Prague. Plusieurs papiers étaient consacrés à la Roumanie, à l'Albanie, ces retardataires, et à leurs régimes complètement verrouillés. Un total méli-mélo. Le monde avait attendu mon retour pour accélérer furieusement sa course. C'était suspect.

Cela arriva de manière imprévue. Une question de courant d'air, je pense. J'avais fermé derrière moi la porte de la chambre. Le carnet d'Alfred Katz en main, je soupesais cet objet incongru, le pressentant sinon dangereux, du moins compromettant. Je m'apprêtais à l'explorer. Les chats, exclus, durent miauler longtemps dans le vestibule sans que je m'en rende bien compte. Je leur ouvris, prêt à leur céder, à leur offrir un rab de bouffe, puisque telles étaient devenues nos relations. Je faisais erreur. Loin de m'entraîner vers la cuisine, ils occupèrent le lit, attendant que je veuille bien m'allonger pour s'installer l'une sur mon ventre, l'autre sur mon épaule, dans le chaud. Ainsi se décréta la paix domestique, l'amnistie par décision unilatérale.

Que faire de ce carnet, ce gros volume toilé, indiscret ? La première tentation avait été de le feuilleter, de le parcourir à la hâte sans surtout m'y attarder. Pour me faire une idée. Au premier coup d'œil, la rédaction était déplaisante. Une écriture appliquée de petit employé, bien formée, pleins et déliés. Le choix de l'encre verte était bien la seule fantaisie. J'ai toujours eu un dédain des journaux intimes rédigés dans le désir ou la savoureuse crainte d'être lus, par surprise ou plus tard. On n'y prend que la pose. Le contraire serait connu.

Katz, Alfred Katz, avait beaucoup écrit, cette année 1938. Pas tous les jours, mais presque. Parfois, il avait collé des coupures de presse, maintenant toutes jaunies.

Cette écriture n'était pas d'un employé de bureau (dès la première page, j'appris que Katz était ouvrier typographe). C'était celle d'un élève appliqué de la laïque. Certaines fioritures – barres de t, r sophistiqués –, plus dessinées qu'écrites, me rendirent Katz touchant avec sa manière d'écrire proprement tout en écrivant à sa manière, à lui. Quelle était ma lecture, à moi ?

Solveig s'était installée par terre, à peu près à la même place que lors de sa première visite, sans commentaires inutiles. Ses yeux étaient effectivement pers. Je lui dis de mon mieux toutes les banalités que *Le Soir* attendait, sans trop omettre les détails qui donnent de la chair à des « propos recueillis ». Renonçant au magnétophone, elle notait, en sténo, ne posant que de rares questions quasi techniques (où ? combien de temps ? qu'en disait Alex ? etc.). Ce que j'avais à dire était d'une grande indigence. Nous avions été très pauvres, Alex et moi. L'obsession d'un lien trop serré, la douleur dégradante d'une dysenterie tenace. Une soupe un peu consistante. Un tabassage inutilement humiliant. Quelques arrangements indicibles. Pas de quoi faire dix lignes d'un article.

– Vous ne raconterez jamais ce que vous avez vécu ?

– Jamais. Nous nous sommes arrangés, à notre niveau, pour ne pas mourir. Comment ? Ça ne regarde que nous. Puisque nous sommes revenus, il va falloir nous supporter. Il y a pire.

Je montrai à Solveig la cassette de notre simulacre d'exécution. Elle avait déjà visionné la bande, clip connu de toutes les rédactions.

Avait-elle assez de matériel pour son article ? Elle ferait au mieux, on n'allait pas passer des siècles là-dessus. La vie continuait.

– Une dernière chose, quand même. Vous ne quittez jamais Paris, c'est votre image de marque. Pourtant, vous partez. À peine arrivé dans cette banlieue, vous

vous faites capturer, assez bêtement. Pas même le temps d'apercevoir le moindre bout de faubourg. Durant toute votre détention, vous avez pu imaginer la ville autour, les rues. Vous avez toujours été incarcéré en ville. Que dites-vous à ce propos ?

– Pas grand-chose.

Nous entendions bien des bruits, des échos, par le soupirail. Les frusques des gardiens traînaient des relents d'intimité urbaine. Je ne voulais pas imaginer où nous étions, comment c'était, m'y résigner.

– Paris ?

– Au début, j'en ai fait un exercice.

Je m'étais d'abord attaché à remémorer mes photos, sélectionnant les meilleures, celles surtout qui pouvaient stimuler une petite histoire, entraîner un enchaînement d'anecdotes. Ensuite, j'avais essayé de les classer par thèmes, par époques. Une vraie gymnastique, plutôt vaine et fatigante. Après, l'idée était venue d'une exposition, pour après la libération.

– Comme voyiez-vous les choses ?

– Paris donnant la cohérence, il fallait fixer une règle du jeu. Une photo par semaine de détention, pourquoi pas ? Très vite, je me suis rendu compte que cela ferait trop. Par mois ? C'était mieux, mais encore trop abondant J'ai laissé la question en suspens. Je n'avais pas envie de faire le tri. Ce petit palmarès intime était dépourvu de sens. Prétendre l'exposer supposait une mise entre parenthèses de ce temps de prison, sans images. Un retour aux affaires courantes qui n'auraient jamais dû être interrompues. C'était stupide.

– Vous avez donc imaginé les photos que vous feriez, en rentrant à Paris.

– Bien sûr. Un autre exercice d'hygiène. Chaque jour, je me suis livré mentalement à des repérages. Il s'agissait de reprendre tous mes quartiers familiers et, de là, de me dérouter vers des coins mal connus, négligés auparavant. Je me suis organisé un plan de travail, très précis, très méticuleux.

– Vous êtes à pied d'œuvre depuis plus de dix jours.

Je ne m'étais même pas procuré de nouvel appareil. Tout juste un malheureux Polaroid.

– C'est comme un soldat dont on a annoncé la mort et qui réapparaît. On est content et plutôt embarrassé. La disparition avait un sens, pas le retour. Depuis que je suis là, à chaque fois que j'ai pensé à une photo, j'ai eu l'impression de vouloir fabriquer un souvenir, de combler un oubli d'avant mon enlèvement.

– Vous revenez de si loin ?

– Pas tellement. Ç'aurait pu être causé par une dépression, un accident. Même une histoire d'amour. Ce genre de glissement. C'est suffisant pour mettre hors jeu. En apparence.

Il était inutile de mentionner ces bredouillages dans l'article. Solveig haussa les épaules.

– Dommage. Je ferai malgré tout de mon mieux pour rendre ce papier pathétique. On continuera à vous plaindre.

– Vous êtes toujours aussi désagréable ?

– Ne me surestimez pas.

– Vous êtes spécialisée dans quoi, au *Soir* ?

– Dans rien. Pigiste pas tout à fait régulière. Payée au feuillet, tarif à peine syndical. Je n'ai pas tellement le choix. Le genre précaire me convient.

Solveig rangeait tranquillement ses affaires dans son cartable, tout en feignant de remarquer la carte épinglée au mur.

– Pourquoi m'avoir donné ce collage d'Ubac ?

– Une impulsion, je suppose, pour ne pas venir en simple pillarde. Mon avis était qu'il vous plairait.

Elle était sur le pas de la porte. J'avais une question à poser.

– Votre accent ?

– Tchèque, bien sûr. De Prague, tant qu'à faire. Ça vous convient ?

Le ton était au défi. Solveig se mordit les lèvres. Par terre traînait le numéro du *Soir* daté du lundi 20 novembre. « Prague, enfin ! » Elle le poussa du pied, vers le morceau de Mur offert par Marc. Qu'est-ce qui n'allait pas ?

– Dites toujours.

– Vous y tenez ? C'est excitant, n'est-ce pas, toutes ces villes qui se libèrent, ces murs qui tombent ? Un épatant spectacle. Quelle blague ! Vous êtes déjà allé à Prague ? Oui ? C'est vrai, je me souviens : il fut un temps où dépasser le périphérique ne vous donnait pas de folles angoisses. C'était quand ?

Ma réponse lui importait peu.

– Prague sortant de sa torpeur, vous n'y croyiez même plus. Comme tout le monde. Comme vos amis du *Soir*. Une ville tellement belle et tellement triste, résignée, avec sa minuscule poignée d'opposants héroïques et totalement isolés. Un magnifique miroir pour vos remords. De Munich au Printemps écrasé, il y a de la matière. Cinquante ans d'abandon, ce n'est pas rien. Mais quand même, dans vos yeux, la ville est restée admirable. Je suis certaine que vous y avez fait de superbes photographies. Elles devaient être en bonne place dans vos cartons, dans ces archives qu'on vous a si détestablement dérobées. Je les devine sans mal, il n'y a que l'embarras du choix : la Vieille Ville, le Ghetto, le pont Charles, le Château, même la place Venceslas. Impossible de rater le cliché. Avec la brume qui ajoute son voile de mystère. Pas de problème pour trouver la légende. Il suffit de citer Breton : « La capitale magique de l'Europe. » Ou l'inévitable Kafka : « La petite mère a des griffes, elle ne nous lâchera pas. » Prague est dorée. Elle a cent tours. On n'en finit pas d'enfiler les lieux communs à son propos. En oubliant que ces brumes si romantiques sont d'abord de la pollution. Prague n'est pas simplement étouffée par la crainte. Si on n'y respire pas, c'est aussi à cause de la suie, de la poussière de lignite, des crasses chimiques qui s'infiltrent partout, qui rongent tous les recoins. Rien de pittoresque. Prague est infectée, par la peur et la saleté. C'est une ville détestable. Je ne voudrais y retourner à aucun prix. Aucun !

Je prenais acte de cet emportement. Les mots se bousculaient. Abandonnée, la réserve sarcastique. Solveig argumentait, faisait flèche de tout bois, balayant d'avance toutes les objections suscitées par l'actualité.

– Des manifestations à répétition, quotidiennes malgré la répression, ça ne vous donne pas un peu d'espoir ?

– Je regarde le feuilleton comme vous. J'écoute les commentaires. L'extase devant ces dizaines de milliers de gens, place Venceslas. Je comprends même ce qu'ils disent. Quel est leur principal mot d'ordre ? « Nous sommes là ! C'est le moment ! » Ou, si vous préférez : « Le temps est venu. » Quel remarquable courage, soudain ! Quelle détermination ! Après Varsovie, Budapest, Berlin, Prague consent enfin à sortir de sa léthargie. Allons ! C'est un tout petit pays, il n'est pas peuplé de héros. Jan Hus est notre gloire nationale mais notre comportement est celui du soldat Švjek. Ces manifestations ne donneront rien. Une fois de plus, il y aura eu l'espoir, l'enthousiasme, la liberté entr'aperçue. Il suffira que le bureau politique fronce le sourcil que quelques blindés soient lâchés dans les rues, ce sera la fin de la récréation. Et, comme toujours, ce sera pire qu'avant. Croyez-moi, il ne peut rien se passer de bon à Prague.

Au nom de quoi aurais-je pu la contredire ? De quel remords, comme elle le soulignait si crûment ? Solveig décida de changer de registre :

– Avouez que vous auriez presque envie de faire comme Marc, un peu de tourisme du côté de l'Histoire en marche. Sans risque, cette fois. C'est la porte à côté. Berlin est à dcux pas. Prague est moins loin que Barcelone. Tenez.

Elle fouilla dans son cartable, en sortit une enveloppe. Je vis ainsi qu'elle habitait rue Rambuteau. Elle me tendit un petit bristol. Quelques mots en tchèque, une signature illisible.

– C'est quoi ?

– Il est écrit : « Laisser entrer et sortir. »

– D'où ?

– Du théâtre Laterna Magika. Vous savez que tous les théâtres de Prague se sont mis en grève. La Lanterne magique est un des principaux foyers de la contestation. C'est là que se réunissent les acteurs, les metteurs en scène, les étudiants des Beaux-Arts. Ce coupe-file est signé par Ivan Havel, le frère du dramaturge dissident.

– Comment l'avez-vous eu ?

– Par mes amis, les rares que j'ai gardés là-bas. Ils me l'ont fait parvenir. Pour que je sois à nouveau des leurs, pour qu'on recommence tous ensemble à y croire, comme il y a vingt ans. Et même plus de vingt ans. Je ne peux plus. C'est trop tard. Je vous le donne, ce carton, gardez-le. On se l'arrache. Il est d'un prix inestimable pour ceux qui veulent se donner des chaleurs, en Bohême. Vous ne vous en servirez peut-être pas. Encadré, il sera très joli auprès de votre morceau de Mur.

Je tournai le bristol entre mes doigts. Au verso, il y avait un petit emblème, tamponné. Il représentait un chat noir, tout souriant.

– C'est pour authentifier le document. Il s'agit du tampon dont Václav Havel se sert, d'ordinaire, pour son courrier personnel.

Solveig avait dit et fait ce qu'elle tenait à dire et faire. Elle boucla son cartable, se sangla dans son imper.

– Désolée de vous avoir importuné avec mes petits ressentiments. Ne leur attachez pas trop d'importance. C'était un moment d'humeur. Pour le papier vous concernant, il faudra me faire confiance. Je le rédigerai dès ce soir. Si Marc tient parole, il sera publié très vite.

Je la raccompagnai à la porte. Elle hésita. Quelque chose la chiffonnait encore.

– Je peux vous aider ? Un détail a été oublié ?

– Si on veut. J'ai une dernière question. Une curiosité, toute personnelle. Je peux ? Vous réveillez-vous toujours à 5 heures du matin ?

Elle sortit. Ou plutôt, elle disparut. Tout au long de l'interview, je ne lui avais jamais parlé de mes réveils.

Les premières pages du carnet d'Alfred Katz, son journal de bord, étaient d'un intérêt très moyen. Venu de Lille, il débarque gare du Nord le samedi 1er janvier 1938. C'est la première fois qu'il vient à Paris. Aussitôt, il se rend dans une petite pension de famille, près du canal Saint-Martin. Il ne donne pas l'adresse. Ce sont des « copains » qui lui ont indiqué la maison. Les prix y sont raisonnables. Les mêmes copains, des militants, lui ont trouvé une embauche. Le petit provincial, le prolo immigré, est en terrain très balisé. Dès le lendemain de son arrivée, il entre en contact avec des « camarades responsables ». Premières discussions politiques.

Début janvier, dans les premiers jours, pas de date, il quitte l'imprimerie où il travaille, rue du Croissant, se rend à pied vers Montmartre. C'est la fin de l'après-midi. Il ne décrit rien de son parcours. Ce qui l'intéresse, c'est le but. Le Cyrano, café de la place Blanche. Il écrit :

« Je m'installe à une table assez isolée. Je commande un café, rien qu'un café. Il est 18 heures. J'ai l'impression, un peu coupable, d'être en retard. Personne n'est là. Je reviendrai autant de fois qu'il faudra. »

Carmen se manifesta enfin, revenue de son congrès fichtrement international de psychanalystes. Elle pleura. Son absence pour mon retour, c'était l'un des plus grandioses de ses actes manqués. Elle prétendait s'y connaître.

Pourtant, durant l'absence, elle avait tout fait bien. La vigilance auprès des chats, l'entretien de l'appartement. Le cambriolage était à ses yeux une autre horreur. C'était arrivé la fois où elle avait pris deux jours de vacances avec un dissident de l'École freudienne, une sorte d'amant, un peu rocker sur les bords. Je ne compris pas tout de ce qu'elle disait, pas plus qu'au bon vieux temps. Carmen avait pour manière de bouffer la moitié de ses mots, pire qu'une Sagan en verve. Pour le reste, elle avait un peu changé. J'étais parti en reportage, la laissant, psy atypique, façon jean-santiags, Perfecto laissé sur le canapé de sa salle d'attente, juste en dessous du poster de Johnny Rotten. Aujourd'hui, son tailleur ressemblait à un Chanel. Il lui allait bien.

– J'ai fait au mieux. Je suis venue parler aux chats chaque jour.

– Ils me l'ont dit. Et quand tu n'étais pas là tu leur laissais France-Culture.

– Merde. C'est injuste, cette histoire !

– On continue, Carmen.

– Je t'ai enregistré Paolo Conte au théâtre de la Ville. Et Piazzola, aux Bouffes. Guidoni, aussi. Voilà les cassettes.

– Génial ! Dès que possible, je me rachèterai une chaîne.

– Il y a eu aussi une expo de Marcel Duchamp. Une autre de Man Ray. J'ai pris les catalogues. Et…

Carmen avait descendu l'étage qui nous séparait avec des plats de sa composition. Nous nous connaissions depuis pas mal d'années. C'était la première fois qu'elle me proposait sa cuisine. Un bacalao assez odorant. Tout au long du dîner nous parlâmes des événements d'Europe de l'Est. Je compris vite qu'elle en savait beaucoup moins que moi. Elle était très troublée par ces changements. Très inquiète aussi des répercussions dans les partis communistes d'Europe occidentale. Elle avait pour cela de très bonnes raisons. Bien qu'ayant dépassé depuis très longtemps l'âge de la retraite, son vieux papa, qui vivait toujours au Portugal, restait permanent du parti d'Alvaro Cunhal. Le dernier des grands dirigeants staliniens de l'époque héroïque, pour cette zone-là du monde.

Pour la bouffe, Carmen avait très bien fait les choses. Il manquait juste quelques heures à la dessalaison de la morue.

Une autre fois, Alfred Katz se rendit en fin d'après-midi au café Cyrano.

Il avait lu dans un journal que c'était le lieu de rendez-vous quotidien des « surréalistes ». Le papier était du genre moqueur, destiné à faire rire le bourgeois de province. Ces soi-disant artistes n'étaient-ils pas de parfaits malades mentaux, avec leur goût du scandale et leur respect de rien ? Alfred Katz n'avait lu que très peu de textes surréalistes. Assez pour être subjugué.

Le malveillant échotier avait dû faire erreur. Katz avait beau guetter, pas l'ombre d'un poète dans le bistrot. Il avait bien fallu s'enquérir auprès d'un garçon. Qui fut aimable.

– Monsieur Breton et ses amis ? Ils ont parfois leurs habitudes ici, au premier étage. On ne les voit plus depuis plusieurs jours.

Ils avaient changé de camp, au dire du loufiat. S'étaient installés rive gauche. Au Quartier latin. Près de l'église, carrefour Saint-Germain. Alfred Katz en fut un peu alarmé. Depuis son arrivée à Paris, il n'avait pas encore mis les pieds sur la rive gauche.

Le carnet disait : « Hans Bellmer est à Paris. C'est un exil. On dit qu'il est venu avec sa poupée. »

Katz localisa assez vite les réunions de Breton et de ses amis. Aux Deux Magots. N'y étant nullement convié, il ne pouvait que noter de loin ce genre de détails, qui ne donnait pas à son journal un caractère exceptionnel :

« Ils ont l'air de conspirateurs. André Breton commande toujours un mandarin-curaçao. Je ne l'imaginais pas si massif, si imposant. »

Ne pas trop regarder par la fenêtre, le canal. Pas vers la droite, pas vers la Grange-aux-Belles.

Laurent s'annonçait toujours. Un message téléphonique, un télégramme, il s'arrangeait pour me donner les moyens de m'esquiver, solution choisie le plus souvent. On se parlait, à l'occasion. Chez moi, dans un bistrot. Même dans son bureau du Val-de-Grâce (bien propre, très ordonné, poster christique et provocant de Guevara, au mur).

– Accident ou assassinat, on ne sait toujours pas. Alex était un curieux homme. Depuis longtemps, il avait attiré l'attention des services.

– Lesquels ?

– Je ne peux pas vous dire.

– À cause de quoi ?

Soupir de grand initié accablé :

– Ah ! Comme si c'était si simple…

Rien de net. Alex avait la conduite irréprochable d'un cher maître. Ponctuel, probe. Un dossier impeccable. Pourtant…

– Ne me faites pas languir.

– Je ne sais pas grand-chose. Vu ses fonctions essentiellement universitaires, Alex ne faisait pas l'objet d'une surveillance particulière. Même à l'étranger. Quelques contrôles ponctuels sur ses fréquentations. De la routine, c'est tout. Très relâchée. Les fiches sont là pour le dire.

– Pourtant ?

– Pourtant ? Vous avez raison d'insister. Dans les semaines qui ont précédé votre commun enlèvement, là-bas, Alex a eu un comportement atypique de son point de vue d'homme aux habitudes très réglées. Plus les mêmes itinéraires. Comme s'il avait des rendez-vous un peu mystérieux, des rencontres discrètes à assurer.

– Avec sa maîtresse, pardi.

– L'explication est trop simple. Elle sent l'alibi. Avant d'être capturé, il a concocté des choses dans Paris que je ne comprends pas.

En aurais-je eu le goût, ce n'était pas le cas, je voyais mal en quoi je pouvais être d'une aide quelconque à Laurent. Je lui répétai que je n'avais pas la moindre idée de ce dont Alex voulait m'entretenir avec tant d'urgence, quelques heures avant sa mort. Laurent y alla de son air faux-cul. Il fouilla dans sa poche.

– À propos, tenez. On a découvert ceci dans la doublure du portefeuille d'Alex.

Il me tendit une feuille de papier soigneusement pliée en quatre. Usure des pliures, brin de patine, ce document avait été souvent manipulé.

– Il était caché ?

– Ce serait trop dire. Ce portefeuille était très vieux, très usé. La doublure déchirée autorisait une sorte de poche supplémentaire, éventuellement plus discrète. Rien de plus. Jetez un coup d'œil.

Tapée à la machine (encre de mauvaise qualité, un peu grasse), une liste de noms de rues. Treize au total. Je faillis éclater de rire. Laurent ne m'en laissa pas le loisir :

– Très bizarre, n'est-ce-pas ? Une vraie petite énigme.

Il scrutait tellement mes réactions qu'il était plus que tentant de croire à une blague. Ou à un test. Laurent n'était pas un flic ordinaire. Qu'il puisse aimer les canulars n'était pas une hypothèse incongrue. Il me pria de relire à haute voix le nom des rues.

Je m'exécutai volontiers :

– Rue de la Transfusion-de-Sang. Rue des Lèvres. Rue Vivienne. Rue de Tous-les-Diables. Rue Faible. Rue Nicolas-Flamel. Rue d'une Perle. Rue de la Glacière. Porte des Lilas. Rue Albert-Tison. Passage des Panoramas. Rue Cerise. Rue de la Vieille-Lanterne.

À vrai dire, j'aurais pu réciter cette liste sans l'aide du pense-bête d'Alex. À l'ordre près, je la connaissais par cœur. Le cocasse était – ma religion fut vite acquise –

que Laurent ne le soupçonnait pas un instant. Au contraire, il était tout excité par sa trouvaille. Et docte.

– Vous passez pour bien connaître Paris. Vous voyez donc l'astuce. À des rues parfaitement réelles Alex en a mêlé d'autres, inexistantes. Que ce soit à Paris ou ailleurs, j'ai fait vérifier. Notons qu'il ne donne aucun numéro permettant d'identifier une quelconque adresse. N'est-il pas légitime de penser que les rues inventées sont une sorte de code ?

Laurent développa. La rue d'une Perle, par exemple. Il existe certes une rue de la Perle, dans le Marais. C'est donc un leurre ou une erreur. Alex a sans doute voulu mémoriser cette rue ou une autre toute proche. Ou bien, il pensait à un magasin de bijoux. La rue de la Transfusion-de-Sang évoque un hôpital ou ses environs. Alex a peut-être eu un malaise dans une rue qu'il a rebaptisée, pour son compte, rue Faible. La rue Cerise, la rue des Lèvres, etc. ? Tout cela avait une explication rationnelle. Peut-être accablante. On finirait bien par trouver. Il était très content de lui, Laurent.

– Aucun code secret n'est inviolable. C'était déjà le cas avant les ordinateurs. Grâce à eux, les délais de décryptage sont extrêmement resserrés. Naturellement, ici le problème se complique du fait qu'il ne s'agit pas d'un message rigoureux mais d'un carnet d'adresses fonctionnant par références et analogies.

– Certes, certes.

J'étais ébahi. Laurent était magistral. Pas de doute, il ne plaisantait pas.

– Ces noms de rues sont autant de friandises données à l'ordinateur qui gère le dossier d'Alex. La machine finira bien par donner un ordre et un sens à cette liste et au reste. Votre aventure commune avec Alex en fait partie.

Pour la première fois aussi nettement, non sans grandiloquence, Laurent se révélait flicard, menaçant. Sauf que sa tirade sur les adresses le ravalait au rang de zigoto.

– Vous, monsieur Victor, au point où nous en sommes vous et moi, que pensez-vous de cette liste ?

– Je la trouve très poétique.

– Ne finassez pas.

– Je vous assure que je vous dis la vérité.

– La rue de Tous-les-Diables, qu'est-ce que ça vous évoque ? Répondez sans réfléchir.

– Jeu de la vérité ? Associations libres ? D'accord. Je vois une rencontre dans un lieu obscur, caverne ou cave. Une histoire d'amour. De très grands bouleversements. Avec des secrets, de la magie.

– Vous vous foutez de moi !

Moins qu'il le pensait. Ce n'était pas complètement de mon fait si un honorable agent des services spéciaux dans l'exercice de ses fonctions croyait utile de me soumettre, tel un indice provocateur susceptible de me confondre, la liste élaborée par André Breton et ses amis, lorsqu'ils tentèrent d'imaginer la « ville surréaliste » idéale, bâtie de vrai, d'imaginaire et même d'idiot – ah, la rue Albert-Tison ! Combien d'exégètes s'y sont cassé la tête ?

C'était conçu pour l'Exposition internationale du surréalisme, de 1938.

Pour des raisons qui lui étaient propres, Alex n'avait guère fait que recopier une minuscule partie des réjouissances prévues par le programme de cette exposition mémorable. Mais inconnue de Laurent et de ses ordinateurs-limiers. Il ne me revenait pas de faire leur éducation.

Gaïl se mit à laisser message sur message.

Le samedi 25 novembre, je me dis que cette femme n'avait pas à s'attarder trop longtemps dans ma vie.

Alfred Katz se démenait beaucoup. Une vie difficile. Ses horaires, à l'imprimerie, étaient irréguliers. Manifestement, c'était un bon ouvrier. Ponctuel, consciencieux, actif syndicaliste. Rien de bien excitant. Je fis donc ce qu'il ne fallait probablement pas faire dans la lecture de son carnet. Je sautai les jours, allant directement aux notes de la fin du mois de janvier 38. Au lundi 17, plus exactement.

À la page concernée était collé un prospectus illustré. Titre : « Exposition internationale du surréalisme. Invitation pour le 17 janvier 1938 ». « À 22 heures, signal d'ouverture par André Breton. » Le programme des festivités se déclinait autour d'une photo pas très nette : *« Apparitions d'êtres-objets – Le Trèfle incarnat – L'Acte manqué*, par Hélène Vanel – *Coqs attachés – Clips fluorescents – Descente de lit en flancs d'hydrophiles – Les Plus Belles Rues de Paris – Taxi pluvieux – Ciel de roussettes ».* Pas moins. La photo centrale était une scène de rue : un grand personnage marchant, entouré de policiers, de notables. Légende : « Le descendant authentique de Frankenstein, l'automate Énigmarelle, construit en 1900 par l'ingénieur américain Ireland, traversera à minuit et demi, en fausse chair et en faux os, la salle de l'Exposition surréaliste. » Adresse : « Galerie Beaux-Arts, 140, rue du Faubourg-Saint-Honoré, Paris. »

Au recto, avec son habituelle encre verte, Katz avait recopié la liste des *Plus Belles Rues de Paris* : rue Vivienne, rue de la Vieille-Lanterne, passage des Panoramas, etc.

Il avait souligné le nom d'une rue, celle de Tous-les-Diables. Et ajouté juste à côté, en lettres capitales, ce mot, ce nom sans doute : MILA.

Je refermai le carnet. En caressai longuement la couverture toilée, du plat de la paume.

Il y avait quelques dispositions à prendre. Je préparai d'abord le souper des chats. Ce soir, il se composait de foies de volaille, d'échalotes et d'œufs durs, le tout haché, lié par un filet d'huile d'olive. Je ne courais aucun risque. Par atavisme sans doute, Radek et Bastille ont toujours aimé ce plat. Puis, je passai aux corvées, au répondeur. Gaïl persistait. Deux appels sur cinq émanaient d'elle. Les messages s'enfilaient, précis ou informes, comminatoires ou débonnaires. Des noms s'y avançaient, qui ne me rappelaient que des épisodes très confus. Des voix avaient la prétention de se croire immédiatement identifiables, bien en vain. On était en général content. On m'embrassait, m'assurant qu'on avait fait pour moi tout ce qu'on avait pu – mais quoi faire ? On comprenait bien qu'il me fallait récupérer, me réinstaller. On me proposait des petites bouffes pour quand je voudrais, des pots à prendre. Certains, certaines me disaient qu'après cette douloureuse parenthèse les comptes étaient réglés, plus de contentieux. Effarante mansuétude ! Une voix très blanche, très lointaine, très atteinte, m'apprit la mort de plusieurs personnes qui toutes n'étaient pas des proches, que j'avais connues ou croisées. Ce message-là, qui évoquait la maladie, se terminait par une sentence : « Pendant ton absence, la fête a fini. » Message de qui ? Quelle voix ? Je laissai la bande défiler. S'y mêlaient dans un déconcertant *cut up* le bordel de mon agenda d'autrefois, les rendez-vous manqués, les photos pas très satisfaisantes, les baises de circonstance, mes silences tellement chiants, les correspondances interrompues, les projets à préciser, les catastrophes mineures. J'avais été enlevé au bon moment. Machinalement, je notai le message d'un Lourcet qui souhaitait me parler d'Alex.

– À l'occasion, rappelez-moi, disait pour sa part Solveig.

Sur Solveig, justement, Laurent avait sa petite idée. Elle justifiait un long message sur la cassette :

« Cette Solveig, parlons-en ! Ne trouvez-vous pas remarquable qu'elle soit dans vos pattes dès votre retour, qu'elle recueille vos confidences comme si de rien n'était ? Qui est cette femme ? Une réfugiée politique, une apatride. Dans le genre respectable, qui en impose. Pas une basanée, comme la détesteraient nos nationalistes, nos fascistes locaux. L'opinion a tellement aimé ces opposants venus du froid. Son curriculum est formidable. Comme elle est d'origine bourgeoise, elle souffre un peu dans sa petite enfance. Pas trop. Puisqu'elle devient bonne communiste, cheftaine même dans une organisation de jeunesse du Parti. Que lis-je encore sur sa fiche ? Elle s'enthousiasme maladroitement pour le Printemps de 68. Trop jeune pour qu'on lui en veuille vraiment. Dans les débuts de la normalisation, elle ne comprend pas bien. Elle se lie à un musicien de jazz pas très conformiste, un quasi-dissident. Ce type jouait du saxo alto. Il paraît que c'est très sexy, si ça peut vous permettre d'y voir plus clair. Grand amour. Si j'en crois les renseignements de nos services, ce grand artiste était l'un des meilleurs coups de Prague, pardonnez la trivialité. Il était en contact avec nos observateurs, sur place. Nous lui avons même rendu quelques services. Petit à petit, la Solveig s'est trouvée acoquinée avec divers milieux plus ou moins dissidents. Pas par conviction. Par contamination. Elle s'est retrouvée employée dans un bureau de poste, vendeuse dans un supermarché, puis de nouveau à la poste. Elle a fait des ménages, puis des traductions. C'était plus gratifiant, les traductions. On ignore qui lui a proposé ce travail. Il ne l'a pas empêchée de continuer à fréquenter les milieux de l'underground, le soir. Elle n'a, à notre connaissance, signé aucune pétition. D'autres renseignements viendront. Je vous tiendrai au courant. »

Rien ne pressait.

La nuit s'installait. Je repris le carnet de Katz. Avec préméditation.

Je suppose qu'au début, comme à chaque fois qu'on lance un journal intime, Katz n'entendait se dispenser d'aucun détail.

« Mardi 4 janvier. Réunion de cellule. À l'ordre du jour, le camarade Blaise, secrétaire, a placé notre campagne sur l'Espagne – le procès à venir de Boukharine, des soi-disant trotskystes, agents fascistes. Des tracts sur ces thèmes ont déjà été distribués. Il y a un meeting des stalinistes, gymnase Japy, où il faudra intervenir contradictoirement, avec quelques risques physiques. Un camarade a levé la main, avant moi, pour dire qu'il pouvait s'en charger. Le camarade Blaise a fait un bref rapport sur les activités du Comité pour l'enquête sur les procès à Moscou, sur le front que nous devions chercher à constituer avec les "intellos". Il dit : "André Breton se démène beaucoup. Il a de l'entregent. Mais nous ne devons pas être dupes. Ce n'est rien qu'un artiste. Il a sa propre logique, qui n'est pas la nôtre." J'ai protesté. Le camarade s'est irrité de mon objection. Elle prolongeait la durée de la réunion. Nous travaillions tous demain, très tôt. À quoi bon ergoter ? Embauchant à la même heure que la plupart des copains, je me suis permis d'insister. Breton ne pouvait pas être une simple potiche, pas ce genre de "crétin nécessaire" dont avait une fois parlé Lénine dans un passage assez cynique de l'une de ses œuvres complètes. Blaise était contrarié. Il a repris la parole, après moi. Il ne connaissait certes pas tout des querelles qui agitaient les intellectuels parisiens. Il le déplorait. Il n'était qu'un ouvrier. "Pas un prolo borné, camarades, je cherche à m'instruire. J'écoute ceux d'entre nous qui ont fait des études, qui ont eu la chance d'être instruits, de vivre des histoires poétiques. J'écoute, je réfléchis. Quand le camarade Naville, qui a bien connu Breton, me dit qu'il faut être prudent, réservé à son égard, je pense qu'il sait de quoi il parle."

« Certes. Il n'empêche que Breton et Naville sont en froid et même pire depuis près de dix ans – depuis que Naville et Rosenthal ont quitté le groupe surréaliste. Les deux hommes ne doivent pas avoir l'un de l'autre une appréciation très objective. J'ai renoncé à convaincre Blaise.

« Quelqu'un fit observer que, même si les dirigeants avaient des activités publiques notoires, il était d'usage d'utiliser les pseudos lors des discussions internes.

« On ne parle ni de Naville ni de Rosenthal, mais de Vilain et de Gérard. Je ne suis pas persuadé que ces pauvres ruses compliquent beaucoup le travail des flics. »

Katz n'indiquait pas son propre pseudonyme.

Naville ? Une fois, c'était ridicule comme sont toujours ces choses-là, c'était vers la fin des années soixante-dix, j'étais allé à la FNAC, où Pierre Naville donnait une sorte de petite conférence, avec d'autres anciens de la IVe Internationale. À la fin, je lui avais donné à dédicacer mon vieil exemplaire délabré de *Trotsky vivant*.

J'ai revu Naville par la suite, pour faire son portrait. Chez lui, rue Bréa. À deux pas de l'appartement de Kiki de Montparnasse. Un travail assez facile. Crinière blanche, regard vif, visage raviné, l'élégant vieux monsieur prenait bien la lumière. Il fut d'une extrême courtoisie mais n'avait que peu de temps à me consacrer. Nous n'échangeâmes que des propos sans intérêt. Sur l'une des photos retenues, accroché au mur derrière Naville, il y avait un petit tableau de De Chirico.

Alfred Katz, le mercredi 5 janvier : « C'est curieux. Sans même parler de courage – je n'ai jamais hésité à faire le coup de poing contre les fascistes –, je ne crois pas être spécialement timide. Il m'est arrivé de prendre la parole dans des réunions publiques, et pas toujours devant des assistances conquises d'avance. Pourtant, parler à Breton, ou même à l'un de ses amis du groupe, me paraît impossible. Il m'impressionne trop. »

Le même jour Katz assure une diffusion de tracts et participe à une réunion de fraction syndicale, au 15. Le 15, mais de quelle rue ?

Le lendemain, il s'étonne : « Je suis allé faire un tour du côté de la galerie Beaux-Arts, rue du Faubourg-Saint-Honoré, où doit se tenir la grande Exposition internationale du surréalisme. Qu'est-ce qui leur a pris de choisir un endroit pareil, chez les bourgeois ? »

Katz se dit fatigué, ce qui ne l'empêche pas de passer une partie de la nuit à recopier certains de ses poèmes. « Et dire que j'embauche dans quatre heures ! », note-t-il avant de se résoudre à dormir.

À quoi ressemblent ses vers ? S'il s'agit de vers.

Au vendredi 7 janvier, Katz n'avait rien noté.

Alex, lui, avait glissé une petite fiche : « 7.01.1938. Près du métro Alésia, Samuel Beckett se fait poignarder par un inconnu. Il lui demande la raison de son geste. "Je ne sais pas, monsieur", répondit l'homme.

« Hospitalisation à Broussais. Une amie, la pianiste Suzanne Dumesnil, rend visite à S.B. Elle ne le quittera plus. Mariage dix ans plus tard. »

De quel genre de type avais-je partagé la détention ?

Les jours qui suivent, le journal se fait laconique : « Meeting à 20 heures, au cinéma de la rue de la Convention. Pas grand monde. Et c'est bien loin de la pension. »

Ou encore : « À la pause, Serge m'a acheté le journal, toujours avec son petit sourire exaspérant – ce grand militant, ce presque héros, ne m'est pas sympathique, Nathan va même jusqu'à le traiter de poseur. »

Un signet d'Alex précise qu'il s'agit bien de Victor Serge. Il habitait en banlieue, travaillait à l'imprimerie de la rue du Croissant. Une place que lui avaient trouvée sans mal ses amis anarcho-syndicalistes.

Katz signale, ailleurs, que Nathan, l'archiviste à qui il est très lié, est un antibolchevik viscéral.

Breton et son groupe mobilisent presque chaque jour son attention frustrée : « J'ai suivi Breton, de loin, jusque en bas de chez lui, 42, rue Fontaine. Du trottoir, j'ai cherché à deviner à quel étage il habite. Sans succès. J'ai un peu marché sur le boulevard. Certains cabarets ont des noms curieux. Le Ciel, l'Enfer, le Néant ! Je me demande si Breton les fréquente. J'ai cru comprendre qu'il ne déteste pas les endroits canailles, les divertissements vulgaires. En levant les yeux sur l'immeuble de la place Blanche qui fait l'angle avec la rue Fontaine, une fenêtre ouverte a attiré mon attention, au quatrième étage. De chaque côté y était accroché un masque blanc. Malgré la distance, ou bien c'était une illusion, il m'a semblé reconnaître Breton et Éluard. J'en ai ressenti de la gêne. Ces masques étaient mortuaires. Je me comporte d'une manière ridicule. »

La politique ne perdait pas ses droits pour autant : « Crise ministérielle en vue, paraît-il. Une de plus. Les gens des ligues en font des gorges chaudes. Quelle décomposition dégoûtante ! »

Pour vite retourner à l'essentiel : « Galerie Saint-Honoré : des tas de caisses sont arrivées, pour l'expo. Un chargement bizarre a été livré, des sacs, en très grande quantité, plusieurs centaines. Des sacs de charbon, je crois bien. Assez pour chauffer le quartier pendant tout l'hiver. »

Le lundi 10, Katz est mécontent : « Toute la journée, au travail, j'avais les premiers mots d'un poème qui résonnaient dans ma tête, depuis le matin. Un poème qui vient, c'est comme les souvenirs d'un rêve. Il faut noter immédiatement, sinon tout s'effiloche. Ce soir, c'est fini, parti, oublié, je n'ai plus rien à écrire, les mots s'enfuient. Je ne leur pardonnerai jamais, à tous, aux bourgeois, aux patrons, tous mes poèmes perdus. »

Touchant !

Moi aussi, j'étais fatigué. Je refermai le carnet.

Je n'avais lu que quelques pages, je n'étais pas pressé d'aller plus avant. Jusqu'ici, Abigaïl avait raison. Katz n'était pas un témoin de premier ordre. Pire, il privait de l'essentiel des détails. Sur lui, d'abord. Ouvrier typographe, militant trotskyste du genre activiste, admirateur transi de Breton, voilà qui donnait du jeune homme un portrait plutôt sympathique mais flou. Quel âge, quelle gueule ? Et surtout, information capitale à mes yeux : où habitait-il précisément ?

Ce carnet… La couverture épaisse, toilée, était usée à l'endroit où se posent naturellement les doigts, les bordures de page légèrement jaunies, prêtes à s'effriter. Moins d'une centaine étaient utilisées, à peine le tiers du volume. Pourquoi cette interruption ? Destin tragique de Katz (version Alex) ou prise de conscience du ridicule inhérent à tout journal intime (le plus vraisemblable) ? Qu'importait. Ce journal avait la simple et sotte séduction des objets privés, épaves dérobées au temps. Autrefois, j'étais encombré d'objets de cette nature, jusqu'à saturation asphyxiante. Bricoles ramassées au fil des randonnées, des cueillettes de poubelles (même si, depuis bien avant ma mésaventure, il était devenu extrêmement difficile de « faire » les poubelles à Paris, hygiéniquement protégées qu'elles sont désormais par des sacs en plastique, des conteneurs fonctionnels décourageant l'inspection dilettante). Le cambriolage avait imposé la table rase. Pourquoi pas ? Le journal de Katz était le seul objet en ma possession qui fût porteur de mémoire.

Pour ce qui me concernait, on était le mardi 28 novembre 1989. Après avoir souhaité le bonjour au loqueteux du bas de mon escalier (il ne répondit pas), j'achetai les journaux au kiosque. Il n'y avait pas de raison de ne pas commencer par *Le Soir*.

Le gros titre, déprimant, concernait une affaire de port, ou pas, du tchador islamique dans les écoles et collèges. La laïque en était donc une fois de plus à composer avec les corbacs. Le bas de page annonçait : « Triomphe de la grève générale en Tchécoslovaquie ». Il était aussi question du plan du chancelier Kohl pour la réunification (l'unification ?) de l'Allemagne. Perdu dans cet impressionnant sommaire, un encadré en noir au blanc annonçait le récit exclusif de mes mille vingt et un jours avec, en dessous, une photo de moi, prise à Villacoublay, sur fond de bousculade officielle et de Falcon 900. À l'intérieur, le long papier de Solveig était coincé entre les derniers articulets politiques et les petites annonces.

Différents encarts donnaient à l'ensemble l'aspect d'un dossier-bilan (ou d'une corvée obligée, pour clore l'affaire). Une longue colonne retraçait le destin particulier d'Alex. Sa personnalité y était évoquée avec de prudentes nuances, sous-entendus et pistes hypothétiques à ne pas négliger. Le lecteur moyen ne pouvait retenir qu'une chose : un type que ses ravisseurs du bout du monde avaient constamment présenté comme un espion pouvait-il mourir moins de deux jours après sa libération dans un banal accident de la circulation, du côté de l'hôtel du Nord ? Au registre des faits troublants, le rédacteur (il ne s'agissait pas de Solveig) ne manquait pas de signaler qu'Alex avait trouvé la mort alors qu'il se rendait à un discret rendez-vous avec moi et que, comme par hasard, un fonctionnaire des services spéciaux se trouvait également sur les lieux. Un instant, je me sentis lecteur moyen. De qui se moquait-on ?

Pour clore le pensum, Marc avait eu l'idée de consacrer une page à une sélection de mes photos parues depuis dix ans et plus dans son journal. Aucune ne ressemblait à un scoop fracassant. Le tramage rendait les clichés grisâtres. C'étaient des vues du Paris quotidien, quelques portraits d'anonymes. Pas un mauvais choix. Une seule photo n'était pas dans le ton. La plus ancienne, peut-être, sinon ma première publiée. Une photo de Mai 68.

La cour de la Sorbonne, à peine libérée – ou rendue, c'est selon – le 13 mai. Je reviens de Denfert. La nuit tombe. Il y a déjà un piano installé. Après la manif, les copains errent dans la citadelle, fourbus, avec sur le visage cette expression incrédule des vainqueurs. Certains sont réunis, assis sur les marches de la chapelle. Casques et canettes. Faux gavroches et vrais commissaires politiques. On s'est tous connus, formés, cognés, à l'UNEF. On s'aime bien, on se déteste de cette haine inexpiable qui lie ceux qui ne construisent pas le même embryon du futur et nécessaire parti révolutionnaire. Les « Italiens », les trotsks, les maos, les anars, les spontanéistes, les bordighistes, les archéo-situs, les posadistes, les contre tous les courants et quelques autres. Là, c'est l'instant de grâce crépusculaire, la pause, entre manif historique et prochaine AG-soviet. Le temps de savourer que vingt ans est le plus bel âge de la vie, quoi qu'en ait dit un néostalinien mort bêtement sous l'uniforme, à Dunkerque.

Marc aimait se donner des allures de Paul Nizan. Il rêvait d'écrire sa biographie. Ou celle d'Albert Londres. Tout dépendait de son état en sortant de la Mutualité.

Marc est sur la photo, au milieu de presque toutes les grandes gueules de l'époque. Lui, presque maigre, lunettes Lissac, costard Bodygraph. Derrière, pas bien loin mais à l'écart, Jeanne.

On ne la distingue pas très bien, faut avoir été là au moment de la photo pour l'identifier à coup sûr. Frange noire, regard charbonneux, la main repliée sur la bouche (cigarette entre les doigts) dissimule le bas du visage (elle n'aimait pas le dessin de sa bouche). Marc et elle étaient mariés depuis quelques mois quand Mai a éclaté. Son nom n'est pas mentionné dans la légende de la photo.

Deux ans plus tard, aboutissement de crises, de tentatives de suicide, de fugues, de gesticulations envahissantes, de dépressions fastidieuses, revenue de tous les divans et de toutes les cures, elle avait été internée. À Ville-Evrard. Sans doute y était-elle toujours.

Je bus mon café, mon blanc sec, commandai la même chose.

– La télé ne te dérange pas ?

Depuis mon retour, Demis veillait à mon confort dans son établissement. Il ouvrit l'écran. Un jeu. Avec un décor jaune et rose pailleté, une grosse roulette, du bruit, du fric et une pauvre humanité, animateurs compris, poussant des cris de joie.

La Capitale avait changé, en mon absence. On l'avait amputée de sa salle de billard. Supprimés, les juke-boxes individuels qui agrémentaient les tables. Au zinc, des jeunes cadres pressés, habitants des nouvelles résidences en bordure du canal. Et des sous-prolos turcs désœuvrés, partis dès le matin pour une nouvelle journée de galère. Cette promiscuité ne durerait guère. Ce coin de Paris virait mal. Un de plus. Mais c'était le mien.

J'allais quitter le rade lorsque Demis se mit à jouer du zappeur. L'écran se transforma en stromboscope survolté.

– Arrête, s'il te plaît.

– Tu veux aussi que je baisse le son ?

– Au contraire.

C'étaient les actualités. Le présentateur démarra sur la météo, disserta des résultats sportifs, enchaîna sur le total succès de la grève générale d'une heure, la veille, en Tchécoslovaquie et la crise du régime. On vit de brèves images. Des ouvriers quittant en groupe la cour d'une usine. Des cortèges de voitures dans les rues. La caméra se fixa sur des bras levés. Les mains agitaient des trousseaux de clés. Un commentaire *off* situait la scène place Venceslas. Pourtant, à l'arrière-plan, on distinguait nettement la statue de Jan Hus, place de la

Vieille-Ville. Les historiens du temps présent n'étaient pas à quelques centaines de mètres près.

C'était mieux qu'un slogan, ces trousseaux qui tintaient comme des clochettes. Le moment était venu, ceux de là-haut devaient rendre les clés du Château.

Je rouvris le journal sur la photo de 68.

Je n'ai jamais été amoureux de Jeanne. Nos nuits communes n'ont jamais donné matière à des drames particuliers. Surtout pas de la part de Marc. Après Mai, il était devenu ce que, dans la terminologie léniniste courante de l'époque, on appelait un « révolutionnaire professionnel ». Cela a à peine vingt-cinq ans : il était maoïste. Plus précisément : mao-stal. Tendance guerre du peuple, nouveaux partisans, CGT-Kollabo (important, le K, qui sentait bon son boche), etc. Assez souvent, Marc entrait en clandestinité. Il était alors abrité par quelques compagnons de route, intellectuels de renom, intouchables et ravis d'émarger à la cause du peuple. Beaucoup logeaient aux alentours du cimetière du Montparnasse. Jeanne ne se mit à fréquenter ce quartier qu'à partir de son premier séjour à Sainte-Anne, à côté.

Jeanne allait mal, comme tout le monde. Elle disait en riant : « Je souffre du retard du communisme. » En y repensant, elle avait vite préféré le traitement lourd de la psychiatrie à l'humiliation tri-hebdomadaire de l'allongement analytique. Elle s'amusait de toutes ces pilules prescrites qu'elle oubliait souvent de prendre. Ne la rencontrant que de loin en loin, je pus mesurer avec quelle rapidité ses traits se défirent. Je n'ai jamais pensé, comme d'autres, d'autres camarades, que Marc se conduisait mal avec elle. Personne ne se conduisit bien dans l'après-Mai.

Une école de pensée se manifestait, prônant l'antipsychiatrie. Jeanne, comme d'autres, fut l'un de ses parfaits gibiers. Elle savait crier au secours tout en citant Artaud sans guillemets. À ce qu'on me dit, quelques docteurs à la mode furent dupes. Pas elle, pas longtemps. Elle devait souffrir trop. Nous nous étions depuis belle lurette perdus de vue lorsque j'appris son internement. Une information parmi d'autres, anecdotique, au mitan des années quatre-vingt.

Je fis plusieurs cabines téléphoniques avant de comprendre que les combinés n'étaient pas déglingués, qu'ils n'acceptaient pas ma monnaie, que ma carte de crédit n'était pas la télécarte que réclamait la fente. Au tabac du coin, la buraliste me prit pour un gentil demeuré. Elle m'expliqua le nouveau fonctionnement des cabines publiques et me vendit la précieuse télécarte, inventée pendant que j'avais eu le dos tourné, pour mettre en échec les pillards et les vandales.

Je téléphonai au *Soir*.

– De la part de qui ?

– Victor B. L'otage.

– Bien sûr, fit le cerbère standardiste, battant en retraite. Je vous passe Marc.

Je n'eus pas à attendre longtemps.

– Laisse-moi deviner, dit Marc. Tu n'es pas assez bien annoncé en première page. À qui la faute si le monde s'affole ? Tes photos sont au format timbre-poste. Solveig a mal recueilli tes propos. On a déformé ta pensée. Je me trompe ? Je plaide coupable sur toute la ligne. Je pensais sincèrement pouvoir donner plus de place à ton affaire. Impossible. Tu es rentré, le merdier continue à l'Est. Tu peux toujours te plaindre auprès de Gorbatchev.

– Je voulais seulement te demander des nouvelles de Jeanne. J'ai oublié de le faire, l'autre jour.

Silence, très court. Très vite, ensuite. Sec.

– Elle est morte. Suicidée. Pendant une permission. Elle allait mieux. Ils l'ont laissée sortir de Ville-Evrard, pour un week-end. Ça s'est passé chez une amie. Elle s'est jetée du troisième étage. Elle est morte avant d'arriver à l'hôpital. Tu ne pouvais pas savoir. C'est fait.

– C'était quand ?

– Un peu plus d'un an.

Je m'imposai la promenade, le long des berges du canal. Elles aussi avaient été cambriolées, d'une autre manière. Vieux riverain, je m'y perdais dans les blocs détruits, les îlots, les nouvelles bâtisses, pas toutes ridicules, rien qu'incongrues. M'attardant à l'écluse de la Douane – la *Patache* passait, coche d'eau pour touristes, ces derniers très contents –, je constatai que le mécanisme des portes était informatisé. On était assez loin du roman d'Eugène Dabit, des récits populistes des années trente. Ces mutations n'étaient pas nouvelles. Avec le recul, les détails devenaient plus vulgaires, c'est tout.

À peine au-delà de la Grange-aux-Belles, les fenêtres de l'hôtel du Nord étaient toujours obstruées. Sur les murs, de petites affichettes militantes dénonçaient l'opération immobilière en cours, le rapt du patrimoine culturel, s'insurgeaient contre la démolition prévue de cette façade historique.

Détruire l'hôtel du Nord ? Le décor du décor de Trauner ?

Un jour, j'avais fait des portraits d'Alexandre Trauner, le décorateur de Carné pour le film, qui avait tout reconstitué de ce coin de Paris en studio. La séance avait eu lieu chez lui, assez tôt le matin, quai Voltaire, dans un assez bourgeois appartement aux allures bohèmes – à cause des cartons à dessins, traînant çà et là, du fouillis des objets. J'accompagnais un journaliste. Trauner, l'œil bleu délavé, bordé de rose humide, courtois à l'extrême, disert et cultivant son accent roumain, nous avait offert à boire. Malin, me laissant faire, il s'était placé ensuite dans le meilleur angle possible. Complice et examinateur.

Moins d'une semaine plus tard, en remerciement et comme on passe le concours, je lui avais envoyé certaines épreuves. L'une d'entre elles m'était revenue avec la mention « très bien », signée. Avec des cordialités de circonstance.

Trauner, soit. Mais l'hôtel du Nord, le vrai ? C'était en 1985, je crois. J'avais tenté de m'y installer pour quelques jours, afin d'y prendre des photos, histoire de compléter l'imagerie. Trauner, Arletty, Jouvet, etc. Le patron dit oui, puis non, me voyant venir avec mes gros mensonges de taupe. Chambres infectes, hygiène dégueulasse. C'était complet. Surtout pour moi qui habitais le quartier, tout près, pas vrai ? Pas d'hostilité, mais chacun son boulot. Passe ton chemin, monsieur.

– Beau film, *Hôtel du Nord*, je l'ai vu à la télé. Mais ça nous fait du tort. Ici, c'est resté un truc de pauvres. En vrai. Un peu pire qu'à l'époque. Les peaux sont plus colorées. L'atmosphère, ici, elle pue. Prends pas de photos, s'il te plaît. Chacun son boulot. Tu comprends ce que je te dis, merde ! Pas de photos, monsieur !

Katz avait-il habité l'hôtel du Nord ?

Le mardi 11 janvier fut un grand jour pour Katz. Ses premières lignes en sont toutes tremblées :

« Je n'arrive pas encore à y croire. J'ai osé aborder André Breton.

« Le plus curieux est que je ne m'attendais pas du tout à le voir, lui et ses amis. Je sortais d'une réunion à la salle de géographie, en face de l'église Saint-Germain. J'ai voulu faire quelques pas sur le boulevard. Ils étaient tous là, derrière la terrasse vitrée des Deux Magots.

« Des tables étaient libres autour d'eux. J'ai préféré m'asseoir sur un banc public.

« Lorsqu'ils se sont séparés, à 19 heures, j'ai décidé que cela ne pouvait plus durer. Au fond, cette rencontre de hasard était un signe. Je devais en tirer les conséquences. J'ai suivi Breton.

« Il s'est dirigé vers le carrefour de l'Odéon. C'est à la hauteur de la Rhumerie que j'ai pressé le pas pour me mettre à son niveau. Bon sang, je dois reconnaître que j'avais la gorge sèche.

« Il m'a toisé, à peine surpris. "Que puis-je pour vous, monsieur ?" Je me suis présenté. Comment lui exposer tout ce que j'avais à lui dire ? J'avais la crainte de l'importuner et, plus encore, d'être ridicule. Il m'a écouté, sans impatience. Je ne sais encore pas comment j'ai fini par avoir le culot de sortir mes poèmes de ma poche. Il les a pris. J'entends encore sa voix, lente, un peu nasillarde : "Je suis honoré de votre confiance, cher monsieur. Je lirai vos poèmes sans délai. Pourrions-nous en parler dès demain ? Je m'occupe d'une galerie d'art, à deux pas d'ici, 21, rue de Seine. Elle s'appelle Gradiva. Un rendez-vous vers 17 heures vous conviendrait-il ?"

« Si cela me convenait ! Par chance, demain, je suis de l'équipe du matin. Si j'avais été de l'après-midi, je me serais fait porter pâle ! Breton m'a serré la main. Sa poigne est franche. Je l'ai regardé s'éloigner, abasourdi. C'était donc si facile !

« Il me faut retenir chaque détail...

« La tête large, massive. Les traits du visage légèrement asymétriques, la bouche surtout, La courtoisie, malgré cet air qu'il a de prendre les choses de haut.

« J'y pense. Le manteau de Breton était tout élimé. »

Devais-je marquer la pause dans ma lecture, trouver un quelconque substitut au temps de Katz ? C'eût été élégant. D'un autre côté, j'avais acquis le droit de passer outre aux minauderies.

Page suivante, mercredi 12 janvier. Katz écrit :

« Café de la Boule d'or, place Saint-Michel, 16 h 15.

« Je n'ai pas dormi de la nuit. À l'atelier, j'ai eu l'impression que la matinée n'en finirait pas. J'espère qu'on ne regardera pas mon travail de trop près. À la sortie, un copain m'attendait. Il m'a remis un paquet de tracts à diffuser pour ce soir – encore et toujours l'Espagne ! J'ai juste eu le temps de passer chez moi pour le déposer et me changer.

« C'est ensuite, en marchant vers le Quartier latin, que l'impatience a fait place à l'affolement. Qu'est-ce qui m'a donc pris ? Comment ai-je pu être assez idiot pour croire que mes petits poèmes pourraient intéresser André Breton ? Maintenant, je suis piégé. Dans moins de trois quarts d'heure, ce sera le verdict. Tant pis pour moi, je n'aurai pas volé la leçon. »

Comme la veille, mais en plus irrégulier encore, l'écriture de Katz trahissait la plus vive émotion. Si elle restait très lisible, c'est qu'il s'était forcé à tracer ses lettres lentement, lourdement. Ces notes lui avaient servi à reprendre son calme.

Malgré son envie de reculer l'échéance, Katz était vraisemblablement passé par la rue Saint-André-des-

Arts, puis la rue de Buci. Ce type devait être du genre ponctuel.

Un blanc sur la page du carnet. Une ligne pointillée indique que du temps s'est écoulé.

« Même jour, 21 heures, chez moi.

« Gradiva.

« J'étais déjà passé devant la galerie. La décrire ? La porte a été conçue par Marcel Duchamp : la silhouette d'un couple, découpée. L'homme est massif (ce pourrait être Francis Picabia), la femme est toute frêle. Pour entrer, on doit les traverser. En dessous de chacune des lettres de *Gradiva*, un prénom de femme. Gisèle, Rosine, Alice, Dora, Inès, Violette, Alice. De part et d'autre de la porte, des vitrines étroites. Y sont exposés des objets bizarres, des statuettes africaines ou océaniennes – je crois. Je ne les ai guère regardés.

« J'avoue qu'au dernier moment j'ai failli me dérober. Il était 17 heures, à la seconde près, j'étais au pied du mur. Je suis finalement entré, bien convaincu d'aller au-devant de la plus grande humiliation de ma vie.

« Breton était dans la salle, pas seul. Il conversait avec un petit homme très brun, très élégant, tout agité. "Un taxi, il me faudra un taxi, répétait-il avec un fort accent espagnol. Et de la pluie à l'intérieur." C'était Dali. Il m'offrait peut-être une planche de salut. Puisque Breton était manifestement occupé, il n'y avait qu'à remettre le rendez-vous ! "Un taxi avec de la pluie", clama le peintre. J'esquissai un pas de retraite vers la porte quand Breton s'aperçut de ma présence.

« "Cher ami, vous ne pouviez pas mieux tomber." Il me prit par le bras. Je l'entends encore dire ceci, qui m'a laissé tout ébahi : "Cher Salvador, j'ai le très vif privilège de vous présenter un authentique poète. Tel que vous me voyez, je suis encore dans l'émerveillement de la lecture des quelques textes qu'il a bien voulu me confier pour la nuit." Il est enfantin de ma part de rapporter ce propos, mais c'est réellement ce qu'a dit Breton. Je n'en croyais pas mes oreilles. Dali m'a serré machinalement la main. "Un taxi, de la pluie, des escargots : quoi de plus gé-ni-al ?" Je crois bien avoir perçu à ce moment une légère irritation chez Breton. "Nous en reparlerons, nous en reparlerons." Dali a d'étonnantes petites moustaches toutes fines. Je suis convaincu qu'elles sont dessinées au crayon. Il prit congé, minuscule dans la silhouette découpée par Duchamp, malgré la largeur de ses épaulettes. À quoi ressemblait-il ? À un dandy ? À un lutin ? Le voyant s'éloigner, Breton haussa presque imperceptiblement les épaules. Je n'ignore pas que Dali a plusieurs fois frôlé l'exclusion du groupe.

« "Cher ami, je ne suis pas l'homme des compliments hâtifs. Ce que je viens de lire de vous m'assure que vous explorez avec audace un territoire périlleux sur lequel quelques-uns et moi-même nous aventurons à grand risque depuis de longues années. Il est heureux que nous nous rencontrions enfin."

« Tout à trac, il m'a proposé de me joindre à la prochaine réunion du groupe. "Nous avons pour habitude de nous entretenir tous les soirs, à 18 heures. En général, nos séances se tiennent au Dupont-Cyrano de la place Blanche. Pour des raisons de convenance personnelle, nous sommes ces jours-ci aux Deux Magots. Joignez-vous donc à nous."

« Ce n'était pas une invitation mais une convocation. Il n'y avait pas à discuter. L'idée ne m'en est pas venue. C'est peu dire que j'étais fou de joie, tout en m'attachant à n'en rien laisser paraître.

« "J'ai de menues affaires à régler. Retrouvons-nous là-bas tout à l'heure", me dit Breton après avoir consulté sa montre.

« J'étais sur le seuil lorsqu'il m'a arrêté. "Si vous le permettez, je garde encore quelques jours vos poèmes. Seriez-vous d'accord pour que j'en sélectionne un, à fin de publication, pour la prochaine livraison de *Minotaure* ? C'est une excellente revue, croyez-m'en, même si nous ne la contrôlons pas encore tout à fait."

« J'ai quitté la galerie abasourdi, dans un état proche de l'ivresse, les mots de Breton résonnant dans ma tête. Était-ce possible, était-ce à moi que s'adressaient tous ces compliments, toute cette reconnaissance de ma qualité de poète ?... Moi, Alfred Katz. »

Il avait tenu à préciser :

« Alfred Katz, ouvrier typographe, fils de Laura et de Martin, immigrés, exilés, apatrides, braves gens, pauvres gens – comment comprendre qu'ils restent stalinistes ? »

Ce soir-là, il est sans doute très tard, Katz termine son journal par un aveu, sans grand repentir : « J'ai oublié ma distribution de tracts. »

On sonna. Dérangé, j'hésitai. On insista. C'était Abigaïl. Je fus veule, sans raison immédiatement repérable. Je la fis entrer, lui demandai de patienter un instant.

Je glissai à mon tour une fiche griffonnée dans le carnet : il n'y a plus de café la Boule d'or. Il a été détruit. On a reconstruit à sa place une espèce de brasserie clinquante, avec des faux airs de bistrot à l'ancienne. Comme partout.

Abigaïl se répandit en manœuvres de désarmante gentillesse.

Il était inutile de regarder l'heure. Ce n'était pas grave. Pas grave du tout, c'est ce que je me dis en cherchant mes cigarettes dans le noir, à tâtons. Je trouvais le paquet. Il y aurait toujours des paquets de Gauloises à portée de la main, désormais. J'avais aussi acheté des tas de draps. Bien propres, bien frais. Je pourrai y avoir toutes les suées, toutes les peurs du monde, ça ne regarderait plus que moi, sans gêne aucune, méthodiquement.

Un geste maladroit, je renversai la bouteille d'eau. Abigaïl se réveilla.

– Un cauchemar ?

– Un rêve. Ne me demande rien. Je ne me souviens jamais.

– Tu trembles.

Et alors ? Qui était Abigaïl pour ne pas trembler ? Elle était gentille. Pouvait faire du café, ouvrir une bouteille. On pouvait parler, aller se promener sur le quai, écouter les premières informations à la radio. On pouvait aussi faire l'amour. C'était comme je voulais. Elle avait l'habitude. Moi pas. Je déteste ne pas dormir seul.

5 heures du matin, je n'y échappais pas.

C'était une chambre vide à Paris, avec un matelas, des draps, une fille nue, de l'eau fraîche, des cigarettes, du vin. Ma chambre. Les chats gardaient leurs distances, ils étaient là, chacun posté à un angle, surveillant l'intruse avec réprobation.

Je tremblais, c'est vrai. Abigaïl chercha la couverture.

– Tu es à Paris, c'est fini. Ce sera fini quand tu voudras, quand tu le voudras vraiment. Je peux t'aider. Pas à grand-chose. Au moins à tirer un coup. On pourrait aussi se parler. On dit comme ça ? Dis que oui, s'il te plaît. J'ai froid.

Je pris soudain conscience de ces luxes formidables. Le goût âcre de la Gauloise, le chablis, le cul d'Abigaï – le cul était très bien, le prénom pas mal non plus.

– Tu me veux comment ? Je sais que ça t'embête que j'aie été la maîtresse d'Alex. Ça t'excite aussi. Je te raconterai tout ce qu'on faisait ensemble. On le fera si tu veux. On s'inventera des choses à nous. Je veux seulement que tu me parles.

Alex n'avait pas dû être heureux certaines nuits.

Je dissuadai Abigaïl de m'accompagner à la Capitale. *Le Soir* me conforta dans l'idée qu'on était le mercredi 29 novembre. Que l'agence de photographie fondée par Capa, Cartier-Bresson, Seymour et quelques autres pointures célébrait ses quarante années d'existence. Il m'apprit que le chancelier Kohl poussait les feux de l'unification allemande. Que le PC tchécoslovaque semblait bel et bien engagé dans la voie de la grande débandade. L'idée m'effleura de téléphoner à Solveig. Je fus prioritairement impatient de retrouver Katz.

Abigaïl me rejoint au zinc, contre toute raison. Elle commanda un café serré, l'avala très vite et partit. Sa main gauche était griffée.

L'homme ne devait pas être très loin des quatre-vingts ans. Il avait la mise cossue, pas très fringante. De grandes lourdes poches sous les yeux très bleus, des fanons sous le menton. Malgré son échine voûtée, il était presque aussi grand que moi. À cause de la bruine insistante, il releva le col de son loden.

Ce vieux monsieur avait dû être un colosse. Doublé d'un bel homme. Il n'était plus que rabougri dans des costumes trop grands.

– Je m'appelle Lourcet. Paul Lourcet.

Dans son esprit, dans son attente, ce nom aurait dû me dire quelque chose, j'y étais tout disposé, mais non. J'avais beau chercher.

Il était installé devant moi, sur le trottoir, devant ma porte. Comme il me barrait le chemin, Lourcet fit mine d'avancer une excuse.

– Je suppose qu'il faut avoir le culot des jeunes, des débutants, pour aborder les gens ainsi. Mon assistante a vainement cherché à vous joindre, moi aussi. Je me suis dit que le meilleur moyen était de vous atteindre directement, chez vous.

Paul Lourcet ? Je n'avais aucune volonté d'être désagréable. Ce type m'empêchait d'avancer. Que pouvais-je pour lui ? Il prit tout son temps, trop, pour allumer sa pipe. Il fumait du gris, grosse coupe. Le dos des mains était tout taché de tavelures brunes. Il en faut bien plus pour être sympathique.

– Je suis réalisateur, à la télévision. Pouvons-nous parler, un peu ? Peut-être même pourrions-nous monter chez vous.

Il évoqua ses rhumatismes, l'humidité.

Réalisateur ? Lourcet avait dépassé l'âge décent de la retraite.

– Soit. Montons chez moi.

De l'autre côté de la rue, adossé à la grille du square, le petit clodo dépenaillé feignait de ne pas nous observer. L'air ailleurs, perdu dans un quelconque monde rien qu'à lui, il agitait une ficelle.

À l'étage, les chats veillaient derrière la porte, alertés. Ils ne manifestèrent aucune rancœur particulière. Bastille se frotta même contre mes mollets. Aucune raison d'être dupe. À peu de temps près, c'était l'heure de la cantine. Avant toute chose, je fis donc le service. Du pâté de canard. Tandis que j'officiais, Lourcet se posa dans le séjour. Par terre, comme tout le monde. Presque en dessous de la carte postale d'Ubac.

Cette carte allait rester là longtemps, j'en étais convaincu.

Lourcet tripota le bout de Mur, ralluma sa pipe. Son briquet était un Dupont, en or, merdique, genre cadeau de mariage ou de collègues qui se cotisent pour le pot d'adieu à la carrière.

– C'est exactement cela, je vais prendre ma retraite. L'affaire de quelques mois. Il y a pas mal d'années que j'y ai droit. Je joue les grandes prolongations. J'ai soixante-seize ans.

Passée la première impression, il ne les faisait pas. Sans indiscrétion, que pouvais-je savoir de cet homme ?

Lourcet lâcha dans un faux vrac, c'était très préparé, qu'il avait beaucoup donné pour la télévision, celle des pionniers, les grandes dramatiques, les reportages, les séries aussi, sans pub, sans audimat, le goût d'une certaine dignité professionnelle. Avec respect du public, des services qu'il est en droit d'attendre. L'âge d'or. Lourcet ?

En y pensant bien…

– Oui, oui, j'ai dû voir certaines de vos émissions. Que me voulez-vous ?

Il avait laissé tomber le loden, évaluait sans vergogne tout ce vide qui me cernait. La confrontation des visiteurs avec les effets du cambriolage devenait un faux test. Tous déclinaient les variantes de la circonspection polie.

– J'ai vu le reportage télé de votre arrivée, comme tout le monde. J'ai lu *Le Soir*. Je suis écœuré par la manière dont mes confrères font du journalisme. J'aimerais faire un sujet sur vous.

Un sujet ?

– Laissez-moi vous expliquer.

Fin de carrière, marasme audiovisuel, dernière provoc, concurrence entre les chaînes, le public le privé, sa vieille intégrité à lui, le goût du travail bien fait. Lassé des placards, il avait monté sa propre petite boîte de production.

– Le déclic, ce sont ces images de vous, arrivant à Villacoublay. Vous étiez si seul… On pourrait partir de là.

– Pour faire quoi ?

– Un document intelligent, fouillé, sur un drame incontestable. Le choc des destins privés avec le fracas du monde.

Mes manières d'être seul intéressaient beaucoup trop de monde.

Ses yeux n'étaient pas fuyants. Lourcet regardait ailleurs. Il flairait la prise de vue. Dans son esprit, le repérage avait commencé. Je connaissais ce genre de maraude.

– C'est tout ?

Lourcet laissa mûrir son effet.

– Cette solitude à l'arrivée est intrigante. Laissons-la. On peut aussi se demander pourquoi votre ami Marc vous a trahi. Ne protestez pas. Il ne vous a pas envoyé là-bas sans arrière-pensée. Il savait ce que vous risquiez. Je dirais même qu'il a bien calculé son coup. Un très grand professionnel.

Il parlait avec le ton de l'évidence, indifférent à mon incrédulité. Peut-être n'étais-je pas d'accord avec lui ? Ça ne le troublait pas. Il poursuivit :

– La traîtrise est une affaire extrêmement compliquée à comprendre. Car votre ami Marc peut également arguer qu'il vous a demandé un banal travail de reporter.

– Je ne suis pas reporter. Rien qu'un photographe.

– Là est le problème, là se niche la traîtrise. Marc ne vous a pas tendu un traquenard. Il a joué sur votre incompétence ou votre épuisement. Il était gagnant à tout coup. Si nous faisons cette enquête, je compte bien l'interroger là-dessus. Qu'en dites-vous ?

Rien. Je n'étais pas dans le sujet.

Lourcet me sortit tout à trac le cahier des charges qu'il imaginait. Cinquante-deux minutes de reportage. Une équipe à envoyer sur le terrain. Des témoins à interviewer. Il faudrait aussi qu'on s'entretienne, lui et moi, avec une petite équipe vidéo, légère. Bien entendu, il faudrait aussi évoquer Alex.

– Vous vous entendiez bien ?

– Aussi bien que possible, vu les circonstances.

Lourcet cura longuement sa pipe. Un rituel répugnant.

– Que pensez-vous des circonstances de sa mort ?

– Un accident.

– Vous y croyez ?

– Faute de mieux, ce sera la version de la police.

– Elle vous convient ?

– Elle ne m'indispose pas. Puisqu'elle ne contredit pas ce que j'ai vu.

– Ah, l'apparence des choses ! Vous me parlerez d'Alexandre ?

– Je n'ai pas accepté votre proposition.

– Vous comptez le faire ?

– *A priori*, c'est non.

– Je crois savoir ce que vous ressentez. Vous voudriez qu'on vous fiche la paix. Vous aspirez à oublier. En même temps, vous savez que la page ne pourra pas être tournée tant que vous n'aurez pas exploré cette histoire dans tous ses recoins. Mon reportage peut vous y aider, même si ce n'est pas le seul moyen.

Depuis quelques minutes, je cherchais le mot pour définir le comportement de Lourcet. Il s'imposa d'un coup : enveloppant. Avec des silences, des avancées brusques, des séductions bonhommes, de menues roublardises, ce type tissait sa toile avec assurance.

– Vous arrivez tard. On m'a déjà proposé une psychothérapie. Je ne suis pas client.

– Ce n'est pas exactement le genre d'exercice que je vous suggère. Il y a une donnée dont vous n'avez pas encore pris l'ampleur. Pendant des mois et des mois, vous avez été un personnage public. On a vu votre visage tous les soirs à la télévision. On vous a regardé lire des textes de propagande stupides, provocants. Les flics ont enquêté mais aussi les journalistes. Ils ont fait des portraits de vous. Que vous le vouliez ou non, votre image vous a complètement échappé. Maintenant, vous ne ressemblez plus à votre photo. Il faudra un jour ou l'autre que vous repreniez l'initiative. Après, seulement après, vous en serez quitte avec cet épisode.

– J'ai déjà un toubib, un spécialiste dans sa catégorie. Difficile de voir l'utilité d'un second, réalisateur de télé.

Lourcet prit bien soin de rire de bon cœur. Il se leva.

– J'espère ne pas avoir été maladroit dans mes propos. Donnez-vous un petit temps de réflexion. Si vous permettez, je vous appellerai dans quelques jours.

Nous nous serrions la main quand le visage de Lourcet se figea. Je ne compris pas immédiatement ce qui avait attiré son attention. Les chats qui l'observaient, méfiants ? *Le Soir* avec la photo d'Alex ? Non. C'était le carnet de Katz, posé sur le parquet. L'étiquette rouge bordée de doré, collée à la reliure de toile noire.

– 1938. Une très curieuse année pour les gens de mon âge. Une année terrible, même. Vous vous y intéressez ?

– Je lis quelques souvenirs.

– Étonnante occupation, après une si longue captivité. Je peux jeter un coup d'œil ?

– Ce sont des écrits d'ordre privé.

Un jour, il faudrait expliquer cela, calmement, qu'il n'y a pas d'occupation standard après « une si longue captivité ». Pas de règle, pas de mode d'emploi de la petite réadaptation conforme. Sur ce terrain, Katz était un compagnon très fréquentable.

Lourcet se fit penaud :

– Ah ! Une nouvelle fois, pardonnez ma maladresse, je ne voulais pas être indiscret. Si nous nous connaissions mieux, vous sauriez que cette année a été un tournant dans ma vie. Peut-être en parlerons-nous, un jour.

Lourcet sortit un calepin de sa poche tout en s'excusant de ne pas avoir de carte de visite. Il nota son numéro de téléphone et m'indiqua, sans que je lui demande rien, qu'il habitait rue Blomet, dans le XVe arrondissement, juste en face de l'ancien Bal nègre. Il sortit. J'avais oublié quelque chose. Le temps de prendre le Polaroid, je rejoignis Lourcet dans l'escalier. Il ne manifesta aucune surprise en recevant le flash.

Alfred Katz note :

« Et voilà ! Une tâche militante en plus, je m'en passerais bien. Il faut que, dans toute la mesure du possible, je me mette désormais à la disposition du camarade Camille, lui-même débordé par son travail au secrétariat. Rien de très exaltant. Il s'agira pour l'essentiel de recopier des projets de motions, des circulaires, d'aider pour quelques traductions – je parle allemand, j'ai de solides notions de polonais. C'est sans doute très critiquable : je n'ai pas la tête à ça. »

Plus bas, il précise :

« Blaise m'a bien expliqué que ce n'était pas par promotion politique qu'on me mettait si directement au service du Centre. La raison est tout autre. Paraît-il que le Vieux ne décolère pas contre les textes internes mal rédigés, bourrés de fautes, il y voit du dilettantisme petit-bourgeois. Il ne comprend pas que des militants internationalistes n'aient pas la maîtrise de plusieurs langues étrangères.

« Le fait est que c'est l'un des griefs fondamentaux de Trotsky à l'encontre de Staline : il ne s'exprime qu'en mauvais russe. Il ignore totalement les cultures étrangères.

« Avec mon arbre généalogique, je ne risque pas un tel reproche. »

L'écriture de Katz est presque rageuse.

Le jeudi 13 janvier au soir, il est nettement plus enthousiaste :

« Ah, c'était tout à l'heure un spectacle assez farce ! Breton m'y a invité lors de la dernière réunion des Deux Magots en des termes sibyllins : "On nous livre les femmes, il faut que vous soyez là, ce n'est à manquer sous aucun prétexte. D'ailleurs, cher ami, s'il est trop tard pour que vous exposiez, je tiens absolument à savoir votre sentiment sur nos petits agencements."

« Les femmes en question étaient installées dans le hall de la galerie Beaux-Arts. On peut même dire qu'elles étaient entassées, puisqu'il s'agissait de simples mannequins. Je suis arrivé un peu en retard. Ils étaient déjà tous là, Breton, Éluard, Aragon, Ernst, Dali, les autres, et aussi, j'ai mis un petit moment à l'identifier car je l'ai vu aujourd'hui pour la première fois, Marcel Duchamp.

« La scène ne manquait pas de piquant. Chacun manipulant ces simulacres de femmes nues, les palpant, leur suggérant des poses, sans redouter quelques évaluations grivoises à propos de leurs attributs. Pour Éluard, les seins étaient mignons mais manquaient de rondeur. Pour Dali, ces courtisanes avaient la fesse triste. Malet s'indignait des entrejambes absolument lisses. Passé le premier moment de jubilation, c'était la déception. Ces filles étaient amusantes mais moches. Duchamp – veste de tweed, chemise à fines rayures vertes, cigare – lâcha son verdict : "Tout à fait inconvenant."

« Il n'y avait pas à discuter. Selon le désir de Breton, Duchamp était chargé de la direction suprême de l'exposition "sur le plan de l'invention et de la machinerie".

« Il s'éloigna, sortit un bristol de sa poche, griffonna quelques mots. Un des responsables de la galerie sentant venir l'incident grave vint aussitôt à son côté. Duchamp lui tendit le papier. "J'avais demandé des mannequins de Robert Couturier. Pas de vulgaires poupées de Celluloïd. Je vous redonne l'adresse de l'atelier de ce maître en simulacres."

« Duchamp tint à préciser que si les mannequins n'étaient pas livrés dans les douze heures, il ne pouvait assurer que le vernissage aurait lieu à la date prévue.

« Malet se glissa près de moi. "On dit que j'ai un caractère de cochon mais, comparé à Duchamp, je suis le plus accommodant des hommes."

« J'aime bien Léon Malet, petit homme maigre à la voix grinçante, son éternelle pipe et ses habits froissés. Comme moi, il a parfois du mal à assister régulièrement aux réunions du groupe : il gagne sa vie en vendant des journaux. *L'Intran*, *Paris-Soir*, *Ce soir*. Un jour, Dali m'a signalé que Malet faisait ses meilleures ventes rue des Petits-Champs. "À deux pas du Chabanais, le bordel, vous savez ?"

« Perfide, il avait ajouté : "Cela dit, je ne pense pas que cet établissement soit dans les habitudes de notre ami. Plutôt le 106 du boulevard de la Chapelle."

« Je n'aime pas Dali.

« Les mannequins ont été remballés. Ce n'était pas une raison pour abandonner l'exposition. Breton me prit par le bras, avec cette manière à la fois familière et cérémonieuse qu'il affectionnait. "C'est encore un vaste chantier, néanmoins les choses commencent à prendre forme. Jugez par vous-même."

« J'étais assez ennuyé. Devant me rendre à une réunion dont on m'avait assuré qu'elle était importante, je disposais de très peu de temps.

« La galerie Beaux-Arts donne sur une petite cour intérieure à l'immeuble, laquelle était ce matin tout encombrée de caisses. "Nos hôtes sont un peu surpris par ce que nous leur offrons. Il est juste de dire qu'ils se comportent jusqu'ici avec une parfaite loyauté." Breton m'a entraîné dans le hall.

« C'est étrange. Depuis quinze jours, je rôde autour de cette galerie, essayant de deviner ce qui s'y prépare. Ce matin, Breton en personne me fait visiter les lieux et je ne vois presque rien. Tout va trop vite. Je ne retiens que des bribes disparates, comme des souvenirs d'après griserie. Je note dans le désordre : des centaines de sacs à charbon sont suspendus au plafond, ils le rendent totalement invisible – au centre de la plus grande salle de la galerie, les quatre portes tournantes d'un "tambour" de brasserie – dans un coin, un petit lac, avec de l'herbe autour et un lit – Éluard s'inquiète des lampes électriques de poche – Dali hurle que ses escargots doivent être "de Bourgogne", qu'il en faudra beaucoup, beaucoup plus que prévu initialement – Masson, je crois bien que c'est lui, déplace subrepticement une toile de Magritte, accroche l'une des siennes à la place – Duchamp observe tout avec indifférence, il savoure son cigare – Man Ray dispose son boîtier, il a du mal à caler son trépied, il s'agite, lâche des jurons en américain, il a une jolie assistante – on sort un objet d'une caisse : une table basse, montée sur des jambes de femme – Bellmer est en discussion avec Aragon, il a un fort accent, il ricane sur la déconvenue provoquée par l'arrivage des "poupées", il insiste et me prend à témoin : c'est un travail, les poupées, elles ne se laissent pas livrer toutes faites par camion, il faut les inventer, les apprivoiser, les fréquenter longtemps – un employé impavide apporte un brasero de chantier, on lui indique qu'il faut le mettre pas bien loin du lac artificiel – un très bizarre objet est abandonné sur un carton : une tasse tapissée de fourrure. Au téléphone, Éluard s'énerve : le bon à tirer du *Dictionnaire abrégé* aurait dû lui être soumis depuis hier. Rien ne sera donc prêt à temps ?

« J'ai dû partir. Je devais aller au local.

« Breton m'a retenu un instant : "Pour votre poème, dans *Minotaure*... que diriez-vous d'un dessin de notre ami Delvaux, en accompagnement ? Sans être formellement des nôtres, il est assez proche de nos recherches. J'ai pensé à lui en vous lisant, vous hantez les mêmes lieux oniriques. Il sera parmi nous dans quelques jours, pour l'exposition, je vous le présenterai."

« Pouvais-je être plus heureux ?

« Je suis arrivé en retard à la réunion. Elle n'était pas si importante, comme d'habitude. L'exposé du camarade Blaise m'a paru terriblement dogmatique et un peu creux. Naville n'a fait qu'une courte apparition. »

À la réflexion, mon hachis Parmentier me parut manquer de viande. Pas question de jouer les pingres. Je rajoutai quelques fourchettes de steak, mélangeai soigneusement le tout sous l'œil impatient des chats. Je répartis les parts dans leurs assiettes respectives. Ils se précipitèrent, goinfres. Je pouvais vaquer à mes affaires, l'âme en paix.

C'est évidemment Laurent qui avait eu l'idée de ce dîner, je n'avais trouvé aucune raison de décliner l'invitation. Un restaurant de la rue Volta, spécialisé dans la bouffe latino.

– C'est tout près de chez vous et c'est très bon. Je me propose de venir avec une amie, si vous n'y voyez pas d'inconvénient.

Quand j'arrivai, Laurent était seul à table. Nous commençâmes au mescal, sans trop nous parler. J'étais déjà venu dans ce restaurant, du temps de Jessica. Une ancienne boucherie de quartier, reconvertie. Les murs étaient tapissés de carrés de faïence blanche. Çà et là restait la trace des crocs. La musique d'ambiance prodiguait du Carlito Gardel. En homme plein de tact, Laurent me laissa écouter *Mi noche triste* et surtout, c'était de rigueur, *Volver*. Je me promis fugitivement de reconstituer ma collection de musique tanguiste. Sans trop y croire.

Je repris un verre. Laurent avait ce soir encore cette désolante manière bien à lui d'être en pleine forme.

– Passons les commandes. Nadège ne tardera pas. Lorsqu'elle a moins d'une demi-heure de retard, elle se sent mal maquillée.

– C'est votre amie ?

– Un très beau cul. En d'autres temps, vous auriez aimé la photographier. Vous verrez.

Je choisis du *ceviche*, puis des ris de veau grillés. Je n'avais aucune envie de reprendre mon métier dans un délai prévisible, tant pis s'il faudrait bien y revenir. Nous savourions nos alcools. Assez curieusement, Laurent n'avait pas de question à poser, ne s'enquérait de rien de ce que devenait ma vie. Pour lui, il l'avait précisé, cette soirée n'était qu'un bon moment possible, sans enjeux, un rapport de bon voisinage.

Il entretenait la conversation, parlait du Mur qu'on abattait, des manifestations un peu partout, spéculait sur les véritables intentions de Gorbatchev. Toutes ces choses allaient si vite, c'était passionnant, non ? Il avait très envie d'aller à Berlin, pas pour le métier. En simple touriste. En spectateur. Faisant dans le café du commerce à vocation rassurante, Laurent n'avait pas grand talent.

– Ne dévalorisez pas trop mes propos, camarade Victor. On peut savourer avec une joie sans partage ce qui se passe à l'Est. Cela ne durera pas. Raison de plus pour en profiter.

Sur la bande son, c'était maintenant Piazzola. *Balada para un loco*. Une mauvaise version. Celle où hurle inutilement la chanteuse Milva. Nadège arriva.

Je n'avais guère de pensées sur le genre de cul que Laurent pouvait fréquenter. Nadège, une jeunesse, faisait dans le look cuir clouté, T-shirt généreux, tignasse hérissée, jaune et courte. Elle commanda d'entrée un mescal. Double.

– Bordel ! Après toutes les pétitions que j'ai signées pour vous, c'est génial que vous soyez enfin là.

D'après Laurent, la gamine était aussi une styliste plutôt en pointe, très appréciée de quelques-uns quelque part dans Paris. J'aurais voulu pouvoir savourer tranquillement le tango. Nadège babilla avec une voix forte sur divers sujets qui lui tenaient à cœur, j'eus du mal à suivre. Il était question d'un clip, d'une collection, de sortes de bricoles décisives qui empoisonnaient sa vie en la rendant parfaitement hyper-excitante. À ce que je compris, elle jouait sa vie, son honneur et quelques bâtons avec un vague PDG japonais résolument génial, demain. Laurent l'écoutait avec une attention que j'étais disposé à ne pas croire feinte.

En gros et sous Valium, Nadège devait être plutôt sympathique. Sans être très photographiable. J'en étais là de mes réflexions sur elle lorsqu'elle attaqua son *chili con carne*. Contrairement à toute attente, elle s'abstint de parler la bouche pleine. Ce qui permit de changer de sujet de conversation.

Je demandai à Laurent où en était son enquête sur les rues. Il feignit de se rembrunir :

– Je croyais que ce soir on faisait la trêve ?

– C'est vous qui m'avez présenté cette liste comme une énigme, un défi intellectuel. Je n'en fais donc pas un sujet sensible.

Il me servit à boire.

– Admettons. Je n'ai pas grand-chose à vous dire de plus que lors de notre dernière conversation. La rue Albert-Tison est celle qui, pour le moment, m'intrigue le plus. Connaissez-vous quelqu'un de ce nom ?

– Pourquoi aurais-je cette perversion !

– Il existe quatre lascars nommés Albert Tison, dans le grand Paris. Ils ne sont pas parents, ne se connaissent pas, sauf qu'il arrive de temps en temps que l'un reçoive des lettres ou des coups de téléphone destinés à l'autre. Une fois, le Tison de l'avenue Mozart a même failli avoir les huissiers chez lui à cause d'une dette non honorée par le Tison de la rue de Crimée. Je vous rassure, tout est rentré dans l'ordre.

Nadège nous écoutait attentivement.

– Tison, Tison… Ça me dit quelque chose. Je me suis tapé un type avec ce nom-là, une fois. C'est pas lui qui fait disc-jockey au Dark Passage ?

– Erreur ! Celui-là habite rue des Renaudes. Il marche aux amphés, ce qui rend sa conversation assez éprouvante. C'est tout ce qu'on peut lui reprocher. Le quatrième Tison présente une caractéristique importante.

– Mettez fin à ce suspense insoutenable, je vous prie.

– Il loge rue de la Glacière. Donc dans une rue indiquée par Alex.

– Il fait quoi, dans la vie ?

– Flic, en tenue. Ce qui n'empêche qu'on enquête sérieusement sur lui.

Je ne pus m'empêcher de plaindre sincèrement le pauvre bougre.

– Rien de plus ?

– Je finirai bien par trouver. Question de temps.

Ou de culture générale. Il était un peu mesquin de laisser Laurent patauger dans cette énigme qui n'en était pas une et je n'étais pas mécontent de cette petite bassesse. Nadège avait perdu l'adresse du disc-jockey, elle dit que c'était dommage, ce mec était un bon coup. Laurent sortit son carnet et lui fournit le renseignement sans sourciller.

– Et vous ?

– Moi ?

– Du neuf ?

Sans trop réfléchir, j'évoquai la visite de Lourcet. Connaissait-il ce bonhomme ? Laurent picora dans son poisson cru mariné dans le citron, l'oignon et la coriandre. Il releva le nez et me parut rêveur.

– Lourcet… Si je suis honnête, il me faut reconnaître que mes premières connaissances en histoire de France, c'est à ce monsieur que je les dois. Les grandes dramatiques qu'il réalisait dans les années soixante, quels souvenirs formidables ! *Les Cathares. Jeanne d'Arc. Le Chevalier d'Éon. Le Mystère Louis XVII. Les Derniers Jours de Napoléon.* Toute une éducation ! Je croyais qu'il était mort depuis longtemps. Que vous veut cet excellent homme ?

Je racontai ce que j'avais compris du projet de Lourcet. Laurent s'enthousiasma :

– Exactement ce qui vous convient. Une bien bonne idée. Ce vieux briscard a donc toujours le flair pour les sujets qui prennent le public dans le sens du poil. Il va sans dire que, si l'occasion se présente, je serais très heureux que vous me le présentiez.

Il était incroyablement guilleret. Piazzola jouait *Adios nonino*. Nadège redemanda à boire. Ayant terminé son *ceviche*, Laurent grignota sans façons un bout de mes ris de veau.

– Vous vous demandez quelle mouche me pique, vous flairez le piège. Vous avez tort. Lourcet, c'est un souvenir de môme, la télé en noir et blanc, Catherine Langeais, la mire avec les chevaux de Marly, les soirées en famille. Je suis un fils du peuple, cher ami. *Salut les copains*, c'était très bien. Lourcet et l'Histoire en direct, c'était la vraie culture, celle que je pouvais comprendre.

– Je m'ennuie, dit Nadège. Je croyais que la conversation des héros était plus captivante.

Elle ajouta qu'elle avait un peu trop bu, qu'il se faisait tard. Tout en parlant, Nadège agitait l'air de ses mains. Elles étaient disgracieuses, courtes, un peu boudinées, avec des ongles mauve pâle. Laurent la considéra avec ce qui pouvait bien passer pour une réelle affection. Je sortis le Polaroid, tirai le portrait de Nadège. Pris congé.

À la date du vendredi 14 janvier, le carnet de Katz mentionnait une curieuse anecdote. Lui et Breton arrivent les premiers aux Deux Magots. Breton est d'humeur pensive.

« Il avait rêvé de cette agression dont avait été victime Samuel Beckett.

« Il dit : "Je connais peu Beckett. Un homme bizarre, très secret. Je l'ai rencontré quelquefois rue de l'Odéon, dans la librairie d'Adrienne Monnier, vous connaissez sans doute. Il est ami de Joyce. Cette idée de poignard m'est très pénible, continua Breton. Un jour, je descendais mon escalier en rangeant machinalement mon stylographe dans ma poche. J'ai trébuché. En me heurtant au mur, le stylo s'est retourné contre moi. La plume s'est enfoncée dans ma poitrine, comme un poignard. Cet incident a beaucoup fait rire mes amis. J'en garde un souvenir très déplaisant. Ce qui explique mon rêve." »

Ayant noté ce petit récit, Alfred avait laissé un espace puis ajouté en bas de page, de son écriture appliquée, encre verte, pleins et déliés : « Me rendre librairie Monnier. Qui est Joyce ? »

Qui est Katz ? À quoi ressemblait-il, ce petit ouvrier autodidacte, fils d'immigrés, activiste trotskyste et piqué de poésie, descendu à Paris ? Pas le genre casquette et mains calleuses ? Je lui soupçonnais des vêtements bon marché, un brin élimés, soigneusement entretenus. Il devait avoir trouvé quelque chose pour se distinguer, pour signaler aux regards attentifs qu'il n'était pas qu'un simple prolétaire. Quoi ? Une cravate un peu chic ? Une chemise d'une couleur peu ordinaire ? Un attribut plus discret ?

L'écriture portée sur le carnet était appliquée, cherchant sa forme, comme un adolescent cherche à se faire une signature. Un stylo. Alfred Katz, ouvrier-poète, devait utiliser un beau stylo. Cher. Avec plume en or.

Mais encore ? Comment en savoir plus sur lui ? Son visage ? Il devait bien exister, dans le monde, une photo d'Alfred Katz. Dans les archives de quelqu'un, dans une vieille boîte à chaussures, dans un fichier administratif. Chez les flics, peut-être.

Au mur, il y avait le montage d'Ubac. La une du *Soir* du 28 novembre. La photo d'Alex, mort. Lourcet dans l'escalier, Laurent et Nadège.

Je m'endormis épuisé, à même le parquet. Pas longtemps. Il fut très vite 5 heures du matin. Bastille dormait en boule au creux de mes reins. La tête de Radek reposait sur mon épaule. J'allumai une Gauloise en tentant de ne pas déranger les petites bêtes. Radek se contenta de se nicher un peu plus au chaud dans mon pull. Une vieille habitude qu'il avait, du temps d'avant. Dehors, il pleuvait.

Comment Solveig avait-elle pu avoir le soupçon de ces réveils ?

Certain de ne pas pouvoir me rendormir, je repris ma lecture du journal.

De nouveaux mannequins, convenables cette fois, furent livrés à la galerie Beaux-Arts. Il y en avait seize en tout. Le groupe put cette fois s'en donner à cœur joie. Chacun avait évidemment totale liberté pour habiller sa dame comme il l'entendait. Katz s'amusait des petites cachotteries commises par chacun pour dissimuler aux autres les secrets de son apprêtage. Breton veillait toutefois au grain. Ainsi, d'après le carnet, une petite polémique l'opposa à Max Ernst.

« Max a été l'un des plus habiles et des plus rapides dans la composition de sa statue. Il l'a habillée en grand deuil. Le crêpe noir lui descend jusqu'aux genoux mais le drapé est organisé de manière à découvrir l'une des cuisses. Les dessous ainsi révélés, porte-jarretelles, petite culotte, les dentelles, sont d'un rose vif quelque peu provocant. Pour compléter la parure de cette veuve lubrique, Max a eu l'idée de glisser à son entrejambe, sous la soie, une petite ampoule électrique. Il achevait son installation ce matin quand Breton, qui tournait autour de lui depuis un moment, s'est décidé à l'aborder. Il était un peu contrarié. Lui et Max se sont retirés dans un coin de la galerie. J'ignore ce qu'ils se sont dit. Lorsque, après plus d'un quart d'heure, Max est revenu près de sa veuve, il a émis un petit ricanement et puis il a éteint la loupiote litigieuse. Malet était près de moi à ce moment-là. “Moi, m’expliqua-t-il de sa voix grinçante, c’est un poisson rouge dans son bocal que j’avais collé sur le sexe de ma bonne femme. Breton n’a pas supporté. Résultat, je suis privé de mannequin.” Malet est convaincu qu’au fond Breton est un grand puritain. »

Wolfgang Paalen hérita du mannequin de Malet.

Bastille bâilla, s’étira longuement, fit le gros dos, s’étira encore, me marcha sur le ventre, ronronna, entreprit de frotter sa tête sous mon menton. Elle fut bientôt imitée par Radek. C’était l’heure du petit déjeuner. Filets de haddock pochés avec fromage blanc parfumé à l’aneth pour tout le monde. Les chats raffolaient du fromage blanc à l’aneth. À la radio, un journaliste commenta le sommet Bush-Gorbatchev qui s’était tenu la veille, au large du port de Malte, dans la tempête. En RDA, le bureau politique et le comité central du Parti avaient mis le week-end à profit pour s’autodissoudre. On attendait pourtant des foules immenses à l’hebdomadaire manifestation de Leipzig. À Prague, les staliniens avaient tenté de constituer un nouveau gouvernement. Il ne provoquait que huées générales, appels à de nouvelles manifestations. On était le lundi 4 décembre. Le carnet de Katz avait quelque chose de rassurant. Je me doutais bien que ça n’allait guère durer.

C’était un petit matin avec lumière médiocre sur le canal. J’appelai un taxi par téléphone. Il n’était pas 6 heures lorsqu’il me déposa 140, rue du Faubourg-Saint-Honoré. Une brève course dans un Paris quasi désert.

Je connaissais assez mal cette rue, pompeuse, suintante de respectabilité. En revanche, il était idiot de ne pas avoir fait le rapprochement, j’étais venu plusieurs fois au numéro 140, dans le passé. L’immeuble abritait entre autres *La Gazette des beaux-arts*. J'y avais trouvé des renseignements précieux sur les mannequins de cire, du temps où je travaillais au musée Grévin. Quelques mois avant mon enlèvement. La pluie se remit à tomber. Il était tôt, on n'était pas encore dans les heures ouvrables. La porte de l'immeuble était défendue par un code. Son usage semblait s'être généralisé dans Paris. On a les insécurités qu'on peut. Je restai un peu décontenancé devant les plaques des autres sociétés logées dans les étages. Celle des Courses de Compiègne et de Dieppe, et puis le Club des habits rouges. Intitulé qui m'intrigua fugitivement.

Je n'étais là que pour me faire une idée plus précise des lieux, mieux imaginer les mouvements de Katz. La pluie redoubla. Lui comme ses autres amis surréalistes devaient se sentir terriblement déplacés dans ce quartier. Ils avaient dû d'autant plus accumuler les provocations, les pieds de nez. J'arpentai le trottoir, faisant les cent pas.

La pluie me dégoulinait dans les yeux. Cette vue brouillée avait son intérêt. C'était sur ce trottoir, ici, qu'avaient été livrés les mannequins nus, que s'était organisée la grande fête. En janvier 1938, la luxueuse boutique des chocolats Salavin, à droite du porche, existait-elle ? Il me faudrait me renseigner sur tout, tous les détails.

J'étais trempé, c'était bon. Un peu grisé de pouvoir à nouveau m'offrir de petites joies pareilles, arpenter de bonne heure le pavé, rôder dans un quartier, y convoquer en toute impunité le théâtre d'ombres de mon choix.

Un passage du carnet me revint en tête, sans raison apparente. Ayant pris la direction de la place Beauvau, je trouvai assez rapidement un bistrot protecteur, pour sacrifier au rituel réactivé du café-blanc sec, pour réfléchir un peu.

Sans nul doute, concernant Katz, il était légitime de faire partir les choses de l'exposition surréaliste. Donc de la rue du Faubourg-Saint-Honoré. Donc de la rue de Tous-les-Diables, où il était tombé amoureux d'une certaine Mila.

Peut-être avais-je pris connaissance de ce nom trop tôt.

Katz disait finalement peu de chose de son installation dans la chambre de la pension, près du canal. Il me plaisait naturellement de penser qu'il logeait quai de Jemmapes. C'est pauvre et sobre, avec papier à fleurs, cuvette, broc et seau d'aisance. Il est content d'avoir une table pour écrire. Il dispose de quelques livres. Pas beaucoup. Il a peu d'objets personnels. Il faut attendre plusieurs pages avant qu'il relate une anecdote.

Le prix de sa pension inclut un ménage minimum, le blanchissage de la literie. La petite bonne qui s'en charge est vraisemblablement un peu amoureuse de Katz. Elle le soigne bien. Un jour, il raconte qu'après avoir fini son rapide ménage elle l'interroge sur une photo de femme, image épinglée sur le mur de la chambre. « Une de vos petites amies ? La femme que vous aimez ? » À l'en croire, Katz démentit avec la dernière vigueur. Rien à voir avec une histoire d'amour. Sans plus d'explications. On peut penser que la petite bonne ne fut guère convaincue.

J'avais presque oublié cette photo. Si ce journal intime avait été transmis, quelqu'un détenait ce souvenir de la petite amoureuse.

Qui était cette femme dans la vie d'Alfred Katz ? Sa vie d'avant la rue de Tous-les-Diables ? Je décidai de répondre favorablement à la proposition de Paul Lourcet. Ce qui n'avait pas de rapport bien apparent. Avant même d'avoir terminé mon ballon de vin blanc, je descendis au sous-sol du rade et lui téléphonai, le convoquant chez moi, en début d'après-midi.

Le Polaroid pris au 140, rue du Faubourg-Saint-Honoré n'était pas très bon. Un peu flou, même. Je le datai et l'épinglai au mur, auprès des autres images.

Tout manquait dans cet appartement, les documents de référence les plus simples, les instruments les plus indispensables.

Attendant Lourcet, je me replongeai dans le carnet. Katz était inquiet qu'un national-socialiste ait été nommé ministre de l'Intérieur en Autriche. Le lendemain, dimanche 16 janvier, avec tout le détachement d'un militant de base, il prenait acte de la nomination du nouveau ministère Chautemps – ce n'était guère que le quatrième –, avec Daladier comme vice-président du Conseil, ministre de la Défense nationale en plus. Aucun ministre ne représente la SFIO. Katz prend acte : « C'en est fini de leur mascarade de Front populaire, cette escroquerie. »

Il dit aussi qu'il est accablé par le travail que lui donne le camarade Camille. Qu'il appelle à l'occasion par son vrai nom, Rudolf Klément.

« On se voit très peu, toujours dans des cafés de Montparnasse ou d'Alésia. Il est toujours pressé, fébrile. Pour l'essentiel, la tâche consiste en traductions, toujours à faire très vite. Ce n'est pas bien difficile. Camille est courtois, prévenant même, il est désolé de ce surcroît de travail pour moi. Il place le service du Parti au-dessus de toute autre considération. Je partage cette conviction. Mais ce travail de scribe est long et fastidieux, il occupe mes nuits. Des circulaires, des mises au point, des projets de résolution, des controverses sur des procédures. Je sais que c'est important. Ce n'est pas non plus l'idée qu'on peut se faire de la préparation de la révolution mondiale. J'ai parfois l'impression démoralisante que le vocabulaire politique se réduit à deux cents mots. Et encore. »

Paul Lourcet sonna à 15 heures pile. Il était exactement le même que la première fois. Aussi massif, aussi cassé et, d'une certaine manière, aussi flou. Je le fis entrer. Les chats observèrent. Je servis du thé et du bourbon. Je pris du thé, puis du bourbon. Lourcet seulement du thé.

– Parce que je préfère la vodka, voyez-vous.

Il jetta un coup d'œil sur les Polaroid. Ne s'y attarda pas trop, bourra sa pipe. Prit bonne note de la présence du carnet.

– Alors ? Avez-vous réfléchi ?

Le coup de la vodka était légèrement humiliant. La reconstitution d'un bar honorable aurait dû être une de mes priorités.

– Je n'ai pas compris grand-chose à votre projet.

– Dans ma propre tête, il est encore très confus. Ce thé est vraiment dégueulasse. Passez-moi un peu de votre bourbon, ce sera moins pire.

Je n'ai jamais su retenir durablement plus de deux ou trois numéros de téléphone. La mémorisation du mien m'a toujours posé des difficultés. Depuis que j'habite cet appartement, je connais par cœur celui du caviste le plus proche, de l'autre côté du boulevard Jules-Ferry. Inutile de traîner plus longtemps. J'y passai commande d'un assortiment d'alcools divers. Quelle préférence pour la vodka ?

– Zubrowka, si vous n'y voyez pas d'objection. Glacée, si possible.

Où en étions-nous ? Avant de répondre, Lourcet examina plus attentivement les images de mon puzzle mural. Il me montra du doigt la photo d'Alex mort.

– J'ai été un peu incomplet, lors de notre dernier entretien. Primitivement, dès l'annonce de votre libération, j'avais pensé faire un travail avec vous. Avec vous deux mais, je ne vous le cache pas, en pensant plus particulièrement à Alexandre Katz. Vous, je ne vous connaissais pas, avant votre enlèvement. Depuis, Katz est mort, dans ces conditions tellement incroyables.

– Vous connaissiez Alex ?

– On ne peut pas dire les choses ainsi. Comme il a écrit des livres, qu'il était un universitaire connu, j'ai eu l'occasion de m'intéresser à lui, dans le cadre de mon métier. C'était il y a plusieurs années. Nous avions un peu parlé, à cette occasion. Il m'a laissé l'impression d'un homme extrêmement brillant. Séduisant, aussi. Mais, c'est un pauvre paradoxe, j'ai eu le sentiment que ce brio et cette séduction avaient d'abord pour fonction de mieux lui permettre de garder des secrets, de masquer des failles. Ce sont des choses qu'on devine parfois, lorsqu'on est derrière une caméra ou devant une table de montage. Je vous ennuie ?

Le livreur se présenta à ce moment, avec sa caisse de bouteilles. Il refusa de se faire payer. Son patron tenait, par ce petit cadeau, à fêter le retour d'un bon client. En attendant de trinquer avec moi, dès que j'aurais un moment. La vodka était glacée jusqu'à être d'une consistance huileuse.

Je fis le service.

– Donc, je n'étais qu'une pièce rapportée dans votre projet ?

– Ce genre de remarque n'est pas de votre niveau. Aujourd'hui, n'importe qui peut prendre n'importe qui en otage. C'est une donnée plus très récente mais manifestement durable. Elle affecte les prospectives de polémologie et la vie privée de tout un chacun. Reconnaissez qu'il n'est pas honteux d'avoir pensé qu'Alexandre Katz pouvait avoir des choses passionnantes à raconter sur son expérience. Cette Zubrowka est parfaite.

Lourcet ajouta que, bien entendu, ce que la presse lui avait appris de moi l'avait intrigué. Ce qui devenait d'une irritante trivialité.

– Imaginons un otage qui ne soit ni diplomate, ni journaliste, ni universitaire de renom, encore moins espion, pas même photographe. Imaginons un pauvre type connu des seuls pauvres types de son entourage immédiat, avec qui il n'entretient pas forcément des relations harmonieuses et qui ne battront pas la campagne pour le soutenir, qui ne signeront pas même des pétitions. Imaginons que ce pauvre type ait des mœurs pas très dans la norme. Ou un découvert bancaire. Ou un quotient intellectuel vraiment pas très reluisant. Imaginons qu'il ait un casier. Ou qu'il ne soit naturalisé français que de fraîche date. Il vous intéresserait, cet otage-là ?

– Vous savez bien que oui.

– Vous êtes un cas à part. Ce bougre, on l'oublierait volontiers dans sa geôle. La prise d'otage a d'ailleurs ceci de caractéristique : c'est une déclaration de guerre qu'on peut feindre d'ignorer. Moi, je suis en deçà de ces considérations. J'avais envie d'entendre deux hommes qui ont vécu ensemble une épreuve terrible parler de cette épreuve. Parler de ce qu'ils ont vécu, souffert, parler de ce qu'ils ont appris l'un sur l'autre, l'un de l'autre. Vous n'avez sans doute pas grand-chose à dire sur les otages en général, j'espère. On ne peut dire que des sottises sur ce sujet. Katz et vous êtes des gens singuliers. Il n'y a plus que vous. Je suis certain que vous vivez toujours avec Katz.

Lourcet se resservit une Zubrowka. À son âge, ce n'était pas raisonnable.

– J'ai précisément dépassé l'âge d'être raisonnable.

– Depuis quand ?

Cette question, déviée par rapport à notre propos, m'était venue spontanément. Par moquerie. Sans vraie attente de réponse. Lourcet répondit :

– À vrai dire, il s'agit plus d'une question de circonstances que d'âge. En ce qui me concerne, c'est venu assez tôt. Il n'est pas exclu que je vous raconte un jour le comment et le pourquoi. Venons-en au fait. Pourquoi m'avez-vous convoqué ?

Pourquoi ? À cause de la rue de Tous-les-Diables. Du carnet. De Lourcet, qui avait dû avoir à peu près vingt ans en 1938.

Lourcet m'observait. Je ne me sentais pas moins vulnérable que s'il avait eu l'œil derrière un objectif de caméra. Ou d'appareil photo. Ce type était assurément un grand professionnel. Je l'avais été aussi. Je ne jouais plus dans ce camp-là.

– Votre projet ne m'intéresse pas, je suis navré. Je n'ai plus trop envie d'être mis en scène.

– Dommage.

– Vous-même ne teniez pas tellement à donner suite.

Lourcet en convint de bonne grâce. Il avait flirté avec une fausse bonne idée. Avec Alex, ç'aurait été différent. Et encore. Il ne fallait pas se leurrer, pas trop. L'intendance ne suivait plus si bien.

– J'ai beaucoup fait, beaucoup inventé, dans mon métier. C'est fini. Non seulement je suis vieux : je suis dépassé. Si je pouvais encore travailler, ce serait à l'ancienne. Pour mes confrères actuels, je suis trop lent.

Et moi, je n'ai plus tant de temps. Pourquoi ne pas plutôt me parler de votre vie à vous, en ce moment ?

– Curiosité gratuite ?

– Et bienveillante. Si vous n'y voyez pas d'objection.

Il devenait manifeste que nous voulions en venir au même point. Lourcet désigna le carnet. 1938.

Qu'avais-je à cacher à Lourcet ? Je n'avais rien à cacher à personne, depuis pas mal de temps. Il suffisait d'y mettre les formes. Tabassage en règle, cambriolage efficace, inquisition policière ou, en plus convivial, goût prononcé pour le raide.

J'expliquai en peu de mots la nature du document, en restant évasif quant aux voies par lesquelles il m'était parvenu. Lourcet resta assez longtemps silencieux.

– Je peux jeter un coup d'œil ?

– J'aurais l'impression d'être indélicat.

– Ce garçon est mort.

– Raison de plus.

– Alex vous avait parlé de son père ?

– Jamais. Il y a quantité de choses dont Alex ne m'a pas parlé. Je l'en remercie.

– Vous m'avez demandé de venir. Pour quoi faire ?

– J'aimerais que vous me parliez de vos vingt ans. 1938, c'était comment, monsieur Lourcet ?

Il accusa ce modeste coup avec satisfaction.

La vie pratique était difficile à organiser, même pour le minimum. Je fis une longue commande téléphonique à l'épicier, avec pour souci principal de disposer des ingrédients nécessaires pour les petites bouffes des chats.

Ce soir-là, je me souvins à temps qu'ils raffolaient de ce curieux mélange de fromage Gervais et de sardines à l'huile (qu'elles fussent légèrement pimentées ne les dérangeait pas, loin de là). Leur servant cette pâtée, je fus très populaire.

J'étais en train de regarder le petit trombinoscope qui se développait sur mon mur lorsque je saisis une bribe d'information au journal de la radio. Le parlement tchécoslovaque venait d'abroger l'article 4 de la Constitution. Celui qui attribuait le rôle dirigeant au Parti communiste. Dans la foulée, l'enseignement du marxisme-léninisme cessait d'être obligatoire dans les écoles et facultés. Le chat Radek n'en parut pas spécialement ému. Il en avait vu et entendu bien d'autres.

Les Polaroid coexistaient sur le mur. Rien d'évident ne les reliait les uns aux autres. À par moi, bien entendu. C'était peu.

Je me calai tant bien que mal dans le fauteuil d'osier. Bastille sauta sur mes genoux, hésita longtemps avant de se trouver une position convenable. Dans le journal de Katz, c'était le soir du 17 janvier.

La nuit de la Salamandre

Militant conséquent, Alfred Katz était arrivé bien avant l'heure d'ouverture de l'exposition. Au cas – sait-on jamais ? – où il y aurait eu un dernier petit problème à régler, un ultime bricolage à ajuster. Il précisait aussi :

« Autant le dire, cette soirée m'enthousiasmait, elle m'angoissait tout autant. Pas parce qu'on y exposait une de mes œuvres, je n'en étais pas là. À titre strictement personnel, je n'avais pas à me soucier des humeurs de la critique. Mais c'était pire au fond, puisque je me sentais inconditionnellement solidaire de tout ce qui était présenté dans la galerie. J'appréhendais les prévisibles moqueries, les réactions hostiles. Je n'étais pas certain de savoir y répondre de la bonne manière. En politique, on pratique facilement le coup de poing. Chez les artistes, c'est plus rare. Je dois reconnaître que j'étais embarrassé par quelque chose de bien plus mesquin. Il s'agissait après tout d'une soirée mondaine. Ma garde-robe étant des plus réduites – des plus pauvres –, je ne pouvais que faire mauvaise figure et j'en étais gêné. »

Man Ray est là, lui aussi assez en avance, assis sans façon sur le trottoir. Il déclare que cette exposition amusante risque de se transformer en vraie corvée. Propose d'aller boire un verre. Lui et Katz ne trouvent aucun bistrot. Tant pis. Man sort de sa poche une flasque de whisky. Katz note que c'est la première fois qu'il boit de cet alcool. Il a entendu dire que ç'a un goût de punaise écrasée. Qui donc a jamais goûté à de la punaise écrasée ? La veste de velours râpée de Man le rassure. Lui, avec sa belle canadienne, il ne sera peut-être pas trop ridicule. « Nous emmerdons tous ces bourgeois, dit Man. Nous leur chions dans la gueule. » Ils boivent, déambulent dans le quartier. « Viens me voir, dans mon atelier, du côté de Port-Royal. C'est tellement plus sympathique. » La provision liquide de Man épuisée, ils reviennent à la galerie. L'heure venue, on s'y presse. Des taxis, des voitures particulières peinent à se ranger. Presque un embouteillage !

Une fois franchi le porche, Katz se fraye un chemin dans la cour qui mène à l'exposition. Là où le *Taxi pluvieux* de Dali est exposé. Il fait recette. On se presse autour des vitres de la vieille bagnole pour observer, conduit par le chauffeur à tête de mâchoires de requin, l'admirable passagère de cire à la perruque délavée. Les escargots de Bourgogne étalent leur bave sur les joues ruisselantes, soigneusement maquillées. Des algues traînent. Tout cela brille et pue un peu. Éructations, pâmoisons. Katz entre dans la galerie.

Connaissant parfaitement les lieux, il traverse vite, sans s'attarder, le long couloir, celui qui distribue *Les Plus Belles Rues de Paris*, pour se rendre dans la salle principale. Elle est presque totalement obscure, écrasée par le plafond de sacs de charbon voulu par Duchamp. Les invités errent, en se bousculant, leur petite lampe Mazda à la main qui n'éclaire pas à un mètre. Man Ray, M. Rayon, ricane.

– Duchamp, il n'est pas là ?

– Parti tout à l'heure. En début d'après-midi, pour l'Angleterre. Un tournoi d'échecs à préparer, à ce que j'ai cru comprendre.

– Ah !…

– Ou bien, il n'avait pas envie de rencontrer quelque ancienne maîtresse.

On n'y voit rien ou presque, on se bouscule poliment, avec des petits rires étouffés. Katz entrevoit Breton, qui cause devant des invités forcément importants. Breton porte une veste verte et une chemise rouge. Il parle fort, sa voix se perd dans le brouhaha. Katz se retrouve avec un verre de champagne dans la main. Il n'a pas l'habitude du champagne. Pas plus que du whisky. Katz pose sa coupe sur l'*Ultrameuble*, le guéridon de Seligmann, monté sur des jambes de femme. Autre usage des mannequins.

Comme la première fois, Katz ne voit rien. Il n'entend que des lambeaux de propos. « Grotesque. » « Génial. » « Des fous. » Ou pire : « Ils s'assagissent. » Il allume une cigarette. « Croient-ils si facilement nous épater, avec leur bric-à-brac ? »

Il fait très chaud.

– Attention, jeune homme. Avec toute cette poussière de charbon sur nos têtes, nous risquons le coup de grisou.

Que sait ce gandin d'un coup de grisou ? Katz se dit qu'il est un petit Lillois, d'autant plus gars du Nord qu'il n'est pas vraiment né au pays. Le scandale, ce ne sont pas les objets exposés, c'est la racaille qui les souille de son regard. Il accepte cette autre coupe que lui tend un larbin indistinct. Ça bourdonne dans le presque noir. Le rire de Man, insistant, pas loin. Le rougeoiement du brasero accentue le côté faunesque de l'artiste. Katz est perdu, affolé. Une main se pose sur son bras.

– Ces gens sont merveilleux. C'est tellement nouveau. Comme un rêve, n'est-ce pas ? J'en ai le cœur qui bat, si fort.

La femme prend la main de Katz, la plaque contre sa poitrine, laquelle est un peu épaisse. Le cœur bat sans aucun doute. La femme sourit. La main de Katz glisse sur le digne sein de la bourgeoise ravie, qui glousse, se détourne. Katz s'enfuit. Il a connu la coulisse, les machineries en répétition, le voilà égaré sur la scène du vernissage, il ne comprend plus rien. Comme tout le monde et plus que tout le monde, il est heurté, saisi par ces images, ces objets magiques qui surgissent à chaque pas. Toujours très pâle, fugitive, la lumière. Un instant, Katz se laisse glisser contre une paroi, pour souffler. Devant lui, la tasse et la cuiller, fourrées, velues, conçues par Meret Oppenheim. Il s'en faudrait d'un rien pour qu'il verse dans la tasse le reste de sa coupe de champagne. Pour voir. Puisqu'il n'a jamais eu l'occasion de rencontrer miss Oppenheim.

Un homme bien mis tombe en arrêt devant un petit tableau de Saul Abrisis. Marat, assassiné dans sa baignoire, façon David, veillé par le couple glébeux de l'immortel *Angélus*, de Jean-François Millet. Tableau qui fait baver de rage Dali.

« Uniformes et livrées. Uniformes et livrées. Uniformes et… » Ces mots se sont glissés dans sa tête.

Quand ? Lorsqu'il a été question de Duchamp, sans doute. « Uniformes et livrées » ? Leur fameux groupe célibataire est dans la partie inférieure, à gauche, du *Grand Verre*, le grand œuvre de Duchamp. Katz n'en a jamais vu que des reproductions, de mauvaise qualité. « Uniformes et livrées » : les médiocres, les serviles, les obséquieux, les assis, les mauvais. La vermine conformiste, les bourgeois et leur compagnie, leur claque, leurs hommes de main, ligues et bandes. « Uniformes et livrées » ? Les beaux manteaux, les smokings, les robes du soir. Ils abondent, cette nuit. Ils sont tous là. Éluard passe.

Sortir, prendre l'air. Max Ernst s'interpose, qui affirme que c'est une belle soirée, très belle, puisque la dernière où il va pouvoir exposer. La dernière ? Il prend l'aimable assistance à témoin : « Car tout se dégrade assez vite, non ? La guerre vient, chacun le sait. Va-t-on de nouveau, on m'a déjà fait ce coup-là à Paris, me traiter de sale boche ? Vous, monsieur, vous, madame ? »

Très bleu, l'œil de Max. Glacé.

Katz se sent pris au piège d'un rêve pas forcément sale, mais qui n'est pas tout à fait le sien. Sans pouvoir s'en expliquer clairement, car il pense qu'il s'y connaît en rêves sales. Il cherche la sortie.

Pour cela, il faut passer, à nouveau, par les étapes de la ville surréaliste. À contre-courant.

Maintenant c'est la foule, la grande affluence des invités venant sur le tard. Il y a des sarcasmes, de vagues émois, de l'indignation bien tempérée. Katz avance. Rue d'une Perle. Rue de la Transfusion-de-Sang. Mannequins de Paalen, d'Arp. Comme dans les cauchemars routiniers, il a la volonté de fuir tout en piétinant sur place. Et, pourquoi pas, galerie Beaux-Arts, un nouveau bazar de la Charité ? Pourquoi pas quelque chose de comparable aux soixante-dix-sept usagers du métropolitain, carbonisés ou asphyxiés à la station Combat, le 10 août 1903 ? N'est-ce pas la moindre des choses que de s'attendre ici à une belle catastrophe ?

Rose Sélavy, mannequin avatar de Marcel Duchamp, observe Katz. Elle est sans trop d'apprêts. Veste de tweed et chapeau feutre, rien de plus. Son sourire est aussi exaspérant que celui d'une Joconde sans moustache. Sortir, vite.

Sans sommation, voilà que la lampe que tient Katz au creux de la main s'éteint. Plus de lumière.

« Plus de lumière », la phrase résonne dans sa tête, lui rappelle quelque chose.

Il avance, est bousculé, ballotté, réprimandé. Ne pas suivre le sens de la marche, quelle idée ! Il se débat contre des ombres indignées, têtues, se retient tant qu'il peut pour ne pas balancer des coups de pied, de poing, vengeurs. Y parvient. Il trébuche. La Mazda lui échappe, tombe par terre. Le choc la réactive. Elle s'allume de nouveau. C'est devant le mannequin de Max Ernst, à l'enseigne d'émail bleu de la rue de Tous-les-Diables.

Il n'y a plus le lumignon prévu, à l'emplacement du sexe. La belle n'en est pas moins séduisante. Une jeune femme est penchée sur elle, justement. Du bout des doigts, elle évalue la courbure de la cuisse de cette statue qui semble être son amie, n'hésite pas à relever le pli de la robe jusqu'à la hanche puis, lâchant tout, se campe dans une posture de défi.

– Prêtez-moi cette lumière.

Katz s'exécute. La fille braque la lueur sur le visage du mannequin, le scrute, l'interroge, lui fait une grimace, hausse les épaules.

– Je suis plus belle qu'elle.

Elle toise Katz, Son air hagard, sa canadienne, son front perlé de sueur.

– Et toi, tu as l'air moins bête que toute l'engeance qui est là ce soir. Offre-moi une cigarette, camarade.

Katz fouille ses poches. Ses mains tremblent. Rien ne va comme il veut. Il tend un paquet de Celtiques, tout chiffonné.

– Je m'apprêtais à sortir.

– Je m'appelle Mila. Je t'accompagne. Moi aussi, j'étouffe.

Il s'appelle Katz, Alfred Katz. Il est ouvrier et poète. Il habite quai de Jemmapes. Elle s'appelle Mila.

On pourrait s'arrêter là.

Dans la cour, ils traînent un peu autour du *Taxi pluvieux*. La belle inondée du siège arrière se déglingue un peu. La mâchoire féroce du chauffeur a glissé, elle n'est plus qu'une prothèse déplacée. Les escargots s'ennuient. Mila dit que Dali n'est qu'un fasciste, tout le monde le sait. Elle s'en fout.

– Ces poupées me font bien rigoler. Tu veux que je te raconte quelque chose ? Une confidence, à ne pas répéter.

Un de ses copains artistes – Mila dit « copain » – était bien ennuyé par cette idée de Breton, vraiment pas sa meilleure : détourner des mannequins.

– Qui ?

– Pas de nom ! Il a conçu le projet de tricher. De substituer au mannequin, au dernier moment, un de ses modèles. Une vraie fille. Elle aurait été vêtue d'une longue cape, le visage dissimulé par un capuchon. Dessous, bien sûr, elle aurait été nue. Ce qui aurait été facile à vérifier. Tu imagines la réaction du beau monde allant y voir de plus près ?

– Je suppose que tu étais la fille pressentie ?

– J'ai été d'accord, ça me plaisait même beaucoup, jusqu'au moment où j'ai compris qu'il me faudrait rester tout le temps immobile. Impossible pour moi. Je ne peux pas.

Mais elle regrettait néanmoins d'avoir cédé la place.

Katz ne donnait guère de renseignements sur les premiers moments de son trajet, avec Mila. Ils ne s'étaient pas attardés aux alentours de la galerie, terrain ennemi, ils marchèrent soi-disant au hasard.

Mon avis est qu'ils suivirent l'axe Saint-Honoré. « Nous passâmes devant le couvent des Jacobins », note Katz, qui dut faire l'érudit devant Mila. « Il n'en reste rien », ajoutait-il. Ce n'est pas tout à fait vrai, qu'importe.

– Tes Jacobins ? Ce sont des curés ?

– Robespierre, Saint-Just ! La Grande Révolution !

Il évoque le chemin de la guillotine, qu'ils prirent à rebours.

Mila lui demande de ne pas se fâcher. Elle n'a pas fréquenté très longtemps l'école.

Katz ne faisait pas un récit détaillé, pas complètement. Son carnet ne se voulait pas littéraire. Manque de maîtrise, trop d'émotion. Je le suivais d'autant mieux.

Ils approchent des Halles. La rue nocturne devient populaire.

« Nous marchions depuis assez longtemps. Mila était fatiguée. Elle devait avoir faim. J'avais entendu parler de ces soupes à l'oignon, dans les bistrots, qu'aimaient les travailleurs et les bourgeois en goguette. »

Il va sans dire que cette collaboration de classes autour de la gamelle révulse le brave révolutionnaire. Qui sort de l'événement le plus parisien de la soirée, avec une beauté à son côté. Katz tâte le fond de sa poche. Quelques billets, beaucoup de pièces. Pas de quoi faire la fête en grand.

– Faim ? dit Mila. Pas tellement. Je préfère marcher.

« Rue de la Ferronnerie, je lui pris le bras. Mila ne réagit pas. Arrivant au Châtelet, je l'abandonnai pour allumer une cigarette. Elle me reprocha de ne pas lui en offrir une. Puis elle proposa d'aller voir la tour Saint-Jacques. Depuis le début, mon idée était de la conduire là. »

Mila était maligne. La tour Saint-Jacques était une bonne idée.

Je refermai le carnet, décrochai le téléphone.

Le taxi ne tarda pas à m'attendre devant ma porte. Je lui demandai de me conduire à l'Hôtel de Ville. Assis sur le seuil de l'immeuble, le résidant du rez-de-chaussée me souhaita une très bonne nuit. En insistant gravement sur le « très ». Ce clochard s'effilochait de jour en jour.

Il n'était pas tard, à peine passé minuit. L'immense bâtisse que, dans mon illusoire terminologie parisienne personnelle, je persistais à appeler la « Maison commune », était encore éclairée et déserte. Je chassai, pas trop, quelques souvenirs d'émeutes, certains très précis. J'eus même la tentation de me diriger vers l'arcade Saint-Jean, menant à l'Orme, puis à la rue Antoine. Le noir se fit. Seules restèrent lumineuses les sept hautes fenêtres du centre, au premier étage. Celles des nuits de Septembre et de Thermidor (que m'importaient les autres !). Je tressaillis. Le mot « Commune » était le mot.

Un instant, je laissai Katz. Le temps, j'avais tout le mien, de frôler Hébert, le père Duchesne. Delescluze et Vingtras. Ces embrasements.

Thermidoriens, Versaillais. Leur Hôtel de Ville devrait bien rebrûler, une sage nuit de retrouvailles à venir.

Le 10 thermidor, Couthon aux jambes froides, après bien des hésitations, agitait les manivelles de sa voiture d'infirme cahotante sur le pavé. Il se presse, il n'a plus de doute, il ne veut pas d'aide. J'entends le bruit de sa carriole. Il va mourir.

La machine est à Carnavalet. Je suis là.

Thermidor ! Thermidor partout dans Paris maintenant. C'est ce que j'ai retrouvé. J'y reviendrai.

Cette nuit, personne n'est oublié. Le choix est de chercher Katz et Mila.

Je me dirigeai vers la tour Saint-Jacques, en prenant au plus court, par la rue des Écrivains. De Rivoli, pour les modernes. À cette heure, on y circulait peu.

Le square était désert.

Je n'avais pas besoin de rouvrir le carnet. Venant de la galerie, *via* la rue Saint-Denis, Katz et Mila arrivaient là, assez naturellement. Vers une heure approchante, sauf qu'il devait faire plus froid. Katz mentionne la buée de leurs respirations. Pour moi, il faisait doux, relativement. C'était quand même leur nuit. Qu'avaient-ils bien pu voir et comment ?

En 1938, le square n'était pas si bien aménagé. Il n'existait même pas en tant que tel. Ce n'était qu'un terrain vague. Un lieu extrêmement indécis. Je me souvins d'une photo nocturne de Brassaï. La tour « chancelante », comme le suggérait Breton dans son récit *L'Amour fou*, garnie d'échafaudages. Bien distincte mais enserrée dans une sorte de toile d'araignée. C'est ainsi équipée, lumineuse, que l'avaient vue Katz et Mila. Lui intimidé, elle déjà presque séduite.

Je restai quelques secondes, tentant de les voir. Je fus dérangé.

– Les échafaudages qui entouraient la tour Saint-Jacques, c'est comme à Prague.

Je me retournai. C'était Solveig, évidemment.

– Oui ?

– Les monuments, les maisons s'effritent, les statues, les anges tombent du haut des corniches, il y a des blessés, des morts quelquefois. Alors ils disent, les responsables, qu'il faut protéger les citoyens, restaurer les édifices, prendre le temps qu'il faut… Ils construisent des échafaudages, autour. Ils appellent cela la « réserve urbaine ». Ils ont un souci infini du patrimoine, de la sécurité du peuple. Tout est protégé, tellement qu'on n'y voit plus rien. Cette tour est un peu ainsi.

– Il n'y a plus d'échafaudages.

– Ni de vieux quartier tout autour. C'était le centre vif de Paris. Comment s'appelait-il ?

– La Boucherie. Il y avait également beaucoup d'artisans des métaux. Et des écrivains publics dans de petites échoppes.

– Des alchimistes ?

– Au moins un, peut-être. Assez célèbre. Nicolas Flamel.

Nous tournions le dos à la rue qui porte son nom. À celle qui porte celui de sa femme, dame Pernelle.

Katz raconte à Mila certaines des légendes que véhicule le nom de Flamel.

Cette nuit, elle était Solveig, mèches de cendre en travers du front, blouson de cuir et longue robe noire plissée.

– Comment saviez-vous que je pensais à cette photo de Brassaï ?

Solveig haussa les épaules.

– Dites-moi plutôt ce que vous faites ici, cette nuit. Si vous voulez.

Nous nous assîmes sur les marches de pierre, humides et sales, menant à la voûte, sous la tour. Les murs vénérables étaient couverts de graffitis et de tags. L'odeur acide de la pisse stagnait. La statue en pied de Blaise Pascal faisait le guet, sans intéresser personne. J'allumai une cigarette. Je n'étais pas pressé de parler. Solveig n'était pas impatiente de m'entendre. Dans ce plein centre de Paris, il régnait un bizarre silence. Nos épaules et nos cuisses se touchaient. Je montrai le carnet.

– Il y a Alfred Katz et, depuis quelques heures, Mila. Ils s'aiment depuis leur rencontre, rue de Tous-les-Diables. Mila m'intrigue.

– Mila ? Ils arrivent ici ?

– Je suis venu les rejoindre.

– Que font-ils ?

Il est évident qu'il la frôle de près, tout hésitant, maladroit qu'il est. Il répugne aux codes convenus de l'amourette. Il veut de l'éclat, du grand genre. Je lus des extraits du carnet de Katz à Solveig – ou bien je citai de mémoire.

« J'aimais Mila. Il n'avait fallu pour cela que le temps d'une rue. Nous étions au pied de la tour. Elle me regarda assez fixement, d'une manière insistante, comme si elle me jaugeait. »

– À quoi ressemble-t-elle ?

Le carnet ne donnait pas la réponse satisfaisante.

– La suite ?

Je pris Solveig par le bras, sous l'aisselle. Après quelques pas, la Conciergerie était encore illuminée.

– Ils ont suivi ce chemin ?

– Par là.

– Vous souhaitiez être seul, avec eux. Vous êtes venu à leur rencontre. Je ne veux pas être de trop.

– Vous l'êtes. Tant mieux. Allons.

– Vous êtes bien certain ?

– Je prends l'engagement.

Nous étions à peine sur la chaussée de l'avenue Victoria, en traversant, qu'une voiture me heurta. Ne lui ayant prêté aucune attention, je ne l'avais pas vue venir. Sans être très violent, le choc me fit tomber. Le conducteur s'arrêta aussitôt, jaillit. Un grand type, hésitant entre l'inquiétude et la colère. Je me relevai, sans trop de mal. Quand je fus debout, que j'allumai une cigarette, cherchant à évaluer l'enchaînement de ces séquences, le type se mit à m'injurier, à cause des clous, du feu vert, etc. Ses critères à lui, qui le mettaient dans son bon droit. Je me massai un peu le genou. Le ton de l'autre, gesticulant, virait aux aigus agressifs. Renonçant à argumenter, pour qu'au moins il fasse du bruit pour quelque chose, j'écrasai ma cigarette sur son front, puisqu'il était à ma portée. Contrairement à tout pronostic, après un bref jappement, cela le fit taire. Les yeux affolés, le connard se précipita dans son obscène véhicule automobile. Il démarra, pneus crissants. S'en fut. Accompagné par Solveig, je claudiquai vers le théâtre Sarah-Bernhardt.

– Mal ?

Son bras ne me soutenait pas, ne cherchait pas à. Solveig m'accompagnait, rien de plus. J'ai l'habitude de boiter. Il fallait que je m'explique.

– Pas sur cet incident, qui n'est rien.

Il n'est pas si facile de marcher dans Paris. Il est encore plus difficile de marcher avec quelqu'un. Depuis que nous avions quitté le pied de la tour, je n'avais pas été tout à fait honnête.

– Dites toujours.

Nous étions au seuil du pont.

J'entendais ne pas m'attarder sur mon inquiétude élémentaire à traverser la Seine, ce que nous devions faire. Les autres données s'entremêlaient. Le square Saint-Jacques, par exemple. Si plaisant. C'était le terrain de la

Semaine sanglante. Comme des milliers de gens levant le nez sur les statues des évangélistes perchés sur la tour, nous avions marché sur les restes enfouis des communards massacrés. Un charnier, sous les pelouses.

J'avais repéré le tabac, le Chat noir, Radek donc me faisant signe, de l'autre côté du boulevard de Sébastopol.

À la lisière du jardin, nous étions passés devant la stèle de pierre honorant la mémoire – fautivement quant au lieu précis de sa pendaison – de Gérard de Nerval. J'avais omis d'évoquer ce moment d'un rêve où, passant par là, mais dans une autre ville à la topographie mal connue, j'avais confondu Nerval et Nezval, Gérard et Vítězslav, le Parisien et le Praguois.

Vécu au moins deux fois, ce rêve. Dont l'une en détention. Solveig écoutait.

– Et si vous vous étiez fait renverser plus gravement ?

– Je ne mets pas un point d'honneur à traverser hors des passages cloutés. Je suppose que je suivais le tracé de la rue ancienne qui menait au Pont-au-Change. Machinalement.

– Suivre une rue qui n'existe plus, c'est une de vos coquetteries ?

– Rien de prémédité.

Nous étions encore sur la chaussée, en plein milieu, entre le théâtre et la colonne du Palmier, avec ses quatre sphinx en fontaine. Rue de la Joaillerie, avant l'éventrage du quartier. À droite, le Châtelet. Ses tours, ses geôles, sa morgue. La mort encore. D'autres massacres ont marqué l'endroit, ceux de septembre 1792.

Massacres aussi, aux mêmes heures, à la Conciergerie, en face.

– Visite guidée ? Passage en revue de vos fantômes préférés ?

– Pensez ce que vous voulez.

Je ne pouvais pas faire autrement. Je m'en rendais toujours compte après coup. Aucune hallucination n'était de mise, hélas, ç'aurait été trop confortable.

– Vous voyez les choses ?

– Je les sens. Les histoires suintent de partout. On n'y pense plus, on les ignore. Moi, dans le pire des cas, elles m'absorbent. Lorsque je ne vais pas trop mal, elles me guident.

– C'est tout pour cette place ?

– Un autre petit souvenir, au choix ?

On pouvait garder une certaine unité thématique. C'était au théâtre Sarah-Bernhardt qu'avait été fêté, en 1946, le retour d'Antonin Artaud.

– Il venait d'où ?

– De l'hôpital psychiatrique de Rodez.

Pour l'occasion, Breton fit un très beau discours.

À l'approche du pont, on était sur cette portion de berge dite, autrefois, « Trop-va-qui-dure ». On ne sait trop pourquoi. Nous nous engageâmes, assez accrochés l'un à l'autre. Peu m'importaient les raisons de Solveig.

Ce n'était pas la première fois que je traversais la Seine vers la rive gauche, depuis mon retour. Je mesurai enfin le péril de cette démarche.

Nous arrivâmes devant la Conciergerie, au pied de la tour de l'Horloge.

– Ici ?

L'idéal aurait été de m'aligner sur Katz. Le petit couple était passé en toute innocence. Ou en suivant un itinéraire bien balisé. J'en voulus à Katz.

– Ici ? insista Solveig.

– Ils s'arrêtent un instant, exactement où nous sommes. Katz n'en dit pas plus.

C'était décevant.

De tout temps j'ai ressenti un malaise en passant au bas de cette horloge. Un malaise jubilant, semblable à cette impression que l'on a de retrouver dans la ville l'espace d'un rêve aux péripéties oubliées. Je ne note pas mes rêves. Ils ne sont qu'un feuilleton distraitement suivi. Leurs épisodes ne me reviennent que par bribes, quelquefois des années plus tard, avec une précision bien plus grande que lors du réveil immédiat.

Lors d'une quelconque expérience enfouie, ce coin de Paris avait été le théâtre d'une scène essentielle.

– Vous n'avez pas idée de quoi ?

– Cela me reviendra quand il faudra.

Il y avait aussi les évidences à ne pas négliger.

Du doigt, j'indiquai l'emplacement de la cour de Mai, à quelques dizaines de mètres, cachée dans l'ombre du bâtiment. Plusieurs fois, dans mes nuits, je l'avais quittée, debout dans une charrette, le col de la chemise largement échancré. Souvent, c'était en mars et sous une pluie glacée. Souvent, je m'étais vu passer, en route vers la place de la Révolution où j'aurais la tête tranchée. L'épisode s'interrompait toujours, le couperet à mi-course. C'était dommage.

– Encore un de vos détours.

– Pourquoi ? Ce qui est rêvé n'est plus à faire.

Je rappelai à Solveig ce que Nerval, dans une lettre à Dumas, l'introduction aux *Filles du feu*, disait de leur ami commun Charles Nodier : « Vous savez avec quelle conviction il raconte comment il a eu le malheur d'être guillotiné à l'époque de la Révolution. »

– Eh bien ?

– Eh bien, continue Nerval, Nodier en est tellement persuadé que « l'on se demande comment il est parvenu à se faire recoller la tête ». La mienne n'est jamais tombée.

Il y a deux ou trois autres endroits, très précis, dans Paris, qui me troublent tout autant que le bas de cette horloge, je ne sais pas pourquoi. Je m'en suis toujours accommodé.

– Lesquels ?

– Je vous dirai plus tard, si nous devenons un peu intimes.

– Jusqu'ici, vous me plaisez bien, dit Solveig.

Elle ajouta qu'il serait courtois de ma part de ne pas trop tenir compte de cette confidence. À laquelle, je dois le reconnaître, je ne prêtai guère attention. De nouveau avec Katz et Mila.

Nous longeâmes le parapet du quai de l'Horloge.

– Nous sommes dans leurs pas. Ils se dirigent vers la place Dauphine, au bout de l'île.

C'est parce que j'avais anticipé ce parcours que je m'étais décidé à les rejoindre. Je voyais assez bien où Katz voulait en venir, tout naïf et tout roué. Comment Mila le suivait.

La Seine était très noire. Tandis que nous passions devant les deux grandes tours de la Conciergerie, tour César et tour d'Argent, la main de Solveig se serra sur mon avant-bras. Elle hésita. J'attendis un propos qui ne vint pas.

Plus loin, les appartements de Fouquier-Tinville, proches de son lieu de travail, au tribunal révolutionnaire (couloir étroit jusqu'à la tour César, buvette, couloir encore, bureaux, paperasses, listes, messages du Comité de sûreté générale, ceux plus comminatoires encore du Grand Comité, celui de salut public, fatigue, gestes d'humeur, jurons, jurés, la salle enfin où règne la Terreur).

– Ce Fouquier, c'était le Vichinski de votre révolution ?

– Pas vous, pas cette trivialité.

Ou alors, puisqu'un taxi passait, qu'il était libre, qu'elle le prenne, qu'elle s'en aille.

– Je veux aller jusqu'au bout du synopsis.

Plus loin encore, à l'angle du Pont-Neuf, la maison de Mme Roland, prénom Manon, égérie de la Gironde et épouse du ministre de l'Intérieur. La Révolution, encore. Il n'était pas indispensable de signaler à Solveig que le ministre de l'Intérieur en exercice de nos jours, héritier de dynastie patricienne, y habitait. Une fliquesse gardait l'entrée.

Le pont.

– Vous dites le Pont-Neuf comme on dit, à Prague, la synagogue Vieille-Nouvelle.

– C'est le plus vieux pont de Paris.

– C'est la plus vieille synagogue d'Europe centrale.

Le pont. Christo l'avait emballé ainsi que bien d'autres choses, comme Man Ray avait emballé une fois pour toutes, et pour l'exemple, la machine à coudre de Lautréamont (*Énigme d'Isidore Ducasse*). David y fit passer la pompe funèbre de Marat, en direction du quartier des Cordeliers (sa maison, son club, la sans-culotterie, etc.). Deux lames au moins du tarot le marquaient sans discussion possible. Le bateleur, à cause des camelots qui de tout temps y battaient l'estrade. Le pendu, douzième arcane. Comme lui, c'était la tête en bas que le maréchal d'Ancre avait été accroché à un réverbère (quel endroit, exactement ?). Le pendu, donc Nerval. Aussi. Case départ.

Ne pas négliger non plus la grande pompe à eau qui s'érigeait, côté rive droite. La vieille Samaritaine était ornée en son sommet d'une horloge.

– Une vraie curiosité. Outre l'heure, elle indiquait également la position des astres.

Solveig, ironique :

– Une horloge astronomique ? Comme c'est passionnant !

Elle eut l'élégance perfide de ne pas plus souligner cet oubli que j'allais commettre dans la chaîne des associations qui se mettaient en place. La très célèbre horloge du beffroi de la Vieille Ville de Prague. Tout se tenait, pour peu qu'on en décide ainsi.

Quelle heure était-il ?

Ni Solveig ni moi n'avions de montre.

– Je suppose qu'ils ont fait le détour par la place Dauphine ?

Les notes de Katz étaient pleines d'ingénuité.

« Mila se moqua de moi. Cette idée que j'avais de la mener place Dauphine, n'était-ce pas du plagiat ? Une manière de copier André Breton. Il ne s'agissait pas de la prendre pour une sotte. Elle se rebiffa : "Moi aussi, et peut-être avant toi, j'ai lu *Nadja*. J'ai bien compris tout ce qui peut se tramer sur cette place, les petites magies à provoquer pour peu qu'on sache y faire. Nadja connaissait les trucs pour épater les hommes. J'aimerais que tu m'épates, moi, Mila. En oubliant ce qu'ont écrit sur l'amour fou tous tes copains que tu admires." »

Elle dit ensuite, il l'avait noté : « Invente-moi une histoire d'amour rien que pour moi, petit Katz. »

Assise sur un banc de la place, après m'avoir écouté, Solveig tint à lire elle-même les phrases de Katz, lentement, attentivement. La lueur du réverbère rendait ses cheveux presque blancs. Ses yeux brillaient. Il était désolant de ne pas avoir d'appareil photo digne de ce nom sous la main. Le portrait aurait été de qualité. Légitime de surcroît. Solveig le savait bien. Elle s'était placée au meilleur endroit possible, celui qui la faisait la plus belle. Qui la mettait le plus en péril. Le triangle théâtral de la place Dauphine autorisait la mise en scène d'un piège ou celle d'une échappée belle. Pas de moyen terme.

Une fois sa lecture achevée, Solveig passa longtemps l'ongle de son index sur le dos de ma main, racla la fine croûte laissée par la griffure du chat.

Elle eut un geste vers une façade obscure.

– Mila a raison. Ces petits jeux sont très faciles, ils marchent toujours et plaisent aux hommes. Imaginons que je vous dise qu'une fenêtre va s'éclairer, en rouge par exemple, dans quelques secondes. C'est ce qu'a fait Nadja, qui a bluffé Breton. Si je vous servais un tel numéro, vous me prendriez pour une pâle copieuse. Non ?

– Faites comme vous voulez.

– Alors faites-moi plaisir.

Solveig me prit la main, la glissa sous sa robe, la guida jusqu'à son sexe. Elle était harnachée d'un porte-jarretelles assez simple, sans plus. Son sexe était sec. Elle m'invita à m'y enfoncer.

Ses cuisses étaient très blanches entre le noir luisant des bas et celui de la robe troussée. Sa toison était joliment clairsemée. Solveig alluma une cigarette. La brume du tabac voila ses traits, certes pas par pudeur. Elle souleva ses reins pour que je puisse la branler plus à l'aise.

Elle dit :

– On donne plusieurs étymologies possibles pour justifier le nom de Prague. On entend généralement par *praha* un lieu désolé, calciné. Aussi poétique est *prah*, le seuil. Peut-être savez-vous que le Château, sur la rive gauche, a été bâti sur une colline en raison de son profil particulier, dans les temps anciens, on appelait *Éminence des porcs* – ou truies – de mer. Il importe de vous le signaler, car ces porcs ou truies s'appellent aussi dauphins ou dauphines. À votre petit jeu, suivant vos méthodes, cette place où nous sommes renvoie donc à Prague, si vous le désirez.

C'était un coup subtil, dans une partie dont Solveig, pas plus que moi d'ailleurs, ne connaissait les règles.

Même si j'en avais perdu l'habitude, je savais d'expérience que le maillage des correspondances pouvait proliférer à l'infini, sans pertinence particulière, sans mise au jour de liens secrets. La plupart du temps.

Si l'une des origines de Prague était un lieu calciné, cette extrémité d'île de la Cité où nous nous tenions était l'exact emplacement où avaient été brûlés vifs le commandeur Jacques de Molay et tous ses templiers. Il était malséant de joindre imaginairement leurs bûchers à celui de l'admirable Jan Hus.

Solveig guidait le rythme de ma main.

– Que font-ils ensuite ?

Confit dans ses répétitions, Katz restait muet face aux gentils sarcasmes de Mila. Elle choisit de prendre l'initiative.

« Elle s'éloigna, esquissant un pas de danse. Les becs à gaz ne donnaient qu'une pauvre lumière verdâtre. Mila disparut dans la nuit. Sans doute était-ce une farce. Un instant, je crus que j'avais été trop décevant, qu'elle ne réapparaîtrait plus, que je l'avais perdue. J'attendis. Une petite lueur clignota, éloignée, vers le Palais de Justice. Elle s'éteignit. Puis se ralluma, tout près de moi. Mila avait dérobé sa lampe, à la galerie. Elle faisait avec elle de grandes arabesques, pour me narguer et m'attirer, disparaissant ici, revenant là. La nuit était son domaine, elle m'échappait. »

– Pas bête, le coup de la lampe, dit Solveig.

Jouant de son fanal intermittent, Mila entraîne Katz vers la Seine. Elle se laisse rejoindre. Ils suivent le quai des Orfèvres, sans faire d'histoires, avec l'idée de se rendre place Saint-Michel.

Solveig geint un peu, poliment, se rajusta. À aucun moment il n'avait été question qu'elle se laisse aller à une quelconque jouissance.

– Un simple plaisir de situation. Merci de votre concours.

À peine avions-nous quitté la place, à notre tour, qu'elle me fit remarquer la lueur nouvelle, à l'endroit de cette façade que nous avions désignée, par souci de citation, *Nadja* oblige, et par défi. Juste pour voir.

Une lumière était bien là. Pas rouge, verte.

Nous marchions quai des Orfèvres, en promeneurs disponibles, et je n'avais aucune raison de ne pas caresser les fesses de Solveig. Elles bougeaient bien, à chaque pas, avec une sorte de tremblement lourd et ferme.

– Le pont ?

– Ils le prennent. Nous traversons.

– Rien à dire ? Aucune association ? Mettez-moi la main au cul comme il vous plaira mais cessez de garder vos cartes, vos jokers, pour vous.

Elle y tenait.

Nous arrivions place Saint-Michel, quai des Grands-Augustins. Je saluai Restif.

– Qui ?

– Le Hibou.

– Présentez-moi.

Essayons de revoir. C'est du cinéma.

La séquence commence sous le pont, avec la Seine, Notre-Dame au fond. Il y a du monde autour d'un petit spectacle. Un bateleur, encore un, appelle autour de sa lanterne magique. Des vues peintes sur verre y montrent le retour de Capet après la fuite de Varennes, le procès. À côté de la lanterne, le tranchant d'une minuscule guillotine tombe sur le cou d'une marionnette, le sectionne. Un homme se détache de la foule qui applaudit. Il est enveloppé dans une vieille cape sombre, porte un large chapeau. Le fer de ses bottes usées provoque volontiers des étincelles sur le pavé. C'est Restif.

Nicolas Edmée Restif de La Bretonne. Qu'on surnomme « le Hibou ».

– Nous sommes quand ?

– La dix-septième des nuits révolutionnaires dont il a tenu la chronique, en janvier 1793. Restif est amer, très affecté par la fuite de Capet, horriblement fatigué. Tout en grimpant ces marches qui mènent de la berge au quai, il soliloque.

Je ne pouvais que le citer de mémoire à Solveig.

– Pour se soulager, Restif s'« enfonce dans la suite des siècles ». Ce sont ses mots. C'est presque notre présent.

– Eh bien ?

– Il dit à peu près : « Je vois les hommes de 1992 lire notre histoire, je m'efforce de les entendre. La sévérité de leur jugement m'effraie. Les uns nous reprochent d'avoir manqué d'humanité. Les autres, les extrêmes, nous approuvent. Je crois voir que toute l'Europe a pris un gouvernement nouveau. Mais je vois sur les pages de l'Histoire les horribles secousses qu'elle a éprouvées. Il me semble entendre les lecteurs se dire entre eux : "Que nous sommes heureux de n'avoir pas vécu ces temps horribles où la vie des hommes était comptée pour rien !" »

– Que dirait votre Hibou, s'il venait aujourd'hui, à l'automne 89 ?

– La Terreur qui le tourmente était bien peu de chose. Il prendrait la mesure de tous ces morts et de toutes ces humiliations qu'il a fallu que son humanité endure encore. Il prendrait la première voiture de poste, le premier train pour Varsovie, Berlin ou Prague. Il écrirait de nouvelles « nuits ». En craignant leurs conséquences. Pas de quoi l'empêcher de suivre les filles. Au demeurant, cette échéance qu'il s'est fixée, 1992, nous n'y sommes pas encore.

– Vous l'aviez laissé, remontant la berge.

– Il faut voir cela comme un ample mouvement de caméra. Restif s'éloigne de la lanterne magique, s'interroge sur la nécessité de la mort de Capet. Il monte, franchit deux siècles en quelques marches. Le voici, sur le trottoir. La place Saint-Michel est embouteillée. Notre Paris. Une jeune fille lui donne le bonjour le plus naturellement du monde. Il se fond au milieu des passants.

Sur ce bout de trottoir. Ce n'est qu'un film d'Ettore Scola. Sa *Nuit de Varennes*, juste récit. Jean-Louis Barrault est le Hibou.

– Barrault ? Le Baptiste des *Enfants du paradis* ? Du boulevard du Crime ?

– Ne me provoquez pas.

Boulevard du Crime, boulevard du Temple. Restif le connaissait bien, en ces débuts (et il aimait traîner place Dauphine, c'est connu). Baptiste, le mime, mais aussi son ami Frédérick Lemaître, l'acteur sans mesure. Son buste sous mes fenêtres. Des funambules, des bateleurs.

Je n'étais nullement un familier du tarot, cette fois il parasitait l'itinéraire. Premier arcane, le bateleur distribuait et brouillait traditionnellement la suite des tirages. De la distribution. Sa figure revenait de manière insistante dans la promenade.

– Donc, à chaque fois que vous passez l'angle du pont et du quai, c'est Restif que vous croisez ?

Qu'importe cet abus de Scola, pure licence cinématographique. La base du Hibou n'était pas l'île de la Cité. Gamin, j'avais tenté de retrouver ses confidences, qu'il avait coutume de graver en graffitis sur la pierre des parapets de l'île Saint-Louis, à l'aube.

Autant descendre quelques marches avec Solveig, entre fleuve et rue. Nous étions bien d'accord, nous avions envie. La baise y fut violente, brève et indiscutable. Chacun pour soi.

– Au moins, nous aurons fait cela.

Plus haut, Katz et Mila nous précédaient.

Katz avait des doutes.

« Je ne savais où aller, j'étais déconcerté. N'importe qui aurait pris l'initiative de conduire Mila vers un hôtel accueillant, une porte cochère propice. Je n'osai pas, quitte à paraître idiot. Mila s'amusait de mon incertitude. Elle décida de m'embrasser. Nous étions à l'entrée du passage, ou de la rue, je ne sais, de l'Hirondelle – un pareil nom ne s'invente pas. »

C'était tout près.

Un porche, une grille, une volée de marches en contrebas. Le passage, à la fois béant et dérobé. Je l'avais souvent constaté, il était souvent ignoré de nombre de vieux Parisiens.

– Souhaitez-vous que nous nous quittions ici ? dit Solveig.

Profonde ride au coin gauche de la lèvre et encore de moi, coulant entre ses cuisses. Je n'avais aucune envie de la laisser s'en aller. Il va sans dire qu'elle jouait admirablement de ses yeux pers.

La rue de l'Hirondelle, ce n'était pas un nom satisfaisant. Pour moi, depuis toujours, c'était la rue – ou le passage – de la Salamandre. À cause des emblèmes qui ornent les portes de quelques maisons bordant la voie. Maisons d'une favorite royale, un peu tentée par les mystères du grand œuvre. Tout le Paris alchimiste sait cela.

Cette Salamandre avait sa place dans notre parcours, depuis la tour.

Je me demandai aussi, une complaisance, si Solveig, ses cheveux cendrés, sa manière de faire, n'était pas du signe de cet animal-là. Capable de traverser le feu et de l'éteindre, à sa guise. Signe romanesque, puisque pas astrologique. Je chassai cette idée facile. Renonçai, dans la même logique, à signaler que cette façade devant laquelle nous passions, numéro vingt-cinq, logeait l'un des rades préférés de Baudelaire et de sa dame, Jeanne Duval.

Nul ne sait exactement à quoi ressemblait la rue de la Vieille-Lanterne, où est mort Nerval. Elle devait être semblable, à cette heure précise, au passage de la Salamandre. Les marches, les grilles, la lanterne.

Katz suivit encore Mila. Solveig et moi, pas loin.

Paris n'était facile pour personne. Je les entendis.

Mila, pour le moment, habitait à l'hôtel. Elle l'avait choisi rue Gît-le-Cœur, parce que le nom était plaisant, la chambre pas bien chère. Elle loge au numéro 13. Katz peut venir avec elle.

– J'y suis, dit Solveig. Tant pis pour vous.

La rue était obscure, rendue encore plus étroite par deux rangées de voitures garées là, comme en terrain conquis. Sur la droite, une porte de verre était faiblement éclairée. Celle de l'hôtel du Vieux-Paris. Assez propre. Ridiculement moderne. Donc banal.

Trente ans avant, l'établissement avait eu une petite réputation. On l'avait surnommé le *beat hotel*, c'était le havre de tous les décavés et routards. Beaucoup d'Américains. Burroughs, Gysin, Kerouac, toute la galaxie, étaient passés par là.

Mila, bien avant.

Nous entrâmes. Le hall était désert, sauf bien sûr qu'un réceptionniste assurait ses heures de service. C'était un jeune type d'une trentaine d'années, calvitie prématurée, bouille émaciée et sympathique. Il flottait dans son costume prince-de-galles, portait des lunettes à monture démodée. Après avoir pris acte de notre arrivée, il nous fit signe de patienter un instant et poursuivit son activité, s'acharnant deux bonnes minutes encore sur le clavier d'une petite Brother électronique. Il tapait remarquablement vite, le nez à quelques centimètres de la feuille de papier. Enfin, il s'interrompit, satisfait.

– Ce n'était qu'un paragraphe à terminer. On perd tellement facilement le fil et toutes les idées.

– Écrivain ?

– Dans cet établissement, tout le monde l'est plus ou moins. Manière de perpétuer les traditions. Ou de se consoler. C'est pour une chambre ?

– La 13, si possible.

Il évalua sans insistance notre absence manifeste de bagages.

– Aucun problème, c'est libre. Pour une nuit ?

– Une semaine.

Il nous tendit les clés. Nous montra l'ascenseur, tout en nous signalant que la chambre n'était qu'au premier étage. Se désintéressant de nous, il dégagea sa feuille du rouleau de la machine. Sans même prendre le temps de la relire, saisissant une paire de ciseaux, il la coupa en deux dans le sens de la hauteur, puis disposa l'un des morceaux sur une autre feuille déjà écrite, cherchant à faire coïncider les lignes.

La vieille méthode du *cut-up* avait donc encore des adeptes, c'était rafraîchissant.

– Burroughs ! J'imagine que maintenant il se sert d'un ordinateur. En quelle année résidait-il ici ?

– 1959, chambre numéro 15. Il était notre voisin.

De la rue des Écrivains à l'hôtel des écrivains.

J'ouvris la porte.

L'hôtel du Vieux Paris n'avait plus rien du refuge pour paumés aux poches vides, éventuellement géniaux ou convaincus de l'être. Qui, aujourd'hui, oserait s'intituler beatnik ? C'était un honnête établissement de deuxième catégorie, pour touristes. Propre et bien tenu. La chambre numéro 13 ne présentait aucun intérêt. Murs ocre et dessus-de-lit orange pelucheux. La télévision encombrait la moitié de la planchette faisant fonction de bureau-desserte. Une repro de Léonor Fini ornait un coin, près du portemanteau. Pas une des plus mauvaises. Solveig s'assit dans le fauteuil en skaï noir. Je pris une minibouteille de whisky dans le minifrigo.

– Plutôt de la bière, dit Solveig.

Les cristaux à quartz du réveil de la table de nuit indiquaient qu'il était 3 h 13.

Katz : « Mila est ma chance. »

– Ils ont fait l'amour ?

– Ce n'est pas écrit.

Solveig s'allongea.

– Ainsi vous allez les suivre chaque jour, pas à pas, page après page, dans Paris ?

– Katz, au moins. Probablement.

Je fis quelques Polaroid de la chambre. Solveig n'y figurant qu'incidemment. J'évitai de prendre son visage. L'hôtel était silencieux, paisible.

– Contrairement à la plupart des gens, dit Solveig, le chiffre 13 ne m'inspire rien de particulier. On dit qu'il est signe de recommencement, de renaissance. Je crois, moi, qu'il indique seulement la répétition. Croyez-vous en ces sortes de choses ?

– Les chiffres, les tarots, l'astrologie, les lignes de la main, la boule de cristal, le yi-king ? Y croire ? Pas le moins du monde. Je n'y entends presque rien. Mais je prends tout.

Tout comme le reste. Les vieux parcours, les rencontres, les associations plus ou moins sollicités. Je suis voyeur, pas regardant. Sans aucune rigueur.

– Vraiment aucune ?

– Laissez-moi avoir des pudeurs.

– N'y comptez pas trop. Nous n'en sommes plus là.

La vieille idée était donc de prendre un quartier ou, plus modestement un chemin familier, de bien délimiter un espace donné de départ. D'y photographier, beaucoup, sans faire de l'art, surtout. D'y revenir en fonction des surprises, des compléments d'information imposés par les tirages. D'accumuler tous les récits, toutes les mémoires, leurs variantes. Vérifier, recouper à nouveau sur le terrain, retourner. Va donc pour le 13, pour la répétition.

– Une enquête ?

– Non !

– Une méthode divinatoire ?

– Un peu.

Il s'agit moins de compiler que de se laisser distraire, de prendre toutes les traverses, de mobiliser toutes les grilles de lecture possibles, farfelues de préférence. Évidemment, très vite on s'en va fouiner très loin du terrain de départ.

– Si loin ?

– Dans la limite des vingt arrondissements, bien entendu.

– Sauf accident, jamais au-delà ?

– J'ai souvent expliqué que l'énigme de Paris est une affaire personnelle qui suffit largement à m'occuper.

J'avais cent fois défendu ce point de vue, dans des interviews, des préfaces d'albums, des notes pour des dossiers de presse. Et encore quelques jours avant de me faire prendre, je n'en démordais pas.

Cette chambre était très satisfaisante.

Après l'étreinte, Solveig se redressa. Retira enfin sa chemise, se débarrassa de ses bagues, de son moindre semblant de bijou, fut nue.

– Paris, avec des femmes ? Je viens d'une autre ville. De bien plus loin qu'une simple autre ville.

Balancement des seins, ventre qui se contracte. Solveig veut que le faisceau de la lampe de chevet la frappe en plein, ou alors le flash du Polaroid.

Je fis.

– Chambre 13. Dans le tarot – prenons le tarot – c'est la Mort. Une carte optimiste. Un bonhomme décharné, pas inquiétant. Comme celui de l'horloge astrologique de Prague, place de la Vieille-Ville. Le petit squelette qui retourne son sablier et donne le signal de la ronde des apôtres, à chaque heure. Pour que tout continue. Vous devez connaître cette attraction, les touristes ne la manquent jamais. Vous acceptez cette jonction ?

– Où voulez-vous en venir ?

– Où voulez-vous aller ?

Solveig se dégagea.

Voilà. Une chambre dans les faux tons chauds. Des bouteilles, des cigarettes, une télé ouverte sur le gris scintillant des programmes finis de la nuit – j'en étais là. Solveig, impeccable dans son arrogante érosion. C'était du Hopper, du Pellaert. Couleur naufrage.

Longtemps j'avais fréquenté les hôtels.

Solveig pissait dans la minuscule salle de bains tandis qu'à sa demande je lui expliquais comment j'avais cherché à comprendre Paris à partir de quelques zones d'élection – pourquoi celles-là. Place Denfert. Bastille et rue Saint-Antoine. Pont-Neuf. Rue de l'Odéon. Solveig objecta que c'était un peu chic. Je continuai par le quai de Jemmapes, chez moi. Facile. Le rue du Faubourg-Saint-Honoré. Le square Saint-Lambert. Beaucoup de « saints » encrassaient la toponymie de Paris. La terrasse des Feuillants.

– La terrasse de qui ?

Le passage Vivienne. Le boulevard Montmartre. Et tout ce chemin que nous venions de parcourir. Que nous allions refaire.

Pourquoi m'avait-elle fait tant bifurquer vers Prague ?

Solveig dit qu'elle n'était plus de Prague.

Mais qu'elle retenait mon lapsus. Nerval-Nezval.

– Vítězslav Nezval est passé rue Gît-le-Cœur. C'est le titre d'un de ses livres. À l'époque, il ne jurait que par André Breton. Le surréalisme l'éblouissait.

– Quelle année ?

– 1935. Trois ans plus tard, cet incontestable grand poète s'aligne sur le Parti communiste tchécoslovaque. Il renie ses amis. En 1949, il signe une ode à Staline. Il meurt poète officiel, consacré.

Solveig dit que tout cela, c'est ce qu'on lui a dit, qu'elle a lu. Elle veut bien que je lui embrasse encore les fesses, que je les lui ouvre pour un baiser qui est une sorte d'allégeance. Un baiser ou une enculade. Précise que ce n'est pas indispensable.

Je n'avais pas sommeil. J'ouvris la fenêtre. Katz avait dû être décontenancé par Mila, cette fille délurée, disponible mais vigilante à ne pas s'en laisser conter. Ils avaient forcément terminé la nuit entre ces mêmes quatre murs. Je les imaginai mal. Solveig frissonna.

– Vous avez retenu la chambre pour une semaine ?

– J'ai l'intention de me recomposer en prenant tout mon temps.

– Et moi ?

– Il me paraît très possible de marcher dans Paris avec vous.

– C'est très exactement ce dont j'ai envie.

Solveig ajouta que je l'avais amusée – ne pas y voir offense – avec mes petits commentaires érudits. Elle attendait la suite.

Il était désagréable de la voir se rhabiller.

– Vos citations m'amusent. J'en avais moi-même une en tête, allez savoir pourquoi, tandis que je me dirigeais vers la tour Saint-Jacques où je n'avais rien à faire. Une de ces phrases idiotes qu'on ressasse comme une vieille rengaine collante.

– Dites toujours.

– « Il fait si beau que l'on ne peut se rencontrer ni s'embrasser dans les maisons. »

– C'est de qui ?

– Nerval, je crois bien, soupira Solveig. En y réfléchissant, ce n'est que dans la rue que je pouvais vous rencontrer.

On pouvait encore s'embrasser.

Nous quittâmes la chambre. Le réceptionniste s'extirpa à regret de ses travaux d'écriture. Je réglai le prix de la chambre pour le temps de séjour convenu. Sitôt dehors, Solveig me reprit le bras avec une ferveur inattendue et toute gaie.

Nous repassâmes devant l'horloge du Palais de Justice, j'y tenais. Le lieu restait insuffisamment exploré. Même dans le cadre de notre courte promenade.

Au square Saint-Jacques, il me parut cohérent de fournir à Solveig quelques autres pièces du jeu virtuel. Je la conduisis devant la stèle de pierre marquant l'endroit où Nerval avait été découvert pendu. Suicide.

– C'était le vendredi 26 janvier 1855, à 7 heures du matin. En réalité, il n'était pas tout à fait mort. Mais la loi interdisait de le décrocher. Le temps que vienne la police, il avait passé. On a parfois évoqué l'hypothèse d'un assassinat, c'est très peu vraisemblable. La seule vraie énigme que pose cette mort est que Nerval s'est tué en gardant son gibus sur la tête.

– En quoi cette pierre concerne-t-elle Katz et Mila ?

J'ouvris le carnet, montrai à Solveig le schéma de la ville surréaliste tel que l'avait recopié Alfred Katz. Elle l'étudia comme elle savait faire. Je lui expliquai. Katz choisissait, de plein droit, de tomber amoureux de Mila, rue de Tous-les-Diables. Il la mène ensuite à la tour Saint-Jacques, qui fait fonction de deuxième étape.

– C'est assez malin de sa part car, arrivé dans ce quartier, Katz a le choix entre deux rues. La rue de la

Vieille-Lanterne ou la rue Nicolas-Flamel. Or cette pierre indique l'emplacement de la rue de la Vieille-Lanterne, détruite depuis très longtemps, lors des travaux d'Haussmann.

– Cette pierre n'existait peut-être pas en 1938.

– Évidemment. La tour était, comme nous l'avons dit, entourée d'un chantier de restauration, d'échafaudages. Il n'empêche. L'emplacement de cette rue est assez connu. Nerval est mort, en réalité, à l'endroit où se dresse le théâtre Sarah-Bernhardt. Certains disent : à l'emplacement même du trou du souffleur.

Indication qui ne simplifie rien, puisque ce que je persistais à appeler le Sarah-Bernhardt était depuis des années devenu le théâtre de la Ville. Tout l'intérieur ayant été rebâti.

– Cette histoire a besoin de souffleur. Katz était un Parisien récent.

– Tout indique qu'il avait une bonne connaissance littéraire de Paris.

– Vous dites qu'il avait le choix quant à une deuxième étape ?

– En rêvant un peu, il en avait même bien plus. Mais on ne peut ignorer que la rue qui honore la mémoire de Nicolas Flamel, homme de bien, de lettres et alchimiste, est à peine à quelques dizaines de mètres d'ici. Entre les rues de Rivoli et des Lombards.

– J'en ignorais l'existence.

– Katz aussi, à ce qu'il semble. Je maintiens pourtant qu'il aurait dû, tout naturellement, privilégier la rue de Nerval, la rue de la Vieille-Lanterne, et y conduire Mila. Qu'importe si elle n'existe plus.

– Je m'y perds. Expliquez-moi.

– Katz vient de rencontrer Mila dans une galerie plongée dans l'obscurité par les bons soins de Duchamp et Man Ray, où chacun se déplace équipé d'une petite lampe de poche. Une lanterne, si vous préférez. À mon avis, cela aurait bien justifié un passage préférentiel, par ici.

– La Vieille-Lanterne. Parfaitement logique. Or il ne le fait pas. Votre hypothèse sur ce manquement ?

– Il est pris de court, ce petit homme. La rencontre l'a subjugué. Par admiration, par mimétisme, il utilise l'arsenal des promenades amoureuses de Breton. Mila n'est pas dupe. Elle se moque de lui. Il serait étonnant que, dans les pages qui suivent, Katz renouvelle de pareils impairs.

– Belle démonstration, dit Solveig. Et vous, pourquoi vous intéressez-vous tant à ces histoires ?

– Je réapprends à marcher. Je me bricole une convalescence.

Je négligeai d'amuser Solveig en lui évoquant les perplexités de Laurent, brave officier des services spéciaux, cherchant dans tous ces noms de rues le chiffre d'un code secret.

De son côté, Solveig eut la courtoisie de ne pas me rappeler qu'elle m'avait donné un laissez-passer pour une autre scène, la Lanterne magique.

Pour l'heure, elle souhaitait boire un café, avait un souci de bistrot. Nous nous dirigeâmes vers la rue des Archives. Le jour commençait très doucement à poindre, la rue reprenait ses routines.

– Quelque chose m'étonne, dit Solveig. Il est passé 5 heures depuis longtemps. Vous n'avez rien dit. C'est moins douloureux ?

– Il était 5 heures très précises lorsque nous sommes passés, la deuxième fois, devant la pendule électrique du pont Saint-Michel. Je n'ai même pas osé lever le nez vers le cadran. Peut-être le mécanisme ne marche-t-il plus, je n'en sais rien. Mais il était 5 heures.

Le rade ouvrait à peine, à l'angle de la rue des Archives et de la rue Rambuteau. J'y avais déjà consommé plusieurs fois, sans y avoir d'habitudes particulières, pas de rendez-vous amoureux. Il était raisonnable de reconnaître que je n'avais plus aucune habitude bien repérable nulle part. Nous nous assîmes sur une banquette vermoulue. Un moment, je jouai avec l'idée de commander un Viandox, parce que c'est un breuvage pas très chic, bien passé de mode et que Katz le mentionnait plusieurs fois comme manie de comptoir de ses amis poètes. Je me rabattis sans originalité sur mon café-blanc sec. Notre table était proche de la rue. Solveig me désigna un immeuble, de l'autre côté. Je ne notai pas le numéro. Elle m'informa qu'elle logeait au troisième étage. Elle buvait son café sans sucre. Pas une seule fois durant toute la nuit elle n'avait eu le souci de restaurer son maquillage. Ce qui lui allait bien. Quelques clients entrèrent. Certains saluèrent Solveig. Elle commanda une bière. Je repris un muscadet. Il n'y avait pas de juke-box dans ce bistrot. Planqué derrière le zinc, le transistor donnait Johnny H. Un truc d'avant mon enlèvement. *Rock'n' roll attitude.* Nous écoutâmes, puis Solveig dit :

– Cette nuit, j'allais voir mon amant. Un garçon assez jeune, très beau, plutôt pas bête. Un des petits chefs du *Soir.* Il me baise très bien depuis environ un trimestre. Maintenant, il m'assure qu'il m'aime. Il en est le premier surpris, il ne se dérobe pas. Il ne me fait pas de mal. Il est confortable, attentionné. Son agenda est lisible par n'importe qui, par moi. J'ai les clés de sa maison. Nous n'avions pas rendez-vous, j'avais dit que je viendrais sans doute, je m'y étais engagée, hier, ou avant hier. Tout à l'heure, au moment de partir, je n'avais pas envie, plus du tout. Ce n'était pas la première fois, mais cette fois c'était fort, lourd. Je ne fais plus jamais ce dont je n'ai pas envie, ne me demandez pas depuis quand. Je me suis dit que je n'étais pas juste, déloyale même. Je n'avais aucune raison de bouder, de faire un caprice. Cet homme est ce qu'on appelle un type bien, autant dire les choses ainsi. Je me suis dit aussi, c'est moins digne, qu'il n'était plus de mon âge de ne pas rejoindre un type si bien. Je ne fais pas ici le portrait d'un crétin. Je vous évoque un amant fréquentable. J'ai quarante-neuf ans. J'ai traîné un peu, prenant beaucoup de temps pour me faire un peu belle, laissant passer les heures. Cette lenteur et ce temps pris ont leur importance, je vous dirai pourquoi. Je suis finalement sortie. Avec mon blouson de cuir et mon porte-jarretelles, mon cul disponible, au cas où l'envie lui serait venue d'aller y voir. C'est le cas, en général. Vous savez où j'habite. Mon amant loge rue Montmartre. Une belle terrasse donnant sur Saint-Eustache. Le détour par la tour Saint-Jacques ne s'imposait pas. Je reconnais que ce n'est pas un crochet bien contraignant. Une simple impulsion, un dégagement sans implication précise. Sauf que j'aime bien cette tour, évidemment. À cause de Brassaï, de sa photo. À Prague, il y a des années, dans une revue qui n'était guère connue que de dizaines de lecteurs, j'ai écrit un article sur ce photographe. Lorsque je suis arrivée à Paris, la tour est l'un des tout premiers monuments que je suis venue visiter. Pour un petit salut de reconnaissance. À cause certainement des échafaudages. Je vous ai aperçu. Le reste est notre affaire. Si nous avions rendez-vous, je l'ignorais.

Solveig resta songeuse quelques instants. Pour la première fois, je la sentis peu sûre d'elle.

– Et puis ?

– Plusieurs fois, j'ai évoqué Prague durant notre marche. Un peu pour vous taquiner, mais pas seulement. Or, même ces jours-ci, croyez-le ou pas, j'y pense très peu. C'est une période finie de ma vie. Pourtant, à proximité de la tour, l'idée de Prague s'impose toujours.

– À cause de ce que vous venez de me raconter ?

– Certainement. Peut-être aussi pour d'autres raisons plus obscures. Comment expliquer ?

Solveig cherchait ses mots. Son accent était plus prononcé, devenait presque mélodieux, contre son gré.

– Un jour, j'ai lu un texte sur ce que vous appeliez le charnier des Innocents.

– Il était à quelques centaines de mètres de l'église de la Boucherie, dont la tour Saint-Jacques était le clocher. À peu près à l'emplacement de la fontaine de François Miron. Il y a toute une littérature sur ce charnier. Le nom de Flamel y est lié.

– Bien entendu, dit Solveig, agacée. C'était un lieu extrêmement insalubre et puant. Par mesure d'hygiène, le pouvoir de l'époque a décidé une courageuse mesure d'assainissement en créant vos grands cimetières.

– Et tous les restes des cadavres du charnier ont été transportés dans les carrières de nos actuelles catacombes. Ils sont encore visibles. Des dizaines de milliers de crânes.

Où voulait-elle en venir ?

– Il y avait aussi à Prague un endroit, très exigu, où l'on a enterré les morts, par milliers, sur des couches et des couches, pendant des siècles.

– Le cimetière juif, dans le ghetto.

Chaos de stèles fichées dans le sol. Pierres disloquées par le temps, déchaussées par le lent travail des racines.

– Quand a-t-on fermé votre charnier ?

– Juste avant la Révolution.

– En 1787. Cette même année a lieu la dernière inhumation au vieux cimetière du ghetto de Prague, lieu porteur de légendes, de magies. Il n'y a qu'une simple coïncidence de dates. Je ne peux guère aller au-delà.

Elle ne fait que me conforter dans une impression très confuse, très personnelle. À partir de la tour, commence un axe, avec Prague. Une simple rêverie. Mais que je ressens vivement. Et puis…

J'anticipai sur le trait d'union que Solveig allait tirer dans le temps. La synchronie s'imposait. En 1787, Mozart crée *Don Giovanni* au théâtre Nostic (au bas de la place Venceslas, en allant vers Staré Město, il s'appelle Tyl maintenant, il est fermé). Soit une autre histoire de cimetière. Avec un grand cri.

– Le *Viva la liberta* de la fin du premier acte ! Exactement. Ne me demandez pas de faire une théorie de tous ces éléments disparates.

Qui y pensait ?

– Je pense que nous avions rendez-vous.

– Moi aussi. Et alors ? Je vais rentrer chez moi. Je vais téléphoner à mon amant pour présenter mes excuses. Je pense qu'il les acceptera.

– Après ?

– Presque rien. C'est même ridicule de s'attarder là-dessus. Vous l'avez sans doute remarqué, Solveig n'est pas un nom très tchèque. C'est donc un pseudonyme. Un peu de journaliste, un peu d'apatride. À Prague, j'étais passionnée de théâtre, cette belle échappatoire. Avec quelques amis, nous nous étions mis en tête de monter *Peer Gynt*, d'Ibsen. Voyez l'ambition ! Comme si une pièce aussi considérable était à notre portée ! Il était convenu que je devais jouer Solveig. Le premier amour, la compagne fidèle qui attend son homme, jusqu'à ce que ses cheveux blanchissent, que sa chair se fane, tandis que l'autre, l'homme, court le monde, fait son apprentissage, ce qui prend toute une vie. Solveig ne quitte pas son village, elle s'y rabougrit. Mon homme était en prison, alors. Assuré du respect de tous les amis du pays et de quelques comités de soutien internationaux. Peut-être avez-vous été signataire. Il le méritait. C'était sa manière à lui, très estimable, de faire son aventure. La pièce n'a jamais pu être montée. Mon homme était encore en prison lorsque j'ai obtenu le droit de quitter la Tchécoslovaquie, en sachant que c'était définitif, que je n'y reviendrais jamais plus. J'ai gardé le nom de Solveig, j'y tiens. Parce que je n'attendrai plus jamais, pas une seule seconde et surtout pas un homme. Libre ou pas. Il me suffit d'avoir les cheveux blancs.

L'engourdissement gagnait. Celui du petit matin apaisé, pesant de toutes les choses mal élucidées de la nuit accidentelle. Je me sentais désagréablement heureux.

J'avais aussi quelques bricoles à dire, justement parce que nous en étions arrivés à ce genre d'heure, un peu somnambulique. J'avais l'expérience, elle ne demandait qu'à être réactivée, de certaines formes de rouerie.

– Un jour, j'ai confié à une femme que je l'aimais. C'était un aveu assez difficile, parce qu'il était sincère. Un registre qui implique presque à tous les coups la maladresse. Cette femme m'a expliqué qu'elle n'était pas disponible, que d'autres gens étaient dans sa vie. Pas seulement un homme, des gens. Qu'elle y tenait.

– Vous ? Vous étiez libre ?

– Moins que je le croyais, comme toujours.

– Elle a fait quoi ?

– Moins de quarante-huit heures après, j'ai reçu un télégramme : « Maintenant, tout est en ordre. » La suite se devine.

Logiquement, c'était l'heure de la fuite. Solveig se leva. J'eus envie de recaresser ses seins.

J'avais aussi besoin de marcher seul. Entre ce coin de la rue des Archives et mon quai de Jemmapes, une bonne distance. D'ailleurs il commençait à pleuvoir. Le marché se mettait en place, rue Rambuteau. On était le jeudi 30 novembre. Un des gros titres du *Soir* annonçait la démission d'Alois Indra, président du parlement tchécoslovaque. L'une des plus notoires ordures de la direction du Parti.

Je me souvenais parfaitement du 21 août 1968.

Mila

Le mardi 18 janvier, Alfred Katz remarqua qu'il avait une nouvelle fois oublié la très matinale diffusion de tracts qu'il s'était engagé à assurer. Mila s'en amusa beaucoup : « Voilà que je commence à mettre du désordre dans ta vie bien rangée, camarade poète ! » Elle put sans mal le retenir un peu dans sa chambre. Pas trop.

« En fait de poésie, il fallait bien que je la quitte. Breton a bien raison de répéter que le travail est un obstacle à l'amour. Mais comment faire ? J'ai proposé à Mila de la revoir plus tard, dans l'après-midi. Une nouvelle fois, elle m'a taquiné : pas de rendez-vous aujourd'hui. Nous ne devions pas prendre trop vite de mauvaises habitudes. De toute façon, elle avait quantité de choses à faire, elle aussi. "Puisque je t'aime, je ne veux pas te voir à la sauvette." Nous nous retrouverions donc demain. Presque aussitôt, et il paraît bien qu'elle sait le faire aussi souvent qu'adorablement, Mila a changé d'avis. Elle devait passer à l'atelier de Man Ray, dans la soirée, pour y chercher des photos. Si je voulais, je pouvais l'y rejoindre. Pour l'heure, il fallait se séparer. Nous nous sommes embrassés. Avant de me laisser partir, Mila a pris mes mains, a posé mes paumes sur ses seins. "Cette nuit, c'était trop tôt pour moi. Je n'ai rien voulu gâcher. Mais on fera l'amour bientôt. Promis." »

Le même jour, Katz relatait une conversation avec Breton :

« 17 heures. Comme convenu, je retrouve A.B. au café le Dauphin, rue de Buci. Il m'explique qu'il a parlé de mes poèmes à Delvaux. Celui-ci est d'accord, *a priori*, pour donner un dessin. Il faut naturellement qu'il lise mon recueil. Je dois donc lui rendre visite à son hôtel. A.B. m'indique qu'il s'agit du Louisiane tout proche. Nous échangeons nos impressions sur le vernissage de l'exposition. A.B. m'assure que les premières réactions de la critique sont exécrables et que ce n'est qu'un début. Il en est apparemment on ne peut plus enchanté. Puis, changeant complètement de sujet, il me dit qu'il a quelque chose à me raconter qui peut m'intéresser. Je reproduis son propos aussi fidèlement que possible :

« "Vous militez dans les rangs trotskystes, n'est-ce pas ? Vous n'êtes pas sans savoir qu'en ce qui me concerne, je participe avec certains de vos amis au Comité de vigilance contre les procès de Moscou et, plus largement, contre les agissements de la Guépéou. Ce comité se réunit habituellement près d'ici, dans l'arrière-salle d'un café de la place de l'Odéon. Or, il y a quelques semaines, j'ai appris lors d'une réunion que les agents de l'équipe impliquée dans l'assassinat d'Ignace Reiss ont presque tous été recrutés par le biais d'une association, dite 'pour le rapatriement des Russes de l'étranger'. Par une curieuse coïncidence, elle a ses locaux très officiels 12, rue de Buci, dans l'immeuble voisin de ce café où nous sommes présentement. Cette association est bien entendu à l'entier service de la Guépéou et, bien que ralentie, son activité est toujours redoutable. Sans doute croisons-nous quotidiennement, dans les parages, ses agents. Certains ont peut-être leurs habitudes dans ce café. Ne comptons pas sur les responsables policiers pour trop s'intéresser à leurs agissements. Nos ministres du Front populaire n'ont aucune envie de froisser les stalinistes du Parti. Staline règle ses comptes à Moscou en montant ses infâmes procès. À Paris, il ne peut s'y prendre de la même manière. Ses tueurs n'en ont pas moins les coudées franches."

« Avant de prendre congé, Breton ajouta : "Les émerveillements de la nuit passée ne peuvent nous rendre indifférents, ne serait-ce qu'un instant, aux crimes qui se trament presque en plein jour."

« Breton paraissait navré, profondément affecté. »

Après cet entretien, Katz se rendit à l'hôtel Louisiane. Paul Delvaux était absent. Après quelques hésitations – c'était son seul exemplaire recopié –, il se résolut à confier le recueil de ses poèmes à la réception. « Cela me contraria d'autant plus que j'avais conçu le projet de le prêter à Mila. »

Katz prit ensuite le métro jusqu'à la station Convention. Il y avait un rendez-vous avec Blaise, son secrétaire de cellule. Les notes ne faisaient pas mystère de la nature houleuse de la discussion qui suivit :

« J'étais d'assez méchante humeur. Cet endroit était plutôt excentré par rapport à mes trajets déjà bien fastidieux. Son choix ne se justifiait par aucune mesure de sécurité. Blaise se montra d'emblée très agressif. Il me reprocha d'un ton vif mon absence à la distribution de tracts du matin. Ce n'était pas, à ses yeux, l'essentiel. Très vite, il enchaîna sur mes relations avec les gens du groupe surréaliste, les "Cyranos" comme il les appelait avec mépris. Elles inquiétaient fort les camarades, me dit-il.

« Tout en me parlant avec une véhémence très peu discrète, Blaise nous engagea dans la rue de Vaugirard, vers le centre.

« “Dans le meilleur des cas, ces types sont des velléitaires sans consistance. Ton Breton, en particulier. Des m’as-tu-vu, de parfaits petits-bourgeois. Voulant être honnête avec toi, pour être objectif, je suis allé tout à l’heure voir leur fameuse exposition, figure-toi. On m’a regardé de travers, mais j’ai pris le temps de bien étudier les choses. Je défie n’importe quel ouvrier de trouver un sens à ce bric-à-brac grotesque.”

« Dans la bouche de Blaise, tout ce jargon assez communément en vigueur dans nos rangs me parut insupportable. J’objectai que c’était avec des arguments pareils que les stalinistes avaient tenté de discréditer Breton.

« “Les stalinistes ont parfois un très profond sens de la classe ouvrière, rétorqua Blaise. Sans cela, comment auraient-ils encore une quelconque influence sur elle ?”

« Pour lui, il était clair que mes relations coupables me conduisaient tout droit au dilettantisme, à l’indiscipline. “Je te le dis franchement, camarade, ton comportement n’est pas celui d’un véritable bolchevik.” Blaise ne m’avait jamais été très sympathique. Il m’apparut, plus gravement, un peu bête. Nous étions arrivés au niveau de la station de métro Vaugirard. Blaise n’en avait pas fini. Il avait un dernier grief à formuler. Celui qui devait lui tenir le plus à cœur. Il était intolérable que je ne lui rende pas compte régulièrement de mes activités auprès de Camille.

« “Les travaux dont tu es chargé pour le Centre international sont strictement techniques. Ils ne doivent en aucun cas interférer sur tes tâches politiques régulières, qui sont du ressort de la cellule, c’est-à-dire de moi.”

« Il m’exaspérait tellement qu’il me fut aisé de le déstabiliser quelques secondes en lui répondant que mes activités ressortissaient certes de la cellule, c’est-à-dire du Parti, donc de l’Internationale, donc, en dernière analyse, de son centre dirigeant. Or le camarade Camille était bien membre de ce centre.

« “Cette logique est dérisoire, glapit Blaise. Elle ne peut impressionner que tes copains les poètes et les intellectuels.”

« Qui, pour Blaise, ne se différenciaient guère des pires ennemis du prolétariat.

« Toute cette grosse colère n'était fondée à mon sens sur aucune faute précise. Blaise n'acceptait pas d'être court-circuité dans son autorité. On pouvait certes me reprocher de bâiller discrètement lors de certaines réunions de cellule. Comment l'éviter lorsqu'on dort de trois à quatre heures par nuit ? Les seules cachotteries que provoquaient mes travaux pour Camille étaient la conséquence des pratiques de sécurité sur lesquelles ce même Camille me pressait d'être extrêmement intransigeant. Pratiques indispensables, mais très coûteuses en temps, en fatigue.

« Blaise a accepté de se calmer un peu. Il discuterait de tous ces problèmes avec la direction. Une chose au moins lui a paru certaine. On ne pouvait pas travailler pour le centre, être un bolchevik-léniniste, et fréquenter les Cyranos. »

« Bolcheviks-léninistes » ! Pas moins !

Je n'avais pas lu cette sobre appellation depuis au moins quinze ans. Elle avait dû tomber en désuétude dans les milieux militants depuis la fin des années trente. Elle pouvait faire sourire. Le vrai malaise ne venait pas de là. Le vocabulaire convoqué pour cette querelle stupide où Blaise tenait à merveille le rôle du social-borné avait été assez couramment le mien.

Sa retranscription l'attestait, Katz avait attaché une certaine importance à cette discussion orageuse.

« Blaise me serra la main, m'expliquant, comme si je ne le savais pas, que des révolutionnaires se doivent d'avoir des rapports francs, quitte à ce que les propos soient un peu vifs. Ce n'était pas la première fois qu'on m'expliquait que la fraternité militante était nécessairement liée à la violence polémique. Thèse que je n'ai jamais eu l'occasion de voter dans un congrès. »

Katz ajoutait, en bas de page, et sans doute bien plus tard :

« Au bilan, ce qui m'a le plus irrité dans cette histoire, c'est que Blaise m'avait convoqué dans ce quartier perdu pour m'engueuler, mais en prenant en compte son propre confort personnel. Nous nous sommes quittés alors que nous arrivions presque au croisement de la rue Cambronne. Il m'a planté là et est retourné sur ses pas. Je l'ai vu entrer sans aucune hésitation dans une petite boutique de bouquiniste. Il ne jeta pas le moindre coup d'œil aux boîtes à livres ouvertes à la devanture. Sa manière était celle d'un familier. Alors je me suis souvenu qu'une des premières fois qu'il avait critiqué mes relations coupables avec les Cyranos, Blaise m'avait dit : "Ne va pas croire que je suis un imbécile de prolo inculte. Mon père n'est qu'un pauvre mutilé de guerre. Il gagne sa vie en vendant de vieux livres. Je les ai presque tous lus." »

Katz situait précisément le bouquiniste rue de Vaugirard, entre la rue du Général-Beuret et la place Adolphe-Chérioux. Tant il est vrai que les rues du XVe arrondissement semblent vouées à la mémoire des héros injustement méconnus.

Cette journée de Katz était loin d'avoir épuisé ses charges d'émotions.

Au bas du boulevard de Port-Royal – il n'indiquait pas le numéro – il était 22 heures quand il frappa à la porte de l'atelier de Man Ray. Ce dernier lui ouvrit sa porte sans la moindre surprise. Il s'essuyait les mains, humides de produits chimiques, avec un torchon, offrit un siège. Mila ? Man éclata de rire. Non, elle n'était pas là. Elle aurait pu ou dû passer, celui lui revenait mal en mémoire. C'était une fille tellement fantasque. Personne ne pouvait compter sur un rendez-vous sérieux avec Mila. Un de ses charmes.

– Entre, l'ami. Je viens juste de terminer un travail. Tu as bien le temps de prendre un verre.

La bouteille de whisky était sortie. Man n'eut qu'à aller chercher un verre dans un minuscule coin-cuisine, envahi de cuvettes, de flacons, de bacs, d'objets bizarres.

– Je gagne un fric fou, je n'ai même pas le temps de me chercher un atelier convenable. Tu trouves ça normal ? Ma situation est tellement tragique que même Breton ne se sent pas le cœur de m'excommunier à cause de ce business de photo que je fais avec tous ces gros pourris de bourgeois. Je vis comme un lumpen.

Ses yeux sombres pétillaient. Son accent était impeccablement rodé. Man servit deux abondantes rasades.

Les murs du studio étaient tapissés d'une impressionnante collection d'études, d'essais. Des tirages bien différents, dans leur qualité, leur cadrage, de ceux que Man avait exposés ou publiés. C'étaient moins des brouillons que des notes de travail, un journal. On y retrouvait un catalogue intime des recherches de l'artiste. Beaucoup de portraits et, parmi eux, beaucoup de portraits de Kiki. Alice Prin. Des rayogrammes, des traces sur papier sensible, des ombres magiques.

Sur les photos, Kiki était assez souvent nue. Formes douces, rondes. Mine tendre ou effrontée. Coiffure coupée à la chien.

– Belle, Kiki, n'est-ce pas ? dit Man. Une fille épuisante. Un modèle exceptionnel. Dommage qu'elle boive autant, maintenant. Le vrai drame, c'est que ça la fait grossir, gonfler. Le moindre verre, même si ce n'est pas de l'alcool, elle enfle. Le ventre surtout. On s'est un peu perdus de vue. Dommage.

Être perdu de vue par Man Ray ! Quel exil !

Il resservit à boire. Il était d'excellente humeur.

– Puisque tu es là, je vais te prendre en photo, c'est l'occasion. Il est indispensable que je le fasse puisque maintenant tu fais partie du groupe. Je suis le portraitiste attitré, c'est bien connu. Une sorte de notaire. Voyons, comment vais-je m'y prendre ?

Man vida son verre, s'agita sur le réglage d'un trépied, le chargea d'un imposant boîtier. Ses gestes étaient à la fois d'une extrême précision et d'une grande nervosité. Il ajustait ses réglages tout en marmonnant, pour lui-même, pour un public imaginaire. Très peu pour le modèle pressenti.

– La lumière étant totalement dégueulasse, la photo sera très bonne. Le trépied est aussi bancal qu'une table de bistrot ? Le bougé éventuel sera apprécié des connaisseurs. Dans le pire des cas, je pourrai toujours m'en tirer par une petite solarisation. C'est une technique facile et qui fait encore son effet.

Il n'y avait qu'à ne rien faire, telle était la consigne. Être assis, boire, fumer, s'agiter sans réserve. Aller pisser. Man ne voyait pas d'objection à appeler *Alfred Katz* la photo d'une chaise vide. Il était d'autant plus inutile de chercher à prendre la pose que la bouteille se vidait et que tout se déroulait plaisamment.

Tout de même, l'ambiance changeait. Insensiblement, le bagou de Man et ses préparatifs photographiques aux finalités obscures menaient à toutes sortes de mises au point.

– Mila, j'ai vu tout de suite qu'elle avait le béguin pour toi. La nuit a été bonne, avec elle ? J'ai bien compris qu'elle te plaisait. Une très gentille petite, très épatante. Parfois, elle me rappelle Kiki. La même insolence, le même plaisir d'être vivante. On a fait du bon travail, ensemble. On a bien ri aussi. J'y pense. Qu'est-ce que tu dirais de poser avec ce revolver ?

Man sortit d'une boîte un jouet de fer, à la peinture écaillée. Un revolver à flèches. Il pouvait se pointer sur la tempe, servir à mimer un suicide farce.

Quoi d'autre, sur Mila ?

– Le revolver ne te convient pas ? D'accord. Je comprends. Tu es du genre superstitieux. On ne rigole pas de certaines choses. Vous êtes les gens les plus difficiles à photographier, vous, les gens sérieux. Clic ! Voilà, c'est fait.

Par surprise. Il ne fallait en attendre rien de bon.

– Je vais faire le tirage, tout de suite. Je ne te mets pas à la porte. J'ai besoin d'être seul. Buvons un dernier verre.

Il dit deux choses :

– Le vrai portrait, ce n'est pas la photo. C'est la peinture. La peinture est tellement plus importante, à mes yeux.

Et, après avoir fouillé dans un coin de son atelier :

– Mila aurait dû venir prendre quelques photos. Pour elle. Pour des amis avec qui elle travaille. Pour Hans, surtout. Autant te les confier. Si j'ai bien compris, tu as des chances de la voir avant moi.

Man me tendit une enveloppe, assez épaisse.

Ces photos, Katz ne put s'empêcher de les regarder une fois rentré dans sa chambre de la pension du quai de Jemmapes.

J'étais de plus en plus persuadé qu'il s'agissait de l'hôtel du Nord.

Mila posait. C'était la première fois qu'il la voyait nue. Ainsi.

Pas seulement nue. Obscène. Les cuisses, les fesses largement écartées, par ses mains à elle. Les seins offerts. Ce n'était pas tout. Sur d'autres images, elle était liée par des cordages, des sangles, qui entraient profondément dans ses chairs, les déformaient, la transformaient en poupée, disponible et habile à tous les jeux pervers.

Sur la plupart des photos, le visage était distinct, parfaitement impassible. Son beau visage.

Dans son carnet, Katz notait qu'il s'était branlé (en fait, il avait écrit « masturbé ») en regardant ses photos. Une fois, puis plusieurs autres. Toute la nuit. Il avait aussi beaucoup pleuré.

Je décidai, quoi qu'il advienne, d'intituler la nuit avec Solveig « la nuit de la Salamandre ».

Une décision prise dans un demi-sommeil, alors que Radek cherchait un câlin et me réveillait ce faisant. Je m'étais endormi en lisant le carnet. Pas très longtemps. Le soir tombait.

« La nuit de l'horloge » aurait été un autre titre possible pour la séquence. Très légitime. Solveig avait raison. Comme n'importe qui, j'avais pris des photos de l'horloge astronomique de la place de la Vieille-Ville. Photos très élémentairement belles.

Le 21 août 68 ?

Je sais bien ce que je faisais, le mercredi 21 août. Parfaitement bien. J'avais passé la journée précédente, et la nuit, avec Marine, à l'hôtel Louisiane. Nous étions sortis tôt, épuisés, affamés. Il faisait beau. Marine avait tenu à marcher jusqu'aux Halles. Sa tournée l'avait tenue éloignée de Paris depuis plusieurs mois. La *Marie Tudor* dans laquelle elle jouait n'était pas portée par une grande mise en scène inspirée. Elle y flamboyait. Et ce matin d'août à Paris, elle riait de la bonne blague qu'elle avait faite à ses compères de la troupe en les plaquant pour venir me rejoindre. C'était plus que très mal. Un vrai crime au regard des lois du théâtre. Marine riait de plus belle. À ses yeux, tout s'était rompu plus d'un mois plus tôt, au festival d'Avignon. Là où je l'avais rencontrée dans le tumulte d'un chahut affligeant. La contestation du festival « bourgeois » s'imposait, paraît-il. « Vilar-Béjart-Salazar » avait été le slogan de quelques crétins auréolés par Mai. L'équipe du Living Theatre apportant son actif concours à cette confusion lamentable, défendant sa petite boutique, ses minuscules audaces. À l'ombre du palais des Papes s'était rejoué un triste *remake* de l'occupation du théâtre de l'Odéon, qui déjà n'avait fait honneur à personne. Jean Vilar, n'étant pas Barrault, avait refusé de s'incliner devant la putasserie ambiante. Marine m'avait accroché lors d'une bousculade. « Ce sont vos amis ? » Je ne la connaissais pas. Elle écumait, pleurait. « Vilar-Salazar ! C'est tout ce qu'ils ont trouvé. Quelle imagination ! » Parmi ceux qui vociféraient, son metteur en scène, la plupart de ses partenaires. Pas mal d'autres types que, dans la foulée du lyrisme des émeutes de Mai, j'aurais spontanément appelés « camarades ». Avignon et l'offense faite à Jean Vilar mirent fin à cette compromission poisseuse. Marine ne se sentit plus liée par la solidarité du spectacle à assurer coûte que coûte. « Je veux bien mourir sur scène. Pas auprès de gens qui me font mourir de honte dans la rue. » Les heures suivantes, nous nous étions aimés sans trop de mots, assez bien. Une consolation sans lendemains prévisibles. Marine devait continuer *Marie Tudor*, « pour le public ». Je m'étais inventé des choses à faire à Paris. Des semaines plus tard, après bien des recherches au téléphone dans les salles et les hôtels de province, j'avais réussi à joindre Marine pour lui dire que j'avais envie d'elle. « Tu n'es pas amoureux, au moins ? Tu es bien certain ? Alors j'arrive. » Marine était là, dans l'été de Paris matinal, à la terrasse de la brasserie près des pavillons des Halles. Comédienne, pardi. Bien consciente de ses près de vingt-cinq ans de plus que moi. De la séduction de sa chemise trop ouverte. Elle jouait le défi, l'inquiétude, me demandait si quand même je ne l'aimais pas un peu, se moquait des grands mots. Elle se déclarait frivole, se décrétait légère. Nous buvions, en parlant haut, en nous touchant. Marine tenait le répertoire à ma disposition. « Phèdre ou Desdémone ? Mère Courage ou Elvire ? Comment me préfères-tu ? » Nous étions éreintés, grisés. Je la désirais, traquant sur son visage les signes bien visibles de tout ce temps qui nous séparait. Celui des années, celui des rôles. Marine avait tout joué. Ne voulait pas se répéter. De la terrasse, nous entendions la radio, au bar, à l'intérieur, avec alternance de chansonnettes et de bulletins d'information – les nouvelles. Un bruit lointain. Un ronron. Encore maintenant j'ignore quand j'ai entendu distinctement ceci, à quelle heure précise : « Cette nuit, les troupes du pacte de Varsovie sont entrées en Tchécoslovaquie. Les chars soviétiques patrouillent dans Prague. »

Marine était très belle, figée dans son masque de tragédienne fondamentalement classique. L'annonce se répétait : « Cette nuit… »

C'était quoi ? Un matin amoureux, avec la tour astrologique, derrière les pavillons de Baltard, près de la Bourse du commerce. Marine, troublée, exigeant le silence. Pour entendre quoi ? Les échos incertains de l'arrestation de Dubček, des membres les plus en vue du bureau politique. Des chars s'avançaient, information non confirmée, vers la maison de la radio. On entendait mal le journaliste. La retransmission de sa communication téléphonique était mauvaise. Il évoquait des rassemblements, place Venceslas et dans le centre-ville.

– Si tu veux, on y va.

– Quoi ?

– Ils vont se battre, dit Marine, forcément. Résister. La frontière n'est peut-être pas encore fermée. C'est tout près, Prague. On peut y être cette nuit.

Marine était crédible. Avait contribué, vingt-trois ans avant, à la libération de quelques patelins en Normandie, les armes à la main. Grande résistante, comme on dit.

– On y va ?

Je dis que oui. Oui, bien sûr. Comment dire autrement ?

Au fil de la matinée, les nouvelles se succédèrent, parfois contradictoires. Des journalistes parlaient de combats de rue, d'autres de résistance passive. Parmi les premières victimes, il y avait Dubček. Selon certaines rumeurs. Les chiffres tombaient. Cinq cent mille hommes déversés sur le territoire tchécoslovaque. Autant que le corps expéditionnaire américain au Vietnam.

– On y va ?

À Paris, dans les rues, à l'hôtel, les visages n'étaient pas affectés. Quelques mois plus tôt, en mai, j'avais connu ces mêmes anonymes, ces passants, attentifs à la moindre rumeur, pleins d'enthousiasme ou d'angoisse à l'écoute du transistor. Ce mercredi 21 août, chacun vaquait à ses occupations ou se livrait à l'insouciance d'être en vacances. Une saloperie de plus avait été commise, ailleurs, dans un autre monde. À supposer qu'on soit au courant, personne n'y pouvait rien.

Je me suis dégonflé.

Marine avait jeté son sac de voyage à l'arrière de sa Simca.

– Tu pars là-bas ?

– Sans toi, à Prague ? Quelle idée ! *Marie Tudor* m'attend. Je m'en vais rejoindre ma tournée, jouer mon rôle, bien sagement. Comme une grande personne. Comme toi. Adieu.

Marc fut un peu surpris de mon coup de fil. Puisque je me décidais à renouer réellement avec le monde et les amis, d'accord, il lui convenait très bien de passer chez moi prendre un verre.

Une heure après, il était là. Une de ses habitudes tenaces, depuis que nous nous connaissions, était de faire l'inspection de détail de mes locaux, histoire d'y repérer les photos, les bouquins nouveaux, les grigris récemment récupérés, les petits fétiches à la hausse. Les images qui commençaient à envahir le mur repeint ne pouvaient guère le satisfaire. Il feignit de ne pas remarquer la présence de Solveig sur les Polaroid de la rue Gît-le-Cœur.

– Tu comptes camper ainsi longtemps ? Si tu veux, on se prend une journée dans les magasins, en célibataires, et on te reconstitue un petit ameublement de base.

Sa proposition était gentille. Depuis le premier numéro 0 et malgré toutes les promesses à Jeanne, aux amis, sans parler des maîtresses de passage, Marc était notoirement incapable de consacrer une journée à autre chose qu'au *Soir*, la seule, l'unique urgence de sa vie.

Bastille se frotta à ses mollets. Elle le connaissait bien. Le jour où je l'avais recueillie, à peine sevrée et en pas bien bel état, dans le square du Temple, Marc était ici même, me cassant les pieds pour obtenir je ne sais plus quel cliché. Indifférente aux grandes nuances, la chatte tricolore le considérait comme un intime.

– Bourbon ? Vodka ?

– Vu les vents du temps, je suis en train de virer vodka.

Il savoura son alcool en silence, cassa le filtre de sa Stuyvesant ultra-light. Je préférais mes Gauloises.

– Dégueulasse ! Fais-moi penser : j'ai mis de côté des havanes, pour toi.

– J'ai cessé d'être pro-cubain en 68.

– Tant pis. Ces havanes vont devenir des raretés précieuses. Fidel est en train d'en concocter l'embargo. Tout fout vraiment le camp. Tout. Je parie même que c'est pour cela que tu veux qu'on se parle un peu.

Je ne me l'étais pas formulé ainsi.

– C'est l'effondrement de l'empire, Victor. L'implosion totale, l'abolition de tous nos points de repère, à une vitesse folle, hallucinante. On se contorsionne chaque jour pour écrire des papiers qui vont être ridicules l'heure suivante. La Pologne, la Hongrie, la RDA, même la Tchécoslovaquie sont d'absolus champs de ruines politiques. Aujourd'hui, ce con de Gorbatchev est en visite officielle au Vatican, il fait amende honorable : les Soviétiques, avoue-t-il, n'ont jamais rien compris à la religion. Après-demain, ce sera la fin de Yalta. Formidable. À hurler de joie. Sauf que personne ne peut avoir la moindre idée du merdier intégral qui est à la clé. La fin du communisme, c'est la fin de la paix pourrie, bien veule, que nous connaissions sur ce putain de continent. Il va falloir penser. Ce sera difficile. Pas seulement pour les journalistes.

– Quoi encore ?

– J'ai couvert des tas d'événements considérables. J'ai vu des dictatures s'installer, au Chili, en Argentine. J'ai fait des reportages à Soweto. J'étais là aussi quand les colonels grecs ont été balayés, au Portugal quand le MFA a fait son coup d'État. Je peux te faire l'historique détaillé des combats de toutes les oppositions en Europe de l'Est et du Centre. Je ne néglige rien du travail de gestation, avant. Reste qu'à Berlin, le 9 novembre, la brèche s'est ouverte sur l'inconnu total, pour tout le monde. La déferlante. Personne n'est prêt à l'affronter.

Je me souvins. En août 68, Marc était un de ces leaders gauchistes (vocabulaire pesant, vieux de mille ans) que les autorités avaient cru nécessaire d'emprisonner. Comme d'autres, il avait profité de ses petites semaines d'incarcération – presque des arrêts de rigueur – pour écrire un bouquin. Quelque chose comme *Aujourd'hui : l'heure des brasiers*. Le ladre ! Libéré, il mena longtemps, en vain, une bataille pour que le titre du journal en gestation, *Le Grand Soir*, fût agrémenté d'un Mao Zedong à profil de médaille.

Je me souvins – le cambriolage avait fait disparaître ces pièces d'archives – que Marc et moi, dans nos antiques correspondances (cartes postales de vacances ou rugueuses polémiques) avions eu tout un temps coutume de solder nos courriers par de « fraternelles salutations communistes ».

Je me souvins d'une brouille de quelques années, à propos de l'évaluation très divergente que nous portions sur les activités du groupe Baader-Meinhoff, des Brigades rouges. Marc me reprochait de parler de « bandes ». Pour lui, c'étaient des « camarades qui se trompaient ».

Il avait renié un à un ces errements et bien d'autres. Sans complexes. Sans cynisme. Ils étaient à mettre aux profits et pertes d'une – Marc affectionnait cette notion – « génération ». De la gangue de quelques conneries largement collectives, sans trop d'inventaire personnalisé, une intelligence du temps avait pu s'émanciper. *Le Soir* en était l'expression ou, au moins, la tribune.

Maintenant, automne 89, c'était le grand vertige.

– Et toi ?

Marc inclina la tête vers mon puzzle mural. Je le connaissais bien. Il ne s'agissait pas de courtoisie, de perte de temps un brin vaine. Juste un coup de sonde chez un figurant atypique. Pourquoi s'en priver ?

– Les manifs de Prague, la tour Saint-Jacques, le collage d'Ubac, ta galerie des portraits Polaroid. Quels rapports ? Qu'est-ce que tu flaires ?

Je lui parlai d'Alex, de son père, du carnet. J'essayai d'être bref, précis. Je fus maladroit. Le récit m'excédait, mes mots venaient mal. Je n'en étais plus au point où je pouvais résumer bien vite ce qu'était le petit Katz en 1938. « Petit Katz », comme disait Mila. Mila dont j'imaginais les très belles et très provocantes images.

Mila souriante, une lanière de cuir coupant très fort son sexe.

Marc regarda de plus près mon puzzle-jeu de l'oie.

– C'est une manière de faire. Pour ne pas être idiot, il n'y a plus de méthodes éprouvées. La tienne en vaut bien d'autres.

Je lui proposai d'aller manger dans un quelconque restaurant du coin. Une cantine vite fait, puisqu'il devait retourner à son journal et moi à mon carnet. Marc en fut d'accord. Nous bûmes une dernière vodka.

Cette histoire de carnet l'intéressait. Il fallait que je le tienne au courant. Marc voulait toujours être tenu au courant des brindezingueries développées par ses interlocuteurs. Les divagations d'un énarque l'émoustillaient autant que celles d'un astrologue.

Sortant de l'immeuble, dans le hall, j'ouvris machinalement ma boîte à lettres. Il y avait un petit papier plié en quatre. Je le lus.

– Un ennui ?

Rien que ces mots : « Pourquoi attendre quarante-huit heures ? Depuis que j'ai quitté Prague, je suis libre, naturellement. »

C'était écrit au dos d'un ticket de caisse du café le Soubise.

Les assassins soviétiques volent aussi les montres

Le 21 août et les quelques jours qui suivirent, une semaine peut-être, l'incertitude avait régné. Résistance ou pas ? Armée ou pas ? Les images parvenaient. Des tanks. Des drapeaux brandis, sanglants. C'était donc qu'on luttait. Que rien n'était joué. Le désarroi des petits soldats de l'Armée rouge était patent. Un congrès clandestin du Parti s'était tenu au nez et à la barbe des Soviétiques. Tout pouvait basculer. De loin, on pouvait le croire.

Je n'avais pas cherché à joindre Marine. Je n'ai pas cherché, ni en août ni après les « sept glorieuses » de Prague. La semaine de tous les expédients, de tous les pragmatismes, de tous les héroïsmes malins, tenaces. Fous de dignité, lorsqu'il le fallait. Pas la semaine du citoyen Šjevk, pas celle du militant Hus.

– On y va, si tu veux.

Avec le recul, qui arrange tout, y aller aurait été idiot.

Je n'avais pas même dit non. J'avais dit oui. Puis rien. Engourdi.

Prudence inexcusable à tout âge. En plus, j'avais vingt et un ans.

Le mercredi 19 janvier, dès la sortie de l'atelier, Katz se précipita à l'hôtel Louisiane. Cette fois, Paul Delvaux était dans sa chambre. Il accepta de le recevoir sur-le-champ.

« Delvaux est un homme d'une quarantaine d'années, mince, presque malingre. Ses traits sont émaciés, ses gestes prudents. Il ressemble à un employé de banque ou à un huissier. Ses manières sont extrêmement courtoises. Tout de suite il m'a dit qu'il avait lu mes poèmes "attentivement et avec plaisir". Ils étaient, selon lui, pleins de "sensibilité". J'ai assez vite compris que Delvaux n'était guère enthousiaste. Il mit toutes les formes souhaitables pour m'expliquer qu'il avait beaucoup de travail, qu'il ne se considérait pas lui-même comme surréaliste malgré sa sympathie pour le mouvement, son admiration pour André Breton, etc. Bref, il déclinait la proposition qui lui était faite. Je ne pus cacher ma déception. Il en fut ému, se fit encore plus prévenant, soucieux de ne pas vexer. Peut-être y avait-il une solution. Il avait un tableau en tête, depuis quelques jours. Son titre – Delvaux m'expliqua qu'il peignait souvent à partir d'un titre qui s'imposait à lui – serait *L'Entrée de la ville*. Il avait commencé à faire des esquisses. Il fouilla dans l'un des nombreux cartons qui traînaient dans la chambre et en sortit un dessin, une encre, très hachurée, avec quelques traces d'aquarelle bleue, très délavée. »

J'interrompis ma lecture du carnet, pris d'un espoir *a priori* déraisonnable. Une fois de plus je contrevins à ma méthode et anticipai sur la découverte strictement chronologique de ce journal. Le dessin de Delvaux était inséré dans le carnet. Non pas le jour suivant la visite mais tout à la fin, après les dernières notes de novembre, comme un post-scriptum.

Loin d'être une simple esquisse, c'était une œuvre très achevée. Sa composition était extraordinairement simple. Sur une voie antique, bordée de colonnes, de temples, de portiques, erraient des femmes et des hommes indifférents les uns aux autres, le regard perdu, chacun pris dans son errance somnambule. La femme qui occupait le centre de la composition marchait de face et fixait le spectateur. Formes épanouies, un peu lourdes, le drapé de la toge lui servait de traîne. Pourtant, ce n'était pas elle le personnage principal de la composition. Ce rôle revenait à un homme, au tout premier plan, à droite. Contrairement à ses semblables, il n'était pas engoncé dans un petit costume étriqué. Il était nu, et le grand papier déployé sur ses genoux était une carte, le plan d'une ville. Il l'étudiait attentivement, avec sur le visage une sorte d'expression humble. C'était le seul personnage éveillé. Il me fallut bien du temps pour revenir au carnet de Katz.

« Cet homme, Delvaux lui-même.

« "Rien qu'une esquisse, je vous l'offre, faites-en ce que vous voulez." »

À défaut d'être un gage d'admiration, c'était un signe de sympathie polie, légèrement distante. Katz n'en avait sûrement pas été dupe. Il préférait ne pas trop commenter le sens de ce cadeau. Par lui, Delvaux ne disait pas non à Breton sans se compromettre dans un oui à Katz.

Je refermai le carnet avec une mauvaise pensée. Alfred Katz, n'était-il pas – pleins, déliés, encre verte – de la catégorie des hommes à petit costume ?

Un problème se posait. Il était impossible, inenvisageable, de toucher à l'ordonnancement du puzzle mural. Jusqu'à maintenant, il s'organisait autour de trois images : Ubac, Alex mort, Prague. Les Polaroid n'étaient là qu'en compléments aléatoires. La découverte de *L'Entrée de la ville* selon Delvaux était une autre clé majeure. Je fixai le dessin au-dessus de l'ensemble, de manière à ce qu'il ait l'air de l'ordonner.

Katz rentra à l'hôtel du quai de Jemmapes vers 19 heures. Un type avait fait savoir qu'il l'attendait. Il lisait *L'Huma*, dans la salle commune, au rez-de-chaussée.

Lorsque Katz s'avança, le type se leva.

– Je m'appelle Félix, salut.

Sa poignée de main était franche, la mine plutôt avenante malgré sa mimique embarrassée. Félix débita les choses très vite, comme un gars qui a longuement réfléchi à ce qu'il avait à dire, au moins les premières phrases.

– Je m'appelle Félix et je suis comme toi, un prolo. Tu travailles dans la presse, moi dans le cinéma. Pas artiste, hein, va pas te faire des idées. Machino. C'est comme à l'usine. Tu aimes Mila, et moi aussi je l'aime. J'ai pensé qu'on devait discuter.

C'était un gaillard de haute taille. Grands membres et gestes gauches.

– Je l'aime autant que toi.

Félix proposa à Katz de sortir de l'hôtel, de marcher un peu, le long du canal. Il n'était pas évident de pouvoir s'entendre, on pouvait toujours essayer. La nuit tombait.

– Je l'ai vue tout à l'heure et elle m'a dit : "Voilà, j'ai un amoureux." Elle me dit toujours tout, depuis qu'on est ensemble. Ne va pas croire que c'est elle qui m'envoie. Je sais que vous avez passé la nuit tous les deux. Je sais aussi que vous n'avez pas fait l'amour.

Mila était ainsi, d'après Félix. Elle couchait avec des tas de types, mais quand quelqu'un lui plaisait vraiment elle hésitait longtemps. Pas par malice. Par crainte de faire comme avec les autres, ses copains pour qui elle posait, ou avec les clients du Sphinx, quand elle manquait vraiment de fric.

Le Sphinx ? Félix expliqua à Katz. Un bordel dans le quartier de Montparnasse, boulevard Edgar-Quinet. Un claque de luxe pour intellos et gens de la haute. Les filles y étaient très bien traitées, rien à redire. Beaucoup étaient des occasionnelles. Comme Mila.

– C'est quand elle est amoureuse qu'elle hésite à coucher. Voilà pourquoi votre nuit me tracasse.

Je les imaginais marchant, en bas, sur le quai. Félix tout massif, bon bougre cherchant péniblement le lien. Katz une fois de plus abasourdi. Je les voyais bien.

– J'étais assez heureux avec Mila, jusqu'à ce matin. On a chacun nos manières de faire dans la vie. Elles s'arrangeaient plutôt bien. Tu débarques. Tu bouscules tout. Je me dis qu'elle va peut-être me quitter. Qu'est-ce que je peux faire ? Te casser la gueule ? Te balancer dans le canal ? J'ai déjà corrigé plus d'un type qui rôdait autour de Mila. Seulement là, c'est différent. Tu lui plais. Tu lui as plu tout de suite. Elle veut te revoir. Je crois même qu'elle te veut pour de vrai. Je peux pas te détester, puisqu'elle t'aime. Si on allait prendre un verre ?

Cette fois, non seulement je voyais, j'entendais. Les mots, les hésitations rugueuses de Félix. Ils allèrent à la Grisette.

Katz était discret sur ses propres propos. Ou bien Félix vidait tout son sac sans lui laisser la parole.

Ils s'installèrent et commandèrent des bières. Le poêle de fonte bourdonnait. Félix en avait gros sur le cœur.

– Et puis, tu ne fais rien pour simplifier les choses. En plus, tu es trotskyste, à ce qu'il paraît.

Katz ne pouvait s'empêcher d'être ironique.

Félix était militant du Parti communiste, après l'avoir été aux Jeunesses. Militant convaincu. C'était aussi important à préciser que son sentiment pour Mila.

– Je suis un révolutionnaire. Tous les jours à Joinville, aux studios, je travaille avec des camarades exilés qui ont fui le fascisme. Des Allemands, des Polonais, des Italiens. D'autres reviennent d'Espagne. Qui soutient l'Espagne, sinon Staline ? Qui organise la solidarité, la résistance, l'offensive contre Hitler, sinon Staline ? Toi et tes copains, vous êtes du côté des saboteurs, des traîtres, de tous ces salauds qu'on est en train de démasquer, qui ne peuvent plus faire autrement que d'avouer leurs crimes.

Il ajouta, reposant son bock :

– Trotskyste ? Ça se prononce comme je crache.

Ici, d'après le carnet, Katz, bien qu'il fût en mauvaise position du fait de la table entre eux deux, balança son poing en plein dans la figure de Félix, aussi fort qu'il put. Surpris, Félix tomba à la renverse. Il se releva prestement, apaisa le patron du bistrot inquiet de la bagarre à venir. S'assit. Il saignait du nez.

– C'était pour Mila ou pour Trotsky ?

– Pour Trotsky.

– Alors, pas de problème. Je pense ce que j'ai dit, mais je l'ai dit en te provoquant. Pour voir comment tu allais réagir. Je sais maintenant que tu as des convictions.

Il ajouta que ça n'allait pas faciliter les choses. Félix n'en finissait pas d'éponger le sang qui pissait avec son large mouchoir. Il palpa ses cartilages entre deux doigts prudents, grimaça. Ça faisait mal, rien n'était cassé. Katz commanda une nouvelle tournée. Le patron leur refusa, craignant un nouvel éclat. Ils sortirent.

– Mila fera ce qu'elle voudra, comme toujours. S'il y a à choisir, elle choisira. On peut en baver, avec elle, beaucoup souffrir, tu verras. Ça fait partie du contrat.

Ils repassèrent devant le square, sous mes fenêtres. Ils n'avaient plus grand-chose à se dire, au moins pour ce soir.

Arrivé pas bien loin de l'hôtel, Félix demanda à Katz s'il savait nager. Il ne répondit pas. Félix lui dit qu'à cause de lui il était malheureux, aujourd'hui. Il l'empoigna et le poussa dans le canal. L'eau était glacée. Katz se débattit avec des gestes affolés, complètement désordonnés. Félix le regarda un moment, puis l'aida à grimper sur la berge. Selon le carnet, après cet épisode de grande camaraderie virile, ils rirent beaucoup, se séparèrent plutôt bons amis.

Je me levai, ouvris la fenêtre. De l'autre côté du canal, la Grisette était toujours là, en sursis. Le café était fermé, condamné. Les fenêtres des étages aveuglées par des parpaings.

Il fallait bien téléphoner à Solveig. Je composai son numéro sur le combiné. Aucune réponse. Ce qui était un soulagement. Pas complètement satisfaisant.

J'avais envie de descendre dans la rue, terriblement, c'était la première fois.

Je marchai un peu sur le quai, vers la Grange-aux-Belles, ne comprenant pas que Breton ne se soit pas emparé de ce nom pour une des rues de sa ville rêvée. Arrivé à l'écluse, un taxi était libre, arrêté au feu rouge. Je le pris. Direction rue Gît-le-Cœur.

Le réceptionniste tapait toujours aussi fébrilement sur sa Brother. À voir les papiers noircis et scotchés qui s'accumulaient sur le bureau, ses affaires littéraires avançaient bien. Il me tendit ma clé.

Je ne pensai pas sérieusement retrouver Solveig. Elle n'y était pas, cela me convenait. Mais elle était passée, peu de temps avant moi. Le lit était défait, les draps froissés, encore tièdes. Diverses traces en témoignaient dans la salle de bains. Des serviettes humides, l'odeur d'un 5 de Chanel.

Sur la table de chevet, il y avait une petite boîte. Elle contenait une montre-gousset, du genre oignon, en argent, et une lettre. Cette lettre disait, au feutre rouge :

« Il y a à Prague un quartier juif, avec des synagogues, un cimetière, un hôtel de ville, etc. Ce sont des restes du ghetto que les nazis n'ont pas touchés pendant l'Occupation, voulant garder pour leur histoire à eux ces restes, ces témoignages de la dégénérescence juive. Sur l'un des côtés de l'hôtel de ville, il y a une horloge. Ses chiffres sont en caractères hébraïques, ce qui fait que les aiguilles tournent "à l'envers". Apollinaire le dit dans *Zone* : "Les aiguilles de l'horloge du quartier juif vont à rebours – Et tu recules aussi dans ta vie, lentement." Vous trouverez ci-joint une montre qui, elle aussi, va à rebours. C'est un de mes restes de Prague. Il me semble qu'il vous convient bien.

« *Na shledanou.* »

Il me parut décent de me glisser dans le lit défait. J'ouvris le carnet.

Le jeudi 20 janvier 1938, on put apprendre par certaines gazettes que Lydia Grozovskaya, employée de l'ambassade soviétique à Paris, fortement soupçonnée d'être impliquée dans l'assassinat d'Ignace Reiss et laissée en liberté sous caution, avait échappé à la vigilance des policiers chargés de surveiller ses faits et gestes. Ces derniers expliquèrent que leurs modestes voitures de fonction s'étaient fait facilement semer par la puissante limousine de leur protégée. La GPU avait certainement plus de moyens que la Préfecture.

Ignace Reiss, d'origine polonaise, vieux bolchevik, agent secret, écœuré par la politique de Staline, rallié à l'opposition trotskyste. Assassiné.

Katz : « Breton a raison. Les assassins sont là, nous les croisons chaque jour. J'ai parlé de cette affaire à Blaise. Il a pris le ton de quelqu'un qui connaît le dessous des cartes. Le ministre des flics, Marx Dormoy, était selon lui un type "dur, consciencieux", pas du tout disposé à fermer les yeux sur les agissements des stalinistes en France : "C'est le charme des sociaux-démocrates particulièrement droitiers : ils ne supportent pas l'arrogance du Komintern. De là à avoir les moyens de leur politique…" »

Le même jour : « De retour à l'hôtel, un pneumatique m'attendait, envoyé par Mila. "Je suis très prise en ce moment, à cause de mon déménagement, rue Lacretelle, je ne me souviens plus si je t'en ai parlé. Je suis tellement distraite. Je te fais signe dès que je peux. Je n'ai pas changé d'avis : tu me plais." »

Katz s'endormit en se branlant, les photos de Mila sous les yeux.

« Et tu recules aussi dans ta vie, lentement. »

J'empochai la montre. À la réception, je signalai au grand écrivain qu'il était inutile de procéder au ménage quotidien de la chambre. Le léger désordre que nous y provoquions me convenait.

Je me souvins que j'avais un vélo, dans le temps. Une Raleigh assez précieuse que j'avais pris la précaution de ranger dans la cave, avant ma calamiteuse escapade.

Je dégringolai les étages, tout excité. Je mis un petit moment à retrouver la porte de ce local dont je n'avais pratiquement jamais eu l'usage. Le cadenas de la vieille porte me posa un problème. C'était un cadenas à code. Quatre lettres, à aligner sur des mollettes crantées. Quel mot avais-je bien pu choisir pour obtenir son ouverture ? Comment se trouver dans une situation plus sotte, sauf à se faire prendre en otage à l'autre bout du monde ? Je tentai de forcer, bien inutilement, je m'énervai, tentai de me calmer en vain. J'étais mis en échec par mes propres secrets. Quel code ? Qu'est-ce qui avait pu guider mon choix ? L'évocation d'un nom de rue, de femme ? La sueur dans la nuque, absurdement paniqué, me laissant même aller à des tremblements, je cherchai à me remémorer ce qu'était mon état d'esprit lorsque j'avais posé ce cadenas.

Tout me revint d'un coup, je me pouvais que me sentir ridicule.

Il y avait eu une exposition dans Paris, une sorte de célébration du chat. Elle était d'origine allemande, tournait de ville en ville. Des bibelots, des gravures, des curiosités. J'avais acheté l'affiche parce qu'elle reproduisait une gouache montrant un très beau chat siamois. Il ressemblait beaucoup au premier chat avec qui j'avais vécu. Allemande, l'exposition s'intitulait : *Katze.*

Je fis tourner les molettes : K,A,T,Z. La porte s'ouvrit.

Le vélo était bien là, debout sur sa béquille, oublié par les cambrioleurs. Je le chargeai sur l'épaule, le remontai prestement.

J'installai la machine au milieu du séjour. Beaucoup de poussière, les chromes un peu ternis, pratiquement aucun point de rouille. Les pneus étaient logiquement à plat. En quelques minutes, la Raleigh fut parfaite.

Malgré l'appréhension, il convenait de la réessayer, vite.

Archivistes

XVe arrondissement. La rue Vaugirard étant à sens unique, il me fallut faire le détour par le boulevard Pasteur, la rue Lecourbe, la rue Blomet. Cette dernière m'était assez familière, à cause du Bal nègre, de locaux occupés jadis par Miró, Desnos, Foujita, bien d'autres. Une rue paisible, témoin architecturalement amnésique de plusieurs brèves grandes époques parisiennes. Il n'en restait plus guère de traces, sauf à y regarder de très près.

Je repris sur la gauche, par la place Adolphe-Chérioux, une petite grimpette. Je rejoignis la rue Vaugirard, posai mon vélo là, le long des grilles du métro.

Katz et Blaise étaient passés par là. Moi aussi, bien des années avant. C'est que je n'avais pas toujours habité le quai de Jemmapes. Je connaissais assez bien, aussi, la rue de la Convention.

Il n'y avait que quelques pas à faire, je retrouvai le bouquiniste, un peu avant la rue Cambronne. Celui que Katz mentionnait dans son carnet. Une boutique modeste, étroite, avec des boîtes sur le trottoir. Quoi ? Des vieux polars comme il convient, Série noire cartonnée, vieilles revues *Ellery Queen*, *Mystère Mag*. *Un Mystère*, *La Chouette*. Des livres aussi de Calet, de

Guérin. Des Huguenin, beaucoup de Céline, de Drieu. Tout un programme éclectique un peu trop proclamé. La vitrine était touchante. Son fond était un grand classement de tranches de livres, sur étagères. Plusieurs de ces tranches étaient manifestement truquées, des leurres, permettant au libraire, de l'intérieur, de surveiller la devanture, la fauche éventuelle. Ce qui suffisait à classer le client comme pas bien franc du collier.

Je m'attardai un temps devant cette vitrine. S'y mêlaient agréablement des éditions rares de Cocteau et des accumulations de *Paris-Hollywood*, Péret et Vaché, *Midi-Minuit* première série, etc. J'entrai.

L'intérieur était un parfait capharnaüm. Sans logique apparente s'offraient des piles de *Radar*, de *Match*, des bandes dessinées : *Cosmos, Big Boss, Blek*, etc. Passons sur *Cinémonde*, *Jeunesse Cinéma*, *Top*. Il y avait çà et là des enseignes émaillées, *Banania*, *Cadum*, *Kub*, des *Dinky Toys*, des poupées Barbie et d'assez rares figurines *Mokalux*.

En d'autres temps, je me serais refait une mémoire débonnaire, avec quelques achats de base.

Ces bricoles amassées, je les connaissais bien. Je les avais perdues dans des séparations, des divorces, des oublis purs et simples, des prêts négligents. Le solde avait été cambriolé.

L'entrée était libre, on ne se précipitait pas sur le client. Je pus fouiner tout à loisir tout en sentant une présence vigilante dans l'arrière-boutique, dont l'issue était planquée derrière un empilement de romans-photos vaguement érotiques. Le libraire fit enfin son apparition.

Un homme petit, sans âge, aux gestes furtifs. Il portait un béret crasseux, une longue blouse grise d'instituteur ou de magasinier, c'était caricatural jusqu'à provoquer le malaise. Blaise – j'eus instantanément la certitude qu'il s'agissait de lui – avait négligé de se raser depuis un jour ou deux. Sa barbe était blanche, tout à la fois drue et clairsemée. L'un de ses yeux était blanc, avec une paupière morte, à demi close. Une profonde cicatrice en étoile marquait le front, se prolongeait vers le haut du crâne. Blaise boitait.

Il donnait l'impression d'être cassé de partout, esquinté, mais obstinément solide, avec du défi anxieux dans son regard de borgne rescapé. Il se taisait.

Je continuai à fouiner. Manière de faire éprouvée. Histoire de gagner du temps. Je feuilletai assez longuement un numéro de *Paris Magazine*, revue légère d'avant-guerre, avec des photos de Kertész, Man Ray. Des photos de charme, comme on dit maintenant. L'œil du vieux était insupportable. Je me retournai. L'infirme n'avait pas bougé.

– Vous êtes Blaise.

Pas un de ses traits ne frémit. À peine la paupière se fit-elle plus lourde. Pure impression de ma part peut-être.

– Vous êtes Blaise. J'aimerais que vous me parliez d'Alfred Katz.

L'irruption fut immédiate, brutale, jaillie de l'arrière-boutique. Une pile de bouquins s'écroula dans la brusquerie du mouvement, parmi eux des numéros de *Signal*, le magazine illustré collaborationniste, pendant l'Occupation, d'autres de *Je suis partout*. L'homme s'interposa entre moi et Blaise. Haut de taille, blazer élégant. Un sportif hâlé, puant l'eau de toilette. Il se fabriqua un sourire, me prit fermement par l'épaule.

– Sortons, voulez-vous ?

Ce fragment de la rue Vaugirard me mettait mal à l'aise. L'alignement des façades m'était connu. En même temps, tout avait changé. Manquaient le cinéma, un des temples du quartier, le magasin de jouets, le kiosque, d'autres repères.

Le type tenait à manifester deux choses. D'une part, il était emmerdé. D'autre part, il était pressé. Le vieux bouquiniste, c'était son père, il était très, très vieux. Avait donc le droit d'avoir la paix.

– J'ai entendu le nom de ce Katz. Un nom parmi tant d'autres. Celui-là appartient au passé, au passé très lointain, qui n'intéresse plus personne. Surtout pas mon père.

Qu'importe ce que je voulais, il convenait que je passe mon chemin. Le fils musclé dit aussi, cherchant une connivence :

– J'ai vu votre photo dans le journal. Vous devez pouvoir comprendre qu'il y a des épisodes sur lesquels on ne peut pas infiniment revenir. Avez-vous vu son état ? Imaginez-vous ce qu'il a subi ?

– Les nazis ? Je ne suis pas venu en ennemi.

– Vous n'avez qu'une chose à faire. Nous oublier.

Cet homme était costaud, il avait peur. Pis, il était contrarié. Il ne voulait pas d'ennui. J'en étais un.

– J'ai repéré quelques bouquins intéressants. Je repasserai, un prochain jour.

– Je vous demande personnellement de ne plus remettre les pieds ici.

Je réenfourchai la Raleigh.

En direction de la porte de Versailles, toujours le sens interdit. Je repris donc par la rue Blomet, louvoyant ensuite vers la rue Lacretelle.

C'était un quartier un peu indécis, aux confins du XVe arrondissement, avec des immeubles sans grand caractère, pas même moches. Certaines bâtisses étaient des logements sociaux, d'autres revendiquaient un modeste standing bas de gamme. Dans les deux cas, on lisait sur les façades les certitudes architecturales grisâtres et rationnelles des années de crise. Rien de pittoresque, de joli, d'extravagant, pour accrocher l'œil. Ces rues n'avaient pas d'âge, semblaient ne rien avoir à cacher. Elles me facilitaient la vie.

J'accrochai le vélo à la grille d'un club de tennis, tenu, à en croire une pancarte, par une association de cheminots. La rue Lacretelle était voisine, perpendiculaire à la rue de Vaugirard. Toute pentue, elle longeait le mur d'enceinte d'un hôpital. Aucun commerce, peu de circulation, une rue-parking, très calme.

Katz ne donnait pas l'adresse de Mila. La rue n'était pas bien longue, elle alignait des immeubles modestes, presque tous construits dans les années vingt : briques ternes et ciments sales. Ici, en 1938, ce devait être un peu la banlieue.

Je grimpai jusqu'au coude de la rue Vaugelas, tout en haut, sans trop savoir sur quelle zone de trottoir fixer mon attention. J'étais certain que Katz comme moi, sans vraiment chercher à rencontrer Mila, était venu ici en exploration, pour flairer le terrain, prendre ses marques.

Redescendant vers la rue Vaugirard, je tombai nez à nez sur Laurent. C'était dans l'ordre des choses.

– Hasard ?

– Vous plaisantez, me dit-il, enjoué. Vous filant depuis des heures, j'ai estimé courtois de venir vous serrer la main.

Un Laurent au mieux de son style. Souriant, bronzé, avenant.

– Je suis tout le temps suivi ?

– Pas tout le temps par moi, pas tous les jours. Ce ne sont que de petits coups de sonde. Un vrai plaisir aussi.

– À ce point ?

– Franchement, aurais-je pu imaginer qu'après avoir récupéré votre superbe vélocipède, votre seule urgence serait de traverser Paris, de visiter un bouquiniste décati pour vous rendre ensuite tout droit dans cette merveilleuse rue Lacretelle que le monde nous envie et l'arpenter, le nez au vent, manifestement ravi d'être là. J'ai connu des clients plus simples. Vous n'avez pas soif ?

Il y avait une brasserie, à un jet de pierre, vers le boulevard périphérique. Pas un rade de quartier. Une annexe du parc des Expositions, ou du palais des Sports. Avec, au mur, les photos de belles vaches primées au salon de l'Agriculture, et des photos dédicacées de quelques artistes d'*Holiday on Ice*. De boxeurs, aussi. Le bourbon s'imposait. Laurent était en verve.

Il sortit de sa poche la liste de ces rues qui l'intriguaient tant.

– Je crois que j'avance beaucoup, grâce à vous. Car vous ne me ferez pas croire que c'est en toute innocence que vous vous êtes précipité chez ce bouquiniste au si beau patronyme.

– Comprends pas.

– Je vous assure que vous pouvez jouer serré sans pour autant me prendre pour un imbécile. Soyons de bonne compagnie.

– De quel patronyme parlez-vous ?

Laurent s'emporta, tout sourire immaculé, avec des allures de triomphe.

– Faible. Vous êtes entré tout à l'heure dans la librairie Faible. C'est écrit sur l'auvent, comment ne pas le remarquer ?

Faible ?

Je n'avais rien vu. Vraiment rien. Laurent était à son affaire. L'histoire devenait difficile à suivre.

– Il y a donc une librairie Faible, comme il y a une rue Faible dans la liste d'Alex. Curieux, non ? Vous, vous avez discuté avec ce vieux monsieur, le bancal, Blaise Faible, quel bizarre nom. Puis avec un autre homme. Vous vous connaissiez ? Quel est ce réseau ? Avec qui aviez-vous rendez-vous, rue Lacretelle ? Vous pouvez vous taire tant que vous voulez. Je finirai bien par savoir.

Au mur, presque cachée derrière une fausse plante grasse, il y avait une photo encadrée de Ray Charles. Souvenir d'un concert à l'Olympia, en 66.

– J'y étais.

– Moi aussi. Cinq ans plus tard, il y a un meeting d'extrême droite au palais des Sports. Vous et vos copains gauchistes décidez de le casser. Vous vous organisez. Le grand jeu. Vous chargez. Ce fut assez violent.

– Vous y étiez ?

– Dans vos rangs, infiltré, en civil. Avec casque, barre de fer et cocktail Molotov. Ce n'étaient pas de vrais cocktails, à vrai dire, ça faisait quand même de rudes dégâts. Quelle époque ! Vous, on vous a arrêté au carrefour Convention, à 22 h 30. Les collègues vous ont cassé la gueule dans un fourgon. Vous avez été inculpé de violences à agents, comme il se doit. Vous avez fait un peu de taule. Vous avez bénéficié d'un non-lieu. Comment ne pas apprécier ce quartier ?

– Combien de temps ?

– De militantisme salarié dans vos rangs ? Quatre ou cinq ans, je crois. J'ai bien aimé cette période de ma vie professionnelle. N'allez pas vous y tromper, la plupart du temps, j'étais d'accord avec vos idées. Sans que vous le sachiez, moi et d'autres, on a contribué à neutraliser certains de vos copains les plus excités. C'était simple, en ce temps-là. Maintenant, je lis le journal chaque matin. Toutes ces frontières qui s'abolissent, ça va tout compliquer. Un jour, il faudra que nous parlions un peu de politique, monsieur Victor B.

Il ajouta qu'il faudrait aussi parler de mon rendez-vous rue de la Vieille-Lanterne, près de chez Nicolas Flamel. Puis de la rue Gît-le-Cœur.

– Vous me filiez le train, cette nuit-là ?

– Un collègue, de loin. Les renseignements complémentaires que nous recueillons depuis sur cette Solveig sont tout à fait passionnants.

– Vous m'en avez déjà parlé.

– Trop sommairement. Reprenons un rapide résumé. Membre du Parti communiste tchèque, comédienne, Solveig s'était investie à fond dans l'activisme du Printemps de Prague. Dans un premier temps, elle n'avait pas eu à subir la répression, puis, la normalisation s'organisant, elle avait été exclue du Parti, de son association professionnelle. Plus question de jouer sur une scène, sur un quelconque plateau officiel.

Laurent se délectait.

– À ce que nous savons, les vrais ennuis sont surtout venus de cette liaison qu'elle a eue avec ce musicien dissident, très activiste, Jiří Vacek. À cause de lui, elle a fait quelques séjours en prison. Jamais très longtemps, de simples mesures d'intimidation. En 1975, en même temps que d'autres oppositionnels, Vacek a été condamné à six ans de détention. Vous vous en souvenez ?

– Pas précisément.

– Pourtant la vie offre de ces coïncidences, on retrouve votre signature, au milieu de pas mal d'autres, au bas d'une pétition exigeant la libération de Jiří Vacek et de ses camarades. C'est plaisant car vous, de votre côté, à cette époque, officiellement, vous délaissez l'engagement politique radical. Vous vous installez en tant que photographe. Ce qui ne vous empêche nullement de signer quantité d'actes de foi terriblement démocratiques. Vous ne les avez sans doute plus tous en tête. Moi, j'en ai la liste exacte.

Les mains de Laurent étaient posées à plat sur le formica. Des mains assez belles, doigts fins, dos finement travaillé de veines pâlement bleutées. Il eût été simple de casser, vite, le verre ayant servi au bourbon, de le planter. Ç'aurait été digne, très faisable. Laurent le comprit. Il savait bien des choses de ma fatigue, de notre état de guerre, du mépris dans lequel je le tenais, de la violence.

– Je continue ?

À partir de ce procès, Solveig avait végété dans diverses petites professions. On ne la laissait les exercer que pour mieux l'humilier. Situation assez courante. Ses quelques rares activités avec des artistes, aussi marginaux qu'elle, étaient sous surveillance.

– Le régime se croyait fort. Il laissait des soupapes de sécurité. Jusqu'à un certain point, il pouvait tolérer le jazz, les rassemblements de rockers, laisser circuler des publications à peine clandestines. Votre Solveig décida un jour que tout cela était vain. Que son grand amour de Vacek était en prison pour longtemps. Ce même jour, un peu avant, un peu après, elle réalisa sans doute aussi qu'elle n'était plus une toute jeune fille, qu'il fallait faire des choix.

Laurent ne savait pas quand, à quel moment précis, Solveig s'était résolue à quitter la Tchécoslovaquie.

– J'ai le catalogue des tracasseries, des arrestations, mais cela ne rend pas compte du temps morne, des jours bloqués, des matins un peu honteux. Je suis flic, je connais les techniques. On ne l'a pas ménagée.

Fin 76, Solveig a un amant. Un nommé Jan Lepke. C'est un flic.

– Cette liaison n'empêche pas Solveig, malgré toutes les rebuffades, de multiplier les démarches pour obtenir un visa de sortie. Dans le même temps, Vacek s'agite. Ayant pu faire sortir des textes protestataires de sa prison, les conditions de sa détention deviennent plus sévères. Il fait une assez longue grève de la faim, ce qui lui vaut encore une fois un petit soutien de quelques pétitionnaires.

– Dont moi ?

– Dont vous. C'est d'autant plus normal que vous êtes devenu un photographe un peu connu. Vos expositions ont été remarquées. Vous soignez votre image. Solveig, elle, couche toujours avec son flic. Ce qui l'isole un peu de ses amis dissidents. Pas trop, pas trop vite. Ce n'est qu'en 1980 qu'elle obtient son droit de sortie du territoire.

– Et puis ?

– Lorsqu'elle part, on peut mettre plusieurs faits en parallèle. Jiří Vacek est relâché, quelques semaines plus tard, pour raisons médicales. Mais de nombreux dissidents discrets, efficaces, eux, se font arrêter, neutraliser, par tous ces mille moyens dont dispose un régime policier. Vacek retourne en prison quelques mois après.

– Pourquoi ?

– Une peccadille. Une soi-disant démonstration pornographique dont il se serait rendu coupable. Une pure provocation de la police politique, à mon avis.

Laurent précisa qu'il avait la pénible impression de m'ennuyer car, il n'en doutait pas un instant, je ne pouvais que savoir par cœur ces petites choses qu'il me racontait.

– Je ne sais pas qui vous êtes, je le saurai, jusqu'à la moelle. Je vois qui vous fréquentez. Alex mentait à tout le monde, jouait double jeu. Solveig a l'exact profil d'un agent, baisée, retournée, tenue par les sentiments, par le cul, balancée à l'Ouest.

Je n'avais rien de particulier à dire à Laurent sur la rue Lacretelle. Il n'avait pas fini de perdre du temps.

Je passai devant la librairie Faible. Le rideau de fer était baissé.

Un flash-back mental me rappela que j'avais aperçu des couvertures de *Paris-Match* chez Blaise. L'une d'elles, dans les teintes sépia mais pas trop, montrait Neville Chamberlain, descendant d'un avion.

En date de 1938, de septembre, donc. Mois de baptême de l'air du Premier ministre britannique et de son parapluie. Le mois de Munich. L'année de Katz.

Flash-back ou anticipation ?

Je fis ce que je pus pour déjouer d'éventuels suiveurs. Sachant que c'était au fond inutile, puisque Laurent et les siens avaient des idées précises sur nombre de mes points de chute inévitables.

Je téléphonai. Cette fois Solveig était chez elle ou disposée à répondre. Elle me dit qu'elle comptait dormir, qu'elle était lasse, qu'elle me dirait pourquoi, si je voulais, plus tard. Je lui dis que je voulais la voir, pas tout de suite, dans quelques heures, quand elle voudrait. Nous prîmes rendez-vous pour 7 heures, le matin.

Elle rectifia aussitôt. 5 heures convenaient mieux.

Je ne savais pas trop bien comment utiliser cette montre qu'elle m'avait offerte.

La Raleigh était posée, droite sur sa béquille, au milieu du séjour. J'entrepris de la nettoyer dans le détail, de la graisser. Radek sauta sur la selle. Il avait toujours eu le sens de l'endroit favorable pour se mettre en valeur.

Je m'y étais très mal pris, je m'étais laissé surprendre. L'événement était considérable, inespéré. J'avais retrouvé l'un des interlocuteurs de Katz, pas des moindres. Un lien vivant avec les récits du carnet.

Je m'étais laissé intimider.

Ce carnet que j'avais sous le bras, j'aurais dû le montrer à Blaise. L'ouvrir à une page où était écrit son nom à l'encre verte. J'aurais dû lui rappeler les dates des rencontres, des réunions. Lui expliquer que je n'étais pas un étranger, pas un intrus dans cette vieille histoire, que je voulais simplement faire connaissance, ne rien laisser mourir.

Seulement, j'avais infiniment de mal à établir un lien entre le vieillard physiquement brisé que j'avais vu et les pages aux bordures jaunies du carnet. Cela venait de trop loin. En ordre dispersé.

Je téléphonai à Lourcet.

Où pouvions-nous nous voir ? Je proposai le square de l'écluse de la Grange-aux-Belles. Pas bien loin de l'hôtel de Katz, proche de la mort d'Alex. Lourcet fut à l'heure. Il était largement passé minuit, il ne dormait plus guère.

Que voulais-je savoir ?

– Comment était-ce ? Pas les grands événements. Les petites choses.

– Quel genre ?

– Les bricoles de tous les jours. Je veux savoir comment vivait Katz. Le prix d'un journal, d'un ticket de métro, tout ce qu'il ne dit pas dans ses notes.

– Il vous contamine donc à ce point. Oui ? Mes souvenirs sont très partiels. Et très désordonnés. Voyons… Un journal devait coûter dans les cinquante centimes. Le prix d'un ballon de rouge au comptoir. Il y avait les grands journaux des partis. *L'Huma*, *Ce soir*, pour les communistes. *Le Populaire* pour la SFIO. *Le Figaro*, *L'Intransigeant*, *la Liberté* de Doriot, *Le Matin*, *L'Œuvre*, *Paris-Soir*, *Le Petit Parisien*. *Le Peuple*, qui était le quotidien de la CGT, *La République*, *Le Temps*, *L'Action française*, etc. Beaucoup plus de titres que maintenant. Quoi d'autre ? un timbre coûtait quatre-vingt-dix centimes. Soixante-dix seulement pour une carte postale. Le ticket de métro coûtait un franc dix, en deuxième classe.

Jeune ouvrier, Katz devait gagner aux alentours de sept cent cinquante francs par mois. Lourcet fouillait dans sa mémoire, égrenait de précieux renseignements minuscules. La machine à manivelle fixée sur le ventre des contrôleurs de bus. Le pain qui se vendait au poids, environ deux francs quatre-vingts le kilo. La plupart des gens ne consommaient pas de pains de fantaisie, baguettes ou ficelles.

– Vos Gauloises coûtaient trois francs cinquante. Les Celtiques, que j'ai fumées un temps, étaient plus chères : quatre francs. Pour les fumeurs fauchés, il y avait les P4, mais j'ai oublié le prix. Je crois bien que c'est en 1938 que je me suis mis aux Balto, blondes, nettement plus raffinées. Six francs quatre-vingts.

Assis sur notre banc, nous pouvions passer pour des clodos. Il n'était pas inenvisageable d'entrevoir des amis de Laurent, en planque, pas bien loin. Ou n'importe quel flicard. Lourcet se piquait au jeu, s'amusait du désordre de l'échantillonnage qu'il me livrait, de ses trous de mémoire, de la précision injustifiable de certains de ses souvenirs.

– Il y avait des trams. Leur perche électrique déraillait souvent. Des petits métiers. Un de mes copains était petit pâtre. Il vendait des fromages et du lait de chèvre. Il avait un troupeau d'une dizaine de bêtes, il trayait en pleine rue.

– Vous vous habilliez comment ?

– J'étais mécanicien. Je n'avais pas les moyens de trop suivre les modes. J'avais un blouson de toile bleue et une canadienne achetée au carreau du Temple. Les jours de congé, je portais un veston. Il était large aux épaules, très long, presque jusqu'aux genoux. Par contre, les pantalons étaient très étroits, avec des revers de près de dix centimètres. J'allais danser au bal de la Marine.

Un détail conduisant à un autre, Lourcet se faisait intarissable, passant du *Lambeth walk* à Rina Ketty chantant *Je t'attendrai*, du sachet de shampooing (un franc) à *Yves-la-Boulange* l'haltérophile forain du boulevard de Clichy. Il y avait aussi un gardien de la paix en pèlerine, qui réglait la circulation porte Saint-Denis. Toujours le même. Il portait une longue barbe de sapeur. Une curiosité très prisée des touristes.

– Je vous ennuie ?

– Certes non. Je ne m'attendais pas à ce que vous puissiez vous souvenir du prix des cigarettes, au centime près.

– Ma mémoire serait plus facilement prise en défaut sur d'autres périodes, avant ou après cet immédiat avant-guerre, disons jusqu'en 1942. Ces quatre années ont absolument marqué ma vie.

– Où habitiez-vous ?

– Déjà rue Blomet. Puis j'ai déménagé, puis j'y suis revenu.

À la faible lueur des lampadaires de l'écluse, le visage, la silhouette de Lourcet me paraissaient accuser l'âge. Son souffle était bruyant et court. Plus rien du vieux monsieur entreprenant et roué des premières rencontres. J'avais proposé ce rendez-vous de manière un peu cavalière. Lourcet l'avait accepté sans l'ombre d'une hésitation. Il devenait indélicat de le prolonger. Pourtant, je ne pouvais pas ne pas poser une dernière question. La librairie de Blaise était extrêmement proche de la rue Blomet.

Lourcet sortit sa pipe, la bourra méticuleusement. Je réalisai qu'il s'était abstenu de fumer depuis le début de notre conversation. Il attendit une bonne minute avant de gratter une allumette.

– Comment voulez-vous arrêter de fumer à mon âge ? Quel vrai intérêt cela aurait-il ? Bah !

Il situait parfaitement la librairie dont je parlais.

– Il y a toujours eu un bouquiniste à cet endroit-là. Avant la guerre, la boutique faisait aussi un peu de brocante.

– Vous étiez client ?

– Ce n'est pas le bon terme. J'ai acheté des choses, à l'occasion. Pas beaucoup. Un bouquiniste, c'est parfois l'occasion de récupérer un ouvrage égaré. Bien sûr, on ne le relit pas. Quelque chose qui va peut-être vous arriver, après votre aventure.

– Vous connaissez ce bouquiniste ?

– Il y en a eu plusieurs au fil des années, de la même famille à ce que je crois. Je dois ajouter que tous m'ont toujours été parfaitement antipathiques. C'est à cause d'Alfred Katz que vous me posez ces questions ?

Lourcet se leva, sans attendre la réponse, tant elle était évidente. Il était tard. 2 heures du matin passées, à la montre de Solveig – je m'habituais à sa marche à rebours.

– Marchons un peu, dit Lourcet. D'ici à chez vous, nous croiserons bien un taxi. Et permettez que je m'appuie un peu sur vous.

Il posa sa main sur mon épaule, lourdement, sans faire semblant. J'eus la crainte d'un malaise. Il se redressa.

– Les problèmes de santé ne sont jamais des sujets de conversation que pour les imbéciles. Surtout à mon âge, où l'imbécillité devient la pire des maladies. Les derniers examens, les dernières analyses laissent assez peu de place à l'optimisme. C'est une information que je vous donne, pas un appel à votre compassion.

Son souffle était presque un ronflement. Lourcet fut pris d'une violente quinte de toux. De tout son poids, il s'agrippa à moi. Puis il se ressaisit, lentement, péniblement, parvenant avec grande difficulté à ne plus trembler.

– C'est passé.

– C'est de ma faute. Ce rendez-vous était idiot.

Le froid venait, en plus. L'humidité du canal.

– Vous ne pouvez que me rendre des services de ce genre. Je suis insomniaque depuis longtemps. Comme votre très admirable montre, moi aussi j'ai l'impression que, de plus en plus, mes heures tournent à l'envers. N'hésitez jamais à m'interroger sur le temps, les drames qu'a vécus ce Katz. C'est sans doute infiniment plus important que cette émission maladroite que je vous ai proposée.

Il fallait que je me raidisse pour assumer le poids de Lourcet. Nous marchions. Rarement, dans ma vie, je m'étais senti, pour quelques minutes, aussi indispensable à quelqu'un. Nous arrivâmes au bas de mon immeuble.

Le front de Lourcet était perlé de sueur.

– Montons. Vous vous reposerez un peu. J'appellerai un taxi et tout ira bien.

Lourcet eut un rire court, assez franc.

– Si je montais chez vous, ce serait pour boire un verre de vodka, réfléchir sur les avancées et proliférations de votre agencement mural. Seulement après on pourrait étudier le problème du taxi.

– Faisons ainsi.

Du rire au ricanement.

– Je suis incapable de monter vos trois étages. N'en déplaise à la faculté de médecine, j'ai terriblement besoin d'une vodka. Pour le taxi, ce n'est qu'une question de patience.

– Faisons comme ça. Attendez là.

Je laissai Lourcet, grimpai les étages. Sur mon palier, l'imprévu était là sous la forme de Gaïl, assise sur les marches, à moitié endormie, très dépenaillée. De nombreux mégots à bout filtre encrassaient le devant de ma porte. Je la secouai, parvenant mal à la faire sortir de sa torpeur. Que foutait-elle là ? Et de quel droit ?

Cuitée, camée, manœuvrière, Gaïl était lourde, inerte. Agaçante, surtout. Elle répugnait à bouger. Je la pris par le col de son blouson, la fis entrer dans l'appartement, sans ménagements.

– T'es pas correct.

Radek et Bastille crachèrent. J'avais déserté cet appartement depuis trop longtemps, je n'avais pas eu le souci de rappeler les règles. Cambriolage intégral ou pas, on ne débarquait pas chez moi comme ça. On ne forçait plus la porte. Surtout pas à l'approche de 5 heures du matin.

– T'es pas correct. Même ce connard d'Alex, même dans les pires moments, il passait un petit coup de fil après m'avoir baisée. Rien qu'un salaud.

C'était l'alcool, pas la came, qui pouvait servir d'excuse. Ainsi que différentes errances existentielles dont je ne me sentais pas le moins du monde comptable. Gaïl était chez moi comme une épave agressive. J'étais le dernier homme au monde capable d'accorder des circonstances atténuantes à son gros chagrin.

Je poussai Gaïl dans un coin, pris la Zubrowka dans le frigo, deux verres à moutarde propres sur la paillasse de la cuisine. Le temps d'un coup de fil au numéro des taxis G7, redescendis.

Lourcet et moi trinquâmes sur le trottoir. Il faisait de plus en plus froid. Après le cul sec rituel, je resservis une deuxième ration. Le taxi arriva. Nous lui offrîmes un verre. Il accepta, après avoir mis son compteur en marche.

Je pris un Polaroid de Lourcet, verre en main. Une nouvelle brève quinte de toux le secoua.

– C'était un bon moment. Je vous remercie.

Avec le taxi, il repartit vers la rue Blomet. Je n'étais pas certain d'avoir fait tout ce qu'il convenait.

Assis sur le bord du trottoir, je me resservis un verre. J'allais me lever quand le clochard vint s'installer. Pas tout près. À distance courtoise. Il était recouvert de loques nouées, entortillées, d'écharpes disparates. L'une de ses manches était attachée à son bras avec de la ficelle. Je distinguais à peine son visage. Voulait-il boire un coup ?

Il ne répondit pas, resta immobile. Je laissai passer un petit temps, renouvelai ma proposition. Sans plus de succès. Je m'approchai, posai le verre à côté de lui, le remplis, laissant là la bouteille, ce qu'il me restait de cigarettes.

Remontant vers chez moi, je croisai Carmen dans l'escalier. Elle venait aux nouvelles, en kimono. Elle avait repéré la catastrophe Gaïl, elle n'avait pas bien su quoi en faire. Sitôt de retour, étais-je déjà dans les emmerdes ? Elle s'amusait, aigre-douce.

– Pendant ton absence, on avait un peu perdu l'habitude des occupations de palier.

Je la rassurai, tout allait se calmer. Non sans raisons, elle me traita de présomptueux. Je souhaitai une bonne fin de nuit à Carmen, en me demandant pourquoi je n'avais jamais été amoureux d'elle.

Gaïl était toujours bêtement, obstinément là, vautrée dans le séjour. Elle avait déniché le bourbon. Faisant mine de ne pas avoir remarqué mon entrée, elle feuilletait le carnet de Katz, tout en avalant une gorgée d'alcool de temps à autre, directement au goulot.

– De tous les journaux intimes que j'ai lus, celui-ci est le plus merdique, le plus niais. Ce mec ne comprend rien à rien, il a des effarouchements de puceau. Il n'y a que cette pute de Mila pour lui prêter attention. Et Alex. Et toi.

Il était 4 h 10. Un argument comme un autre pour esquiver les débats alcoolisés. Je fus peu surpris de voir que Gaïl ne l'entendait pas ainsi. Elle haussa d'un brin le ton dans la véhémence, se leva.

– Je connais par cœur le fatras tartiné dans ce carnet. Je connais par cœur les gens que rencontre cet ahuri. Voilà des années et des années que je les étudie, que je les raconte. Même ceux qui n'ont pas connu Nadja. Ils me permettent de mieux la comprendre, de mieux savoir qui elle était. Des années que je tente de me mettre à sa place. Nadja ? Tu comprends ? Alex disait qu'il comprenait. Il mentait. Il mentait tout le temps. Comme toi.

Gaïl marchait forcément de long en large, agitée. Compte tenu du vaste espace de la pièce quasi vide, elle était à son affaire.

– Je suis certain que ce bouquin sera formidable.

– Menteur ! Tu sais parfaitement que je n'y arriverai pas. Je n'en suis pas capable. Des mois et des mois que je me rends compte que je ne suis pas à la hauteur. Avant, c'était à cause d'Alex. Maintenant, ce n'est même pas à cause de toi.

Aveu réconfortant. L'ennuyeux était la suite prévisible, encore un peu d'alcool, les pleurs, etc. Malgré les gestes brusques, le film de Gaïl se traînait. Il était 4 h 17.

– C’est que Nadja, c’est un peu plus compliqué que ce minable de Katz. Elle ne fait pas de petits poèmes, elle n’écrit pas des âneries à l’encre verte dans un carnet. Elle est magicienne, c’est une voyante. Elle ne trichait pas, comme tous les autres, comme Breton lui-même. Elle était pure.

Les larmes commencèrent à couler à peu près vers ce moment-là. Je ne me sentis pas capable d’esquisser le moindre geste de consolation. Même pas de faire semblant. Je n’avais pas le moindre Kleenex à lui donner.

– Il y a une chose que Nadja craignait par-dessus tout. Elle l’a dit à Breton dès la première rencontre, elle l’a répété plus tard dans des lettres. Elle ne voulait pas gêner. Une fois son rôle joué, elle disparaît. Moi non plus, je n’ai pas voulu gêner Alex. J’ai été patiente, discrète. C’est fini.

– Possible. En ce qui concerne les emmerdeurs, j’ai beaucoup donné. Pour moi aussi, c’est fini.

– Ce qui veut dire ?

– Qu’on reste bons copains.

– Tu me chasses ?

– Je te prie de prendre congé.

– Maintenant ?

– Tout de suite.

– Tu es un vrai salaud.

– Tu n’étais ni invitée ni annoncée. J’ai été plutôt courtois.

– La courtoisie ! Pas le plus petit bout d’amour ? De compassion ? D’intérêt ?

– Je te demande de partir.

– Je suis à bout. Tu dois m’aider.

– Un autre jour, peut-être.

De manière assez surprenante, Gaïl se laissa reconduire vers la porte. Avant de franchir le seuil, elle se retourna vivement, calmée. Inquiétante pour la première fois.

– Ne te rassure pas trop avec l'idée que cette nuit je suis saoule. Ou dans une mauvaise passe. Ne va pas croire non plus que je me prends pour Nadja. Je ne t'aime pas. Tu n'es pas aimable. J'ai bêtement cru, dans ma petite solitude, que toi, venant de là d'où tu viens, tu pouvais être attentif, réconfortant. Rien que cinq minutes, sans te compromettre. Sans chercher à évaluer si je faisais un cirque ou pas. Je sais que tu es convalescent. Ce que je viens de découvrir, c'est l'ampleur de ta maladie. Elle remonte à bien avant ta détention.

Gaïl ferma la porte derrière elle. Il était 4 h 34.

À 5 heures précises, je frappai chez Solveig.

Elle dit qu'elle dormait, qu'elle m'attendait, puisque c'était prévu ainsi, n'est-ce pas ? Je n'avais qu'à entrer.

– Par là. Installez-vous. Il n'y a rien ici qui puisse vous dépayser.

Rien, non. L'appartement de Solveig, ce que je pouvais en voir, était à peu près aussi vide que le mien. Refait à neuf depuis pas très longtemps, de façon parfaitement impersonnelle. Pas de meubles, et, plutôt qu'un vieux parquet, une moquette confortable. Des livres étaient empilés aux coins de la pièce, pas en très grand nombre.

Solveig était vêtue d'un seul T-shirt blanc qui lui descendait jusqu'à mi-cuisse, assez pudique après tout. Elle semblait un peu hésitante sur la conduite à tenir. Elle s'assit, adossée au mur, cala sous elle quelques coussins. La lampe halogène qui était le seul éclairage de la pièce était à son plus bas niveau d'intensité.

J'allai ouvrir grand les fenêtres.

– D'un côté, notre décision de prendre un rendez-vous remonte à plusieurs heures. Depuis, vous avez pu changer d'avis, moi aussi. Donc je me suis endormie. D'un autre côté, je vous attendais, c'est incontestable. Il y a de la vodka au frais, une cartouche de vos Gauloises préférées laissée quelque part. J'ai changé les draps.

Je voulais bien de la vodka. Solveig aussi. Une fois le service fait, elle continua :

– J'aurais pu vous chercher dans Paris. Une des hypothèses possibles était que vous soyez rue Gît-le-Cœur. J'ai été assez paresseuse. Je me suis contentée de téléphoner. Vous y étiez passé, vous n'y étiez pas. C'est donc que vous suiviez Katz. Ou une femme. Mais vous n'avez pas d'autre femme que moi en ce moment. Alors Katz. J'ai beaucoup réfléchi, je n'ai pas trouvé. J'ai même cherché à rêver, à vous localiser dans le sommeil, je n'ai pas pu. Vous étiez avec Katz ?

– Presque.

– Donnez-moi de ses nouvelles.

Solveig parlait comme on se parle au réveil, au sein d'un petit couple, alors que chacun n'a pas pu informer l'autre des choses tant soit peu importantes, la veille. Elle parlait de mémoire, dans le semi-coma du petit matin à venir.

Solveig était démaquillée, les paupières encore un peu bouffies. Sans conviction ni manières, elle tentait de mettre un peu d'ordre dans sa chevelure. Ce qui consistait à l'ébouriffer un peu plus. Son T-shirt était une vraie chemise de nuit.

Elle voulait des nouvelles de Katz ?

– Oui. Sans ce jeune homme, l'intérêt qu'il convient de lui porter, je ne vous aurais pas offert cette montre. Vous l'avez désormais en poche, n'est-ce pas ?

Et :

– Il n'y avait rien de prémédité. Cadeau spontané. Parce qu'il vous va très bien. Dans un tout autre genre, il m'a donné l'idée d'un article. Une chose anecdotique, assez amusante à rapporter puisqu'il paraît, décidément, que la fièvre monte à Prague. Dans cette ville, au Château, qui est le lieu du pouvoir, en haut de la colline qui surplombe la Vltava, il n'y a pas de pendules. Pas une seule ! Dans aucune salle. Ce fait m'a été rapporté par bien des amis. Comme si le temps n'avait pas d'importance, arrêté, figé dans le socialisme réel. J'ai écrit quelques lignes là-dessus, à propos des événements récents. Des nouveaux horlogers qui envahissent les rues se font matraquer avec un bel héroïsme, parce qu'ils veulent mettre les pendules à l'heure sans comprendre qu'il n'y a pas de pendules. Votre ami Marc, monsieur le directeur, a beaucoup apprécié. Et vous ?

– Je suis avec Katz, à rebours, très modestement.

– Je vous attendais et je dormais. Peut-être pourrions-nous dormir ensemble ? Moi d'abord. D'ailleurs, vous allez me raconter une histoire. Venez. Avec le carnet. Si vous voulez.

La pièce que Solveig avait choisie pour chambre était relativement spacieuse, elle donnait sur la rue, fenêtre ouverte, sans rideaux. Elle n'était occupée que par un lit et par une panière en osier. Le lit était imposant, avec des montants de cuivre à la tête et au pied. Un lit pour fantasmes divers. La panière était pleine de livres. La lumière était diffusée par une seule lampe, assez moche, avec bricolage d'abat-jour monté sur une vieille bouteille d'eau de Seltz bleutée.

Solveig apporta un seau empli de glace frappé du sigle *Veuve Clicquot*. Elle y cala la Zubrowska, posa un verre ballon. Je m'assis sur le rebord du lit. Ne manquait plus qu'un chat.

Elle se glissa dans le lit. Se faisant, peu importe qu'elle me laissât fortuitement entrevoir un peu de ses fesses. Elle se nicha, les yeux clos. Disposée au sommeil.

– Raconte.

– C'est encore un jour non daté.

– Prenons acte que, malgré sa volonté de tout dire, Katz reste très imprécis. Où en est-il, rappelle-moi.

Où ?

Les notes frustrées abondaient. Couvrant plusieurs jours. Mila est toute à son installation, rue Lacretelle. Elle nargue Katz, lui interdit de la visiter. Il ne fait que citer ses propos, presque sans commentaires.

Elle dit :

« J'aime bien ma nouvelle rue, je la découvre. Je crois que des gens importants y habitent. »

Solveig guida ma main vers son ventre, rien que son ventre.

Je continuai l'histoire :

« Mila arriva très en retard au café de la Nouvelle France, où nous devions nous retrouver. Elle n'avait pas besoin de mentir pour se trouver une excuse aux précédents rendez-vous manqués. Une petite cicatrice marquait le haut de son front, cousue de quelques points de suture. C'était laid, choquant. Elle m'assura qu'il n'y avait rien là de grave, un banal accident. C'était arrivé lors de son interminable déménagement rue Lacretelle. »

Récit. Mila portait une boîte, pleine de vaisselle. Une voiture l'avait heurtée, alors qu'elle traversait la rue. Un petit choc.

– Je suis tombée, en me disant que c'était bête, qu'il allait y avoir de la casse, je me suis cognée à je ne sais quoi, le bord du trottoir, un pare-chocs. C'était à la tête.

Je n'ai pas eu mal, je me suis un peu évanouie. Quand je suis revenue à moi, j'ai su que j'étais blessée, je sentais le sang qui se répandait, je savais que c'était sale, je ne bougeais plus, je ne voulais pas. Il y avait du monde autour de moi. Des gens inquiets, tout près, je sentais leur haleine. Des voix disaient qu'il fallait se reculer, pour que je puisse respirer. J'ai pensé que j'allais mourir. Une idée calme. Une certitude. D'autres voix disaient que ce ne devait pas être grave, pas grave du tout. Je ne sentais rien. Je ne pouvais qu'entendre toutes ces voix. Parmi elles, l'une était différente. Parce qu'elle était très douce, qu'elle avait un accent. Je n'y connais rien, aux accents. Je crois que c'était un Russe. On m'a dit que beaucoup de Russes habitent le quartier. Des Russes de toutes sortes, des tsaristes, des bolcheviks. Celui-là était gentil. Je l'ai vu. Plutôt jeune, la trentaine, une tête un peu ronde, avec des cheveux bouclés, des yeux bleus un peu tristes. Il était inquiet de ce qui m'était arrivé, cet accident. Il était aussi ennuyé d'être là, témoin. Il répétait, très vite, très affolé, que ce n'était rien, que je n'avais rien de grave. Juste un petit choc. Un accent russe, pas de doute. Cet homme n'était pas le conducteur de la voiture coupable. Rien qu'un passant. Un étranger.

Mila, corps étendu. Elle raconte qu'elle sent qu'on la touche, qu'on ouvre son chemisier. Elle sent la dureté du macadam dans ses reins, ou bien ce sont des pavés. Contact, elle le dit, qui ne lui déplaît pas. Mila se sent morte, se laisse aller à ce mime. Il y a cette voix.

Douce, persuasive, il faut essayer de se lever, ne pas céder.

– Le sang coulait, je le sentais bien, sur ma tempe, mon cou. Il avait une odeur, il se figeait. La voix de cet homme était bienveillante et gênée. L'accent tellement prononcé. Absolument russe, plus je l'entendais.

Mila, petite fille, insistait beaucoup sur les cheveux bouclés, le visage d'ange.

Puis elle en eut assez de ce fait divers. Elle se leva. Un hôpital était tout proche où l'on pouvait la soigner. Elle pouvait s'y rendre seule. Alors on se rendit compte que le conducteur fautif n'était plus là depuis longtemps. Parti, enfui.

Mila tenta d'essuyer le sang, sur le front. Sans insister.

L'homme à l'accent dit qu'il était là par hasard, mais qu'il voulait bien témoigner, si cela était indispensable :

– Si cela peut vous être utile, j'ai tout vu. Je m'appelle Sedov. Liova Sedov. Léon, dans votre langue. J'habite un peu plus haut, dans cette rue. Vous comprendrez que je ne souhaite pas trop avoir affaire avec la police. À vous d'évaluer le type de démarche que nécessite la reconnaissance de vos droits.

Sedov !

Mila comprit aussitôt, un peu stupéfaite, qu'il s'agissait du fils de Léon Trotsky. Elle avait déjà lu son nom dans les journaux, dans des titres très hargneux. Les journaux que lisait Félix.

Elle confie à Katz :

– J'ai trouvé cela fou, qu'il se présente ainsi, de cette manière un peu cérémonieuse. Tellement imprudent, tellement gentil.

Solveig ne dormait pas encore. Elle ne faisait même pas semblant. Je lui racontai la suite. Liova n'était pas seul. Un ami l'accompagnait. En tout cas, quelqu'un susceptible de le prendre assez fermement par la manche pour le dégager du petit attroupement.

– Cet ami avait l'air mécontent, contrarié de l'incident. Ils disparurent.

Solveig se cala encore un peu mieux au milieu des coussins épars sous la couette, se cherchant la position confortable idéale.

Au crayon, de manière très fine, il y avait une petite mention manuscrite au bas de la page du carnet. Un simple nom. « Marc Zborowski ». C'était l'écriture d'Alex.

– Qui est-ce ?

Zborowski ? Je n'y avais plus pensé depuis longtemps. C'était une petite information glanée dans quelques bouquins ou brochures, recueillie en écoutant de vieux militants, coincée dans les replis de ma mémoire. Zborowski avait été longtemps le plus proche collaborateur, l'ami de Liova Sedov. Il assumait des fonctions importantes, la plupart du temps très confidentielles et sensibles, dans le mouvement trotskyste.

– Ensuite ?

– Des années et des années plus tard, en 1955, alors qu'il était aux États-Unis, c'était le temps des enquêtes maccarthystes, on a appris que ce Zborowski était un agent stalinien, qu'il travaillait avec la Guépéou, très efficacement. Il a donné pas mal de détails sur ses activités d'avant-guerre.

Pas trop. En pleine guerre froide, les lointaines activités d'un agent infiltré dans les rangs de la IVe Internationale n'avaient que médiocrement intéressé les tribunaux américains. Trotsky était mort depuis longtemps, la IVe Internationale n'était plus un péril.

– Zborowski vit toujours ?

– À ma connaissance, oui.

Il s'était trouvé un job dans une quelconque université californienne. Je ne savais plus où j'avais appris ces choses-là. Je les savais, c'est tout.

C'était bien cela le problème, riche en dérapages, que me posait le carnet. À la lettre, il ne m'apprenait pas grand-chose. Ses naïvetés étaient aussi sympathiques que considérables. Pour le monde que Katz évoquait au jour le jour je n'avais pas eu une seule pensée durant tous les jours et nuits de ma détention. Sauf lorsque la logique de l'almanach l'exigeait.

J'en étais donc là. Un verre de vodka à la main, soucieux d'une dernière vodka de plus, assez heureux – pourquoi pas ? – avec Solveig tout près, proche même, qu'il n'était pas inconcevable d'aimer.

Ou alors, il convenait de partir, écrire un petit mot éventuellement drôle, relançant même la mise – exercice bien connu –, traverser l'appartement, éclairé désormais de la seule lueur de la rue. Très peu de gestes à faire, rien que quelques pas. Solveig dormait. J'étais certain qu'elle entendrait la porte se fermer.

Je m'allongeai.

J'étais fatigué. Solveig bougea à peine, un peu. La confusion allait de soi. Je n'ai jamais su déterminer comment, dans ma vie, elle s'installe.

Il y avait la fenêtre ouverte, sur la rue. J'y étais. Ce n'était plus du tout la rue Rambuteau.

Le mur, à droite, était inquiétant, très haut. Derrière, un autre monde, le silence. Je pouvais m'en accommoder. Quitte à en ressentir un peu de gêne, sans plus. Il m'était arrivé d'aller de l'autre côté. Quand, comment ? Je ne me souvenais plus bien. Des frontières, des ruses, des faux papiers. Tout en rêvant – je savais bien que je rêvais –, j'étais dans le vrai. Entre le mur interminable, jusqu'à l'horizon, et les immeubles, toutes leurs fenêtres étaient grossièrement aveuglées de briques, il y avait une assez large voie. Un *no man's land.* Avec çà et là des statues très identifiables, des choses venues de Chirico. Pas très belles, massives. Je fis quelques photos. Histoire de prouver plus tard que j'étais passé là. La chaussée était sale, défoncée, parsemée de détritus. Un lourd vent tiède faisait voltiger de vieux journaux. Je persistai à longer le mur. Il suintait d'humidité, de crasse. Par endroits, il était étoilé d'impacts de balle.

Plus loin, beaucoup plus tard, je découvris sans surprise des dizaines, des centaines de photos Polaroid fixées dans le ciment. Nul besoin de les examiner, j'en étais l'auteur. Le vent les agitait. Certaines s'envolaient, allaient se perdre dans la désolation ambiante, grise et jaune. Je croisai une patrouille. Les hommes en armes marchaient lourdement, accablés de fatigue. Ils ne me prêtèrent aucune attention, sauf un qui me demanda l'heure. Je fus incapable de le renseigner, ne parvenant pas à comprendre les indications que donnait ma montre. Je compris alors que j'étais en retard. Il aurait fallu courir, faire vite. J'en étais incapable. Je me retrouvai pourtant dans une galerie couverte, un passage très sombre aux multiples ramifications. Cet endroit aussi était dans un grand état de délabrement. Un plan était affiché, près de l'entrée d'une des nombreuses et obscures cages d'escalier. Je ne parvins pas à le déchiffrer tant il était recouvert de poussière. L'inquiétude de ne pas être à l'heure se fit plus forte sans pour autant se faire angoissante. J'avais la certitude d'être à l'abri d'une catastrophe, d'un cauchemar, je n'en fais jamais. Sans transition je me trouvai pris dans une foule. La galerie était peuplée de gens pressés, se hâtant sans bousculade. À cause du très chiche éclairage verdâtre des lampes à gaz, je distinguais très mal les visages. J'avais la conviction que Solveig était là, parmi ces gens, que j'allais la manquer. J'avançai péniblement, à contre-courant. J'étais désorienté, plutôt satisfait de l'être. Puis il y eut une rumeur, des cris, à l'extérieur. Une manifestation. Il m'était impossible de la rejoindre, la galerie n'avait plus d'issues visibles. Ses murs se doublaient maintenant d'échafaudages qui réduisaient encore l'espace de la circulation, le rendait même, mais sans menaces précises, dangereux. J'étais de plus en plus persuadé de la présence de Solveig. Seulement alors, je réalisai que je n'avais pas pris le carnet de Katz avec moi, que c'était une erreur. Je me retrouvai enfin dehors. La tour Saint-Jacques était toute proche, mais je savais aussi que je n'étais pas à Paris. Il faisait nuit, les rues étaient vides. À gauche, les maisons étaient étroites et minuscules, presque des maisons de poupées. Aucune n'avait plus d'un étage. J'entrai.

Il faisait toujours nuit. La fenêtre vers la rue était toujours ouverte. J'étais en Solveig. Assise sur moi, elle remuait doucement, les yeux clos, souriante.

– Quand un homme rêve, il bande. Toutes les femmes savent ça. Comme j'étais dans ton rêve, j'ai eu le droit d'en profiter.

– Comment le sais-tu ? D'ailleurs, tu n'y étais pas.

– Si. Tu ne m'as pas assez cherchée. Moi, je t'ai trouvé. Laisse-toi faire.

C'était son plaisir à elle qu'elle voulait d'abord, le menant à sa guise, méthodiquement. J'y trouvai plus que mon compte.

Ce rêve à peine vécu, je ne m'en souvenais plus très bien. Le mur, la galerie, etc. Je me raccrochai pour le reconstituer à des images déjà connues, parcourues.

On était le vendredi 1er décembre, au Soubise, rue Rambuteau. *Le Soir* titrait sur la rencontre à Rome, la veille, entre Gorbatchev et Wojtyla. Dans les autres titres, on pouvait apprendre que le patron de la Deutsche Bank avait été tué dans un attentat à la bombe, que le nouveau gouvernement tchécoslovaque avait annoncé le démantèlement immédiat du rideau de fer à sa frontière autrichienne et demandait l'ouverture de négociations pour le retrait des troupes du pacte de Varsovie. Solveig haussa les épaules.

Katz attendit quelques jours avant de parler à Mila des photos confiées par Man Ray. Jusqu'au 5 février, le carnet ne mentionnait que des activités strictement politiques : réunions de cellule, passages fréquents au local du POI, Parti ouvrier internationaliste, rendez-vous avec Camille dans des cafés de Montparnasse. Les relations avec Blaise étaient qualifiées d'un seul mot : « exécrables ».

« J'ai les plus grandes difficultés à me rendre aux réunions du groupe surréaliste. Blaise semble prendre un malin plaisir à me confier des tâches, le plus souvent insignifiantes, à l'heure des rendez-vous. La plupart des copains de la cellule ne partagent pas son sectarisme à l'encontre des surréalistes. Sans avoir lu le moindre de ses textes, ils considèrent que Breton est un allié commode, voilà tout. Il m'est difficile d'évoquer avec les camarades les tâches supplémentaires qui me reviennent du fait des traductions pour le Secrétariat international. Elles doivent rester discrètes, sinon clandestines. De toute façon, il est visible que tout le monde est épuisé, accablé par l'activisme militant qu'exige notre minuscule parti. »

Katz concluait comiquement : « Le pire serait que je leur annonce qu'en plus je suis amoureux ! »

Il se résolut à transmettre les photographies à Mila. Cela se passait rue Lacretelle. Elle feignit la surprise :

– J'avais complètement oublié, figure-toi. C'est Hans qui va être content.

– Hans ?

– Un Allemand, réfugié à Paris depuis le début de l'année. À cause de toutes ces histoires en Allemagne. Toi qui fais de la politique, tu dois être au courant.

Le samedi 5 février, Katz avait également noté : « Hitler vient de s'attribuer le commandement de toutes les forces armées du Reich. Keitel devient ministre de la Guerre. Ribbentrop est le nouveau ministre des Affaires étrangères. Les convictions nazies de son prédécesseur Neurath n'étaient pas assez fermes. Ce régime est chaque jour plus inquiétant. »

Katz savait se souvenir de cette petite phrase de Trotsky, qu'il servait parfois à Blaise lorsqu'il devenait trop agaçant : « L'homme ne vit pas que de politique. »

– Ce Hans, c'est ton amant ?

Mila éclata de rire tout en étalant les photos sur la cretonne de son lit.

– Pas lui. C'est simplement un ami de Man, qui dit que c'est un grand peintre. Je n'en suis pas certaine. La seule fois que je suis allée chez lui, il était occupé à fabriquer une espèce de grand jouet. Une poupée.

Katz montra les photos d'un geste désabusé.

– Pour peindre, pour ses jouets, il a besoin que tu fasses ça ?

Mila se figea. Elle n'était pas furieuse, ni même ironique. On peut imaginer qu'ayant senti venir Katz elle avait mûrement prémédité ce qu'elle avait à dire.

– Tu es choqué, camarade révolutionnaire ? Une gentille petite femme ne prend pas des poses pareilles. Elle ne se fait pas photographier ainsi ? Tu penses quoi ? Que je suis une pute ? J'en suis une, à l'occasion. Au Sphinx, parce que je peux y choisir mes clients. J'ai des amants. Moins qu'on le croit. La moitié de tes bons amis poètes m'ont vue à poil dans les ateliers. C'est un métier. Ils n'ont pas intérêt à se permettre une parole déplacée. Je crois que ça ne leur viendrait pas à l'idée. Je connais à peine Hans, je le connais bien moins que toi. C'est toi que j'aime, pas lui. Mais tout le temps qu'il demandait à Man de faire cette photo, et puis celle-là, qu'il m'expliquait très gentiment, très exactement ce qu'il voulait, de quelle façon la corde devait me déformer les seins, le ventre, les fesses, tout le corps, me remodeler comme une sculpture, je sentais sa passion. J'étais fière et heureuse de la partager. Il faut que tu comprennes cela, petit Katz, lorsque je sens une vraie passion, je suis prête à tout pour l'accompagner. Ne l'oublie jamais.

– C'est une menace ?

– Un aveu. Je suis en train de te choisir, crétin. Et tant qu'à les avoir faites, j'aimerais autant que ces photos t'aient excité.

Ce jour-là, Katz, qui n'en demandait peut-être pas tant, se fit pratiquement violer.

Les choses se passèrent avec une certaine méthode. Sur le coup, la logique de cette dernière m'échappa.

La nuit tombée, j'avais éprouvé le besoin de me rendre à nouveau dans le XVe arrondissement. Katz était partiellement un prétexte. Entreprendre de traverser Paris, le faire réellement, sur le moindre coup de tête, ne pouvait que contribuer à ma réurbanisation. Je descendis les étages, la bicyclette sur l'épaule, puis je me mis en route.

La rue Lacretelle n'avait rien de particulier à me dire. Seul Katz (et éventuellement Sedov) pouvait m'empêcher de la considérer comme l'une des moins attrayantes de Paris. Pourtant, j'y étais bien. Avec ce sentiment grisant, puissant, malgré le peu d'indices tangibles, que « quelque chose s'était passé là ». J'y restai peu de temps. Bien conscient qu'il me faudrait revenir. Je repassai devant la librairie Faible. Le rideau de fer était baissé, aucune lumière dans l'immeuble. Ici, je m'attardai plus. Katz avait utilisé ces lieux. Je tentai d'imaginer ses rendez-vous, ses engueulades avec Blaise. Sans trop de succès. Je voyais mal Katz. Sa manière de marcher, de parler. Ses hésitations, puisqu'il devait hésiter souvent, et ses brusques embardées, ses éclats de gamin en mal d'initiation, rétif aux leçons qu'on voulait lui donner.

La survivance quasi miraculeuse de Blaise brouillait les reconstitutions tranquilles. Qu'il le veuille ou non, le vieux devrait tout me dire. Lui seul, pour le moment, pouvait me parler de Katz. Insidieusement, c'était devenu une affaire vitale. Avec tous ses à-côtés.

Le visage, le corps de Blaise avaient été cassés. Par qui ? Comment ? Assis sur le trottoir, devant la librairie fermée, je me posai pour la première fois la question. Dans quelles conditions ? À quoi ressemblait ce type à l'époque des faits et des coups ? Blaise n'était pas une des clés de l'énigme. Il faisait partie de l'énigme. Je redoutais confusément la simplicité de la solution.

Je ne cherchais rien, cette nuit-là. J'étais à peine en repérage. Il me suffisait que les lieux redeviennent habituels. Je me dirigeais donc, petit crochet avant le quai de Jemmapes, vers le passage Dubail.

Il donne sur le boulevard de Magenta, près de la gare de l'Est. Le local du POI occupait le numéro 15. Je posai la Raleigh. Comme toujours, il faisait sombre.

C'était un de ces passages comme il y en a tant aux périphéries est et nord de Paris, avec de gros pavés et de modestes manufactures. Par tradition, les imprimeurs s'y installaient volontiers. Depuis 1938, le décor avait subi quelques modifications, pas trop. De petites bâtisses modernes, pas vraiment laides, jouxtaient de vieux édifices délabrés, briques noircies, ferrailles, fenêtres rendues opaques par la saleté.

Katz venait souvent dans ce recoin pour ses affaires militantes. Prise de tracts, de journaux pour les ventes de rue, réunions. Où était le local du POI ?

Où était le 15 ? Impossible de trancher. Il faisait trop nuit. Peut-être ce truc récent, pas moche. Cette façade vieillotte maintenue en l'état n'était pas à exclure. La numérotation du passage, mal définie, laissait ouvertes toutes les suppositions. Seule chose sûre, le pavé était le même. Je marchais à petits pas, sensible aux tentations qu'avaient mes chevilles de se tordre. Je ne sentis rien venir.

D'abord, un rude coup sur la nuque, puis, comme je me retournais, un coup de poing en plein visage. À partir de là, je ne vis plus rien. Le type savait cogner, son acharnement était précis. Mes gesticulations ne me permirent d'éviter ni le direct au plexus qui me plia en deux ni le coup de pied balancé dans les couilles. Je hurlai. L'agresseur s'acharna durant d'interminables secondes. S'interrompit, miraculeusement. Je restai roulé en boule, crispé dans la souffrance, les avant-bras meurtris tentant de protéger ma tête. Quelques coups encore, presque indolores. Je perdis connaissance. Plus ou moins.

C'était une parade rodée, un réflexe d'autodéfense. Une capacité d'abstraction. Livré aux mains de cogneurs pas trop excités, elle permettait un vrai répit. Le moindre seau d'eau pouvait l'interrompre. Passage Dubail, à Paris, on n'en était pas là.

Je ne sais pas combien de temps il me fallut pour revenir à moi. Reprenant peu à peu mes esprits, j'évitai tout mouvement. Je n'étais plus qu'une masse de douleur sourde que le moindre geste ravivait. J'avais froid.

À ce que je pouvais discerner, aucune fenêtre n'était allumée dans le passage désert. Avec d'infinies précautions, je cherchai une cigarette dans ma poche, l'allumai. Les doigts au contact des lèvres, je réalisai que j'avais abondamment saigné. Qu'importe si respirer me faisait mal. Je craignis de partir de nouveau dans les pommes.

Je pensai alors à la Raleigh, abandonnée quelques mètres plus loin. Je ne voulais pas qu'on me la vole. Cette crainte un peu déplacée me poussa à me ressaisir. Lentement, très lentement, en grimaçant, en geignant, je m'astreignis à faire bouger mes bras, mes jambes engourdies. Rien n'était cassé. Sauf peut-être une côte ou deux. Je réussis à m'asseoir. Me lever demanderait un peu plus de temps.

À l'époque de Katz, de ses camarades du Parti ouvrier internationaliste, ce passage avait dû connaître des épisodes agités. Bagarres avec les bandes fascistes et, plus fréquemment encore, staliniennes. À l'endroit même où j'étais, tentant de sortir de mon abrutissement ? C'était vraisemblable. La correction que je venais de subir s'enracinait dans cette intimité grandissante que j'entretenais avec Katz.

Une fois debout, la tête me tourna. Je dus rester un moment appuyé contre un mur. Au terme de plusieurs minutes, je décidai que maintenant c'était assez, que l'épisode était clos. Personne n'avait touché à la Raleigh.

J'ignore comment je parvins à rentrer quai de Jemmapes. Je le fis, c'est tout. Pis, y ayant mis un absurde point d'honneur, je réussis à grimper mes étages, la bicyclette sur l'épaule, avec son poids infini, marche après marche. La porte poussée, la seule réalité à prendre en compte était que Radek et Bastille avaient faim. Nos conventions stipulaient depuis toujours qu'en cas de virée nocturne de ma part, mon retour donnait droit à un rab de cantine. Je n'avais rien à redire à leurs revendications. Une fois qu'elles furent satisfaites, je tombai sur le matelas et dormis comme un sac.

Bien que psychanalyste, Carmen était aussi, à heures perdues, une vraie toubib. Elle m'examina convenablement, répertoria les hématomes, les bleus, les plaies. M'entendant grogner sous ses attouchements professionnels, elle diagnostiqua trois côtes un peu fêlées et me fit un bandage. Le reste se guérirait facilement avec quelques onguents. Pas la peine d'aller chez le pharmacien. Carmen avait des échantillons.

– Une hystérique qui débarque, des vodka-parties sur le trottoir de l'immeuble, un type qui te flanque une avoine dans un coinstot bizarre, des photos qui prolifèrent sur ton mur. Le médecin que je suis en conclut que, dans ta catégorie, tu vas plutôt bien.

Samedi 2 décembre, je n'avais qu'une seule chose à craindre de Carmen. Qu'elle décide un jour de ne plus habiter l'étage au-dessus du mien.

Un message était sur le répondeur, la voix de Solveig :

« Quelque chose ne va pas. La nuit, les rêves, les rues, la baise heureuse, le café noir du matin dans les bistrots sympas, les petits verres, on connaît. C'était programmé, prévisible dès la première minute, chez toi. On a fait le travail, nos danses des sept voiles. Et maintenant ? »

Maintenant ? Elle continuait :

« Je suis absente ou occupée. Je lis les journaux comme tu lis ton carnet. Nous avons à faire, sur nous-mêmes. Prenons de nos nouvelles, à l'occasion. »

Le plus bel âge de la vie

Dans la boîte à lettres, il y avait un petit mot. Une feuille de cahier pliée en quatre : « Peter Levine est à Paris. C'est mon père, tu te souviens ? Il a connu ton ami Katz. Nous pourrions dîner un soir ensemble ? »

Abigaïl proposait le dimanche 3 décembre. Chez elle, rue de Buci.

Il faisait froid et sec. De l'autre côté du canal, les fenêtres closes de la Grisette me firent une impression plus mauvaise encore qu'à l'accoutumée. Je passai au kiosque.

Ce n'était pas le vendeur habituel. Son remplaçant était tout aussi rouquin, bien plus jeune. Son fils. La bouille ronde tenait de l'hérédité.

– Je remplace. Mon père fait des démarches.

– Des ennuis ?

– Ça dépend. Avec le bistrot qui ferme, faut bien trouver un autre emplacement pour vendre les canards.

– Qui est-ce qui ferme ?

– Vous n'êtes pas au courant ?

La Capitale, c'était fini. Fermeture à la fin du mois. À la place ? Le bruit courait de l'installation d'un McDo. Un restau branché n'était pas à exclure. Ou un marchand de sapes ou de machins électroniques. Ce genre de commerces prenait bien, dans le quartier. En tous les cas, plus de place pour le petit commerce des gazettes. Alors le père était à la recherche d'un nouveau coin. Pas facile. Le môme faisait l'intérim. Vu qu'il était au chômage, ça l'occupait.

– Dites, monsieur ?

– Oui ?

– C’est pas pour vous offenser mais, avant de vous relâcher, ces fumiers de là-bas vous ont sacrément arrangé.

– Pas eux, gamin. Paris est aussi une grande terre d’insécurité.

Plus tard, un reflet dans une vitrine me confirma qu’après le round du passage Dubail, j’avais une très sale gueule.

Exit, la Capitale, la Grisette ? Il y avait encore quantité de choses à imaginer pour dézinguer complètement ce coin. Enlever le buste de Frederick Lemaître. Le remplacer par une œuvre d’Ipoustéguy ou de César. Raser le hall du Gibus et les immeubles mitoyens afin d’y installer un quelconque Megastore. Il n’y avait qu’à se servir, laisser la bride sur le cou aux banques, aux branques et aux jeunes gens modernes.

On pouvait aussi ressortir des cartons de la Ville un vieux projet abandonné dans les années soixante et transformer le canal en voie express, façon grand canal de Venise rêvé par Marinetti.

Je renonçai à pousser jusqu’à la place de la République. Je pris le premier zinc venu. Les journaux m’apprirent que, la veille, le Parti communiste tchécoslovaque avait reconnu, très solennellement, que l’écrasement du printemps de Prague avait été une « erreur ». Cette information était en page 18 de *Libération*, en page 20 du *Soir*.

Fugitivement, je me demandai ce qu’était devenue Marine. Nous ne nous étions jamais revus après le 21 août. Il y avait un juke-box dans le rade. Je mis le premier Gainsbourg venu et partis avant qu’il s’enclenche.

Laurent faisait les cent pas devant chez moi. L'ordre des choses.

– D'habitude, vous vous annoncez.

– Vos stigmates me confirment qu'il était urgent de prendre de vos nouvelles.

Mauvais temps oblige, il avait opté pour le trench froissé, façon Bogart. Un homme de *look*. Laurent avait l'air content de lui, content du monde et – pourquoi pas ? – content de moi. Son côté touchant était de se croire utile. Nous montâmes.

Dans mes murs, il embraya très vite. Se permettant quelques hausses de ton.

Oui, il venait aux nouvelles. Sans exagérer la gravité de l'incident, ce qui m'était arrivé passage Dubail n'était pas si ordinaire.

– Un tabassage en règle, assez féroce, très professionnel si j'en juge par rapport à mon expérience limitée, certes. Dans un coin où vous n'avez, cher Victor (il insista sur le « cher Victor »), aucune routine. Que cherchiez-vous ? Qui vous a trouvé ? Il y a de quoi s'interroger.

Je dis :

– Comment savez-vous tout cela ?

Je pensai : Je veux encore sentir Solveig sur moi. Entendre son halètement, toucher ses frissons dans l'abandon du froid de la rue. La revoir. Comment ?

– Passage Dubail, j'étais présent, naturellement.

C'était un autre genre de coup. Au plexus, à l'estomac ou ailleurs. J'encaissai. Le flic continua, tout sourire.

– J'y étais, j'ai tout vu. Je vous ai accompagné durant tout votre périple. C'est lorsque vous vous êtes éloigné de la librairie que j'ai constaté que je n'étais pas le seul à m'intéresser à vous. Pourquoi s'intéresse-t-on à vous, Victor ? Votre suiveur était en voiture, comme moi. Il est très extraordinaire de constater à quel point vous êtes indifférent à tout ce qui est automobile. C'est très imprudent.

– Qui me suivait ?

– Je l'ignore. Je n'ai pas pu le voir de près. Quelqu'un d'habile qui n'a fait de vous qu'une bouchée. Ah ! je sens poindre votre indignation. J'ai laissé faire, je ne suis pas intervenu. Pourquoi l'aurais-je fait ? Ce garçon n'en voulait pas à votre vie. Votre situation était pénible, pas dangereuse. Un règlement de comptes entre personnes privées. Aucun tapage public. Pourquoi intervenir dans vos petites affaires ? Je vous agace assez en les observant.

Laurent en était là de son numéro. Se passa alors quelque chose de divertissant. Tout content de ses effets, il se leva, flatta les chromes de la Raleigh, poussa du pied le fragment de mur de Berlin. Il se pencha enfin sur ma petite exposition murale. C'était indiscret. Il observa, se figea.

– Ce croquis, c'est quoi ?

Pas grand-chose. Un plan recopié d'après le carnet de Katz. Je pris la peine de détacher la feuille, de la confier à Laurent. Éventuellement, ce pouvait être à moi de pérorer.

– Ces noms de rues, de lieux, vous les connaissez, vous les avez beaucoup étudiés. Ils ont mis en échec vos ordinateurs. Ils sont liés à l'Exposition internationale du surréalisme, de janvier 1938. L'une des plus belles, des plus fortes expressions du groupe. Un petit jeu. Une ville pour rêver.

– Vous le savez depuis quand ?

– C'est dans le domaine public. Culture générale, si vous préférez.

La rage, Laurent savait la contenir. Il était plus difficile de dissimuler son humiliation. Malgré son bronzage, il blêmit. Les commissures crispées.

– Parfait. Je n'ai pas su identifier l'origine de cette liste, c'est entendu. Cela vous permet de jouer les fins lettrés, rien à redire. Il n'en reste pas moins qu'elle a pu servir à construire un code secret. Pourquoi Alex se serait-il intéressé à une pareille vieillerie ?

Se sentant en déroute, Laurent tentait de se ressaisir. Alex et moi avions été sinon complices, du moins de connivence. Cela remontait sans doute à très loin. À de très vieilles connexions qu'il finirait bien par mettre au jour. La brute du passage Dubail avait sa technique. Laurent ne la dénigrait pas.

– C'est affaire de circonstance, d'objectif à court terme. En ce qui vous concerne, je pense qu'il y a d'autres moyens.

– Que le tabassage ?

– Certainement.

Ça se discutait. À mon avis, le moment était venu. Pas par goût de la violence. Laurent était une tête à claques. Mon premier geste, puis l'autre furent maladroits, très rudes mais brouillons. Je n'ai pas l'habitude. Laurent fléchit. Il n'avait rien prévu. Accusa la gifle de rigueur, puis le coup de genou dans les couilles. C'était ce qui m'avait fait le plus mal, pardi, lors du petit spectacle que je lui avais offert, la nuit d'avant. Il était juste qu'il ait une exacte connaissance des dangers du métier. Je cognai, çà et là, assez rudement. Avec mes côtes fêlées, je ne m'acquittai pas mal de la tâche. Sans aucun savoir-faire, sans grande mesure. C'était excessivement malhonnête de ma part. Laurent n'était d'aucune manière en situation de riposter. Le moindre geste de lui contre moi, chez moi, lui était interdit. Il était là pour aider ma réadaptation. Tant pis s'il y avait des aléas.

Laurent se fit tas de viande meurtri.

– Ça vous va ? Vous vous sentez mieux ?

Pas tout à fait. Je l'esquintai encore un peu, le critère approximatif étant celui que j'avais évalué, passage Dubail. Ensuite, nerveusement éprouvé, je traînai le flic sur le palier. Il était lourd. Je le poussai, il roula. Carmen eut le tact de ne pas utiliser l'escalier tandis que je me livrais à ce ménage douteux.

La porte fermée, je repris le carnet.

Je le repris mais bien plus tard. Le temps de me remettre d'avoir commis ce geste salubre. Cet acte de luxe.

Je compris assez bien dans quelle difficulté se trouvait Alfred Katz, le soir du mardi 8 février.

Mila avait fait du mieux qu'elle avait pu. L'occasion était une sorte de pendaison de crémaillère, chez elle. Le vernissage de son petit appartement. Pour la première fois qu'elle était vraiment chez elle, elle avait voulu jouer franc-jeu et inviter en même temps, eux seuls, Alfred Katz et Félix. Elle avait bien organisé les choses, s'était chargée de toutes les courses, de toute la cuisine. Elle avait disposé quelques bouquets. De leur côté, ses deux hommes s'étaient faits beaux. Je me souvenais des vestons aux larges épaules, des revers de pantalon, des chaussures de daim évoqués par Lourcet.

Mila avait servi l'apéritif, du Cinzano. Félix avait cherché à mettre du liant, tout en marquant des points, mine de rien.

Il raconta des anecdotes sur sa journée de travail aux studios, à Joinville. Sa routine à lui. Ouvrier, au contact des grands. Ce jour, il avait vu Gabin – oui, comme je vous vois. Jouvet et Arletty, au bistrot. Trauner aussi était passé. Un drôle, celui-là ! Inquiet de ses décors. Se moquant du conforme, voulant du vrai.

– Vous verrez ce qu'il a fait pour *Hôtel du Nord*.

Tous les trois. Katz, sirotant son apéritif, grignotant des rondelles de cornichon, écoutant Félix dans sa gloire de larbin. Qu'avait-il de croustillant à raconter, lui, pour attirer l'attention ? Une journée au marbre, rue du Croissant ? Un contact un peu âpre avec Blaise ? Une interminable discussion très calme avec Camille, à propos de la concordance des temps, pour une traduction d'une résolution internationale – à laquelle Trotsky attachait la plus extrême importance ? Un passage rapide au Cyrano ?

Tout cela mis bout à bout, bien monté, avec des allusions convenables, aurait pu faire un plaisant propos. Katz ne savait pas y faire. Il se sentait plouc. Venu de Lille. De sa banlieue. À tort ?

Félix évoqua la situation en Espagne. Katz tenta de le contrer avec la préparation du nouveau procès de Moscou. Félix devait s'attendre à une attaque de ce genre. Il riposta par une citation qu'il présenta comme telle :

– « C'est un effroyable déballage d'ignominies que ce procès, que domine la figure de leur maître à tous, Trotsky, allié de la Gestapo, le saboteur international du mouvement ouvrier, dont le travail est si profitable à Hitler à chaque pas. » C'est ce qu'a écrit Aragon dans *Commune*. Je l'ai appris par cœur, à ton intention.

– Aragon !

– Parfaitement, Aragon. L'ancien ami des surréalistes. Voilà un bon exemple de lucidité politique.

– Un pitre doublé d'un larbin !

Mila les fit taire. Ce soir, on ne parlait pas politique. Ils promirent. Ce qui arrangeait Katz. Les prises de bec avec Félix le mettaient mal à l'aise. Ils passèrent à table. Une table ronde, achetée aux puces de Bicêtre.

Mila était émue. Dit qu'elle tenait à ses amants.

– Vous deux, en tout cas.

Cette déclaration solennelle impliquait un pacte. Elle prit la main de Félix, celle de Katz, les posa, paumes largement ouvertes, sur l'un et l'autre de ses seins. Elle les força à la presser bien fort.

– Jurez que vous resterez amis.

Après un temps de raisonnable réflexion, ils jurèrent. Mila s'en fut, guillerette, vers la cuisine. Elle avait préparé un lapin à la moutarde. Félix déboucha souverainement la première bouteille de beaujolais, histoire de montrer qu'il était un peu chez lui, ici.

– Ami, mon camarade ?

Ils trinquèrent.

Katz était assez sincère. Félix ne lui était pas antipathique. Qu'il fût staliniste n'était même pas rédhibitoire. Dans son jargon d'oppositionnel, Katz savait faire la différence entre les dirigeants traîtres et les honnêtes militants abusés. Les écailles finiraient bien par tomber de leurs yeux. Alors ils rejoindraient le juste programme marxiste-révolutionnaire. Ou bolchevique-léniniste. Bref, le combat pour la révolution mondiale des conseils ouvriers.

Il observa une fois de plus ce grand gaillard un peu mou, non dépourvu de charme. Ce corps qu'il fallait imaginer tout nu, vautré, remuant, sur le corps consentant de Mila. Ils entrechoquèrent encore leurs verres.

Mila revint avec son lapin. Lorsqu'elle installa le plat sur la table, que le chemisier s'entrebâilla, Katz eut la certitude qu'elle avait profité de son passage à la cuisine pour se débarrasser de son soutien-gorge.

Il irait au Sphinx, un de ces soirs. Il monterait avec elle. Ça aussi, il l'avait promis.

Mila riait beaucoup. Son rire était une de ses armes favorites, un peu facile, elle en convenait. Là, elle était heureuse de ce petit havre de paix, ce *home*, comme elle disait. Bien protégé. Loin de tout, à la lisière de Paris. Une soirée popote en diable.

C'était le mardi 8 février, pas trop tard dans la nuit, vers 10-11 heures, rue Lacretelle. Rue paisible, silencieuse. Le lapin moutarde était succulent, la deuxième bouteille de vin entamée depuis longtemps.

Il y eut un vrombissement de moteur soudain, un crissement de pneus, en bas. Katz posa son verre, alla voir à la fenêtre.

La voiture blanche, une ambulance, s'était arrêtée tout en haut, à l'angle de la rue Vaugelas. Autour, on s'agitait. Mila rejoignit Katz. Ils se penchèrent pour mieux voir.

– Je parie que c'est pour Sedov, dit-elle. Il habite là.

– Pourquoi lui ?

– Il avait l'air tellement fragile, le jour de mon accident ; tellement malade, peut-être.

De l'étage, on n'était pas très loin. On ne distinguait pas grand-chose, à cause du manque presque total de lumière.

– Sedov ? dit Félix. Léon Sedov, le fils de Trotsky, ici ?

Mila quitta la fenêtre. Elle avait le dessert à préparer, la suite de la petite fête. Félix se fit nerveux.

– Aidez-moi.

Il fallait débarrasser la table, mettre de nouveaux couverts. Sans perdre une opportunité de croiser Mila, de la frôler. En surveillant la rue.

– Que se passe-t-il, maintenant ?

Que pouvait-on voir, de manière pas tout à fait distincte ? Un homme inerte fut sorti d'un immeuble, étendu sur une civière portée par deux hommes en blouse d'infirmier. Un autre homme les accompagnait, en costume de ville. Trois femmes étaient là, faisant beaucoup de gestes. L'homme à demi recouvert d'un drap était secoué de convulsions. On pouvait entendre ses gémissements. L'ambulance démarra.

– Pauvre gars, dit Mila. J'aurais dû aller le remercier. Il a été chic avec moi.

Félix était contrarié.

– Admettons qu'il s'agisse du fils de Trotsky. Qu'allez-vous inventer, cette fois ? Un nouveau crime de Staline ? Un attentat de la Guépéou ?

– Épargne les provocations. Pour le moment, personne ne dit rien.

– Assez, dit Mila. Pas question de gâcher la fête. Sinon, je ne vous aime plus.

Elle posa le dessert sur la table. Une crème renversée, un peu trop caramélisée. On savoura, en parlant d'autre chose. Une ambiance cordiale se réinstalla.

Qui finit la nuit avec qui ? Mystère ? Katz était, quand ça l'arrangeait, un diariste incroyablement pudique.

Au téléphone, je racontai à Solveig l'altercation avec Laurent, sans trop de détails. Assez pour qu'elle se rebiffe :

– Chez nous, les flics arrivaient quand ils voulaient, entraient dans la maison, fouillaient, questionnaient. Ou bien ils convoquaient. Assez souvent, c'était rue Bartolomějská. Ce pouvait être ailleurs. Dans un parc, dans une brasserie. Ainsi, ils compromettaient. Ne pas satisfaire à leur curiosité ? C'était qu'on avait quelque chose à cacher. Ils suivaient partout, sans la moindre vergogne. Ou bien ils campaient sur le palier, avec sandwichs et thermos, se relayant à heure régulière, en bons fonctionnaires. Courtois, en général. Vérifiant juste l'identité des amis venant rendre visite. Les refoulant dans les moments un peu tendus. C'est insupportable. On peut s'y habituer. Un jour, on craque.

Solveig voulut avoir des nouvelles de Katz.

Mercredi 9 février, il écrit :

« Vu Mila. Un rendez-vous bref. Elle s'est renseignée auprès de la concierge du numéro 26. C'est bien le "monsieur russe du sixième" qui a été emporté en ambulance. À quelques mots entendus de la bouche de sa femme, ou d'une de ses amies, elle a cru comprendre qu'il s'agissait d'une crise d'appendicite, elle n'est pas certaine. Quel est le nom du monsieur ? La concierge ne sait pas. L'appartement est loué au nom de Martin. Comment sait-elle que le monsieur est russe ? À cause de son fort accent, elle a bien remarqué, même s'il ne cause pas beaucoup. La concierge est sûre d'elle parce que, des Russes, dans la rue il y en a plein. Pourquoi ? Aucune idée. C'est comme ça depuis des années. Elle précise à Mila qu'ils sont tous très gentils. »

Mon souvenir des circonstances de la mort de Liova Sedov était assez précis. Eussent-ils été défaillants, une fiche écrite de la main d'Alex était là pour me rafraîchir la mémoire, glissée dans le carnet.

Sedov habitait au numéro 26 de la rue Lacretelle avec sa compagne, Jeanne Martin des Pallières. Il l'avait connue à Prinkipo, première étape de l'exil de Trotsky, hors de l'URSS. Elle était alors la femme de Raymond Molinier, jeune révolutionnaire français venu rencontrer Trotsky. Pour Sedov, Jeanne avait quitté son mari, tout en restant fidèle à ses choix et tactiques politiques.

Molinier était un grand activiste. Certains le traitaient d'aventurier. Ses méthodes firent de plus problème au sein du mouvement trotskyste. Querelles de principes, de personnes, ressentiments et passions minoritaires, malentendus, brouilles et scissions : en 1938, Jeanne militait sans réserve dans une organisation se réclamant de Trotsky, animée par Molinier, mais hostile à Sedov. Dont elle était la compagne. Imbroglio qui avait de quoi alimenter bien des blagues. Et des soupçons.

Trotsky était devenu farouchement hostile à Molinier. Tous ses espoirs allaient vers les amis de Sedov. Le Parti ouvrier internationaliste, dirigé par Pierre Naville. Dans lequel militait Alfred Katz.

Solveig ne ricanait même pas.

– Ils ont été parmi les premiers opposants au stalinisme, admettons. Je ne confonds pas le communisme qui n'a jamais été réalisé, et le socialisme, que j'ai réellement connu. Mais comment comprendre cet imbroglio ? Ces minuscules partis complètement isolés, sur lesquels tout le monde cogne, qui n'arrêtent pas de se déchirer ? Je suppose qu'il y a eu des débats, des textes, que certains avaient raison contre d'autres. À qui peut-on demander de le savoir ? Tout cela est mort, enseveli. C'est peut-être injuste. L'Histoire n'est pas juste. Elle est insensée.

Ainsi disait-elle. Je continuai.

Sedov est épuisé, épuisé par les tâches. Son père est loin, au Mexique, à Coyoacan. Il le harcèle de courriers comminatoires. À Sedov de réunir les documents, les témoignages, permettant de s'opposer point par point aux accusations des procès organisés à Moscou. À lui de gérer la diaspora de la "section russe" de la nouvelle Internationale. Celle des militants de la vieille garde bolchevique en exil. Celle des isolateurs. Celle des antistaliniens traqués, pourchassés. Toujours fidèles à leurs idéaux. À Sedov de coordonner les contributions pour le *Bulletin de l'opposition*, ce lien dérisoire et inestimable. À lui d'élever Sieva, le gamin, le tout jeune fils de sa sœur, Zina. Zina, traquée elle aussi puisque fille de Trotsky. Malade, suicidée en Autriche quelques années plus tôt. À Sedov d'organiser, de polémiquer, de ferrailler. À lui.

Il est malade, surmené. Il n'a pas le sou. Sa vie conjugale avec Jeanne est un enfer trivial. Il aime une autre femme, mariée, sans aucun espoir. On est dans le mélo petit-bourgeois alors que la tragédie gronde. Certains acteurs irremplaçables sont de pauvres gens. Très seuls. Sedov n'a que très peu d'interlocuteurs. Il vit seul, dans le secret, les précautions, la hantise des tueurs stalinistes qui rôdent, il le sait.

Certains d'entre eux – Sedov ne le sait pas – habitent l'immeuble mitoyen. 28, rue Lacretelle. Il y a tant de Russes, dans le XVe arrondissement.

Je cochai toutes les adresses sur le plan de Paris nouvellement acheté, affiché. Marquai les parcours.

Sedov a pour principal collaborateur Marc Zborowski. Celui-là, on a appris qu'il émargeait à la Guépéou. Le NKVD, en 38. Ils travaillent ensemble, le 8 février au soir. Sedov est terrassé par une crise d'appendicite. Il y a eu des alertes, avant. Sedov a négligé de les prendre au sérieux. D'ailleurs, comment, par qui se faire soigner ? Devant l'urgence, on fait appel à Lilia Estrine. Qu'on appelle aussi Lola Paulsen. Ou encore Dallin. Il faut se faire à ces doubles, triples identités. Personne n'avance à découvert dans ce monde piégé. Lilia-Lola Estrine-Paulsen est bien entendu mariée à un menchevik. Elle travaille à mi-temps dans un institut d'histoire sociale, 7, rue Michelet. Tout près du jardin du Luxembourg.

Solveig insistait. Qui pouvait donc s'intéresser à ces biographies compliquées ? À ces destins anecdotiques qui ne faisaient même pas rêver ?
– Bolcheviks, mencheviks, tous des fous.

Le mardi 8, la douleur est insupportable. C'est la crise aiguë. Impossible d'ajourner l'hospitalisation. Lola Paulsen contacte Fanny Trachtenberg, avec qui elle habite – toujours la petite communauté russe – 23, rue des Morillons.

Croix sur le plan. C'est à quelques minutes, à pied, de la rue Lacretelle.

C'est Fanny qui suggère l'hospitalisation de Sedov à la clinique Mirabeau, 7, rue Narcisse-Diaz, dans le XVIe arrondissement. Le directeur, fondateur, propriétaire, s'appelle Boris Girmounsk. C'est un ancien médecin de la Tcheka, la police politique soviétique. Il a exercé dans les camps de détention. Sa situation en France est parfaitement régulière.

Les membres du personnel infirmier sont, pour beaucoup, russes d'origine.

Sedov est hospitalisé sous le nom de Léon Martin. Ce qui ne trompe personne. Il est opéré très rapidement, en urgence, par le professeur Thalheimer. Un chirurgien extérieur à la clinique, appelé tout spécialement en raison de la personnalité du patient.

Thalheimer est un homme honorable, jouissant d'une excellente réputation auprès de ses patients. Il n'en va pas de même pour ses pairs, qui, tous, connaissent ses maladresses et le considèrent comme un médiocre praticien.

L'opération se passe bien. Sedov se réveille normalement, le matin du 9 février. Aucun de ses camarades du POI n'est informé de son hospitalisation. En revanche, son ami et collaborateur, « Étienne » Zborowsky prévient immédiatement ses correspondants de la Guépéou à Paris.

Dans la nuit du dimanche 13 février, sans aucun signe avant-coureur, Sedov est pris d'une nouvelle crise violente, accompagnée de délire. Il erre, nu, dans les couloirs, s'évanouit finalement dans une salle de garde. Cette nuit-là, il n'y a pas d'infirmière en surveillance à l'étage.

Ce dimanche seulement, les dirigeants du POI, Jean Rous, Gérard Rosenthal, Pierre Naville, sont informés de la situation. Par Étienne, ce camarade au dévouement au-dessus de tout soupçon.

De quoi souffre Sedov ? Les médecins avouent leur incompréhension devant cette « rechute ». Sedov, fiévreux, est au plus mal. Au minimum, il est victime d'une occlusion intestinale. Plusieurs transfusions de sang sont faites, puis une nouvelle intervention chirurgicale est décidée. L'état du patient interdit toute anesthésie. L'opération est réalisée. Liova Sedov meurt le mercredi 16 février 1938, à l'âge de trente-deux ans.

Assassiné ? Les conditions du décès parurent éminemment suspectes à ses camarades. Et à Trotsky. Une enquête fut menée. Elle se conclut par un non-lieu, le 14 février de l'année suivante.

Alex signalait dans sa note que, dans les milieux trotskystes, la mort de Sedov faisait encore l'objet de discussions. Même sans preuve tangible pour l'étayer, l'hypothèse de l'assassinat semblait la plus logique. Une autre s'y opposait. Reprenant le dossier vers le milieu des années quatre-vingt, des médecins peu suspects d'hostilité à la IVe Internationale avaient mis en avant des connaissances scientifiques nouvelles. Il existait une complication post-opératoire désormais bien repérée, consécutive à certaines appendicectomies. Complication rarissime, inconnue du corps médical du temps de Sedov et souvent mortelle : le « syndrome péritonéal du cinquième jour ». Le dossier clinique de Sedov en offrait une parfaite illustration.

Katz n'eut rien à connaître de ces événements jusqu'au 16 février.

Auparavant, une fois seulement, de la manière la plus anodine, alors qu'ils travaillaient à la routine du Secrétariat international, Katz avait tenté de parler de Sedov à Camille.

« Camille réagit avec une vigueur inhabituelle chez lui, si réservé. Aurais-je proféré une grossièreté inconvenante qu'il n'aurait pas été plus choqué. Il me fit la leçon sèchement : “Tout le monde sait que le fils du Vieux est à Paris. Il suffit de lire les injures et les calomnies dont le couvre chaque jour la presse staliniste. Le camarade assume les tâches qui lui sont propres. Nous fonctionnons comme une organisation conspirative, ne l'oublie pas. Nous sommes des bolcheviks, une ‘cohorte de fer’, comme disait Lénine. Ce que fait Sedov ne te regarde pas. La Guépéou est à l'affût de chacun de nos bavardages.” »

Alex n'avait pu s'empêcher de noter quelques petits mots rageurs : « Pauvres naïfs ! »

Vladimir Tchistaganov, affecté à la surveillance de Sedov, habitait 33, rue du Docteur-Roux.

Smirenski, Ducomet, Renata Steiner, nervis staliniste eux aussi, avaient un appartement au 28, rue Lacretelle. Vassili Boukhomline, agent, futur époux de Lola Estrine (Dallin), la collaboratrice de Sedov, habitait 5, rue Dombasle.

Il suffisait de pointer sur le plan du XVe arrondissement. Cela dessinait une inquiétante toile d'araignée.

Solveig s'énerva :

– Ça ne veut rien dire. Je suppose qu'on peut allonger à l'infini la liste de tous ces gens. Certains devaient être des tueurs. D'autres, des mouchards appointés. Les plus nombreux, probablement, rendaient des services, contraints et forcés. À cause d'un chantage, d'un parent resté au pays. Par espoir de retrouver un jour la terre natale. Dans certaines situations, il est difficile de ne pas collaborer peu ou prou avec les flics. Si la situation se prolonge, cela devient impossible. Sauf pour quelques héros, naturellement, pas bien nombreux, pas bien sûrs d'eux, mais tenaces quant au sens de leur biographie. Il arrive qu'au bout du compte ils redonnent de l'éclat à la conscience collective.

– Et toi ?

– Je ne suis pas une héroïne. Surtout pas dans une histoire que tu pourrais inventer.

Les pages suivantes du carnet tenaient du simple agenda :

« Vendredi 18 février : Breton prétend que c'est son anniversaire – quarante-deux ans. C'est curieux car, dans plusieurs textes, il a déclaré qu'il était né un 19 février. Féru d'astrologie comme il est, cela laisse rêveur. »

Bas de page :

« Félix ne cesse de nous parler de *La Marseillaise*, qui vient de sortir dans les salles d'exclusivité. Il a participé au tournage. À l'entendre, le film ne devrait pas être signé par Renoir mais par Maurice Thorez. Le pire est qu'il a sans doute raison. N'empêche, il est amusant lorsqu'il raconte les scènes de tournage, avec tous ces braves insurgés marseillais du 10 août 1792, joués par des immigrés polonais, italiens, espagnols, allemands. Tous organisés par le Parti, comme il se doit. »

Plus loin :

« Dimanche 20 février : obsèques de Léon Sedov, au Père-Lachaise. Drapeaux rouges, *Internationale*, *Chant des marais*, *Zimmerwald*. Nous étions deux cortèges. Ceux du PCI, avec Molinier, Frank et Cie. Avec aussi, hélas, Jeanne Martin, la compagne de Sedov. Nous, le POI. Soyons justes, il y avait également des gens de la SFIO. Pas beaucoup. Des amis de Marceau Pivert. Nous étions quoi ? Deux mille comme on l'a dit ? Divisons par deux et ajoutons quelques flics en civil venus là repérer les trombines, on sera plus proche de la vérité. Ce qui n'enlève rien ni à l'émotion ni à la dignité. Le cercueil est en bois blanc. La tombe est provisoire.

« Si, dans les mois qui viennent, tombe un véritable coup de chien, si la guerre nous prend, nous serons déchirés. Malgré le Vieux qui s'épuise à donner ses consignes, là-bas, à Coyoacan. Nous ne sommes pas prêts. Ou bien je n'ai pas l'étoffe. »

Solveig me laissa un message. Elle partait en reportage.

Je suppose que Gaïl avait bien fait les choses. Bien incapable de préparer de quelconques plats, elle avait fait appel à un traiteur. À un restaurant japonais, plus exactement, qui avait livré de petits mets : des sushi, des sashimi, des salades subtiles, des friandises de nature incertaine joliment présentées.

– Tu m'en veux toujours ?

– Qui serais-je pour cela ?

Levine arriva quelques minutes à peine après moi. Il ne put s'empêcher, sorte de rigueur paternelle, de passer en revue cet environnement dans lequel s'épanouissait sa fille. Désolation, résignation ? La tristesse l'emportait. Sans exclure l'idée qu'il s'en foutait. De ce studio de la rue de Buci et de moi, qui faisais partie du décor. Levine me salua à sa manière. Ironiquement cérémonieuse.

– Vous êtes une star de l'actualité, je ne suis plus qu'un survivant. Question de calendrier. Je suis, monsieur Victor, très honoré de vous serrer la main.

La sienne, de main, large, forte, osseuse, avec une violence dans la prise qui n'avait rien à voir avec une démonstration de force.

Autant s'attarder. Levine était très grand, très raide et maigre, très tweed dans les beige et roux confortables, avec sur le chef une casquette plate. Il ne sut où poser sa casquette. Pas plus où ranger sa canne. Se désola de tout le déficit d'accueil civilisé dont était capable sa fille. Qu'il aimait tendrement, bien entendu. Levine avait le teint rose, la peau fraîche et tendue, l'œil très bleu. Il s'assit sur le médiocre fauteuil recouvert d'un patchwork cousu main, réservé aux hôtes. Accepta volontiers un whisky. Même ce whisky-là que lui proposa sa fille, un machin à étiquette jaune et petit bateau dessus.

Levine sourit, avec un souci avoué de courtoisie très accentuée, leva son verre.

– Monsieur Victor… Monsieur Victor – vous permettez que je vous appelle ainsi – je suis rendu à un âge où le temps qui reste est théoriquement une denrée précieuse. Comme si ce temps avait plus de valeur que celui qu'on a brûlé à vingt ans. Ou à trente. Ma fille ne s'est jamais avisée de retenir que je déteste la nourriture japonaise. Elle prétend que vous et moi, là où nous sommes rendus, pourrions trouver intérêt à converser. Qu'en dites-vous ?

Je n'étais pas demandeur. J'ai toujours aimé la bouffe japonaise. Gaïl avait imaginé une petite table basse, un épais carré de verre fumé, monté sur des briques assez grossières, récupérées sur un quelconque chantier. Dessus, les plats attendaient notre bon vouloir. Levine fouina dans les divers paquets de cigarettes disposés dans un grand coquillage des mers du Sud. Un commerçant de la rue de Buci était spécialisé dans ce genre de produits exotiques. Rien ne lui convenait. Il accepta une Gauloise.

– Je veux comprendre, c'est bien le moins. Vous êtes l'amant de cette encore jeune dame, ma fille. Affaire privée. Je ne mets pas en cause vos qualités, monsieur Victor. Mais pourquoi diable sommes-nous face à face, avec entre nous ces poissons crus dégoûtants ?

Il n'était pas bien difficile de faire la part du folklore familial, des poses rodées, des intimidations courantes. Pour peu qu'on m'y pousse, je devais savoir refaire mon cirque, comme tout le monde. Comme Levine et les autres.

– Le temps est mesuré, vous avez raison. Allons vite. Que savez-vous d'Alfred Katz ?

– Ah, c'est donc de lui qu'il s'agit !

Levine piqua dans le thon frais, savoura à regret. Ferma les yeux. Le temps de se programmer. Juste un instant. Alfred, oui. Le père d'Alex. Le pauvre garçon. Ce carnet. Ces chroniques de la fin des années trente. Il y était.

– Que voulez-vous savoir ?

Rien. J'avais beau chercher.

– Je vous ai vu à Prinkipo, lors de cette partie de pêche avec Trotsky. Plus tard en docteur *honoris causa*. Vous êtes respecté. Pour moi, vous êtes de la canaille.

– La canaille ? Au sens où en parlait Danton ? Ou vos communards ? Oui ? Sans flatterie, vous le pensez ? Merci.

C'était Levine – qu'importe l'erreur possible –, un homme de coups, donnés, reçus, montés. Avec conviction, dévouement. Une longue expérience.

– Katz ?

– Katz !

Levine eut un regard, très long, plein de malice, vers la table de travail de Gaïl. Les notes, les images de la saga Breton. Il savait quoi penser de cette complaisance à l'égard des passions révolues.

– Alfred Katz était un brave petit gars. Je n'ai jamais lu son journal.

Il repoussa les sushi avec un dégoût affecté.

– Comme vous le savez, j'ai rompu avec l'Internationale. L'année même du centenaire du *Manifeste communiste* rédigé par Karl Marx. Je n'y croyais tout bonnement plus. Pour dire les choses nettement, seule la confiance personnelle que j'avais en Trotsky m'a fait militer si longtemps dans nos minuscules organisations. La confiance et, je le crains, la honte que j'aurais ressentie d'être à ses yeux, inévitablement, un déserteur. J'aurais pu démissionner juste après son assassinat. Cela ne m'a pas paru convenable. À cause du nazisme, des camarades qui, je l'imaginais bien, se faisaient décimer en Europe. De très jeunes camarades, auprès de qui, j'avais pu le vérifier lors de mes missions, je faisais déjà figure de vétéran, d'autorité morale. Des gamins comme Alfred Katz, par exemple.

Levine ne s'étendit pas sur ce sujet. Il préféra demander à Gaïl si elle n'avait pas dans sa kitchenette un morceau de fromage à lui donner, du camembert de préférence, bien fait, plutôt que ces mignardises orientales insipides. (« Vous aimez ça, vous ? Je ne vous admire pas. »)

Levine avait de ces détours. Préférait râler à l'encontre des sushi plutôt que d'évoquer son départ pour Londres, son enrôlement « entriste » dans les rangs de la résistance gaulliste, son parachutage hasardeux en région lilloise, la petite fraction trotskysante et désespérée qu'il anima dans un réseau, son arrestation lors d'une mission à Paris. Il ne dit rien d'Auschwitz, puisqu'il en était revenu. Rien de personnel, s'entend.

– Depuis, de temps en temps, des historiens, des militants me demandent de témoigner. Je le fais toujours, avec la meilleure bonne grâce. Le plus exactement possible. N'étant plus impliqué dans aucune querelle, j'ai une relative crédibilité quant aux récits des faits. J'assume ma petite part de la mémoire collective. Je transmets.

Il fallait en convenir avec Levine, le camembert était plâtreux.

– Et Alfred Katz ?

Levine me retaxa d'une Gauloise, prit la mine découragée de l'invité qui, envers et contre tout, a décidé d'être courtois.

– Cet Alfred vous obsède donc tant, monsieur Victor ? L'intérêt que lui portait Alex était tout naturel. Ce qu'on m'a rapporté du contenu de son carnet me laisse perplexe. Lorsque Katz a commencé à tenir cette espèce de journal, j'étais à Coyoacan, auprès du Vieux. J'ai été envoyé en France, en mission. Il y avait deux organisations sensiblement équivalentes en effectifs, qui se déchiraient. Des querelles fractionnelles très venimeuses, très personnalisées. J'ai passé de longues heures à discuter avec les camarades du Secrétariat international, dans le vain espoir de trouver une solution. Alfred Katz ne faisait pas partie de ce groupe dirigeant. Il faisait de son mieux, rendait de grands services à celui que nous appelions Camille. De son vrai nom Rudolf Klément. Ce Katz n'avait aucune envergure politique. C'était un ouvrier bohème, une sorte de poète consciencieux.

– Vous parliez du surréalisme, avec lui ?

– Très peu. Il prétendait avoir des liens avec le groupe de Breton. Il était convaincu de la nécessité d'une alliance avec ces gens, qui voulaient, paraît-il, changer la vie.

– Il ne vous a pas convaincu ?

– C'était sans doute une sordide question de partage des tâches. À l'hiver 1938, il ne me revenait pas de dessiner les plans de la cité idéale. Mon job était, avant la tempête et de manière assez dogmatique, de sauver les meubles d'une maison marxiste-révolutionnaire déjà largement sinistrée. J'ai échoué.

Gaïl bâilla. Repliée sur un tas de coussins, elle était une boule d'exaspération, mécontente de tout et d'abord de cette soirée qu'elle n'avait pas organisée pour être mise si catégoriquement hors jeu. Il se faisait tard.

– Finalement, c'est une pièce de théâtre que je suis en train d'écrire, sur Nadja.

– Oui, oui.

– Une troupe est intéressée. Des gens très sympathiques, très ouverts. Ils cherchent un sujet. Ils ont une salle.

– Bien, bien.

– Bien sûr, le temps presse. Je leur ai montré quelques scènes. Cela leur plaît beaucoup.

– Formidable. On en reparle ?

Levine se leva, tout en développant l'idée que, malgré quelques impairs, ce dîner avait été parfait. Gaïl n'avait pas à se soucier. À tant travailler, ses mérites finiraient bien par être reconnus. Il n'y avait pas urgence. Bien-aimée fille unique, elle pouvait être assurée de toucher sa confortable pension chaque mois. Pas de souci à se faire.

– Tu es dégueulasse.

– Ah ? Mettons cela au compte de ma mauvaise maîtrise du français. À la place de pension, j'aurais dû dire « souscription ». C'est mieux ?

Gaïl l'aida à enfiler son manteau, lui tendit sa canne et sa casquette. La courtoisie m'obligeait à raccompagner un si vieux monsieur.

– Mon père peut très bien se débrouiller tout seul.

– Non, non, dit-il. En intérieur, je peux donner le change. Dans la rue, je ne suis pas bien vaillant. Si vous acceptiez de faire quelques pas avec moi, monsieur Victor, vous me rendriez un signalé service.

Dehors, Levine m'assura que la rue de Buci, de son temps, était un véritable nid de guépéoutistes. Il était certain que les partisans de Gorbatchev avaient hérité, sinon des mœurs, du moins des meubles. Boulevard Saint-Germain, Levine fut le premier à héler le taxi.

– Dois-je vous laisser ?

– Dois-je comprendre que vous n'aimez pas ma fille tant que ça ? Peu importe. Katz habitait vers le canal Saint-Martin. J'ai cru comprendre que vous résidez par là. C'est donc moi qui vous raccompagne.

Nous n'échangeâmes pas un mot jusqu'à la statue de Frederick Lemaître.

– Lemaître ? Celui des *Enfants du paradis* ? Le sculpteur a bien fait son travail. La ressemblance avec Pierre Brasseur est parfaite.

Sur l'eau épaisse du canal, des mouettes dormaient, flottantes, au milieu des détritus. Levine s'en étonna. Des mouettes si loin de la mer ?

– Il y en a bien à Prague, toujours autour du pont Charles.

– Vraiment ? Ces mouettes ont une excuse. Shakespeare, la seule fois où il évoque la Bohême, c'est dans *Le Conte d'hiver*, il me semble, en fait un pays ouvert sur l'Océan. Nos cartes, à vous, à moi, seraient-elles moins brouillées ? Que puis-je pour vous, de vous à moi, monsieur Victor ? Quel drôle d'oiseau égaré êtes-vous donc ? Alfred Katz, je crois, était grand, maigre, avec une maladresse dans les gestes qui lui donnait une sorte de séduction. Il en était conscient. Son intelligence était d'avoir conscience de ses limites. Elles étaient grandement bornées par le sentiment. Il n'aurait sûrement pas été capable de rédiger une motion lors d'un congrès.

Puisque Levine tenait tant à marcher un peu dans la nuit, qu'il ne s'agissait pas de tergiverser avec ses caprices de vieux méritant, nous nous retrouvâmes au pont tournant de la Grange-aux-Belles. Je le conduisis sur la chaussée, à l'emplacement exact.

– J'ai vécu mille vingt et un jours avec Alex sans bien savoir qui il était. J'étais là lorsqu'il est mort. J'ignore s'il s'est agi d'un assassinat ou d'un banal accident. Il n'y a plus aucune trace. Ne restent que des témoignages, plus ou moins contradictoires. Dans quelques mois, dans quelques années, j'aurai des doutes sur l'endroit précis. La chaussée aura été réaménagée. Des immeubles auront été détruits, reconstruits. Il ne restera plus le moindre point de repère.

– Les lieux du crime savent se faire oublier.

– Pas tout à fait. À bien fréquenter leurs abords, on sent que c'était là. Tout près. Il suffit d'un rien pour que la scène se reconstitue. Peu d'indices suffisent. Parlez-moi encore de Katz.

Nous rebroussâmes chemin vers le faubourg du Temple.

– Quoi de plus ? Il était peu bavard, presque timide. Aucun éclat. L'Internationale n'avait guère les moyens de me payer l'hôtel. Hospitalité prolétarienne oblige, il a dû m'héberger chez lui.

– À l'hôtel ?

– Pas du tout. Il habitait un minuscule appartement dont il était locataire.

– Situé où ?

Levine manifesta sa surprise. Je lui expliquai brièvement ma méthode de lecture du carnet.

– Katz habitait près d'ici. À l'angle du quai de Valmy. Nous y sommes presque. C'était tout à son image : bien rangé, très propre, avec une odeur de précarité. Pourtant, Katz avait des secrets. Pas bien méchants, j'en suis certain. Cet homme ne vivait pas que de politique. Ce qui devait lui causer bien des tracas.

Je distinguais mal ce Levine qui marchait à mon côté. Sa voix avait perdu de sa causticité.

– Les militants révolutionnaires subissaient des pressions de toute sorte. Elles ne favorisaient pas leur ouverture d'esprit. Les camarades étaient souvent difficiles à vivre. Katz était épris d'une fille assez voyante, de l'avis général. Elle posait pour des peintres, était plutôt anarchiste, au sens moral s'entend. On la disait un peu pute. Ce qui est peut-être exagéré. Mais je crois pouvoir assurer que ce n'était pas exactement une héroïne eisensteinienne.

– Mila, vous l'avez rencontrée ?

– Je pense qu'il aurait été très mal à l'aise d'avoir à me la présenter. Katz était très tourmenté par cette fille dont il était persuadé d'être amoureux fou. Une conception très liée aux théories d'André Breton, je crois.

– Que vous disait-il de ses rapports avec le groupe surréaliste ?

– Quelle était ma propre position, face à Katz ? Au Mexique, à Coyoacan, nous savions bien que des intellectuels français, Breton et ses amis parmi d'autres, étaient indignés par les procès de Moscou. Nous ne les connaissions pas et avions très peu de renseignements sur leurs activités artistiques. J'étais donc intéressé par ce que pouvait me dire Alfred Katz. Au souvenir que j'en ai, il se montra très circonspect, presque évasif. Se méfiait-il de moi ? C'est possible.

– Il cloisonnait sa vie ?

– Ç'aurait assez été dans les routines de l'époque.

– Ou bien ?

– Ou bien… Katz n'avait peut-être pas de bien grands liens avec de grandes personnes pour qui il avait la plus grande admiration. S'imaginait-il des amitiés flatteuses ? Si vous vous interrogez sur ce garçon, c'est une hypothèse qu'il ne faut pas éliminer.

– Ses poèmes ? Les avez-vous lus ?

Levine manifesta un réel étonnement :

– Je suis de plus en plus persuadé que je suis pour vous un témoin décevant. J'ai un souvenir extrêmement précis de quantité de camarades, pas toujours de premier plan. J'entends encore le son de leur voix, je pourrais décrire leurs attitudes, leurs tics habituels, tout ce qui les caractérisait. Le Vieux, L.D., me demandait toujours de lui rapporter ces petits faits à chaque retour de mission auprès d'une section. Il souffrait tellement de ne pas avoir le contact direct avec ces militants qu'il ne connaissait le plus souvent que par leurs textes, leurs votes. Il était avide de tous les détails, sur les plus minuscules manières de faire. Pas pour juger. Pour conjurer la malédiction de l'éloignement. Et pourtant, aujourd'hui, je n'ai presque rien à vous dire d'Alfred Katz que j'ai côtoyé, chez qui j'ai habité.

– Un type moyen, en somme ?

– C'est cela. Moyen, un peu terne. Même dans ses enthousiasmes. Du coup, j'éprouve le regret de ne pas avoir croisé cette Mila.

Nos pas nous avaient menés là où il fallait, devant la Grisette. Katz me dit ce que j'attendais. Ce bistrot condamné existait déjà à la fin des années trente. Les patrons louaient de petits appartements. Levine me dit ce qui devait être consigné dans les pages du carnet que je n'avais pas encore lues. Katz avait habité cette maison. Je me sentis pris d'un savoureux vertige. L'inflation des coïncidences devenait très perturbante.

Quelle fenêtre ? C'étaient bien les aléas de la mémoire, Levine ne savait plus. Même en cherchant bien à déchiffrer le mur aveugle, derrière la palissade protégeant la démolition à venir. Même quant à l'étage, il n'était pas certain. Le deuxième, sûrement, sans jurer de rien.

– C'étaient des appartements très modestes, avec l'eau, les sanitaires dans le couloir. Décents, sans rien de plus, sans rien de moins. Katz était très content d'habiter là. C'était un ami à lui, je crois bien, qui l'avait aidé à trouver cette aubaine.

Une fois de plus, j'y étais. À ce stade de la nuit, il était facile de frissonner un peu, de sentir le sol se dérober tout en scrutant la façade aux fenêtres mortes. Je crus percevoir que Levine se piquait au jeu.

– N'excluons pas l'idée que je n'aie rien compris d'Alfred Katz. Un poète, dites-vous ?

Sans dissimuler son scepticisme, il ne répugnait pas à relancer la causette. Pourquoi pas ? Levine accepta l'idée d'un dernier verre, chez moi. Traversant le petit square, nous repassâmes devant Frederick Lemaître, toujours vigilant. Plus loin, les choses ne se déroulèrent pas exactement de la même manière que passage Dubail. La variante ne vint pas de l'imagination des agresseurs.

Nous allions entrer dans le hall de mon immeuble lorsque des pas derrière nous se firent plus précipités. Une charge, en fait. Nous nous retournâmes. Des gens nous en voulaient. Ils n'étaient plus qu'à quelques mètres.

Je l'avais oublié, Levine était censé marcher en s'aidant d'une canne. Il me la tendit vivement – et je la pris –, sortit quelque chose de sa poche qui était un pistolet. Braqua. Les types se figèrent instantanément.

Ils étaient quatre, très décontenancés. Dix-huit, vingt-cinq ans environ, à la lumière pas bien propre du réverbère. Blousons de cuir brillant, grosses godasses, crânes rasés – avec des cicatrices. Depuis mon retour, la lecture des journaux, des brèves en rubriques soit « Faits divers », soit « Politique », m'avait appris ce nouveau mot sans que j'y prenne garde : « skin heads ». Mecs pas fréquentables, *a priori*.

Ceux-ci arboraient des hochets : battes de base-ball, coups-de-poing américains, chaînes en sautoir. Bien qu'ayant toujours – quant à moi – détesté le délit de faciès, ils avaient de très sales gueules. Le pistolet que pointait Levine ne tremblait pas. C'était une arme assez lourde, plus très jeune, à canon long. Comment avais-je pu ne pas remarquer qu'il la portait, avant ?

Selon les mouvements du bras de Levine, du canon qui le prolongeait, toujours à hauteur du front, les crétins se trémoussaient. Rien ne pouvait accréditer l'hypothèse que le vieux monsieur en tweed, au teint rosé, ne savait pas viser. Je sortis le Polaroid et fis la photo indispensable. Le flash fit détaler la petite bande. Ni Levine ni moi n'étions plus de fins sprinters. Nous nous serrâmes la main. Je lui rendis sa canne.

J'agitai l'image sortie de l'appareil. Elle se révéla peu à peu. À ce moment, ce ne fut pas une absolue surprise, Laurent se joignit à nous, sans façon. Sa présence était dans la logique des choses.

Il débita toute une série de trivialités qui lui semblaient décisives. Cette fois, il avait vu le coup venir. Était résolu à ne pas laisser faire. Levine l'avait pris de vitesse.

De l'autre côté du trottoir, dans l'ombre, passa mon clochard enrubanné de hardes.

Laurent s'agita.

– Je ne suis pas armé, moi. Pas tout le temps, pas ce soir. Donnez-moi cette photo, cette magnifique pièce à conviction !

Il y avait plein de choses contrariantes, si vite. Levine, bien dans son rôle, se fit raide :

– Monsieur Victor, qui est ce monsieur ?

– Un flic. Une sorte de punition qui m'est imposée depuis ma libération.

– Donnez-moi cette photo. Elle va me permettre une identification.

Il n'en était certainement pas question. Au moins par caprice. Mais je pouvais être de bonne volonté.

– Montons. On devrait pouvoir faire une bonne photocopie.

Laurent acquiesça. Levine estima à voix très distincte que j'étais seul juge. Le tour pris par cette soirée lui rappelait un quelconque bon vieux temps.

Chez moi, chacun se comporta en professionnel. Après avoir rassuré les chats, je sortis les alcools. Il y eut une pause, polie, tout au long des premiers verres.

Un silence d'estimation. Puis, prévisiblement, Laurent se fit vulgaire.

– Simple question technique, grand-père. Votre outil, c'est bien un parabellum 9 mm ? Plus très courant, sur le marché. Je peux voir ?

Il pouvait. Levine extirpa de sa poche la pièce de musée destructrice. Il la manipula un peu, dirigea son impact éventuel à une vingtaine de centimètres au-dessus du crâne de Laurent. Ou peut-être quinze.

Levine était un bavard.

– Vous n'avez décliné ni votre nom ni votre grade. Vous n'avez pas présenté votre carte. Vous êtes pour moi un homme rencontré dans des circonstances douteuses et qui prétend être un policier. Pouvez-vous me prouver que vous êtes un policier ? Non, bien sûr. Devons-nous appeler le commissariat du coin ? Si vous êtes un malfrat, vous êtes foutu. Si vous êtes dans les affaires spéciales, vous êtes foutu aussi. On appelle ?

– Grand-père, ne jouez pas au con.

Tendu, Laurent. C'est très notable.

Levine, heureux :

– Je ne suis pas grand-père. Malgré mon âge avancé. À ma connaissance. Selon les pays on me donne habituellement le titre de professeur. Ou de docteur. Ou de cher maître. Des nostalgiques m'appellent parfois camarade. Je ne m'offense pas lorsqu'on me dit, tout simplement, monsieur.

– Ça va. S'il y a eu offense, citoyen, je présente mes excuses, platement. Reste ma curiosité d'honnête homme. Cette arme, vous êtes en droit de vous promener avec ?

– Question ridicule.

Levine lui tendit l'objet. Lourd, chargé. Je remplis les verres.

– Est-il indiscret, cher professeur, de vous demander en quelles circonstances vous vous êtes procuré cette belle chose ?

– À ma connaissance, tous les secrétaires de Trotsky en étaient dotés. Précaution élémentaire, convenez-en. En ce qui me concerne, je suis arrivé à Prinkipo en 1933.

– Trotsky ?

– Une période assez rude pour lui. Il était très menacé, dans cet exil brutal. Avec tous ces gardes blancs, autour.

Laurent leva les mains, petit geste accablé, largué. Certains fêtaient le Mur tombé, d'autres se souvenaient de la dissidence de Prinkipo. J'étais témoin des difficultés de son métier.

– D'abord, je vous ai pris pour un rêveur, puis pour un ahuri. Après, je me suis dit que vous cachiez sacrément votre jeu. Quel est votre jeu ? Je dois reconnaître qu'avec vous on ne s'ennuie pas. Ce n'est pas tous les jours qu'un otage libéré se fait agresser par une bande de skins fascistes que met en déroute un ancien garde du corps de Léon Trotsky.

– Avançons l'idée, dit Levine, que l'esprit tortueux d'un agent des services spéciaux a une compréhension du monde ridiculement simpliste.

– C'est votre opinion ?

– C'est mon expérience.

Il était tard. 3 heures du matin à la montre de Solveig. Un peu de fraîcheur humide venait de la fenêtre. Levine demanda une Gauloise. Il ne fut pas question de l'interrompre.

– Au début des années cinquante, j'étais de nouveau aux États-Unis. Il m'avait fallu assez peu de temps pour me réinstaller dans les circuits universitaires. J'y ai conquis des grades, puis une certaine renommée. De l'autorité ensuite, voire du prestige. Ce qui ne m'empêchait pas d'avoir de très régulières tracasseries de passeport. Dans mon esprit, me faire naturaliser n'aurait dû être qu'une formalité. J'étais un immigré de luxe. Tout entier engagé dans mes chères études, mes cours, mes conférences, mes séminaires, et quelques amours, sans doute. J'avais un peu cessé de lire les journaux. Je n'ai pas vu la guerre froide s'installer. Je n'ai pas senti l'intérêt de plus en plus pugnace que le FBI, avec toute la discrétion possible, mettait à clarifier les petits mystères de ma biographie. Je me sentais tranquille. De Prinkipo à Coyoacan, de Londres à Auschwitz, j'avais toujours revendiqué mon parcours. Ma rupture avec l'Internationale avait été argumentée, publique – je ne veux pas dire par là qu'elle avait intéressé grand monde. J'avais mis fin à un épisode de ma vie, sans rien renier. J'ai fait des démarches, rempli des formulaires. Vite, les choses évoluèrent. Il n'y eut plus en face de moi un fonctionnaire mais toute une commission qui, au fil des convocations, des audiences, ne tarda pas à se transformer en tribunal. Pas d'accusation précise, pas d'avocat. Rien que des rapports dont on me faisait état, par bribes, émanant de services polonais, allemands, français, anglais, turcs, mexicains, américains, etc. Des services policiers, mais pas toujours. Ils avaient du crédit auprès de mes juges. Quelle était la légitimité de mes juges ? Ce fut un temps assez cauchemardeux. Toujours très démocratique. Certains de mes amis, pas tous anciens camarades, se retrouvèrent emprisonnés. On ne me faisait pas grief d'avoir été bolchevik, trotskyste ou quoi que ce soit d'autre. On voulait que je me comporte en aspirant citoyen américain. Comment ? En collaborant. En m'enrégimentant dans les rangs du monde libre. Puisque mes anciens amis étaient des ennemis, il fallait bien que je prouve ma sincérité. J'ai tout dit, on s'en doute. Tout, parce qu'ils savaient tout. Mis à part quelques grossières erreurs, assez compréhensibles, nos débats et divergences étaient assez compliqués à saisir par de simples flics, espions ou agents provocateurs, leurs dossiers étaient factuellement précis. J'ai raconté tout ce qu'ils voulaient, ils n'ont rien compris. Ils savaient tout des rendez-vous, des congrès clandestins, des transits de matériel, des codes. Les dates, les lieux, les organigrammes, aucun mystère. Il me suffisait de ne pas démentir, le plus souvent. Ces gens avaient l'esprit tordu et la compréhension obtuse. Que savaient-ils des convictions, des doutes, des angoisses et des coups fourrés, des démissions fatiguées, des veuleries, des hasards malencontreux, des espoirs malgré tout, des histoires de fesses, des ténacités imbéciles, des puretés, des sacrifices, de tout ce qui pouvait troubler l'ordre des plus solides majorités militantes ? Je n'ai même pas cherché à les bluffer, ces braves inquisiteurs. J'ai même connu ce moment très minable qui, je suppose, doit intervenir dans n'importe quel interrogatoire un peu soutenu, où j'aurais voulu leur faire comprendre. Pas pour qu'ils adhèrent. Pour que nous parlions avec les mêmes mots. C'était impossible. J'ai rarement eu à m'entretenir avec de pareils imbéciles.

– Pas de doute, vous étiez le plus malin, monsieur Levine. Encore aujourd'hui, vous êtes le plus fort. Résultat ?

Du pied, le vieux professeur poussa mollement le fragment de mur de Berlin.

– Je pense qu'un langage commun a été trouvé, finalement. Bien au-delà de ce que souhaitaient les gens du FBI.

Un brin de lassitude s'installa. La patience de Laurent s'épuisait. Je lui fis une photocopie de la photo des skins. Je ne connaissais pas ces types. Il me croyait. Avaient-ils le moindre rapport avec la tannée du passage Dubail ? Comment savoir ? Les agressions dont j'étais victime excédaient de loin les statistiques courantes. Y avait-il des conclusions à en tirer ? On s'enlisait. Laurent se souvint que, la dernière fois, il avait quitté l'appartement cul par-dessus tête. Il prit les devants :

– Mes respects, professeur.

Levine ne daigna pas répondre. Il feignait de somnoler.

Il feignit longtemps après le départ de Laurent, sirotant pour la forme une lichette d'alcool, ou allumant une cigarette qu'il laissa s'éteindre après une première bouffée.

– Alfred, Alex Katz. Je vous prie de considérer, monsieur Victor, que, malgré toute ma sagacité, je n'ai pas su voir ces deux-là. Manque de jugement ? Indifférence ? Jadis, je voulais le salut des masses. Je n'ai jamais aimé les gens. C'est ce que prétend Gaïl. Qui m'est une quasi-inconnue. Pour vous aussi, c'est une inconnue. Si un jour elle étonne le monde, nous serons les premiers surpris. Monsieur Victor, vous arrive-t-il de vous sentir bien vieux ? Si oui, que puis-je faire pour vous ?

Je lui dis quoi.

Tant bien que mal, Levine me dessina le plan de l'appartement de Katz, à la Grisette. Un bien mauvais croquis, consciencieux. Je fis un portrait de Levine, au Polaroid. Il se leva, enfila son manteau, coiffa sa casquette, salua les chats.

– Au revoir, monsieur Victor. Veillez sur Gaïl si vous avez le temps. Et prenez garde à vous. Les nervis que nous avons mis en fuite sont des gens obstinés. Ils reviendront.

Aussi Levine oublia-t-il son parabellum.

En refermant la porte, je vis le mot plié, glissé dans le chambranle. L'écriture de Solveig :

« Juste en escale à Paris. Envie de baiser. Du monde chez toi, tant pis. 5 heures du matin. Les temps changent. »

Au téléphone, elle avait changé la bande de son répondeur. Plus aucun message. Rien qu'un extrait du *Berlin* de Lou Reed. Beau. Facile. Efficace.

Je rangeai le pistolet sur le porte-bagages de la Raleigh, me repassai la cassette vidéo de notre simulacre d'exécution en achevant de me saouler.

Le lundi 4 décembre, France-Info m'apprit qu'en RDA le bureau politique du PC s'était dissous et que cent soixante membres titulaires du Comité central avaient démissionné. À Leipzig et Berlin, d'imposantes manifestations réclamaient avec insistance le départ du chef de gouvernement, un type du nom de Krenz. À Prague, un nouveau gouvernement dirigé par un certain Adamec était rejeté par le Forum civique car, sur vingt-deux postes, six seulement étaient attribués à des non-communistes. Le Forum appelait à une nouvelle manifestation.

Občanské fórum ? Le petit chat imprimé sur le laissez-passer souriait.

Je n'étais pas parti le 21 août. De quel droit maintenant ?

Levine ayant anticipé sur quelques informations, je repris la lecture du journal d'Alfred Katz. Au vendredi 11 mars. Raccord rapide.

« Pressé par les nazis, le chancelier autrichien Schuschnigg démissionne. Seyss-Inquart le remplace, qui fait aussitôt appel aux bandes allemandes nazifiées pour assurer l'ordre.

« Je rencontre Petr L., secrétaire de L.D., de passage à Paris. La grande politique n'est pas à l'ordre du jour. Il s'agit de ce conflit pénible, presque honteux, à propos de la tutelle du petit Seva, le petit-fils du Vieux. Jeanne M., la compagne de Sedov, revendique d'en assumer la charge. L.D. veut que le gamin le rejoigne. Où sont les vrais droits dans ces affaires de famille qui finissent toujours par nous rattraper ? Camille me donne des brassées de textes à traduire. Il m'informe aussi, il en est très préoccupé, que le Vieux est inquiet du sort de ses archives, laissées à Paris. Elles étaient aux mains de Sedov. Elles sont maintenant entre celles de Jeanne M. Donc de la fraction rivale, puisque Jeanne fait cause commune avec le groupe de Molinier, le PCI. C'est à la fois gravissime et ridicule. Camille est ennuyé, car il me revient de traiter la masse de correspondances qui relatent ces conflits sordides. En allemand, en anglais. Un notaire de province aurait là un pactole. Affaire d'enfant, de papier, d'héritage. D'après Camille, L.D. est prêt à porter ces affaires devant des tribunaux bourgeois. Je n'y crois pas.

« Petr L. me signifie que cela ne me regarde pas. »

Petr Levine. Ou Levinsky. Qu'importe son pseudo. Le voilà qui débarque dans le carnet de Katz. Plutôt raide. Pas tout à fait comme il m'a dit.

« Sa préoccupation essentielle est la préparation de la conférence de septembre. Petr est gentil, cassant comme le sont les faux timides. Exécutant sans états d'âme. Intellectuel flirtant avec les basses œuvres. Jusqu'ici, nous nous entendons bien.

« Camille est inquiet. Depuis la mort de Sedov, il est persuadé que la Guépéou est informée de nos moindres initiatives.

« Je me demande comment vit Camille. »

Pour mémoire. Camille est Rudolf Klément.
Je l'inscris sur mon mur, à côté du Polaroid de Levine.

À la page suivante, Katz déjeunait avec Félix. Sans Mila.

« De la manière la plus inattendue, il m'a proposé un petit appartement, quai de Valmy. Un de ses copains vient de le libérer. Félix pense que ce serait mieux que ma chambre d'hôtel. Ma décision doit être rapide. »

Depuis plusieurs jours, je n'avais pas vu mon clodo habituel, avec ses nippes entortillées. Il n'était pas le seul à zoner dans le quartier, d'autres sans domicile fixe devaient lui faire de la concurrence. La quantité nouvelle de mendiants dans les rues était une des modifications les plus spectaculaires intervenues dans Paris pendant mon absence.

Celui-là, je l'avais vu une ou deux fois, assis près du pont de la Douane. Un homme dans les cinquante ans, avec un complet-veston, qui, il y a encore peu, devait avoir été présentable. Aujourd'hui, il se tenait campé au milieu de l'étroit trottoir. Obstiné.

– Je veux un peu d'argent. Pour manger et boire, monsieur.

Ce n'était pas une demande humble, ni une revendication. L'homme exigeait un droit. Je le contournai, poursuivant mon chemin. Agacé, puis honteux. L'homme n'avait pas réagi. Sa pauvre audace n'avait pas suffi. J'avais eu faim et soif. Froid aussi. Avec, à quelques mètres, des gens qui disposaient à satiété de tous les biens élémentaires. Je m'apprêtais à rebrousser chemin pour donner quelques pièces. Il y eut un cri étouffé. Mi-douleur, mi-surprise.

L'homme, le passant, de forte corpulence, ne se défendait pas. Il encaissait les coups redoublés que lui portait le clochard avec une incroyable violence. Il finit par se laisser tomber, à genoux, se plia, les mains crispées sur le ventre, piqua de la tête et resta ainsi, immobile. Sous lui, la flaque rouge s'élargit.

Le clochard regardait sa victime, hébété. Il avait la main et l'avant-bras, et le devant de son veston, tout tachés de sang.

– De l'argent, répéta-t-il. Pas grand-chose. Pour manger et boire.

Allait-il présenter des excuses ? Non. Le clochard ne le fit pas.

Il replia la lame de son couteau de poche, le rangea. Des passants se ruèrent sur lui. Certains jugèrent indispensable de le frapper. Il ne protesta pas.

Lourcet me fit parvenir un télégramme :

« Légèrement malade suite à la nuit passée avec vous. Rien de grave. Considérez-moi comme hors jeu pendant quelques jours. »

Quel jeu ?

Laurent m'expliqua que le passant était sérieusement blessé, que ces jours n'avaient jamais été en danger. Un bon manteau, une chaude veste de bonne laine, voilà qui, sans être une cuirasse, ne se laisse pas si facilement percer par la mauvaise lame ébréchée d'un Opinel.

– Reste que ce clochard furieux a une identité des plus incertaines et qu'à un poil près c'est vous qui étiez la victime. S'il vous avait raté ?

Avec ses idées fixes, Laurent était un garçon confortable.

Katz ne commente pas son déménagement à la Grisette.

« Dimanche 13 mars. Fin du troisième grand procès. Boukharine, Rykov, tous les autres : condamnés à mort. Même cette ordure de Iagoda, qui a pourtant tellement bien servi Staline. »

Même jour : « Deuxième ministère Blum. À peine investi, totalement usé. »

Sans date : « Breton publie – petite diffusion – *Trajectoire du rêve*. Hommage à Sigmund Freud, persécuté par les nazis. »

Et : « J'ai fait encadrer le dessin de Delvaux. C'est Georges Hugnet qui m'a rendu très gracieusement ce service. J'ai donc eu l'occasion de visiter son atelier, le Livre-Objet, 13, rue de Buci. Hugnet est d'une fréquentation agréable. C'est également une intarissable commère qui prétend connaître tous les petits secrets du groupe. »

Le samedi 19 mars, Katz évoquait un discours de Maurice Thorez. Par sa voix, après l'invasion de l'Autriche, le PCF mettait en garde contre la possible invasion de la Tchécoslovaquie par Hitler. Katz se demande qui sont ces « Sudètes » qu'évoque le discours.

Des notes hâtives, rendues obligées par le suivi minimal d'un journal privé.

Le mardi 21 mars marquait une rupture, une relance :

« Breton a de ces lubies. Il a voulu me faire visiter l'atelier d'un de ses amis, rue Tourlaque. Porte close, l'ami n'était pas là. Qu'à cela ne tienne ! Par défaut, nous

nous sommes un peu promenés sur le boulevard. Breton, comme d'habitude – c'est tout de même surprenant – s'est montré remarquablement indifférent aux filles, certaines très belles pourtant. Il était préoccupé et volubile. La galerie Gradiva lui causait des soucis. Ni lui ni Jacqueline, sa femme – cet "amour fou" mué en mariage me surprend, me choque presque, je l'avoue –, n'avaient les compétences requises pour tenir une boutique, même de cette nature. Les affaires marchaient mal. La fermeture était inévitable. Quoi faire ? Breton évoqua sa fille, la petite Aube, avec une belle franchise : "J'éprouve les plus grandes difficultés à assurer ses besoins. Certes, je peux toujours la confier pour quelque temps à mes parents, en Bretagne." Je compris que Breton avait parfois recours aux subsides familiaux. Il ne me parut pas gêné outre mesure. Pas par cela : "Tel que vous me voyez, mon cher, je serais bien incapable de vous offrir un verre." J'entendais bien. J'entendais d'autant mieux que certains membres du groupe s'attiraient les foudres régulières de Breton pour manquement au sacro-saint apéritif quotidien, qu'ils se perdaient en alibis ridicules alors que la vérité était qu'ils n'avaient pas le sou pour payer la moindre consommation. Mais Breton voulait m'entretenir d'autre chose. Il avait des idées de voyage lointain. Il évoqua Diego Rivera, le peintre des gigantesques *Murales*, et sa compagne Frida Kahlo, peintre elle aussi. Il me parla du Mexique, avec cette intensité qui était la sienne lorsqu'il découvrait un objet, une curiosité quelconque qu'il déclarait magique, tout en se l'appropriant souverainement. "Léon Trotsky est là-bas. Ce serait une occasion." Comment faire tenir ces propos avec l'impécuniosité qu'il venait de m'exposer ? Breton ne regardait toujours pas les putes. Il pérorait, donnait de la voix. Au ministère des Affaires étrangères, sans aucune compromission – qui donc pourrait penser a mal ? –, on allait peut-être lui concocter une petite mission, des conférences à faire, dans des universités. Au Mexique. Cela le tentait beaucoup. »

Ici, l'écriture verte de Katz se faisait un peu plus serrée, nerveuse :

« Ce rendez-vous que Breton m'a pratiquement imposé, je l'ai accepté en négligeant quelques heures de travail, rue du Croissant. Une faute qui peut se sanctionner sévèrement si les copains, sur place, n'arrivent pas à me couvrir. Tant pis.

« Tant pis, car (souligné) le 21 mars est un jour qui pour moi a une grande importance.

« Breton n'a pas bien fait attention. Nous étions censés marcher sans but précis. Je l'ai guidé vers les hauts de Montmartre. Très précisément vers la rue Becquerel.

« La rue Becquerel est assez remarquable. Située juste derrière le gros tas de merde blanc sale érigé par les Versaillais, cette basilique immonde, cette abjection qui persiste à dominer Paris, cette offense qui n'a pour seul mérite, à chaque fois qu'on la voit, que de rendre toute idée de dieu un peu plus irréductiblement ennemie. Et moche.

« La rue Becquerel est en très grande pente, avec des escaliers bien raides, par paliers. Elle tombe. Les immeubles qui la bordent ne méritent pas d'être décrits. Breton se rétracta, contrarié : “Que faisons-nous ici ? Que voulez-vous me dire ?”

« Nous étions le 21 mars. Dans la mesure de mes moyens, j'ai bien lu les textes d'André Breton. Ce n'était pas si facile là où j'étais, là d'où je viens. Lille.

« Je lui racontai, tandis que nous hésitions, lui surtout, à descendre les marches abruptes.

« Quel récit ? J'avais travaillé un peu comme aide-soignant, comme infirmier, comme larbin à tout faire, à l'asile psychiatrique de Bailleul, dans la banlieue de la ville. Chez les fous. Un endroit moche.

« Marche après marche, je revoyais. Des regards perdus, des blouses grises, en toile très épaisse qui râpe la peau, irrite les croûtes. Des portes qui ne ferment pas, d'autres qu'on verrouille, des couloirs infinis et sonores, qui puent le désinfectant, des interrogatoires absurdes, interminables, pointilleux, des briques rouges, des carrelages lavés chaque jour à très grande eau, à cause des déjections, pisse, merde et sang des règles.

« Inutile de refaire l'histoire. J'ai mis bien du temps à la remarquer. Rien ne la distinguait du pauvre troupeau. Je n'étais là que pour gagner ma vie.

« Breton sentit le péril :

« – Comment s'appelait-elle ? demanda-t-il vivement.

« – Léona.

« – Ah !

« Une folle, parmi tant d'autres. Elle agitait à l'occasion quelques jouets, des ficelles, des brindilles. Elle gribouillait des dessins. Le plus souvent elle était prostrée, résistant à toute conversation, à toute approche. Pouilleuse, en plus. Tondue.

« Je n'étais qu'un homme de peine. Un jour que j'étais occupé au ratissage des feuilles mortes dans la cour, Léona s'est approchée de moi. Elle avait un léger sourire, très inhabituel. Elle semblait préoccupée.

« – Elle dit quoi ?

« – Il ne faut pas qu'il s'inquiète. Je vais bien.

« – Qui ? De qui parlait-elle ?

« – D'André. Elle n'a donné que ce prénom. Ce qui, au fond, n'a pas grande signification.

« – Ensuite ?

« Breton parvenait mal à descendre ces marches de la rue Becquerel, finalement si faciles. Qu'avait-elle dit, Léona-Nadja, la folle éteinte autrefois irradiante ? Quoi, avec cette brindille à la main, qu'elle agitait ?

« – André a tellement de choses à faire. Des choses si belles. Ce n'est pas de sa faute.

« – Ensuite ?

« Elle disait toujours un peu la même chose, elle insistait : "Il est beau comme un soleil. Il faut lui dire. Je suis partie. Je n'ai pas voulu gêner. Je ne veux jamais."

« Nadja s'éloignait. Elle pouvait rester silencieuse des jours, des semaines entières, murée en elle-même. Puis, comme si elle avait à reprendre le fil d'une tenace préoccupation, elle abordait l'un ou l'autre, dans le personnel de service de l'asile. Moi. Elle plaidait :

« "Je faisais trop de bruit, j'étais mal habillée, j'embêtais tout le monde, même André. Ils m'ont arrêtée, c'est normal. Je n'aurais pas dû faire tout ce tapage, raconter toutes ces bêtises. Ils sont venus à l'hôtel où j'habitais, les policiers. J'avais été un peu folle cette nuit-là, le 21 mars. J'avais crié. C'est la vérité."

« Breton ne se donna aucun mal pour faire bonne figure. Il supportait mal mon récit.

« – Plusieurs femmes ont prétendu être la Nadja que j'évoque dans mon livre. C'est d'autant plus risible si l'on songe que certains critiques clament toujours que j'ai fabulé, que Nadja n'a jamais existé.

« À qui Breton parlait-il donc ?

« – Elle a existé. Votre récit est un compte rendu fidèle. Tout le monde a le droit de changer de nom. Léona se faisait appeler Nadja parce que ce nom évoquait l'espérance, ou du moins son commencement, en russe. On peut y voir une intuition remarquable, car, en Russie, il n'y eut que le commencement d'une espérance. L'horreur et l'internement, ensuite. Nadja fut arrêtée, internée, en mars 1927.

« – C'est ce qu'on m'a dit, reconnut Breton avec réticence. Sur ce point, je n'ai jamais recueilli de détails très précis.

« Il mentait.

« À Bailleul, dans l'asile, de bribe en bribe, j'avais reconstitué le chemin de Léona-Nadja. De l'hôtel de la rue Becquerel, après son tapage, on l'avait conduite au commissariat du quartier, ensuite au dépôt. On n'avait pas grand-chose à lui reprocher, que du bruit. On la transféra à Sainte-Anne, puis à Perray-Vaucluse. Elle était originaire de Lille. Après bien des efforts, ses parents, qui étaient de pauvres gens, purent obtenir son déplacement dans la région.

« – Quelles preuves, au-delà de vagues coïncidences, que cette Léona que vous avez connue est la Nadja dont j'ai parlé ? Que disaient d'elle les médecins ?

« Il était assurément pénible de voir Breton se retrancher derrière l'avis du pouvoir médical. Mon statut à l'asile de Bailleul ne m'avait certes pas permis d'interroger les grands patrons. Je m'étais en revanche renseigné auprès des infirmières – "gardiennes" serait un mot plus juste. Certaines étaient en charge depuis plus de dix ans. À leurs yeux, pas fatalement malveillants, Léona était une malheureuse démente. Pas une violente, comme d'autres internées. Ses petits bavardages incompréhensibles ne troublaient pas le bon ordre du pavillon. Il n'y avait rien à faire pour elle. Sa famille étant indigente, elle mourrait à l'asile. Une gardienne trouvait ça triste. "Elle était plutôt jolie, à son arrivée ici. Pas du tout comme on peut la voir maintenant. Elle avait de beaux cheveux blonds. Comme de la paille. Entre nous, on l'appelait la Parisienne."

« Jamais je n'avais vu à Breton une telle mine sombre. Il était cramponné à la rampe de l'escalier, masse lourde, ébranlée. Je craignis la chute, sans être résolu à faire le moindre geste pour l'éviter.

« – Donc, cette femme était Nadja. C'est votre conviction ?

« – Elle a dit que c'était son nom et elle a parlé de vous.

« – Une Léona, un André. Cela peut identifier des dizaines, peut-être des centaines de couples.

« Cette objection était de pure forme, inconvenante. Breton ne s'y attarda pas. Autre chose le préoccupait qu'il ne formula pas sans réticence.

« – Selon vous, lors de son internement, a-t-elle eu l'occasion de lire cet ouvrage qui porte son nom et qui, dans l'une de ses parties – une partie seulement –, relate l'aventure que j'ai eue avec celle qu'elle prétend être ?

« Voilà. Je m'attendais à cette question. Je la craignais, dans toute sa vanité. Elle abîma mon estime pour Breton.

« – Nadja ou Léona… cette femme à l'asile n'avait plus aucune prétention à être qui que ce fût. Elle ressassait, effilochait de temps à autre des lambeaux de sa vie, c'est tout.

« Étais-je injuste, suspicieux ? Breton avait fait des études en psychiatrie. Il connaissait le milieu asilaire. Il le fréquentait encore notoirement, bien qu'ayant renoncé à toute carrière médicale. Il avait plus d'une fois assisté à ces fameuses présentations de malades, à Sainte-Anne. Comment pouvait-il s'imaginer un seul instant qu'une internée d'office puisse avoir accès à un quelconque livre ? Il fallait l'avoir vue, Nadja la Parisienne, les yeux perdus, abrutie de drogues, les chairs boursouflées, se dandinant d'un pied sur l'autre, le sourire niais.

« Breton se récria, sans conviction :

« – Sans doute, sans doute. Son sort n'a pas dû être enviable. Sachez que je n'ai appris que très tard son hospitalisation, et indirectement.

« – Pas hospitalisation : internement.

« – Si vous voulez. J'ai eu connaissance de l'intervention de sa famille. Cela augurait de bonnes conditions de soins. Et puis…

« Breton s'interrompit, trop conscient, hélas, de la médiocrité de son propos. La fin de *Nadja* ouvrait sur un nouvel amour. Elle avait été écrite dans une période tout à la fois dépressive et exaltée, marquée d'embardées passionnelles et d'âpres polémiques avec les amis, les adversaires.

« Il n'y a qu'un hôtel, rue Becquerel. Enseigne de guingois, ni chic ni minable. Les chambres n'y sont pas chères. Breton et moi nous tenions sur le seuil. Il m'en voulait terriblement de l'avoir mené là.

« – Vous venez de faire une chose terrible. Comment savoir si la femme que vous avez côtoyée est bien Nadja ? C'est impossible.

« – Pas complètement.

« – Que voulez-vous dire ?

« Par un collègue du service anthropométrique de l'asile, j'avais pu me procurer une photographie de Léona.

« – Je peux vous la montrer, si vous voulez. J'ai également un dessin qu'elle m'a donné. Ces documents pourraient vous permettre de juger si cette femme est ou non Nadja.

« Bien qu'il fût sur ses gardes, Breton ne s'attendait pas à un pareil coup. Mon idée n'était pas de le secouer autant.

« – Une photo ? On m'a plusieurs fois demandé si j'avais une photo de Nadja. Par curiosité ou en manière de preuve de son existence. Je n'en ai jamais eu aucune. Sauf celle de ces yeux qu'elle m'avait donnée et que j'ai insérée dans le livre.

« – Ses yeux à elle ?

« Breton ne répondit pas. Il tenta de retrouver contenance, me scruta pendant de longues secondes. Je ne savais ce qui l'emportait en lui, du désarroi ou du défi.

« – Une photographie, un dessin ? C'est extraordinaire, parfaitement inattendu. Si je pouvais les examiner, cela aiderait sans doute à la clarification de cette affaire.

« Je lui promis de les lui apporter à la prochaine réunion. Il approuva. C'était bien, très bien, à demain donc. Pour la première fois cette royale silhouette me parut menacée. Son salut fut très sec. Nous nous quittâmes là, devant l'hôtel. »

Nadja, en russe ce nom évoquait le début de l'espérance. Nadja, arrêtée et internée en mars 1927.

En octobre de la même année, le Comité central du Parti communiste d'Union soviétique exclut de ses rangs Trotsky, Kamenev, Zinoviev, etc. Toute l'opposition.

En novembre, éconduit par la brillante et coquette Lise Meyer, André Breton tombe éperdument amoureux de Suzanne Muzard, qui ne dit pas non, même si elle a mille raisons de rester attachée à Emmanuel Berl.

Berl, grande plume munichoise en 1938.

Décembre 1927, Breton rédige la dernière partie de son livre, *Nadja*. Il revient d'un séjour dans le Midi, avec Suzanne. À Toulon, il a séjourné avec elle à l'hôtel des Négociants, quai de Cronstadt. Pierre Naville, qui a quitté depuis plusieurs mois le groupe surréaliste, rentre de Moscou. Il rend visite à Breton, avec qui il est en froid, lui explique qu'il est désormais impossible de tergiverser. Le choix entre Trotsky et Staline ne peut être différé. Breton termine son récit.

Les choses ne se passèrent pas comme convenu. Breton ne put attendre la réunion habituelle du groupe (elle se tenait de nouveau au Cyrano) pour prendre connaissance des documents détenus par Katz. Il se présenta donc quai de Valmy dans la soirée du 21 mars, très agité. Mila était présente. Courtois de nature, il multiplia les formes extérieures de civilité, au point d'en être maladroit.

– Vous comprendrez sans mal le trouble dans lequel je suis depuis notre conversation. Je vous prie de pardonner cette intrusion. Il m'était impossible de différer l'épreuve de vérité.

Mila ne comprit pas très bien l'agitation de Breton, qui, de surcroît, paraissait contrarié par sa présence. Katz n'avait pas eu le temps, ou l'envie, de lui raconter le pèlerinage, rue Becquerel. Breton refusa de s'asseoir. Il n'avait pas soif. Rien ne pouvait le distraire de cette urgence : voir les « pièces », les « documents ».

Katz n'avait emménagé que depuis peu de jours. Mila était justement là pour l'aider à organiser son petit intérieur. C'est avec une certaine malice qu'il feignit de chercher les reliques de Nadja dans le très relatif désordre de ses modestes paquets. Il tendit une enveloppe à Breton, qui l'ouvrit. Une photo de petit format. Un dessin. Breton les considéra, blêmit.

Il blêmit incontestablement et ses mains se mirent à trembler. (Comment aurait-il pu en être autrement ?)

– Cette photo est récente ?

– Moins d'un an. Comme le dessin.

Réalisé avec des crayons de couleur donnés par Katz. Une sorte d'oiseau bariolé, enflammé, avec le cadran d'une montre sur le poitrail. À côté, en le voulant bien, on pouvait imaginer une tour ou un mirador. C'était un gribouillage. Breton sortit péniblement de sa fascination.

– Je ne peux pas me prononcer. Ce visage est terrible, ce regard au-delà de toute tristesse, n'est-ce pas ? Qu'a donc traversé cette femme, quel miroir ? Je ne la reconnais plus. Mais ce n'est qu'une photo, après tout ce temps…

Jamais Katz n'aurait imaginé que Breton provoquerait un jour en lui ce sentiment un peu sale, la pitié.

– Je suis troublé. Il me faut réfléchir.

Pouvait-il emprunter ces « documents » ? Sans attendre la réponse, Breton avait glissé l'enveloppe dans sa poche. Avec quelque désordre dans les gestes, il prit congé, donnant à Katz et Mila l'impression de battre en retraite.

Il faisait nuit. Le petit immeuble de la Grisette était toujours entouré d'une stupide palissade en plastique ondulé, à rayures vertes et grises. Il n'était guère difficile de trouver un interstice par où se glisser.

L'accès de la salle du bistrot était barré par de grosses poutrelles solidement calées. En revanche, monter à l'étage ne présentait aucune difficulté. La démolition n'était pas encore entamée, on n'en était qu'au vandalisme préparatoire. Des gravats jonchaient le sol, morceaux de plâtre, de stuc, moulures, éclats de bois. À ma grande confusion, je fis fuir des chats. J'y allais.

Premier, deuxième étage ? Les témoignages de Levine et Katz me laissaient dans l'incertitude. Il y avait un étroit couloir coudé, distribuant de petites pièces. Dans certains cas, par quelque jeu de cloisons, on avait dû ici pouvoir parler d'appartements. J'explorai, à la seule lueur de mon briquet. Les fenêtres obstruées ne laissaient filtrer aucune lumière de la rue. Bien sûr, j'avais la conviction d'être en terrain de connaissance, d'avoir erré quantité de fois dans cette maison, ne serait-ce qu'en rêve.

D'après le plan dessiné par Levine, l'appartement de Katz n'était qu'une assez grande pièce coupée en deux par une mince cloison. D'un côté la « chambre », de l'autre la « salle à manger ». Près de la porte, dans le couloir, il y avait un lavabo. Un peu plus loin, des chiottes. Qui faisaient du bruit toute la nuit.

Où j'étais rendu, la disposition des lieux pouvait coïncider. La place des fenêtres, le mur en toc, les sanitaires. Il n'était pas difficile d'imaginer la petite table ronde, au milieu de la pièce. Cette autre, plus petite encore, rectangulaire, près de la fenêtre où Katz écrivait ses précieuses notes, ses poèmes. Sans doute ne prenait-il pas le risque de rapporter à la maison les papiers du Secrétariat international confiés par Camille. Le matelas de Levine avait dû être installé là où je me tenais, sous l'étagère à bouquins. En examinant bien, en grattant un peu, j'étais convaincu de pouvoir trouver des traces de pitons, de vis dans le mur. Je grattai. Et trouvai.

Je n'eus pas le temps d'éprouver de légitime satisfaction. Quelque chose, sur le mur, attira mon attention, à la lisière du halo de lumière donné par le briquet. C'était une affichette, une photocopie très contrastée, sur papier kraft. Les yeux proposés par Breton dans *Nadja*. C'était à n'en pas douter un signe laissé par Gaïl. Malin et irritant.

Les parpaings de la fenêtre n'étaient pas si bien scellés. Le ciment était sableux, friable. Il suffisait de pousser, de s'égratigner un peu en travaillant avec un bout de ferraille. Je dégageai un petit jour. Assez pour voir. En bas, la statue de Frederick, le square. Plus haut, mes fenêtres éclairées.

Avait-il besoin de quelque chose ? Il ne répondit pas. Pas plus que d'habitude.

En sortant de la Grisette, je n'avais pas été surpris de frôler, dans le couloir, assis, les bras entourant ses jambes pliées, le clochard à bandelettes.

Ce n'était qu'une vérification. Au haut de la rue Becquerel, aux murs des premiers immeubles, Gaïl avait collé ses yeux de Nadja. C'était récent. Il me parut inutile, ou peut-être prématuré, de pousser l'exploration plus avant.

La rue Becquerel, comme un gouffre. Bien plus inquiétante que ce qu'en disait le carnet.

À tort ou à raison, j'étais épuisé.

Que disait Solveig dans ce mot trouvé rue Gît-le-Cœur, au matin du mardi 5 décembre ?

C'était à propos de Vacek. Jiří Vacek. « Il est de passage à Paris. En émissaire. J'ignore si lui et moi avons des choses à nous dire. Il n'y a aucune raison de ne pas essayer. »

Aucune, en effet.

Nous restâmes à peu près silencieux jusqu'à la fin de la première tournée d'huîtres. Depuis mon retour, c'était notre première rencontre pacifiée, sans enjeux pesants. Marc avait laissé les armes de sa panoplie dans la boîte à gants : toutes ces prothèses miniaturisées lui permettant d'être disponible au monde à chaque instant. Nous étions des amis relatifs. Nous n'en demandions surtout pas plus. Une deuxième bouteille ne tarda pas à s'imposer.

– Il était temps que tu rentres. À force de vendre chaque matin de l'air du temps, je me suis fait piéger. L'hygiénisme fait des ravages. Je ne fume plus que des cigarettes sans nicotine. Je fais du squash trois fois par semaine. Mon taux de cholestérol est redevenu celui d'un jeune homme. Je bouffe *light*, je bois *light* et je crois bien que je baise tout pareil. Je compte sur toi pour m'aider à ne pas sombrer complètement.

– À part te convoquer pour une cuite de temps à autre, que faire ?

– Comme avant. Tiens-moi au courant de tes menues dingueries courantes. La famille Katz, par exemple. Cette montre qui marche à l'envers. Solveig, pourquoi pas.

– Pourquoi Solveig ?

Marc avait la détestable habitude de mettre du vinaigre sur ses huîtres. Avec des échalotes.

– Je t'ai un peu menti à propos d'elle. Par omission. Tu t'en doutais ? Oui. Naturellement. Quoi te dire, même si tu ne me demandes rien ? J'ai un souvenir très confus de cette nuit avec Solveig. C'était après un cocktail, j'étais un peu ivre. Assez pour avoir envie, pourquoi pas, de me taper la nouvelle pigiste. Une grande bourde, de ma part. J'ai eu très peur, en me réveillant près d'elle qui ne dormait pas. Peur, oui. Elle m'observait. Elle s'amusait. C'était chez moi. Je suppose qu'on ne baise pas ainsi avec Solveig. Il n'y a pas eu de suite. Sauf qu'à chaque fois que je la croise, je me sens ridicule. Tu l'aimes ? Non ? C'est préférable.

Marc se débattit dans de mauvais plans mal préparés. Il se leva, me pria de l'attendre. Ce n'est pas qu'il avait envie de pisser. Quelque chose à aller chercher dans sa voiture.

Il revint avec un dossier cartonné, l'ouvrit. Il contenait des photocopies.

La première reproduisait l'affiche d'un quelconque spectacle théâtral d'avant 68. L'intitulé, en tchèque, m'était incompréhensible. Une affiche très captivante, construite à partir d'un portrait de Solveig, autour duquel s'organisait toute une composition graphique assez belle, terriblement datée, un peu psychédélique, dans la manière du *Push Pin Studio* de Milton Glaser.

– Quelle pièce ?

– Elle me l'a dit. J'ai oublié. Un truc qui se voulait d'avant-garde.

Solveig était à peu près méconnaissable. Une gamine montée en graine, un peu ronde, paupières lourdement fardées à l'eyeliner, faux cils probables. Cheveux crêpés.

Sur la deuxième feuille, quelques années plus tard, les joues étaient creusées, avec, dès ce moment, des mèches blanches. Style décavé. Solveig portait une ample chemise d'homme, judicieusement entrouverte sur l'esquisse d'un soutien-gorge noir. Le sillon entre les seins était très mis en valeur. Dans le texte du programme annoncé, je lus les noms de Rimbaud, de Baudelaire. Et de Jiří Vacek. Soirée poétique, avec musique.

La troisième photo était manifestement l'œuvre d'un flic ou d'un méchant Photomaton. Regard droit dans l'objectif. Traits déformés par le 35 millimètres. Une photo de fiche, de papier d'identité.

– Son passeport. J'ai pensé que tu avais droit à ces copies. C'est pour ton mur, chez toi. Ça fait partie de ton assemblage.

– C'est un de ses cadeaux ?

– Hélas, non. Solveig n'est pas une énigme que pour toi.

Marc n'avait plus faim. Moi non plus. Soif, seulement.

– Dangereuse, pourquoi ?

– Sais pas. C'est mon souvenir. J'avais dû mal me tenir. J'ai tenté de rattraper. Café, croissants sortis du congélateur, œufs, bacon ou harengs, petit raide, si elle voulait. Je n'ai pas loupé une seule des fautes grossières à ne pas commettre avec une femme de son genre. De quel genre est Solveig ? Elle n'entendait pas s'attarder mais c'était ennuyeux, ma salle de bains était impraticable. Pour elle. À cause de tous ces produits de soins, de beauté, ces crèmes, ces médicaments, ces gouttes, ces pilules, qui traînaient sur les tablettes. Tout ce qu'avait laissé Jeanne. Je ne m'étais pas résolu à faire le ménage. C'était inhospitalier, hostile. Or je l'avais invitée. Il fallait bien qu'elle se lave. Du moins qu'elle sorte propre. J'avais fait en elle, sans délicatesse. Ça avait coulé un peu, sur ses cuisses. Pas beaucoup, pas de quoi me vanter. Assez pour être devenu sec et désagréable. Elle a retroussé sa jupe. J'ai léché et nettoyé comme j'ai pu ce sperme résiduel. Je dis « nettoyer » car ce fut son expression. Je l'ai fait avec répulsion, ce qui la fit rire. Avec envie d'elle. Et peur, j'insiste. Je déteste cette femme.

Jamais, pas une seule fois, en vingt-cinq ans de compagnonnage, Marc ne m'avait fait la moindre confidence sur la moindre affaire de cul.

Marc, au dernier verre :

– Il faut que tu saches aussi. Jiří Vacek est à Paris. Là-bas, le régime lâche tout. Donc les visas. Même pour les opposants historiques. Lui, Solveig, c'était le grand couple. La passion, la trahison, tout le cirque. Vacek fait le tour des vieux contacts à l'étranger, des rédactions amies. J'ignore s'ils y croient, s'ils font comme si : Vacek se répand en expliquant que Husák n'en a plus que pour quelques jours. Selon lui, et ce serait formidable, il faut s'attendre à une transition paisible, avec certains réformistes du Parti. Il n'y aurait pas d'autre relève. Solveig l'accompagne partout. Elle traduit. Je ne sais pas si elle partage ses vues. Ce Vacek cherche des appuis, pour ses amis. Qui sont ses amis ?

Gaïl n'était pas chez elle, rue de Buci, au-dessus de tout cet ex-regroupement grouillant de la Guépéou. À l'entrée de la boutique de Georges Hugnet, il y avait un marchand de journaux.

Selon le message laissé sur sa porte, on pouvait trouver Gaïl dans un théâtre déclassé du Nord parisien. En répétitions. Je m'y rendis.

Ne m'attendant à rien, je fus surpris. Le spectacle était fort avancé. Pour entrer dans la vieille salle, les obstacles à vaincre étaient minimes. Avoir l'air décidé suffisait. Dès les premiers couloirs – tous tapissés d'affichettes avec les yeux de Nadja – je croisais des hommes revêtus d'imperméables, de manteaux de cuir luisant. Lunettes noires, chapeaux feutre. Fumant des cigarettes anglaises ou des cigarillos pourris. Des comédiens, des frimants. Certains me prirent pour un critique ou un bailleur de fonds. Je recueillis quelques informations, des excuses préventives. Le texte n'était pas encore au point. Les principaux rôles butaient sur des points essentiels. Il me fallait être indulgent, comprendre les intentions entre les lignes. Je n'avais pas à être malveillant.

Je n'arrivai que très mal à trouver mon chemin, suivant les indications données par des petits placards dont je ne comprenais pas toujours le sens. Au mur, le velours rouge grenat était singulièrement mité. Le plus impressionnant, dans ce dédale, était la lumière crue, venue des plafonds, qui accusait tous les reliefs des faciès, leur donnait une inquiétante fixité cireuse. De quoi avais-je l'air ?

– Puis-je vous aider, monsieur Victor ?

Il me driva vers le bar, se présenta comme étant l'attaché de presse, il n'avait pas le genre. Un jeune homme mince et froid, avec casquette et ciré noir. Mal rasé, comme s'il sortait d'une nuit d'émeute à Hambourg.

– Nous risquons gros et rien du tout. Rien à perdre. Cette salle est condamnée. Nous en avons l'usage pour pratiquement rien. Donc elle est une chance. Vous comptez faire des photos ?

Quelle bizarre idée !

Autour de nous, ce n'étaient qu'allées et venues pressées, chacun ayant l'air de se diriger vers un but bien déterminé pour aller y accomplir une tâche de la plus extrême importance. Il régnait une ambiance de servilité bureaucratique et hystérique. On pouvait être dans les coulisses d'une grande administration cauchemardesque ou dans les tréfonds d'une prison politique à l'heure des règlements de comptes.

– Un peu inhabituel comme répétition, à mon avis.

– Cette remarque est un compliment. L'idée est de Gaïl. Chacun doit se mettre en condition. Se tenir prêt à jouer le rôle d'un flic, d'un inquisiteur, d'un chef fonctionnaire. Peut-être d'un procureur ou d'un patron d'asile psychiatrique. À moins que ce ne soit celui d'un commissaire politique ou d'un tueur. Elle nous a demandé de relire Kafka et Victor Serge, de revoir *Brazil*.

– Vous, quel genre de rôle vous reviendra ?

– Je n'en sais rien. Personne n'en sait rien. Ça fait partie de la répétition. Qui est qui ? Qui fera quoi ? Qui est capable de quoi ? De quelle manigance pour décrocher une place enviable ? La suspicion doit régner.

Chacun se compose son petit personnage, se fait sa carapace offensive. Si, d'aventure, tout à l'heure, un type vous demande ce que vous faites là et exige de voir vos papiers, ne l'envoyez pas paître trop vite. Il est possible qu'il se prenne au sérieux.

– À ce point ?

– Nous parlons depuis cinq minutes. Je suis certain que plusieurs rapports ont déjà été rédigés par des mouchards. Abigaïl a été informée de tous vos faits et gestes depuis que vous êtes entré dans ce théâtre. C'est elle le centre.

– Elle qui dirige ?

– Nous avons accepté de fonctionner selon la méthode qu'elle proposait.

– C'est une grande preuve de confiance de votre part.

– Nous étions tous au chômage. Si cette aventure a du succès, qu'importe le prix que nous aurons dû payer. Si elle échoue, nous n'aurons rien perdu.

Comme acteur, j'ignorais ce qu'il valait. Comme attaché de presse, il se défendait bien. Il me corrigea :

– Dites plutôt attaché à la propagande. Vraiment, vous ne voulez pas faire de photos ?

Il était temps de voir Gaïl.

Pour entrer dans la salle, il fallut traverser plusieurs groupes de nervis.

Dans un passé très lointain, ç'avait dû être un théâtre à l'italienne, avec moulures dorées, loges confortables. Il n'en restait plus que les os. De simples bancs de bois remplaçaient des rangées entières de fauteuils. Le fond de scène n'était plus qu'un mur gangrené, gris et ocre, fissuré. Fort beau, comme il se doit.

La salle, dans la pénombre. Face à la scène, Gaïl. Assise devant une planche de bois clair calée entre deux rangées de fauteuils. Les notes qu'elle compulsait, éclairées par une minuscule loupiote. Une lumière strictement personnelle. De là, tapie, elle évaluait les autres, les comédiens sur scène, totalement exposés. Donnait des ordres. Pour moi, la scène pouvait attendre. Gaïl d'abord.

Assis à quelques rangs de distance, de trois quarts dos, je la voyais pour la première fois, un peu magnifiée par son petit spot, profil aigu et geste sec. L'incertitude muée en réflexion péremptoire. Gaïl se bluffait. Bluffait tout son monde. C'était beau à voir.

– Viens donc. Viens donc voir de plus près.

Je m'assis près d'elle.

– Breton, Nadja. Je te savais bloquée sur un livre. Je te retrouve dans un théâtre.

– Je me suis trouvée perdue dans la forme de ce que je voulais écrire. Malgré Katz, malgré toi, je ne suis pas complètement isolée. Tu n'as jamais daigné lire un seul de mes feuillets. Des gens ont pensé qu'il y avait matière de base pour un spectacle.

Une matière à travailler avec des comédiens en disponibilité, dans une salle en phase terminale de sursis. La décision de tenter l'expérience s'était prise presque toute seule. Rien de très raisonnable.

– Improvisation générale ?

– Pas trop. J'ai des dialogues tout prêts, des idées de mise en place. Regarde.

Sur la scène, on disposait des éléments de décor. Quelques pans de carrelage clinique d'un blanc un peu souillé. Une longue table imposante recouverte d'un cuir égratigné. Chaire professorale ou bureau d'un tribunal. La lumière se modula, devint bleuâtre, comme tombant d'une verrière encrassée.

– Un amphithéâtre ?

– Un endroit de cette sorte. Où on convoque des gens pour qu'ils s'expliquent.

Des comédiens s'installèrent peu à peu, surtout dans les zones de pénombre. Manteaux de cuir, imperméables cirés. D'autres se risquèrent dans la lumière. Ceux-là étaient vêtus de redingotes, de longues blouses. Des uniformes. Ils étaient coiffés de chapeaux melons et portaient volontiers lorgnons et barbiches respectables. C'étaient des professeurs ou des petits employés, sûrs de leur importance. Graves pantins, ils attendaient les ordres pour s'animer.

Gaïl joua ostensiblement avec quelques reproductions de tableaux de Paul Delvaux, sorties de sous ses notes éparses. Bien sûr, elle s'était inspirée de cette scénographie. Les meilleures idées de Gaïl étaient toujours un peu usées. Ou bien j'étais mal disposé à son endroit.

– Ce sera l'amphi de Sainte-Anne. Le jour de la présentation des malades. C'est le tour de Nadja. Un docteur mène l'interrogatoire. Disons qu'il s'agit du docteur Claude. Une incontestable sommité.

– Un remarquable procureur ?

– Nous sommes bien d'accord.

– Breton est dans la salle ?

– Sur les gradins. Probablement. Au minimum, en contrepoint, une voix *off* dira quelques-unes de ces petites phrases qu'il a consacrées à Nadja.

– Nadja ? Qui sera-t-elle ?

– Il y a, bien entendu, plusieurs postulantes. Toutes plus vraies que nature. Je n'ai pas encore fait mon choix. Allons, recommençons !

Sur la scène, la lumière se fit insensiblement plus dure. Une fille s'avança sur scène, au milieu de l'aréopage des barbons. Elle était tiraillée entre la timidité craintive inscrite dans son rôle et sa voracité d'actrice voulant à toutes forces emporter le morceau. Elle aurait dû être humble et brisée. Elle défiait, regard étincelant. Les yeux de Nadja ?

– Ces affiches, partout. C'est toi ?

– C'est moi. Et ce sont ses yeux à elle, cette fille sur scène, qui joue comme elle peut. Tu t'es laissé prendre. Tu n'es pas attentif, Victor. Tu te laisses abuser. Elles abondent, les Nadja possibles, les fatales qui savent bouleverser la ville. Ta vie doit en être pleine.

Plus loin, devant, la Nadja de circonstance attendait qu'on veuille bien s'occuper d'elle. La lumière qui la frappait était devenue celle d'un interrogatoire de police, en pleine gueule. Derrière le grand bureau trônait un homme, besicles et barbe courte, bien taillée. Faux col. Il compulsait ses dossiers.

Dossiers en piles sur la table, par terre, envahissants, lardés de marques, de fiches, de signets. Il feuilletait, ce bureaucrate, lisant, comparant, suivant les lignes du bout du doigt, fébrilement, pris dans un réel bonheur.

– Mademoiselle Léona, n'est-ce pas ?

Nadja approuva d'un signe de tête, comprit aussitôt que ce n'était pas suffisant, qu'il fallait décliner son identité complète, à haute et intelligible voix. Elle fit. Je n'entendis pas. La lumière la trahissait. La comédienne était sans doute consentante. Un spot indiscret rendait presque transparent le caraco de la malade, exposait en silhouette les formes lourdes du corps, les seins et les hanches affaissés. La soumission. Le bureaucrate s'excitait sur ses livres et psalmodiait la litanie des faits accablants. Quoi ? Les tapages tard le soir. Les conduites aberrantes, les défis aux bonnes mœurs, même les plus excentriques d'entre elles, les dessins dépourvus de sens, les petites magies que la patiente prétendait avoir introduites dans la vie quotidienne, les révolutions ridicules. Pour qui se prenait-elle donc ?

– Que me reprochez-vous ?

– De nous forcer à nous pencher sur votre cas.

Quelque chose n'allait pas. C'était trop simple, ce choc. Je m'éloignai, pas très loin, aussi silencieusement que possible de la table de commande de Gaïl.

Gaïl, qui se mordait les lèvres, suivait tétanisée le développement très physique et sans pardon de ses approximations. Je n'avais pas à être plus fier. Elle avait lu le carnet de Katz, bien plus qu'elle ne le disait. Le problème était que ce carnet était devenu mon affaire, sans partage possible. Rien à négocier en ce domaine.

Je m'assis pas bien loin de la sortie de secours. Ligne de fuite possible. Des gens à lunettes noires et trench-coat venus de tous les films noirs me surveillèrent d'un sale œil. Je sortis mon parabellum pour rien, pour qu'on ne m'emmerde pas.

Le procureur poursuivait son travail. L'accusée se sentait pleine de repentir, était animée par un sincère désir de collaboration.

Ne pas oublier, dans la pénombre proche : les miliciens cuirés, les nervis, les blouses blanches tachées…

Il y avait un texte, conçu par Gaïl.

– Oui, oui, monsieur, camarade président, votre honneur, je me suis complue dans des petits jeux décadents, tout à fait frivoles. Oui, au nom d'une absurde conception de la poésie. Ce qu'est la poésie, me demandez-vous ? Je ne sais pas. Je m'en fous, si vous tenez à le savoir. Pardon de mon insolence.

Elle l'admettait : elle s'était comportée en parasite social. Oui, elle avait entretenu des relations douteuses, coupables, avec des individus dont l'attitude était notoirement obscurantiste, des charlatans qui prônaient un merveilleux de pacotille pour mieux éloigner les masses de l'avenir radieux, des lendemains chantants. Des contre-révolutionnaires. Ces gens qu'elle avait aimés étaient des ennemis de l'URSS. Elle s'en rendait compte avec épouvante, maintenant que le mal, son mal, était fait.

Ce n'était plus le docteur Claude, c'était Vichinsky. L'homme des procès de Moscou, le traqueur de chiens enragés à abattre, l'ancien menchevik, le futur ambassadeur des Soviets à l'ONU. Ou bien, c'était un autre. Sa tête était interchangeable. Il ne levait pas le nez de sa paperasse, de ses dossiers parfaitement organisés. Les aveux étaient accablants. Tout se passait de manière conforme.

Comme la lumière s'était faite plus crue sur Nadja, que le maquillage se défaisait, apparaissaient, sous l'humilité consentante, la fatigue, les vilaines marbrures sur la peau blanche, les ecchymoses.

Non seulement Nadja ne voulait pas gêner, puisque c'était son attitude constante, mais elle voulait encore servir.

– L'amour fou, la révolution permanente, voilà ce que je reconnais avoir criminellement opposé à la juste politique du Parti. Je reconnais que j'ai été embarrassante, frivole, légère.

Je m'éloignais peu convaincu par ce brouillage des cartes. Nadja n'était pas Boukharine. La comédienne ne savait pas grand-chose des ténèbres dans lesquelles on voulait la faire évoluer. J'en voulus à Gaïl de ses approximations.

– Tu t'en vas ?

– Je supporte mal les lieux clos.

J'eus du mal à sortir. Les théâtreux se prenaient au jeu. Ils admettaient mal qu'on s'esquive du leur. En étais-je si loin ? Au moins une fois, pris par surprise par des figurants imprégnés de leur rôle de sbires, je montrai mes papiers. Ils me laissèrent passer.

Le Cyrano avait disparu au profit d'un fast-food. Ce n'était pas un événement récent. Pourtant, aux tourniquets des marchands de souvenirs, je trouvais encore de nombreuses cartes postales exhibant le Moulin rouge et, dans le champ, sans malice, le bistrot de Breton et sa bande. J'en fis une provision.

J'entrai à la brasserie du Congrès, à l'angle de la rue Fontaine et de la place, au bas de chez Breton. Je n'eus pas le temps d'ouvrir le carnet de Katz. L'homme m'aborda, sollicita la permission de s'asseoir, n'attendit pas la réponse, s'installa. Nous nous connaissions. Il était le fils du tenancier de la librairie Faible. Il était toujours aussi grand, athlétique, odorant, offensif et gêné. Il me fit un petit exposé. Je lui polluais la vie.

J'étais passé à la librairie, et voilà, les contrariétés s'étaient enclenchées. De quel ordre ? Les incursions de ce flic, Laurent, et de ses collègues. Ils venaient, posaient des questions, taquinaient le vieux, prenaient des renseignements dans le quartier, revenaient. Des jours que ce cirque durait. Et moi qui rôdais.

Il connaissait donc Laurent.

– Mettons les choses au net. Je suis flic, tout comme lui. Pas du même grade, pas dans le même service. Il fait dans la grande stratégie, les coups de l'État. Je patauge dans la merde. Je ne suis pas certain de détester ça. Monsieur Victor, ôtez-moi d'un doute, je ne voudrais pas commettre de méprise. Faites-vous partie de la maison ?

C'était non. À ma connaissance. Il en fut soulagé. Il s'appelait Frédéric. On l'appelait Fredo. Tout le bas de sa joue gauche portait les stigmates d'une scarlatine autrefois mal soignée.

Fredo desserra le nœud de sa cravate club, se donna de l'air en déboutonnant son blazer bleu sombre. Il me laissa aussi entrevoir son holster. Inutile de jouer au plus malin, selon lui. Il était à l'origine de quelques-uns de mes petits désagréments physiques. Passage Dubail, en particulier.

– J'ignore ce que veut Laurent. Il est en mission, moi pas. Avec mes moyens, je sais ce que je ne veux pas. Qu'on touche à mon père, par exemple. Pas question qu'on touche à mon papa, d'aucune manière. C'est un très vieux monsieur. Depuis votre visite à la librairie, depuis que vous avez prononcé le nom de ce type, Katz, il est agité. Il fait des cauchemars. Vous vous rendez compte ? Depuis près d'une vingtaine d'années, avec beaucoup de soins, d'attentions, de petits médicaments, figurez-vous qu'il parvenait à dormir paisiblement. Vous arrivez, vous, monsieur Victor, et patatras ! Tout s'écroule. Ce que vous faites est très mal. Quoi que vous cherchiez, ce n'est plus d'actualité. Il y a prescription. Mon père a le droit de dormir tranquille.

– De quel droit ?

– Je ne sais pas ce que sont vos nuits, monsieur Victor, vos matins. Personnellement, je n'ai rien contre vous. Laissez mon père en paix.

– Sinon ?

– Sotte question. Sinon je vous tue.

Fredo posa son Smith & Wesson sur la table, ostensiblement indifférent à l'effet produit alentour. C'était un 38. Lourd de ses mille trois cent trente grammes de légende. Il posa tout à côté sa carte professionnelle. Je vérifiai la garniture du barillet. Fredo ne me demandait pas de le comprendre. Le croire suffisait. Il se voulait loyal.

– Si tu continues à persécuter le vieux, ce sera moche, regrettable, anonyme. Ce sera un malheureux accident, un fait divers inexpliqué. Il y aura des soupçons, des doutes, mais pas de preuves. Je suis un professionnel.

L'affaire sera classée. À quoi bon en venir là ? Je veux la paix des braves gens. De tous bords.

Ces dernières phrases étant prononcées avec toute l'amertume agacée d'un type qui préférerait proposer une partie de 421. À tort ou à raison, Fredo supposa que j'étais acquis à ses vues. Comment pouvait-il en être autrement entre gens de bonne compagnie, même pas nés à l'époque des grands drames ?

– Quels drames ?

– Ne sois pas chiant, monsieur Victor. Ne joue pas les naïfs au moment où tu me deviens sympathique. Pour le bon peuple, tu es un héros rescapé. Tu fricotes avec Laurent, avec Katz et Levine. De grandes pointures. Moi et mon paternel, nous sommes des petits, des minables, des éternels soutiers. Les accidents de travail, les bavures, c'est pour nous. Les autres, vous, vous êtes habitués à tirer votre épingle du jeu. Cette fois, ça ne marchera pas. Ne me pousse pas a la faute. Pour tout dire, il n'y a qu'une seule question qui me turlupine.

– Quelle question ?

– Dans quelle équipe joues-tu ? Inutile de chercher à botter en touche. Je sais que tu ne me donneras jamais la réponse.

Ce con avait, en plus, la métaphore sportive.

Quai de Jemmapes, que disait le message de Solveig ? Voix *off* tandis que je satisfaisais aux nécessités de la régie domestique :

« Je suis certaine qu'on t'a parlé de Vacek et que tu as préféré écouter les autres plutôt que moi. Ce n'était pourtant qu'une petite question de temps, je n'ose pas dire de confiance.

« Il a été de ceux, les quelques rares, qui n'ont jamais rien cédé. Il est resté dans la vérité. Du moins, sa vérité.

Celle qui, peu à peu, n'est plus devenue la mienne. Certains ont dit que je l'avais trahi. Ils ont leurs raisons, leurs règles. Pourquoi pas leur confort ? Je ne veux pas développer avec toi ce débat, il ne te concerne en rien. Tu n'as rien à être dans ces histoires, tu n'y étais pas. J'ai trahi, puisque je suis partie. »

Vaisselle à faire, soupçon de ménage. Je n'avais aucune urgence à refaire de cet appartement l'outil, le dispositif offensif qu'il avait été autrefois. J'habitais une enclave quasi vide dans Paris, dont je ne savais que faire au-delà de quelques usages de base.

« Vacek n'était plus dans mes pensées. Plus rien de là-bas n'y était. Ce n'est pas complètement vrai, il faut comprendre. Bien sûr, il y avait des manifestations, petites mais émouvantes, pour la commémoration de Jan Palach. Pour l'anniversaire de l'invasion. Pour la proclamation de la République. Pour le 17 novembre. Pour les dates obsédantes de toutes nos défaites. Depuis plus de vingt ans, ces dates obligées de l'almanach ont marqué la résistance. En célébrant une histoire morte, nous assurions la mémoire vive. Un vrai piège. On a vu de braves oppositionnels se faire arrêter parce qu'ils entendaient ne pas oublier la défaite épouvantable de la Montagne blanche, en 1620. D'autres témoigner pour le bûcher de Jan Hus, en souvenir du 6 juillet 1415. Cette piété, quel bonheur pour les fonctionnaires de la police politique ! À chaque fois des discussions – y aller ou pas ? –, des provocations, des arrestations, des appels, des remises de peine, toute une routine très remarquable, des postures très nobles.

« C'était devenu très loin de moi.

« Au moment où je te parle, je pense que cette grande fièvre que se donne Prague va cesser. Nous avons toujours été très intelligents, très rarement héroïques.

« Vacek est à Paris. Cet été, il était encore en prison.

« J'ai vu, comme tout le monde, comme toi, les nouvelles de Prague, à la télévision. Des séquences incohérentes, avec des commentaires souvent fautifs. Des choses de touristes émerveillés de tout cet Est qui bouge enfin et qui, si cela continue, ne va pas tarder à inquiéter.

« Une fois, lors d'un rassemblement, place Venceslas, j'ai cru reconnaître Vacek. C'était lui. Je le sais. Je le connais depuis 68. À cette époque, vois-tu, nous n'étions pas amants, mais nous nous donnions des rendez-vous, lors de telle ou telle manifestation. Il y avait des dizaines et des dizaines de milliers de personnes. Nous nous retrouvions à coup sûr. Je l'ai bien vu, sur l'écran.

« Vacek est cet homme que je peux repérer immédiatement, assurément, dans une foule immense. Ce n'est pas un tribun, pas une grande gueule. Il est là quand il le faut, avec son poids d'humanité têtue. Nous ne nous sommes jamais manqués. Sauf lorsque j'ai décidé que nos montres ne fonctionnaient plus de la même manière.

« Cet homme, au milieu de tous, avec les drapeaux qui s'agitaient, ces chansons, ces mots insolents, c'était lui. Il était très beau.

« Je ne veux plus entendre parler de Prague, c'est trop facile. Ni des grands héros, pris dans leur fonction.

« Je suis partie parce que j'avais à vivre dans ma vérité à moi.

« Tu m'entends, Victor ? »

Sur l'écran de la télévision, je jouais avec les commandes du magnétoscope, venais et revenais sur les flashes d'actualité enregistrés. J'en avais fait un journal intime sans bien m'en rendre compte. Bout à bout, c'était le 17 novembre, le choc inexpiable, Národní třída. Les mains ouvertes contre les matraques. Les bougies contre les bastonnades. Il était inutile de jouer des arrêts sur image. Je ne pouvais parvenir à fixer le visage de Vacek, présent dans cette mêlée. Laquelle était figée dans un bloc compact de refus, soudain.

Je me repassais le message de Solveig. Et ces images.

J'étais envieux, furieux, jaloux.

« J'accompagne Vacek, c'est bien le moins. Personne ne parle cette langue de révolte, d'un tout petit pays, qu'est parfois le tchèque. Une langue très difficile, aux nuances subtiles, pratiquement intraduisible.

« Je peux rendre des services.

« Des nouvelles de chacun de nous viennent de partout. »

Soit. Mais quelle était, sarcasmes de la voix mis à part, la consistance des seins de Solveig ?

Sur l'écran, fugitifs : Havel, Uhl, Ruml. Les flics et leurs boucliers de plexiglas.

De son côté, Katz râlait. Je râlais avec lui. Carnet ouvert.

Avec sa gentillesse de militant un peu trop humble, Camille réclamait trop.

Camille, c'est-à-dire Rudolf Klément. Ne pas oublier.

Katz se laissait posséder par ces menues tâches, chacune indiscutable, toutes sans intérêt. Vaillant petit soldat ? Aux mauvaises heures, il se voyait en fonctionnaire par anticipation, en bureaucrate fantomatique d'un appareil d'État latent. Mila n'en faisait qu'à sa tête. Félix était gentil.

Assez souvent, le soir, les deux garçons se retrouvaient, aux heures où Mila satisfaisait à des travaux que ni l'un ni l'autre n'avaient trop envie de connaître. Ils ne parvenaient pas toujours à éviter les sujets politiques. Ils s'injuriaient sans jamais se disputer. En retenant Félix chez lui, Katz avait au moins la certitude qu'il n'était pas avec Mila. Alors ils se retrouvaient un peu bêtes, au petit matin, à bout d'arguments, marchant le long du canal. Belle image populiste teintée de lourde camaraderie.

Mila détestait dormir seule.

Rompant le ronron des confidences de midinette bolchevique, le carnet osait çà et là une vraie obscénité :

« Dimanche 13 mars 1938. À la Grisette nous écoutons tous la TSF. Les troupes allemandes sont entrées en Autriche. Des foules imposantes les ont acclamées au long de leur route vers Vienne, agitant des drapeaux rouges à croix gammée. L'Anschluss est chose faite.

« Le speaker a lu les autres dépêches. Au terme d'une crise obscure, un deuxième ministère Blum vient d'entrer en fonctions. Daladier est à la Défense.

« Un client du rade dit qu'il se fout de Blum et de Daladier.

« "Où sera monsieur Hitler, dans un an ?"

« Il répète sa question avec une obstination d'ivrogne : "Où exactement, après ce magnifique Anschluss triomphal ? À Prague ? À Varsovie ? Où ?" »

Il y avait de l'impitoyable dans ces notes prises (cela ne pouvait faire de doute) au jour le jour.

« Lundi 14 mars. Paul-Boncour, ministre des Affaires étrangères, a rencontré aujourd'hui son *alter ego* tchécoslovaque. Il lui assure, dit-on, que le traité d'alliance entre les deux pays sera honoré, quelles que soient les pressions internationales. On dit aussi que les jours ministériels de Paul-Boncour sont comptés. Il ne serait pas assez souple avec Hitler. »

Félix avait une certitude absolue. Jamais Staline ne laisserait les mains libres aux nazis, en Tchécoslovaquie.

Lourcet n'était pas encore rendu à mon premier étage que j'entendis sa toux, en rafale catarrheuse. Presque asphyxié, l'homme avait en plus la démarche lourde. Il était tout ricanant lorsque je vins le chercher au seuil de mon palier.

– Je m'annonce donc de si loin ? Quel bruit je dois faire ! Dire que je n'étais même pas certain de vous trouver chez vous.

– Entrez.

– Si facilement ? Vous faites portes ouvertes ?

Je l'aimais bien. Lourcet s'était beaucoup défait depuis notre dernière entrevue. Il n'y avait pas à demander de ses nouvelles. Tout irait ainsi entre nous. Sa fin était proche. Pourquoi m'avait-il mis dans le coup ? Je le débarrassai de son épais loden et de son écharpe. Il réclama une cigarette, sans filtre de préférence. Ses bajoues parcheminées tremblaient à chaque quinte. Il se posa. Gros animal marin échoué sur des terres involontairement inhospitalières.

– Si je suis venu vous importuner, c'est que vous avez des questions à me poser. Que voulez-vous savoir ?

– Que saviez-vous ?

– Sur quoi ? La guerre qui venait ? Nous ne pensions qu'à ça. À cause du travail. De nos fiancées. Nous n'y croyions pas. Nous avions écouté nos parents qui avaient connu la grande boucherie. Personne n'était assez fou pour vouloir une autre guerre. Si quelqu'un la voulait, monsieur Hitler ne faisait pas le poids. Ni en force ni en droit.

– L'Anschluss ?

Lourcet sortit une pochette de Kleenex, se torcha plusieurs fois dedans. Il lui plaisait, à ce vieillard – il était devenu un vieillard à mes yeux –, d'être sale, malaisé à fréquenter. Gestes indécis, voix caverneuse, il en rajoutait. Ses chaussures étaient impeccablement cirées. La Tchécoslovaquie, il n'en savait rien, rien au-delà des sarcasmes tous azimuts concernant le traité de Versailles. Un pays en toc. Il en avait difficilement localisé les contours sur la carte d'un vieil atlas des familles. Une entreprise hasardeuse. L'atlas datait d'avant 1918, du temps de l'Empire austro-hongrois.

– Que pensiez-vous ?

– De la Tchécoslovaquie ? Rien. Je ne pensais qu'à l'Espagne. J'avais l'âge. Je n'y suis pas allé. Pas par peur de la mort. Par crainte du dérangement. L'Espagne ou pas ? Ceux qui sont allés s'y battre et les autres. Pour les gens de ma génération, vue par la vôtre, c'est tout à fait discriminant. Vous avez raison.

– Ou étiez-vous ?

– À Paris. C'est une tellement belle ville. Comme j'écoutais Malraux, j'étais sourd à Moscou pour ne pas désespérer Barcelone. D'un côté les procès, de l'autre la guerre vive. Les procès ? Je lisais ce que Paul Nizan, Aragon en disaient. Ce qu'il fallait en penser. Je pensais comme eux, j'étais un bon petit gars.

– Loin de tout. En tout cas, loin de penser qu'à Barcelone se tenaient aussi des procès sommaires, contre le POUM, contre les trotskystes.

– Ne vous méprenez pas trop. Je n'étais pas si sot. Personne ne l'était. Tout le monde savait que les stalinistes ne se privaient pas de régler leurs comptes, au front et à l'arrière. Profits et pertes. C'est bien l'énigme : tout le monde sait toujours tout, de tous les crimes. Ça empêche très peu de personnes de consentir. Et votre ami Katz, lui, que faisait-il ?

– Il écrit beaucoup, je le sens mal. Il se dérobe.

– Exemple ?

J'ouvris le carnet. Dans ma lecture, j'en étais rendu à une note sans date :

« Le numéro de *Quatrième Internationale* est enfin sorti des presses. Quel travail, que de difficultés ! Pour l'essentiel, il est consacré à Léon Sedov. Déjà bien oublié par ceux qui n'étaient pas ses camarades – l'enquête concernant sa mort traîne, traîne, il est évident que les flics y mettent la plus mauvaise volonté du monde, sauf lorsqu'il s'agit de compléter leurs dossiers sur nous.

« La revue, les tracts, le journal, les circulaires, les motions, les thèses, c'est indispensable. Ça ne fera barrage à rien. »

Je donnai aussi lecture à Lourcet d'une petite fiche insérée, page suivante, de la main d'Alex. Du sec :

« Mars-mai 38 : massacre des trotskystes qui survivaient encore dans les camps de la Petchora, de Vorkouta. Plus tard, des dizaines d'années plus tard, de nos jours certains prétendront découvrir le goulag. »

Lourcet se tassa un peu, bâilla.

– On savait tout. Ce qu'on ne savait pas, on le soupçonnait, rien qu'au silence ou aux insultes qui s'opposaient à nos questions les plus naïves. Le carnet de votre ami est plus précieux que vous le pensez, même s'il n'apprend rien. Aujourd'hui, les sociétés totalitaires implosent, les prétendues démocraties triomphent à bon compte, non sans laisser paraître une certaine anxiété nerveuse. Les vérités cachées ne vont pas tarder à devenir officielles, sans aucune conséquence sur le cours des choses. L'héroïsme des oppositionnels de jadis et d'hier sera salué, pour mieux être oublié. L'Histoire n'est pas juste, elle n'a pas de morale. Les réhabilitations ne sont qu'une farce anecdotique. Alfred Katz et ses camarades s'opposaient à la barbarie avec courage ? Et alors ? Ils n'ont plus de place dans le fracas de l'ordre du jour des héritiers.

Parler était pénible à Lourcet. L'élocution se faisait approximative de phrase en phrase. Il s'endormit doucement, bercé par son désabusement. J'allai chercher une couverture. Je parvins à peu près à le border tel qu'il était, tout de guingois sur le fauteuil. Photo.

Je repris ma lecture :

« Vendredi 25 mars. Soirée à l'ABC, avec Mila. Elle voulait entendre Lise Gauty, mais, maintenant, elle ne jure plus que par Charles Trenet, qui était en première partie.

« Nous sommes rentrés à pied, rue Lacretelle.

« Mila a dit : "Si je te demandais en mariage, qu'est-ce que tu répondrais ?" »

Pas de réponse lisible dans ces notes censées être intimes.

Le mercredi 30 mars, Katz est beaucoup plus disert :

« Je suis passé rue de Buci, chez Hugnet. Pas de motif précis, rien qu'un bonjour en passant. J'ai eu droit à un grand numéro sarcastique :

« "Savez-vous, cher ami, où se trouve Breton aujourd'hui même ? Au port de Cherbourg. Plus exactement, sur un bateau en partance pour le Mexique, rien que ça.

En compagnie de madame, s'il vous plaît. Si tout va bien : arrivée à Veracruz vers la mi-avril. Belle croisière, ne trouvez-vous pas ? Payée par qui ? Je vous le donne en mille : par l'État. En l'occurrence le ministère des Affaires étrangères. Tout cela grâce à l'entregent d'Alexis Léger, qui se fait appeler Saint-John Perse au royaume des belles-lettres. Un haut fonctionnaire, un digne poète ! Vous n'ignorez pas que cet homme a beaucoup fait, et discrètement, pour que Trotsky soit accueilli en France de la moins mauvaise façon possible. C'est Breton qui est en cause. Le voilà chargé de mission par le gouvernement français. Le gou-ver-nement ! N'est-ce pas extravagant ? Imaginez, je vous en prie, de quelles foudres il aurait accablé n'importe lequel de nos amis bénéficiaire d'un tel petit service. Notre incorruptible n'aurait pas eu de mots assez durs avant de briser là et publiquement. Mais la vertueuse intransigeance de Breton ne vaut pas pour Breton lui-même."

« Je laissai Hugnet, plus offensé que moqueur.

« Quant à moi, j'étais blessé. Avant de partir, Breton n'avait pas jugé utile de me donner son avis raisonné sur la photo de l'internée. Nadja ? Lui seul pouvait savoir. Il avait gardé les documents par-devers lui. »

Katz ne s'attardait pas sur les grèves dans l'aéronautique, commencées le 1er avril. Le vendredi 8 du même mois, ce fut la Saint-Alfred. Mila avait décidé que cela devait se fêter dignement, rue Lacretelle. Avec Félix. Lequel offrit à Katz un petit cadeau.

– Je me suis demandé ce qui pouvait te faire plaisir tout en élevant ton niveau de conscience. J'ai d'abord pensé que la toute nouvelle *Histoire du Parti communiste d'Union soviétique*, rédigée sous la direction du camarade Staline, pouvait te faire le plus grand bien. Puis j'ai craint que tu prennes en mauvaise part ce présent édifiant. Alors j'ai trouvé ceci.

Il tendit une liasse de fascicules un peu fripés, maladroitement entourée d'un ruban-cadeau.

– Tu te moques de moi ?

– Pas du tout. Dans le genre loufoque, tu n'es pas mon seul copain. J'en ai un qui est dans la dèche en ce moment et qui vend de vieux papiers qu'il récupère dans les caves et les greniers. J'ai pensé que cette revue écrite par un dingue pour des dingues était assez dans le style de tes messieurs du Cyrano. Picabia, tu connais ?

Certes, la collection était loin d'être complète. Mais c'était la première fois que Katz avait en main des exemplaires de *391*, le très confidentiel et quasi mythique bulletin de Francis Picabia.

– Quelles que soient tes intentions, c'est un superbe cadeau.

– Ne t'y trompe pas, j'y trouve mon compte. J'aime que tu te souilles au contact de soi-disant artistes, parfaitement dégénérés. Ainsi tu te discrédites aux yeux des masses prolétariennes. Bonne fête quand même, mon camarade.

Mila avait préparé un festin à sa façon. Un poulet à l'ail, assez audacieusement garni de pommes au four, de bananes flambées, de piment. C'était bon et, comme ça emportait la gueule, ils burent beaucoup. Il ne vint à l'esprit de personne d'évoquer la démission du gouvernement Blum, ce même jour. Elle s'effectua, il faut le dire, dans l'indifférence générale. Le Front populaire n'en finissait pas de mourir depuis si longtemps qu'un banal refus des pleins pouvoirs de la part du Sénat ne pouvait guère susciter l'émotion. L'illusoire épopée avait sombré. Ne restaient plus que des péripéties et des gesticulations. Pour un soir, pour une nuit, Katz, Mila et Félix avaient décidé d'éviter ces pitreries fatales.

Quant à l'ordonnancement de la fête, il était de faire la part entre la malice et l'improvisation.

C'en était fini de la salade de fruits lorsque Mila apporta le champagne. Du vrai. Un peu détourné dans les caves du Sphinx.

– Pas détourné, corrigea Félix. Pas volé non plus. Exproprié est le juste mot. Ce champagne est à nous, pas aux bourgeois. L'expropriation est un droit sacré. D'ailleurs…

– D'ailleurs ?

– Dans sa jeunesse, avant 1917, le camarade Staline, dont le vrai nom est Joseph Djougachvili, mais qu'on appelait alors Koba, était un grand expropriateur.

– De champagne ?

– De banques, petits-bourgeois que vous êtes ! Il pillait les banques pour le plus grand bien des caisses du parti bolchevique. Le camarade Staline a toujours eu le sens de l'efficacité.

Félix tenta de faire sauter le bouchon, n'y parvint pas. Katz lui prit la bouteille des mains, fut pour une fois plus habile. Ils burent à la révolution mondiale et à la fête d'Alfred. Ils burent à Mila, à l'amitié.

Le corsage de Mila était échancré depuis l'apéritif. Rien que de très ordinaire. Sauf que Mila ne voulait pas une nuit ordinaire. Elle se fit un peu ivre. La tête lui tournait. Ses hommes la cajolèrent. Elle voulut encore du champagne. Qu'ils boivent avec elle tandis qu'elle s'allongeait pour se reposer un peu. Pourquoi ne s'allongeraient-ils pas près d'elle ?

Mila se déshabilla un peu plus, se mettant à son aise dans une demi-somnolence parfaitement feinte. Elle voulut leurs mains sur elle, guidant leurs premières caresses malhabiles. Ils avaient envie, tout en échangeant des regards gênés. Ils étaient patauds, elle les voulait plus près. Mila dit qu'il était injuste qu'elle seule soit toute nue. Elle les aida. Katz et Félix se virent l'un l'autre, avec elle, en elle, elle les aimant. Elle disait des choses mignonnes et forcément un peu bêtes, qu'elle était leur petite femme à tous les deux, leur petite pute, rien qu'à eux, une bonne suceuse, une gentille enculée, aimante. La nuit commençait à peine. Mila était heureuse avec ses hommes. Elle voulut qu'ils l'aiment encore, qu'ils s'aiment aussi. Bien sûr, ils refusèrent. Mila sut faire, força doucement, guida. Elle accompagna leurs gaucheries, leurs réticences crispées. Ce n'est pas qu'ils voulaient se dérober, on n'en était plus là, ils savaient mal s'y prendre. Elles voulaient les voir amants, qu'ils soient ses amants pédés.

Lorsqu'il se réveilla, plusieurs heures plus tard, Alfred Katz fut accablé d'un terrible sentiment de honte. Quelque chose d'irréparable, comme un crime commis dans un état second. Le jour inondait la chambre. Mila grogna, le chercha dans son sommeil, voulant l'étreinte. Félix se joignit à eux, en bienvenu.

Encore plus tard, Mila prépara le petit déjeuner. Elle affectionnait un subtil mélange de beaucoup de chicorée avec un peu de café, que Katz détestait. Ce n'était pas grave. Il restait du champagne, du poulet, des fruits. Qui donc tenait à faire la vie plus compliquée qu'elle l'était ?

Mila s'amusa sans retenue de la gêne des deux garçons. N'avaient-ils pas passé une nuit formidable ?

Ils restaient le nez dans leur tasse, silencieux, n'osant pas croiser leurs regards. Mila railla ces gaillards redevenus si pudibonds, déjà oublieux de leurs récentes audaces, prêts à renier leurs plaisirs. Mais elle avait bien vu. Accompagné et partagé. Pour tout dire, c'était très bien. Katz se servit du champagne. Il était éventé. Mila s'aventura dans la dénonciation des révolutionnaires coincés, pétris de morale bourgeoise. Ses mots d'ordinaire légers se mirent à peser des tonnes. Félix se sentit en terrain connu.

– Il ne s'agit pas de morale, mais de principes.

– Quels principes ? Pas d'enculade entre copains ? Je t'ai vu faire, tu n'as pas eu l'air de trouver ça désagréable.

– Pas ça, ce n'est pas loyal !

– Au contraire. Moi aussi, j'ai des principes.

Elle s'esquiva vers la cuisine, revint avec une bouteille de champagne, fraîche, qu'elle déboucha elle-même. Elle prit une mine grave, des plus inhabituelles.

– À cause de mes principes à moi, j'ai pris ma décision. S'il est d'accord, je propose qu'on boive ce matin à l'annonce de mon tout prochain mariage avec Alfred Katz et je te demande solennellement, Félix, d'être notre témoin.

« J'ai dit que j'étais d'accord », écrivit Katz dans son carnet.

Et voilà que je me laissais encrasser par cette eau de rose.

Le mardi 12 avril, il était fait état d'une conversation avec Camille. Rudolf Klément, donc.

Il était curieux de constater que, sur bien des points, le journal de Katz était en transgression avec ce que l'on appelle, dans toute organisation, les « règles élémentaires de sécurité ».

« Nous venions de régler un problème de traduction un peu litigieux. Le texte du secrétariat étant très polémique, Camille avait tenu à ce que chaque mot fût soigneusement pesé, afin de ne laisser aucune place à un nouveau malentendu possible de la part des destinataires. Le texte évoquait l'évaluation des risques en cas de guerre. Je ne sais pourquoi, tout en rangeant nos affaires, je fis part à Camille des craintes que m'inspiraient les menaces de Hitler à l'encontre de la Tchécoslovaquie. Il se rembrunit aussitôt. Nous discutions rarement politique, nous cantonnant aux seules tâches administratives. "La Tchécoslovaquie ? Certainement Hitler veut l'annexer. Les revendications nationales des Allemands de la région des Sudètes lui offrent un parfait prétexte. Leur parti est grassement financé. Les bons démocrates bourgeois de Prague s'y prennent évidemment très mal. Que va-t-il se passer ? Hitler annexera les Sudètes, qui ne demandent que ça. Ses appétits le pousseront à engloutir toute la Bohême. Un statut bien dépendant sera trouvé aux Slovaques, qui n'ont jamais trouvé leur place dans cette république. Ces combats sont-ils les nôtres ?" Pour Camille, la réponse était négative. Il ne s'agissait pas de faire un tri trop fin entre le bien et le mal-fondé dans cette république centrale bâtie de toutes pièces et imposée par le traité de Versailles. "Pour les puissances impérialistes signataires de ce traité, l'entité tchécoslovaque était une chaîne du maillon, du cordon sanitaire contre la Russie révolutionnaire. Hitler raisonne de la même manière. La région des Sudètes est fortement militarisée, au-delà, c'est la voie libre vers l'Ukraine. Ni l'Angleterre ni la France ne l'entraveront sérieusement dans cette marche à la contre-révolution. Hitler est ce qu'il est, très grossier, avec de lourdes bottes. Il vaut bien mieux que le Front populaire, cette pauvre racaillerie."

« Ainsi parlait Camille, et je n'y comprenais rien. Rationnellement, chaque mot pesait, avec son poids de lutte de classes, de revendication nationale. À Prague, le régime de Beneš, l'héritier politique de Masaryk, était indéfendable.

« Laissons la condescendance. Camille prit le soin de me décrire la Tchécoslovaquie, noir sur blanc, sur le papier : "Trois millions d'Allemands – trois millions de Slovaques – cinq cent mille Ukrainiens – sept cent mille Hongrois – des Polonais, un nombre indéfini de Tziganes, une très grande quantité de juifs ayant fui le fascisme." Et, bien sûr, six millions de Tchèques et… de Moraves.

« "Un monstre ! Après avoir nié ses fondements, Staline et nos stalinistes français défendent cet État artificiel, au nom de la démocratie. Au nom du droit des peuples ? En défense des intérêts de la classe ouvrière ? Quelle farce sinistre ! La Tchécoslovaquie fait tampon entre Hitler et l'Ukraine. C'est un tout petit État impérialiste, très secondaire sur le grand échiquier, c'est là son grand malheur. Il paiera sans doute le prix fort d'une crise qui le dépasse. Reste qu'il est comique de voir Gottwald et son parti se précipiter au secours de sa propre bourgeoisie."

« Camille n'entendait pas en dire plus. La leçon qu'il venait de m'assener était dans sa manière. Modeste, effacé, Camille pouvait se faire cassant, péremptoire et même cynique. Il acheva de ranger ses dossiers dans sa petite sacoche de carton bouilli. Je ne lui répliquai pas. Je manquais d'arguments. À quoi bon me faire taxer de sentimentaliste petit-bourgeois ? Pourtant, j'en étais certain, Camille avait tort. Il vérifia que tout était bien en ordre dans cette pièce qu'un sympathisant mettait à notre disposition, dans la journée. Le couvercle de la Remington portative était bien en place, aucun papier compromettant ne traînait. Avant de quitter les lieux, j'ai salué, comme à l'accoutumée, ce très curieux mannequin posé près de la porte. Un "écorché" pour étudiants en médecine. Un homme en plâtre peint, dont seuls étaient visibles les muscles et les nerfs. Il servait de portemanteau. Camille détestait ce genre d'humour. »

Nighthawks

Je descendis les étages avec la Raleigh sur l'épaule. Sur le quai, au moment de démarrer, j'aperçus Laurent qui sortait d'un taxi. Il me héla, je l'ignorai.

Ce n'est qu'en arrivant près de la Conciergerie que je pris conscience du sale crachin froid qui encrassait Paris. L'humidité alourdissait ma veste. Je fis le crochet par le quai de l'Horloge, la place Dauphine, le quai des Orfèvres, afin de respecter le parcours.

Le réceptionniste de l'hôtel Gît-le-Cœur ressemblait de plus en plus à William Burroughs. Le nez dans son chef-d'œuvre, il ne me prêta pas la moindre attention. La porte de la chambre 13 n'était pas fermée. Son coupé, la télé diffusait un feuilleton. Un *Maigret* en noir et blanc, avec Jean Richard. C'était la seule lumière. Solveig était allongée en travers du lit, sur le ventre, nue, jambes largement écartées. La tête, une partie du bras gauche replié, étaient dissimulées sous le drap froissé. Je m'assis dans le fauteuil, près de la fenêtre, rideaux tirés. Sur le petit guéridon, il y avait deux canettes de bière, l'une vide, l'autre à peine entamée, et un paquet de cigarettes, des Petra. Un paquet blanc et beige, contenant vingt cigarettes filtres *king size*, marqué du signe CSTP, *Československý tabákový průmysl*. Manufacture d'État de Kutná Hora.

C'était une scène de crime, un tableau de désordre apaisé. Tabac doux, un peu fade, je n'avais pas fumé de Petra depuis près de dix ans. La très fine nuque de Solveig était découverte. Pas difficile d'imaginer les cervicales brisées, ou les traces de strangulation, dès qu'on retournerait le corps. Ou alors le matelas était en train d'éponger le sang qui se vidait par cette terrible blessure qu'elle aurait en pleine poitrine. La bière était fraîche. Je fis plusieurs Polaroid. Loin d'être un flic, je n'étais qu'un coupable éventuel, suspect de tout depuis mon enlèvement. Y compris à mes yeux, mais là ça remontait à plus loin. Je répugnai à examiner les affaires de Solveig, son sac, son agenda, son carnet de notes, son magnétophone, ses vêtements étalés par terre.

Le corps était souple, chaud, inerte. Il se laissa manipuler, pénétrer, sans aucune résistance.

Le commissaire Maigret marchait lentement, pensif, le long d'un quai. Je rallumai une Petra. À la patère, près de la porte de la salle de bains, un chapeau était accroché. Un feutre gris. À l'intérieur, il portait la marque du chapelier Friml, *Celetná 30, Praha*. Il convenait parfaitement à mon tour de tête. Je quittai la chambre.

Solveig me rejoignit au bar de l'hôtel, une heure plus tard. Visage soigneusement maquillé mais yeux planqués derrière des lunettes fumées. Blouson de cuir, jeans. Le blouson n'était pas le sien. Elle constata que j'en étais à la vodka, hésita sur sa propre consommation.

Le bar du Gît-le-Cœur n'avait pas grande allure. Une escale miteuse nimbée de pauvre lumière jaunâtre. Les fauteuils club avaient beaucoup servi. Les murs étaient ornés de reproductions bon marché d'Edward Hopper, mises sous verre. Nul ici ne craignait les redondances. Je me souvins d'une note de Katz. En 1938, derrière le comptoir, une pancarte indiquait : « Vin et Viandox, uniquement ».

– Un type m'a raconté un jour qu'il y avait un formidable reconstituant. Du blanc sec, du Viandox et un jaune d'œuf. Je me demande si c'est une blague. Je vais essayer.

Le clone de William Burroughs s'éloigna une nouvelle fois de sa machine à écrire. Tout en lui était une muette protestation face au mépris dans lequel nous tenions son travail littéraire. Il servit la dégueulasserie demandée par Solveig et, plutôt que d'avoir à être redérangé, posa la bouteille de Stolichnaya sur la table. Les cheveux de Solveig sentaient bon.

– Où en est notre camarade Katz ?

Je lui racontai les affaires courantes. De Nadja à la petite partouze.

– Il y a aussi André Breton, en partance pour Mexico.

– Il arrive quand ?

– Le lundi 18 avril. Aucun officiel français ou mexicain ne l'attend vraiment. Rien n'est prévu pour son séjour. Seul le bateau a été payé. Comme il n'a pas un sou en poche, Breton est très embarrassé. Heureusement, le peintre Diego Rivera, qui est un familier de Trotsky à Coyoacan, a envoyé un de ses amis en émissaire. Il arrange les choses.

– Comment ?

– Trotsky souhaite rencontrer Breton. Il est lui-même hébergé par Diego, qui est un peintre très en vogue, qui dispose de plusieurs villas. Pour lui, accueillir Breton, qu'il admire, et sa femme, c'est facile, et c'est un honneur. Il aime jouer les grands seigneurs.

– Katz était au courant de ces péripéties ?

– Bien sûr que non.

– Et toi ?

– Culture générale. J'ai aussi écouté Peter Levine, l'un des secrétaires du Vieux, en service en ce temps-là.

Solveig tiqua. Levine ?

– Des types parlaient de Levine, au *Soir*, il y a quelque temps. Ils se demandaient ce qui pouvait bien l'attirer à Paris, s'il n'y avait pas une enquête à relancer sur lui. C'est ton ami ?

– Pourquoi une enquête ?

– Pas mon affaire. Tu demanderas à Marc. Ce chapeau te va bien.

– Je compte le garder.

– Ça me paraît régulier.

– Comment vont les choses, à Prague ?

– Elles vont vite. Le petit chat de Havel est un peu dépassé. Moi aussi. J'ai retrouvé des photos faites par toi, dans les archives du journal. Très bonnes. Tu as très exactement vu ce que nos dirigeants voulaient qu'on voie. La beauté de Prague malgré tout, malgré eux. Ton catalogue touristique est parfait. Il y a même les trams, les poubelles, les traces de poussière de charbon sur les trottoirs devant les soupiraux. De jolies scènes de brasserie. C'est très sensible. Je t'en veux beaucoup d'avoir pris ces photos-là.

Elle rit. Non, elle ne m'en voulait pas. Pas elle, de quel droit ? Quelle heure était-il ? Qu'avais-je photographié ? Je n'avais pas très envie de revoir ces images. Au contraire, ç'avait été un soulagement de les croire disparues. Solveig n'entendait pas pousser son avantage.

– J'ai aimé ce que tu as fait tout à l'heure. Que tu me regardes et m'aimes, tuée dans une chambre d'hôtel, numéro 13, rue Gît-le-Cœur. Tout va bien tant que tu sais faire ça.

Le plan de l'échouage tardif dans l'interzone d'un rade d'hôtel n'était pas très imaginatif. Je n'avais rien de mieux à proposer. Je repiquai dans les Petra. Ne manquait plus, pour aller avec le feutre, qu'un vieux trench froissé. Solveig, avec son accent *Mitteleuropa*, pouvait figurer au casting de n'importe quelle série B. Rien que pour le plaisir de l'accessoire, il était navrant de ne pas être porteur d'un parabellum. Je pourrais y remédier, une prochaine fois. Les voix aussi devaient pouvoir s'améliorer, dans l'éraillement. Les yeux pouvaient être encore plus cernés.

– Inutile de faire un concours à la déglingue, Victor. Nous sommes des spécialistes.

Laurent poussa la porte du hall. Tout agité, il était ruisselant de pluie, mèches collées sur le front. Pour la première fois, cet incident climatique, l'ondée, permettait de le voir dans une grande déroute personnelle, mécontent de lui-même dans le monde. Mouillé et ridicule, il ne demanda pas la permission de s'asseoir. Après un court temps de réflexion, il opta pour son registre classique, l'esprit raisonnable accablé :

– Il serait du dernier mauvais goût de se demander ce qui pousse des gens comme vous, adultes, célibataires, locataires d'appartements confortables, à abriter leurs amours dans un hôtel de deuxième catégorie.

– Que faites-vous du plaisir des voyages en ville ?

– Du charme des chambres anonymes ?

– Certes, certes. Pour d'autres, c'est le cuir, les partouzes. Tout cela me dépasse, je suis un incurable petit-bourgeois.

– Non, dit Solveig. Ce qui est petit-bourgeois, ce sont justement le cuir, les partouzes, les allées du bois, toutes ces petites mises en chaleur.

Les épaules de Laurent fléchirent. Il dit des choses assez inaudibles, qui avaient trait à la fin des idéologies et à la lassitude qu'il avait d'être pris pour un con. Cette mise au point n'intéressant que lui, il sortit une enveloppe de la poche de son veston, l'ouvrit. La pièce à conviction était à l'en-tête de l'agence Prado.

– Une honorable boutique de flics privés, bien connue de nos services.

Le rapport était adressé à Mme Marie-Joséphine Katz. D'après la date, elle n'était alors veuve que par anticipation. Je revis un instant l'éclat de ses yeux verts, au cimetière de Thiais, l'engoncement de ses seins dans sa veste de tailleur, à la réflexion fort mal coupée. Elle faisait donc surveiller Alex par un sbire.

Le rapport, vraisemblablement pris comme échantillon d'une foultitude d'autres, faisait état de manière détaillée des activités et déplacements d'Alex dans la journée du 3 février 1985. Il apparaissait clairement que ce jour-là il avait rejoint la demoiselle Abigaïl S., fille d'un homme au passé trouble, au café le Petit Cluny, à 18 heures. Avait dîner avec elle au restaurant-brasserie le Balzar, jusqu'à 21 h 50. Dîner copieux et arrosé, surtout de la part de M. Alexandre Katz qui, en quittant la salle, a serré diverses mains à diverses tables. Il ne convenait pas, pour l'auteur de ce rapport, de mentionner les noms des éminents professeurs bien connus dont M. Katz semblait être l'ami. En revanche, il était mentionné que Mademoiselle Abigaïl S. ne portait apparemment pas de soutien-gorge et qu'elle semblait « très éprise ». Le couple se rendit ensuite à l'hôtel de la rue Gît-le-Cœur. Le même hôtel que dans les rapports précédents.

– Les rapports étaient quotidiens. Avec tous les jeux de mots d'usage. Alex a eu ici, dans cet hôtel, une chambre pendant une quinzaine de jours. Alors qu'il faisait aussi ses affaires avec Abigaïl, rue de Buci, près de la Guépéou. Pourquoi ? Pourquoi cette chambre, la 13, était-elle la même que la vôtre ? Pourquoi ces coïncidences gigognes, toute cette crasse analogique dans laquelle vous vous complaisez ?

– Qui vous a donné ce rapport ?

– La veuve Marie-Jo, pardi ! Une femme admirable de dignité et de retenue. Tant que son mari était otage, elle fut toujours très évasive avec nous. D'une dignité discrète sur les infidélités de son époux. Question d'image, de respectabilité, d'accommodements avec les conséquences d'une mésalliance. Il avait malgré tout un assez bon coup de queue conjugale, le cher maître.

Elle savait tout. Jour après jour, rapports à l'appui, à la minute près, les détails des écarts. Bien avant le rapt et la pose d'épouse éplorée dans laquelle elle s'était trouvée prise.

– Quel intérêt y a-t-il à revenir sur ces modestes frasques ?

– Pourquoi modestes ? Alex menait une double vie. Pourquoi pas triple, quadruple ? Les rapports de l'agence laissent planer le doute.

D'un côté, la rigueur, le respect scrupuleux d'habitudes, de manies, de précautions. Voilà pour la vie sentimentale et professionnelle. De l'autre, des extravagances, des flâneries, de curieuses pratiques de rôdeur, sans but apparent.

– Je ne comprends pas.

– Plusieurs fois, comme obéissant à une impulsion subite, il se rend, par exemple, rue du Faubourg-Saint-Honoré. Ou square Saint-Jacques. Ou rue Lacretelle. Ou passage Dubail. Etc. Il n'y a pas de rendez-vous vérifiable. Le flic privé a l'impression qu'Alex cherche à brouiller les pistes et qu'il est encore plus dissimulateur qu'il n'y paraît de prime abord. Moi, je remarque que vous êtes exactement dans les marques d'Alex. Aussi fourbe que lui.

Je n'avais qu'une seule raison pour ne pas faire état du carnet de Katz à Laurent. Elle était excellente. Cette histoire ne le regardait pas. Laurent se satisfaisait très bien de ses lubies.

– Madame la veuve est une femme d'expérience. Issue d'une belle lignée de diplomates, elle est parfaitement prête à admettre que le service de l'État a des exigences. Il pousse à des comportements, des activités qui peuvent être difficilement explicables aux proches.

– Jusqu'à penser qu'Alex baisait Gaïl en service commandé ?

– Qui sait ? Son père, Peter Levine, est un personnage encore bien mystérieux. Peut-on jurer qu'un ancien secrétaire de Trotsky se range définitivement ? A-t-on tellement de certitudes d'ailleurs, sur son rôle à l'époque ? L'entourage de Trotsky n'était-il pas truffé d'agents staliniens ?

– Vous croyez à ce que vous dites ?

– Je ne crois rien, je recoupe. J'établis des liens. Depuis le début, je pense qu'il n'y a pas de hasard dans cette affaire. Le hasard n'existe pas. Il n'y a que des liens de causalité encore obscurs. On ne vous a pas pris en otage pour rien et je finirai par savoir le secret de la chambre 13.

Bon courage ! Le cocasse était la satisfaction de Laurent, limier mouillé, sûr de son flair. Pas convaincue par son cocktail-Viandox, renonçant à faire la maligne, Solveig s'était mise à la vodka. À quelques mètres, derrière son comptoir, le clone de Burroughs avait repoussé son clavier. Il coupait et découpait ses bandes de papier, les collait et recollait avec une opiniâtreté inspirée. Lui aussi avait la conviction qu'un sens latent était prêt à jaillir de tous ces bouts de discours, qu'il suffisait de trouver le bon branchement, le raccordement jamais osé, pour que la lumière se fasse, pour que le grand récit s'impose, en dehors de la volonté hésitante de ses protagonistes. Je n'avais rien contre cette hypothèse. Elle ne suffisait pas à donner du talent à Laurent.

Laurent ricana.

– Un gentil mec, ce réceptionniste. Comme écrivain, je ne suis pas juge. Comme indic, il n'y a rien à redire.

Je ne relevai pas. Pas trop.

– J'aime vous entendre parler du monde, Laurent. Continuez.

– Tant que vous voulez. Le monde n'est jamais décevant. Par exemple, il y a eu, avant-hier, un hold-up un peu raté dans la région de Bayonne.

Laurent me le raconta par le menu. Braquage de banque par des types bien armés et coiffés de masques de Mickey, intrusion inattendue d'un vigile au moment du dégagement, flingage. Certains parviennent à s'esquiver, d'autres pas.

– Palpitant.

– L'un des types, qui s'est fait serrer, avait un PM Uzi à la main et son sac Chevignon était bourré de pascals. Classique. Vérification faite, c'était le chauffeur du camion de l'écluse de la Grange-aux-Belles.

– Celui qui a provoqué la mort d'Alex ?

– Comme je vous dis.

– Vous aviez enquêté sur lui. Il était irréprochable.

– Comme quoi il faut toujours, toujours, y regarder de plus près, longtemps, et gratter avec persévérance sous la perverse apparence des choses. Notre honnête homme est un militant basque tendance dure. Le temps d'une descente en terre libérable, il aidait ses camarades indépendantistes dans ces petites opérations musclées qui alimentent les pompes à finances de la juste cause. Pas un truand, un politique. Il ne s'était jamais fait prendre jusqu'à présent. C'est le lot de bien des gens honorables.

– Pour la mort d'Alex ?

– Aucun rapport, comme il se doit. Notre homme reconnaît sans problème sa participation à quelques casses sanglants. Il s'indigne qu'on le suspecte dans ce regrettable décès, au carrefour de la Grange-aux-Belles. Rien qu'un accident.

– Votre opinion ?

– J'enregistre, je stocke. Je suis paranoïaque par méthode, pas par conviction maladive.

Solveig en eut marre. Elle dit :

– Je viens d'un petit pays, avec des flics pas très malins. Ils sont médiocres, humbles, peureux et efficaces. Vous devriez en importer quelques-uns. Ils auraient peut-être des choses à vous apprendre.

La fatigue de Solveig était légitime.

– Vous aussi, vous êtes passionnante. On vous appelle Solveig. Vous êtes, vous avez été Mme Libuše Vacková. Apatride en situation régulière. Pourquoi ne rentrez-vous pas dans votre pays, dans votre si belle ville ? Que craignez-vous ? Les chars de nouveau ? Des ennuis personnels, après avoir fréquenté trop de fonctionnaires peureux et efficaces ? Seriez-vous indésirable ?

Solveig s'approcha de Laurent, très près, lui tourna autour, le flaira, le toucha un peu, comme on examine une bête lors d'un comice agricole, rectifia quelques mauvais plis, prit du champ pour mieux assurer son verdict.

– Vous sentez-vous désirable, vous ?

Elle partit. La chambre 13 était tout près, rien qu'un étage. Elle préféra la rue. Moi aussi, l'épuisement me gagnait. L'autre con collait toujours ses morceaux de papier. Les barbes poussaient. Laurent n'échappait pas non plus aux poils gris et blancs.

Libuše Vacková ?

Je regardai l'heure. Laurent remarqua – ou feignit de remarquer pour la première fois – que les aiguilles de ma montre tournaient à l'envers.

– Jusque dans les détails, vous êtes un client retors.

Laurent était un flagorneur.

Nous restâmes un moment, presque somnolents. Chacun pris, je suppose, dans de piètres rêveries. La révélation du mariage de Solveig avec Jiří Vacek ne méritait pas que je m'y attarde trop. La mise en jeu de ce nouveau prénom, Libuše, était une autre affaire.

Alfred rendait compte avec précision des chassés-croisés diplomatiques incessants entre Paris et Londres, Daladier-Bonnet, Chamberlain-Halifax, à propos de la crise montante, en Europe centrale. Pourquoi ce suivi si minutieux ? Nous n'étions qu'en avril-mai 1938. Les militants de sa modeste carrure avaient bien d'autres sujets de préoccupation. L'Espagne, les procès, la faillite sans débouchés du Front populaire.

L'idée s'imposa que Mila n'était pas pour rien dans cette vigilance. Solveig avait déjà apporté sa contribution : Mila pouvait être un diminutif de « Milada ». C'était aussi une des déclinaisons du mot « chéri ».

Breton rencontrait Trotsky à Coyoacan. Alfred Katz n'en finissait pas de pester contre les routines de son travail avec Camille : la machine à écrire défectueuse, les carbones trop usés, les courriers en retard, l'obsession des règles de sécurité. Gêné par l'épisode d'une nuit trop intime, il ne parlait plus guère de Félix. Il y avait enfin le mariage.

Mila n'avait pas tenu de propos à la légère. Elle s'occupait de tout. Démarches, papiers, régularisations diverses. Même les visites médicales. Un point de discorde portait sur la nature de la cérémonie. Katz voulait un pacte sobre. Mila voulait une grande fête. Un autre concernait la demeure conjugale. Rue Lacretelle ou quai de Valmy ?

Les notes d'Alfred et celles de son fils se complétaient de manière paradoxale. Pour la journée du vendredi 15 mai :

Alfred : « Heinlein, professeur de gymnastique et leader nazi de la région des Sudètes, est accueilli à Londres. On dit qu'il est un peu rustre mais il fait bonne impression. Surtout, par sa bouche, c'est Hitler qui exprime ses revendications dans la région. »

Alex : « Même jour, à Mexico, Breton prononce une conférence. Thème : "Les transformations modernes de l'art et le surréalisme". Elle est parasitée par un groupe d'agitateurs du Parti communiste local qui reprochent à Breton ses attaques contre les procès de Moscou. »

Quelques jours plus tard, le 20 mai :

Alfred : « Tensions et incidents à la frontière germano-tchèque. Des nazis auraient été tués. D'autres dépêches font état d'un gendarme tchèque assassiné. Intoxication et propagande de part et d'autre. Concentration de troupes. »

Alex : « Breton et Trotsky se rencontrent pour la deuxième fois à Coyoacan. L'idée d'un manifeste commun est évoquée. »

Dimanche 22 mai :

Alfred : « Mila consent à habiter quai de Valmy. Combien d'heures de discussion pour en arriver là ? »

Même jour, de la même main appliquée, sans transition : « La Grande-Bretagne et, plus discrètement, la France reconnaissent que les revendications des Allemands des Sudètes sont, en grande partie, fondées. Ne serait-ce qu'à cause du droit des peuples à disposer d'eux-mêmes – et qu'importent les démagogues bottés ! »

Alex, même jour : « Ce dimanche, le parti nazi de Heinlein remporte 90 % des voix allemandes aux élections locales. »

Il ajoute : « On sait maintenant que, le 23 mai 1938, Hitler déclare à son état-major : “La Tchécoslovaquie sera effacée de la carte. C’est ma volonté formelle.” »

Puisqu’elle avait cédé sur l’appartement, Mila exigeait d’organiser à sa convenance la cérémonie du mariage. Katz laissa faire. Il ne choisit même pas la date.

Solveig tint à participer à cette journée.

Il faisait beau, même un peu chaud, le samedi 4 juin 1938.

– Ils ressemblent à quoi ?

– À l’idée qu’ils avaient du respect d’eux-mêmes. C’est un copain d’atelier qui a prêté son beau complet de cérémonie à Katz. Il a même accepté qu’on y fasse des retouches. Ce qui nous permet d’apprendre que notre héros a de très longues jambes et qu’il est un peu étroit des épaules.

– Mila ?

– Robe blanche, très printanière, avec quantité de broderies, de fanfreluches et même une sorte de vertugadin. Ses amies couturières avaient fait le travail. Une autre, modiste, s’était chargée du chapeau.

– Quel genre ?

– Assez ouvragé. Avec des fausses cerises, très rouges. Du meilleur effet.

Il est prévu qu’on chante *Le Temps des cerises*.

Quel drôle de mariage ! Il y avait les collègues typos de la rue du Croissant, les camarades du POI et ceux du PC, qui se regardaient en chiens de faïence, quelques putes, familières du Sphinx et d’autres claques moins chics, des modèles pour ces messieurs les artistes, sans oublier une collection bigarrée d’anciens amants. Il y avait des habitués du Cyrano, pas trop bien représenté, il est vrai. Blaise s'esquiva très vite, malgré la réprobation des gens du POI. Le choix des témoins avait été l'objet de longues discussions. Katz n'avait pas d'amis intimes. Mila en avait trop. Il était entendu que Félix avait des droits. Il les avait résumés à Katz.

– Quelle est l'alternative ? Ou bien je te tue, ou bien je suis ton témoin.

– Tu ne réussiras pas forcément à me tuer.

– J'ai décidé d'être ton témoin.

Celui de Mila était Man Ray. Il n'avait formulé qu'une exigence, être le photographe officiel. « J'ai fait toutes les photos possibles. Jamais dans ce genre-là. »

Monsieur l'adjoint au maire fut à peine décontenancé par cette petite tribu folklorique à la conduite fort convenable. Dans son discours de circonstance il évoqua à tout hasard l'amour des arts et de la République, dit ce qu'il fallait dire sur la France accueillante, ne put s'empêcher de faire allusion aux risques de guerre. Avec une certaine maladresse sympathique, il assura qu'il était heureux d'unir des Français de fraîche date. Les registres d'état civil furent signés. Il faillit y avoir une bavure. Man Ray avait déjà signé la première partie de son nom quand il suspendit son crayon. Il se corrigea en calligraphiant son véritable patronyme, Emmanuel Radinsky.

Ensuite, Man fit mieux les choses, sur le parvis. Il fit ranger tout le monde sur les marches, s'y reprit à plusieurs fois, faisant le pitre pour obtenir des sourires mais prenant son rôle très au sérieux. Il obtint la photo classique qu'il voulait. Puis chacun se laissa aller à quelques facéties, Man photographia encore. Se marier, quelle blague !

« Mais il faut faire ce qu'il ne faut pas faire. »

Un banquet au restaurant n'était pas dans les moyens de la noce. Mila avait prévu un pique-nique en bord de

Marne. Les paniers étaient prêts, il suffisait de prendre le train à la gare de la Bastille. Le trajet se fit en chantant de l'Eugène Pottier et du Charles Trenet.

Mila avait repéré son coin, les jours d'avant. Une petite clairière, près de l'eau, un peu à l'écart. Il y avait des barques, pour ceux qui aimaient ça. On s'installa. Nappes blanches déployées, bouteilles, victuailles, etc. Ce fut très joyeux. Quelques camarades convinrent, en trinquant, que le mariage, bien qu'institution bourgeoise, était après tout une tradition populaire qu'il était envisageable de conserver après la prise de pouvoir.

Plus tard, certains firent la sieste, d'autres canotèrent. Des petits couples éphémères se nouèrent. Mila veillait à ce que tout son monde soit bien content. Félix remarqua que Katz avait l'air soucieux.

– Quelle tête tu tires ! Tu ne vas pas nous gâcher ton mariage, tout de même !

– Pourtant, tu aimes Mila autant que moi.

– Tous les trois, on a fait ce qu'on a pu. Il n'y a rien à regretter. Elle t'a choisi. À toi d'être heureux.

– C'est cette fête, cette fausse insouciance. Comme dans les films ou dans les romans, avant le drame.

– La guerre ?

– La guerre. Les querelles. Entre toi et moi, entre nous et tous les autres.

– Nous continuerons à nous engueuler, pas d'inquiétude. Tu peux compter sur ma loyauté. Je pense que je peux compter sur la tienne. Demain est un autre jour.

Aujourd'hui, Mila se faisait lutiner par tous ses ex-fiancés. C'était gracieux. Man s'activait. Depuis le début, il voulait établir un trombinoscope de tous les invités. « Comme un flic », répétait-il goguenard.

À voix plus basse, pour lui seul, tristement, Man se disait que oui, certainement, parmi ceux qu'il photographiait, plusieurs allaient devenir des tueurs et pire dans les mois, les années proches. Poussés par l'héroïsme ou la veulerie. Quelquefois, ce ne serait pas facile à démêler. Il voyait ça, Man, derrière les bouilles souriantes, le temps du fatal clic-clac de son appareil. Mila riait fort.

– Elle va mourir, dit Solveig. Tout ce récit est fait pour qu'on devine que ce sera dans les pires conditions.

– Je veux une photo, dit Mila. Une photo du déjeuner sur l'herbe. Comme sur cette peinture si belle. De qui ? De Manet. Les deux amis et la fille nue. Ils se parlent, ils sont en paix, contents. Elle pose, au milieu. Je suis comme elle.

Était-ce bien convenable ? Mila se déshabilla avant toute objection, appela Katz et Félix. Les camarades des divers partis ouvriers froncèrent le sourcil. Man cala le trépied de sa boîte. Il sentait l'instant rare, d'une lumière parfaite.

Mila ne ressemblait pas du tout à la fille du déjeuner de Manet. Pas de charmant embonpoint, pas ce gras à la cuisse. Tout juste avait-elle le même regard direct vers le spectateur, tandis que les deux garçons feignaient d'être seuls au monde. Man n'eut pas besoin de réclamer le silence. Il officia, pénétré d'une certitude. L'image qu'il lui revenait de prendre donnerait son sens à cette journée. Elle excéderait le charmant caprice de Mila, la niaiserie de ses mari et amant. Man appuya sur le déclencheur avec un sentiment de douleur et de regret. C'était fait. Il n'y pouvait plus rien.

– Cette photo sera mon faire-part de mariage, dit Mila.

– C'est mon cadeau, dit Man.

Elle vint l'embrasser. Il lui caressa doucement le bout du sein.

– Tu es gentil.

– Je n'ai pas eu l'occasion de te le dire. *Mazel tov*, petite Mila.

Elle ne se rhabilla pas tout de suite. Ce qui incita quelques-unes de ses amies à se mettre plus à leur aise.

– Maintenant que plus aucun vieux pacte avec lui ne l'interdit, dit Solveig, je vais divorcer de Vacek.

– Je ne te demande rien.

– Cette Mila me plaît infiniment. Si un jour je me marie avec toi, je ferai quelque chose de ce genre. En plus provocant.

Solveig dit aussi :

– Un jour que nous ne serons pas mariés, tu me demanderas de faire la chose au monde qui me paraîtra la plus obscène. Je la ferai.

– Ensuite ?

– Ce sera fini, non ?

– Au contraire.

– D'accord.

Ce fut une installation de bric, de broc, en face. Je suivis le déroulement des opérations, je les voyais. Katz avait emprunté un side-car. Félix ne manquait pas de muscle. Il y eut aussi un long voyage entre la rue Lacretelle et la Grisette avec une carriole à cheval, chargée de caisses et d'objets de ménage. Début juillet, Mila avait transformé le minuscule meublé du quai de Valmy en nid douillet.

Solveig pensa que nous pouvions abandonner la chambre de l'hôtel Gît-le-Cœur.

Malgré toute sa courtoisie, Camille devenait nerveux, cassant, à la moindre contrariété. Selon Katz, c'était à cause de cette échéance, le congrès constitutif de la IVe Internationale. La date approchait. Rien n'était prêt. Camille se débattait dans les projets de statuts, naviguait dans les courriers croisés, tous très péremptoires, des divers groupements trotskysants, sections et sous-fractions, dissidents, leaders, compagnons de route, vieux révolutionnaires sincères, paumés largués, hystériques vidés, tribuns conquérants et soldats morts sans en avoir été avisés. Quelques intellectuels raffinés donnaient aussi des conseils. Le Vieux lui-même multipliait les missives, détaillées, pédagogiques, excédées. Katz traduisait, acheminait, avec les harassantes précautions d'usage.

Il y avait, en plus, des appartements sûrs à trouver pour l'hébergement des délégués. Camille souffrait. Il n'avait qu'une médiocre confiance dans les compétences en matière de conspiration des camarades du POI. Étranger isolé, clandestin, il ne pouvait rien faire sans eux.

Solveig découvrait un petit pan d'Histoire.

– Où se tient le congrès ?

– C'est finalement une conférence. Elle a lieu à Périgny, pas bien loin de Paris, dans une sorte de grange appartenant à Alfred Rosmer. Ce dernier reste attaché à Trotsky mais il n'aime guère les trotskystes. Il leur rend courtoisement des services, à bonne distance. Sans plus, sans moins. Rosmer est une de ces belles figures du mouvement ouvrier de ce temps-là. Fidèle à ses engagements, d'une sourcilleuse indépendance d'esprit. Pour beaucoup, un gêneur.

Mais on n'en était pas là, dans le carnet.

Katz n'en finissait pas de compiler les complications que lui exposait Camille.

Camille, qu'il appelait, de page en page, de plus en plus facilement, Rudolf, et même Rudolf Klément, était obsédé par les complications que poseraient les traductions. Lors de la réunion des délégués, il ne s'agirait pas de travailler dans le calme inconfortable d'un bureau. Il faudrait œuvrer à vif, dans le feu des débats. Avec quatre ou cinq langues principales et des ferraillages prévisibles sur des concepts aigus. Camille avait, par expérience, la hantise de la scission stupide, à partir d'un adverbe mal compris. Qui pouvait assurer honnêtement le travail ?

Katz, un jour en juillet, sans date :

« Camille m'a informé de la venue à Paris, pour des vacances, d'une camarade américaine. Elle compte voyager, connaître un peu l'Europe. Elle est également disposée à rendre quelques services. Elle maîtrise plusieurs langues et pourrait nous aider. Elle est fiable. Son nom est Sylvia. Camille souhaite que je la rencontre pour étudier une éventuelle collaboration. Le groupe américain et son dirigeant – ce dernier arrive à Paris dans quelques jours – assurent qu'on peut lui faire confiance. »

Alex introduit une fiche :

« Le nom du dirigeant trotskyste américain est James P. Cannon. Un roc. »

À ces soucis administratifs s'ajouta le désagrément d'un incident. Au fond d'eux-mêmes, ni Camille ni Katz ne se faisaient trop d'illusions sur les règles de sécurité qu'ils s'imposaient avec un lyrisme de pauvres, un masochisme patent. « S'ils veulent nous avoir, comme ils ont eu Ludwig, Wolf, Liova et tant d'autres, ils le peuvent. Ils savent qui nous sommes et où nous trouver.

Ils ont tous les moyens, toutes les complicités. Il ne nous appartient pas de leur faciliter le travail, voilà tout. »

Le vendredi 8 juillet, alors qu'il était dans le métropolitain, Camille se fit voler sa vieille serviette.

Se la fit voler ou la perdit. Il l'avait assez stupidement posée sur le porte-bagages haut placé du wagon. Elle ne contenait rien de bien décisif. Rien que les doubles, en liasses, de ces fameux projets de statuts. Cette disparition était néanmoins fâcheuse.

Katz :

« Il faudrait que Camille se repose. Il veut tout contrôler, tout lui échappe. Il est usé. Beaucoup de camarades ne l'aiment pas. Il traîne le poids de vieilles querelles. Je ne sais rien de sa vie privée. Il en a pourtant une. Un jour, il m'a présenté un ami lituanien. Il semblait gêné. »

Pour conclure, provisoirement :

« Un vol est plus présentable qu'une perte. Même si seule une négligence a permis le vol. Autant s'en tenir à la version de Camille. Les documents n'apprendront pas grand-chose à ceux qui les liront. Le vrai dégât, c'est cette suspicion qui s'installe. »

Avisé de ce regrettable incident, Blaise ne manqua pas de ricaner contre l'amateurisme des gens du « centre ».

Pour prendre contact avec la camarade américaine, Katz eut recours aux services de Mila. Cela prit l'allure d'une rencontre quasi fortuite entre jeunes gens, deux petits couples, aux alentours de l'hôtel Lutétia. Katz et sa charmante épouse d'une part, Sylvia et son ami Jacques de l'autre. Ni Mila ni Jacques ne devaient comprendre l'enjeu de cette première entrevue. Ils s'installèrent à une terrasse au soleil, choisie par Sylvia. Katz s'émut du caractère un peu luxueux de l'établissement.

Avec un tact affable, Jacques fit comprendre que, bien entendu, il était ravi d'inviter tout le monde.

Sylvia se sentait en vacances, heureuse d'être à Paris. C'était une jeune femme approchant la trentaine, fraîche et enthousiaste, malgré son évidente timidité. Jolie ? D'un regard, Mila avait évalué qu'elle ne trouverait pas une rivale en Sylvia, qui avait l'allure d'une étudiante ou d'une secrétaire pas très bien fagotée, peu apte à mettre en valeur ses éventuels charmes. Mais gentille et manifestement très éprise de ce Jacques.

Alfred Katz :

« Dès la prise de contact, dans la rue, Sylvia m'a soufflé que Jacques était un ami mais qu'il n'était pas à proprement parler des nôtres. On pouvait parler politique en sa présence mais sans trop entrer dans les détails car cela l'ennuyait vite.

« J'ai observé Jacques. Un grand gars athlétique et élégant, au teint hâlé, la voix joviale, le rire facile. D'emblée, avec ses manières directes, je l'ai trouvé sympathique. »

Katz ajoutait que c'était un curieux couple.

Tout d'abord, Jacques ne participa pas à la conversation. Il tenait à poser qu'il n'était rien de plus que l'homme qui accompagnait Sylvia. À ce titre, il se voulait discret. Quand il fut manifeste que Sylvia et Katz s'étaient dit ce qu'ils avaient à se dire à mots plus ou moins couverts, Jacques se fit plus loquace. Il se présenta.

Il était journaliste sportif. Un peu photographe lorsqu'il le fallait. Katz n'avait pas attendu cette déclaration pour remarquer le Leica dernier modèle qui pendait à la hanche du jeune homme. Un appareil fort coûteux. Jacques travaillait pour plusieurs journaux, à la commande. Il mit une certaine vanité à expliquer qu'il était indépendant. Indépendant et neutre car, précisa-t-il, il était citoyen belge.

En bonne logique, Katz aurait dû trouver ce type superficiel et fat. Mais non, Jacques était charmant.

« Il dit : "Sylvia se moque de moi mais, franchement, je ne comprends rien à la politique. J'admire ceux qui en font. Je ne dois pas avoir les capacités. Ce qui me plaît, c'est le sport. Pas pour la seule compétition, pour le plaisir. La natation par exemple. J'adore nager. Il y a une piscine formidable près d'ici Un jour, nous pourrions y aller, tous ensemble." »

Mila approuva. Sylvia s'effaroucha, craignant que les manières un peu trop directes de son compagnon braquent Katz. Qui avoua qu'il ne savait pas nager.

– On devine un peu la suite, dit Solveig.

Solveig était venue avec un rouleau de papier sous le bras et des choses à dire. Elle demanda si c'était par courtoisie ou par indifférence que j'avais négligé de l'interroger sur ce prénom que lui avait attribué Laurent, à l'hôtel Gît-le-Cœur.

– Libuše, dit-elle, c'est un peu prétentieux.

Elle défit son rouleau. C'était une affiche. La reproduction d'un tableau, de forme carrée, ce qui est peu ordinaire. Une lumière de lune, bleu vert, une femme debout, légèrement décentrée par rapport à l'axe du tableau. Son bras gauche est levé à la perpendiculaire du corps, la main tend un rameau de tilleul. Elle est coiffée d'un lourd diadème, vêtue d'une riche robe de cérémonie, bleue, avec des parements dorée, des perles, des bijoux. Le devant est parcouru par un long motif de dix cercles, autant de phases successives de la lune.

– C'est la prophétesse Libuše, la fondatrice mythique de Prague. « Je vois une ville immense, sa gloire s'élèvera jusqu'aux étoiles », a-t-elle annoncé du haut du rocher de Vyšehrad qui domine la Vltava.

Solveig épingla l'affiche sur le mur. De qui, ce tableau ?

– Vitězslav Karel Mašek. Il aurait été peint en 1893, lors d'un séjour à Paris.

Solveig précisa que l'histoire avait de quoi me plaire. Mašek avait vécu en France à la même époque qu'Alfons Mucha, ultra-célèbre peintre et affichiste, dont il était l'ami. Mašek resta dans l'ombre.

– On sait très peu de chose de lui. Cette *Libuše* qui est sans doute son chef-d'œuvre ne fut découverte qu'il y a quelques années. Elle est maintenant exposée au musée d'Orsay, du côté des symbolistes, ce qui n'est pas complètement évident.

– Et toi ?

– La légende de Libuše est très belle. On peut y lire tout le destin de Prague. Même au-delà, puisque la prophétesse brandit le tilleul, qui est l'arbre sacré des Slaves. C'est un nom un peu difficile à porter. Il devient encombrant, presque odieux, lorsqu'on veut se détacher de Prague.

Libuše devint Solveig, reprenant par défi le nom de la trop patiente fiancée de Peer Gynt. Assez de prophéties et d'espoirs bafoués. Elle devint celle qui n'attend pas.

Katz, le 10 juillet, commença par s'indigner à propos d'un discours de Maurice Thorez. L'appel qu'il a lancé au « monde de la paix contre le fascisme fauteur de guerre » lui reste en travers de la gorge. C'était quoi ce monde de la paix ? Celui de Staline ? Des démocraties bourgeoises et impérialistes ?

Ce point de polémique passé, il se rendit à un rendez-vous avec Sylvia. D'abord, il fut contrarié par la présence de Jacques. Elle n'était pas prévue au programme. La jeune femme acceptait volontiers de rendre les services qu'on lui demandait. Son dévouement à l'Internationale était sans réserve. Pour autant, elle était en France pour son agrément. C'était la première fois qu'elle faisait un aussi grand voyage – ses premières vraies vacances. Elle ne voyait pas en quoi Jacques pouvait être une gêne quelconque pour les camarades. Katz avait renoncé à mettre en avant des questions de prudence principielles face à cette Sylvia amoureuse.

Comme toujours, Jacques se mit en retrait tandis que Katz et Sylvia traitaient leurs affaires. Puis, il proposa d'aller déjeuner. Devinant l'embarras de Katz, il fit une mise au point :

– J'ai un aveu à faire. Je gagne ma vie honnêtement. J'ai aussi des parents, plutôt riches, des aristocrates. Mon père est diplomate. Il juge utile de me fournir généreusement en argent de poche. Comme on dit : je vous invite aux frais de la princesse.

Katz se laissa convaincre. La bonhomie de Jacques lui plaisait. D'autant plus qu'il avait une solide connaissance des petits restaurants à table généreuse du quartier de Montparnasse.

Jacques poursuivit ses explications un peu plus tard, tout en découpant un poulet basquaise avec une remarquable dextérité :

– Je ne crois pas être doué pour la politique, ça ne m'empêche pas d'avoir mes idées. Je crois qu'elles ne sont pas très éloignées des vôtres. Il faut prendre le fric là où il est. Pourquoi pas chez mes grands bourgeois de parents ? Il vaudrait mieux faire une révolution, comme vous le souhaitez, mais en attendant j'entends bien que mes amis, vous en êtes, profitent de l'aubaine.

Avec des gestes légers et précis, de la pointe du couteau, Jacques détachait les pièces de la volaille. Il remarqua l'étonnement de ses invités. S'en amusa :

– Encore une de mes carences, il me faut bien le reconnaître. J'aurais rêvé d'être chirurgien. Être un peu habile de mes mains l'aurait peut-être permis. Seulement voilà, quelle gaffe, je ne suis pas non plus très doué pour les études. J'ai loupé tous mes examens. Alors autant admettre que je ne suis bon qu'à faire du journalisme sportif et à passer du bon temps avec les gens que j'aime. Bon appétit !

Tel était Jacques. Frivole, drôle, n'hésitant pas à se moquer de lui-même, généreux sans aucune ostentation. Ils déjeunèrent comme des rois. L'ennui vint de ce qu'il y avait un autre rendez-vous prévu, avec Camille. Pas bien loin, heureusement, carrefour Duroc. Il était difficile d'en exclure Jacques. Sylvia ne l'aurait pas accepté. Katz en avait aussi un peu assez de ces consignes de sécurité. Il avait l'impression d'être le seul à les suivre à la lettre.

Camille était déjà installé dans le bistrot, près de l'institut des aveugles, lorsqu'ils arrivèrent. Il se tenait à la lisière du bar et du billard. Il blêmit en les voyant arriver tous les trois. Il se leva à demi, plus pour s'en aller que pour saluer, se ravisa, pensant que sa conduite passerait pour trop singulière. Katz lui avait parlé du problème que posait Jacques. Sans doute se dit-il qu'il y avait là une occasion de se faire une idée par lui-même.

Jacques se soumit sans trop sourire à l'examen silencieux auquel se livra Camille. Le contraste était frappant. Les deux hommes devaient avoir à peu près le même âge. L'un rayonnait de santé, de désinvolture. L'autre était tendu sur ses privations, son sens du devoir, ses amertumes.

– Je sais que vous avez à parler sérieusement, dit Jacques. Je vous laisse.

Verre en main, il alla suivre de près la partie de billard que faisaient quelques habitués.

– On ne peut pas discuter dans de telles conditions, dit Camille, réprobateur. Il est préférable de nous revoir une autre fois, en plus petit comité, plus au calme.

D'ailleurs, le problème qui préoccupait Camille aujourd'hui n'entrait ni dans les compétences de Sylvia ni dans celles de Katz. Lors de la conférence, il y aurait le besoin d'une automobile. Pour assurer les navettes, transporter du matériel. Camille en était accablé. Cette automobile, ce n'est pas lui qui la voulait, mais des camarades importants du congrès, qui la jugeaient indispensable à leur sécurité. Traiter des stères de documents abscons ne décourageait pas son énergie. Mais trouver une voiture, lui, coupé de tous liens sociaux, vivant dans l'indigence matérielle d'un univers cloisonné, il ne voyait pas comment mener à bien cette tâche. Il en était désespéré. Jacques toussota.

Il ne voulait pas être indiscret. Il avait malgré lui entendu des bouts de conversation.

– Une auto, je peux en avoir une et vous la prêter.

Camille se rétracta instantanément. Jacques l'apaisa. Il ne voulait pas se mêler de ce qui ne le regardait pas, les choses devaient être claires.

– Je peux vous dépanner, si ça vous arrange. Je ne veux même pas savoir à quoi cette auto servira.

– Pourquoi le feriez-vous ?

Jacques ne voulut pas répondre trop vite. Lui aussi avait évalué à quel point Camille vivait dans un monde différent du sien.

– J'ai dit que j'avais mes idées. J'ai également beaucoup de respect pour celles que défend Sylvia. Ce sont les vôtres. Vous pouvez facilement vous moquer de moi mais, en vous proposant une voiture, j'ai l'impression de soutenir votre cause. Chacun fait ce qu'il peut. Vous pouvez refuser, je ne me vexerai pas.

Camille n'avait pas l'habitude de ce genre d'interlocuteur. Familier des arguties politiques, il prenait peu de décisions.

– Si j'accepte ?

– Je vous serai reconnaissant de ne pas me rendre une voiture trop cabossée.

Sylvia proposa une tournée générale. À ses frais. Elle y tenait. Camille n'était pas tellement dérangé par Jacques. Ce qui le déstabilisait, c'était cette camarade indifférente à la sacro-sainte barrière entre vie militante et vie privée.

Solveig dit :

– Nous savons qui est Jacques, n'est-ce pas ? Plus le moindre doute. Ils étaient si aveugles, les camarades ?

– Un tout petit monde. Des gens qu'on traque, qu'on a déjà beaucoup assassinés. Ils tentent de tenir bon.

Dans la cour de l'école de Solveig, dans le quartier de Žižkov, un haut-parleur retransmettait en direct les grands procès. Des accusés, avec leur voix morne, s'accusaient d'avoir trahi l'État socialiste, d'être des agents trotskystes au service de. Etc. Solveig, comme tous les enfants, applaudissait à la fin de l'énoncé du verdict. Les peines capitales.

– Chez nous, on pendait. Du moins, après les condamnations officielles.

Le mardi 12 juillet 1938, les militants les plus informés, Katz pour l'occasion en fit partie, apprirent la dissolution du Parti communiste polonais, accusé, tel quel, d'être (citations) un « nid d'espions », un « foyer trotskyste ». De nouvelles purges s'annonçaient.

La note d'Alex ne livrait pas un scoop historique : « *Tous* les membres du Comité central du Parti polonais convoqués à Moscou furent assassinés dans les caves de la Loubianka. »

Ou ailleurs.

– Et toi ? demanda Solveig.

Je ne savais pas. Plutôt, je ne savais que des choses médiocres, de très petites expériences personnelles, sur l'isolement, sur les caves, sur les simulacres d'exécution. Seulement des simulacres. Comme tout le monde, comme quiconque a côtoyé l'idée de révolution, il m'était arrivé de rêver aux tréfonds de la Guépéou, aux murs suintants de la Loubianka. Mes vrais ravisseurs n'avaient pas été à la hauteur. Nous n'avions rien en commun. Ils pouvaient me terroriser, me tuer, pas me faire douter. À la Loubianka ou à Pankrác, j'aurais peut-être douté.

De temps à autre, en me forçant un peu, je descendais sur le quai du canal. Pas vers la Grisette, cela, c'était une autre affaire. Le quai, c'était pour les petites promenades sobres. Ce n'était jamais complètement possible. Pour me le rappeler, il y avait par exemple cette image, un jour, du clochard à bandelettes, papiers et vieilles étoffes, assis sur son coin de trottoir, ramassant un journal laissé dans le caniveau. Il en déchire quelques coins, les roule en boules, qu'il se cale dans les oreilles, boules Quiès, méticuleusement, puis, enfin, après, commence sa lecture. Il faudrait lui donner un petit nom amical, pour sceller le pacte de bon voisinage.

Je me dis que ce sera pour plus tard. J'ai tort.

Avec le recul, la recension des confidences *a posteriori*, il est facile de localiser la condensation du drame. Katz vécut autrement les choses. Il s'occupait du travail avec Sylvia, s'autorisait des récréations avec Jacques.

Jacques justement, un jour qu'ils prenaient un verre au bar Henri-IV, sur le Pont-Neuf, près de la place Dauphine. Il était aux cent coups, tremblant. Ne savait comment expliquer.

– À ce qu'on m'a dit par téléphone, il n'y a pas lieu de s'inquiéter. Un accident, sur la route. Mes parents, tu comprends. Ça s'est passé près d'Ostende.

Jacques avait beau se raisonner, il n'avait pas confiance en ce message. On voulait le rassurer à bas prix.

– On peut être en désaccord politique avec ses parents et les aimer quand même, tu comprends ?

– Tu ne fais pas de politique. Tu les aimes, c'est tout. Ostende n'est pas si loin. Il faut que tu y ailles.

– Mais je vous abandonne, alors !

Katz mit beaucoup de méticulosité à décrire ça, l'ami en pleine déroute, saisi par une obscure compassion familiale. Jacques ne se sentait pas très fier. Il fallait pourtant qu'il y aille. Katz donna l'autorisation avec insistance.

– Vas-y.

Il y eut un, puis deux rendez-vous manqués, avec Camille. De l'inexplicable, du jamais vu. Car Katz était à l'heure, au lieu convenu. Il respecta même les procédures de contact, en cas d'ennui majeur.

Camille avait ses défauts. Il ne manquait jamais un rendez-vous. Le dernier point de rencontre possible était la salle des Pas-Perdus de la gare Montparnasse. Un endroit pratique, à défaut d'être imaginatif. Camille n'y fut pas le 14, puis le 15 juillet 1938. Quelque chose n'allait pas. De ce quelque chose Katz ne sut pas trop que faire.

Ici, dans son carnet intime, Alfred Katz parle indifféremment de Camille et de Rudolf Klément.

Fait divers

Katz se perdit un peu dans les principes du cloisonnement. Il crut bon de parer au plus pressé. De fait, il connaissait l'adresse du domicile que Camille-Klément utilisait, à Maisons-Alfort, 1, rue de Strasbourg, sous le nom d'emprunt de Roger Bertrand.

La consigne ultra-formelle était de ne jamais chercher à contacter Klément à cette adresse. Depuis l'affaire du cartable perdu, ou volé, Camille-Klément avait donné ses coordonnées à Katz. En cas de déroute.

Katz agit en militant conséquent, et stupide. Il se donna vingt-quatre heures avant de se rendre à Maisons-Alfort – un délai accordé à Camille, au-delà de toute raison. Après tant de temps perdu, de prudence vaine, le besoin d'initiative devint totalement inutile.

Katz l'écrivait avec son immuable écriture verte appliquée :

« Je me suis rendu en fin d'après-midi au local, passage Dubail. Il n'y avait pas grand monde mais il régnait une certaine effervescence autour d'une camarade, Yvonne. J'ai très vite compris plusieurs choses. Je n'étais pas le seul à avoir eu des rendez-vous manqués avec Klément, ces trois derniers jours. D'autres camarades s'étaient alertés plus vivement que moi. Dont Yvonne, ainsi s'appelait-elle, qui servait de "boîte à lettres". Elle et son compagnon, Roland Filiâtre, avaient vite constaté le manquement aux règles habituelles. Yvonne détenait un double des clés de l'appartement. Elle s'était autorisé une incursion. Sur la table, un repas sommaire. Dans un tiroir, un peu d'argent, le passeport de Klément et quelques documents politiques. »

Yvonne avait raflé ces derniers, ce dont les camarades la félicitèrent. Restait une décision difficile à prendre : prévenir les flics.

Katz ne savait pas tout, loin de là, de ce qui, le samedi 16 juillet, allait devenir l'« affaire Rudolf Klément ». Excellent commentateur, Alex avait rassemblé les faits.

Ce samedi-là, deux dirigeants du POI, Pierre Naville et Jean Rous, reçurent une lettre dactylographiée signée d'un ancien pseudonyme de Klément. D'autres ex-leaders trotskystes – Vereeken et Sneevliet – reçurent une lettre identique dans ses termes. Elle avait été postée à Perpignan, le 14 juillet. Une lettre de démission. Klément y affirmait sa rupture avec « monsieur Trotsky », qu'il accusait de trahison, de dévoiement de la IVe Internationale, de travail de sape au bénéfice de l'Allemagne nazie. Rien de moins. Quelques jours plus tard, à Mexico, Trotsky reçut son propre exemplaire de la même lettre, postée cette fois de New York. Quantité de détails attestaient que cette lettre, bien dans le ton des déclarations des accusés des procès de Moscou, était soit un faux, soit un texte rédigé sous la contrainte physique. Cette dernière hypothèse étant la plus plausible. Des formulations inhabituelles, l'usage d'un pseudonyme tombé en désuétude : Klément avait glissé des indices signalant qu'il n'était pas le véritable auteur de ces missives.

À la mi-juillet 1938, la disparition de Rudolf Klément n'intéressait quasi personne. Au moment du probable drame, les journaux étaient emplis de commentaires enthousiastes concernant la visite des souverains britanniques à Paris, George VI et la reine Élisabeth. Il y avait aussi le tour de France cycliste, Bartali était le dieu des larges masses, éventuellement prolétariennes.

Solveig ferma sèchement le carnet :

– Au point où nous en sommes, nous savons tout. Klément a été enlevé et exécuté par le NKVD. Jacques continue à jouer les play-boys. Alfred Katz est toujours là au bon moment, ahuri, ne comprenant rien à rien.

C'était éventuellement plus subtil.

L'enlèvement de Klément par des agents stalinistes ne fit très vite aucun doute. Il ne pouvait avoir de sens que dans le cadre des procès à Moscou, à Barcelone.

Katz reproduisait l'argumentaire de Blaise :

« Que savons-nous, au fond, de Klément, de ces secrétaires internationaux que nous connaissons à peine, qui interviennent dans tous les débats politiques internes aux sections ? Des types cooptés, désignés, jamais élus. Beaucoup, dans le Parti, pensent que Klément était un intrigant. Il est avéré qu'il a attisé les divergences avec les groupes belges, hollandais. Il avait des relations douteuses, des mœurs qui pouvaient donner prise à des pressions. C'est ce qu'on dit. Et quoi ? Demain, après-demain, on va nous le présenter l'échine courbée dans une quelconque salle de tribunal de Catalogne. Il expliquera, comme Kamenev, comme Zinoviev, comme

Radek, comme Boukharine, comme tous les autres, qu'il n'est qu'un renégat, un traître qui ne mérite que le mépris, un assassin de Kirov, un saboteur, un flic, un espion, un salarié de la Gestapo. Un trotskyste, en somme. Toute la presse internationale reprendra ses propos, en fera grand cas. Nous, nous devrons expliquer que cette loque était, est encore, notre camarade Camille. Nous clamerons dans nos petits bulletins que personne ne lit que nul ouvrier conscient et honnête ne peut être dupe de ces mascarades. Nous nous épuiserons malgré tout afin d'exhiber les preuves et les contre-preuves, nous démonterons les calomnies, afin que l'Histoire, un jour, nous rende justice. Mais, au fait, sommes-nous si sûrs de nous ? De chacun de nous ? Qu'est-ce qui nous assure que cet homme en qui nous avons placé notre confiance n'est pas un provocateur infiltré ? Qu'avec sa provisoire disparition il n'arrive pas au terme de sa mission de salaud ? »

Katz avait objecté que, si Camille-Klément était un infiltré, le plus malin pour lui aurait été de continuer son travail encore quelques semaines, jusqu'à la conférence internationale.

– La conférence, avait laconiquement répondu Blaise, le camarade Étienne s'en charge.

Quelques jours plus tard, le 25 juillet, Katz, dans son ignorance historique, n'avait aucun moyen de savoir qu'à Coyoacan et après bien des difficultés, Breton, et, pour la forme, Diego Rivera signaient le *Manifeste pour un art révolutionnaire indépendant*. Avec pour mot d'ordre essentiel : « Toute licence en art ». Trotsky ayant insisté, contre l'avis premier de Breton, pour que cette licence ne soit en aucun cas restreinte, même pour les ennemis de la révolution.

« Toute licence. » Maïakovski était mort depuis longtemps, Jdanov se faisait à peine les dents. N'importe qui d'intègre pouvait connaître l'existence de la Kolyma, l'horreur devant le goulag n'était pas à l'ordre du jour des petits malins. Staline était encore, durablement, pour les mêmes, le Petit Père des Peuples.

En juillet 1938, Mila décida qu'elle voulait un enfant.

En décembre 1989, les affiches aux yeux de Nadja posées par Gaïl sur les murs, les palissades, les recoins de passage, se délavèrent une à une. Il continuait à pleuvoir beaucoup.

Jamais Rudolf Klément ne réapparut pour faire, en public, devant un pseudo-tribunal, sa cérémonie des aveux. À défaut, Solveig revisionna ces cassettes vidéo, sur lesquelles Alex et moi lisions d'absurdes messages au monde entier.

– Vous acceptiez ?

– Pas du tout. Nous refusions, alors ils nous cassaient la gueule. Une bonne séance de passage à tabac. Une fois redevenus présentables, filmables, ils nous proposaient un nouvel enregistrement. Nouveau refus, nouvelle raclée. Plus longue, avec des brimades supplémentaires. Ils avaient tout leur temps et tous les moyens. Devant le caméscope, au pire, nous avions l'air un peu amaigris, pas en très bonne forme, sans plus.

– Vous appreniez vos textes par cœur ?

– Ils étaient écrits sur de grandes feuilles de papier. Elles étaient tendues devant nous. On les lisait comme un présentateur du journal télévisé lit son prompteur.

Sauf que lui n'est pas battu s'il refuse de lire des conneries.

Lisant son prompteur, un présentateur du journal télévisé regardant son public droit dans les yeux pouvait annoncer le passage à l'antenne d'un document communiqué par des preneurs d'otages, montrant des otages en train de faire une déclaration, au monde entier, droit dans les yeux.

– C'est tout ?

– Bien sûr que non. Une fois vaincus, soumis, devant les textes imbéciles qu'on nous ordonnait de lire, nous proposions toujours quelques corrections, quelques roublardises de formulation, histoire de faire comprendre aux plus malins que nous n'étions pas complètement dans notre rôle. De la pure vanité. Ça n'a jamais marché.

Cette nuit-là, Solveig traversa le canal Saint-Martin, par l'écluse. Son projet étant d'aller dormir à la Grisette, dans la chambre supposée d'Alfred et de Mila.

Elle me dit que c'était un projet de *tulák*.

Elle ne voulut surtout pas que je l'accompagne.

C'était une nuit de plus, le téléphone sonna. Vers 5 heures. Les flics à l'appareil. Ceux de je ne sais quel commissariat.

Les flics ? Ils s'étaient présentés ainsi. En ajoutant :

– Cette femme a dit votre nom, votre téléphone, c'est urgent.

– Comme toujours.

– Un accident ?

– Si vous voulez.

À côté, Solveig avait fini par revenir. Les baises les plus intimes nous éloignaient plutôt. Cette nuit nous avait comblés. Elle me proposa de m'accompagner. Je déclinai. Un taxi me mena rue Becquerel. Était déplaisante la perspective d'un nouveau tour de Gaïl. Mais il fallait s'y conformer.

Ce serait forcément du théâtre, en plus grand que ce que j'avais eu l'occasion de voir. Elle n'avait plus tellement le choix pour être crédible. Elle ne fut pas complètement décevante.

Comme déjà dit, la rue Becquerel est pentue. Cascade d'escaliers sombres, genre gouffre, passage trouble entre deux zones de ville. En haut l'îlot puant de la basilique, en bas le tout-venant. À mon avis, Alfred Katz avait fait le travail en y reconduisant Breton. Il me semblait ne pas avoir à y venir. Mais pourquoi croire que quelque épreuve me serait épargnée ?

Il ne faut pas trop tenir compte de mon témoignage. Je n'ai pas tout bien vu. Il me semble que les lampadaires, à chaque palier, diffusaient une lumière rouge. Je descendis précautionneusement, je suis un homme qui boite facilement.

Il n'y avait pas à chercher, l'agitation était du côté de l'hôtel, en bas. Vers la rue Custine où s'étaient rangées les voitures diverses, de police, de pompiers, avec leurs gyrophares bleus attirants. C'était un fait divers. Étant convoqué, je me présentai. Ses jours n'étaient pas forcément en danger.

Le jeune flic qui vérifia mes papiers eut un regard qui m'en voulait d'être complice de celle qui compliquait sa nuit. Il y avait des allées, des venues et, pour moi, le grand regret de ne pas avoir fait le repérage plus tôt.

– Que s'est-il passé ?

– Voyez le chef. Ou le portier.

Ce n'était pas un portier, juste un gardien de nuit. Un petit gros homme qui ne se piquait pas de littérature. Un concierge. Un bavard, émotif et tremblant. Il avait presque tout vu.

Bien comprendre qu'ici ce n'était pas un établissement de première catégorie. Rien qu'un hôtel bien noté par ces messieurs des guides touristiques et de la police. Avec des clients habitués, souvent pour de longues durées. Pas de putes, pas de came, rien. Ou alors sous surveillance.

Une familière, Abigaïl Stern ? On ne pouvait pas dire.

Depuis quelque temps, elle avait choisi de venir s'établir là. Pour travailler. À ce qu'elle disait. Un peu excentrique, pas de quoi en faire un plat. Des gens pas comme tout le monde, dans ce genre d'hôtel, c'est le tout-venant, pas vrai ?

– Une cliente très tranquille. Jusqu'à cette nuit.

Je regrettai un peu, distraitement, l'absence de Solveig. C'était mon affaire. Le concierge continua :

– D'abord du bruit, du simple bruit, puis de la musique, dans sa chambre, au deuxième étage, fenêtres ouvertes sur la rue. Sono au maximum, voyez-vous. Avec ces nouveaux petits appareils, on peut réveiller tout un quartier. Elle a fait un barouf pas possible.

– Quel genre de musique ?

– Le bruit. Un truc de quand on étaient jeunes, vous et moi, monsieur. Une sorte de rock'n' roll.

Difficile à admettre, évacuons, à quelques mois près le petit gros homme et moi devions avoir le même âge. Je pouvais l'écouter. La seule nécessité était de ne pas retourner dans la rue, trop vite.

– Quel rock ?

– Ce truc des Stones, vous savez. *Satisfaction.*

Il chantonna : *I can't get no...* Il n'était pas antipathique. Avec derrière lui son contingent de clés dans des boîtes et, sur le côté, une vieille affiche appelant à un spectacle de Jacques Higelin. Lui, au moins, n'avait pas de machine à écrire derrière le comptoir.

Il chantonna et je chantonnai au moins une mesure avec lui. Il fumait des Boyards maïs. *I can't get no.* »

Récit (en cadrant un peu sur ses mains, agitées, qui perturbaient tout le plan de sympathie spontanée) :

– Comme c'était le premier incident avec la dame, on aurait dû pouvoir négocier. Tapage nocturne ? Pas de quoi faire un drame. C'est ce que j'ai dit aux clients qui m'ont téléphoné à la réception. Indignés. Faut comprendre, ils ne pouvaient pas dormir. L'ennui, c'est qu'elle n'a pas ouvert quand j'ai tapé à sa porte.

Réception minable, pelucheuse et ocre. Je m'y voyais très bien y prenant un antépénultième dernier verre à l'heure de faire copain avec n'importe qui. J'étais vers cette heure-là où je peux, comme tout un chacun, sortir les armes disponibles. Question d'humeur.

Puis Gaïl s'était mise à pousser des cris, le rock encore plus fort.

L'autre, le gardien, derrière la porte. En témoin.

– J'ai eu l'impression qu'elle dansait.

Il ralluma sa maïs. Il fallait que je comprenne. Dans l'hôtel, chacun avait ses petites habitudes, la direction n'était pas pointilleuse. On pouvait toujours s'arranger. Jusqu'à un certain point. Quel point ? « Elle dansait, mais ce n'était pas très élégant. Pas joyeux non plus. »

– Monsieur, je pense que cette dame est votre amie, la femme que vous aimez, peut-être. Je ne veux pas que vous me considériez mal. Je vous l'assure, elle faisait un boucan pas possible. Tous les clients étaient dans le couloir, indignés. Comment ne pas les comprendre ? Il y avait les voisins, de l'autre côté de la rue, aussi. La petite dame s'est mise à hurler. C'est curieux quelqu'un qui hurle avec l'accent américain. J'ai bien compris qu'il s'agissait d'une crise, qu'il me fallait ne pas dramatiser. Crise de quoi ? Je ne sais pas. De vous à moi, c'est d'ailleurs un peu facile. S'il fallait hurler à chaque fois qu'on est en crise, nous tous, on ne s'entendrait plus, n'est-ce pas ?

– Après ?

Les lueurs du gyrophare des flics flashaient d'un bleu intermittent le visage de l'affable bavard qui me décrivait quelques minutes de la vie de Gaïl. J'étais à cours de Gauloises. Il m'offrit une maïs. Après ?

– Même avec les idées larges, on ne peut admettre un pareil vacarme. Pas si tard. On était là, on frappait à la porte. Elle criait toujours. C'était fou. Elle était folle.

– La suite ?

– Il a fallu du temps. La porte de sa chambre s'est ouverte, brusquement. On a tous été bousculés. La demoiselle braillait, vociférait. Elle gesticulait, nous insultait. Je vous jure qu'on a mis du temps à réaliser qu'elle était toute nue, oui, monsieur, complètement – pardonnez-moi – à poil.

Le concierge baissa d'un ton.

J'insiste. Il était petit, gras, pas du tout agréable à voir. Ses provocations complices et conniventes étaient usantes. J'écrasai la maïs.

– Elle à poil et la musique qui braillait, toujours aussi fort. Vous savez quoi ? *Fire*, ce vieux tube.

Quoi ? Cette antique chose de Barry Ryan ? Le concierge sourit.

– Merci, monsieur. Nous ne sommes plus tellement nombreux à nous souvenir de Barry Ryan ! La petite dame avait donc mis ça sur l'électrophone. Et ses petits nichons qu'elle agitait ! Tout petits, tout plats, qu'elle agitait tellement. Elle bougeait. Je reconnais qu'il y avait à mater. Ce n'est pas tous les jours qu'on a droit à ce genre de spectacle. Alors que c'est un droit, non ? Sans mentir, je crois que nous avons, les clients, moi, été corrects. Ce n'était pas du porno gratuit. C'était très porno, monsieur, ce malheur.

Gaïl avait descendu l'escalier de l'hôtel, sautant les marches, périlleusement, jusqu'au hall, jusqu'à la sortie dans la rue. Au froid. Toutes les sorties d'hôtel se ressemblent. Gaïl s'était trouvée prise entre la lumière pauvre du réverbère et les marches.

– Toute nue !

Nadja. Son tapage fatal. Combien d'années avant ?

– Faut comprendre. Dedans, c'est l'incident. Dehors, c'est le scandale.

Les fenêtres s'étaient allumées. Elles l'étaient encore, tous ces yeux à l'affût, maintenant que nous conversions. Tamisées. Je pris le temps d'appeler Solveig, par téléphone.

Solveig – ou bien c'était Libuše :

– Je vois comme tu m'aimes, en vrai. Une femme d'Egon Schiele dans un tableau d'Edward Hopper. C'est ma technique de maquillage. Mon avis est qu'audelà tu ne comprendras jamais rien.

Elle raccrocha.

Qu'y avait-il à dire, encore ?

Le concierge avait tout vu, comme tout le monde.

– Elle s'est cramponnée à ce putain de réverbère, a tourné autour. On pouvait croire à une blague, une sorte d'ivresse. Certains l'ont sans doute un peu pelotée. Elle s'y prêtait. Tout en gueulant. Dieu, qu'elle gueulait ! C'était étonnant. Presque beau. Un romancier pourrait passer sa vie à raconter un pareil moment

Je descendis les degrés. C'était facile à comprendre, cette gesticulation. Gaïl n'avait pas voulu déranger. Elle n'avait pas non plus voulu qu'on la touche. Elle n'était pas folle, ne l'avait jamais été. Pas même dans son théâtre. Elle ne faisait, elle n'avait fait, que célébrer, à sa manière, sur le même pavé, devant le même hôtel, le 21 mars 1927 où Nadja avait sombré.

Fallait-il que j'aille, en plus, au théâtre ? Nos capacités, aux uns, aux autres, à en faire trop n'étaient plus à démontrer.

Je me rendis au théâtre. Mais plus tard.

Gaïl s'était débattue. Dépassée par la situation, une fois encore. Comme du temps d'Alex. Le faux pas était inévitable. Ou bien elle fut bousculée, vers les marches abruptes, aux arêtes coupantes. On me laissa voir le corps dans l'ambulance.

Ses jours n'étaient pas en danger. Ce n'était qu'un corps accidenté, disloqué, blanc, assez mochement tuméfié. Inconsolable.

Gaïl s'était débattue une fois de plus, dépassée par sa situation. Un médecin de service, il y en a toujours, me confia qu'après un premier examen une fracture de la hanche était vraisemblable.

– Qui voudrait qu'elle s'en sorte sans dommage ?

Le visage aussi avait heurté les angles de la pierre, quelques coupures étaient importantes et déjà boursouflées, roses et puis bleuâtres. J'avais beau faire, cette dépouille ne m'émeuvait pas. Je le regrettai, mais. Elle avait froid, on la recouvrit. Je dus décliner, enfin, mon identité. Je dis que j'étais Victor B., que c'était un pseudonyme.

– À quel moment m'a-t-elle appelé ?

– Jamais. En arrivant ici, à cet hôtel, elle a signalé qu'en cas d'ennui c'est vous qu'il fallait contacter. Le genre de consigne qu'un indic retient.

– Le concierge est un indic ?

– Allons donc ! Sachant d'où vous venez, vous n'êtes pas un naïf, monsieur. Avec cette jeune dame, nous sommes en présence d'une excitation passagère, pas même spectaculaire.

Le fourgon-ambulance démarra. Gaïl dedans. Gaïl molle, alanguie et blessée. De passionnantes blessures. Même en y réfléchissant, qu'avais-je à déclarer ?

Levine en avait vu beaucoup, tout au long de sa vie. Vieux dialecticien, il savait gérer de menues contradictions. D'une part, c'était à son honneur, il n'avait pas un très grand sens de l'amour filial. D'autre part, il avait visité Gaïl à l'hôpital Saint-Louis, le matin même. L'opération de la hanche avait été rapide et satisfaisante, le nez cassé n'était qu'une bagatelle. Les meurtrissures diverses disparaîtraient dans un laps de temps convenable. Les vraies cicatrices ne s'obtiennent pas si facilement.

Je n'arrivais plus trop à donner des rendez-vous à la Capitale. Nous étions donc, cette fois, à la Petite Chaise, au coin du boulevard Beaumarchais et de la rue du Pont-aux-Choux. Il faisait froid. Malgré la bruine, je tins à recevoir dehors. Levine n'était pas venu seul.

Elle devait avoir un peu plus d'une cinquantaine d'années, était très belle. Prénom : Greta. Genre : robe du soir froissée, cigarillo et maquillage lourd. Le vieux bandait pour elle. Théoriquement, notre conversation lui importait peu, elle n'était là, Greta, que par stricte complaisance. Levine lampa son café.

– Gaïl va bien. Elle va toujours très bien, quoi qu'elle dise. Le petit spectacle qu'elle a offert cette nuit est assez misérable, n'est-ce pas votre avis ? Cette Nadja, dont elle prétend s'inspirer, avait plus de fraîcheur. Je crois. Plus je vieillis et plus je pense que le seul vrai péché, c'est la répétition.

Levine développa ce thème qui, pour le moment, n'intéressait que lui. Greta se cambra, rejetant son buste en arrière. La pluie se fit dense. Les seins pointaient. Cette rencontre était idiote. Levine n'avait aucun compte à me rendre. Il poursuivit :

– Je prononce dans une heure une conférence à l'Unesco. Je pense que Gaïl a voulu me contrarier. Elle n'a pas grand-chose à dire, elle adore donc couper la parole.

Les cuisses de Greta étaient fermes et bronzées, opiniâtrement musclées dans de stupides séances de gymnastique quotidienne. La pluie ruisselait sur son front. Je plaignis sincèrement Levine. Il était 7 heures du matin. J'aimais ce boulevard. Du moins, c'était une idée à laquelle je m'accrochais. Qu'importaient Levine et son passé, Greta et son abattage ! J'avais envie d'une paix schizophrène.

– Quel anniversaire célébrons-nous aujourd'hui, monsieur Victor ?

Je n'eus pas de réponse.

Quand, à quelle date précise, il devait bien y en avoir une, on sait ces choses-là, Kafka avait-il rompu avec Milena, fin novembre 1920 ?

La pluie se fit pénétrante. Je rentrai quai de Jemmapes à pied. Un luxe. Une manière aussi de me faire un souvenir.

Gaïl avait choisi de s'abîmer d'une manière beaucoup trop romanesque. Je ne poussai pas jusqu'à l'hôpital.

Le clodo était assis au bord du trottoir, indifférent à l'averse infinie. J'étais de son avis. Nous grillâmes quelques cigarettes. Sans faire trop de démonstrations, il s'amusa de cette rigole que faisait l'eau, dans le rebord de mon chapeau. Le feutre en souffrait. Je repensai à Vacek. Quand allait-il se manifester ?

Je fis le trajet jusqu'au journal *Le Soir*, prenant grand soin d'éviter une rencontre avec Marc. Aux archives, je trouvai sans mal mes photos, prises à Prague. Tout un dossier.

Je n'avais pas fait dans le sobre. Tout y était. Les rives brumeuses de la Vltava, le pont Charles et le Château, la maison Au puits d'or, Karlova, l'emblème Aux deux ours de la maison natale de Kisch, le passage de Kepler, la boutique de M. Čapek, la maison de Bílek, l'emplacement admirable de l'usine à gaz de Žižkov – je me souvins qu'images à l'appui j'avais cherché dans ce quartier les restes du fameux « cinéma des aveugles » évoqué par Janouch, l'ami de Kafka (*Conversations*, éd. Maurice Nadeau, page 196).

Je pris tout cela. Comment brûler ces pièces compromettantes ?

– De quel droit le faire ? me demanda l'archiviste.

Il était ennuyé, scandalisé. Faire disparaître un document était un péché. Je lui fis cadeau de mes photos, contre la promesse de les garder strictement pour lui. Il fut soulagé.

Solveig ne fut pas au rendez-vous fixé dans ce café, je ne sais plus le nom, au début de la rue de Charonne. Je rentrai, pour continuer le carnet.

C'est vers le 20 juillet 1938 que Katz et Mila virent *Peter Ibbetson.* Le film de Henry Hathaway ressortait dans les salles de quartier. Katz l'avait manqué à sa sortie, quelques années plus tôt. Il n'avait jamais lu le roman de Georges du Maurier dont était tiré ce film. Breton avait assuré maintes fois qu'il était l'illustration même de l'amour fou.

Mila aima beaucoup, surtout à cause de Gary Cooper. Ann Harding ne lui déplut pas.

– Cette histoire d'amants séparés qui se retrouvent chaque nuit en rêve, je trouve ça très beau, très normal.

– Tu ne rêves jamais.

– Je ne veux pas rêver parce que je préfère tout vivre. Si c'était le seul moyen pour rejoindre l'homme que j'aime, bien sûr je rêverais. Et je le retrouverais.

Ils revirent le film avec Félix, qui trouva cette histoire très jolie mais bien abracadabrante. L'usine à rêves d'Hollywood tentant de faire croire que les grandes passions peuvent se résoudre, au moins un temps, sur le terrain du rêve, pour lui c'était presque une provocation de l'impérialisme.

– Pourtant, je reconnais que le film montre aussi que ça ne marche pas. Gary Cooper meurt. Le recours au rêve n'a été qu'un sursis.

– Je crois que bientôt, nous allons tous rêver d'avoir un sursis, dit Katz.

Ils rentrèrent tous les trois à la Grisette et passèrent la nuit ensemble, comme ils avaient pris l'habitude de le faire au moins une fois par semaine. Par accord tacite que seule la taquinerie poussait parfois Mila à rompre, ils ne parlaient jamais de ce qu'ils se faisaient ces nuits-là.

Fin juillet, Katz quitta l'imprimerie de la rue du Croissant. Partit-il de son plein gré ? Plus vraisemblablement, il se fit licencier. Ses compétences professionnelles étaient plus que convenables mais ce gentil garçon prêtait le flanc à des remontrances mesquines : absences, retards. Au point qu'il était devenu difficilement défendable, même par ses camarades, au moins officiellement. On soupçonnait que Katz avait « des tâches » et qu'avec son apparente discrétion il était un de ces « militants professionnels » dont le petit père Lénine avait autrefois vanté les vertus. Katz dut chercher un autre poste pour assurer la matérielle.

Cela se fit assez vite. La solidarité corporatiste joua. On embauchait à l'hebdomadaire de la rue d'Aboukir, *Match*. La direction lançait une nouvelle formule et entendait se donner les moyens du succès.

– *Match ?* C'est des images. Il n'y a presque pas de texte. En quoi ont-ils besoin d'un correcteur ?

Le copain se fit pédagogue. Il s'appelait Nathan, c'était un vieil anar aux moustaches blanches tachées de nicotine, bougon, serviable et efficace. Le fonds de documentation de *Match* était sous sa responsabilité. Il poussa le magazine sur la table du bistrot.

– La formule n'est pas si bête. Du grand reportage vivant, visuel, qui frappe le lecteur. Les patrons pensent qu'avec les tensions internationales, peut-être la guerre, le style du journal va s'imposer.

– Et les articles ?

– Les correspondants sont nombreux. Ils envoient leur matériel. La rédaction centrale réécrit tout, à sa façon. Aucune grande signature.

– C'est pourri ?

– Pas plus qu'ailleurs. En gros, la ligne est pacifiste, tendance bourgeoisie avisée. Si tu veux faire dans le pur et le dur, tu peux toujours aller travailler à *Lutte ouvrière*. Ça ne te permettra pas de payer ton loyer. Ni les robes de Mila.

Mila se payait elle-même ses robes. C'était quelquefois gênant. Katz accepta le poste et paya sa tournée.

Nathan lui rappela qu'un jour, quand même, il faudrait qu'ils parlent sérieusement de la répression de la commune de Cronstadt. Anarchiste et documentaliste, elle lui restait depuis dix-sept ans en travers du col.

Solveig s'emporta :
– Ce n'est pas de Cronstadt qu'il faut discuter. C'est d'Octobre ! Et encore, la cause est entendue.

À 5 h 10 du matin, je servis des ris de veau grillés aux chats. Qui apprécièrent. Dans le salon, je négligeai d'allumer l'électricité. Mon pied nu heurta le fragment de béton. Je m'étalai de presque tout mon long, me touchant le tibia au passage, tant qu'à faire. Je me sentis ridicule, à juste titre. Dans ma situation, là où j'en étais rendu, trébucher sur le mur de Berlin frôlait la coquetterie. Solveig se leva. J'avais oublié qu'elle s'était endormie chez moi, quelques heures plus tôt. Elle évalua les dégâts, partit chercher un désinfectant, puis, comme la coupure était nette et profonde jusqu'à l'os, la vodka. Autant valait continuer la lecture. Nous ne tardâmes pas. J'avais épouvantablement mal, à resombrer dans l'ivresse.

Fiche d'Alex :
« Le lundi 1er août, Breton quitte le Mexique par le port de Veracruz. Il est à bord de l'*Iberia*. Comment s'étaient passées les choses après la rédaction du *Manifeste pour un art révolutionnaire indépendant* ? Trotsky le dit dans une lettre à Pierre Naville : “On se séparait en bons termes.” »

Solveig allait, venait dans Paris, sans préciser ses activités.

Début août. Katz se mit à systématiquement négliger de dater ses notes. On était toujours sans nouvelles de Rudolf Klément, personne n'espérait plus le revoir vivant. Les enquêtes internes du POI ne donnèrent rien. La police traitait incontestablement l'affaire, se refusait à toute confidence. Trotsky avait démontré et fait savoir que les prétendues lettres du secrétaire de l'Internationale étaient l'œuvre, directe ou indirecte, de la Guépéou. La période des vacances avait commencé, ces obscures histoires n'intéressaient pas le grand public et encore moins la classe ouvrière. Mila posait toujours mais elle avait renoncé à ses passes, au Sphinx.

Katz se plaisait bien, à *Match*.

Le jeudi 18 août 1938, le quotidien socialiste *Le Populaire* annonça la rupture des négociations entre le gouvernement de Prague et les délégués des Sudètes. Par là, Hitler marquait un point supplémentaire. À peu près dans le même temps, les Breton débarquèrent à Boulogne. Ils allèrent à Lorient où André avait de la famille, puis à La Baule. Les surréalistes Mabille et Masson les rejoignirent. Ils parlèrent du Mexique et envisagèrent la rédaction d'un texte sur l'imminence de la guerre. Il faisait exceptionnellement chaud, cet été-là.

– Que fait petit Katz ? demanda Solveig.

J'imaginais sans grand risque.

– Je prends la relève de Klément, à mon niveau. J'assure le travail de routine, la préparation de la conférence. C'est pénible mais facile. Je m'occupe aussi d'organiser les rendez-vous, de veiller à l'accueil des délégués déjà arrivés. Ce sont les dirigeants du Parti qui, logiquement, font l'essentiel du travail politique. Naville, surtout. Il est très actif. Je n'ai pas tellement de contacts avec lui. Je travaille bien plus avec Étienne, le collaborateur et l'ami du défunt Sedov. Il est irremplaçable pour les relations avec les minuscules groupements d'Europe de l'Est.

– Tu t'entends bien avec lui ?

– Ni bien ni mal. Il est assez secret. S'il le pouvait, il se passerait de mes services. Il ne le peut pas. Nos rapports sont courtois, réduits au strict nécessaire. Il se méfie de notre organisation, à nous autres, les Français. À ses yeux, nous ne sommes pas rigoureux.

– Vous parlez de Sedov, de sa mort ?

– Jamais.

– Et Sylvia ? Son ami, le beau Jacques ? Que deviennent-ils ?

– Je vois toujours Sylvia. Se considérant toujours en vacances, elle s'est absentée pendant quelques jours de Paris pour faire un peu de simple tourisme. Elle est allée à Prague.

– À Prague, vraiment ?

– Sylvia ne m'a donné aucun détail. Elle a seulement dit que la ville était belle et très inquiète. On y craint le pire. Les stalinistes font leur propagande et expliquent qu'en cas d'attaque des nazis Staline et l'Armée rouge voleront au secours de la Tchécoslovaquie. C'est évidemment se moquer du monde.

– Les trotskystes, là-bas ?

– Un minuscule groupe, avec Záviš Kalandra.

Sylvia avait aussi évoqué la mission de lord Runcinan, conseiller du Foreign Office, dans les Sudètes. Runcinan passait pour être acquis aux revendications territoriales de Hitler et de Heinlein. L'envoyé de

Chamberlain poussait le président Beneš à tous les compromis.

– Et Jacques ?

– Sylvia est plus amoureuse que jamais. Avant de revenir en France, elle a fait le détour par la Belgique. Elle était préoccupée, après l'accident des parents de Jacques. Ç'avait été plus grave que ce qu'on avait cru. La voiture avait été percutée par un camion. Le chauffeur avait été tué sur le coup. La mère avait été grièvement blessée. Seul le père s'en est sorti indemne. Tous ces faits, Jacques les avait relatés à Sylvia par courrier, fin juillet.

– Donc elle l'a retrouvé en Belgique.

– Non. Il n'était pas au rendez-vous convenu à Bruxelles. Une femme est venue à sa place. Jacques avait dû se rendre en Angleterre, pour ses affaires. Sylvia pense qu'il sera de retour à Paris, fin août, ou début septembre.

– Tout est dans le carnet ?

– Ces faits-là, oui. Je n'invente rien.

Le dimanche 21 août, le président du Conseil, Daladier, déclara qu'il fallait « remettre la France au travail ».

– Le 21 août ? Sale date !

– Il s'en prend aux communistes, partisans de la fermeté face à Hitler, mais qui refusent les heures supplémentaires pour la Défense nationale. Autant dire que les cartes sont complètement brouillées.

C'est par ce qu'ils avaient coutume d'appeler entre eux la « presse bourgeoise » que les militants révolutionnaires du passage Dubail apprirent la nouvelle, le vendredi 26 août 1938. Un corps mutilé avait été retrouvé dans la Seine, à Meulan. Décapité, sans jambes. Le débris humain était ficelé dans une toile goudronnée, lesté par une haltère. L'état de décomposition indiquait une immersion vieille de plusieurs semaines.

Rudolf Klément ? Tous les camarades y pensèrent. Naville, Rous et l'avocat Rosenthal obtinrent de voir le corps, pour une éventuelle identification. Auparavant, ils tinrent à faire état aux journalistes de ce qu'ils savaient des caractéristiques physiques de Klément. Un mètre soixante-huit, un buste assez fort et même un peu gras, un dos voûté. Des bras minces et longs, des mains fines, avec des doigts spatulés. Ensuite, ils procédèrent au macabre examen. « Le corps que nous avons vu présente les caractéristiques que nous avons indiquées », dirent-ils en sortant.

Des caractéristiques, rien de plus. À partir de restes en piteux état. En public, les camarades ne prétendirent pas être formels. Dans les confidences qu'ils firent à quelques militants de confiance, leurs propos furent moins mesurés. Le cadavre mutilé était bien celui de Camille-Klément. Y aurait-il eu d'ailleurs l'ombre d'un doute que la prose des stalinistes se serait chargée de la dissiper. *Ce soir*, surtout, le journal d'Aragon et de Paul Nizan, ne tarissait pas de sarcasmes sur les « sornettes » et « tromperies » de l'« affaire Klément ». Une véritable campagne.

Les cadavres sans tête repêchés dans le fleuve ou trouvés dans la malle d'une consigne de gare font immanquablement frémir le populaire. Un éventuel parfum de Guépéou rendait l'affaire encore plus feuilletonesque. L'identité du cadavre de Meulan était un sujet de conversation au zinc, entre prolos. *L'Huma* et *Ce soir* firent donc monter la vapeur.

– Comment ?

– Outre les railleries de circonstance, les publicistes du Parti se souvinrent que certaines des pseudo-lettres d'aveux de Klément avaient été postées de Perpignan. Ils retrouvèrent donc un témoin. Un officier russe, tant qu'à faire. Ce dernier aurait vu Klément dans la ville le 14 juillet, entre 15 et 16 heures, très précisément. Comment un officier russe aurait-il pu identifier un obscur clandestin de la IVe Internationale ? Mystère. À part les stalinistes, personne, de toute façon, ne put jamais retrouver ce précieux témoin.

– Quelle histoire embrouillée ! C'est tout ?

– Non. La presse du Parti trouvait chaque jour des arguments pour discréditer l'hypothèse Klément. Des articles expliquèrent que le corps de Meulan était en fait celui de M. Bohumil Richnovski, professeur de langues, mystérieusement disparu. Ensuite, une autre version fut défendue. Le cadavre devenait celui d'un certain Madiec, garçon boucher de son état, disparu lui aussi, aux alentours de la mi-juillet. Les proches de Madiec ne surent pas trop quoi dire au moment de l'identification.

– Tout ceci est authentique ?

– C'est dans le carnet de Katz, dans les journaux de l'époque. Pas mal d'acteurs de cette affaire ont donné leur témoignage.

– Fin mot ?

– Il n'y en a pas vraiment. Il n'y en aura sans doute jamais, puisque cette histoire dépasse tellement le malheureux Rudolf Klément. Lui, on ne l'a jamais retrouvé. Ni la tête coupée de son cadavre. Madiec s'est présenté de lui-même à la gendarmerie. C'était un garçon simple, un peu fugueur, sans penser à mal. Il avait été surpris de voir son nom dans les journaux. Où était sa faute ? « Tout est donc bien qui finit bien », conclut *L'Huma*.

– Et petit Katz ? insista Solveig. Raconte-moi où il en est. Comment vit-il tous ces drames ?

Les tueurs étaient là, cachés, partout. Rue de Buci, rue Lacretelle. Infiltrés dans tous les réseaux. Des signatures prestigieuses couvraient leurs agissements. Chacun de nos pas était surveillé. Une méfiance sourde nous désemparait tous. Tout se délitait. À cause des enquêtes intéressées de la police, des cloisonnements tombaient. J'appris ainsi que Léon, mon copain crieur de journaux de la bande du Cyrano, était un sympathisant, sinon trotskyste, du moins trotskysant. C'est lui qui nous prêtait le petit appartement où nous pouvions travailler, Klément et moi, au 224 de la rue de Vanves, dans le XIVe arrondissement. Léon eut le courage d'aller tenter d'identifier le corps. Il crut le reconnaître. Sans plus. « La vie est dégueulasse », commenta-t-il. Cela ne nous rendit pas plus intimes.

Léon garda l'Underwood de Klément.

Un jour, entre chien et loup plutôt, peu après mon emménagement près du canal, j'ai vu cette chose, ce fait divers, un cadavre de femme flottant. Gonflé, boursouflé, hideux, les yeux ouverts, la bouche veule. Une de ses mains se dressait au-dessus du fil de l'eau. Une banale Ophélie d'épouvante. Je n'ai pas appelé la police. Quelqu'un l'avait forcément fait avant moi.

Klément était un pauvre type, comme tous les autres opposants assassinés avant lui. Sedov, Reiss. Nous sommes tous des gibiers. Qu'est-ce qui, et à quel moment, nous fait gibier plus intéressant qu'un autre ?

Solveig (gros plan, voix rauque) dit :

– Je comprends. C'est émouvant et terrible. Quelques poignées de militants liquidés. Très antistaliniens, très courageux. Il y a des dossiers pour chacun d'eux. Pour la mémoire. Chez nous, chez moi, dans mon très petit pays, il y avait très peu de militants opposés à Staline ou à Gottwald après sa prise de pouvoir. Il y a eu des dizaines de milliers de liquidés, de déportés. Aucun dossier, sur la plupart de ces gens. Le plus souvent, seul le nom subsiste, seulement pour les proches, les tout proches. La mémoire reste pieuse mais minuscule, sans presque rien pour accrocher. Un temps est venu où l'on a beaucoup réhabilité. Les intentions étaient en partie louables. Ce fut comme une seconde liquidation. Vos camarades ont gardé leur singularité, leur identité. Chez nous, à l'exception de quelques grands boucs émissaires mis sur le devant de la scène, il n'y a que d'interminables listes de victimes qui resteront finalement anonymes.

Septembre noir

Nous nous rencontrâmes en terrain neutre, à la Tour d'argent de la place de la Bastille. Laurent n'était décidément pas la personne au monde avec laquelle je préférais manger des huîtres. Il arrosa ses bêlons de larges giclées de poivre, ce qui n'a rien d'hérétique, fit dans le guilleret. N'était-ce qu'une impression ? Il avait pris un petit coup de vieux.

– Abandonnons les légendes paranoïaques : nous sommes très mal organisés. Bien des choses se perdent dans les services. La collaboration est détestable. Big Brother a de considérables ratés. C'est pour cela qu'Alex et vous restez une déplaisante incertitude.

– Nous étions convenus de parler d'Alfred Katz. Pas de son fils.

Ça tenait en presque rien. La mauvaise cravate avec la mauvaise veste, ou l'indifférence à un chablis bouchonné. Laurent était défait.

– Alfred, venons-y. Il n'existe pratiquement pas dans les fichiers. Ceux auxquels j'ai eu accès. Tout au plus, dans quelques procès-verbaux, j'ai pu découvrir la trace d'un petit agitateur portant ce nom. Du menu fretin. Un apatride en situation parfaitement régulière. Il s'est fait quelquefois interpeller dans des manifs, des distributions de papiers de propagande, etc. À un an d'une déclaration de guerre, quand on est trotskyste et juif, c'est bien la moindre des choses.

– Rien de plus ?

– Comment savoir ? Le profil de notre homme est assez standard. À la fin des années trente, vous auriez probablement eu le même traitement. Certains procès-verbaux, des notes de synthèse, font état de pièces annexes sur son compte, justifiant un classement particulier.

– Quel classement ?

Laurent consentit enfin à mettre en doute la qualité du vin qui nous avait été servi. Il passa outre.

– Je vous ai dit que nous sommes une terrible bureaucratie. Si les systèmes policiers de l'Est nous livrent un jour leurs secrets, comme on peut maintenant l'espérer, j'avoue que je serai curieux d'apprendre comment la Stasi en RDA, la StB en Tchécoslovaquie, etc., sont parvenues à gérer, à utiliser les millions de fiches accumulées sur tout un chacun, par n'importe qui, c'est-à-dire le dernier des fonctionnaires zélés. Nous, nous n'y arrivons pas.

– Revenons aux pièces annexes concernant Alfred Katz.

Nous reprîmes de ce chablis merdique. La fréquentation de Laurent me rendait peu regardant.

– D'accord. Il semble – je dis, il semble – qu'elles aient été entreposées aux archives du fort de l'Est. Ne me demandez pas leur contenu. Ces archives ont brûlé peu de temps après la Libération. Un regrettable sinistre, dans une période très troublée. C'est ainsi, par exemple, qu'ont disparu le dossier de l'affaire Sedov et quelques autres, mettant probablement en cause les agents de la

Guépéou et leurs camarades résidents. Revoyez la composition du gouvernement de l'époque.

– Donc rien de sérieux sur Alfred Katz.

– Rien. Dans l'état actuel de mes recherches. Ne vous faites pas d'illusions, monsieur Victor. Les activités subversives de ce garçon n'étaient pas ce qui devait intéresser le plus mes collègues de l'époque. Il y avait de plus gros poissons.

– Vous m'avez tout dit ?

– Merde ! dit le flic, confit dans sa saleté. Reprenons une vraie bouteille de vrai vin. Consolons-nous comme nous pouvons de ce Génie de la Bastille ridicule et tout doré qui domine notre table. Soyons ennemis mais pas tout le temps. Dans les rapports que j'ai pu consulter, on se demande sans fébrilité si le petit Katz aux idées émancipatrices n'était pas un brin proxo.

– Une plaisanterie ?

– Comment Mila gagnait-elle l'essentiel de leur vie ? Sans parler d'Alfred lui-même. Il ne devait pas être regardant. On a beau avoir des archives mal classées. Des enquêtes de voisinages lui prêtent des mœurs peu conventionnelles. Pour l'époque, s'entend.

– Et moi ?

– Pareil. Vous n'êtes plus qu'un dossier à ramifications multiples que je ne sais pas classer, organiser.

Pas de quoi en faire trop. La République était bonne fille, le chablis enfin parfait. Laurent me confia que, selon les dernières notes des services dont il dépendait, les temps changeaient. D'un jour à l'autre, il s'attendait à se voir confier une mission, dans l'Est en débandade. Je ne pensai plus qu'au carnet.

Le 29 août 1938, Félix trouva une combine pour avoir des places au spectacle de Trenet, à l'ABC. *Y a de la joie* était depuis des mois un succès confirmé. Aussi cette autre chanson, *Boum*. « Quand notre cœur fait boum – Le monde entier fait boum », etc.

Ils passèrent tous les trois la nuit à la Grisette. Alfred embauchait tôt le matin, à *Match*.

Dès le 1er septembre, les événements s'accélérèrent. La plupart des journaux rendirent compte de la visite de Heinlein, le leader nazi des Sudètes, à Hitler. Elle fut interprétée comme un signe d'accroissement de la tension internationale. Ce qui dut confirmer Daladier dans sa décision de maintenir sous les drapeaux la classe des conscrits libérables et de rappeler cent mille réservistes. Le retour des congés payés ressemblait à un aller en guerre. La défense civile creusait des tranchées dans Paris.

– Raconte, dit Solveig.

L'ambiance à *Match* était assez fébrile. Enthousiasme et cynisme, tout le monde sur la brèche. Avec le souci discret de se ménager des petites portes de sortie. L'idée commune était qu'avec ces événements le magazine allait pouvoir s'imposer. Les envoyés spéciaux et leurs grouillots, Leica en bandoulière, partaient pour Londres, mais surtout Berlin, Nuremberg, Munich, Plzen, Prague. Et Rome.

Mon travail était contraignant, je le dominais assez bien. Il s'agissait de corriger, mais pas seulement les fautes de composition. *Match* voulait un style rédactionnel direct, sans scorie, sans baratin. Je passais beaucoup de temps aux archives et à la documentation, avec Nathan. C'était dans le sous-sol de l'immeuble. Nathan nous créait un outil, en même temps qu'il nous le rendait, à tous, utilisable. Nous causions.

– Tu vois ces images ? Ces types courbés, prisonniers, habillés avec des sortes de pyjamas. La plupart d'entre eux étaient des responsables politiques, des notables, des artistes, des gens en vue, il n'y a pas si longtemps. Pendant le grand bordel de la République, avant l'ordre nazi. Toutes ces photos ont été prises clandestinement. C'est un apatride comme toi qui me les a apportées. Elles ne sont pas truquées, rien n'a été retouché. Rien de ce regard déjà mort, de cet os saillant, de cette crasse au méplat du muscle.

Nathan dit que ces gens étaient comme nous pourrions être, demain. Il n'y croyait pas. Il ne savait pas.

– On publie ?

– Pas cette semaine. La direction pense qu'il est trop tôt. Il ne faut pas gêner les négociateurs. Ne pas braquer les observateurs de monsieur Hitler.

– D'où viennent ces photos ?

– D'un camp de regroupement. De concentration, comme ils disent, chez les nazis. Mais aussi en URSS. Curieux qu'on emploie le même terme.

Ces photos venaient de la région de Munich et, bon sang, je ne savais pas immédiatement où était cet environ-là, Dachau, sur une carte de l'Europe.

Solveig dit :

– Chacun, dans la partie du monde d'où je viens, veut retourner à l'Europe. C'est le grand slogan perdu, qui fait rêver. Mais c'est quoi, l'Europe ? Celle de nos grands empires ? De nos alliances trahies ? De nos si belles villes ? Ou bien n'est-ce pas, plus sûrement, celle des camps de concentration ?

L'échéance de la conférence internationale approchait. Pour la première fois depuis des mois, j'étais quasiment exempté de tâches militantes. Le moment était venu des grandes manœuvres, je n'étais pas au niveau.

Deux faits intervinrent dans le tout début du mois de septembre 1938. Leur importance ne fut pas vécue avec la même intensité. Mais par qui, au fait ?

D'abord, Mila affirma qu'elle avait la certitude d'être enceinte, que cela la rendait heureuse. Le père ne pouvait être que moi. Mila le savait, car elle avait ses certitudes de femme.

Ensuite, Jacques fut là. Il vint m'attendre un jour à la sortie des ateliers, rue d'Aboukir.

Jacques était bronzé, très en forme, avenant comme d'habitude, la mine prospère. Je sus que ce type pouvait être un salaud, mais dans quelles circonstances ? Tout ne pouvait pas se dominer si facilement.

Jacques m'invita à prendre un verre. Nous marchâmes jusque vers la rue Saint-Denis. Il s'amusa gentiment des putes et de leurs avantages, sous la pluie qui venait. Nous trouvâmes un bistrot. Jacques était désolé de ne pas avoir donné de nouvelles. Cela ne devait pas passer pour inamical. Il avait traversé de pénibles moments. L'accident automobile de ses parents avait été terrible. Avais-je les nouvelles exactes ? Les rumeurs avaient été tellement contradictoires ! Sa mère était encore en vie. Très atteinte, tellement qu'on l'avait crue morte, en toute bonne foi. Mais loin d'être hors d'affaire. Le père avait subi un grand choc psychologique. Son équilibre mental survivrait mal à l'épreuve. Ainsi s'ingérait le lourd destin dans les petits parcours individuels. Jacques m'assura que ses parents étaient de braves gens, qu'il n'avait pas bien su comprendre. Le frôlement de la mort rendait tolérant. Jacques était convaincant, et moi je n'avais pas grand-chose à dire sur mes parents. C'était de braves gens aussi, et je n'avais pas prévu de les revoir un jour. Je compatis avec une sorte de sincérité qui m'étonna. Ces soucis n'étaient pas les miens. Mais Jacques était d'une gentillesse tellement désarmante. Il avait du tact. Il sentit bien qu'il y avait le risque de m'ennuyer. Il m'assura que ses histoires de famille ne bloquaient pas tout son horizon. Il était sensible aux menaces de guerre. D'ailleurs, dans son pays, en tant que jeune réserviste, il avait été rappelé. Remobilisé, oui. J'étais censé connaître la modestie de ses convictions politiques. Au moins, il était connu qu'il n'était pas, Jacques, belliciste. Pas du tout. Il s'était déclaré objecteur. C'était ce qu'il était. Ainsi avait-il précisé, à ses autorités, son opinion. Il s'était donc rendu devant les instances, avait explicité ses opinions. On l'avait incarcéré. De manière très démocratique. C'est à ce moment que, pour ne pas l'inquiéter inutilement, il avait fait savoir à Sylvia qu'il était en Angleterre. Il n'y avait pas à dramatiser. Jacques n'était pas n'importe qui. Au moins à cause de ses parents et de leur prestige. Ce qui pouvait être, admettait-il, un peu gênant. On avait vite libéré Jacques, sans trop d'embrouilles. Il était là. Souriant, bronzé.

Parfaitement lisse.

– Heureux de te retrouver, ami Katz. Si on allait à la piscine ?

– Je t'ai déjà dit. Je ne sais pas nager.

N'étant pas délégué et ne sachant pas conduire une automobile, je ne tins qu'un rôle assez médiocre, et subalterne, lors de la conférence, le samedi 3 septembre. La maison prêtée par Rosmer n'était qu'une grange assez vaste et rustique. Préalablement dégagée de ce qui pouvait l'encombrer, les camarades avaient pu s'y installer à leur guise, avec le minimum de décorum jugé nécessaire : portraits de Marx, de Lénine, drapeaux rouges et bannières. Tout ceci conçu pour être remballé prestement en cas d'alerte. Le bureau de la conférence avait fait appel à la responsabilité de chacun des délégués : les débats devaient être brefs. Par crainte de la Guépéou-NKVD, des provocateurs du PCF, des flics en général. Avec Sylvia et Marguerite Rosmer, nous assurions l'essentiel des traductions ainsi que le service des sandwiches et rafraîchissements. Personne, je crois, ne se faisait trop d'illusions sur la représentativité réelle des vingt et un délégués, censés parler au nom des avant-gardes bolcheviques-léninistes de onze pays. Les présidents d'honneur étaient les grands et récents disparus : Erwin Wolf, Ignace Reiss, Léon Sedov. Eux aussi étaient représentés par leurs portraits. Des agrandissements de médiocre qualité, à partir de photos d'identité ne valant guère mieux.

Loin d'être fraternel, le climat de cette conférence fut détestable, fait de défiance. Ainsi, une de mes tâches avait été de convoyer Étienne, l'ami, le collaborateur de Sedov. Tout le monde se méfiait de lui. Conformément aux consignes, je ne l'avais accompagné jusqu'à la grange de Périgny qu'au tout dernier moment, sans le lâcher d'une semelle, en lui interdisant de parler à quiconque. Il accepta ses mesures sans broncher. D'autres que lui s'y soumirent.

Ces mesures étaient grotesques. « Étienne » Zborowski, l'intime de Sedov, n'avait nullement intérêt à ce que ses complices stalinistes viennent doubler son travail. Lui seul suffisait. Cet homme de Staline fut, lors de la conférence de fondation de la IVe Internationale, le porte-parole des oppositionnels russes. De cette « section » personne ne savait grand-chose. Elle avait été le domaine réservé de Léon Sedov. Étienne lui-même ne savait pas forcément que, dans la réalité, la plupart des oppositionnels et « trotskystes » russes avaient été physiquement anéantis dans les isolateurs et les camps.

Étienne fut une des grandes gueules de cette conférence de fondation. N'éliminons pas l'idée que ce type était une sorte de schizophrène roué, pouvant s'adapter sans mal à différentes partitions politiques. C'était plus vraisemblablement un salaud. Quant aux autres, qui ne surent pas le démasquer, il est facile de se moquer d'eux. Pauvres jobards.

Solveig dit :

– À sa manière, cet Étienne est un héros. Il a beaucoup risqué. Il avait en face de lui de vraies convictions, devant lesquelles il ne devait pas être si facile de donner le change. Dans cette partie du monde d'où je viens, des stalinistes notoires, des brejnéviens, pas des militants, pas des agents, de simples fonctionnaires, vont se reconvertir, se sont déjà recyclés. On leur demandera pas ou peu de comptes. La vie va toujours plus vite que la mémoire. Elle va même plus vite que le ressentiment. Ces hommes parleront toujours le même langage habile, qui n'est pas du tout une langue de bois, celui de l'humble efficacité, liée par le même abject réalisme. C'est une erreur de croire que les bottes sont dangereuses. Ce sont les pantoufles qui le sont.

Depuis longtemps je ne me rendais plus aux réunions du café Cyrano. Depuis le départ de Breton, nous nous étions confié, aux uns, aux autres, que ces assises quotidiennes étaient profondément emmerdantes. Je ne gardais plus guère de contacts qu'avec Man Ray, cet ange noir, rigolard et bougon. Pour des raisons qui lui étaient propres, il se sentait le protecteur de notre couple. Il voulait quitter la France. Pas par crainte. Parce qu'il y régnait une ambiance un peu bête. Marcel Duchamp lui écrivait souvent de petits mots qui à chaque fois lui suggéraient de le rejoindre. Man me les montrait, déconcerté. Rejoindre Duchamp mais, sans même se poser la question du pourquoi, où ? Duchamp parcourait le monde, de tournoi d'échecs en tournoi d'échecs, ne gagnant pas si souvent que ça mais jouant, étudiant, entraînant. Ce serait, confiait Man, une partie de son œuvre assez difficile à reconstituer. La plus importante ?

Un jour, dans son atelier, Man me mit dans les mains une assez volumineuse boîte en carton.

– Ce sont tous mes clichés de Mila, tous. Toutes les épreuves, même les mauvaises. Il y en a aussi de très bonnes, pas très conventionnelles, dont Mila et moi pouvons être fiers. Certaines, qui sont intimes, pourraient être mal regardées. Je ne sais qu'en faire. Mila t'aime. Tout cela t'appartient.

Man cherchait des arguments. L'été était bien avancé. Pour un photographe, la lumière d'été est la pire. Man se voulait peintre avant d'être photographe, son cas ne s'en améliorait pas.

– Ni toi ni moi ne comprenons cette chance, vivre un été de plus à Paris. Les prochaines saisons vont être épouvantables. Il n'y aura peut-être plus d'été. Pour moi, pour vous, les amis. Je vais m'en aller.

Man me serra la main, m'embrassa. Déjà parti.

Oui, comme une sorte de modèle pour Egon Schiele – Solveig défendait l'idée que Schiele était né tchèque –, Solveig posait. Elle posait nue et ouverte, avec sa part de blême, de saillant et de gras. Avec ses approximations. Solveig se rasait maniaquement les aisselles et déplorait son pubis dégarni. Son ventre tenait bien, ses fesses aussi. Tout cela restait ferme. Mais elle considérait la mollesse de ses seins, ces rides nouvelles autour de leur pointe. Elle n'évoquait jamais cette éventualité amoureuse, que je rachète un vrai appareil photographique. Elle soutenait que Schiele aurait aimé les sales photos d'un Polaroid. Ce n'était pas mon problème et je n'étais pas Schiele. Bien trop vieux pour ça.

Le problème qu'il y a à tenir un carnet de bord, c'est qu'y est consigné le tout-venant des propos des uns et des autres.

Il y avait donc un Jacques, fils de diplomate belge, objecteur de conscience, incarcéré puis relâché, autorisé à rejoindre un pays ami mais étranger, en coquetterie avec la loi, libre pourtant de franchir les frontières comme bon lui semblait.

À *Match*, je descendis les deux étages qui me séparaient du sous-sol où officiait Nathan, au milieu de ses archives. C'était un bordel sans nom. Plus exactement, Nathan avait organisé la compilation subtile des dossiers et des fiches de manière que seul lui puisse s'y retrouver. Ses méthodes étaient indiscutables. La rédaction entière louait leur efficacité. La précision des renseignements fournis.

J'exposai mon cas à Nathan. Il hocha la tête, ne posa pas de question, me pria d'attendre quelques instants là, dans ce coin, près de ces liasses de vieux papiers poussiéreux qu'il n'avait pas encore eu le temps de classer.

La réponse ne tarda pas. Aucun Mornard, nom de famille de Jacques, n'était répertorié dans la liste du personnel diplomatique belge. À aucun degré hiérarchique, à aucun titre.

– Peut-être y a-t-il incertitude sur le nom ?

Aucune trace d'un accident dont aurait été victime un quelconque haut fonctionnaire belge aux alentours de la mi-juillet. Ni bien avant, ni bien après, d'ailleurs. Rien de ressemblant à ce que Jacques avait décrit de sa famille ne figurait dans les équivalents du *Who's Who* ou du *Bottin* bruxellois. Nathan en frétillait.

– Admettons que ton copain soit un peu mythomane. C'est enfantin, pas bien méchant. Pouvons-nous aller plus loin ? Avec les archives que j'ai ici, on peut tout vérifier. Même les détails.

Les détails, Jacques n'en donnait que bien peu.

– Mis à part cet accident, sa grande spécialité était le flou.

– Il t'a bien parlé de sa vie en Belgique. Des gens, des lieux. Les lieux sont en général plus importants. On ne peut pas être à deux endroits en même temps.

Je n'avais jamais écouté les propos de l'ami de Sylvia comme un flic recueille les propos d'un suspect. Je tenais un carnet, pas un procès-verbal.

– Fais un effort. Il a eu des ennuis en tant que réserviste. Cet objecteur-là a donc fait son service militaire.

Nathan était perspicace. Un jour qu'il dissertait sur son amour pour le sport et que je l'écoutais à peine, Jacques avait évoqué son passage dans une école militaire. Malgré son aversion proclamée pour l'armée, il en gardait un bon souvenir, à cause des exercices physiques.

– Tu vois ! Ou était cette école ?

– Je ne sais plus.

– Cherche.

– C'était tellement ennuyeux. Peut-être a-t-il parlé d'une ville comme Dercmude, ou Dixmute. Ou Dixmude.

– Disons Dixmude. Quoi d'autre ? Ton lascar a bien fait des études quelque part. On évoque ce genre de souvenirs, entre jeunes gens.

L'armée ! Voilà ce qui me fit faire l'association. Jacques détestait d'autant plus l'armée qu'il avait fait une partie de ses études chez les jésuites, à Bruxelles.

– Où ?

Pour le coup, il était facile de se souvenir. Institution Ignace-de-Loyola. Carrément.

– C'est tout ?

– Je suis sec.

Nathan proposa que j'aille boire un verre au rade du coin. Il m'y rejoindrait après les menues vérifications de routine. J'obtempérai.

Je m'installai à la terrasse qui nous était habituelle, malgré les aléas du temps, place du Caire. J'eus une fugitive envie de pute. À cause de Mila. Elle avait bien fini par me dire qu'avant les mignardises du Sphinx, elle aussi avait fait la rue. Je n'avais pas encore fini mon Viandox, Nathan s'assit en face de moi, très content de lui-même. Il me consulta démocratiquement. J'étais partant pour un double Picon.

D'abord, Nathan avait pensé procéder avec minutie, en consultant les annuaires, les plans de villes. Puis il s'était dit qu'après tout un journaliste belge du nom de Jacques Mornard existait bel et bien.

– Il y a une vingtaine de Jacques Mornard parmi les abonnés téléphoniques de Bruxelles. Un seul est journaliste. J'ai appelé.

Mornard n'était pas chez lui. Sa femme, oui. Elle assura que son mari était facilement joignable, à la rédaction de *La Nation belge*.

– Un journal de droite sinon plus, passons. J'ai contacté le confrère. Très aimable. Aucun doute, ce n'était pas ton bonhomme. Il m'a assuré qu'il détestait le sport, qu'il n'avait pas d'homonymes dans la profession.

– Il ne connaît pas forcément tout le monde.

– Certes. Au point où j'en étais, j'ai demandé des renseignements. Mon journaliste m'a affirmé qu'il n'y a jamais eu d'école militaire à Dixmude. Pas plus que de collège Ignace-de-Loyola à Bruxelles. Obtenir ces renseignements a été l'affaire de dix minutes. Ce Jacques lanterne ton amie Sylvia depuis combien de temps ?

Jacques ne lanternait pas que Sylvia. Quel genre de Jacques pouvait s'intéresser à la terne Sylvia ? Dans quel but ?

Une pénible opacité s'installait dans tous les recoins de la vie. Mila persistait dans son heureuse conviction d'être enceinte. Sûre d'elle, elle avait hâte de devenir grosse. Aux éventuelles questions elle répondait par un sourire vachard. Elle n'avait plus de clients, parole d'honneur. Que des amoureux. J'avais été le témoin de tous ses ébats avec Félix. Ce n'était jamais avec elle qu'il avait conclu, je devais en savoir quelque chose. Alors ?

Cet enfant que je ne voulais pas serait le mien. Mais qui étais-je, exactement ?

Katz s'ennuyait, pris dans une torpeur d'angoisse. Le mardi 6 septembre, passage Dubail, il travailla à la mise en forme du compte rendu de la conférence de fondation de l'Internationale. Pas une mince affaire, chaque mot pesant son poids de possibles scissions à venir. Dans le même temps, à Nuremberg, stade Zeppelin, avec une impressionnante mise en scène, c'était l'ouverture du Xe Congrès du NSDAP, le parti nazi. Hitler, désigné à son poste de chancelier depuis longtemps, le plus légalement du monde, sans la moindre entrave voyante à la Constitution, réaffirmait son soutien aux revendications des Allemands des territoires sudètes, en Tchécoslovaquie.

Dans son carnet, Katz nota que la grève des dockers de Marseille continuait, après plus d'un mois. Le gouvernement décida de réquisitionner le port. Vaillante lutte !

Du côté de Morawska-Ostrava, un peu exotique pour le commun, des affrontements violents opposaient des milices sudètes et des groupes tchèques. Ce coin était où, exactement, sur la carte du monde ? Où ? Avec un double décimètre porté sur une carte de l'Europe, Katz vérifia une fois de plus cette donnée très bizarre. Partant de Paris, Prague est pratiquement à égale distance de Perpignan. Perpignan, où se précipitaient les réfugiés antifranquistes qui pouvaient encore fuir. Quel brouillard !

Jacques était-il un escroc sentimental ou un provocateur dangereux ? Il s'était inventé une famille, une biographie, soit. D'autres, de sincères camarades, venaient d'imaginer des sections bolcheviques prêtes au combat, de rêver sur un prolétariat mondial qui jamais, jamais, ne laisserait passer Hitler. Une immense fatigue prenait.

De l'avis des habitués, Breton était de retour à Paris. Il ne se manifestait pas. Plus personne n'allait jamais au Cyrano. Moi non plus. J'avais lu le tract confidentiel concocté par Breton et ses proches, *Ni de votre guerre ni de votre paix*. Un beau texte. Très bien et un peu vain. Refuser leur paix était facile. Leur guerre ? C'était une autre affaire.

Solveig dit :

– Aucune des affaires qui t'occupent n'est la tienne. Du moins, pas forcément. Il est encore temps.

Dans la compassion, elle était toujours très mauvaise.

Le samedi 10 septembre s'ouvrit le congrès de Nuremberg. *Match* envoya sur place plusieurs correspondants. Ils ne cessaient de se relayer au téléphone, impressionnés et effrayés par les fastes et la violence de la grande messe nazie. Par sa grande beauté.

Car c'était beau, Nuremberg. Avec les « cathédrales de lumière », les hymnes, les défilés impeccables, ces foules immenses, compactes, enthousiastes jusqu'à l'extase. « Nous sommes un peuple. »

Tous les correspondants, tous hostiles à la politique de Hitler, s'avouaient troublés, mal à l'aise, fascinés, envoûtés malgré eux par cette démonstration de séduction et de force.

Au journal, personne n'était de trop pour prendre les comptes rendus.

– Le discours de Goering était très attendu. Qu'a-t-il dit ?

– Tu notes ? Il a parlé de ces – je cite – « misérables pygmées tchèques » qui prétendent opprimer – je cite toujours – un « peuple cultivé ». Car, « derrière eux, ces

Tchèques, il y a Moscou et le masque éternel du peuple juif ».

Solveig répéta :
– Pas forcément la tienne, cette histoire.

Le lundi 13 septembre, au lendemain du congrès, on pouvait compter treize morts dans la région des Sudètes. Les groupes nazis, chauffés à blanc, multipliaient les défis. Mila s'arrangeait pour être le plus souvent possible près d'un poste de TSF. Elle s'en prit plusieurs fois à cette manie que j'avais, qu'elle n'avait jamais comprise, de tenir un carnet intime. Selon elle, depuis que nous nous connaissions, les journaux des autres et le poste suffisaient bien à nous dire où nous en étions.

Le 17, Heinlein réclama le rattachement des provinces sudètes, allemandes selon lui, au Reich.

Il n'y avait aucun rapport immédiat : Jacques mentait. Mentait toujours énormément, avec un aplomb qui rendait d'avance inutile toute contradiction.

Lutte ouvrière publia un éditorial, signé par Naville-Vilain, « Pas de nouveau 1914 ». Pas d'union sacrée. Pas de défense du sous-impérialisme tchécoslovaque. Cet article était d'abord destiné à renforcer la cohésion de nos minuscules troupes révolutionnaires. Le rappel de la faillite belliciste de la social-démocratie en 1914 était un spectre immense tétanisant. Personne, dans nos rangs, n'avait de sympathie pour Beneš. Nombre d'entre nous supportaient mal l'idée de laisser la Tchécoslovaquie, cette bizarre république, mais république tout de même, livrée aux appétits nazis. L'article de Naville tirait sa force plus dans les ressources de la logique formelle que dans celles de la dialectique.

Peut-être ne savions-nous rien de la dialectique. Il me semblait que, malgré les tares de son régime politique, la Tchécoslovaquie était notre affaire. La mienne en tout cas.

Je ne savais comment parler de ces choses à Mila. Elle n'insista pas. Elle fit une chose qui me déconcerta en épinglant sur un mur de ce recoin qui nous servait de cuisine deux images que je n'avais jamais vues et qu'elle tira de son sac. Une carte postale, montrant un monument, sur une place. Un grand type dressé. Une autre carte, une vignette plutôt, assez semblable à ces vignettes des magasins Félix-Potin que j'avais collectionnées, étant enfant, avec le portrait des grands hommes méritants. La carte montrait le monument de maître Jan Hus, place de la Vieille-Ville, à Prague. La vignette était un portrait de Tomaš Masaryk, fondateur et premier président de la République tchécoslovaque.

Mila me pria de ne lui demander aucune explication.

D'une simple signature, le président Beneš tenta de dissoudre le parti allemand pro-nazi des Sudètes. Au même moment, le Premier ministre britannique, Chamberlain, rendit visite au chancelier Hitler dans son « nid d'aigle » de Berchtesgaden.

Solveig tint à nettoyer la plaie, au tibia. À bien refaire le pansement. C'était cuisant.

– Arrêtons, Victor. Si on veut, nous nous sommes rejoints. Nous sommes fatigués.

– Non. Pas encore.

Solveig me pria d'oublier cette velléité de pacification passagère.

Je manquai plusieurs réunions de cellule. À chaque fois, on me prévenait trop tard ou j'étais empêché par le travail à *Match*. Blaise dénonçait mon irresponsabilité militante, insinuait lourdement que je me laissais prendre aux charmes de la grande presse en action. *Match* était très feuilleté. Y compris par les camarades. Des petits papiers de l'Internationale aux gros titres de la presse bourgeoise, n'étais-je pas un peu trop aux places enviables ?

Ce jour-là, juste avant l'embauche, je distribuai des tracts du Parti, rue d'Aboukir. À ma place habituelle, près du passage du Caire. Un type me prit par le col. Je reconnus un collègue et quelques-uns de ses copains.

– Rappelle-moi ton nom.

– Katz.

– C'est boche.

– En allemand, ça veut dire « chat ». Je suis juif, apatride et internationaliste.

Ce que personne ne me demandait de préciser.

– Tu es boche et tu diffuses ta saloperie de propagande hitléro-trotskyste !

Un revers de main, mes tracts s'éparpillèrent. Je pris les coups, le premier dans les couilles. Le collègue de travail s'acharna, d'autres copains d'atelier l'aidèrent. J'encaissai. Puis ils me suggérèrent de ramasser ce qui m'appartenait, mes tracts, dans le caniveau. À quatre pattes.

– Katz, juif et boche, pédé et trotskyste. On ne se laissera plus emmerder par toi et les autres qui vont avec toi.

Nous militions au même syndicat.

Mila me soigna. Ce genre d'incident ne l'impressionnait pas. Qu'on se batte à la sortie d'une boîte de nuit après avoir bu ensemble, c'était son expérience courante. J'avais tout mon temps pour me calmer, encore plusieurs mois. Puis je serais un père responsable. D'une fille, selon ses vœux de ce soir-là.

À qui parler ? À Blaise ? C'est ce qu'auraient exigé les procédures du Parti. J'y répugnais. Plus exactement, je retardais l'échéance, attendant d'anecdotiques révélations supplémentaires sur le jeu trouble mené par Jacques. Nous nous voyions souvent, Jacques et moi. Il recherchait même ma compagnie. N'hésitant pas, contre toute convenance, à se présenter à l'improviste le soir, quai de Valmy. Toujours avec de petits présents : fleurs pour Mila, bonne bouteille, billets pour des spectacles. Nous sortions, Sylvia avec nous. Parfaits petits couples. Jacques assurait les notes de frais. Félix, à l'occasion, se joignait à nous.

– Que penses-tu de Jacques ? lui demandai-je un soir.

– La même chose que toi.

– Mais encore ?

– Il vous bluffe, vous embobine, pourquoi ? Pour les beaux yeux de Sylvia ? Quelle blague ! Quel genre de dessin faut-il te faire ? Toi, Sylvia encore plus avez des relations au plus haut niveau de votre organisation. Peu importe par quel hasard. Pour les gens de mon parti, ici et à Moscou, vous êtes des chiens à abattre, par tous les moyens. Nous avons déjà démontré que nous en étions capables.

– Même toi ?

– Je suis ton ami, je t'aime. Je pense que tu es un des pires ennemis de la cause que je défends. Je suis un révolutionnaire. Donc un stalinien. Autant que je le peux. Malgré Mila et malgré toi. Avec toutes nos petites nuits, nous savons bien, au fond, dans quel camp nous sommes. Quant à ce Jacques, je ne sais rien d'autre sur lui que ce que je sais par toi. Il est évidemment des nôtres et, à mon avis, il est dangereux.

Félix s'éloigna, mécontent. L'eau de l'écluse bouillonnait sans raison apparente. Sans doute un défaut dans le mécanisme des portes.

J'avais un peu envie d'une de nos nuits honteuses. Le temps était passé. Félix avait l'initiative.

– Disons-nous adieu. Pour la forme, ce serait mieux. On se reverra. Plus de la même manière. Je n'ai plus envie de te tuer. Sois prudent. Ce qui va arriver, nous le sentons tous. J'aimerais autant ne pas être trop inutilement coupable. Même si, qu'importe, nous allons tous être broyés.

C'était mélo. Félix partit pour de bon, s'échappant dans la nuit, la grande ville. Je retournai vers le meublé de la Grisette. Assis sur le rebord du trottoir, un petit clochard s'agitait sans tendre la main. Un petit clochard tout curieux, malingre et comme vêtu de longues bandelettes en tire-bouchon qui se répandaient autour de lui. Il riait.

Solveig s'autorisait la fantaisie d'aller dormir chez Katz et Mila, en face, à la Grisette condamnée. Un simple sac à dos suffisait à contenir son nécessaire. Par accord tacite indiscutable, je n'avais pas à la rejoindre. Les instruments de démolition étaient en place autour de l'immeuble. Je téléphonai à Lourcet. Sans impatience particulière. Sans succès.

Allant vers *Match*, rue d'Aboukir, le passage Dubail était pratiquement sur mon chemin. J'y fis halte. Quelques camarades, dont Blaise, étaient là, plus ou moins de permanence. L'ambiance était à la moquerie. Journaux en main, ils commentaient les titres des dernières éditions. C'était maintenant officiel. Par la voix de Klément Gottwald. Le Parti communiste tchécoslovaque en appelait à l'union sacrée. La honte suprême.

– Même devant les nazis ?

– Ne sois pas ridicule. On ne peut pas combattre Hitler en s'alliant avec ses complices bourgeois. Ils le méprisent, ils en ont peur. Il est quand même le plus sûr rempart contre le bolchevisme.

Blaise mit son grain de sel.

– Vous verrez. L'union sacrée n'est qu'une étape. Pour défendre les intérêts diplomatiques de l'URSS, pour tenter de barrer la route de l'Ukraine à Hitler, Gottwald en viendra même à appeler l'armée à prendre le pouvoir à Prague. Au nom de l'antifascisme ! De la défense de la patrie.

Il récitait admirablement la leçon, la ligne qui était consignée dans une circulaire du Secrétariat international. Je l'avais tapée l'avant-veille.

– De toute façon, ils sont tous coincés, les impérialistes, les stalinistes. Si la guerre éclate, les fusils des prolétaires se retourneront contre eux. Ce sera l'heure de la révolution, comme en 1917. L'heure de la IVe Internationale.

Y croyaient-ils vraiment ?

Je sortis du local. Ma colère rentrée n'avait pas de véritable objet. Formellement, ce que nous défendions était juste. Mais quelque chose nous échappait dans la situation. Une donnée nouvelle, inédite, inimaginable encore. Je pensai à ces photos prises dans des camps, que j'avais vues au journal.

Les alentours de la gare de l'Est étaient plus animés qu'à l'ordinaire. Pas une vraie cohue, encore moins une panique. Une densité inhabituelle de l'air, pas seulement due à la chaleur. Des encombrements. Des visages un peu plus veules. Les bourgeois quittaient Paris, disait-on, comme des rats – évidemment des rats. Ils allaient se planquer en province, valises pleines de fric, de bouffe et de valeurs. La guerre, eux, ils y croyaient.

J'avais entendu, à la TSF, que des tranchées de protection civile avaient été creusées aux Champs-Élysées, qu'on accumulait des sacs de sable près des grands monuments historiques. Je n'avais pas eu l'occasion d'aller vérifier.

C'est le 22 septembre, ce jeudi, que j'ai compris que plus rien n'était contrôlable. Tenir un carnet prétendument intime n'avait plus aucun sens. La presse suffisait. À propos des négociations concernant les Sudètes, *L'Huma* titrait : « Ils auront le déshonneur et la guerre ». Belle formule qu'on s'arracherait sans doute, dans tous les camps.

Fiches et archives à jour, Nathan me fit remarquer que cette petite phrase était empruntée à Churchill. Pas exactement un progressiste.

L'hebdo à peine sorti des rotatives, la rédaction de *Match* restait en pleine effervescence. Le numéro tout frais passait de main en main. Pour deux francs, le lecteur de base pouvait admirer Chamberlain sortir d'avion, avec ses célèbres attributs : chapeau, parapluie, chaîne de montre et col cassé. Un gentleman. Il revient de Berchtesgaden. C'est le fameux baptême de l'air du 15 septembre. À l'intérieur, une photo double page montrait l'entrevue avec Hitler. Des gens autour d'une table dressée avec quelque apparat, fleurs, etc. Un thé mondain, Hitler est au milieu, en uniforme, un peu affalé au côté d'un Chamberlain très raide.

– C'est curieux.
– Quoi ? dit Nathan.
– Si l'on trace les diagonales de cette photo, plein centre on trouve la croix gammée que Hitler arbore sur son brassard.
– Tu as raison. L'essentiel est là. Le reste n'est que décoration.

Quelques pages plus loin, un petit reportage très imagé expliquait, c'était le titre, les « Cinq parties de poker de Hitler ». Janvier 1933, la prise du pouvoir. 30 juin 1935, le massacre des révoltés (la liquidation des bandes de Roehm). Le 7 mars 1936, l'armée en Rhénanie (l'annexion pure et simple). Le 12 mars 1938, l'Anschluss. Le reportage se terminait laconiquement par un titre surmontant une photo de Hitler, Goebbels, Heinlein : « Septembre 1938. La cinquième partie n'est pas terminée ».

Les dernières pages de l'hebdo étaient consacrées, photos, croquis, anecdotes, aux « entrailles » de la ligne Maginot. Cette « cité vivant sous la terre ».

Nathan n'était pas moins accablé que moi.
– La semaine dernière, en couverture, on nous montrait Hitler, triomphant, faisant le salut nazi à la tribune du congrès de Nuremberg. Avec Chamberlain, il y a un progrès.

Solveig dit :
– Quelle est exactement la règle de ton jeu, Victor B. ?

Il était évident que Chamberlain cherchait à n'importe quel prix un arrangement avec Hitler. Daladier ne pouvait que suivre. À Prague, Beneš n'avait pas le choix.

Gaïl se remettait de sa chute, aussi convenablement que possible, ce qui restait assez pénible à voir. Elle avait fait tout ce qui était humainement possible pour s'abîmer et y avait pas mal réussi. Rarement j'avais vu un corps aussi esquinté. Elle n'avait pas voulu mourir, elle ne s'était pas ratée. Il avait suffi de quelques marches. Elle avait su les descendre.

– Tu ne me demandes pas pourquoi j'ai fait ça ?

– C'est une répétition, je pense. Pour ton spectacle. Pour Nadja. Peut-être pour moi. Que sais-je ?

– C'est venu insidieusement, je n'ai rien prémédité. Je me suis sentie Nadja, la nuit où elle est devenue folle.

– Tu aurais pu m'appeler.

– Tu serais venu ?

– Probablement pas.

– Ni toi, ni Alex, ni aucun autre avant, bien avant. Je vous remercie. Grâce à vous, j'ai connu le bonheur de cette chute. J'en avais rêvé tant de fois. Tomber de cette manière, en avoir eu le courage, je suis très fière de moi.

Je lui pris la main. Son bras était marqué d'ecchymoses dans les tons jaunes et bleuâtres. La saignée du coude avait beaucoup souffert des perfusions.

– As-tu jamais rêvé des choses pareilles, Victor ?

– Plusieurs fois.

– Prends soin de toi.

À sa demande, je la caressai un peu. Elle tint à ce que je prenne les clés de son appartement.

Au carrefour de la rue de Seine, je tombai nez à nez sur Georges Hugnet. Il sortait de sa boutique d'encadreur et eut l'air content de me voir. Conformément à son habitude – à ses yeux j'étais toujours un provincial –, il entreprit de me mettre au fait des derniers potins concernant le groupe.

– Avez-vous revu Breton ? Non ? Il faisait pourtant grand cas de vous. Il est ainsi, il prend, il jette. Vous avez dû le contrarier.

– Que fait-il ?

– Il s'agite beaucoup. Il est rentré du Mexique presque irradié par sa rencontre avec Trotsky.

Assez curieusement, c'est de la bouche d'Hugnet, que la politique motivait fort peu, que j'appris l'existence du *Manifeste pour un art révolutionnaire indépendant*.

– Un texte admirable, aucun doute. Qui règle définitivement leur compte aux foutaises de l'agit-prop, de l'art prolétarien, du réalisme socialiste. Toute licence en art. Courte formule, vaste programme. Le temps presse.

Malgré le ton sarcastique qu'il ne pouvait s'empêcher d'adopter, Hugnet laissait pointer une nuance d'admiration.

– Exact, je lève mon chapeau. Voyons. La guerre peut éclater n'importe quand. Le réserviste Breton peut être mobilisé du jour au lendemain – il rejoindra son affectation, soyez-en persuadé. Chacun sait que les sbires de Staline – certains sont familiers de cette rue de Buci – sont prêts à aller chercher Trotsky au bout du monde s'il le faut, et voilà. L'urgence est de proclamer le manifeste d'un art révolutionnaire indépendant ! C'est formidable !

Selon Hugnet, Breton s'évertuait à fonder, sur les bases du manifeste, une fédération internationale des artistes révolutionnaires. À réunir les fonds pour éditer un bulletin.

– Qui s'appellerait *Clé*. Pas un mauvais titre.

Je n'aimais pas la rue de Buci. Pas le bar du Dauphin. Pas les chicanes de la Guépéou. Pas ces manœuvres louables de la part de Breton. Qui n'avait pas eu le souci de me contacter à son retour dans Paris.

Il détenait toujours mes photos de Nadja.

Hugnet me salua, prit congé, assez content de l'effet provoqué par ses petites nouvelles.

– Ne vous faites pas piéger, cher ami.

Je montai jusqu'à l'appartement de Gaïl, arrosai les plantes, le ficus et les pousses d'avocat montées en graine, je feuilletai ses notes, inventoriai ses livres, tâtai de son matelas. Il n'y avait rien dans cet appartement. Rien que de très simple.

Je retournai au journal. Ou au carnet.

Nathan était dans sa tanière, aux archives, depuis pas mal d'heures. Il avait soif. Moi aussi. Il tenait à me faire rencontrer un petit gars, vraiment très jeune, dont je compris mal le nom. Grinspann ? Nathan rigola.

– Son prénom est Herszei. Il est juif et polonais. C'est assez courant à Paris, en ce moment. Lui n'est là que depuis quelques mois. Il a dix-sept ans. J'ai fait sa rencontre au zinc, il y a peu.

Herszei nous attendait, devant une tasse de Viandox. C'était un garçon maigre, noiraud, flottant dans des vêtements trop grands pour lui. D'allure, c'était un vrai gibier pour caricaturiste de *Je suis partout* ou *Gringoire*. Nathan commanda un calva. Pour une fois, je m'alignai sur lui.

Herszei se présenta comme étant étudiant. Sans plus de précisions. Il cherchait surtout du travail. Ce n'était pas ce qui le tracassait.

– Dans cette crise des Sudètes, les grands chefs démocrates sont comme des petits chiens devant Hitler.

Ils n'auront pas de sucre, mais la trique sera d'abord pour ceux qu'ils s'étaient engagés à protéger. Après seulement, ce sera leur tour. Mes parents habitent dans une zone frontalière, en Pologne. Ce qui les guette est très exactement comparable à ce qui va arriver aux antifascistes en Tchécoslovaquie.

Un débit saccadé, le ton plein de colère. Herszei ponctuait ses propos en assaisonnant son Viandox de sel de céleri, au-delà de toute raison. Malgré la rigoureuse propreté de ses vêtements, il était au bord de la misère et n'en avait cure. Il était en guerre.

– Vous ne comprenez rien. Même vous, les gens informés, les révolutionnaires. Je viens d'entendre les nouvelles, au poste. Chamberlain a rencontré Hitler, à Godesberg, sans honte, avec son petit projet de compromis, très raisonnable. L'autre a bien rigolé. Il a formulé de nouvelles exigences. Il appelle ça un mémorandum. Rien d'autre qu'un ultimatum, en vérité. Nous sommes le 23 septembre ? Les Tchèques doivent céder les territoires à majorité allemande avant le 28. Et après ? Après, à votre avis ? Croyez-vous qu'il va s'arrêter en si bon chemin ? Qui va le lui barrer ? Chamberlain en agitant son parapluie ? Ce Daladier que vous appelez le « taureau du Vaucluse » alors qu'il n'est qu'un gros bœuf châtré ?

Nathan lui-même en était surpris. Nous ne lui demandions rien et Herszei nous prenait quasiment à partie, comme si nous étions une vaste assistance à convaincre au finish. Dans le bistrot de la place du Caire, les habitués détournaient pudiquement les yeux de ce meeting improvisé.

– Calme-toi.

– Et les stalinistes, à Prague ! Ce sont les plus comiques. Aujourd'hui, ils mobilisent les foules pour en appeler à l'union sacrée. Demain, ils s'en remettront à un gouvernement dirigé par un militaire. Ce sera Sirový. Ce nom ne vous dit rien ? Vous ignorez à ce point dans quel monde vous vivez ? Sirový est pourtant l'un des rares héros militaires tchèques. Il s'est illustré à la tête de la légion antibolchevique, durant la révolution d'Octobre. Voilà l'homme que les stalinistes vont appeler à suivre ! Quelle écœurante dérision !

– Calme-toi.

Herszei tremblait, son front perlait de sueur. Il fit un effort sur lui-même pour revenir à un peu de calme. Il avala son sel de céleri au Viandox.

– Excusez-moi. J'ai peur. Pas pour moi, pour ma famille, là-bas. Il faut tuer Hitler. On aurait dû le tuer depuis longtemps. Même s'il est trop tard, il faut le faire. Ça ne réglera rien. Ça donnera juste un peu de temps pour penser.

On entra alors, plus classiquement, dans une banale et irresponsable conversation de bistrot.

La mobilisation générale fut décrétée en Bohême-Moravie. Chamberlain et Daladier refusèrent le mémorandum de Hitler avec une fermeté calculée, dépourvue de toute conviction.

Je revis plusieurs fois Herszei. Il me donna la sale impression d'avoir un flingue dans la poche de sa veste trop large.

Le samedi 16 décembre 1989, les NMPP se mirent en grève. Les journaux ne furent plus distribués. Sans lien de cause à effet, plusieurs nuits, Solveig ne rentra pas.

Marc se découvrit du temps pour prendre un verre, à l'occasion.

Vers 7 heures du matin, je retrouvai Marc aux Halles, chez Vattier. En m'attendant, il avait déjà commandé le chablis. Les huîtres pouvaient venir. Nous trinquâmes.

– L'Europe se disloque, le communisme agonise, les Nouvelles Messageries de la presse parisienne bloquent la diffusion des journaux au nom d'inévitablement justes revendications de merde. Formidable, non ? Je bois à la victoire de ces travailleurs héroïques.

Dehors, une pluie lourde tombait. J'étais venu à pied.

Puisqu'il n'y avait pas de journal, Marc pouvait bien me donner les dernières informations.

– Ne t'y trompe pas. Nous fabriquerons chaque jour qu'il faudra un journal qui ne sera pas diffusé. C'est notre indispensable contribution à l'Histoire. Au demeurant, tout bien calculé, ça coûte moins cher.

J'étais venu à pied pour vérifier ça, que le plaisir de Paris au petit matin, sous la pluie, ne fonctionnait plus.

– Les titres ?

– En Tchéco, on peut penser que c'est gagné. Les stals sont en déroute, toutes les digues sont rompues. L'élection d'un nouveau président de la République est inévitable. Václav Havel et le Forum civique sont en mesure d'en imposer les modalités. La Roumanie reste le dernier maillon. Ceausescu sera plus difficile à dézinguer que Husák.

À deux tables de la nôtre, une fille manifestement paumée pouvait passer pour un peu jolie. C'était aussi l'avis de Marc. Derrière la vitre de la terrasse, à quelques dizaines de mètres, se dressait la colonne astrologique Médicis, bien restaurée, toujours énigmatique. Elle ne pouvait me consoler du désastre ambiant. Je n'aimais pas ce sentiment qui me faisait ne plus aimer Paris. Marc me demanda des nouvelles de Solveig, je lui dis que je n'en avais pas. Il n'insista pas, enchaîna sur l'Est en enfilant des avis intelligents et d'une absolue banalité, c'était son métier. Dans sa tête, comme à chaque fois qu'il parlait de cette manière-là, il construisait son prochain éditorial. Je le relançai :

– Tu dis qu'à Prague…

– Havel ne sera pas président, c'est impossible, ce serait trop énorme. Il n'y a pas un mois il avait encore les flics de la StB aux fesses et les apparatchiks le traitaient de zéro politique. C'était leur expression. La solution de transition se bricolera autour de Dubček, ce revenant. Après tout, il reste communiste. Il n'est peut-être plus qu'un symbole mais, vingt ans après le Printemps, quelle magnifique ironie de l'Histoire !

Machinalement, mais seulement jusqu'à un certain point, je jouai avec le petit laissez-passer du Forum civique, siglé par une tête de chat. Marc soupira. Il était temps de passer à un autre banc.

– Je comprends Laurent. À sa place, je te considérerais comme un bon client.

J'aimais les longs attardements dans les rades, les verres en plus, les jaseries interminables, les propos vains, les débats âpres. J'aimais cette pesanteur qui prend devant la table, dans la tiédeur qui fige et empêche d'aller se jeter trop naïvement dans le dangereux jeu de la rue.

La voisine s'appelait Paulette. C'était donc son vrai nom. Marc l'invita à boire un verre avec nous. Je me souvins alors, avec la violence d'une révélation, d'une scène totalement enfouie. Moi demandant à Solveig de m'aider à trouver un nouvel appartement. Pas dans un rêve. Dans la réalité d'une saoulerie. J'avais tout oublié de cette nuit-là. Ce propos revenait. Je me réentendais le formuler. Et Solveig me demandant si c'était ce que je voulais vraiment, plusieurs fois. Je ne savais plus rien du contexte, des circonstances. Mais cela avait été dit. Je cherchais un autre appartement. Ce n'est pas parce que j'avais oublié que j'avais changé d'avis.

Ils furent courtois, voire embêtés, ils avaient leur travail à faire.

Les pompiers avaient leur travail à faire. L'inventaire des caves, le répertoire des abris possibles dans ce qu'ils appelaient l'« îlot de la Douane ».

– En cas d'alerte, de bombardements, vous comprenez.

Je comprenais parfaitement. Tout comme les autres habitants de la Grisette. Nous les guidâmes. Certains s'étaient munis de bougies, d'autres de lampes à alcool. Les pompiers, eux, étaient équipés de petites lampes électriques. Des Mazda ? En tout cas, elles ressemblaient fort à celles qu'avaient utilisées les visiteurs de l'exposition surréaliste de janvier. Les pompiers et les gens de la défense civile qui les accompagnaient ne se sentaient pas plus malins. Ces caves où je n'avais jamais mis les pieds avaient pour moi des allures familières. Le décor conçu par Duchamp avait été prémonitoire.

L'exploration se révéla décevante. Les petites caves morcelées et encombrées ne permettaient guère l'aménagement d'un abri convenable.

Plus tard, je me rendis au rendez-vous fixé par Blaise. Il y avait de nouvelles consignes. Le Parti était désormais victime de mille tracasseries policières. Provocations, intimidations, perquisitions, camarades arrêtés. Une interdiction pouvait être décrétée du jour au lendemain. J'eus droit à la révision obligée des consignes de sécurité, des sottises élémentaires sur l'art de déjouer les filatures. De manière moins habituelle, Blaise me demanda de lui fournir la liste de mes habituelles fréquentations, y compris et surtout hors du Parti. Il n'en était pas question. Il l'a pris tout de suite de haut :

– Pas de discussion possible. C'est la sécurité du Parti qui est en cause.

– Inutile d'insister. J'en fais une question de principe.

– Toujours ton individualisme petit-bourgeois ! La discipline révolutionnaire n'a aucun sens pour toi. On t'a fait confiance trop longtemps, malgré tes incartades.

Le ton a monté.

– Quelles incartades, au juste ?

– Tes amis artistes peu recommandables. Ta femme.

J'ai écrasé mon poing sur sa figure. J'ai senti le cartilage du nez craquer. Le sang a coulé. Blaise n'a pas riposté. Il s'est redressé.

– Je rendrai compte aux camarades. Ils apprécieront.

Blaise est mon seul contact régulier avec le Parti.

Gaïl se rétablissait sans hâte. Comme il se doit, à la sortie de l'hôpital, j'interrogeai Levine. Il était venu avec sa Greta. Nous entrâmes dans le premier bistrot venu.

Il n'avait pas de vrais souvenirs concernant Blaise. Il ignorait ce qu'il avait pu devenir.

– Ces gens étaient des gamins. Ils jouaient pour de vrai. Pour la plupart, ils avançaient vers une épreuve qu'ils pressentaient très dure. Cette fondation brusquée de l'Internationale, presque à la hussarde, n'avait qu'une seule fonction : sélectionner des cadres encore mal aguerris en leur donnant, à défaut d'expérience pratique, un programme solide. Trotsky n'était pas cynique mais lucide. Il savait que la plupart des sections seraient décimées dès les premiers mois de la guerre et que le prix humain serait terrible. Il l'a été au-delà de tout ce qu'on pouvait craindre de pire.

– Ça n'explique pas le comportement de flic de Blaise.

La cuisse de Greta collait à la mienne depuis que nous étions assis dans ce recoin d'arrière-salle du Rendez-vous des mariniers. Un peu tassés puisque c'était le coup de feu de midi, que la salle était comble, bruyante. Mais tassés jusqu'à un certain point seulement. Greta en rajoutait.

– Laissons ces gens, dit Levine. Ils ont perdu sur toute la ligne. L'empire stalinien qui s'écroule, ce n'est même pas leur victoire posthume. Que cela ne nous empêche pas de boire du champagne.

Greta se chargea de prendre la commande.

– À quoi buvons-nous ?

– À la santé des peuples. Et à mon départ, tout à l'heure. Je retourne au Mexique. À Coyoacan. Résider dans ce faubourg doit être mon ultime fidélité au Vieux.

– Ce départ n'est-il pas brusqué ?

Levine esquissa un sourire. Dirigé contre lui-même.

– Durant quelques heures, j'ai pensé changer un peu ma trajectoire, grisé par cette dame qui tente présentement de vous allumer avec une saine impudence. J'ai renoncé. Trop compliqué.

Greta confirma sa pression.

– Qu'allez-vous faire ?

– C'est tout tracé. Un livre à partir de mon dernier cycle de conférences, comme tous les ans. Peut-être aussi un petit essai sur la visite que nous fit Breton, en 1938. Un épisode un peu mythique, très surestimé. Plus fondamentalement, je me finirai avec ma compagne, ma légitime dernière épouse. Elle est très remarquable.

– Pourquoi ces confidences ?

Greta servit le champagne. On n'avait eu que des verres ballons à nous offrir. Nous trinquâmes. Aux tables voisines, des verres se levèrent en notre honneur.

– J'ai fait fausse route. J'ignore quand je me suis mis de moi-même sur la voie de garage. En allant à Prinkipo ? En rompant avec l'Internationale ? En payant le prix fort pour devenir un mandarin ? En aimant des Greta ? En m'attardant avec de gentils irresponsables comme vous ?

Levine allait rentrer. Il me chargeait d'une mission, d'un service : informer Gaïl.

– Moi ?

– C'est tout à fait dans vos compétences et ça m'épargnera une grande fatigue. Gaïl sera confortée dans l'idée que je suis un père indigne. Rien ne peut lui faire plus de bien.

La suite fut assez silencieuse. Nous ne tînmes pas jusqu'à la fin de la bouteille. Tout étant dit, Levine prit congé, sans plus de cérémonie.

Greta proposa qu'on s'embrasse un peu, en son honneur. Pour se réconforter.

– J'ai aimé cet homme, dit-elle. Quelques heures, moi aussi. Ça ne tenait qu'à lui. Ce n'est pas de ma faute s'il se méprise tant. Vous croyez que je dois le poursuivre ? Je peux facilement le rejoindre à l'aéroport.

Elle partit sur-le-champ. Par acquit de conscience.

Les dépêches tombèrent quelques jours plus tard. Levine rentra au Mexique, seul. Sa femme l'attendait dans la maison de Coyoacan. À cause des multiples abonnements à des périodiques souscrits, elle avait suivi le périple du mari, en Europe. Dans une assez austère revue littéraire de la côte est américaine, elle avait vu une photographie de son homme en proche compagnie de Greta. Puis une autre dans un magazine français nettement plus vulgaire. Toujours avec la dame. Elle en tira la conclusion logique. Levine n'eut pas le cœur à démentir. Il disposait en fait de deux parabellums, reste du temps de son secrétariat auprès de Trotsky. Il m'avait donné l'un. L'autre était en permanence dans le tiroir de sa table de nuit, par habitude. Les photos ? Greta ? La scène de ménage fut brève. Levine ne se défendit pas. La balle le toucha en plein front. Sa femme se suicida quelques instants après.

Laurent en restait incrédule, les rapports de ses collègues américains sous les yeux.

– Ce type a eu la Guépéou aux trousses, il a fait la guerre. Par la suite, sans doute a-t-il toujours eu des raisons de craindre pour sa sécurité. Le voilà qui tombe, flingué par une épouse vindicative. C'est incroyable ! Tous les aspects d'un crime passionnel. À leurs âges, c'est touchant. Les témoignages de l'entourage attestent qu'elle était, depuis toujours, d'une jalousie maladive. Elle a dû souffrir. Levine n'a jamais été ce qu'on peut appeler un mari fidèle.

– Levine ne m'a pratiquement jamais parlé de sa femme.

– Vous vous en doutez bien. Mme Levine est arrivée assez tard dans la vie de notre homme. Mexicaine, vingt ans de moins que lui, sang chaud. C'était une artiste assez connue. À ce qu'on m'a dit, elle faisait des peintures murales, dans la tradition de Diego Rivera. Elle fut membre du Parti communiste mexicain. L'un de ses vieux oncles fut même soupçonné d'avoir participé au premier attentat contre Léon Trotsky. Que comprendre de tout cela ? Je peux tout admettre. Même les drames de la jalousie du troisième âge. Mais là ! On ne tue pas pour cela, à Coyoacan. Ou bien c'est qu'une page de l'Histoire est vraiment tournée.

Bien sûr qu'elle l'était !

Havel na hrad

Le mardi 19 décembre, il devint certain que seul Václav Havel pouvait être élu – élu par les anciens staliniens du Parlement – président de la République tchécoslovaque. Le soir, Solveig me le confirma. Comme si de rien n'était, elle m'informa qu'elle avait rencontré une vieille connaissance praguoise de passage à Paris.

– Quelqu'un de très investi dans le Forum, un héros de la douce révolution. J'ai pensé que tu pourrais le rencontrer. Je dîne avec lui, tout à l'heure. Il va passer me prendre, quai de Jemmapes.

– Chez moi ?

– Chez toi, oui. Puisque tu n'aimes plus ton appartement, on peut bien s'y donner rendez-vous. On ira au restaurant tous les trois. Tu ne le regretteras pas. Tu apprendras plein de choses.

On sonna à 21 heures pile. Solveig était encore sous sa douche. Un évident fait exprès. C'était un grand type d'une cinquantaine d'années. Peut-être moins, ses traits étaient usés. Il se présenta. L'« ami de Solveig ». Je le priai d'entrer.

– En réalité, dit-il, je parle un tout petit peu français. Très peu, très mal. En prison, ils nous donnaient quelques journaux. Un de mes amis étudiants, prisonnier avec moi, m'a appris les rudiments dans *L'Humanité-Dimanche*. Ce n'est pas très riche, pour le vocabulaire.

Il rit. Un rire juvénile. Il me tendit son imperméable ruisselant en s'excusant d'une mimique d'être si peu présentable.

– À cause de la pluie. Et de tout ce qu'il y a eu avant la pluie.

– Entrez.

– Sans doute faut-il mieux…

Il avait déjà enlevé ses chaussures. Mon plancher n'était pas dans un tel bon état qu'il dût à ce point être préservé.

Avant d'entrer dans le séjour, il tint à se répéter, voulant être certain d'être accueilli pour ce qu'il était.

– Je suis Jiří Vacek.

– L'ancien mari de Solveig. J'avais deviné. Cette maison n'est pas très en ordre. Installez-vous au mieux.

Où croyait-il tomber ? Chez un infect petit-bougeois humaniste ? Les chats vinrent le flairer, à tout hasard. Je servis courtoisement la vodka. Vacek préféra de la bière. Nous bûmes silencieusement en nous observant, sans trop de gêne. C'était un bel homme mal entretenu. L'absurde organisation de l'appartement l'amusait discrètement. Elle le rassurait aussi.

Il remarqua son chapeau feutre, oublié à l'hôtel Gît-le-Cœur, posé sur une chaise. Sans commentaire.

– Je viens de rencontrer votre ami Marc, au *Soir*. Une interview.

Il était en France, à Paris, pour cela. Donner des interviews. Expliquer au maximum de gens possible ce qui se passait à Prague, en Tchécoslovaquie. Pas depuis quelques jours, depuis des années. J'écoutai à peine son mélange de tchèque, de français, d'anglais, ses explications qui se voulaient fortes et subtiles alors qu'entre lui et moi il ne pouvait y avoir que des mots simples, des expressions approximatives.

Je priai Vacek de m'excuser :

– Je n'ai pas le permis de conduire, je ne danse pas le tango, je n'ai aucun talent pour les langues.

– Moi non plus, je ne danse pas le tango, dit-il.

Solveig fit son apparition, en peignoir, toute souriante et contente de son coup.

– Les présentations sont faites ? J'aime bien que se rencontrent mes amoureux d'hier.

Cela ne dura pas très longtemps, une fraction de seconde, ce fut très conventionnel. Un éclair dans le regard gris, une mâchoire qui se crispe. Il fut facile de lire sur le visage de Vacek toute la chiennerie qu'il avait endurée avec Solveig. Longtemps.

Elle avait dû le déstabiliser plus que les flics. À tout prendre, il n'en ressentait pas de honte. Solveig s'éclipsa, non sans avoir lampe une gorgée de vodka, son peignoir entrebâillé. Le mien, en fait.

– Je reviens.

Quand elle le fit, elle prit le temps de nourrir Bastille et Radek, de procéder à quelques routines domestiques. Vacek ne devait pas ignorer que son ex-compagne habitait ici, à ses heures. Il était bien trop intelligent pour en prendre offense.

– Je suis venu chez vous sans cadeau. C'est incorrect. Je vois que vous appréciez mon chapeau. Je vous l'offre.

Jiří Vacek était l'invité, il avait le droit de choisir le restaurant. Ayant fait des études de lettres, il choisit la Coupole, à Montparnasse. La pluie restait toujours aussi violente. Nous partîmes en taxi.

Je n'étais pas retourné à la Coupole depuis ma libération. Tout d'abord, je ne reconnus pas la salle. Plus de bar. Des couleurs trop vives, fraîches. Aucun visage de chef de rang ne m'était plus familier. Rien de franchement laid. Du vulgaire propret. La rénovation avait été commise pendant mon absence. On avait décrassé la Coupole de sa patine. Un lifting grossier.

– C'est bien pire, précisa Solveig. Tout a été rasé puis reconstruit. Nous sommes dans un décor.

Elle proposa que l'on prenne des fruits de mer – chablis, classiquement. Vacek était intrigué par ma mauvaise humeur. L'endroit ne lui déplaisait pas.

– Comment mange-t-on ceci ?

– À Prague nous avions un café, le Slavia. Il n'avait pas la renommée internationale de votre Coupole ou de votre Flore. Certains intellectuels aimaient bien s'y retrouver, déjà dans les années vingt. Longtemps il a été fermé, soi-disant pour travaux. Ils ont fini par le rouvrir, refait à neuf. Ce n'est plus la même chose.

Tout en parlant, il décortiquait méticuleusement ses crustacés. Sans grand succès. Solveig vint à son aide.

– Je suis allé une fois ou deux au Slavia.

– Sans doute. Tous les touristes y passent. C'est pour cela que les communistes l'ont rouvert. Qu'avez-vous vu d'autre à Prague, monsieur Victor ? Le pont Charles ? Le Château ? La place de la Vieille-Ville ? Le vieux cimetière juif ? Je parie que vous êtes allé vous recueillir sur la tombe de Kafka. Solveig m'a dit que vous avez fait de très belles photographies.

Je dis à Vacek qu'on pouvait s'engueuler, s'il y tenait, sans problème. Les munitions ne manquaient pas. Nous avions, lui et moi, toutes les raisons de ne pas nous supporter.

– J'ai très mal agi depuis vingt ans. J'ai participé à des manifestations, j'ai signé des pétitions. Aucune n'a pu vous faire sortir de prison. J'ai quand même fait un peu de tourisme. C'est très ridicule. Vos griefs en reviendront toujours à ceci : je ne suis pas tchèque. Je ne peux donc rien comprendre à votre tragédie si singulière. Ni à votre espoir, si vous en avez un. Nous pouvons sans dommage nous quitter sur ce constat. Ce n'est que l'affaire de quelques huîtres à terminer.

Barbe naissante, traits tirés, Vacek était épuisé.

– Je ne sais pas qui vous êtes, monsieur Victor. Je suis à Paris depuis quelques jours. Je rencontre des journalistes. Je découvre que nous avons des amis. Des nouveaux, des anciens. Jamais je n'aurais pensé que nous en avions autant. Très bienveillants, pleins de bonnes intentions. Ils ont d'excellents conseils à nous donner. Certains nous poussent à l'audace, d'autres à la prudence. Tous sont très excités par la personnalité de M. Václav Havel. Moi, je suis ici en mission. C'est la première fois que je sors de Tchécoslovaquie. Je suis très émerveillé. Je suis reçu par des gens très intelligents, des intellectuels éminents, des esprits libres. Je mange des crevettes et des huîtres à la Coupole. Je vais rentrer dans mon petit pays. J'ignore ce que je vais y trouver. Havel au Château ? Des chars dans les rues ? Havel président, c'est impensable. Il y a vingt ans, les chars fraternels aussi étaient impensables. Ils sont arrivés. Pourquoi n'aurions-nous pas droit à Havel ? Au moins quelques jours. Cela nous donnerait du cœur, pour les vingt ans à venir, oui.

Partant sur une phrase, une idée, Vacek s'interrompait. Les mots manquaient. Il reprenait en tchèque. Solveig traduisait peu, avec réticence.

– C'est comment ? Racontez-moi.

Il y a alla de quelques évocations. Les facs, la grève des artistes, le nom de quelques théâtres, la *Laterna magika*. Jiří sortit un plan de Prague de sa poche, me montra le parcours de la manifestation du 17 novembre. Le rassemblement de Letná. Le siège du Comité central, où les communistes avaient abdiqué.

Il était partagé. D'un côté, l'enthousiasme. De l'autre, la méfiance. Solveig au milieu.

– En réalité, pendant les premières grandes manifestations, j'étais encore à Pankrác. En prison. Ils m'ont relâché, après. La pression des événements.

Il y avait quinze jours à peine.

De manière assez inattendue, Solveig se mit à chantonner. Ou plutôt, bouche close, à ronronner. Une mélodie bien connue. *Imagine*, de John Lennon. C'était tellement de circonstance qu'elle se moquait manifestement de nous.

– Nous avions à Prague, dit Vacek, ce que nous appelions le mur Lennon. Les jeunes y faisaient des graffitis, des dessins, des slogans d'espoir ou de protestation. Chaque nuit, les flics effaçaient tout. Chaque jour, les gosses revenaient, malgré l'espionnage des caméras. Vous n'avez peut-être pas vu ce mur.

– Dans l'île de Kampa, en contrebas du pont Charles. Le mur était juste en face du palais Bucquoy. L'ambassade de France.

– Le mur Lennon n'aura plus de raison d'être.

Solveig ne ronronnait plus, elle chantonnait à voix très basse, en pleine Coupole :

I know you said I'm a dreamer. But I'm not the only one…

J'avais vu, à la télévision, quelques secondes d'images place Venceslas, une foule immense chantant *Imagine*.

– Oui. Nous avons chanté ça. En pleine révolution. Cette petite chanson. Pourquoi pas ? Notre hymne national est bien issu d'un opéra !

Solveig se trémoussa, moqueuse.

– Notre hymne, *Kde domov můj* – « Où est mon pays ? » Vous voulez que je vous le chante ? C'est très beau.

– Inutile, dit Vacek. Je suis certain que M. Victor connaît.

Je connaissais. À la télévision, plus récemment, j'avais vu, c'étaient d'autres images, de foule toujours, Havel et d'autres perchés sur une estrade, un jour de neige, avec des doigts faisant le V de la victoire.

Les premières phrases de la chanson sont mélancoliques, méditatives, à la recherche d'une mémoire difficile.

Dans le vieux temps de sa gloire, la Coupole fut familière de ces incongruités, de ces petites fêtes partant d'une table et gagnant la salle entière, de proche en proche. Assez spontanément, écoutant Solveig, des voisins tentèrent de l'accompagner de la voix.

– C'est ridicule ce que tu fais, dit Vacek.

Il était blême, furieux. Encore quelques mesures, pour le défier. Solveig se tut. Applaudissements, verres levés, etc.

– Je n'ai jamais aimé les hymnes.

– Celui-là n'est plus le tien, dit Vacek. Il n'est qu'une chanson dans un opéra inconnu ici.

Vacek se rembrunit, mécontent de notre face-à-face, de cette Coupole, de ces crevettes impossibles à manger proprement, au goût finalement décevant. Mécontent de sa veste démodée. De quelques phrases en trop qu'il avait prononcées. De sa maladresse. De Solveig. Il souffrait.

– Ce n'est pas de votre faute, monsieur Victor. Jamais nous ne pourrons nous entendre.

Le mieux était de laisser le vieux petit couple à ses affres. Je me levai pour les laisser se finir en paix. Vacek ne me retint pas.

– Je suppose que vous reviendrez bientôt faire du tourisme à Prague.

– À chaque fois que je quitte Paris, c'est une catastrophe.

– Et à Paris ?

Assez souvent, ce n'était guère mieux.

Je pris une vodka indistincte, en solitaire, en face, au Select. Vite fait.

Il pleuvait toujours. Je décidai de rentrer à pied.

J'avais tout mon temps et le trench-coat du parfait enquêteur. C'était dans ces quelconques bistrots de Montparnasse maintenant stupidement rénovés que Camille et Katz se rencontraient, échangeaient des documents. Je n'y voyais plus rien. Pas seulement à cause de l'eau qui me brouillait les yeux. Plusieurs Paris se superposaient dont aucun n'était tout à fait réel.

Solveig me rejoignit au carrefour de la rue de Rennes, essoufflée.

– Ne compte pas me plaquer comme ça, à la Coupole, une nuit de pluie.

Je voulais rejoindre Katz.

Carnet, le samedi 24 septembre :

« Ordre de rappel de quatre cent mille réservistes. Affiches de mobilisation dans tout Paris. Foule gare de l'Est. Sur les visages, la résignation. »

Que pouvais-je dire d'autre ? L'attitude de Mila est inconstante. Elle passe par des périodes de grande anxiété, lisant les journaux autant qu'elle le peut, descendant souvent au café pour écouter la TSF. Elle s'inquiète de cette pancarte, « Abri », qui a été posée malgré tout près de la porte des caves. Des masques à gaz ont été distribués. Elle s'énerve à essayer le sien. Ne parvient jamais à le placer correctement. Elle se prend les cheveux dans les sangles. Elle étouffe. D'autres fois, elle ne veut rien savoir, se mure dans les tâches ménagères, le tricot. Mila ne sait pas tricoter. Elle s'acharne. Souvent, elle est moins belle qu'avant, avec un méchant air de victime.

Blaise se dérobe à tout débat. Il est hargneux. La ligne du parti est claire : répondre aux ordres de conscription et défendre une ligne pacifiste parmi les travailleurs sous l'uniforme.

– Si la guerre éclate vraiment, nous appellerons à la fraternisation. Tout l'appareil du Parti sera derrière les copains au front.

– Combien de divisions, le Parti ?

Les stalinistes approuvent les mesures de mobilisation. Revoir Félix, c'est inutile. Nous nous sommes tout dit. Il me manque.

C'est une sale ambiance que provoque cette affiche. « Rappel immédiat de certaines catégories de réservistes. » Rappel « immédiat et sans délai, sans attendre une notification individuelle ».

Des sacs de sable s'entassent autour des monuments. Il faut tapisser les vitres avec du papier bleu, les renforcer avec des bandes de papier collant. Il pleut. Une infecte pluie d'orage qui fait monter les odeurs. Celle des capotes militaires. Des valises en carton bouilli. Des sacs à dos. Des gros chandails. Pas seulement l'odeur de la défaite probable, celle de la honte anticipée.

Je croise l'inévitable Hugnet. Il n'est pas mobilisable.

– Savez-vous, cher ami, qu'André Breton a rejoint son régiment, revêtu de son uniforme de médecin militaire, n'envisageant pas un instant de s'insoumettre ?

Nous marchons de conserve, rue de Buci. Il était en verve, Hugnet.

– Je relis beaucoup, avec profit, ce petit ouvrage d'Aragon, *Traité du style*. Très brillant. Écrit dans le même temps où Breton peinait sur *Nadja*. J'y lis des choses justement définitives. Passons sur la phrase finale, un peu facile : « Très consciemment, je conchie l'armée française dans sa totalité. » Un peu plus haut, vous vous en souvenez, on trouve ceci, je cite : « Je dis ici que je ne porterai plus jamais l'uniforme français, la livrée que l'on m'a jetée il y a onze ans sur les épaules, je ne serai plus le larbin des officiers », etc. Faut-il dire qu'Aragon a rejoint son régiment ? Et vous, cher ami, que me vaut l'honneur de vous croiser hors d'une cour de caserne ?

Je n'aime pas beaucoup Hugnet, son dandysme.

Ces jours de fin septembre passaient très vite.

Solveig avait sollicité un rendez-vous. Elle me connaissait bien, désormais. À mon rythme, je devais en être au 28 septembre, dans le carnet et dans d'autres lieux.

– Katz ou toi ?

Hitler avait fait un grand discours. Il avait affirmé que les Sudètes étaient sa dernière revendication. Il ne voulait pas la guerre. Rien qu'un juste destin pour cette fraction du peuple allemand.

– Que dit Katz ?

– Le 27 septembre 1938, qui est un lundi, il note qu'il y a un nouveau rappel de réservistes. Près d'un million. On apprend que s'il est apatride, il n'est pas physiquement spécialement typé. On se met à mal le regarder dans le quartier. Il ne part pas ? Il n'est pas mobilisé ? C'est un métèque, un planqué, un salaud. Un juif ? Il raconte quelques anicroches avec des voisins qui, jusque-là, l'aimaient bien. Le 28 septembre, Katz note que la tentation lui vient de s'engager dans la Légion. Il résiste.

Nous n'étions pas très maltraités, à cette époque de notre détention. Même, nous nous reprenions à raisonnablement espérer une libération. Nous pensions aussi que nous pouvions être là pour toujours.

Alex avait pris l'habitude de mes manies. Il les subissait. Elles le réconfortaient.

– Le 28 septembre. Il se passe quoi ?

– C'est l'anniversaire de la mort d'André Breton. En 1966. Le matin.

À ce moment de notre détention, il était manifeste qu'Alex souffrait d'insuffisance cardiaque.

– Breton. Mort. Je me souviens.

Il me raconta.

Alex s'était rendu à ses obsèques, au cimetière du Nord. De Montmartre. Par réflexe d'émotion, par respect. Il n'avait jamais connu personnellement Breton. Ni aucun membre du groupe surréaliste. Il n'était qu'un avide lecteur de *Nadja*, de *L'Amour fou*. Foule immense d'anonymes, beaucoup de très jeunes gens. Un hommage très impressionnant.

– Quand je suis arrivé devant la sépulture, on ne pouvait plus la voir, recouverte qu'elle était sous les gerbes, les bouquets, les simples roses déposées. Personne n'ignorait ce que Breton avait voulu que l'on écrive sur sa tombe : « Je cherche l'or du temps. »

L'émotion subite d'Alex à cette évocation m'avait surpris. Il ne s'en expliqua pas, passa à autre chose, c'est-à-dire au silence.

Alex ne m'avait jamais parlé du carnet.

Solveig :

– Il en connaissait l'existence ?

– J'ignore à quelle date exacte il est entré en sa possession. Il a pu savoir de mille manières l'influence qu'a eue Breton dans la vie de son père.

Un autre 28 septembre, c'est la conférence de Munich que j'avais sélectionnée pour mon almanach.

Katz ?

Au matin du 28 septembre, il n'a pas d'avis sur ce qui se trame à Munich, sur l'issue. Il pense que la guerre est inévitable, demain ou dans pas longtemps. Que la situation sera difficile, intenable, pour des gens comme lui.

Mila cherche à le rassurer, sans véritable conviction :

– Tu es en situation régulière. Tu n'as rien à craindre.

– En période de guerre, il n'y a rien de régulier.

Avant de partir, il évoque un mauvais rêve de la nuit dont il n'a retenu que des bribes confuses. Cela ne ressemblait à rien. Herszei, le jeune copain de Nathan, y était étrangement présent. Impossible de mettre de l'ordre dans toutes les images d'appartements saccagés, de rafles, de poèmes brûlés, de fuite, dominées par l'urgence absolue. Se cacher. Des armes traînaient, mal utilisables, enrayées. Blaise aussi était là, du moins pas loin. Dans la rue, c'était Paris, rien n'était reconnaissable. Ce n'est pas que les noms des rues avaient changé. Ils étaient écrits dans une autre langue, les panneaux disposés d'une autre manière. Breton n'était plus là. Herszei avait peur, un revolver à la main. Où était Mila ?

Mila ? Elle a à peine écouté le récit du rêve. Ça ne l'intéresse pas. Elle supporte mal ces échappées que Katz se ménage quand il dort près d'elle.

– C'est aujourd'hui qu'on va savoir. La guerre, la paix. Le destin de la petite vie que j'ai dans le ventre. Tu vas aller à tes affaires, moi aux miennes. Ton journal, mes ménages. Je t'aime, petit Katz, n'en doute jamais. C'est toi que j'ai choisi. La guerre, tu la mènes depuis longtemps. J'ai eu du mal à le comprendre. Moi, je ne voulais que rire, danser. Parmi ceux qui risquent de mourir vite, tu es dans les premiers rangs. Tu y as pensé, moi aussi. Je me tiendrai bien. Nous serons des justes, chacun à sa manière. Tu auras été fidèle à tes idées. Je m'occuperai du bébé.

– Après ma mort ?

– Je me remarierai. Avec Félix, s'il veut bien encore de moi. Avec n'importe qui.

Chamberlain, Daladier cédèrent tout aux nazis. Aux termes des accords de Munich, les territoires sudètes devaient être évacués dans les plus brefs délais, quelques jours. Tout en laissant les bâtiments, les usines intactes, les installations militaires, et même le bétail.

Nathan tint à m'offrir un verre, au bistrot de la place du Caire. Avant, pudeur oblige, nous fîmes quelques pas dans les galeries du passage, appréciant les mannequins d'étalage aux postures provocantes. Il lui fallut bien se résoudre à parler.

Nathan devait avoir l'âge de Breton.

Il avait connu Verdun et le reste et n'en parlait jamais. Selon la rumeur, il avait mis la crosse en l'air en 1917, avait eu la chance, inexplicable, de ne pas être fusillé. Avait milité contre la guerre du Rif. Se sentait vieux.

Il dit :

– C'est encore possible, les trains circulent encore, donc j'y vais. À Prague. Sans contact, sans ami, sans rien, je verrai bien. J'y vais. Je ne peux pas faire autrement. Une faute infinie vient d'être commise. J'ignore à vrai dire ce qu'il fallait faire ou ne pas faire. Moi, je pars. Et s'ils résistent, je serai avec eux.

On était le samedi 1er octobre. Avant de quitter *Match*, je pris un des exemplaires du *Populaire* qu'un coursier venait d'apporter. L'organe central de la SFIO titrait : « Détente internationale ». Puis, sur toute la largeur de la page : « L'accord de Munich est accepté par la Tchécoslovaquie. » Le reste se déclinait sans vergogne : « Les troupes allemandes entrent aujourd'hui dans le premier secteur cédé au Reich », « Le général Sirový, président du Conseil, a adressé à la nation tchèque un pathétique appel », « À son arrivée à Paris, M. Édouard Daladier a été chaleureusement acclamé par une foule nombreuse tout au long du parcours », « La paix est sauvée ».

Écœurant.

Encore à la une, Le « *Popu* » n'oubliait pas de signaler qu'on passait à l'heure d'hiver. « N'oubliez pas de retarder votre pendule d'une heure », disait un encadré. Quel genre d'hiver ? Je retardai, docilement.

Je m'attardai dans les salles de la rédaction. Le choix de la prochaine couverture était pratiquement fait. Une photo de très jeune femme, le visage épanoui, radieux : « La paix ». Puis on ferait en images, montées comme un film, le récit de la crise : « Septembre 38, le mois le plus dramatique que le monde ait vécu depuis vingt ans ». Les envoyés spéciaux ne cessaient d'envoyer de longues analyses fines, de petites anecdotes. Tous les bureaux grouillaient d'une agitation plutôt joyeuse. Ce n'était pas tant que les ventes augmentaient. Avec cette crise, *Match* trouvait et imposait son style.

– Et en dernière page ?

– C'est la paix. « La paix pour notre temps », comme a dit Chamberlain. La vie continue. On a une assez bonne photo de Maurice Chevalier dans sa loge, avant son prochain spectacle. J'ai des exos, si tu veux.

Pluie tiède. Je négligeai les bistrots habituels. Je pris par la rue du Faubourg-Saint-Denis. C'était un jour de marché, avec les étals, les cris. Des cris un peu trop forts, des visages au sourire soulagé comme après une chiasse. J'achetai des fleurs pour Mila, des roses.

– Pour un anniversaire, une fête ? Non ? Pour la paix, alors. C'est magnifique.

La vendeuse rayonnait.

Deux rues plus loin, je laissai les roses dans le caniveau. Tous ces gens que je croisais avaient lu les journaux, avaient écouté la TSF, je sentais en eux comme des envies d'embrassade, de congratulation.

– La paix !

– Oui, oui.

À la maison, Mila pleurait.

Jacques avait une spécialité, il s'arrangeait toujours pour vous rencontrer par hasard. Tout en suggérant que, ma foi, dans le quartier, il y avait des chances pour qu'une rencontre fortuite se produise.

Je l'avais croisé sur le boulevard, à l'entrée de la rue Saint-Denis.

– Un verre ? Tu as le temps ?

Il était élégant, comme à l'accoutumée, toujours légèrement hâlé, moins désinvolte. Il monologua, dès que le garçon eut servi les bocks.

– Munich, ce n'est pas la paix. Hitler a maintenant les mains libres. Je suis très inquiet, pour vous tous.

– Pas pour toi ?

– J'aime Sylvia. Elle s'attarde en Europe, elle prolonge ses vacances. Je la comprends. Elle finira bien par rentrer en Amérique. Je compte bien trouver un job qui me permette de l'accompagner. Ce continent va bientôt devenir très difficile à vivre.

– Voilà un pronostic politique bien précis. Je croyais que tu n'entendais rien à la politique.

Nous étions assis à une terrasse, sous un auvent, rue Saint-Denis, je ne me souviens plus du nom du bistrot. De nouveau, la pluie se mit à tomber, chassant les putes du trottoir. D'une manière assez incompréhensible, il y eut un coup de tonnerre, puis d'autres.

– Je lis les journaux. J'aime Sylvia. Toi, tu es mon copain. J'ai peur pour vous. Pour Sylvia, c'est facile, elle est américaine. Toi, qu'est-ce que je pourrais faire pour toi, et Mila ? J'ai quelques moyens, des relations.

Paris est ainsi fait. On passa à un orage grand style, avec ciel déchiré, bourrasques, vacarme. Partout autour de nous, on cherchait des refuges. Une belle confusion. Jacques ne s'inquiétait pas de ses chaussures et de ses bas de pantalon trempés.

– Des relations, des moyens ? Sûrement. Mais tu mens, Jacques, depuis le début. À Sylvia, à moi, à tous les autres. Tu n'es rien de ce que tu dis que tu es. J'ai vérifié.

– Vraiment ?

L'orage se débondait. L'auvent ne nous protégeait plus d'aucune rafale. Il me plaisait de défier ce dandy et de lui dire son fait.

Au demeurant, j'étais fatigué.

– Tu mens. Pourquoi ? Mythomanie ? L'heure n'est pas aux explications psychologiques. Je pense que tu es un agent. Un agent provocateur. Peut-être un tueur.

– Tueur ? C'est une hypothèse intéressante. Tueur de qui ?

– De Sedov, de Klément. De moi, qui ne suis rien. De Trotsky demain. De…

Nullement décontenancé, Jacques sourit, me tapota le bras.

– Comme tu y vas, mon ami ! Mais je te comprends. Toutes ces tensions, ces incertitudes, il y a de quoi se sentir persécuté. Moi, je suis juste amoureux de Sylvia. Pour la séduire, j'ai un peu menti. Le jeu classique. Je te remercie de me dire les soupçons que tu as à mon encontre. J'avoue, je me suis vanté, j'ai cherché à me valoriser, à me montrer meilleur que je ne suis. J'aime Sylvia.

– Assez de discours. Tu es un flic staliniste.

Jacques souriait toujours, tout était si simple. Pas de quoi s'énerver. Ses petits mensonges n'avaient aucune gravité.

– Staline dirige l'URSS. Je pense que l'URSS est menacée, qu'il faut la défendre. Pas de quoi faire de moi un flic. Pas de quoi sombrer dans la manie de la persécution.

Un homme de forte corpulence vêtu d'une capote traversa le boulevard. Il courait, assez lourdement. Il me fallut quelques secondes pour l'identifier. Lui-même faillit ne pas me voir, hésita, me tendit la main, raide et solennel malgré les gifles de pluie. J'hésitai à mon tour.

– Heureux de vous revoir, cher ami. Je suis un peu occupé, ces jours-ci. Les choses vont se calmer. Passez, à l'occasion. Je crois me souvenir que nous avons une conversation en suspens.

Il poursuivit son chemin, du même pas pressé.

– Un de vos amis ? Son visage me dit quelque chose. Qui est-ce ?

– André Breton.

– Ah !

Jacques. Breton. Cet orage. Les rencontres ne s'ajustaient pas. Aucune n'était satisfaisante.

Je passai à *Match*. Il y régnait un certain émoi. Nathan avait donné sa démission, sans préavis. Il était bien le seul à détenir le mode d'emploi de la documentation du journal, de ses archives. Son départ les rendait momentanément inutilisables.

– Aller à Prague, en ce moment, quel con !

Au détour d'un couloir, je heurtai presque le petit Herszei. Il rigolait. Les larmes aux yeux.

Blaise était nerveux, un peu plus que d'habitude. Tout au plus compensait-il le désagrément que lui créaient nos contacts en se donnant une importance qu'il n'avait pas. Les flics multipliaient selon lui les descentes dans les appartements de militants de tous bords.

– As-tu gardé des papiers, du temps où tu travaillais avec Klément ? Des archives, des documents ?

– Quelques bricoles, des notes codées, des doubles de circulaires, peut-être. Rien de compromettant.

Blaise me prenait en défaut. Même négligeable, ce matériel n'avait rien à faire en ma possession. J'aurais dû le rendre dès la disparition de Klément. Ou le détruire.

– Je brûlerai ces papiers en rentrant.

– Pas question. Les camarades américains sont sur le point de partir. Ils sont mandatés pour rapporter au Vieux les dossiers suivis par Klément.

– Il avait tout archivé. Le nettoyage a été fait.

– La preuve que non. Nous avions soupçonné ton laxisme. Pour ne pas dire plus.

La consigne qui suivit était un ordre. J'avais rendez-vous avec un camarade, le lendemain, dimanche 2 octobre, sur le quai, à la fourche du canal Saint-Martin et de l'Ourcq, près de l'écluse. À 6 h 30 précises.

– C'est un Américain. Tu lui remettras tous les documents en ta possession. Tous. Nous nous sommes engagés sur ta loyauté.

– Lui, le camarade, comment pourrai-je l'identifier à coup sur ?

– Lui ne te manquera pas. N'aie aucune inquiétude.

Ce n'était pas une bonne idée, elle le savait mais tant pis. Mila avait invité Félix à dîner. Ce n'était plus du tout dans nos conventions. Elle avait eu besoin qu'on se retrouve ensemble. Encore.

– Tu es ici chez toi, Katz. Un mot de ta part et je m'en vais.

J'étais content de le revoir, furieux aussi. Des petites émotions sans conséquence, inutiles. Mila avait préparé un potage. Nous mangeâmes presque en silence.

Ce silence ne devait rien à la gêne. Notre seul sujet de conversation possible ne pouvait qu'entraîner une dispute.

– C'est injuste, dit Mila. Se battre, ne pas se battre, pour la Tchécoslovaquie, pour n'importe quoi d'autre, je veux le décider moi-même. Personne ne peut me forcer à faire ce que je ne veux pas. Je veux que vous restiez amis. Vous l'aviez promis.

De grosses larmes roulaient sur ses joues. J'eus honte de remarquer que, depuis sans doute plusieurs jours,

Mila ne se maquillait plus. De même, ses mains étaient devenues rougeaudes, ses ongles mal entretenus. Félix avait noté ces détails pénibles. Il se leva.

– De toute façon, je ne pensais pas m'attarder. J'ai un rendez-vous avec un copain du Parti.

– Bien sûr, dit Mila. Vous avez tous d'importantes activités. Il n'y a que moi qui trouve du temps pour faire des ménages et me caresser le ventre.

Sa voix devint plus aiguë, se fit vindicative. Mila passa du chagrin à la colère. Cette capacité qu'elle avait à changer d'humeur en un instant n'était pas ce que je préférais en elle. Je n'aimais pas non plus son rire, dans ces moments-là.

– Calme-toi.

Elle haussa le ton :

– Pour ne pas gâcher la soirée ? C'est fait. Félix doit s'en aller. Ses grandes tâches l'attendent. Et toi aussi, petit Katz, tu as rendez-vous aux aubes. Je te vois comme si j'y étais. Avec ta petite sacoche, tes précieux petits documents, sur le bord du canal, bien à côté de l'écluse de l'Ourcq, comme convenu, à 6 heures. Tu vas te coucher tôt pour être bien à l'heure. Tu tiendras même à être en avance. Tu seras tout fier de remettre ces stupides papiers, bien classés, à un quelconque bureaucrate de cette minable Internationale. Après, grand acteur de l'Histoire, tu iras te réchauffer dans un bistrot. Tu liras le journal. Tu apprendras quoi ? Ce que tout le monde sait déjà. Que les nazis avancent, que rien ne leur résiste et surtout pas vos imbécillités d'analyses politiques. Vous m'écœurez.

Ici, je crois bien, Mila commit un geste surprenant. Elle était debout depuis quelques secondes, face au mur, par refus de nous voir, pour éviter d'avoir trop l'envie de nous gifler. Devant elle, la photo de Nadja, à l'asile.

Elle l'arracha, la déchira.

– Vos rêves révolutionnaires sont très beaux. Vous en parlez admirablement. Ils séduisent. Ils n'engendrent que la folie et la mort. Moi, vous ne m'aurez pas.

Solveig apprécia.

– Le portrait déchiré de l'héroïne mythique, c'est le genre de scène dont on n'a pas à se priver. Formidable !

Certes. Mais quand diable Breton avait-il restitué les photos de Nadja à Katz ?

En avance de Coyoacan

Il faisait froid. Je m'étais réveillé bien avant l'heure. Mila m'avait accompagné, préparant le café. Elle avait elle-même pris soin de mettre les documents dans la serviette. Par un temps pareil, il fallait que je mette ma canadienne, par-dessus ce gros chandail qu'elle avait tricoté. La honte revenait. Je m'étais cru poète. Mila voulait que je n'attrape pas mal. J'étais révolutionnaire, elle s'inquiétait de savoir si je rentrerais pour le souper.

Il était 5 heures. Je pouvais aller au rendez-vous à pied. Comment faire autrement, d'ailleurs ?

Plein de choses n'allaient pas, dans cette histoire. J'en étais tellement convaincu qu'arrivé au pont de Crimée je faillis renoncer. Je m'assis sur les marches, sous les roues de fonte gigantesques, inspiratrices de tant d'émotions niaises, qui organisaient la machinerie des lieux : la mise en suspension de la voie terrestre de passage.

C'était beau comme un décor de Trauner pour un film de Carné.

Aucune péniche. La nuit, un dimanche 2 octobre.

Par comparaison, les quais de Jemmapes ou Valmy, chez moi, étaient presque résidentiels. Ici, rien que des entrepôts, des usines, des docks, la noire silhouette massive de la caserne des pompiers, à gauche. Le canal pris à rebours menait aux confins de Paris, vers un territoire disloqué, un chaos de terrains vagues, de baraquements minables. Il devait être banal d'y mourir, sans faire d'histoires. Suivant le quai de l'Oise, j'arrivai à la fourche du partage des eaux. D'un côté, à droite, le canal Saint-Denis. De l'autre, à gauche, ou tout droit, le canal de l'Ourcq. On a les Styx qu'on peut. Au-delà, c'était Pantin. Le jour ne se levait pas. Mais je distinguai, vers la porte de la Villette, en avant du boulevard, la très massive silhouette des usines à gaz.

Il n'y avait rien dans ma sacoche. Des circulaires banales, des polémiques de merde, des textes que flics et stalinistes devaient connaître depuis longtemps. En triple exemplaire sur papier pelure. Je traversai le pont métallique.

Jamais je n'avais pu aller à un rendez-vous sans me donner un bon quart d'heure de marge. Pour me donner le choix de changer d'avis, d'abord. Pour étudier le terrain, ne pas être surpris, ensuite. Pour avoir, enfin, le plaisir de m'en aller en cas de retard. Mon délai de tolérance était de cinq minutes. J'étais un mauvais militant.

L'écluse de l'Ourcq – je l'appelais ainsi – avait quelque chose de vertigineux. Rien à voir avec la paisible et peu profonde Grange-aux-Belles. Ici, à vide, c'étaient sept ou huit mètres de gouffre et, pour l'heure, de noir.

Côté Villette, là où j'avais rendez-vous, le sas était vide. L'eau au plus bas niveau. Je relevai le col de ma canadienne. Il y avait un petit coin tranquille, dans un repli de terrain vague, où je pouvais attendre et voir venir.

Il serait trop fort de dire que j'étais en méfiance. Je n'étais pas caché, un peu en retrait, c'est tout. Je ne cherchais pas spécialement à dissimuler le bout incandescent de ma cigarette. Pis, j'étais bien. Le froid, l'humidité, peu importe. En cette lisière, j'étais dans l'intimité de Paris. Tant et si bien que l'envie de somnoler me vint.

J'avais les documents calés dans les reins.

Quelle heure était-il ?

Le contact n'était pas sérieux. Blaise n'était qu'un crétin. À 6 heures, il n'y avait personne. J'avais pris acte de ce retard. Je pouvais tout voir de mon petit recoin. Les abords du canal, déserts. Le jour se leva avec des déchirures roses.

L'homme arriva, longea le canal, s'attardant à l'écluse. Il était de taille moyenne, un peu voûté. Une démarche traînante. Lui aussi portait une canadienne, c'était assez commun. Il observait les alentours. Je suis certain qu'il ne me vit pas. Il attendait ou cherchait quelqu'un, évalua la profondeur du bassin de l'écluse. J'eus l'impression de le connaître. Plus exactement : de l'avoir déjà vu.

Il était 7 heures moins quelques minutes. Rien ne se passait de manière convenable.

Cela se fit vite.

Ils devaient être malins, bien planqués, depuis longtemps. Ils jaillirent de derrière un amas de décombres, attaquèrent.

Pour autant, il convient de ne pas négliger le bordel inhérent à ce genre d'opération. L'homme se débattit. Face à lui, ils n'étaient que trois. Déterminés.

Au fond, j'avais assez peu d'idées sur la vraie violence, celle qui doit déboucher sur la mort. Le tumulte fut bref. Pas une bagarre entre zonards. Avec leurs longues veste de cuir, les trois agresseurs n'en avaient pas l'allure. Une liquidation en bonne et due forme, voilà ce qu'ils voulaient. J'entendis le choc, la chute dans le bassin. Les trois hommes se penchèrent vers le trou noir. Au bout de quelques instants, l'un d'eux jura. J'entendis distinctement : « Merde ! Il sait nager. » Un de ses compagnons le repoussa, sortit un objet de sa poche, un revolver. Il prit son temps pour viser, puis tira. Ils observèrent. Plusieurs minutes. Puis ils se concertèrent. Deux nouveaux coups de feu furent tirés, visiblement par acquit de conscience. Les trois hommes se retirèrent d'un pas rapide.

Je ne pouvais certes pas en jurer. Il me semblait que leurs derniers propos avaient été tenus en russe.

Le cadavre flottait, plusieurs mètres plus bas, dans l'eau sombre du sas de l'écluse, le dos seul visible. Avec cette incertaine petite lumière de l'aube, il était possible de distinguer le sang. J'entendis quelques sirènes, au loin. Les flics arrivaient. C'était d'un crime que je venais d'être témoin. Il était 7 heures, pile.

Ce terrain vague de la Villette n'était pas le coin de Paris que je connaissais le mieux, pas question de m'y attarder. Sans trop réfléchir, je courus vers le quai de l'Ourcq. Plusieurs fois, je faillis tomber. J'étais essoufflé. Un pont menait à d'immenses bâtiments métalliques, les halles à la viande. Je m'y précipitai.

À peine arrivé sur l'autre rive, je compris que les flics avaient partiellement envahi cette zone. Leur dispositif était approximatif. Ils étaient en territoire étranger. Je pris vers la droite, vers le quai de la Marne. Le terrain était accidenté, encombré de détritus. Des cris, des ordres, des jurons étaient proférés, parfois à quelques mètres. Un halo bleuté illuminait la banlieue au-dessus de Pantin. Je n'étais jamais allé à Pantin. Depuis mon arrivée en janvier, je n'avais jamais quitté Paris.

Moi aussi, j'étais perdu. Je n'avançais qu'en tentant d'éviter les petits pelotons de flics, me plaquant à l'occasion de longues minutes sur un sol boueux et puant, au contact d'ordures inidentifiables, n'avançant que pour tenter de franchir quelques mètres à couvert.

Sur la gauche, il y avait une petite dérivation au canal, une darse très étroite. Son entrée était obstruée par du bois mort, des déchets flottants. Je franchis tant bien que mal l'obstacle, m'éraflant le visage et les mains aux branches mortes qui pesaient sur l'eau. Les voix devenaient lointaines. Plusieurs fois je glissais, tombant dans l'eau croupie jusqu'à mi-corps. De temps à autre, par une trouée, je percevais les lumières de la halle et aussi, au hasard d'un coup de vent, l'odeur du sang. Celui des bêtes abattues, équarries, à même pas un jet de pierre, des cadavres.

Je pataugeai, progressai lamentablement dans la fange. L'eau grasse, bien trop épaisse, de la petite darse puait. L'évidence s'imposa, elle servait aussi d'égout. De plusieurs rigoles dégoulinait un liquide infect. J'aperçus, loin devant, la faible lueur d'un lampadaire.

L'extrémité du minuscule canal était obstruée de fourrés, d'herbes folles hostiles. Le dernier obstacle avant la rue était un grillage. Je faillis renoncer tant j'étais épuisé. Mais je ne devais pas être le seul à utiliser les possibilités de fuite offertes par cette issue. Plusieurs mailles du grillage étaient coupées. Il était facile d'élargir la déchirure et, en rampant, de rejoindre le trottoir. L'avenue Jean-Jaurès est large. Il faisait jour. Personne ne me prêta la moindre attention. À la main, je tenais toujours ma petite sacoche, toute pleine de paperasses gorgées d'eau souillée.

Je rentrai en fin de matinée, fourbu. Du côté de la Villette, le canal était redevenu un endroit paisible, plus du tout un lieu du crime. Solveig regardait un flash d'information, assise en tailleur, devant la télévision. Radek était installé en boule, dans son giron. Le flash dura peu de temps. C'était une succession de courtes vues de foules manifestantes, entrecoupées de plans plus serrés d'hommes et de femmes brandissant des portraits en poster d'un homme à la moustache claire, souriant, la mine juvénile, plutôt timide. *Havel na Hrad.*

Sitôt que le speaker enchaîna sur un autre sujet, Solveig éteignit le poste. Ses yeux brillaient.

– Ce qu'il y a de bien chez nous, c'est que le siège du pouvoir, de la présidence, c'est le Château qui domine la ville. Il est très beau, donc, éventuellement, très oppressant. Château, chez nous, ça se dit *hrad*. Havel au rade, Havel au Château, c'est peut-être jouable. Oui.

Plus rien ne semblait pouvoir s'opposer à l'élection.

Je me défis de mes vêtements, les lavai soigneusement au savon de Marseille. Puis j'examinai le contenu de la sacoche. Il était conforme à ce que j'attendais. Les documents n'étaient plus qu'une informe bouillie, chiffonnée, collée. L'encre délavée des médiocres carbones que nous utilisions, Camille et moi, ne laissait plus grand-chose de lisible. Pis, de larges taches brunâtres maculaient le peu qu'il restait de texte. Du sang, mêlé de boue. La plus grande patience, la plus grande ténacité se révéleraient impuissantes à déchiffrer ces ridicules reliques. C'était sans importance.

Il y avait eu un guet-apens à la fourche du canal Saint-Martin et du canal de l'Ourcq. Un homme était mort, assassiné.

Tout le monde a le droit de se promener aux aubes près des bassins de la Villette. Beaucoup de gens, Blaise, Mila, Félix, et d'autres encore, savaient que j'y avais un rendez-vous. À 6 heures.

L'attentat avait eu lieu à 7 heures, mais au matin d'une nuit où l'on passait à l'heure d'hiver. Une heure en moins, si l'on veut, ce dont j'avais tenu compte en réglant ma montre. Ce que les tueurs et leur victime avaient négligé de faire.

Chacun avait cru être parfaitement ponctuel. Il y avait eu erreur sur le temps, erreur sur la personne.

Qui était la victime ? Ce qui m'avait troublé en elle, c'était l'impression d'étrangeté lorsqu'on surprend sa propre image dans le reflet d'une vitrine.

Sa taille, son allure un peu voûtée, sa canadienne ? Ce type me ressemblait. Au moins de loin, entre chien et loup. Contrairement à moi, il savait nager. Ce qui avait décontenancé ses agresseurs mais ne l'avait pas sauvé. Les tueurs auraient sans doute préféré laisser planer le doute d'une noyade accidentelle. En cas de complication, ils étaient résolus à aller jusqu'au bout de leur besogne.

Je choisis de retarder le moment de parler de cette affaire à Mila. Et, ce qui était plus compliqué, aux camarades.

Plus tard, dans *L'Intransigeant*, je vis des photos d'identité du cadavre du canal. Il ne me ressemblait pas, pas au point d'être mon sosie. Pas en plein jour.

Que faisait ce type dans cet endroit désert, à une pareille heure ? Le papier de *L'Intran* donnait des éléments de réponse, tout droit issus de confidences policières. Il s'agissait d'un petit mac, spécialisé dans le proxénétisme de roulotte. Il exploitait quelques filles près de la halle. Abattoirs et abattage. L'article suggérait qu'étant un indic notoire, la victime n'avait pas que des amis.

Coïncidence de la ressemblance, de l'heure du rendez-vous, cela faisait beaucoup. Mais les coïncidences, les hasards objectifs et autres phénomènes, l'expérience surréaliste m'avait appris depuis longtemps à ne pas les refuser. Force m'était de constater qu'ils n'étaient pas réservés aux seuls domaines du merveilleux et de l'amour.

Restait une conclusion désagréable. Les tueurs savaient désormais qu'ils avaient raté leur coup. Pour les avoir vus à l'œuvre, je savais qu'ils n'étaient pas des hommes de renoncement.

Dans le carnet était insérée une feuille. De rares caractères isolés étaient lisibles, ne pouvant restituer aucun sens, tant ils étaient délavés. Les pâles taches brunes étaient manifestement du sang.

On était le mercredi 20 décembre. C'est ce jour-là qu'ils s'attaquèrent à la Grisette. Je vis cela de loin, de ma fenêtre, sans avoir le moindre goût d'y aller, pour prendre date avec quelques photos. Même pas au Polaroid.

Les premiers coups de masse sur la crête de l'immeuble firent un bruit désagréable, une offense au vacarme habituel de la rue. Ce n'était guère que de l'autre côté du canal.

Il était tard, des éclats de voix, des bouffées de musique orientale s'échappaient de la Capitale. Une dernière fête entre habitués, avant la fermeture. J'y étais invité. Je n'avais pas le cœur. Là encore, la démolition était pour bientôt.

Verre de vodka en main et Gauloise, Solveig affectait d'être songeuse. Son jeu de la nuit consistait en un minuscule cadeau, un pavé. Un petit parallélépipède, de grès sans doute, très irrégulier.

– Cadeau de Vacek, avant son départ. Un pavé de Prague. Ils n'étaient pas très efficaces quand on les lançait sur les Russes.

Solveig posa le pavé à côté du moellon berlinois. Il n'y avait pas de meubles dans cette pièce. Seulement de pseudo-souvenirs.

– Les nouvelles ?

– Hier, il n'y avait d'appel pour aucune manifestation particulière. Cinquante mille étudiants étaient pourtant place Venceslas, sous le balcon de *Svobodné slovo*.

Elle sortit de sa poche un morceau de carton. C'était un cadran de pendule comme on en fait fabriquer aux enfants pour leur apprendre à lire l'heure. Les aiguilles découpées marquaient minuit moins cinq.

– Minuit moins cinq ! C'est une expression tchèque qui signifie à peu près : il est plus que temps, il y a urgence. Des petits cartons de ce genre, on en a trouvé des milliers à Prague, après le 17 novembre. Partout, au pied des monuments, aux fenêtres des maisons, dans les trams, le métro. Ça voulait dire : foutez le camp !

Elle épingla l'horloge au mur. C'était le deuxième instrument à marquer le temps que m'offrait Solveig.

– Pour terminer, le flash d'information. C'est peut-être au tour de la Roumanie d'entrer dans la danse.

Quelques jours auparavant, il y avait eu des émeutes dans une ville de l'ouest du pays.

– Chez eux, avec Ceausescu, ce fou, cela risque d'être bien plus difficile et violent que chez nous. Il y a une ville, Timisoara. On parle de plusieurs centaines, peut-être de plusieurs milliers de morts.

Après bien des hésitations, je repris contact avec Blaise, par téléphone. Je n'eus pas le temps de lui donner des explications. Il m'interrompit aussitôt. Ce rendez-vous manqué, près du canal, n'était pas si grave. Il parla prudemment par allusions. Ce qu'il appelait « la famille » avait des problèmes, donc d'autres priorités. Il n'avait pas le temps de me voir. Je n'avais qu'à me reposer un peu, prendre du champ, des vacances, et reprendre contact avec lui dans quelques jours, le temps que les choses se calment. Si elles devaient jamais se calmer.

En clair, j'avais à me planquer.

Je retrouvai Mila à la Grisette. Elle écouta distraitement les raisons que j'avais de quitter momentanément notre tanière. Elle savait que je mentais. Et, même si je disais vrai, elle s'en moquait bien, de ces tâches militantes qui m'éloignaient. Il lui suffisait de prendre acte : j'avais plus important à faire que de m'occuper d'elle, du bébé.

– Fais ce que tu dois faire selon ton cœur, petit Katz. Nous entrons dans une époque où plus personne n'aura de vraie vie privée. Que dois-je dire si quelqu'un te réclame ? Si c'est la police ? Que tu es en voyage ? Un type comme toi n'a pas les moyens de voyager. Le mieux, le plus crédible est de dire que tu m'as abandonnée.

– Tu penses que je vais avec une autre femme ?

– Non. Tu as essayé de laver tes vêtements en rentrant de ton rendez-vous de ce matin. J'ai dû refaire le travail. On ne revient pas d'un rendez-vous amoureux dans un état pareil. Je suppose que c'est pour m'épargner que tu ne me dis pas la vérité. Si tu m'aimais vraiment, tu saurais que je ne suis pas quelqu'un qu'on épargne, d'aucune manière.

D'autorité, elle me mit quelques affaires dans un sac de toile. Y ajouta le visage déchiré de Nadja, le dessin de Delvaux.

– Je te donne toutes les photos de moi. Toutes.

D'autorité encore, elle glissa dans le sac une enveloppe, avec un peu d'argent.

– Tu ne me trahis pas. C'est moi qui n'ai peut-être pas compris, depuis le début. Je ne suis plus si fière d'être légère. De l'avoir si longtemps été.

Mila avait admis bien mieux que moi que je risquais de ne pas revenir avant très longtemps, que je ne reviendrais peut-être jamais. Elle glissa le carnet dans le sac, le referma. Tout était prêt. Mila me poussa vers la porte. Pas d'étreinte, pas de long baiser d'adieu. À quoi bon ? En cas d'envie réelle, elle se serait manifestée bien plus tôt.

– Je me sens tellement sèche, dit-elle avant de refermer la porte.

Je ne pouvais plus rien arrêter. Personne ne le pouvait.

Le message laissé par Solveig était double. Elle pensait toujours à me trouver un autre appartement. Elle s'absentait, je n'avais en rien à l'attendre.

Plus que jamais, tout noter. La démission piteuse de Beneš, son remplacement par un gouvernement militaire dirigé par Sirový, l'autonomie accordée, bien forcé, à la Slovaquie. La fuite de l'état-major du Parti communiste tchèque, Gottwald en tête, pour Moscou.

Je ne savais trop où aller ni qui voir. Je me rendis chez Hugnet en son atelier d'encadreur, carrefour Buci.

Pot de vernis en main, il m'accueillit avec une amicale ironie.

– Heureux de votre visite, mais quoi ? N'auriez-vous pas reçu la consigne de boycott de ma boutique, ou ne seriez-vous, vous-même, qu'un affreux partouzeur excommunié ?

– Pardon ?

– Ne me dites pas que vous n'êtes pas au courant de l'affaire Éluard.

– Quelle affaire ?

Démobilisé le 8 octobre, Breton avait réuni ses amis, entendant bien mettre en pratique les conclusions de ses conversations avec Trotsky, du *Manifeste pour un art révolutionnaire indépendant*. Hugnet s'amusait ferme.

– Voilà-t-il pas que notre André, plus commissaire politique que jamais, se souvient d'un poème publié par Éluard dans *Commune*, la revue des stalinistes. Indignation, interpellation, mise en accusation. Vous connaissez Éluard. Sa réponse tombe, froide. Il se moque bien de *Commune* et de sa direction, le prend de haut : « Ç'aurait pu être dans une revue nazie, mes poèmes se défendent tout seuls. » Depuis cet incident, Breton se répand dans tout Paris afin d'établir le cordon sanitaire à l'encontre de son ex-vieil ami, ce quasi-frère. Moi-même, il m'a sollicité. Vous savez, avec cette manière cauteleuse qu'il a de vous prendre par le bras, de parler à voix basse, en confidence. Pour dire quoi ? Qu'Éluard se compromettait avec les agents de Staline ? Certes. Non seulement Éluard est un faible, mais il a la poésie facile, c'est bien connu. J'ai écouté, circonspect comme vous l'imaginez. Alors Breton m'a assené ce qui devait être dans son esprit l'argument le plus terrible, le plus infamant : Éluard n'était au fond qu'un « partouzard ».

– Un partouzard ?

Hugnet rigolait ferme, heureux de son effet.

– Cher ami, vous êtes menacé. Je n'ai jamais lu aucun de vos poèmes. Je vous sais trotskyste. Me viendrait-il à l'idée de vous traiter de partouzard parce que vous êtes marié à une charmante Mila qui a couché avec tous nos amis ? Et je ne parle pas de vos charmantes soirées à trois avec cet homme de cinéma, ce Félix, légèrement staliniste, lui aussi. À trois ou plus, ces fines parties ? Il faudra que vous me racontiez.

– D'où tenez-vous cela ?

– De la place publique, mon cher. Nous sommes tous des maisons de verre, comme on dit. Alors ? Que me vaut l'honneur et le plaisir de votre visite ? Venez-vous, comme les autres membres du groupe le font, me retirer vos travaux d'encadrement, de reliure ?

– Pourquoi le ferais-je ?

– Parce que, refusant de rompre avec Éluard, je suis devenu moi aussi un pestiféré. Breton a lancé la consigne : Hugnet et sa boutique sont devenus infréquentables.

Il aurait été bien piètre de rappeler à Hugnet que je n'étais pas en affaire avec lui. L'encadrement du dessin de Delvaux était le seul service que je lui avais demandé. Service plus que travail : Hugnet s'était déclaré bien assez payé par une tournée au café d'en face, le Dauphin.

Cette brouille entre Breton et Éluard affectait Hugnet plus qu'il ne voulait bien le dire. Il ne s'agissait pas de me mettre dans l'embarras.

– Je suppose que vous condamnez Éluard sans approuver les manières de Breton. Je soupçonne même, à bien vous considérer, que les petites querelles des surréalistes ne sont pas votre actuelle priorité. Que puis-je pour vous ?

Ce test imprévu était accablant. Hugnet était, à l'exception de Mila, la première connaissance rencontrée depuis l'attentat du canal. À peine dégagé du récit de ces potins qui l'occupaient tant, il m'avait regardé avec un peu d'attention. Je devais transpirer la débine, peut-être la trouille.

– Mauvaise passe pour les vrais militants. Je me trompe ? Il paraît que les flics cherchent des noises aux gens comme vous, les communistes, les pacifistes. On parle d'arrestations. Vous êtes menacé ?

Le marché du carrefour Buci était assez gai. Pas vraiment prolétarien. On y vendait *L'Huma*, *Le Populaire*, *L'Action française* aussi, à la criée. Ceux de *Je suis partout* se tenaient un peu à l'écart. Hugnet ne voulait pas être indiscret mais, si cela pouvait m'être utile, il disposait d'une chambre de bonne dans l'immeuble même. Il ne s'en servait que pour entreposer quelques matériaux, en réserve.

– En dépannage. Ce n'est pas très confortable, je le crains. C'est mieux que le panier à salade.

J'avais d'autres craintes. Je pris la clé.

Certainement, j'avais beaucoup à faire, beaucoup de conversations à poursuivre. Toutes n'étaient pas des corvées systématiques. Laurent ne se manifestait plus guère. Je craignais d'appeler Lourcet. Je lui soupçonnais un destin à la Levine, c'était une idée détestable, fondée sur rien, que je pressentais juste. Marc m'avait laissé un message. Alors que je ne lui demandais rien, il m'avertissait qu'il ne serait pas joignable pour quelque temps. Il voyageait. Berlin, Budapest, Bucarest, Sofia, Varsovie, Moscou. Il fallait bien y aller, y voir de plus près, rencontrer les vrais protagonistes, systématiquement, prendre la vraie mesure des événements. Il disait que, pardi, on ne pouvait plus faire désormais le même journal. *Le Soir*, c'était l'expression de Marc, devait se mettre au goût du jour. Il l'avait toujours été, c'était bien là le drame.

L'absence de Solveig était une paix irritante.

Je rencontrai Jacques devant la Rhumerie, boulevard Saint-Germain. Par hasard, comme d'habitude. Feignant d'avoir oublié notre dernière conversation, il proposa que l'on prenne un verre.

– Quel jeu menez-vous, Jacques ?

– Ce que je crois devoir faire. Sans prétendre que c'est glorieux. Vous m'en voulez toujours pour mes petits mensonges ? C'est ridicule.

Il était d'excellente humeur. Je choisis de l'écouter.

– Vous savez quoi ? Le sport m'ennuie, maintenant. J'ai plutôt envie de me consacrer à des chroniques d'art. Je ne prétends pas être un grand spécialiste, je pense avoir le goût des belles choses. Je pourrais faire connaître à un plus vaste public des artistes cantonnés jusqu'ici dans l'avant-garde. Ne voyez nulle prétention dans cette démarche.

Jacques avait appris que Frida Kahlo était à Paris. Jacques souhaitait la rencontrer. Ses manières directes étaient déconcertantes.

– Connaissez-vous cette artiste ?

Je connaissais très mal la peinture de Frida. Je n'avais vu que de médiocres reproductions, des autoportraits. D'elle je savais avant tout, très bêtement, qu'elle était la compagne de Diego Rivera, le peintre des *Murales* excessifs, l'homme qui avait accueilli et hébergé Trotsky à Coyoacan.

À ma connaissance, elle logeait chez le couple Breton.

– Je souhaiterais la rencontrer. Cela pourrait faire un très bon article. Vous pourriez m'aider.

Son incroyable culot ne m'étonnait même plus. Je voyais autre chose. Sans certitude mais très clairement. Un Jacques agent, tueur, bien introduit dans nos milieux.

Et puis ? Habile, frivole, il séduit, il ment, personne ne lui en tient grief, il glisse, avance. Il vient de tellement loin que personne ne sait d'où. Lui-même ignore quand il a été programmé. L'idée est de se rapprocher de Trotsky. Il faudra des détours. Rien ne presse. Peut-être œuvre-t-il pour rien. Il perd son temps avec Sylvia, avec moi. Il s'en moque, quitte à s'ennuyer. Il obéit aux ordres. D'autres que lui sont sur le coup. L'assassinat. Mais c'est un besogneux. Frida, c'est la maison bleue de Coyoacan, c'est Diego, c'est l'accès à Trotsky. Qu'il se présente là-bas, dans trois mois, dans deux ans, on identifiera ce garçon tellement sympathique, proche de nos idées, si serviable. Le fiancé de Sylvia.

Alors il passera sans problème la porte d'entrée, les gardes du corps le connaissent, il marchera dans la petite allée caillouteuse bordée de cactus, il tournera à droite, entrera dans la maison. Il fera chaud. Il s'obstinera à garder son imperméable replié sur l'avant-bras. Il aura un article à soumettre au Vieux. Le Vieux sera courtois. Jacques lèvera son arme, dans le bureau de la maison bleue, à Coyoacan, Mexique.

– Quelque chose qui ne va pas ?

– Le mieux serait de vous tuer tout de suite.

Alex avait inséré ici une note qui était moins une information qu'un rappel : « Après sa libération et son passage à Cuba, Jacques vécut assez longtemps à Prague. Très protégé. Très décoré. »

Et puis une autre : « Il est certain que, d'après Levine, Trotsky a eu une courte mais violente liaison avec Frida Kahlo. »

Enfin : « Lors de son assassinat, suite à une brouille avec Diego, Trotsky n'habitait plus la maison bleue. »

Jacques me regarda, ironique.

– Me tuer ? Allez-vous le faire ? Pour quelques petits mensonges à Sylvia ? Pour quelques vilaines intentions que vous me prêtez ? Rien n'est inscrit. À quoi bon anticiper ? Aucun d'entre nous ne sait dans quel camp il sera dans un an, dans deux ans. N'allez pas croire que je me moque en parlant de camps. Nous sommes de très petits acteurs. Ce qui revient à dire que, vu les événements qui s'annoncent, nous serons des victimes, floués quoi que nous fassions.

Jacques tenait sans surprise le discours de tous les salauds depuis toujours. Il souriait, s'amusait de ma nervosité. Pis, avec l'œil sûr d'un habitué des grands hôtels, il avait constaté mon début de débâcle. Barbe douteuse et vêtements fripés. Je le plantai là.

Nous étions le 6 octobre. À l'étalage du kiosque de la place de l'Odéon, je vis la couverture de *Match*. Celle qui avait été prévue. Une jolie jeune fille blonde, visage rayonnant levé vers le ciel, souriait à la vie, au bonheur. Son poing tendu n'évoquait en rien le ralliement communiste. C'était une image joyeuse, presque sobre. L'hebdo avait pour règle de ne donner qu'un minimum de légende à la photo de une. Cette fois c'était : « Septembre 1938 : la paix. »

Page sans date.

Le plus sage serait de brûler ce journal. C'est tout ce qu'il ne dit pas, n'ose pas dire, qui me compromet le plus. Ma lâcheté, mon peu de lucidité.

– Il tint parole ?

– Pas tout à fait.

C'était le jeudi 21 décembre. Solveig venait à peine d'entrer, elle n'avait pas même enlevé son blouson. Elle prit le carnet, le feuilleta. Katz avait laissé plusieurs pages blanches. Puis venaient ces simples mots, que j'avais déjà lus : « Von Rath assassiné ce matin, lundi 7 novembre 1938. »

Ensuite, plus rien.

– En quoi cette exécution concerne-t-elle particulièrement Katz ? Il y a eu quantité d'autres événements politiques importants, durant octobre.

Une fiche d'Alex donnait la réponse. Le secrétaire de l'ambassade nazie à Paris avait été tué par un jeune juif du nom de Grynspan.

– Herszei Grynspan.

– Katz aurait été complice ?

Cela cadrait mal avec ce que je savais de lui. Mais que savais-je, au fond ? Après tant et tant de pages, Alfred Katz n'était qu'un fantôme évanescent, une ombre fuyante, un rêve dont quelques séquences émergeaient mais dont la cohérence se dérobait à l'effort d'identification.

– Alex a cru que son père était mort assassiné. Pourquoi ?

– Je l'ignore.

– Tu vas chercher à savoir ?

– Pas tout de suite.

Cette fin abrupte, prévue, annoncée par Gaïl, me décontenançait. Et qui se souvenait de Gaïl ? Avec ces derniers mots de Katz, je me retrouvais privé de repères.

L'assassinat de von Rath ! Qui avait été le prétexte au déferlement de la nuit de Cristal, dans toute l'Allemagne nazie. Dans toute l'Autriche annexée et dans les zones sudètes de la Bohême conquise.

– Alfred Katz, quel qu'il soit, t'aura quand même bien aidé. Tout comme moi.

Solveig avait peu de côtés enfantins. Parmi ceux-ci, cette conviction têtue qu'elle pouvait prêter assistance. Elle se voulait Sibylle inspirée, passeuse. J'avais connu des prétentions plus exaspérantes.

Elle servit la vodka, s'assit devant le mur couvert de photos, de graphiques, de plans, de cartes postales, proposa que l'on trinque. Elle observa le puzzle-labyrinthe, les genoux repliés sous le menton. Je ne m'étais pas rendu compte de sa prolifération.

Bien sûr, Solveig expliqua aux chats qu'elle devait sortir, régler quelques problèmes. J'étais convaincu qu'elle disait vrai, que le mot « problème » était celui qui convenait. Elle les caressa. Pas trop. Visiteuse en phase terminale.

Puis se leva.

– Déjeunons ensemble, demain. Passe me prendre au journal. D'accord ?

Il n'y avait pas à s'embrasser longuement. Encore moins à baiser vite. Solveig me dit que tout allait bien, s'en alla. Il était bien évident qu'elle franchissait mon seuil pour la dernière fois.

Je ne pus capter qu'un bref journal de nuit, au hasard de la bande FM. Des titres, sans développement. Les troupes américaines d'intervention au Panama se heurtaient à une résistance inattendue de la part des troupes du général-trafiquant Noriega. La répression battait son plein en Roumanie. À Prague, le congrès extraordinaire du Parti communiste se poursuivait dans un franc esprit de débandade absolue.

Il était inutile de chercher à dormir. Je n'avais pas envie non plus de descendre dans la rue. Le brutal silence de Katz était bien plus intolérable que l'absence de Solveig. Elle me poussait vers une mise en ordre. Lui ne laissait qu'incohérence. Pis, Katz me laissait des pistes, sans me donner les moyens de les explorer, de les suivre jusqu'au bout à sa place, comme, plus d'une fois, j'avais cru pouvoir le faire. À force de ne pas tenir ses promesses, il m'avait baladé, me laissant en plan. Katz n'était qu'un épigone, bien incapable d'inventer pour son compte des prolongements à cette ville des surréalistes qui, paraît-il, l'avait tant fasciné. Je n'étais guère plus brillant.

Ce n'était pas tant de la colère que de la déception. Katz restait une énigme molle, sans vraie consistance. Plus d'une fois, j'avais cru saisir un indice, un point d'amarrage. Tout s'était toujours dérobé. Le mur était l'exact symptôme de cette confusion. Ses entrelacs ne menaient nulle part, ne faisaient qu'ajouter au ridicule de mon impasse.

Verre après verre, j'arrachais les images, détruisais les correspondances savantes, les rapprochements audacieux. Moi aussi, je savais casser les beaux agencements, saccager les subtils montages. Une vraie frénésie.

Soit. Puisque Katz me laissait en plan, il fallait repartir de zéro. Faire comme si.

J'ouvris une nouvelle bouteille, dégradai encore quelques photos. L'ivresse qui s'installait était bonne. Fini de rêvasser sur Ubac, sur Delvaux, de tracer de beaux itinéraires sur les plans d'arrondissements, de pointer les lieux, les dates, d'y aller et de revenir. Fini parce que inutile, vain. Puisque Katz me laissait en plan.

« En plan. » Voilà. Telle était l'idée fixe alimentée par la vodka, qui roulait dans ma tête. Je ne pouvais pas trouver plus juste constat.

Tout était venu du dessin de Delvaux, *L'Entrée de la ville*. Que m'avait-il pris d'y voir la clé de la pitoyable logique de Katz ? Il n'était en rien à l'image de ce jeune homme cherchant à s'orienter dans les mystères de la ville. Mila n'était guère plus cette belle femme nue, toute prête à l'accompagner, à le perdre et le guider. Je froissai le papier. Il était bien plus que 5 heures du matin.

Je descendis prendre le frais. Assis sur un banc, dans le square du canal, comme prévu, je retrouvai le clochard. Toujours entortillé dans ses guenilles à franges. À côté de lui, la place semblait m'être destinée.

Il était silencieux, les yeux mi-clos.

Lentement, très méthodiquement, il fouilla dans les dessous de ses frusques, finit par extirper un paquet de cigarettes et une boîte d'allumettes The Key Safety Match. Laissa le paquet entre nous deux. Des Petra. Il aspira quelques longues bouffées. La fumée s'amplifia de buée, dans l'air frais. Mon clochard n'avait pas de visage.

Nos cigarettes n'étaient pas encore éteintes qu'il fouilla de nouveau dans ses réserves. Il sortit cette fois une haute bouteille large et plate. Je me souvins de ce cordial, la Becherovka. Il but. Et mit aussi la bouteille entre nous. Ça me fit du bien. Il n'y avait rien d'autre à dire.

Les chats me réveillèrent sans pitié. Pas par un câlin : en jouant bruyamment au milieu des papiers qui jonchaient le sol. J'avais donné l'exemple. C'était à qui, de Radek ou Bastille, déchirerait le plus gaillardement toutes ces petites illustrations. Je servis le petit déjeuner. Un menu disparate, avec reste de sashimi et brochettes de viande. De l'autre côté du canal, le bull commença sa journée de travail. Je n'eus pas le courage de partir à la recherche d'un zinc convenable. Verre de blanc en main, je méditais sur les dérapages de la nuit.

Katz m'avait laissé en plan. Mais comment et pourquoi ?

Même le Delvaux n'avait pas été épargné par leurs coups de griffes. Tout juste, par son épaisseur, avait-il mieux résisté. Peut-être valait-il un sauvetage. Je le ramassai.

Certaines superpositions dessinées avaient été partiellement décollées, laissant voir ou deviner de premières tentatives. Ces différentes versions en montraient long sur les tâtonnements de l'artiste. Elles incitaient à la curiosité.

Avec prudence, méticuleusement, je tentai d'accentuer quelques décollages. Je découvris en partie d'autres visages pour la femme, des architectures différentes pour les temples environnants. Avant d'en arriver à une perspective classique, Delvaux avait imaginé dans un premier temps des lignes de fuite aberrantes, des édifices piégés. Sous la paix fragile de *L'Entrée de la ville* se cachaient bien des chausse-trapes. L'homme ne s'y trompait pas qui déployait son plan. Ce plan que Katz me laissait.

Il convenait de ne pas se hâter, de ne surtout pas prendre le risque d'un geste maladroit. Je posai le dessin.

Il était tel un négatif qu'on se prépare à passer à l'épreuve du tirage. Ici, le bain révélateur ne pouvait être qu'une vapeur d'eau bouillante.

Le plan final dessiné par Delvaux ne présentait guère d'intérêt. Il était de pure convention, ne renvoyait à rien. Humidifié, il se laissa facilement décoller. Dessous était un dessin, moins esthétique mais plus précis. Extraordinairement soigné, même. Tracé à l'encre verte.

Ce qu'il cachait n'était pas un plan. Le message, de la main de Katz, était dépourvu de la moindre ambiguïté : « Blaise : un traître – Félix : un délateur, un faussaire. »

J'étais abasourdi. Il était 11 h 20.

Le chauffeur de taxi me fit remarquer qu'on était prié de ne pas fumer dans son véhicule. J'étais trop en retard pour partir à la recherche d'une autre voiture. Il prit la direction de la rue de Charonne, des locaux du *Soir*.

– Journaliste ? me dit le chauffeur. Ça doit vous exciter, toutes ces histoires. Qu'est-ce que vous attendez pour partir en Roumanie ?

– Pourquoi la Roumanie ?

Il brancha sa radio, France-Inter. À 11 h 57, ce n'était pas un flash d'info normal. Je n'entendis que la fin. À Bucarest, des milliers de manifestants occupaient les rues. Le correspondant haletant parlait de scènes de fraternisation entre la foule, l'armée, la police.

– Eux, je pensais vraiment qu'ils ne s'en sortiraient jamais. J'éteins ?

– Laissez.

La rue du Faubourg-Saint-Antoine était légèrement embouteillée. Au flash de midi, le présentateur semblait à peine croire les dernières dépêches tombées sur son bureau. Il commentait à chaud : « Fin d'une dictature. Nicolae Ceausescu est en fuite. Il n'est plus à Bucarest. Dans la ville les tirs ont cessé en fin de matinée. »

On était le vendredi 22 décembre, à 12 h 9, à l'entrée de la rue de Charonne, quand le correspondant de Radio-France à Vienne annonça que Ceausescu s'était envolé vers la Chine.

– Vers la Chine, ricana le chauffeur. Quel bordel !

Les bureaux du *Soir* étaient quasi déserts. Presque toute la rédaction était rassemblée dans la salle centrale, prétentieusement appelée le *news room*, le nez levé vers un alignement d'une douzaine de postes TV. Toutes les chaînes européennes et aussi la précieuse CNN, info en direct et en continu, étaient diffusées. Un journaliste me montra un écran.

– Regarde. J'ai rarement vu un spot plus drôle. Ça date d'hier.

Une foule immense sur une place. Ceausescu à la tribune, avec sa femme à son côté, son Elena. Il est figé dans son pardessus de granit. Seul le bras droit s'agite mécaniquement de haut en bas. Soudain, le mouvement s'interrompt. L'œil de l'Ubu s'arrondit. Le robot se détraque.

– On ne l'entend pas, mais il se fait huer. Ça vient de la foule. Inconcevable ! C'est le monde qui se dérobe sous ses pieds.

– Après ? Plus d'images ?

– Non. Il a essayé de continuer son discours et puis il a fait tirer.

Sur une autre chaîne, un type hirsute parlait de milliers et de milliers de morts à Timisoara. On s'y battait toujours. Il y avait des charniers.

Pas d'émotion, rien que de l'excitation professionnelle. Au *Soir*, on avait d'abord cette fierté : être des pros. Des blagues sur le *Conducator*, le Danube de la pensée, les goûts de chiotte d'Elena Ceausescu, les vacances compromises pour les dirigeants du PCF désormais privés de mer Noire. De la belle et bonne Histoire, mieux qu'à chaud : en direct. Marc était heureux.

– Pour comprendre l'URSS, la Pologne, la Hongrie, l'Allemagne, la Tchéco, il faut une petite culture politique. Il est même conseillé d'avoir été un peu communiste, maoïste, althussérien, stalinien repenti. Le bagage courant. Mais Ceausescu ! Lui, c'est Jarry et son *Ubu* qu'il faut connaître sur le bout des doigts. Ça complique le travail du journaliste moyen. Viens dans mon bureau, on va arroser ça.

Solveig avait soif aussi.

À peine le bourbon servi, un journaliste appela Marc. L'affaire des massacres prenait de l'ampleur. Certaines sources évoquaient le nombre de dix mille morts. Marc nous demanda de commencer sans lui.

– Il a raison, dit Solveig. Voilà enfin une dictature dont la chute ressemble à quelque chose. À Prague, toujours notre sens de la mesure, nous avons été un peu minables avec notre faux mort du 17 novembre.

Elle proposa que l'on s'en aille et qu'on plaque là tout ce cirque. Elle n'avait pas beaucoup de temps.

Dans quelques heures, Solveig serait à Prague. L'information n'était pas surprenante.

– Ou presque. Quand as-tu pris ta décision ?

– Difficile à dire. Le jour de la grève générale, je crois. Ou la veille, au rassemblement de Letná. Ou en voyant chanter Marta Kubišová sur ce balcon, place Venceslas. Ou quand j'ai vu Havel lever son verre, au théâtre, avec Dubček, le soir de la débâcle du Parti communiste. Ou quand j'ai reçu le petit chat du Forum civique. Ce chat tout souriant. Ou bien lorsque j'ai compris que je ne suivrais ni toi ni Katz. Si j'avais une montre, ses aiguilles iraient dans le sens courant.

Solveig n'avait pas de projet. Ni avec Vacek ni avec quelqu'un d'autre. Elle n'avait tout simplement pas le choix.

– Pourquoi pas plus tôt ?

– La fausse raison, c'est que j'étais interdite de visa jusqu'à il y a une dizaine de jours. La vraie c'est que, même sans te suivre, je ne pouvais pas te laisser seul avec Katz.

Elle proposa une dernière tournée d'huîtres, de chablis, plaisanta. Ces friandises lui seraient interdites pendant pas mal de temps.

– Katz, vraiment ?

Il était inutile de parler de son ultime message. À ce moment précis, je n'étais pas certain d'avoir envie de l'élucider. Laisser les choses en l'état était envisageable. Plus difficile était le changement de terrain, de temps, la nécessité qu'il y avait à cesser de lire l'heure avec une montre dont les aiguilles tournaient symboliquement à rebours. Il me fallait admettre le Génie doré, la Capitale devenu McDo du coin de mon quai, la fin de la Grisette, les cartes téléphoniques, un morceau de mur de Berlin dans mon appartement vide et Paris sans Solveig.

– Tu veux toujours déménager ?

– C'est dit.

– Vinohrady, rue Lucemburská, Prague 3. Si tu veux. Il y a un studio qui pourrait te convenir.

Solveig fouilla dans son sac, me tendit une enveloppe. Elle contenait un jeu de clés. Qu'elle agita. On était en plein jour. Selon elle, il était minuit moins cinq.

Odradek est la forme que prennent les choses tombées dans l'oubli, selon Walter Benjamin, que je ne savais trop comment saluer

J'avais perdu l'adresse. Lourcet n'habitait pas dans l'immeuble, en face du Bal nègre. Le bal lui-même, au numéro 33 de la rue Blomet, n'existait plus en tant que tel. La bâtisse était toujours là, basse, banlieusarde. Son aspect extérieur avait dû peu changer depuis le temps des frasques de Kiki, des extravagances de Desnos et de Malkine. C'était maintenant un club de jazz, le Saint Louis' Blues, un îlot minuscule en sursis. Pourquoi le préserverait-on toujours ? À cinquante mètres, au numéro 45, les pavillons qui avaient abrité les ateliers de Miro, Masson et d'autres, avaient été depuis longtemps rasés, au profit d'un splendide immeuble fonctionnel à la façade déjà craquelée. J'inspectai quelques boîtes à lettres, trouvai même une concierge. Je fus heureux de voir que l'espèce des bignoles n'avait pas encore complètement disparu dans Paris. Celle-ci était chenue. Elle n'avait jamais entendu parler d'un monsieur Lourcet. Je lui décrivis l'allure de l'homme. Pour me faire plaisir, après réflexion, elle estima que celui que je cherchais habitait peut-être plus haut dans la rue.

Après avoir tâtonné, je finis par trouver les coordonnées dans l'annuaire. Je téléphonai d'un bistrot de la place Cambronne. Lourcet ne répondit qu'après une dizaine de sonneries. Sa voix était plus atteinte que jamais. Puisque j'étais dans le quartier, bien sûr que je pouvais monter le voir. Il se déclara même ravi de cette excellente opportunité. J'allais raccrocher lorsqu'il lâcha un « s'il vous plaît » qui avait presque le ton d'un appel au secours. Pouvais-je lui monter quelques paquets de cigarettes et, si cela ne me dérangeait pas trop, une bouteille de l'alcool de mon choix. Une Zubrowka, de préférence.

Il n'était pas 17 heures, il faisait presque nuit. Lourcet habitait au numéro 63, un immeuble mi-béton mi-brique. Son escalier donnait sur une cour intérieure triste, garnie de deux massifs de buis. Un antique ascenseur Otis-Pifre me brinquebala jusqu'au troisième étage.

À peine avais-je sonné que Lourcet m'ouvrit. Il m'attendait derrière la porte. Je compris pourquoi. Le couloir qui menait de l'entrée au salon était un long boyau tapissé de livres, de dossiers, de cartons divers. Même pour moi, la progression était difficile. Lourcet, lui, avançait à pas plus hésitants que mesurés. Tout le temps écoulé entre mon coup de téléphone et mon arrivée lui avait été nécessaire pour franchir la distance. Arrivé au port, il s'écroula dans un vieux fauteuil de cuir. D'une grimace, il me suggéra de le laisser récupérer.

Chaque expiration était comme un soufflet de forge. Ses bajoues en tremblotaient. Lourcet avait encore maigri. Il flottait dans sa confortable robe de chambre matelassée. Sa barbe blanche devait dater de deux ou trois jours. Elle ne faisait qu'accentuer l'image de délabrement physique. Je ne pus m'empêcher de l'imaginer traînant dans un hospice. Il sourit.

– Allumez-moi une cigarette, servez-nous à boire. Vous trouverez des verres à la cuisine. Je vais aller mieux. C'est l'affaire de quelques minutes.

L'appartement était vaste mais provoquait une sensation d'étouffement. Pas une seule parcelle de mur qui ne fût recouverte de livres, de tableaux. Rien de bohème, bien au contraire. Tout était soigneusement rangé. Quelques bibelots me parurent ne pas manquer de valeur. Lourcet avait dû bien vivre ici, être heureux. C'était devenu une chambre mortuaire.

La une de *L'Humanité* en date du 5 mars 1953 était affichée et encadrée sur la porte de la cuisine : « Staline est mort. » La vaisselle n'avait pas été faite depuis plusieurs jours. Je trouvai des verres.

La Gauloise lui fit du bien. Il s'ébroua.

– Je parie que je vous ai induit en erreur avec mon histoire de Bal. C'est un de mes grands défauts. Lorsque je me hasarde à mentir, je ne peux m'empêcher de continuer.

Lourcet avait réalisé, au début de sa carrière, une émission documentaire sur les Montparnos des années vingt et trente. Il s'était autorisé un petit dégagement par la rue Blomet. À cause du Bal nègre, précisément.

– Pourquoi ?

– Il avait hanté mon enfance. Mes honnêtes gens de parents y voyaient un épouvantable lieu de perdition. Leur cauchemar était que je passais devant, tous les jours, pour me rendre à la petite école de la rue des Volontaires. Naturellement, ils ne me donnaient pas de précisions. Dans la cour de récréation, l'imaginaire des gamins se débridait. On parlait de la fameuse Kiki. On disait que, certains soirs, des clientes dansaient à poil. Des bourgeoises…

Un jour, on avait demandé à Lourcet pourquoi il avait tenu à évoquer ce bal. Il avait répondu qu'il était né devant. L'idée lui ayant plu, il l'avait gardée.

Lourcet suçotait sa vodka tiède. Il allait beaucoup mieux.

– En réalité, je suis né ici. Dans la pièce à côté. Lorsque mes parents sont partis en retraite, j'ai pu conserver cet appartement. J'entends bien y mourir. Que devient notre ami Katz ? Je suis certain que c'est à cause de lui que vous venez me voir.

Ce n'était plus tout à fait vrai. Ce fut même à contrecœur que je rendis compte de l'épisode du dépeçage du Delvaux. Lourcet parut contrarié.

– Cette histoire vous lasse ? Blaise, un traître ? Félix un mouchard, un faussaire ? Voilà qui donne un nouvel éclairage.

Un obscurcissement total, plutôt. S'il s'agissait de dénoncer deux salauds, Katz avait eu recours à un moyen bien détourné. Pourquoi n'avait-il pas accusé ces deux hommes nettement, dans son carnet ? Pourquoi ne les avait-il pas dénoncés à ses camarades ?

– Peut-être l'a-t-il fait ?

– Une telle affaire aurait laissé des traces, des souvenirs. Rien. Tout se passe au contraire comme si Katz avait voulu cacher ses révélations le plus longtemps possible.

– Vous paraissent-elles fondées ?

Je tendis une nouvelle Gauloise à Lourcet et je remplis son verre. Aussi pour qu'il cesse de m'observer avec tant d'insistance. Malgré l'obscurité qui avait envahi la pièce, il guettait la moindre de mes réactions.

– Après tout, voilà des semaines que vous vivez dans ce récit. Des nuits entières vous vous êtes glissé dans la peau de Katz. Vous avez fait plus qu'imaginer. Vous avez vécu tout ce qu'il n'a fait qu'évoquer, tout ce qu'il n'a pas raconté. N'avez-vous jamais eu de soupçons ?

Pour Blaise, j'avais toujours tenté de faire la part des choses entre l'antipathie que j'éprouvais pour lui et l'appréciation de certains de ses comportements éventuellement douteux. Ou bien je le méprisais trop pour le suspecter d'être un flic.

– Félix ?

L'accusation était incompréhensible. Traître ? Mais à qui ? À quoi ? Malgré toutes les engueulades, Félix m'était apparu de bout en bout comme un type régulier. Ma confiance en lui avait été totale, justement parce qu'il avançait à découvert. Voir en lui un faussaire dépassait l'entendement. D'abord, à cause de Mila. Félix n'aurait jamais fait quelque chose qui aurait pu lui déplaire vraiment.

– Vous en êtes certain ?

La très pâle lueur venue de la cour intérieure me permettait de distinguer la silhouette de Lourcet, tassée dans son fauteuil. Lui devait me voir un peu mieux.

J'eus surtout le sentiment qu'il cherchait à s'immerger dans cette histoire que je lui avais tant évoquée. Qui était le ciment de notre amitié. Lourcet aussi avait vécu avec Katz par procuration. Son âge le lui rendait d'emblée familier.

– J'en suis certain autant qu'on peut l'être. Je peux imaginer des lâchetés, des faillites, des retournements, après, pendant l'Occupation. Le carnet s'arrête en 1938. À cette date, on ne peut rien reprocher à Félix.

Ou bien, c'était finalement la seule hypothèse plausible, il y avait eu la brusque révélation d'une immense, d'une incontestable duplicité. La découverte que le vieil ami, l'amant de quelques nuits, n'était qu'un salaud.

Mais pourquoi enfouir cette terrible dénonciation dans les épaisseurs secrètes d'une œuvre de Delvaux ?

J'entendis Lourcet remplir de nouveau son verre. Contre toute prescription médicale.

Poétiquement, c'était une jolie idée : la vérité cachée dans les plans d'une ville-palimpseste. Elle me convenait parfaitement. J'avais même la tentation de l'ériger en méthode. Le doute venait de ce que Katz n'était pas un poète.

J'avais beau faire, je ne le voyais pas. Je ne comprenais pas ses gestes méticuleux.

L'antre de Lourcet sentait bon l'encaustique et la poussière. La respiration était redevenue rauque, régulière. Absente. J'allumai une cigarette. À la lueur du briquet, je vis que Lourcet s'était assoupi, qu'il dormait. Ou faisait bien semblant. Je m'offris un dernier verre.

Il était trop tard, il faisait trop nuit, pour procéder à un inventaire de la pièce. Lourcet était un conservateur. Dans sa bibliothèque, dans ses cartons devaient être classés quantité d'ouvrages que Katz avait connus ou qu'il avait désirés. De vieilles choses, qui auraient pu m'aider à mieux comprendre.

Je laissai la cartouche de cigarettes, la bouteille avec ce qui restait de vodka, et puis une autre bouteille. Je griffonnai aussi, à l'aveuglette, quelques mots sur une feuille de carnet. Nous ne nous reverrions plus pendant un certain temps, cher Lourcet. Il fallait bien, vous ne pouviez que le comprendre, que je m'émancipe. Je me suis risqué à vous embrasser.

La Lanterne magique

En décembre 1989, je fus à Prague.

J'arrivais de Paris.

Une dernière fois, avant de me déposer à l'angle des rues Velehradská et Lucemburská, le chauffeur me demanda si, vraiment, je ne voulais pas *change money*. Il avait manifesté beaucoup de persévérance depuis l'aéroport de Ruzyně. D'abord fâché par mon refus de son *very attractive black market*, il avait fini par me trouver sympathique. À cause de cette demande que je lui avais faite de racheter, alors que nous abordions le quartier de Bubeneč, la cartouche de cigarettes Petra, bien entamée, qui traînait sur le siège avant. Cinquante francs.

– *Are you sure ? It's not so expensive.*

– *Ok. But…*

J'avais retrouvé avec émotion le goût douceâtre de la cigarette.

Pour faire plaisir au taxi, je réglai ma course en devises, sur la base du cours officiel. Ce qui lui laissait une gentille marge de bénéfice. Il accepta en plus mon paquet de *very hard, very good*, Gauloises, fit le V de la victoire avec les doigts, puis me laissa. Je restai quelques minutes planté là, le sac au pied. Il faisait nuit. De la neige légère voletait, qui n'accrochait pas.

Je fermai mon blouson, relevai le col, enfonçai mon feutre sur le crâne. Le froid me serrait les tempes, le cœur battait vite. Ce n'était pas l'air glacé qui me faisait frissonner. J'étais à Prague.

Lucemburská 35 n'était qu'à une centaine de mètres, en contrebas du carrefour. Un large immeuble. À la faible lueur des lampadaires, je devinai une façade grise, encrassée de poussière humide. Je tournai la clé de la porte du hall. L'appartement de Karel Novak se trouvait au dernier étage. La cage d'escalier était envahie par une violente odeur de désinfectant. La minuterie s'arrêta plusieurs fois. J'arrivai devant la porte, essoufflé.

Solveig avait parlé d'un studio. Il s'agissait d'un grand atelier d'artiste, avec verrière et mezzanine. Un endroit accueillant. Inattendu. Je me laissai tomber dans un fauteuil, à l'aplomb de la lampe à suspension.

Je notai que la verrière donnait sur le quartier de Žižkov. J'en fus heureux.

Dès le premier coup d'œil allait de soi que je pouvais me plaire ici, au milieu des pots de peinture, des bouteilles d'encre, des cartons à dessin, des châssis, du chevalet, des faisceaux de pinceaux, des vieux appareils optiques, du gramophone, du porte-bouteilles, du buste de Lénine en plâtre, de celui de Staline en faux bronze, de celui encore (il était beaucoup plus petit) de Klement Gottwald, du sabre de cavalerie et de quelques autres jouets. Mal réglée, la lumière de la suspension n'atteignait que très partiellement les murs. Ils étaient tapissés de tableaux, d'affiches. Je me doutais bien que la plupart de ces œuvres étaient signées par Karel.

En d'autres temps, j'aurais posé mon appareil photo sur un support quelconque, fait un autoportrait au déclencheur à retardement dans ce nouvel espace. Je n'en étais plus là.

Tout était très bien conçu. Outre la cuisine, l'atelier se complétait d'un coin douche et de chiottes. Dans le vestibule, sur la porte, était punaisée une affichette du Forum civique. Le slogan qui la barrait n'était guère difficile à comprendre : *s námi do Evropy*. Au-dessus des lettres, Karel avait dessiné en quelques traits au feutre un petit bonhomme échevelé, barbu et dansant, à son image sans doute. D'une main, il tenait un fil relié au O (deux points pour les yeux, un sourire : une bouille schématique heureuse). Le sigle de l'OF transformé en ballon. L'autre main tenait également un fil. Sur le ballon était écrit : *Dear Victor, this home is your's. Welcome to Praha.*

Cette affiche n'était pas le seul signe de sympathie laissé par Karel. Sur sa grande table de travail, je trouvai des bouteilles de vin de Moravie, de bière de Plzen, de vodka soviétique. Des paquets de cigarettes, Petra et Sparta (après tout, Karel et moi ne nous connaissions pas), un plan de Prague. Et puis une carte de visite avec un nom, Petr Novak, une adresse à New York City et un numéro de téléphone. *My home, now.*

Tout s'était bousculé très vite dans la vie de Karel. En quelques jours, il avait enfin pu réaliser son vieux rêve : rejoindre son frère en Amérique.

« Petr le malin est là-bas depuis 69, m'avait expliqué Solveig. Un gars entreprenant. Il a fait son trou. Karel entend en faire autant. Il se donne un an. »

Karel avait été l'un des premiers à obtenir sans mal passeport et visa. En partance pour son pari.

D'ici là, l'atelier pouvait servir aux amis. À moi, si je voulais, Solveig avait monté l'affaire. Je décapsulai une Plzen. Défaire le bagage pouvait attendre. Je me contentai d'en extraire le carnet de Katz, de le poser sur la table. La bière était fraîche. On sonna.

Je ne connaissais évidemment pas la jeune femme en robe de chambre molletonnée qui se tenait sur le palier. Je ne compris pas non plus tout de suite ce qu'elle cherchait à me dire, sinon qu'elle s'appelait Maria et habitait l'étage en dessous du mien. Maria était blonde, avec une chevelure mousseuse. Elle ne parlait pas anglais, je ne parlais pas allemand. Nos relations de voisinage n'avaient aucune raison d'être compliquées. Maria me tendit un paquet, me montra l'étiquette. Elle était libellée en lettres bâtons, à mon nom et à ma nouvelle adresse. Par signes, elle m'expliqua qu'elle avait jugé plus prudent de réceptionner le colis en attendant mon arrivée. La minuterie s'interrompit alors qu'on en était là. Maria ralluma aussitôt.

– *Na shledanou.*

– Bonne nuit.

Ce colis inattendu était relativement volumineux, posté de Paris. Laurent en était l'expéditeur. Je déchirai le papier kraft. Une lettre était scotchée sur une boîte de bois blanc marquée « Château Duhart-Milon. Rothschild. Pauillac-Médoc ».

Le contenu de la lettre était des plus laconiques : « Lourcet décédé. Dernière volonté : vous transmettre ce petit héritage. »

Laurent suggérait que je lui fasse signe, à l'occasion.

La boîte ne contenait pas de bonnes bouteilles mais un magnétophone de poche, une cassette et une épaisse enveloppe. La mort de Lourcet ne pouvait raisonnablement me surprendre. Elle m'accabla à en pleurer.

Une étiquette était collée sur la cassette : « Pour finir. »

Je descendis.

Dans le tram, peu avant chaque arrêt, dominant le grincement des freins, le haut-parleur annonçait le nom de la station, puis la suivante. Flora, etc. Je descendis jusqu'au bas de la Vinohradská, près du Národní Muzeum, que je rejoignis à pied.

Le bâtiment du Musée national domine la longue perspective de la place Venceslas. Je me dirigeai vers la statue équestre du saint patron de Prague. Malgré l'heure presque tardive, elle était entourée d'une petite foule calme et attentive que le froid coupant semblait peu affecter. Chacun lisait les derniers tracts placardés, le plus souvent simplement scotchés sur le socle, les dernières affiches. Il y en avait beaucoup moins que lors des grands moments de novembre et du début du mois. Le portrait du futur président Havel partageait la place d'honneur, sur le devant de la statue, avec celui d'un vieux monsieur portant lorgnons, barbiche blanche et col dur : Tomaš Garrigue Masaryk. Président philosophe, fondateur de la première république tchécoslovaque. Mort bien vieux en 1937, il n'avait pas eu à connaître Munich.

Dubček, quant à lui, était manifestement sous-représenté. Son retour public ayant été salué, il n'était plus l'homme de la situation.

Quelques mètres plus bas, l'endroit où Jan Palach s'est immolé par le feu, le 16 janvier 1969. Marqué par un haut muret de cire fondue. Des dizaines et des dizaines de bougies brûlaient encore. Les flammes vacillantes éclairaient doucement les vases, les bocaux emplis de fleurs, les petits drapeaux tchécoslovaques, les photos de l'étudiant martyr et celles des autres jeunes gens qui avaient imité son geste, Josef Hlavaty, Jan Zajíc. De ceux-là, en Occident, nous avions oublié le nom. Une autre photo était celle de l'étudiant Jan Opletal, mort, assassiné par les nazis, un 17 novembre.

Par un curieux hasard, l'Opletalova, rue perpendiculaire à la place Venceslas, s'ouvre juste au niveau du petit mémorial à Palach.

Une émotion brute m'étreignit. J'étais déjà venu saluer Jan, bien des années avant. Aucun signe ne marquait alors l'endroit terrible de son sacrifice. Mon hommage avait été discret, parfaitement inutile. Il m'avait laissé un goût de honte. Cette nuit encore, il n'avait pas disparu.

Je me dirigeai vers le quartier de la Vieille-Ville, Staré Město, repérant sans m'attarder les immeubles de l'agence de presse ČTK (à droite), du journal *Svobodné Slovo*, dont le balcon (palais Lucerna, à gauche) avait accueilli les orateurs de la révolution, presque en face des *Assicurazioni Generali* (façade en ravalement) où travailla Kafka (octobre 1907-juillet 1908). Une légère neige se mit à voleter.

Arrivé au bas de la place Venceslas, cette avenue, je m'avisai que j'avais faim. J'entrai au snack de l'immeuble Koruna.

Il n'avait changé en rien. Toujours aussi minable et accueillant, lumières crues et visages fatigués. Je choisis un plat au hasard sur la liste du tableau noir et commandai une chope de bière. Une fois servi, je m'installai en solitaire à une longue table étroite flanquée de tabourets en quinconce. Le ragoût était du genre à tenir chaud au ventre. Je le savourai en face d'un poster en couleurs de Havel. Col ouvert et gros pull, le futur président tendait jovialement la main à un supposé interlocuteur. Le sourire était un peu niais. Les conseillers en image du futur président étaient nuls. Un bon signe.

Laissant derrière les modestes néons de la Vaclavské Náměstí, je traversai Na Příkopě, autre grande artère prestigieuse, m'engageai dans Na Můstku. La rue du Petit-Pont. En souvenir des fossés de jadis. J'étais dans le périmètre de la ville historique. Les rues se firent étroites, sinueuses, les maisons plus basses. Les rares passants, ombres pressées.

Je savais ce qui m'attendait. Le choc de la place de la Vieille-Ville au sortir de la rue Melantrichova. Place immense, disloquée et parfaite, théâtre absolu de Prague.

Le petit squelette de l'horloge astronomique tira la corde de sa cloche, qui se mit à tinter, une fois de plus, comme à chaque heure, depuis des siècles. Dix coups sonnèrent au beffroi tandis que défilaient les apôtres derrière leurs deux petites lucarnes, au-dessus du cadran.

Je me souvins d'une autre horloge, une autre nuit. En rêve, les deux s'étaient souvent confondues.

C'était immense. Je n'avais aucune envie de me ressaisir.

Au fond, voilà. J'avais admis une fois, sans me la formuler nettement, l'idée que je ne remarcherais plus jamais dans Prague, que cette ville était enfermée dans son histoire tragique et stagnante, dans son souvenir de plus en plus résigné des vains combats. Comme d'autres mais sans aucune excuse, j'avais renoncé.

Alors mes belles photos n'avaient plus été que des traces coupables, dans le même temps que je cessais de découper dans les journaux les minuscules brèves signalant, sans commentaire, simple recopiage de sèches dépêches d'agence, les arrestations, les persécutions auxquelles étaient soumis les oppositionnels, loin, loin, à Prague. Dans un autre monde. À deux heures de vol.

À droite, la haute et austère silhouette de l'église de Týn, la hussite, ses deux tours acérées, tels des harpons. Je la voyais pour la première fois dégagée de ses échafaudages.

Le moment était venu. Je sortis le magnétophone de ma poche, ajustai les écouteurs dans mes oreilles. Il me semblait que c'était ici, très précisément, que je devais commencer à prendre connaissance du message posthume de Lourcet.

J'étais au pied de ce fragment de mur cassé, ultime reste de l'aile de l'Hôtel de Ville détruite au terme des combats de la libération de Prague, en mai 1945. Jamais reconstruite. J'entendis les premiers mots. Les premiers raclements de gorge, plutôt.

« Cher Victor, ce qui me préoccupe encore est peut-être définitivement devenu de l'histoire ancienne, une affaire close. Pire, peut-être que, là où vous êtes, là où vous m'écoutez, je vous dérange. »

À droite, le palais Kinský. Le père de Kafka y a tenu boutique à l'enseigne du choucas. Le fils faisait ses humanités au deuxième étage, au *gymnazium*. Sur le balcon, en février 1948, Klement Gottwald a harangué une foule immense, enthousiaste.

À ce même balcon – qui sait ? – le nouveau président Václav Havel pourrait expliquer un jour que le « février victorieux », comme l'appelaient les communistes, n'était qu'un triste coup d'État. Devant une autre foule enthousiaste.

Devant le palais Kinský se dressait le grandiose et magnifique monument de Jan Hus. Inauguré discrètement en pleine guerre mondiale, trois ans avant la proclamation de la République tchécoslovaque.

Franz Kafka détestait cette sculpture due à Šaloun. Il lui en préférait une autre, de Bílek. Incontestable autre grand artiste.

À gauche, je passai devant Saint-Nicolas, l'église russe, comme on disait avant. Je haussai le son du magnétophone. La voix de Lourcet était difficilement audible.

« Il me reste tout juste un paquet de vos précieuses Gauloises et une petite moitié de vodka. Ce qui constitue une bonne unité de temps, pour parler. J'ai réussi à cacher ces trésors au toubib et à l'infirmière. Ils m'ont fait la charité de ne pas trop les chercher. Ce qui confirme que, au cas où j'aurais eu des doutes, la fin est proche. De toute façon. Je vais donc boire et fumer en parlant une dernière fois avec vous. »

Le vieux roué marqua la pause, s'arrangeant pour que j'entende distinctement le bruit du liquide versé dans le verre, le grattement de l'allumette, la première longue bouffée, l'inévitable et douloureuse quinte de toux.

Au-dessus de moi, à l'angle de la rue Maislova, à l'emplacement de la maison natale, le buste en bronze de K. Même s'il ne faisait pas si nuit, je suppose qu'on ne verrait plus, sur le mur, ce hâtif et éphémère souhait badigeonné : *100 let*. Cent ans. La vieille formule slave pour l'hommage et l'espoir : « Qu'il vive cent ans ! »

Un projet avorté parmi d'autres, bien facile : j'avais envisagé de photographier tous les lieux de Kafka. Ils tiennent à Prague dans un si petit périmètre. La trivialité de l'entreprise n'avait pas tardé à me sauter aux yeux.

« Il s'agit d'Alfred Katz, vous vous en doutez. Sa fin vous intrigue à juste titre. Alex pensait qu'il était mort assassiné. Il avait raison. Par qui ? Tout laisse penser que Katz, avec tous les petits secrets dont il avait plus ou moins eu connaissance, était devenu quelqu'un de gênant, voire de dangereux. On pense forcément à Jacques, dont il avait mis au jour les mensonges. On pense à Blaise, constamment décrit comme un fourbe antipathique (pause, gorgée, toux, froissement – peut-être Lourcet lit-il des notes). Au début du mois de novembre 1938, Katz est contraint à une clandestinité intenable. Ses seules relations dans Paris sont précisément des gens qu'il doit éviter, à commencer par ses camarades politiques. Pour le Parti, son seul contact est Blaise. Il est à sa merci (pause). Imaginons que Blaise soit hors de cause. C'est vers l'ami Félix qu'il faut se tourner. Ami et plus qu'ami. Camarade détesté. »

Blaise, un traître. Félix : un délateur et un faussaire.

Je passai devant la taverne à l'enseigne du Golem. J'étais dans le quartier de la vieille légende. Devant l'entrée, sur le trottoir, des petits pavés plus sombres que d'autres dessinaient la silhouette du pauvre monstre conçu par rabbi Löw.

« Les flics maintenaient la pression sur les militants, sans faire le détail. Félix était un staliniste. Tout est possible avec lui. Rien ne devait mettre en péril la sécurité du Parti, de son appareil (pause, craquement d'allumette). Dès le début, Félix avait informé ses responsables politiques qu'il était en contact avec le trotskyste Katz. Il ne cacha pas non plus les liens d'amitié qui s'instaurèrent. On ne fit rien pour l'inciter à couper les ponts, bien au contraire. Ce Katz paraissait inoffensif. Il pouvait fournir des renseignements malgré lui, tout étant bon à prendre contre les hitléro-trotskystes. Félix n'avait qu'à rendre compte de chacune de leurs rencontres. Il le fit scrupuleusement. Du moins pour ce qui ne concernait pas les aspects trop intimes. Attitude détestable, n'est-ce pas ? C'est ce qu'on se dit aujourd'hui. À l'époque ? Félix n'avait pas choisi Katz. Il s'en était accommodé tant bien que mal, Mila oblige. Bon cœur contre mauvaise fortune. Plaçant la loyauté à l'égard du Parti avant tout, du moins dans les premiers temps, Félix trahit Katz sans la moindre vergogne. Les états d'âme vinrent plus tard, bien plus tard. »

La neige. « L'Histoire tombe au-dehors comme la neige », avait dit Breton. Elle devenait de plus en plus épaisse, au croisement de la rue Široká. Elle collait au sol, aux aspérités des façades rococo. J'en étais heureux. Jamais je n'avais vu Prague ainsi.

Comme Lourcet marquait un long silence, j'arrivai à la rue U starého Hřbitova, qui mène au cimetière juif.

Je l'imaginai, rabougri dans son fauteuil, dans la pénombre.

« Maintenant, il faut que vous sachiez. Alfred Katz n'était pas exactement l'homme que vous laisse supposer le carnet. Ce que vous avez lu le valorise. En vérité, Katz était un garçon sans grand charme, un peu avide et hâbleur, doté d'une naïveté assez roublarde (toux prolongée). Par exemple, il est vrai qu'il écrivait des poèmes, qu'il était attiré par ce surréalisme dont il savait peu de chose. Il a cherché à rencontrer Breton et il a réussi. On peut penser que c'est par courtoisie que ce dernier ne l'a pas éconduit, qu'il l'a invité à quelques réunions du groupe. Rien de plus, j'en suis certain. À sa façon, Mila était beaucoup plus liée à tous ces artistes qui fascinaient tant Katz. Je tiens pour acquis qu'il n'a jamais retrouvé Nadja à l'hôpital psychiatrique de Lille. Il a construit toute une histoire autour d'une pauvre malade. Breton n'a pas été dupe. Ce sujet étant sensible, c'est sans doute ce qui a entraîné la fin de leurs bien relatives relations. Jamais il n'a été question de publier des poèmes de Katz dans *Minotaure*, encore moins de les faire illustrer par Delvaux. Pure vantardise ! Le dessin, me direz-vous (raclements de gorge) ? Son origine est toute différente. Mais revenons à Félix… »

Je longeai la synagogue qui porte ce si curieux nom de Vieille-Nouvelle, avec son haut toit abrupt et crénelé. C'est là que, selon les récits qu'il faut croire ou pas, gît depuis des siècles l'argile inerte du Golem de rabbi Löw.

Je me retournai et me décidai à lever les yeux vers les horloges du fronton nord de l'hôtel de ville du ghetto. La plus basse, enchâssée dans sa lucarne, marquait l'heure en caractères hébraïques. Les aiguilles tournaient à rebours. Elles étaient dans la même disposition que celles de ma montre. Minuit approchait. Minuit à Prague et, à entendre Lourcet, minuit dans le siècle.

Lourcet. L'Ours. Félix, en somme. Lui qui reculant dans sa vie lentement m'entraînait.

Une fois de plus, le récit bascula.

« Pendant plusieurs semaines, mes rapports ne concernèrent qu'un petit militant de base. Mon secrétaire de cellule les enregistrait en quelques notes de routine et transmettait à la hiérarchie de l'appareil. Les choses évoluèrent un peu lorsque je fis état des préparatifs concernant la conférence de fondation de la IVe Internationale. On s'intéressa aussi à ce que je savais de cette jeune Américaine, Sylvia, et de son petit ami, ce Jacques. Dès juillet, j'eus droit à un interlocuteur de rang plus élevé. Un secrétaire fédéral permanent, du genre taciturne. La IVe Internationale ne provoquait chez lui que de petits ricanements feutrés. Il méprisait cette impuissante racaille. En revanche, ce que Katz disait de Jacques le passionnait au plus haut point. Il voulait tout savoir des soupçons de Katz, des vérifications auxquelles il se livrait. J'avais beaucoup à dire (temps de gêne, feinte ou pas). Malgré nos querelles, Katz n'a jamais intégré l'idée que nous étions d'irréductibles ennemis politiques. C'était son côté sympathique. Ou irresponsable. Parce que nous nous enculions gentiment, il ne soupçonnait pas que je puisse le baiser (gêne encore, il y a regret sur cette lamentable formule – gêne complaisante – il faut poursuivre). Il me traitait en confident, moi, le stalinien. Ce révolutionnaire convaincu, il ne faut pas lui enlever ça, avait un comportement de midinette. Un provincial tout terrain ! Comprenons-nous, j'insiste. Sans Mila, jamais Katz et moi n'aurions été ne serait-ce que copains. Copains ! Il y avait Mila et nous étions amis. Jusqu'à un certain point. Fixé par l'un et l'autre de nos bureaux politiques. Vint l'affaire Rudolf Klément. Elle rendit tout notre petit monde – nous étions finalement un très petit monde ! – très nerveux. En septembre, je fus confié à un nouveau référent. "Référent", ainsi appelait-on les camarades à qui l'on devait répondre sans jamais poser de questions. Celui-là était d'un autre pays. L'image même du parfait kominternien. Visage émacié, cheveux gris, lunettes cerclées de fer, le rictus volontiers méprisant, l'accent indéfinissable parce que acquis dans les conciliabules de toutes les conspirations du monde. Une caricature ! Il affectionnait les imperméables sanglés, les longs manteaux de cuir, fumait des cigarettes anglaises et me laissait toujours payer les additions. Il se faisait appeler Dan. Qu'avais-je à lui dire ? Katz avait bien fini par prendre Jacques en défaut. Ce balourd était-il un politique ? Un homme du Komintern, lui aussi ? Qui était ce bellâtre, pour le Parti ? Voilà de ces questions que je n'avais pas à poser. Après Munich, les rendez-vous avec Dan s'espacèrent. La fin définitive du Front populaire rendait plus difficile l'activité des agents étrangers à Paris. Un certain soir, en toute hâte, j'informai cependant Dan du rendez-vous que devait avoir Katz, au canal de la Villette, avec un membre de la IVe Internationale. Je pense qu'un guet-apens fut improvisé, en dehors de moi. Pour simplement récupérer des documents ? Pour neutraliser Katz ? Il y eut mort d'homme, sur la base d'un quiproquo. Une mauvaise mise à l'heure des pendules (longue quinte). »

Tandis que Félix noyait sa toux dans la vodka, je marchais dans l'avenue du 17-Novembre, qui est parallèle à la Vltava. Ce « 17 novembre » là était une des premières dates de la résistance tchèque. L'avenue ne serait pas débaptisée.

En revanche, la place de l'Armée-Rouge, Krasnoarmejců, vers laquelle je me dirigeais, n'en avait plus que pour quelques jours à garder son nom. Entre eux et depuis des années, les oppositionnels ne l'appelaient jamais autrement que la place Jan-Palach.

À droite, l'académie des Arts dramatiques et du Cinéma, fief des étudiants rebelles, grand foyer de la révolution dite, par Havel, « de velours ».

Je mis le son plus fort. Il était convenable que Félix m'assourdisse.

« Oui, je pense qu'il y a eu guet-apens. Sur le coup, j'ai cru à une vantardise de Katz. Une de ces petites mythomanies ridicules dont il se rendait fréquemment coupable. Je ne le revis pas durant tout le mois d'octobre. Nos rapports s'étaient dégradés, il était inutile de les envenimer encore plus. Sans se dérober complètement, Mila, ma chère Mila, ne me rencontrait plus qu'avec une extrême réticence. Elle savait que mes sentiments étaient inchangés. Quels étaient les siens ? Je crois qu'à cette époque elle avait cessé d'aimer Katz. Il l'avait déçue à force de promettre tant et de donner si peu. Malgré ses prétentions, à cause de ses utopies, il faisait mauvaise figure. Pour lui, elle avait renoncé tout naturellement à sa frivolité, sans rien obtenir en retour. Elle respectait l'engagement politique de son Katz, en même temps elle le trouvait grotesque. Mila ne regrettait rien, ce n'était pas son genre. Plusieurs fois, elle me dit que je n'aurais pas été pour elle un meilleur compagnon. Tout au plus aurais-je été, pour quelque temps, un meilleur amant. Ce sont des choses qu'on ressasse, qui ne font pas certitude. Pas nostalgie non plus. Mila craignait que Katz fasse des bêtises. Mon verdict à moi était que l'ami trotskyste était soit un bouffon, soit un contre-révolutionnaire. Les deux pouvant se confondre. »

La cassette s'interrompit, arrivée en bout de course. Ça tombait bien.

Sur l'autre rive de la Vltava se trouvait le quartier Malá Strana, le Petit Côté, dominé par le Château. Le *Hrad*. Tapi en haut de la colline, il était un vigile oppressant, gros animal, très beau et dangereux pour encore quelques heures. J'admirais Havel, qui prétendait le dompter. Dans un recoin du fleuve, des cygnes sommeillaient.

Il persistait à neiger de la liberté sur Prague. Elle n'entendait pas fondre si vite. Elle tenait bien. Elle remodelait les statues du pont Charles. Il était désert. J'arrivais à son seuil.

Il était déplaisant d'avoir en mémoire Breton. « Pont qui conduit d'hier vers toujours. »

Car cette banale formule, bonne pour un Éluard, était juste.

Je gravis la petite pente vers la tour de garde. Noire, sinistre, impressionnante. M'engageai sous la voûte gothique. Je connaissais la distance. Il était hors de question de traverser jusqu'au bout les cinq cent treize mètres, vers la rive gauche. Hors de question même de joindre l'île tant aimée de Kampa. Pas à cause du vent glacé, ici impitoyable. Non plus des bourrasques de neige. Par modestie. Par respect des lieux. Jamais je n'avais arpenté le pont Charles avec candeur, jamais. Jamais trop vite lors d'une visite à Prague. Il était trop tard, cette nuit. J'étais encore lié par d'autres affaires. Elles m'interdisaient de traverser librement, à mes risques et périls. Je me risquai tout juste au-delà de quelques mètres, entre les statues de saint Bernard et saint Yves, Dominique et Thomas d'Aquin, de leurs accompagnatrices alanguies, des madones. Ces pieuses identités m'importaient peu. Cette érudition était la tare de mon plaisir. Ces sculptures tourmentées par une passion de Dieu qui m'était étrangère étaient garantes d'autres mystères. Elles excédaient le culte inepte des saints. Elles n'avaient rien à voir avec l'activisme des commandos jésuites dans Prague, après la victoire de l'empire contre les rebelles de la Montagne Blanche. Ce fut en 1620, à l'ombre du pavillon de l'Étoile tant aimé par – encore lui – Breton. Ces statues baroques étaient tout le tourment de Prague.

Au-dessus de la voûte que je venais de traverser, les têtes coupées des chefs rebelles avaient été accrochées dix ans.

Dix ans !

Encore quelques pas en aveugle, ou peu s'en faut, à l'écoute du grondement paisible de la Vltava. Il me fallait être humble. Je m'assis ou me laissai tomber, adossé au parapet, ainsi protégé du vent. Mes larmes se figèrent, gelées. Mes paumes caressèrent la neige sur le pavé. J'avais tout mon temps. J'y étais. Je sentais tout Prague, ses ondes. J'avais cette insolente conviction. Je riais de bonheur. J'étais enfin où je voulais.

Je me levai, repassai sous la tour. Ayant de nouveau la voix de Félix dans les oreilles, je n'entendis pas le tram arriver. Jaillissant de sous la passerelle Novotny, il faillit me renverser.

« Katz reprit contact au tout début de novembre. Il m'attendait en bas de chez moi, rue Blomet. Je me souviens parfaitement du jour, le lundi 7, en début de soirée. Quelques heures plus tôt, vous le savez, un secrétaire de l'ambassade nazie à Paris, von Rath, avait été assassiné. L'exécuteur, le jeune Herszei Grynspan, fut immédiatement arrêté et conduit au commissariat du quartier des Invalides. »

Je m'enfonçai dans l'étroite et sombre rue Karlova.

Voix bousillée, débit haletant, Félix en faisait trop. Mais depuis quand ?

« Spontanément, avec les sains réflexes qui les caractérisaient, les camarades de mon parti attribuèrent l'attentat à un provocateur trotskyste. Non sans signaler avec un certain détachement l'évidente origine juive de Grynspan. Personnellement, je ne pris pas immédiatement la mesure des conséquences prévisibles de la mort d'Ernst von Rath. À mes yeux, l'acte de Grynspan était compréhensible. Les parents de ce garçon étaient persécutés par les nazis, il s'était vengé. Il était également malencontreux. Aristocrate patriote, von Rath servait son pays. Ce qui ne l'empêchait pas d'être notoirement hostile au nazisme. Ce que Grynspan ignorait, bien entendu. Revenons à Alfred Katz. Il avait beaucoup changé, depuis notre dernière rencontre. Sale, les vêtements fripés, il était lamentable. Il lui en coûtait de faire appel à moi. J'étais son seul recours. Il tenta, vite, de m'expliquer des choses confuses avec une extrême fébrilité un peu forcée, ce qui était assez courant chez lui. J'eus la tentation de l'envoyer au diable. Sans Mila, qu'avais-je à faire de Katz ? (Pause.) Il s'agrippa. J'eus pitié. Son cas était bien critique. Il connaissait ce Grynspan dont on allait forcément rechercher les éventuels complices. Nombreux étaient ceux qui les avaient vus ensemble, dans des bistrots, tenir des discussions animées. Si on les sollicitait, les témoins ne manqueraient pas. Sale affaire ! Discipliné malgré tout, Katz avait prévenu ses camarades. C'est-à-dire Blaise. Qui lui avait ordonné de se couper de tout, de tout le monde. En vrai pestiféré qu'il était devenu. Il avait obéi car, pour une fois, l'analyse de Blaise était la sienne. Il avait peur pour Mila. Maintenant, la panique le submergeait. Il savait beaucoup de choses, Katz. Il ignorait ce qu'il savait en trop. Touchant, il ne voulait pas me compromettre, ne me réclamait pas l'hospitalité. Juste une planque. N'importe où, dans n'importe quelles conditions. Pour un jour ou deux, pas plus. Une fois encore, je fus à deux doigts de l'envoyer paître. À cause de Mila, à cause de Trotsky. Ne riez pas. Souvenez-vous. J'étais en plein accord avec les conclusions des procès à Moscou. Vous ai-je dit que j'avais des amis en Espagne ? Tous scandalisés par ce qu'on leur disait des agissements des gens du POUM et de la IVe Internationale ! C'est un temps qu'on ne peut plus imaginer. Katz se ressaisit, jouant son tout sur le tout en quelques secondes. Il me toisa. C'était à moi de subir l'épreuve de vérité. Il était traqué, étais-je son ami ? Bon sang, que nous étions jeunes et mélodramatiques ! Son regard était froid, ou bien c'était celui d'un paumé, au choix. Invoquer Mila était hors de propos. Je compris le paradoxe. Katz en était au point où, tout en cherchant une issue, il se fichait de tout. Il était spectateur de sa panique. Ce qui ne manquait pas d'allure. J'étais dans l'impossibilité de figurer en salaud. Je réfléchis. Un de mes vieux copains des plateaux de Joinville était parti en tournage. Il m'avait laissé ses clés, à tout hasard. Celles d'un petit appartement, rue Oberkampf. Je fis promettre à Katz de ne pas y rester plus de quarante-huit heures. Il accepta, rit, beaucoup. Peut-être était-ce moi qui n'étais plus à la hauteur. Qu'importe. Je ne sais pas, je n'ai jamais su, comment les choses se jouèrent en cette nuit du 7 au 8 novembre 1938. Je remis les clés à Katz. Il s'enfuit. À pied, serrant son précieux cartable contre sa poitrine. Vers le Bal nègre, vers ma petite école, la piscine, la station Sèvres-Lecourbe, le puits artésien que tout le monde a oublié.

Le lycée Buffon. A-t-il été suivi ? Je l'ignore. Je suis remonté chez moi, vous connaissez le chemin. Dan, mon référent, m'attendait sur le seuil, assis sur les marches, dans la cour intérieure de l'immeuble. Faut-il préciser que ce type de contact n'était pas dans nos habitudes ? Je le fis entrer. La nervosité du kominternien était glaciale. Il disposait des dernières informations, en provenance directe de l'ambassade, comme il se doit. Les nazis étaient résolus à exploiter au maximum l'assassinat de von Rath. En Autriche anschlussée, en Allemagne, ils avaient suscité des manifestations, vite transformées en pogroms. Il y en aurait d'autres demain, pires encore, et aussi après-demain. Un tueur juif, inévitablement communiste : l'occasion était trop belle ! Selon Dan, Hitler s'apprêtait à infliger aux juifs allemands une amende d'un milliard de marks en dédommagement de la mort de von Rath. Cet aspect de la question n'était pas du ressort de Dan. Katz était son problème. Le petit Katz. Il avait bien relu tous les rapports, pas seulement les miens. Rudolf Klément, Jacques M., Grynspan, des gens bien différents. Katz avait incontestablement le sens des relations à hauts risques. Le hasard seul ne pouvait pas faire si bien les choses, n'est-ce-pas ? Katz était donc un activiste plus retors qu'on pouvait le croire. Un agent de fort calibre sous des allures d'ahuri ? (Toux et grognements – excuses hypocrites pour tout ce bavardage – silence – reprise.) Il avait donc démasqué Jacques, alias Ramon Mercader ? Sur le coup, j'en fus convaincu. Cette fois encore, je fis ce que j'avais coutume de faire : mon rapport. Cette fois avec une forte inquiétude. J'avais la certitude de passer un test. Dan était en mission, dans une partie qu'il jugeait serrée. Selon l'évaluation qu'il faisait de ma sincérité, je pouvais devenir un traître ou rester, jusqu'à plus ample informé, un camarade dévoué et fiable. J'ai vécu beaucoup de choses depuis, mon opinion n'a pas changé. Lors de cette conversation en apparence paisible, ma peau était en jeu. J'ai donné l'adresse de la planque de Katz. »

À gauche, les murs du Klémentinum, les locaux de l'immense bibliothèque, l'œuvre des normalisateurs jésuites. Je poursuivis dans la rue Karlova, corridor obscur, silencieux. La neige s'incrustait de plus belle, aveuglante. J'avançais à petits pas sur le pavé glissant. Les tout petits pavés. De plus en plus difficilement. Il me fallut me résoudre à trouver un abri momentané dans l'encoignure d'un porche. Aveuglé, je me plaquai contre la porte pour donner moins de prise au vent. J'aurais voulu un répit. La porte céda à mon involontaire poussée, m'engouffrant dans une obscurité totale.

La flamme de mon briquet ne me fut d'aucune aide. Je laissai mes yeux s'accoutumer.

Lourcet, Félix, je ne sais qui, poursuivait sa confession. Mes doigts étaient trop gourds pour l'interrompre.

« Inquiet, tourmenté de ne pas avoir de nouvelles de Katz, je me rendis rue Oberkampf, au matin du 10 novembre. La planque était située dans un petit immeuble dont l'entrée principale donnait sur une cour, derrière le cirque d'Hiver. La porte était ouverte, serrure fracturée. Le local était dans un état de total désordre. Plus que d'une bagarre, cet appartement avait été le cadre d'une fouille rageuse. Je ne me suis pas attardé (vodka). Ni moi ni Mila n'avons jamais revu Katz (pause – vodka encore – petites manières pour ménager d'inutiles effets). Les flics ont enregistré la plainte, sans aucune conviction. Ils avaient bien d'autres choses à faire que de rechercher un mari volage, surtout lorsqu'il s'agissait d'un activiste, juif, fiché. Nous comprenions mal la situation. La nuit du 9 novembre est entrée dans l'Histoire sous le nom de nuit de Cristal. En Allemagne hitlérienne, les milices nazies, secondées par une immense, par une infinie quantité de braves gens, déferlèrent dans les rues, saccagèrent et brûlèrent les magasins juifs, détruisirent les synagogues, traquèrent le sale youpin. Le bilan est connu : quatre-vingt-onze assassinats, plus de trente-cinq mille déportations. »

J'avançai prudemment. Pas assez pour ne pas heurter une poubelle, qui en heurta une autre. Le vacarme me parut considérable. Personne ne se manifesta. Je me relevai tant bien que mal. Une lueur jaunâtre se distinguait, plusieurs mètres devant. Un fanal plus qu'un réverbère. Je me retrouvai dans une cour intérieure.

L'autre continuait.

« Où êtes-vous, cher Victor ? Les chronologies se mêlent, les calendriers se brouillent, les identités ne sont pas très sûres. Plus tard, les maniaques de l'almanach comme vous mentionneront quoi ? La nuit du grand pogrom ou celle de la chute du mur de Berlin ? Tous événements incommensurablement plus importants que la disparition du petit Katz, n'est-ce pas ? Que pouvais-je faire ? J'ai tenté de joindre ses camarades. Pourquoi pas ce Blaise ? Les rares trotskystes que je pus rencontrer se méfièrent de moi. Ils avaient beaucoup à faire entre eux : débats, scissions, querelles principielles sur le comportement d'un tel ou sur trois mots dans une motion. Qu'importait Katz dans ces affaires majeures ? Qui étais-je pour m'inquiéter de lui ? Je me rendis passage Dubail, au local officiel. Ce jour-là, j'avais bu au point de me convaincre que j'étais l'absolu responsable de la mort de Katz. J'étais prêt à raconter, à exposer tout ce que je savais sur ce qui était, après tout, une nouvelle affaire Rudolf Klément. Ou Sedov. Ou Reiss. Ou Wolf. Je n'eus pas le temps de parler, pas un seul mot. Ma seule présence déclencha la fureur. Stalinien connu et reconnu, je faillis me faire lyncher, bel et bien. Je n'eus droit qu'à un solide passage à tabac. Une demi-mesure stupide, de la part de ces gauchistes. Si, comme tout le laissait penser, j'avais une part de responsabilité dans la liquidation de Katz, il était indigne que je m'en tire à si bon compte. Mais ainsi fut fait. Mila ne me soupçonnait de rien. Elle se contenta de ne plus me revoir. Je ne fus informé que très tard de la naissance d'Alexandre. J'ai peur de vous lasser. »

Même si je les avais empruntés quelquefois, j'avais une mauvaise connaissance des passages praguois, de ce dense maillage de venelles et de cours, dissimulées dans les détours de la Vieille Ville.

Très vite, je m'égarai, perdant tout sens de l'orientation, allant de lueur en lueur, toutes trompeuses, me contentant de me guider du bout des doigts en frôlant les murs humides et râpeux.

Souvent, c'était comme une galerie de mine, un étroit boyau étayé de poutres grossières. Un coude brusque me surprenait, ou bien une bifurcation. À l'occasion, je progressai à ciel ouvert. Noir, ce ciel, au-delà des volutes de neige. Seuls de brutaux courants d'air pouvaient dissiper, quelques instants, l'entêtante, la subtile odeur de moisi qui imprégnait les murs.

Il m'arrivait de voir mon chemin barré par une grille verrouillée. Chaîne, cadenas. Ou par une porte vermoulue. À quoi bon la forcer ? Alors je rebroussais chemin, cherchais une autre voie.

Tout ce temps, je prêtai peu d'attention au monologue du magnétophone, n'en percevant que des bribes. Le Pacte germano-soviétique, les députés proscrits, le Parti démembré, les cadres staliniens hors la loi.

C'est lorsque j'entendis le nom de Blaise que mon attention se réveilla.

« J'ai tout de suite été certain que c'était lui. L'homme dont avait tant parlé Katz. Il cherchait à prendre contact avec ce qui restait du Parti, ce qui n'était pas grand-chose, après le Pacte. Pas sot, il ne cacha rien de son passé trotskyste. Blaise prétendait avoir compris que les théories du Vieux ne menaient qu'à l'impasse, qu'elles dévoyaient les meilleures énergies révolutionnaires. La très appliquée litanie des renégats. Elle enchanta mes camarades qui, après concertation et vote démocratique à main levée, intégrèrent Blaise à nos activités. Elles n'étaient pas d'une très grande portée, nous étions tellement isolés. J'avais, sans aucun élément de preuve, la conviction que Blaise n'était rien d'autre qu'un flic. Un gibier qui n'aurait que médiocrement intéressé Dan. Lequel avait totalement disparu du paysage. Comme tous les vrais chefs, il s'était replié à Moscou. Quitte à s'y faire liquider. Nous n'avions pas de ces soucis. Après la débâcle militaire et l'installation des nazis, les préoccupations de sécurité au sein de nos réseaux prirent une importance capitale. Du moins pour ceux d'entre nous qui étaient persuadés que le Pacte germano-soviétique ne protégeait pas les communistes contre la répression. Comme j'étais dans un réseau totalement coupé de ce qui restait du bureau politique et de toutes les instances dirigeantes, nous pensions en termes de résistance. Blaise commit assez peu d'erreurs. Il n'eut pas de chance. J'étais un assez vieux militant pour que mes suspicions à son encontre soient prises en considération. On se moqua un peu de moi mais on accepta de lui tendre un piège banal, assez grossier. Un soir, les flics firent une descente dans une arrière-salle de bistrot où devait se tenir une réunion de cadres. Les flics firent chou blanc, pour cause. Blaise avait eu à connaître de cette réunion lors d'une rencontre de liaison restreinte. Lui seul ignorait qu'elle était absolument bidon, inventée de toutes pièces pour vérifier s'il était un mouchard ou pas. Il l'était. Il eut beau avouer très vite, les choses se firent salement. Assez confusément, aussi. Pour moi, Blaise était un flic. Pour mes copains, c'était un trotskyste. Flic au carré. Il fut cogné longtemps, durement. Au-delà des normes convenables pour une correction. Il y eut la volonté d'esquinter définitivement, d'aller jusqu'à l'extrême limite de ce qui ne devait pas se transformer en assassinat. Cela se termina au matin. J'ignore si nous avions honte et si c'était le froid en sortant de cette cave où nous l'avions entraîné. Nous tremblions. Ce que nous avions fait était simple. Plus jamais Blaise ne pourrait marcher normalement. Avec ses doigts cassés, il aurait du mal à écrire. À la façon dont nous avions défoncé son visage, il ne plairait plus jamais à une femme. Il était admis que nous lui avions éclaté les couilles. En insistant. Hagards et solidaires, chacun pour soi, nous découvrions ce qui serait notre hantise définitive : ce que des hommes peuvent faire à un homme dans une cave. Nous avions laissé Blaise nu et sanglant, sur une terre humide, authentique salaud. Qui était aussi une pauvre chose humaine. Tous, tous au moins une fois et souvent bien plus, dans les trois ans qui suivirent, nous y sommes passés. J'imagine que, au moment de notre tour, nous avons tous pensé à Blaise, à ce que nous lui avions fait. Je n'ai pas pu en discuter avec mes camarades. On ne parle pas facilement de ces choses-là. Surtout lorsqu'on est le seul survivant. »

Sans qu'aucun signe me prévînt, je sortis du dédale et me trouvai place Anenské. Une formidable ouverture. Un espace connu, reconnu, malgré la neige nullement calmée. Tout proche de la Karlova, à vol d'oiseau. Un parcours infini, par les chemins de traverse. Je n'avais pas seulement perdu mes repères dans l'espace. Le temps aussi dérapait. Le récit de Lourcet n'en était qu'un symptôme marginal. Du moins par son propos anecdotique.

Car Lourcet était Félix, soit. Avec une dignité que je ne mésestimais pas.

Je pris la Retězová, la rue des Chaînes, sachant qu'elle me mènerait au centre. Quel centre ? Qui sait le centre de Prague ? Il était 2 heures dans la nuit. À rebours, pourquoi pas ? L'année importait peu. La neige recouvrait tout. La voix dans mes oreilles manifestait cette volonté têtue de ne pas se taire, de continuer à tout prix. D'inventer de l'intérêt.

« J'ai fait de la résistance, comme tout le monde. Pour moi, dès l'hiver 41. Tellement en avance sur de vieux camarades, fidèles au Pacte. Les vrais vétérans avaient rarement vingt-cinq ans ! J'avoue que je me suis lié à quelques réseaux presque improvisés. On ne choisissait pas sa résistance à la carte. Beaucoup de ces gens étaient staliniens de cœur, je ne l'étais même plus que de raison, et encore. C'étaient des réfugiés politiques, allemands, polonais, tchèques, autrichiens, pas tous juifs, pas forcément. Je les avais bien connus lorsqu'ils gagnaient leur vie comme machinos, manœuvres ou même figurants, dans le cinéma. Ils traduisaient les derniers discours des dirigeants bien-aimés, pendant les pauses. D'assez fins lettrés, en général. Le Parti les organisait dans la MOI.

La main-d'œuvre immigrée. Des types très compétents. Je ne vais pas raconter ma guerre, je n'en ai jamais fait un sujet de conversation. Il faut revenir à Mila. Avec beaucoup de difficultés, j'ai cherché à savoir ce qu'elle était devenue. Elle avait quitté la Grisette dès l'automne 40, sans faire connaître sa nouvelle adresse. Malgré les facilités que ses logeurs m'assurèrent lui avoir consenties, le soutien de quelques voisins, elle n'avait pu faire face à ses charges. Où était-elle allée ? On l'ignorait. Tout au plus avait-elle évoqué des amis artistes qui pouvaient l'héberger, à Montparnasse. Jusqu'en 1944, je n'ai pu en savoir plus. Il n'est pas commode de suivre la piste de quelqu'un quand on a soi-même la Gestapo sur le dos. Après la Libération, j'ai pu reconstituer partiellement son histoire au terme d'une enquête assez longue et dispersée. Beaucoup de témoins manquaient à l'appel (voix lasse, accablée par l'épreuve à revivre, en racontant). Réfugiés dans l'atelier d'un vieux peintre, Mila et Alex avaient échappé aux rafles. Ayant compris très vite que les enfants ne seraient pas épargnés, elle confia le petit à une famille. Pas des amis, des employeurs qui s'étaient pris d'affection pour elle. Ici, la trace d'Alex se perdait. Mila, elle, se trouva un autre refuge dans une petite pièce, une sorte d'arrière-boutique, rue Daguerre, près de Denfert-Rochereau. Elle fut arrêtée en septembre 43, sur dénonciation, déportée. Elle mourut à Auschwitz, en mars ou avril 44. Revenons à sa planque de la rue Daguerre. La boutique était celle d'un marchand de vin. Dans quelles conditions elle y échoua, je l'ignore. Le patron, un certain Thomas, avait la réputation d'être un vieil anar. Les avis sur lui étaient partagés : misanthrope pour les uns, d'une générosité sans bornes pour les autres. La rumeur du quartier lui prêtait un passé de peintre parce qu'il s'amusait parfois à croquer le portrait de ses clients. Ce

Thomas avait aussi le goût des jolies femmes. Il est mort dans les combats de rue de la Libération. Sa mémoire fut longtemps honorée par une plaque, sur un mur extérieur de la gare Montparnasse. Laquelle fut rasée au début des années soixante-dix, au bénéfice de l'indispensable tour que nous connaissons aujourd'hui. Nul n'a jamais songé à replacer la plaque. J'ai interrogé les riverains qui avaient connu ce Thomas. En bavardant, je mis au jour deux pistes. La première, toute sentimentale, ne menait à rien. Après la mort de Thomas, le nouveau propriétaire avait mis en vente quelques bricoles récupérées avec le fonds de commerce. Une dame que je rencontrai avait, à cette occasion, acheté la collection des portraits réalisés par le rapin pinardier. Elle accepta de me les montrer. Il s'agissait de croquis. Des petites choses rapides, au fusain ou pastel, à la manière montmartroise. Thomas n'était certes pas un grand artiste. Il n'empêche. Sur l'un de ces dessins, Mila était parfaitement reconnaissable. Une Mila au regard vide, aux traits creusés. Sa frange lui donnait un air de vieille petite gamine. La dame refusa toute vente. Il fallait que je la comprenne. Même si la plupart des gens représentés étaient pour elle de quasi-inconnus, ces portraits étaient son seul album de famille de la période d'avant-guerre. Des gens du quartier qu'elle ne reverrait plus. Tous ses souvenirs plus personnels avaient disparu. La seconde piste était plus policière. Plusieurs témoins m'avaient raconté que, lorsque les miliciens étaient venus arrêter Mila, se trouvait un individu difforme, boiteux, au visage cassé. Il avait attiré l'attention. Je songeai à Blaise, sans pouvoir vérifier et, d'abord, sans y croire. Du temps passa. Je ne suivis que de très loin les procès de l'épuration. Je n'étais plus au Parti, je n'avais plus aucune conviction sur rien. Ma résistance était présentable. Mes meilleurs copains étaient morts, la plupart du temps lors d'opérations foireuses commandées par les grandes instances. Je me sentais injustement chanceux et coupable. Je cherchais du travail. Un jour, je lus dans *Combat* le compte rendu du procès d'une bande de truands collabos, des hommes de main de la rue Lauriston. Les types prétendaient avoir agi plus d'une fois sous les ordres d'un chef milicien. Celui-là était en fuite. Si toutefois il existait. D'une manière assez convergente, ses anciens complices le décrivaient comme étant un infirme d'une laideur extraordinaire, très pénible à regarder. Tous affirmaient, détail que reprenait complaisamment le chroniqueur, que celui dont le nom de code était Quasimodo se vantait volontiers d'avoir travaillé chez les trotskystes puis chez les communistes. Blaise, sans aucun doute. Dans sa sagesse ou sa hâte, le tribunal se refusa à admettre l'existence d'un tel personnage si extravagant et si commode pour les accusés. Ils furent condamnés à une perpétuité qui dut bien durer trois ou quatre ans pour ceux d'entre eux qui étaient le plus dépourvus de relations. Moi, j'avais rendu mes armes dès que le Parti en avait donné l'ordre. Toutes sauf une, jadis donnée par un ancien d'Albacete. Un Nagant 7,62, chargé de ses sept balles. Dans mon esprit, six d'entre elles étaient inutiles. J'avais gardé le revolver pour ne pas avoir d'inutiles problèmes à résoudre, le jour où j'estimerais mon suicide nécessaire. Contrairement à ce que j'aurais moi-même pu croire, je ne partis pas à la recherche de Blaise. Ces temps d'après-guerre ne grandissaient personne. Je n'étais pas le mieux placé pour rétablir une quelconque justice. Les années passèrent. Comment ? Pour moi, encore aujourd'hui, je ne sais pas trop. C'est une période indistincte, presque sans aspérités. J'y ai fait ce que je n'avais jamais fait auparavant, je me suis débrouillé. Démerdé, plutôt. Sans ambition, sans grande querelle, sans infamie particulière, je crois. À la fin des années cinquante, j'étais devenu réalisateur à la télévision. Pas de quoi être fier. Pas de quoi raser les murs non plus. Si j'étais aux Buttes-Chaumont, c'était parce que je n'avais pas su me faire une place dans le cinéma. C'est que j'avais monté des attentats pendant ces années où d'autres montaient des films. Car, selon l'abjecte tradition du milieu, le spectacle avait continué. Des places avaient été solidement prises, on n'ose dire occupées. Des notoriétés s'étaient installées, qui avaient benoîtement biaisé avec la censure, s'arrangeant avec elle avec toutes les ressources d'un héroïsme réduit au lamentable espace du quant-à-soi. La Propagandastaffel n'avait pas eu grand-chose à redire à ces vaillants patriotes. Revenu de tout, j'ai négligé de faire valoir mes droits de résistant. Ma pente fut dure à remonter. Il serait de bon ton que je n'en aie pas conçu d'amertume. Ce serait faux. Croyez-le si vous voulez, c'est à cette époque qu'on me fit réendosser mon vieux sobriquet. L'Ours. Comme j'étais du genre consciencieux, qu'avant-guerre j'avais vu travailler quelques grands réalisateurs, je me fis une petite place. Je finis même par m'imposer comme un pas trop mauvais faiseur. Aux Buttes, sans le savoir, nous tissions la légende d'un âge d'or de la télévision, avec des bouts de ficelle. Un jour, c'était en 1956, rude année, je travaillais à la préparation de ce qu'on appelait alors une "dramatique". Une sorte de monstre, mi-théâtre, mi-cinéma, spécialement conçu pour la télévision, joué en direct. Parce que je m'étais remis à penser beaucoup à Mila, j'avais imaginé le synopsis d'une intrigue un peu intimiste, à la fin des années trente, sur fond de guerre qui vient. J'étais à la recherche d'idées, d'objets pour accrocher l'ambiance. Cette entreprise était un piège que je me tendais sans le savoir. Je n'avais rien conservé de cette période. Rien de tangible. Les flics et les nazis avaient dispersé tous ces petits dépôts, les meubles, les images, les bibelots, qui assurent la continuité d'une vie. Les échos sur les crimes de Staline qui filtraient du rapport secret attribué à Nikita Khrouchtchev au XXe Congrès du Parti communiste me confirmaient que durant toutes ces années de pureté, j'avais été un épouvantable con. Je visitais donc les puces, les brocanteurs, les bouquinistes, j'assistais à quelques enchères. J'achetais sans grand discernement des appareils ménagers, des 78-tours, des magazines, des jouets, des cendriers avec publicité, des chromos, un poste à galène en état de marche. Des choses, pour meubler. Des choses qu'aurait pu voir Mila, qu'elle aurait pu aimer. Elle avait un mauvais goût très assuré. Vous ai-je dit comment elle est morte ? Petit à petit, j'avais glané des témoignages. Pas tous très précis. Contrairement à ce que j'avais pensé, elle n'était pas morte gazée. Elle avait été affectée à une équipe technique. Autant dire un travail d'esclave. Les conditions de survie étaient épouvantables. Elle avait tenu bon plusieurs mois, respectant avec cran les règles absolues : ne pas se laisser aller, se laver malgré le pire des froids, mâcher et remâcher lentement la nourriture infecte, aider les autres, rire. Ne jamais oublier de rire. Tous ceux qui sont revenus vous diront que c'était essentiel. Et rien de ce que vous avez appris de Mila ne peut vous donner l'idée de son rire admirable. Un jour, elle n'a plus ri. Elle ne s'est plus lavée, s'est battue avec une autre détenue. Des jours et des nuits, elle a râlé sur son châlit, tantôt prostrée, tantôt prise de convulsions. Elle ne voulait pas mourir, ou alors très vite. Ce fut très long, presque une semaine. Des années, j'avais accompagné Mila dans ses dernières minutes, dans la chambre à gaz. Des années, j'ai refait le chemin avec elle dans son autre agonie. J'en étais là, en 1956. Je suis entré chez le bouquiniste de la rue de Vaugirard un jour, assez tard. C'était la première fois, pourtant nous étions presque voisins. Non seulement sa boutique ne m'avait jamais attiré, mais elle avait toujours provoqué en moi un vague malaise. Cette fois, en me forçant, je louvoyai entre les piles de bouquins défraîchis, les stocks de revues disparates. Aucun vendeur ne se manifestait. J'étais seul dans cet espace encombré. Je choisis quelques ouvrages. Rien de bien important ni de précieux. De petites publications libertines genre *Paris Magazine*, très sagement grivoises, auxquelles des Man Ray ou des Kertész n'avaient pas dédaigné de collaborer. Le boutiquier finit bien par apparaître, émergeant du fin fond de son antre. Je reconnus immédiatement Blaise. Une hideur. Il avançait avec des gestes prudents, une reptation. Tout y était : le béret crasseux, la longue blouse grise tachée, les pantoufles. Oui, Blaise portait des pantoufles ! Le pire était que le visage tentait de sourire. Blaise ne m'identifia pas. D'abord parce qu'il ne me regarda pas en face, à cause de sa gueule démolie qu'il savait horrifiante, aussi parce qu'il n'avait jamais su le faire. Ensuite parce que moi-même j'avais changé, beaucoup. Ce qui est ici hors sujet. Je lui tendis mes paperasses. Le nez collé sur son calepin, Blaise m'établit une addition méticuleuse, au centime près, en fonction de barèmes fondés par lui seul. Il était resté un escroc. Se redressant, il accentua son sourire. J'aimais donc ce genre de publications ? J'étais un amateur de photos d'art ? Vraiment ? Sa voix chuintait, elle avait quelque chose de sale. Il avait peut-être des choses qui pouvaient m'intéresser. Un peu confidentielles. Assez spéciales, ça va sans dire. J'ai demandé à voir. C'est à ce moment, détail dans l'ensemble, que j'ai remarqué la croix celtique épinglée au revers de la blouse. Je suivis Blaise dans son arrière-boutique. Ce n'était qu'un réduit, beaucoup mieux rangé que la librairie elle-même. Alors je pensai à la planque de Mila, chez le marchand de vin. Dans leurs cartons, les collections étaient étiquetées. Le catalogue classique du commerce porno. Avec des séries pour tous les goûts, la déclinaison en rubriques des gentilles manies. De quoi satisfaire les plus légitimes turpitudes. Je compulsai. Il y avait là la banalité domestique des cuisses gynécologiquement ouvertes, des braquemarts dopés, des bouches pleines, des culs distendus, le bazar des lingeries, chaînes et corsets, des godemichets judicieusement enfoncés ici et dedans. Il y avait Mila. Mila, au hasard d'une enveloppe marquée "Curiosité". Plusieurs clichés. Mila posant nue comme pour un relevé anthropométrique, de face, de dos, de profil. Mila se flattant le con du bout du doigt. Mila hilare, à quatre pattes, cul offert. Mila se tirant la pointe des seins. Mila léchant avec application une veineuse bite anonyme. Mila liée. Mila sanglée de cuir. Mila une cravache sur la poitrine. Mila accroupie et pissante. Mila… Blaise me susurra que ces photos peu ordinaires méritaient considération. Elles étaient l'œuvre d'artistes de renom, de très grands photographes. Cet "enfer" privé était une rareté tout à fait exceptionnelle. Il se complétait d'un document hors-série. Blaise annonça le titre : *Photo de mariage et déjeuner sur l'herbe, avec mariée mise à nu.* Prise lors d'un pique-nique en bord de Marne. Avec Katz et moi, Mila au milieu. Photo de Man Ray. Blaise insista. Il ne s'agissait pas d'une scène de genre. C'était le souvenir d'un vrai mariage. L'origine des photographies, le nom des participants, il ne pouvait les divulguer. Mais n'était-ce pas là un ensemble étonnant, propre à séduire le collectionneur que j'étais sans nul doute ? Il avança un prix pour le lot, je ne sais plus lequel, cher. Je payai Blaise sans discuter, je le plantai là. J'habitais à cinq minutes. Chez moi, le Nagrant n'avait jamais quitté son tiroir. Je dépliai la toile cirée dans laquelle il était enveloppé. Le démonter, nettoyer chaque pièce de sa graisse, le remonter, garnir le barillet des sept balles conservées, j'avais fait ces gestes mille fois, cela ne me prit que quelques minutes. Me revint une petite phrase qui m'avait beaucoup tourné dans la tête au moment où j'avais basculé dans la Résistance. Une phrase ironique que je tenais de Mila, qui la tenait de Man Ray : "Il faut faire ce qu'il ne faut pas faire." Je suis retourné à la librairie. Blaise baissait son rideau de fer. Je n'eus aucun mal à forcer le passage et à m'introduire dans la boutique. Bousculé, frappé, Blaise me reconnut enfin. Pas à mon visage, à mes manières. Il sut dès la première gifle que le cauchemar allait recommencer. C'était le mien aussi. J'étais bien décidé à l'affronter le plus mochement possible. J'ai cogné. Lors de nos actions pendant l'Occupation, j'avais appris peu à peu à maîtriser mes émotions, mes nerfs, à mesurer les moyens. Je n'avais rien oublié de ce savoir-faire. Il n'était pas à l'ordre du jour. Blaise encaissa la raclée. Je crus qu'il n'était pas dans son genre de résister. J'avais tort. Le croyant sonné, je me retournai et achevai de baisser le rideau de fer. Il en profita pour se faufiler derrière sa caisse. Sans avoir le temps de sortir ce qu'il voulait. Un Walther P.38, 9 mm. Je n'en avais pas vu depuis que j'avais rendu les armes. Le mien avait été pris à un officier allemand. Celui de Blaise était un cadeau. J'ai facilement trouvé l'entrée de la cave, puisqu'il fallait en revenir là. J'ai précipité le boiteux dans l'escalier. En bas, il se redressa. Malgré l'occasion qu'il venait de manquer, je pense qu'il avait décidé d'avoir une chance de sauver sa peau. Qu'avait-il à me dire ? Blaise n'attendit même pas que je le questionne. Il avait son idée sur ce que je voulais savoir. Je pensais à Mila. Il me parla de Katz. C'était une cave emplie de journaux ficelés en paquets, puant l'humidité et l'abri de guerre.

Blaise y alla de sa version des choses. Katz l'avait avisé de sa nouvelle planque, rue Oberkampf, après l'affaire Grynspan. Mais Katz n'était pour lui qu'un figurant, un pauvre type. Quand Blaise s'était rendu à la planque, le 9 novembre dans la soirée, l'appartement avait déjà été fracturé, pillé. Blaise n'avait récupéré que la sacoche. Ceux qui étaient passés avant ne l'avaient pas trouvée ? Ce sont des choses qui arrivent. Elle était pourtant classiquement dissimulée dans le manteau de la cheminée. Ainsi les sales pattes de Blaise se posèrent sur les photos de Mila, s'en emparèrent. Dès le début de ce cahotique récit entrecoupé de sanglots et de supplications, de grimaces déplaisantes, j'avais braqué le canon de mon Nagrant sur Blaise. À l'instant où il prononça le nom de Mila, j'ai tiré. Une balle dans le genou. Blaise hurla, brièvement, craignant que je le fasse taire. L'instinct de vie de cet homme était extraordinaire. Il avoua tout. Il n'avait pas été un flic mais un traître. Pas par intérêt, comme d'autres sont escrocs. Par envie irrépressible, pour voir jusqu'où il pouvait aller. Les trotskystes, les stalinistes, il les avait tous balancés, par étapes, avec jubilation. À la Libération, il s'était rendu très utile auprès de quelques policiers et magistrats à la reconquête de leur honorabilité. En leur fournissant des listes de noms, des adresses, des pseudos, des filières. Les anciens de la Milice, ceux de la "carlingue" guestapiste de la rue Lauriston, bien d'autres avaient eu à souffrir de ces confidences. Blaise sut dignement tenir sa place dans l'ombre de l'épuration. On l'en remercia en ne le liquidant pas. Il se retira dans la boutique de bouquiniste, son petit héritage familial, voilà. Le croirait-on ? En se contorsionnant, en souffrant, il me lançait des regards pleins de reproches. Qu'avais-je à m'acharner contre lui ? N'étions-nous pas du même monde, même si nous n'avions pas toujours été dans le même camp ? Il m'accusa d'avoir trahi Katz, puisque c'étaient forcément les gens du PC qui l'avaient liquidé. J'avais bien fait. Blaise commettait une grande erreur. Il croyait que je le tourmentais pour le faire parler. Il était donc prêt à parler longtemps, à dire interminablement n'importe quoi. Par exemple qu'il avait arrêté Mila avec plaisir, pour se venger une fois de plus de ces types, comme Katz, comme tant d'autres, qui l'avaient méprisé. Qu'était-elle d'autre, d'ailleurs, qu'une pute ? N'avais-je pas vu ses photos ? Le plus étrange était que Blaise se sentait dans sa vérité. J'étais là, assis, calmé, presque bien installé. J'observais ce déchet humain, qui revendiquait son abjection avec héroïsme. Ce n'était pas un mauvais choix. Si Blaise avait plaidé le pardon, je lui aurais sans doute mis une balle dans la tête. Pour sa simple insistance à rester lui-même, je lui fis éclater une cheville, puis l'autre. Une fois de plus, je le laissai dans une cave. Il s'en sortirait. Il s'en est sorti. Un peu plus monstrueux. Il avait une réelle vocation pour cela. Blaise n'avait jamais connu ma véritable identité. De toute façon, il pouvait difficilement porter plainte. Comme prévu, mon impunité fut totale. Je n'ai jamais rouvert l'enveloppe contenant les photos de Mila. Ayant choisi de ne pas utiliser à mon encontre une des quatre balles restantes dans le Nagant, je vécus petitement. Ma lamentable vie privée ne mérite pas plus votre attention que le récit de ma résistance. Il me fallut attendre plusieurs années encore pour que tout se brouille de nouveau. Cela arriva en 1962, un soir que je regardais le journal télévisé. Après un long sujet, très militant, sur les attentats de l'OAS dans Paris, il y eut un petit reportage sans grande importance, genre bouche-trou : l'interview d'un jeune écrivain. On lui devait un premier roman soi-disant remarquable, intitulé *Les Quatre Veines*. Je ne prêtai guère attention au commentaire.

C'est le visage de ce gosse, apparu quelques secondes à l'écran, qui me fascina. Il était le portrait craché de Katz. Un Katz avec un autre regard, une expression plus charmeuse, quelque chose de Mila. Le présentateur enchaîna. Je me précipitai aux Buttes-Chaumont, à la régie. Il me fut facile de revisionner l'interview. L'écrivain prodige était un certain Fred Valmy. Un pseudonyme transparent. Je me procurai en toute hâte son bouquin. Un texte court, manifestement autobiographique mais décent. L'histoire d'un enfant juif, orphelin, sauvé et élevé par une famille étrangère, pendant la guerre. Je rencontrai Fred Valmy sans aucune difficulté, lors d'un cocktail donné en son honneur, au Fouquet's. Il y pérorait, grisé par quelques verres et par son succès. Je m'étais à peine présenté qu'une alerte à la bombe sema un début de panique dans l'assistance. Une fois la menace disparue, la joyeuse ambiance n'était plus de mise. Je proposai à Fred Valmy d'aller dîner dans un restaurant tranquille. Il accepta. À ses yeux j'étais quelqu'un d'influent. Dans le taxi, il m'avoua son véritable nom : Alexandre Katz. La ressemblance avec son père était véritablement stupéfiante – à la taille près. Alex était très grand. Cette ressemblance donnait une réponse définitive à une vieille question qui ne m'avait jamais trop taraudé quant à l'identité du père de l'enfant de Mila. D'Alfred, Alex avait hérité le côté frimeur. Il trouvait tout naturel que je tienne à faire la connaissance de son passionnant personnage. Au restaurant, il me résuma maladroitement ce qui était écrit avec beaucoup de sensibilité dans son bouquin. Le père, révolutionnaire disparu, peut-être assassiné, ou bien grand fugueur, pas connu. La mère, bohème, extravagante, déportée. La famille d'adoption, dévouée, pas très riche, pas très maligne, qu'il s'était acharné à aimer. Sans trop de succès. Son livre exposait son désarroi. Son père avait-il été un héros ou un salaud ? Pute, sa mère, ou bien femme exemplaire ? Père et mère d'adoption ne pouvaient répondre à aucune question puisque eux-mêmes ne s'en posaient pas. Ils s'étaient contentés de se "saigner aux quatre veines". Selon l'expression consacrée justifiant le titre du bouquin. Quatre veines. C'était aussi les quatre chances des deux fois deux parents. Sans que je lui demande rien, Alex me rendit compte de l'élaboration de son pseudonyme. Fred à cause de son père. Je crus pouvoir anticiper en suggérant que Valmy pouvait faire référence au quai, à la maison où il était né. Il me regarda avec des yeux tout ronds. Il n'avait pas pensé à cette association évidente. Valmy n'était que l'anecdotique patronyme de ses parents adoptifs. Un hommage empoisonné qu'il avait voulu leur rendre avant de les quitter. Car c'était ce qu'il allait faire, les plaquer. Il les haïssait tellement. Cette ingratitude me fut sympathique. Alex me déçut aussitôt. Le petit succès de son livre l'émancipant, il avait des idées précises sur une ambitieuse carrière. Grâce aux Valmy, il n'avait pas fait de mauvaises études. Il fut question de haute administration, de livres de temps en temps, quand l'inspiration lui viendrait et qu'il aurait un peu vécu. Il restait à faire. Je l'écoutai à peine. Au-delà de la salubre méchanceté de son roman, Alex était un bon jeune homme. Il fut surpris que je le relance sur la personnalité de ses parents réels. N'en savait-il pas plus sur eux ? Il m'assura que non. *Les Quatre Veines* contenaient l'état de ses connaissances sur Alfred et Mila. Un état très opaque dont Alex se satisfaisait très bien. Tellement que pas une seule fois dans ce misérable roman il n'était question d'un certain Félix ! Nous nous séparâmes après un cognac poli. Vous devinez la suite. La sérénité cynique de ce jeune homme avait de quoi désarmer. Je fus humble. D'abord, j'ai tenté de rassembler des souvenirs, de remémorer dans leur vrai détail quelques séquences de notre aventure à Mila, Katz et moi. À ce travail je donnai la forme d'un courrier de lecteur anonyme au romancier Fred Valmy. En témoignage de l'intérêt porté à son œuvre et de ce qu'elle me rappelait d'une femme et d'un homme que j'avais connus. Vaine entreprise ! En écrivant à Alex, j'en disais trop sur Mila et Alfred. Je me posais en intime. Mon anonymat épistolaire était donc intenable. Autre chose me préoccupait. Alex ignorait les motifs exacts de la disparition de son père. Tourment très romanesque qu'il développait brillamment dans son livre avec tout le pathos adéquat – ce thème est increvable. Or Alex n'était pas le produit d'un médiocre drame familial. Il n'était pas non plus – comme il aurait aimé l'être sans en payer les dividendes – le fruit d'une grande tragédie historique. S'il en avait une, sa douleur était de se pressentir dans la moyenne. Il n'était héritier de rien. Je renonçai à mon projet de courrier. Je ne cherchai pas à revoir Fred Valmy, et moins encore Alex. Je continuai à prendre des notes. Le gaillard récidiva. Il publia deux romans qui n'eurent aucun écho puisqu'il y a une justice immanente. Le Katz qu'il était s'engagea, sans panache mais avec opiniâtreté, dans le marais qui lie l'Université à l'appareil d'État. N'étant pas plus bête qu'un autre, il fit un mariage utile. Chez moi, l'obsession ne s'installa pas si vite de revenir encore et encore sur ces vieilles histoires. J'avais de quoi faire, mon métier de télévision m'occupait. J'adaptais de grands classiques, je tournais des séries policières, puisais comme tous mes confrères dans le grand patrimoine pour le rendre digestible par le petit écran. Nous nous pensions honnêtes pédagogues. Ce n'est pas une excuse. De temps en temps, je voyais bien que je faisais un sale boulot avec des tas de bons alibis. La frénésie me reprenait. Ce que j'avais à transmettre, ce n'était pas forcément une tragédie de Racine mise en boîte. Pas non plus des reportages spectaculaires contrôlés par le ministre de l'Information. On ne disait déjà plus de la Propagande, de nos jours on dit de la Communication. Dans ces moments de fièvre, je travaillais modestement. Je reconstituais les chronologies, les rencontres, les dialogues même, les postures. Je refaisais les itinéraires, retrouvais les vieux journaux. Mila, Katz et moi n'avions pas été de très bons acteurs. La preuve étant que personne n'avait raconté notre histoire. Sur Mila je n'avais aucune maîtrise J'en avais sur Katz. Puisqu'il me devait en partie son honorable disparition. Alex aurait pu être mon fils. Je lui devais une vérité, il y avait droit. Je me mis à rédiger le carnet. Le fameux carnet !

« Ni roman ni lettres, un simple carnet ! Il ne faut pas croire que je l'aie écrit au jour le jour. J'ai mis du temps, des années, tentant de voir la vie comme cet idiot de Katz. Je me suis fait archiviste, chroniqueur. Je me suis découvert vieux. J'avais beau écrire à l'encre verte. Les mots, tous les mots étaient poussiéreux. À commencer par celui-là, qui nous avait liés et opposés : la "révolution". Au fil des pages, je suis devenu Katz et plus que Katz, moi qui étais Félix. Au début, je croyais le sauver, le rendre présentable en le réinventant. C'est moi qui faisais mon salut. À chaque fois que je le pouvais, je chinais chez les brocanteurs, aux puces. C'est là que j'ai trouvé ce beau registre administratif toile. C'est là que j'ai retrouvé les journaux de l'époque, les documents. Tout sur cette fatale année 1938. Un jour, j'ai assisté à une vente aux enchères peu ordinaire. Le vieux surréaliste Georges Hugnet bradait quelques souvenirs. Une gêne financière passagère, sans doute. C'est à cette occasion que j'ai fait l'acquisition du croquis de Delvaux, *L'Entrée de la ville*. Était-ce un faux ? Je n'en sais rien. Il m'a semblé que cette image ressemblait au petit Katz, à sa difficulté à comprendre qu'il ne suffit pas d'un bon plan pour se diriger dans le monde lorsqu'on a dès le départ tiré la mauvaise carte. C'était aussi l'illustration parfaite qu'il aurait voulue pour ces beaux poèmes que je n'ai jamais lus et qu'il n'a probablement jamais écrits. Je lui ai fait ce cadeau. On ne trahit qu'une fois, ce carnet en est la preuve. Je l'ai conçu comme l'œuvre de ma vie. Quand l'encre fut bien sèche et vieillie, que j'eus la certitude que la moindre rature avait un aspect d'authenticité, j'envoyai le carnet à Alex. J'ignore ce que fut sa réaction, sur le coup. Le choc dut être considérable. Lorsque nous nous revîmes, plus tard, il fit spontanément allusion à ce document qui était un jour arrivé dans sa vie. Il m'avoua qu'avec ce qu'il savait désormais sur ses parents, son roman *Les Quatre Veines* lui était devenu un fardeau. Aveu que je recueillis avec un mauvais plaisir. Qui se souvenait de ces *Quatre Veines* ? Par vous et quelques autres, je sais aussi qu'Alex a fait état du carnet à des proches, très peu. Puis il y a eu votre détention. Puis cette mort, dont on ne saura jamais si elle fut un accident ou un meurtre. Il m'a rencontré, la veille. Un curieux rendez-vous. C'est Alex qui l'a sollicité. Il eut lieu au café la Promenade de Vénus, dans le quartier des Halles, près de la Bourse du commerce. Un des bistrots où Breton tenait ses dernières réunions apéritives avec ce qui restait du groupe surréaliste. Comme nous n'avions jamais été intimes, je fus surpris par sa hâte à vouloir me parler. Alex ne me dit pas grand-chose, tout en me donnant l'impression de se dérober devant une épreuve qu'il s'était lui-même fixée. Il avait beaucoup pensé au carnet pendant sa détention. Il en avait lu et relu mentalement toutes les pages. Il en était arrivé à la conclusion que quelque chose clochait. Pas dans tel ou tel point de détail. Dans le ton général. Il s'était également beaucoup interrogé sur l'identité de celui qui lui avait envoyé ce document. Qui avait fait cette démarche et pourquoi ? J'eus la conviction qu'Alex me soupçonnait, sans pour autant se résoudre à m'interroger. Je n'avais pas prémédité ma conduite. Je lui ai dit tout à trac que j'étais le mystérieux expéditeur. Et aussi que j'étais Félix. Sa réaction fut caractéristique. D'une part, je ne lui apprenais rien. D'autre part, il ne pouvait pas me croire. M'aurait-il posé la question, je lui aurais avoué que le carnet était un faux intégral. Pas seulement dans sa rédaction. Dans le portrait donné, certes pas de Mila, mais d'Alfred Katz. Il ne me la posa pas. Alex préféra se lever, furieux, les larmes aux yeux. Et vous ? Vous dans cette affaire, cher monsieur Victor ? Je vous ai d'abord considéré comme un informateur, le témoin des effets de ma machine infernale. De là, vous êtes devenu un acteur, trop bon joueur par stricte passivité. Je vous ai vu, écouté, suivi. J'ignore ce qui vous a fait basculer. Avec vous, j'ai eu l'impression que le Katz du carnet n'était pas une invention, qu'on pouvait enquêter sur sa vie, ses secrets. Peu à peu vous vous êtes mis à parler en son nom. Vous m'avez fait douter. Évoquions-nous le même personnage, ses mêmes cheminements ? N'aviez-vous pas en votre possession des informations que je ne connaissais pas ? J'ai perdu pied. La maladie, la lassitude, oui. Les méandres de votre logique, aussi. Plus que tout, ce monde qui s'est écroulé cet automne. Toutes ces biographies, que valaient-elles après la chute symbolique du 9 novembre ? Espoirs, combats, mauvais coups, trahisons, amours. Je me suis découvert survivant inutile, avec pour seul héritage à transmettre une mémoire de dupe, de faussaire. Tout cela, peut-être, vous l'avez compris sans moi. Le carnet ne vous a probablement pas trompé jusqu'au bout. Vous avez repéré les quelques invraisemblances, les contradictions. Vous avez décollé le dessin de Delvaux qui vend la mèche.

Voilà. J'ignore si vous avez eu raison de rejoindre Prague. Cette ville vous contamine depuis longtemps. Vous ne pourrez pas y flâner à moitié. Où êtes-vous ? J'espère qu'il fait nuit, que vous êtes dans la rue. Je vais me taire. Fumer cette dernière Gauloise qui me reste, la toute dernière. Boire ce fond d'alcool. J'ai beaucoup parlé. Tout n'est pas dit. Je n'ai pas prévu de mot de la fin. »

Je m'étais perdu. J'avançais sous la neige, au hasard, me déroutant chaque fois que possible pour me mettre à l'abri d'un porche ou d'un échafaudage. Le microphone avait bien capté les tintements du verre, la respiration chuintante de Félix. Il n'y avait que cela, ces bruits. D'autres suivirent. Pressentant le pire, voulant un sursis, je sortis le magnétophone de ma poche. Il faillit m'échapper des mains, tant le froid me rendait maladroit. J'ôtai un de mes gants. Dans le salon de la rue Blomet, un objet glissa sur un meuble, la table de bois ciré à côté du fauteuil. Je n'y voyais plus rien, mes doigts étaient engourdis. Impossible d'interrompre l'insupportable défilement de cette bande. Pis, au lieu de baisser le son, de l'éteindre, je le poussai au maximum. Il n'y avait plus, dans le grand silence neigeux de Prague, que le vacarme d'une balle que l'on glisse dans le barillet d'un Nagant 7,62. Un claquement sec, puis le déclic du chien. Il fallait que Félix s'arrête. Je l'en suppliai.

« Mila n'a plus que vous. »

La détonation explosa dans ma tête. Je titubai, glissai. Restai à genoux.

Národní Třída, le chauffeur de taxi, me fit comprendre qu'avant de monter dans la voiture, sa vieille Skoda pourrie, il fallait que je m'époussette de toute la neige qui me couvrait. J'obtempérai. La porte ouverte libéra une bouffée de chaleur. Le chauffeur se retourna, intrigué par ma mine défaite d'homme de l'Ouest égaré. Une seconde, je lus dans son regard la crainte d'une sale querelle. Affaire de hooligans, mauvaise cuite ? Je donnai l'adresse de l'atelier, là-haut, à Vinohrady.

– *French ?* Paris ?

– Oui, oui.

Il se fit plus jovial.

– *Look at there.*

Du doigt, il me montra le trottoir, sur la droite. Les arcades d'un immeuble moderne. Pas de quoi émoustiller le touriste. La vitre s'embuait.

– *Seventeen.*

Dix-sept, et alors ? Estimant que je ne comprenais pas, il ouvrit une fois ses dix doigts, puis cinq, puis deux. Ces deux derniers doigts, index et majeur, firent le V de la victoire.

– Listopad ?

– *Yes ! It was here ! Here really ! Terrific !*

Le 17 novembre. La grande manif fondatrice avec l'insolent, le scandaleux tabassage des étudiants. La fausse mort de Martin Šmid. C'était donc ici. Ça collait avec les flashes vus à la télé. Au-dessus de la boîte à gants, le type avait collé un badge artisanal. Un petit cœur rouge avec, en blanc, les lettres OF. Au rétroviseur pendait un insigne du Sparta, le club sportif de Prague. Je fis à mon tour le « V ». On démarra. Deux feux rouges plus loin, très courtoisement, mon chauffeur remarqua que ma vitre embuée m'empêchait de profiter des beautés nocturnes de la ville. Elles faisaient partie du prix de la course. Il fit rapidement le nettoyage à l'aide d'un journal roulé en boule. Un vieux numéro de *Rudé Právo*.

Comment les choses s'enchaînèrent-elles dans le détail ? Je l'ignore. J'ai toujours mauvaise mémoire dans ce genre de phase délicate. J'avais eu à rejoindre le lit. J'y étais. Depuis quand ? Je m'agitai, soucieux de ne pas me réveiller complètement, bouche pâteuse. À tâtons, je trouvai la bouteille que je savais, pur réflexe, avoir montée avec moi. Par chance, c'était de l'eau. Je bus longuement.

J'étais bien dans l'atelier, étendu sur le matelas de la mezzanine. La toile humide du jean collait à mes cuisses. Aucune incontinence n'était en cause. Seulement la neige.

Obscurité totale. Remuant à peine, je fis tomber quelques objets. Je me souvenais. Karel avait enchâssé son coin repos entre des étagères surchargées. Je me déshabillai. Être nu me fit du bien, il me fallait peu de chose.

Alors vint le ressentiment. J'avais été possédé jusqu'au bout.

J'avais suivi, j'avais été un Alfred Katz qui n'avait jamais existé. Pas même un grand personnage de fiction, un stupide fantôme fantoche à la défroque retaillée. C'était injuste. J'étais humilié et floué, furieux de ne pouvoir agripper Félix, Lourcet ou l'Ours, pour secouer sa carcasse d'escroc, et même pis. Le faux carnet était un crime prémédité. Il signait la seconde mort de Katz, brouillait toutes les pistes, toutes les reconnaissances. Avec son faux carnet, Félix avait barré tous les accès. Katz était désormais inatteignable.

Pas seulement à cause de Félix.

Lorsque je me réveillai enfin pour de vrai, il faisait jour.

Tel que l'avait conçu Karel, tout le côté de la mezzanine au-dessus de l'atelier était bordé à mi-hauteur par un parapet de bois contreplaqué, doublé de caisses supportant des étagères de fortune. La mezzanine elle-même était bâtie avec du matériel d'échafaudage, tubes et planches épaisses. De la récupération de chantier. Du solide. L'ensemble formait un couloir étroit et bas de plafond, assez intime, au fond duquel se trouvait le matelas. Une tanière douillette.

J'étais reposé, peu soucieux de faire l'inventaire des émotions de la nuit. Tout au plus dominait la question : quel chemin exact avais-je suivi en écoutant le testament sonore de Félix ? Entre Anenské et Národní Třída, c'était le grand trou blanc.

Pour la première fois depuis des lustres, je trouvais heureux de me réveiller dans un lit inconnu.

Raison de plus pour chasser l'image de Solveig.

L'environnement du matelas était un très conséquent fouillis artistique, composé de bouquins, de catalogues d'expositions étrangères, de carnets de croquis, de masques, de cartes postales américaines. Un plan de New York était épinglé, au-dessus d'un empilement de boîtes de soupe Campbell's, de bouteilles de Coca-Cola peintes de diverses couleurs, d'un flacon de parfum à l'effigie de Miss Liberty. Le tout surveillé par un buste de Karl Marx coiffé d'un stetson. Pas loin, une affiche m'intrigua. Ce n'était qu'une simple maquette, un projet, mais de grande taille. Ça reproduisait le célèbre logo des Rolling Stones, bouche lippue de Mick Jagger grande ouverte et langue tirée. L'affiche annonçait l'arrivée du groupe de rock à Prague.

À bien y réfléchir, ce soir-là, c'était la seule fois que nous étions allés au cinéma. Pour voir ce vieux film de Wenders, *L'Ami américain*, avec Solveig. En sortant, elle n'avait eu envie de parler que d'une seule chose. Cette promesse impossible faite par Ripley-Hopper à Jonathan-Ganz d'organiser un jour un concert des Beatles réunifiés. À Hambourg. Jonathan n'en croit pas un mot. N'empêche. Une si belle idée contribue à le faire marcher dans les combines de Ripley.

« Moi, avait dit Solveig, si un type me dit qu'il va réussir à organiser un concert du Velvet Underground à Prague, il aura presque emporté le morceau. À défaut, je me contenterais même des Stones. »

Je descendis tant bien que mal l'échelle branlante reliant la mezzanine à l'atelier. Que j'aie pu la gravir dans la nuit relevait du miracle. Dehors, derrière le double vitrage, la neige avait cessé. Le ciel était d'un gris apaisant. Au loin, la monumentale statue équestre du héros hussite borgne Žižka veillait. Tant bien que mal, je me bricolai un café clairet.

Tout en buvant, je composai mon numéro de téléphone à Paris. Le message passé (« Encore absent », etc.), j'expliquai aux chats que j'étais ennuyé de les laisser une fois de plus. Je leur décrivis l'atelier. À mon avis, avec ses multiples recoins et cachettes, il pouvait leur plaire. Je me gardai de trop leur raconter la neige : ils détestaient. Quant à la mort de Félix, elle ne pouvait que les laisser totalement indifférents.

Je repoussai le carnet, le colis de Félix. L'enveloppe contenant les photos de Mila.

J'étais presque résolu à ne pas faire le malin. Il n'y avait aucune honte à apprécier les charmes les plus évidents de Prague. J'avais envie de retourner dans la Vieille-Ville. Je pris la Vinohradská, à pied, vers le musée.

À part les omniprésents portraits de Václav Havel, les sigles du Forum civique dans les vitrines, quasi-rien n'était visible des traces de la « révolution ». Pas de banderoles, pas de graffitis. Pas de signes extérieurs d'enthousiasme. Tout juste, c'était immense, une impression de dignité retrouvée, sur les visages. Prague était toujours aussi belle, elle n'était plus ni accablée ni triste.

En bas de la Vinohradská, près de la maison de la radio, s'étaient déroulés certains des plus violents affrontements d'août 1968. Ici, ici même, il y avait eu le tram éventré, les voitures calcinées. Ici, cette maigre barricade écrasée. Ici, des jeunes gens brandissant un drapeau sanglant devant des soldats hébétés. Ici, des boîtes à ordures renversées, le début d'un incendie. Ici, photographié par Josef Koudelka – ce vieil homme digne et accablé, qui regarde l'objectif comme s'il fixait son malheur en face –, derrière lui, un immeuble criblé de balles, les bords des fenêtres noircis par les flammes. De Koudelka, encore, cet étudiant interpellant les tankistes.

Les façades ne portaient plus aucun stigmate. Du moins, à hauteur de regard. Autour des fenêtres des derniers étages, les éclats de rafale étaient encore bien visibles.

Sur qui avaient-ils tiré ? La résistance à l'invasion avait connu ses « sept glorieuses ». Sa semaine héroïque, sans armes, sans *snipers* sur les toits, sans le moindre mouvement de l'armée nationale. Des mains nues contre les chars, quelques pavés, de l'astuce pour perdre les

« Ivans » en badigeonnant de peinture noire les plaques de rue, en détournant les panneaux indicateurs. De l'humour, dont le très surestimé : « Lénine, réveille-toi, ils sont devenus fous. » Très en retrait par rapport au : « Attention ! Les assassins soviétiques volent aussi les montres ! »

À la naissance de la Tchécoslovaquie, en 1918, l'avenue fut gratifiée du nom de Foch. Lors de l'occupation nazie, elle redevint Vinohradská, en lointain souvenir des vignes de la colline. Elle s'appela Staline, après le « février victorieux » de 1948, que d'autres appellent le « coup de Prague ». En 1956, après le rapport Khrouchtchev au XXe Congrès du PCUS, elle retrouva son nom traditionnel.

Aucun rendez-vous prévu. J'étais certain de retrouver Solveig le moment venu.

C'était midi. Malgré le froid vif, des dizaines de badauds observaient le manège des bonshommes de l'horloge astronomique du beffroi (admirable mécanisme où les astres, de manière convaincante, tournent autour de la Terre). À quelques pas devant moi, se détachant de la foule, je fus à peine surpris de reconnaître la silhouette de Laurent.

Il se dirigea à gauche, vers U Minuty, la maison « À la minute » (qui fut aussi à l'enseigne du Lion blanc, qui fut dépôt de tabac et où Kafka habita un temps, inévitablement). Touriste avisé, Laurent détailla les beaux graphites noir et blanc à la manière Renaissance de la façade, puis continua son chemin vers la petite place. Il s'attarda devant le joli puits à la margelle grillagée de fer forgé.

Il m'aurait plu de constater ma méprise, d'avoir été abusé par une vague ressemblance physique, mais non. Engoncé dans son loden, mains dans les poches, musardant et avançant en terrain connu, c'était bien Laurent.

Sans aucune hésitation, il s'engagea rue Linhartská, grise, droite et morne, qui n'avait pour seul intérêt que de mener à la place du Primátor Dr Vacek (premier maire stalinien de Prague, en 1945).

La place rectangulaire s'appelait autrefois, et plaisamment, Dame-Marie-dans-la-Flaque. Ou « Mariánské ». Nul doute qu'elle ne tarderait pas à retrouver son identité. Elle était cernée de bâtiments remarquables : Klémentinum, palais Clam-Gallas et, témoins d'une période plus récente, deux édifices municipaux témoignant du style art déco en sa dernière phase. La façade du plus imposant était flanquée de deux statues d'angle. Comme je les aimais bien et que je ne les avais pas visitées depuis longtemps, je fus contrarié de voir Laurent lever les yeux sur l'une d'elles. Je l'abordai :

– C'est rabbi Löw, dis-je.

– Et sa créature, le Golem. Heureux de vous rencontrer ici, Victor.

Quoi de plus naturel !

C'était une haute et sombre statue. Le légendaire rabbin était dressé, visage grave, traits creusés. Il levait le bras droit dans un noble geste qui pouvait être à la fois de protection et de crainte. Le Golem s'agrippait à lui, lové dans les plis de sa robe, implorant et séducteur. Il n'était en rien à l'image des monstres imaginés au cinéma par Galeen, Wegener ou Duvivier.

– Ne me dites pas que vous avez vu le film de Galeen, objecta Laurent. Ce serait une vantardise. À peine réalisé, il a été détruit.

Il avait raison. Mais Wegener ayant travaillé avec Galeen, on pouvait avoir une idée de leur vision de la créature.

– Qui est l'auteur de cette statue ?

– Ladislav Šaloun. C'est lui qui a conçu le mémorial de Jan Hus, place de la Vieille-Ville, et quelques autres œuvres remarquables.

– Ne pourrait-on pas voir une influence de Rodin ?

C'était évident.

Ici, loin d'être un monstre grossier, le Golem était un être fragile, languide. Un androgyne nu, au petit cul charmant. La créature d'argile n'avait rien de menaçant, elle n'était que tentatrice. Privé de la formule cabalistique dissimulée sous sa langue qui assurait sa docilité. Ce Golem-là n'irait pas comme un furieux dans les ruelles du vieux ghetto, brisant tout sur son passage, ainsi que le veut la légende courante. Il s'insinuerait simplement, provoquant par la seule séduction de son passage le déferlement de toutes les passions. Le sage Löw avait de quoi être effrayé.

– Une vision du mythe assez inhabituelle, dit Laurent.

– Surtout lorsqu'elle est adoptée par une municipalité.

– Je ne vous ai pas attendu pour savoir que Prague est une ville déconcertante.

À l'autre angle du bâtiment, c'était encore une œuvre de Šaloun. Un chevalier de fer. Hussite, probablement. Statue banale, hiératique. Mais tout aussi bizarre que celle du rabbi et du Golem par un seul détail. Sous son heaume, le chevalier n'avait pas de visage. Il n'était qu'une sentinelle fantôme.

– Deux clés. Deux énigmes en plus.

Laurent se voulut affable. Avais-je prévu de déjeuner quelque part ? Il avait quant à lui retenu une table dans un restaurant proche. Cela me disait-il ?

Nous revînmes silencieusement sur nos pas, marchant chacun de notre côté. Le flic s'arrêtait parfois ou se glissait sous un porche, jetait un coup d'œil à l'entrée d'une cour. Il se donnait l'air de vérifier des souvenirs, sans insister.

Comme c'était souvent le cas dans le quartier de la Vieille Ville, la maison U Supa, Au vautour, rue Celetná, était de construction gothique, malgré une façade baroque. Cette dernière avait été largement détruite lors des combats de la libération, en mai 45, mais reproduite ensuite, à l'identique. L'établissement était renommé pour la beauté de ses salles voûtées et l'excellence de sa bière de garde. De notre table, nous avions vue sur la rue. La neige tombait de nouveau.

Il était tout à fait inutile de consulter la carte, la plupart des mets indiqués étant notoirement indisponibles. Le plat du jour ferait l'affaire.

Nous nous observâmes.

Laurent dit :

– Libre à vous de me croire ou pas. Je ne suis pas en mission. Je ne cherche plus les histoires.

Sauf volonté de ma part, Laurent ne tenait pas à parler de la mort de Lourcet. Ou de Félix, au choix. Le suicide ne faisait pas de doute. Les confidences testamentaires, au magnétophone, n'avaient pour seul intérêt, à ses yeux, que de compléter les archives oubliées, jamais classées. Et puis ?

– Après avoir écouté la bande, j'ai presque eu envie de rire. Chacun dans son genre, nous avons vous et moi tellement fait fausse route. Je vous ai surestimé. Vous avez surestimé Katz. Nous avons été ridicules. Trinquons !

Laurent choqua sa chope contre la mienne. Je ne protestai pas. On nous servit. C'était un ragoût, fortement relevé, accompagné de riz et de champignons. Un chile un peu particulier, très bon. Nous mangeâmes en silence. Puis :

– Je savais que vous étiez à Prague, dit Laurent. Je n'ai rien fait pour vous rencontrer. Rien non plus pour vous éviter. Vous vous demandez ce que je fais ici ? Congé de fin d'année, de fin de décennie, de fin d'époque. Petit retour sentimental, aussi. Je vous raconte ?

Qu'avions-nous en commun d'autre que la lassitude ?

Laurent raconta, avec la mine navrée de qui égrène les choses triviales de sa vie privée. Il avait été trois ans en poste à Prague. Comme attaché d'un vague service culturel. Comme agent.

– Si nous nous connaissions mieux, si par hypothèse absurde nous étions amis, je vous dirais que je n'ai pas fait un très bon boulot, ici. Ma mission était d'entretenir le contact avec les oppositionnels, les chartistes. D'évaluer leur influence, leur crédibilité. Pouvaient-ils être une relève, lesquels d'entre eux, quand viendrait l'inévitable chute de ce régime de merde ? N'allez pas croire qu'ils nous intéressaient par fibre démocratique. Ces hurluberlus pouvaient servir, un jour, c'est tout. Le temps d'une transition. Je n'ai pas connu Havel. Il était en prison. Demain, il sera président. Nous y sommes. Cela ne me regarde plus.

Rien de sale. Laurent avait côtoyé ces gens, les avait écoutés. Il avait tactiquement rendu de menus services. Sans enfreindre les bonnes règles. À l'occasion, sans heurter les susceptibilités, il s'était inquiété officieusement des tracasseries sanctionnant tel ou tel dissident.

– Étant « dans leur vérité », comme ils disaient, ils détestaient qu'on les appelle « dissidents ». Je n'ai pas très bien travaillé parce que, peu à peu, j'ai fait plus que mon travail. Quelques détournements de papier, de machines à écrire. Voyez certains samizdats. Tapés sur un clavier français, les accents essentiels ont été rajoutés à la main dans le texte.

La valise diplomatique avait exporté quelques brochures, elle en avait importé d'autres. Ce n'est pas ces imprudences qui avaient fait devenir Laurent tricard au Quai d'Orsay.

Dehors, rue Celetná (la rue des Boulangers, section de la voie royale), les passants emmitouflés avançaient prudemment sur les petits pavés glissants. Je me laissai aller à la torpeur. Laurent continuait de parler, à voix presque basse. Il ne s'agissait pas de confidences. Il rendait compte, cherchant à dissiper les erreurs qu'il pouvait y avoir sur sa personne.

Ses sympathies pour l'opposition n'étaient pas mal vues de ses chefs. Elles faisaient partie du partage des tâches. Son mariage avec une étudiante fit désordre. Jana.

– Un mariage de convenance, vous vous en doutez. Au-delà des nuits obligées, plutôt gaies, qu'elle me consentit, je compris que seul mon passeport l'intéressait. Jana était assez franche, je ne peux prétendre avoir été dupé. Je n'avais aucune raison de lui refuser le service qu'elle me demandait. Malgré quelques complications symboliques avec les autorités, les choses se sont bien passées. Formellement, après nous être installés à Paris, nous avons bien mis deux ans à divorcer. Étant tombé amoureux d'elle, je n'irais pas jusqu'à dire que nous nous sommes quittés bons amis.

– Elle pourrait être à Prague, en ce moment ?

– C'est très possible.

– Pourquoi ce récit ?

– Une idée généreuse, en guise d'adieu. Pour que vous sachiez que vous n'êtes pas le seul crétin.

Laurent se laissa aller à une petite rêverie fugace. Il la balaya d'un revers de main.

– Et vous, Victor ? Que venez-vous chercher ici ? Vous quitteriez Paris ? Pour cette Solveig ou pour cette ville ? Ou bien avez-vous enfin trouvé une nouvelle révolution exemplaire pour vous enthousiasmer ? C'est cela ? Quel masochisme ! Écoutez autour de vous, discutez. Plus personne ne veut entendre parler du socialisme, à visage humain ou pas. On se fiche comme d'une sinistre guigne des subtiles différences entre Staline et Trotsky. Lénine lui-même est indéfendable. Le bolchevisme était un bloc. Tout pareil à notre vieille Révolution française. Il s'est désagrégé. C'est devenu une crasseuse poussière. Demain, Havel sera élu président. L'un de ses premiers soucis sera de faire débaptiser le quai Engels, où il habite et de lui redonner son ancien nom.

Il était inutile d'objecter quoi que ce soit au flic. Il avait largement raison. Sa tirade n'avait pas été vindicative. Désabusée, plutôt. Nous ressemblions à quoi ? À rien d'autre que deux pauvres types lessivés.

Laurent se leva, me serra la main, chercha un mot pour prendre congé avec une pirouette, ne le trouva pas. Se contenta de ce qu'il put :

– La veille de mon arrivée ici, je suis allé au théâtre. J'ai vu la pièce de votre amie Abigaïl. C'était la générale. Je connais mal l'histoire de cette Nadja, l'égérie d'André Breton, qui sert d'argument. Votre amie est très abîmée, je n'ai pas eu l'impression d'un rôle de composition. Ce genre de mise en scène n'est pas dans ma spécialité. Mon avis est que ce spectacle ne connaîtra pas un très grand succès. Ces vieilles folies n'intéressent plus personne.

Laurent s'en alla, les épaules plus voûtées que nature.

Au bout de la rue Celetná, náměstí Republiky, je pris le tram 26, pour me rendre au cimetière juif de Strašnice. Devant la stèle grise en forme de haut cristal qui marque la sépulture de la famille Kafka, dans la neige, étaient éparpillés des petits cailloux et des papiers pliés. Malgré l'encre délavée, je pus lire sur l'un d'eux : « Joseph K., même les cauchemars ont une fin. »

Je pensais à cette petite maison de Kafka, celle de sa sœur plus exactement, Ottla, la préférée, dans l'enceinte du Château, ruelle des Alchimistes. Il s'y réfugiait dans le silence, à l'époque où il écrivait *Un médecin de campagne* (quelle date ? ma mémoire ici n'était pas très assurée – 1916 ou 1917, sans doute). Chaque nuit, il redescendait les escaliers de Hradčany, traversait la Vltava, regagnait la Vieille Ville. Par quel chemin, exactement ?

Avec ses minuscules maisons multicolores, cette rue, tellement pittoresque, est aussi appelée ruelle d'Or. Contre toute belle légende, ce féru d'hermétisme qu'était Rodolphe n'y hébergea aucun chercheur de pierre philosophale. Tout au plus quelques archers. Plus tard, les petites maisons n'abritèrent que des miséreux. Là n'était pas l'important. Un jeu avait été un peu négligé qu'il fallait réactiver si je voulais retrouver Solveig. La première nuit avait commencé, n'est-ce pas, au pied de la tour Saint-Jacques. Prague y avait été évoquée, avec ses échafaudages. Nous nous étions livrés à la logique des associations proliférantes. Moi-même, j'avais parlé de la tradition des alchimistes qui hantait le quartier Saint-Jacques. La tour, le rue Nicolas-Flamel, etc. Voilà qui, incontestablement, pouvait renvoyer à la ruelle du Château. Solveig ne pouvait pas avoir ignoré ce raisonnement.

Cette hypothèse n'était pas à prendre comme une éventualité de rendez-vous fixe. Tout de même pas. En revanche, il était plus que vraisemblable, presque obligatoire, que Solveig ait laissé là-haut un signe, un message quelconque. Y aller ?

Il n'était pas si tard, 16 heures passées à peine. La nuit tombait. En quelques minutes, comme c'est caractéristique à Prague au creux de sa vallée, l'obscurité se fit. La visite attendrait le lendemain.

Je me souvins qu'ici, encore quelques semaines auparavant, certains appelaient « mauvais alchimistes » les occupants du Château. Husák, Jakeš, Štěpán, leur bande. « Eux. »

Naviguant sur les ondes du vieux poste de radio de Karel, je captais des émissions en toutes les langues, sans m'attacher particulièrement à aucune, me contentant de ce *cut-up* sonore. C'est ainsi qu'une courte phrase de la BBC m'apprit la mort de Samuel Beckett.

L'énoncé de la date précise du décès fut couverte de parasites. L'inhumation avait eu lieu au cimetière de Montparnasse.

Le téléphone sonna, je décrochai. La voix se présenta : Pavel. Je n'avais pas à chercher, nous ne nous connaissions pas. Il était un ami de Karel. Il voulait s'assurer que tout se passait convenablement pour moi, mon installation dans l'atelier. Je le rassurai :

– Très bien. Alors peut-être pourrions-nous nous rencontrer.

Le français de mon interlocuteur était à peine teinté d'accent.

– Quand tu veux.

– Demain, nous aurons un nouveau président. On fêtera cela chez moi, le soir. Pourrais-tu venir ? Il n'y aura que des amis.

Karel me dicta ses coordonnées, rue Melantrichova.

L'envie de sommeil m'avait gagné, j'hésitai à regagner la mezzanine. Pour conjurer je ne sais quel mauvais sort, je mis le carnet dans la caisse en bois. Carnet de qui ? Je ne savais plus. L'épaisse enveloppe des photos de Mila était toujours close. Il était grotesque de différer l'épreuve. Je l'ouvris.

Par chance, le déjeuner sur l'herbe du jour du mariage était au-dessus de la pile. Ça me dispensait d'une plus ample investigation.

La description du carnet exagérait beaucoup les choses. Man ne s'était nullement soucié de reconstituer le tableau de Manet. Les poses des uns et des autres étaient très approximatives, un peu crispées. Mila, nue, les formes généreuses, regardait dans la direction de l'objectif. Sans le fixer, sans le défier. Ses deux compagnons arboraient des sourires figés de circonstance. Son visage à elle était tragique. Elle ne triomphait pas, elle était victime. La sale pensée me vint de Mila, quelques années plus tard, autrement vulnérable. Cette photo se voulait le souvenir d'un moment d'insouciance. Le corps nu et blanc de Mila la marquait du sceau de la tragédie.

Il me fut impossible d'identifier, des deux hommes, qui était Félix et qui était Alfred.

Vendredi 29 décembre. En fin de matinée, comme tout le monde dans la rue, je regarde à la télévision la cérémonie d'investiture du président Václav Havel. Comme tout le monde, je pleure. Comme tout le monde, je pense que ce jour ne devrait pas finir.

Pavel habitait à peu de distance de la maison natale d'Egon Erwin Kisch, le grand journaliste de l'entre-deux-guerres. La maison Aux deux ours d'or à l'angle des rues Kožná et Melantrichova.

Je me souvins d'une palabre polémique avec Marc. Lui défendant la tradition journalistique d'Albert Londres. Moi, celle de Kisch. Pères fondateurs souvent cités, rarement lus.

Une fois franchi le porche, je pénétrai dans une cour de *pavlač*. Chaque étage était bordé d'une galerie extérieure continue. Le bas de l'escalier était obscur, je ne trouvai pas la minuterie.

D'abord, je faillis ne pas le voir. Manquant de heurter l'homme tapi dans l'ombre, surpris, j'eus un mouvement de recul. Il se leva, fit quelques pas, appuya sur le commutateur. Il ne prêta aucune attention à mon remerciement.

Ce type avait une étrange allure familière. Sous son manteau entrouvert, on devinait des épaisseurs de vestes, de gilets, de chemises et de tricots effilochés. Malgré cela, il semblait maigre. De sous son bonnet de fourrure mité s'échappaient de longues mèches blanches filasse. Son teint était cireux, sauf les pommettes, très osseuses et très roses, au point de paraître maquillées. Ce clochard était la vivante réplique de celui qui avait occupé le bas de mon immeuble pendant des semaines. Je lui souhaitai le bonsoir.

– Vos amis sont au deuxième étage, dit-il en français, sans le moindre accent. Mais…

– Oui ?

Il se balança d'un pied sur l'autre.

– Rien, monsieur. Il me semblait que nous nous étions déjà croisés.

Il se rassit au bas des marches, comme s'il était le gardien de l'escalier. La minuterie émit un bruit sec en même temps que la lumière s'éteignit. Je rallumai. Jambes repliées sous le menton, l'homme était désormais plongé dans ses pensées. Je montai.

Pavel m'ouvrit.

C'était un grand gaillard barbu, aux longs cheveux tirés en catogan. Il me serra la main avec effusion comme si nous nous retrouvions après une longue séparation, et, ma foi, c'était un peu ce que je ressentais aussi. Je lui tendis mon sac. Il ne contenait que quelques bouteilles, ma contribution à la petite fête. Pavel m'entraîna dans la salle de séjour. Sept à huit personnes y étaient installées. Sans être à plein régime, la musique de Frank Zappa faisait pas mal de bruit. Je fus présenté à la cantonade. On me salua par des *Hello* et des *Dobrý večer*, sans interrompre les conversations.

– Je te présenterai chacun des amis au fur et à mesure, dans la soirée. Si je le fais maintenant, tu mélangeras tout le monde dans cinq minutes. D'abord, buvons.

Pavel me servit d'autorité une copieuse ration de vodka. Nous trinquâmes. Chacun leva son verre.

– Un toast ?

– À Havel !

– À monsieur le président Havel. *Pan president !* Et à nos retrouvailles en Europe.

Pavel partit d'un grand éclat de rire et, mains dans les poches, tira sur son pantalon, découvrant comiquement le bas de ses mollets. On l'applaudit. J'étais le seul à qui le sens de la blague échappait.

– Tu n'as pas remarqué ?

– Quoi ?

– Lors de la cérémonie officielle au Château, ce matin. Les caméras ont été discrètes, mais il était difficile de ne pas voir que notre président avait un pantalon nettement trop court. Il y a une expression en français pour dire cela.

– Un « feu de plancher », risquai-je. Le tailleur était-il donc si mauvais ?

– Pas du tout. Au contraire. Que je te raconte. Depuis qu'on le voit partout, chacun sait que notre Vašek n'est pas un homme élégant. Un vieux pull, un jean, sa parka, c'est tout ce qu'il lui faut pour se sentir à l'aise. Quand ils ont su qu'il allait être nommé à la plus haute fonction, nos meilleurs tailleurs, ceux de la maison Adam, se sont dit que, pour l'investiture et pour la dignité de la République, il fallait que le président soit habillé convenablement. Ils ont donc pris ses mesures et lui ont confectionné un très beau costume, très chic. Sauf que…

– Les mesures n'étaient pas bonnes. Le pantalon n'allait pas.

– Si, si. Il était très bien coupé. Les gens de chez Adam sont des artistes.

– Alors ?

Pavel ménagea son effet. On était dans des zones de quasi-secret d'État.

– Alors ? L'hypothèse la plus couramment admise est que monsieur le président est allé pisser juste avant la petite fête et que, la chose étant faite, dans son émotion, il a un peu trop remonté sa ceinture. D'autres prétendent qu'en faisant le pitre il a sciemment voulu faire honte aux communistes du Parlement qui venaient de l'élire. Notre héros aime les pitreries de gamin.

– Ton avis à toi ?

Pavel affecta une mine très sérieuse.

– Le pantalon était réellement trop court. Vašek a un peu tendance à se sentir responsable des fautes des autres. En faisant circuler quelques blagues, il sauve la mise aux tailleurs.

On me fit une place sur un canapé. Un de mes voisins se présenta comme étant Jan et me suggéra de me servir dans la quantité de petits sandwiches, saucisses, fromages, assortiments et condiments de toutes sortes qui étaient disposés sur la table autour de laquelle nous étions tous.

– Ainsi tu es un ami de Karel ?

– Pas exactement. C'est Solveig qui a organisé pour moi la location de son atelier.

– Ah, Solveig !

Levant les yeux au ciel, mon interlocuteur prit un petit air entendu.

– Oui ?

– Si elle est ton amie, inutile de parler de Solveig. Elle est très controversée, c'est un fait.

– Tu la connais ? Tu l'as revue depuis son retour ?

– Je n'y tiens pas. Karel est parti un peu tôt. Solveig rentre bien tard. Heureusement, il y a d'autres sujets de conversation.

– J'en suis persuadé.

Jan sourit aimablement.

– Je vais quand même t'expliquer mon point de vue. Beaucoup de gens reviennent, depuis quelques jours. Ils nous avaient pourtant fait leurs grands adieux. Il n'y avait pas à en discuter. Partir, rester : c'étaient des choix également respectables. Je sais que beaucoup de ceux qui sont allés chez vous ont beaucoup parlé de cette malheureuse Europe centrale, de notre pauvre petit pays. De Prague qu'il ne fallait pas oublier, oui. Mais puisqu'ils avaient choisi de partir, puisqu'il en était ainsi, nous étions en droit de souhaiter qu'eux, eux tout particulièrement, les réfugiés plus ou moins politiques, nous oublient un peu. Je crois savoir que tous n'ont pas eu cette pudeur. Maintenant, ils reviennent, en masse. Nous les accueillons, parce que nous sommes généreux et que nous avons, dans un lointain passé, eu de très bons moments ensemble. Mais, mais… chers et vieux amis qui vous êtes échappés du zoo du socialisme réellement existant, si vous nous revenez si prestement, parfois avec des airs de grands résistants, est-ce donc que vous avez échoué à ce point dans vos pays d'accueil ?

Je n'avais pas à être surpris par le français courant de Jan. Jusqu'en 1970, il avait suivi son père – actuellement employé de la voirie – dans ses différents postes d'ambassadeur.

– Solveig ?

– Elle n'est pas de ces ratés, c'est certain. Elle est à part. Ses manières nous ont longtemps laissés perplexes. Solveig était un bon sujet de conversation, encore il y a quelques semaines, alors que nous ressassions nos vieilles histoires recuites de l'*underground*. Maintenant… tout le monde s'en fiche.

Jan me souhaita bien du plaisir. Il tint aussi à préciser des détails le concernant, pour faire connaissance. Un énoncé sec comme une fiche de police. Son père avait fui la Tchécoslovaquie, après les accords de Munich. Par bien des détours, il avait réussi à gagner la France. Après quelques mois, il se retrouva interné au camp d'Argelès. Où il apprit la langue. Le père fut livré aux nazis par les autorités françaises, puis… Mauthausen et d'autres camps. La Libération. Les postes de responsabilité dans la nouvelle république, puis dans la démocratie populaire, puis les procès, puis les camps à nouveau. Puis la réhabilitation. Puis…

– À la maison, on parlait toujours français, conclut Jan. Buvons. Passons à des sujets plus passionnants.

Il parla donc de lui, de ses projets. Une quelconque adaptation de *Don Giovanni* qu'il rêvait de monter. Avec d'ambitieuses adéquations entre son vieux rêve et le prochain bicentenaire de Mozart.

– Pas un *Don Juan* au théâtre ! Je le veux dans la ville. Entre Bertramka et le pont Charles !

Quelques sourires amusés et compatissants m'indiquèrent que Jan avait l'habitude de tester son argumentaire dès qu'un nouveau venu se présentait. C'était à moi de trouver une issue face à son envahissant bavardage. Ou pas. D'autres débattaient âprement des conditions dans lesquelles avait été liquidé le couple Ceausescu.

– Les Roumains ont une façon à eux de mêler le burlesque et le tragique. Ce n'est pas la nôtre. Ils sont grotesques, nous sommes absurdes.

La télévision fit diversion.

On repassait des séquences de l'intronisation de Havel. En noir et blanc, à cause du vieux poste de Pavel, elles avaient un aspect bande d'archives un peu prématuré.

Avançant devant les officiels bien rangés en ordre protocolaire, le président avait effectivement les mollets battus par des pantalons trop courts. Devant le poste, autour de moi, on était rigolard et ému. On se montrait telle ou telle tête connue de vieux copain déjà bien placé. Il y eut des extraits du discours inaugural, au balcon de la cour du Château. Le parapet de pierre dissimulait le bas du costume.

– Que dit-il ?

– En gros ? Que nous revenons de très loin et que personne dans la société n'est intact. Il dit que ce sera très difficile pour nous tous. Il promet de mener le pays à des élections libres. Un très bon discours.

Pavel s'offusqua de me voir avec un verre vide. Autre chose le tracassait.

– Tu dois te dire que cet enthousiasme pour Havel, ses portraits partout, c'est suspect. Moi-même, les amis qui sont ici, tous de vieux réfractaires, cela nous agace. Parmi tous les gens qui acclament notre nouveau président, combien ont lu ses textes ? Combien connaissaient son visage ou même simplement son nom ? Mais beaucoup de ces gens ont résisté à leur façon. Au prix d'une certaine schizophrénie un peu honteuse, ils ont accepté le régime en évitant le plus possible de se compromettre avec lui. Nous les appelions les gens de la « zone grise ». Ni salauds, ni héros. Comment leur en faire grief ? Nous-mêmes, nous nous sommes souvent moqués de notre intransigeante dignité, de notre splendide et misérable isolement. Pour le moment, Vasěk nous réconcilie tous. On va pouvoir s'engueuler, se contredire, faire des bêtises. On va pouvoir être arriviste sans être ignoble. On appelle cela la démocratie.

Impossible certes de faire un homme providentiel d'un président qui porte un pantalon de cérémonie en ayant l'air d'aller à la pêche aux crevettes.

– Tu vas prendre tes quartiers au Château ?

Pavel rit de bon cœur.

– Non, non. Je n'ai aucune compétence pour ce genre de travail. Ni aucune envie. D'autres amis feront très bien l'affaire.

Il voulait voyager, retourner à Paris, où il avait été étudiant quelques mois, avant la « normalisation ».

– J'étais bon communiste, à l'époque. J'ai regardé avec beaucoup de sympathie votre révolution culturelle, en mai. Je suis rentré à Prague pour les vacances et j'ai vu la fin de notre « printemps » à nous. Il devint très mal vu d'avoir séjourné à l'étranger. Je n'ai jamais pu ressortir.

Pavel avait été traducteur. Puis serveur dans un restaurant. Puis agent d'entretien dans une cantine. Puis plongeur. Puis…

– Rien de méchant. Un tout petit peu de prison pour parasitisme social. Des convocations épisodiques chez les flics, des petites tracasseries. La sensation d'étouffement. Un peu comme tout le monde.

D'un geste ironique, Pavel m'invita à considérer son petit *home*. Confortable, *cosy* en diable, douillet, soigneusement décoré avec les œuvres de ses amis artistes. Des livres à profusion, des piles de cassettes. Tout ce qu'il fallait pour recevoir, discuter et boire agréablement. Pour penser et ne pas être dupe.

– Nous n'avions qu'une seule obligation : ne pas ouvrir notre gueule une fois passé le seuil de nos appartements. Le reste, ils s'en foutaient.

Une chose attira mon attention. Une photo encadrée, sous un portrait d'Apollinaire blessé, près de la tenture de la fenêtre. D'où j'étais, je la distinguais mal. Son motif évoquait quelque chose de familier. Pavel alla la décrocher.

– Mon seul souvenir de votre Mai. Je l'ai découpé dans un magazine rapporté par un copain. À bien y réfléchir, ce happening avec tous ces drapeaux rouges était un peu ridicule. Vouloir mettre l'imagination au pouvoir, c'est aussi vain que d'espérer un socialisme à visage humain.

C'était la classique photo lyrique de la pasionaria de barricade, dressée sur les épaules de son camarade, poing levé, visage illuminé par la ferveur révolutionnaire. Pas loin, derrière, un poster du Che monté en pancarte. Un autre de Fidel. Pavel ricana.

– Nous n'avons pas eu de chance, nous autres. Castro a approuvé l'invasion des chars. Le seul membre du pacte de Varsovie qui a refusé d'y participer, c'est Ceausescu. Je garde et regarde cette photo avec beaucoup de tendresse. Je ne méprise pas mes illusions. Mais, bon sang, que nous étions cons.

– Cette photo, c'est moi qui l'ai prise.

Pavel me regarda, évaluant les risques de se faire piéger par une blague.

– Vrai ?

– Elle a été faite le 13 mai, jour de grève générale. La fille était ma petite amie, depuis la nuit des barricades de la rue Gay-Lussac. Tu te souviens ?

– J'étais à distance mais j'y étais.

– Je lui ai demandé de prendre la pose. C'est donc une image un peu truquée. Une des premières que j'ai réussi à vendre. Le début d'une carrière, en somme.

Il était tout à fait inutile de pousser le commentaire plus avant. D'expliquer, par exemple, que c'était Marc qui avait contribué à cette petite mise en scène en prêtant ses épaules. Cette photo était ressortie régulièrement, pour illustrer l'évolution politique du directeur du *Soir*.

La pasionaria au poing levé avait fait carrière dans le marketing politique. Assez à droite.

Une petite jolie jeune femme blonde se glissa entre Pavel et moi. Elle se présenta tout en s'essuyant les mains sur son tablier. C'était Irena, la femme de Pavel.

– Sans être vraiment machiste, mon mari pense que pendant les fêtes de fin d'année la place des femmes est à la cuisine, pour préparer ces merveilleux gâteaux de fête dont nous raffolons tous, n'est-ce pas ?

– C'est une tradition, se défendit Pavel. Elle ne dure que quelques jours. Le reste de l'année, c'est moi qui prépare les repas.

– Et moi qui fais les courses. En réalité, j'adore la pâtisserie. Ceux qui tiendront encore debout en rentrant, tout à l'heure, auront de quoi manger.

– Parce que nous sortons ?

– D'autres amis passent la soirée près d'ici, au Lucerna. Nous irons les rejoindre. D'ici là…

Pavel était tout excité par cette histoire de photographie de 68. Il la raconta à Irena. Elle tiqua.

– Tu es journaliste ?

– Il m'arrive de vendre des images, rien de plus.

– Irena aussi fait des photos. Aucune publication officielle n'en a jamais voulu. Il faudra qu'elle te les montre.

– Plus tard, dit Irena.

– Pourquoi ? Elles sont très bonnes.

– Ce n'est pas parce qu'ils les refusaient qu'elles sont forcément bonnes.

– Irena pense que la liberté va apporter de sévères désillusions.

– Des réajustements. Nous allons peut-être découvrir que les grandes audaces subversives de nos chers amis artistes jusqu'ici brimés indisposaient les communistes mais qu'elles ne sont que des vieilleries, de pauvres choses gentiment provinciales.

Pavel s'énerva :

– Se sentir provincial, c'est le complexe typiquement tchèque. Nous revendiquons d'être au cœur de l'Europe, sans jamais cesser de geindre : nous sommes un petit pays, une petite nation.

– Comment dit-on, en français ? Il va nous falloir apprendre la vérité des prix. Dans tous les domaines. Ce sera une rude épreuve pour notre héroïque médiocrité.

Cette querelle était familière à Pavel et Irena. Me la servir à froid était un moyen de faire connaissance. Irena m'assura que, bien sûr, elle serait heureuse d'avoir mon avis sur certaines de ses photos. Un jour.

– Je pense aussi que, depuis quarante et même cinquante ans, il doit y avoir chez nous des quantités de photographes inconnus de tout le monde, qui ont dû accumuler dans leur coin des images formidables. Quelques photographes officiels étaient très bons. Nous allons forcément découvrir des artistes qui sont restés discrets. Peut-être l'équivalent de vos Brassaï, Cartier-Bresson, Ronis, Doisneau.

Irena s'éloigna. Je n'étais pas certain d'avoir envie de lui montrer, à l'occasion, mes photos de Prague.

– Irena est toujours un peu excessive. Personne n'ignore qu'il va être difficile de quitter notre confort malheureux. Regarde bien notre petite assemblée. Nous sommes un échantillon assez représentatif.

Entre quarante et cinquante ans. Ils se connaissaient tous depuis l'adolescence. Ou depuis la brusque maturité imposée par le 21 août. Ils avaient tout vécu en se serrant les coudes : les protestations, les humiliations, les faux espoirs. Un réseau, une petite bande. Ils savaient tout les uns sur les autres. Chacun s'était au moins une fois fâché avec tout le monde. Le parcours avait été fait des lâchetés, des menues trahisons, des fatigues, des défections, des soupçons de collaboration avec les flics. Toutes les combinaisons amoureuses avaient été tentées, tous les désirs fugaces assouvis. Le catalogue des passions, des jalousies, des fuites, avait été pratiqué dans toutes ses variantes cuites et recuites. On se connaissait par cœur.

– Profites-en. C'est une de nos dernières soirées. Il faudrait que quelqu'un fasse la photo du groupe. Il va se disloquer.

Je craignis la montée de spleen. Il me parut urgent de faire bifurquer la conversation. Je ne sais pourquoi, j'évoquai le curieux personnage que j'avais croisé au bas de l'escalier, en venant. Pavel se réjouit :

– Ah, il est donc revenu ! Depuis des mois, il n'était plus là. Je me demandais s'il n'était pas mort, ce drôle de vieux bonhomme.

– Qui est-il ?

– Personne n'en sait rien. On le rencontre dans le vestibule, dans l'escalier, dans les couloirs, sur le palier. Quelquefois, il s'installe à la cave. Il est gentil. Il ne répond presque jamais lorsqu'on lui adresse la parole. Ce n'est pas un mendiant, mais il ne refuse pas les petits cadeaux. Ce n'est pas un flic, mais il observe tout. Il lui arrive de disparaître pendant plusieurs semaines ou des mois. Je suis heureux qu'il soit de retour. Un sans-domicile fixe, à Prague, c'est rare. Il m'est arrivé de penser qu'il portait bonheur.

Pavel avait donné un sobriquet au bonhomme. C'était un *Odradek*.

J'eus soudain beaucoup d'affection pour Pavel.

Les amis s'agitèrent. Le courant général de l'opinion poussait à changer de terrain. Ce qui pouvait se traduire par : aller vider quelques verres ailleurs. Le départ se fit joyeusement, dans le désordre, et chacun se rechaussa. Je fus gêné de constater que j'étais le seul à ne pas avoir eu la courtoisie d'enlever mes chaussures en entrant.

En bas, l'*Odradek* était toujours là. Chacun le salua. Il répondit autant de fois qu'il le fallut.

Rue Melantrichova, les avis se partagèrent. Certains voulaient se rendre directement au Lucerna. D'autres étaient tentés par les flonflons d'orchestre venant de la place de la Vieille-Ville. Je faisais partie de ceux-là.

Sur les rebords de chaque fenêtre étaient allumées des bougies. Il gelait.

La place historique était en liesse, noire de monde. Un gigantesque sapin dressé face à l'église du Týn faisait office de pôle pour des sarabandes. De petits groupes, très folkloriques, dansaient, accompagnés d'accordéons et de violons. Partout, au-dessus des têtes, s'agitaient des drapeaux rouge, blanc, bleu. Sur un podium, un orchestre ajustait sa sono avec force effets Larsen. On faisait de grands gestes, cierges magiques au bout des doigts, avec leurs bouquets d'étincelles. La plupart des gens marchaient sans but, les yeux brillants, le sourire épanoui, béat, ne croyant pas encore, pas complètement, à ce bonheur fou. Je crois bien que j'étais comme eux. Une femme me tendit une bouteille et un verre. C'était du vin mousseux de Moravie. Comprenant que j'étais français, elle défit un petit drapeau émaillé qu'elle avait à son revers. Elle l'épingla sur mon blouson, m'embrassa sur les joues. Jamais de ma vie je n'avais arboré un emblème national. J'avais perdu Pavel de vue. Je le retrouvai perché sur la statue de Jan Hus. Il me faisait de grands signes. Il riait, pleurait, me montrait, me présentait cette foule magnifique, tellement belle. Cette foule et le Týn, Saint-Nicolas et le beffroi, les échappées de Dlouhá, de la Pařížská, de la Celetná, toute cette scène du plus bouleversant des théâtres, et Prague. Une rumeur s'imposa, s'amplifia, se brisa en applaudissements vers le podium. Des mains se levèrent, toutes les mains, les doigts en V, sous les drapeaux, au milieu des étincelles des cierges, des flammes résistantes des bougies. *At' žije Havel !* L'acclamation répétée n'avait rien de fanatique. « Vive Havel ! » Rien qu'un salut immense. Monsieur le président grimpa sur les tréteaux, fit des signes d'apaisement, dit quelques mots dans le micro de sa voix très rauque, très caverneuse, qui déclenchèrent des rires et encore des applaudissements, et puis des rires encore. Havel avait récupéré sa parka et ses jeans habituels. Il souhaita une belle nuit à tout le monde et redescendit vite fait. À quelques mètres de moi se tenait l'*Odradek*. Il se tenait bien droit, figé presque, avait le visage grave. Lui aussi applaudissait, mais avec des gestes lents, mesurés, chaque claquement des paumes inspiré par une profonde conviction. Pavel me prit par la manche.

Pensée fugace : nous étions juste à l'emplacement de la colonne de la Vierge, érigée par les commandos catholiques, l'un des symboles pendant trois siècles de l'asservissement de Prague, l'un des rendez-vous préférés de Kafka, abattue en 1918 lors de la proclamation de la République (seule déprédation, avec la mise à bas – c'est le moins qu'on pouvait faire – des aigles impériales). Lors de la mise à bas, un quidam protesta. Ce vandalisme facile n'était pas de son goût. On lui donna la chasse pour lui faire un mauvais sort. C'était un *tulák*, un vagabond de Prague. Il s'enfuit par les passages qui irriguent la vieille place. Lorsqu'on lui remit la main au collet, il sauva sa mise en affirmant qu'il avait dit n'importe quoi. Car il n'était rien qu'un écrivain. On le crut. On le relâcha.

Un jour, avec du temps, de la patience, de l'humilité et toute la vodka nécessaire, un jour, pourquoi ne pas être un *tulák* ?

– S'il te plaît.

– Oui ?

– Aide-moi.

Pavel haletait, prêt à tourner de l'œil. Tout en le soutenant, je le tirai vers les arcades. Je l'adossai contre le mur. L'alcool, le froid, l'émotion, bien des choses pouvaient expliquer le malaise. Pavel était livide.

– Je suis un idiot, dit-il. C'est la plus belle nuit de ma vie et je suis comme asphyxié. Tu peux comprendre cela ?

Sans doute, je pouvais. Aussi parce que je n'avais pas de souvenir de plus belle nuit à opposer. Pavel se mit à grelotter. Nous prîmes le chemin de la place Venceslas.

Je n'étais jamais resté assez longtemps à Prague pour prendre mes habitudes dans les galeries du Lucerna. C'était une assez piètre excuse pour une vraie négligence. Nous entrâmes par la rue Vodičkova. Un peu remis de son malaise, Pavel joua les guides, me dit ce que je savais déjà. L'immeuble Lucerna – on disait même quelquefois le « palais » – avait été l'une des plus prestigieuses créations de la Prague des années vingt. On y trouvait à l'époque des salles de spectacle, des restaurants chics, des locaux commerciaux, des boutiques de luxe, des curiosités populaires. Le tout desservi par un réseau de galeries couvertes. À l'étage, l'un des balcons avait été l'un des hauts lieux de la révolution de novembre.

Le Lucerna avait été conçu et bâti par les frères Havel, grand-père et grand-oncle du président. Et nationalisé par les staliniens en 48.

– Viens.

Quittant la rue, nous avançâmes dans un passage obscur. Il avait connu son heure de gloire. Malgré la pénombre, je ne sentais que de la décrépitude. Nous bifurquâmes vers la gauche. L'entrée n'était pas particulièrement signalée. Une porte étroite coincée entre une échoppe de coiffeur et un marchand de journaux. Après un minuscule vestibule, je suivis Pavel dans un escalier étroit et raide, aux murs tapissés de velours rouge râpé. Des accents de musique violente montèrent des profondeurs. La rythmique binaire cognait le sternum. Soudain, il faisait très chaud. Des gens nous croisèrent, qui grimpaient vers la sortie. J'eus envie de les suivre. Je décidai de ne pas prêter attention à l'oppression claustrophobe qui ne demandait qu'à me tenailler.

La première salle faisait office de vestiaire, de sas, nous ne nous y attardâmes pas. Où étions-nous ? Une boîte, une taverne ? Nous entrâmes dans une grande salle voûtée, moins bruyante que prévu. Ou alors, l'accoutumance avait fait son œuvre. La plupart des amis de la rue Melantrichova étaient réunis autour d'une longue table, dominée par un poster. Andy Warhol rectifié par lui-même.

– Warhol était slovaque.

– Par sa mère seulement. Et il n'est pas né au pays.

– Ne fais pas chier, Victor.

Les amis avaient quelques verres d'avance sur nous. Irena me fit une place à côté d'elle. En vis-à-vis, un type que je ne connaissais pas racontait une petite histoire qui semblait réjouir l'aimable assistance. Irena me fit la traduction simultanée :

– Honza nous fait le récit de l'arrivée au Château. Pour la passation des pouvoirs, en quelque sorte. C'était ce matin. Ils ont découvert les bureaux vides, les huissiers aux petits soins. Honza dit qu'il y a tellement de couloirs, ils sont si longs, qu'il sera raisonnable de se rendre au travail avec des patins à roulettes.

Fugitivement, je pensai aux bolcheviks d'Octobre, roulant à bicyclette dans le palais Smolny. Rapprochement peu pertinent.

Honza était un genre de vieil étudiant, visage émacié, geste vif. Si la monture cassée de ses lunettes était rafistolée avec un bout de sparadrap, c'était, selon Irena, parce que depuis le 17 novembre personne n'avait eu le temps de s'occuper d'une quelconque affaire domestique. Un look ?

Elle posa le doigt sur ma montre.

– L’anecdote qu’il raconte devrait te plaire. Honza dit que toutes les pendules, dans les bureaux, dans les salles de réunion, étaient arrêtées. D’abord, lui et les autres ont cru à une négligence. Puis ils se sont rendu compte que c’était la règle. Le Château n’avait pas à être à l’heure. Nos chers dirigeants officiaient dans un temps immobile.

– C’est vrai ?

– Honza est un poète, on peut le croire.

Une nouvelle tournée de bière arriva. Honza se leva, appelé à d’autres tables, à d’autres tâches. Comme je ne comprenais pas ce qui se disait autour de moi, Irena me fit la conversation. On était, dans cette cave, dans un des traditionnels lieux de rendez-vous de la bande. Rien de clandestin. C’était une sorte de club. Ici, soupape de sécurité concédée, on pouvait écouter de la bonne musique, du jazz, du rock. Échanger des nouvelles, se refiler des tuyaux à propos de quelques activités *underground* – comme on disait encore avec une lucide évaluation des termes désuets.

Plusieurs salles de plus ou moins grandes dimensions correspondaient entre elles.

– Il y a encore au moins un niveau de caves en dessous, dit Irena. Elles communiquent avec d’autres sections du bâtiment. C’est un réseau assez complexe. On dit que, place Venceslas, on peut aller de n’importe quel immeuble à un autre, par les souterrains. C’est très exagéré. Mais je n’ai jamais essayé. Solveig était une grande spécialiste de ce genre d’exploration. On dit que tu la connais bien.

Irena évoquant Solveig, je ne m’y attendais pas. Elle me sentit gêné. Elle éluda. Tout en m’assurant qu’elle avait été l’amie de Solveig. Jusqu’à un certain point. Mais qui pouvait suivre Solveig jusqu’au bout ?

– Elle est à Prague, dis-je. Tu l’as vue ?

– Oui, oui. De loin.

Inutile d'insister.

Irena se leva, gentiment soucieuse de me laisser vivre ma nuit. Elle avait encore une chose à me dire qu'elle ne savait pas comment formuler. Elle savait que j'aimais Prague, que je flirtais avec l'idée de m'y installer longtemps.

– Et puis, il y a nous. Tu es plein d'une amitié qui vient de loin. C'est bien. Nous avons été victimes, c'est vrai. Mais n'oublie jamais une chose. Même les victimes ont à rendre des comptes. Depuis 1939, depuis 1948, depuis 1969, les nôtres ne sont pas nets.

J'avançais dans les caves. Elles abritaient une tranquille euphorie historique.

Laurent s'assit d'autorité auprès de moi, dans ce recoin où je croyais pouvoir trouver un peu de calme. Il était accompagné d'un grand type et d'une petite nana. Je la connaissais. Elle eut le bon goût de me rappeler son prénom :

– Nadège. Souvenez-vous, la bouffe chez le latino.

Laurent lui caressa gentiment les fesses. Vraiment gentiment. Il n'aimait peut-être pas cette gamine. Elle tenait une vraie place dans sa vie. Assez grande pour qu'il la laisse l'accompagner à Prague. Laurent me présenta le grand type :

– Mon vieux copain Milan, fonctionnaire émérite de la *Sbor tajné Bezpečnosti*, la StB. La police politique, en somme.

Milan leva son verre.

– Je bois à ma mise au chômage. En attendant pire.

Le flic faisait dans la trentaine sportive. Il avait conservé sa tenue de travail : veste de cuir, jean *made in USSR* et Adidas en provenance directe d'un magasin Tuzex.

– Milan a une version très intéressante de la manifestation du 17 novembre. Selon lui, c'est l'antenne locale du KGB, appuyée par les gorbatchéviens du Parti, qui a poussé à une répression très dure, de manière à provoquer l'indignation et à faire basculer les indécis. Ils ont même inventé la mort de l'étudiant Martin Šmid. Milan reconnaît que l'opération a marché au-delà de toute espérance.

– Vous y croyez ?

– Je suis un trop vieux flic pour croire aux explications policières de l'Histoire.

Milan lorgnait le décolleté de Nadège en gagne-petit furtif, sans trop d'espoir d'investigation plus poussée. Il est vrai que Nadège montrait spontanément beaucoup.

– Votre collègue ne semble pas trop inquiet pour son avenir.

– Havel s'est sagement prononcé contre toute chasse aux sorcières. Et puis cent cinquante mille flics mis brutalement au chômage, ça créerait un léger problème social.

À tout hasard, Laurent entendait consoler son collègue, en partageant quelques bouteilles.

Nadège s'attarda. Elle était sincèrement surprise. Son genre.

– Vrai, après ce qu'il vous a fait, je ne pensais pas que vous pourriez encore lui adresser la parole.

– Pourquoi ? Laurent est professionnellement collant, avec une pointe de maniaquerie personnelle. Ce n'est pas si grave.

– Vous le prenez ainsi ? Je n'ai jamais vu un cobaye être aussi grand seigneur.

– Je ne comprends rien à ce que vous me dites.

– Enlevé, escroqué, pillé et pas rancunier : vous êtes un type rare. Soyez gentil, expliquez-moi ce que vous avez ressenti quand Laurent vous a avoué la vérité.

Quelle vérité ?

– En quoi ai-je été pillé ?

Nadège pesa le pour, le contre, fronça le nez, y alla d'un profond soupir.

– Le fumier ! Il ne vous a rien dit. J'en déduis donc que c'est à moi de faire le travail. Est-ce que vous y tenez, au fait ?

Nous nous installâmes à un bout de table où une bouteille traînait.

C'était l'histoire d'un agent pas plus spécial qu'un autre, chargé de suivre une affaire de presque routine : l'enlèvement de deux otages dans un bled paumé du monde en crise. Des types sans qualités, sans envergure particulière. Des quidams raptés au hasard par des crétins politiques. Au hasard ? Ou peut-être pas. Qui sont ces mecs ? L'agent enquête sur eux, active les procédures d'usage, s'interroge. Il a l'habitude. Il sait qu'aucune biographie n'est complètement banale, que les activités les plus lisses peuvent n'être qu'une habile couverture. Ici, après des semaines et des semaines d'investigations méthodiques, d'accumulations de renseignements, de recoupements soigneux, il y a perplexité. Les deux clients sont déconcertants. Ils ont des biographies chaotiques, avec des zones d'ombre revendiquées. Rien de bien méchant. Rien non plus de bien régulier. De quoi aiguiser la curiosité. Car si l'agent est un enquêteur, c'est aussi un chercheur. Un scientifique. La débrouille sur le terrain, la diplomatie et les coups pour obtenir la libération des otages, ce n'est pas son affaire, d'autres s'en chargent. Ce qui l'intéresse, lui, c'est l'étude de cas. Un otage, c'est quoi ? Pendant la prise. Mais surtout avant et après. L'agent se fait à l'idée que, pour faire avancer le savoir, une petite expérimentation pourrait être tentée. Idée qui se précise lorsque la libération, acquise sur le principe, n'est plus qu'une question de temps. Lequel des deux otages fera le meilleur cobaye ? Le choix du photographe s'impose. Ce type qui a la phobie des voyages mais qui s'arrange pour aller se faire capturer à quelques milliers de kilomètres de son canal, dans une banlieue à haut risque. Les confrères de l'agent, psychologues, psychiatres, sociologues, etc., avalisent ce choix. Tous sont liés par la même passion : l'étude des ravages provoqués par le télescopage d'une vie privée normalement bordeleuse avec la folie furieuse du monde. L'agent et ses confrères ne considèrent pas que la « vie privée » est un concept très scientifique. Se résigner à son opacité démocratique serait une défaite de la pensée. Le choix du photographe étant fait, on lui concocte donc une petite expérimentation sur mesure. Puisqu'il est un vieux rat, c'est son labyrinthe familier qu'il convient de piéger. Tout simplement en détruisant la tanière. Ainsi on pourra étudier la manière dont il organise ses réorientations, ses nouveaux parcours. Ainsi on pourra mieux voir, peut-être, ce qui l'a poussé à se faire une solution dans une histoire qui n'est pas la sienne. Tant il est vrai qu'on ne s'improvise pas otage.

– Laurent a conçu l'idée du pseudo-cambriolage de votre appartement. Une vraie table rase. Même prévenu, cela devait vous déboussoler radicalement. Il n'y avait plus qu'à observer.

Inutile d'offrir à Nadège le spectacle d'une indignation que je ne ressentais pas. Ces manigances n'avaient qu'un charme très désuet. L'information que je venais d'entendre n'avait rien d'un coup de théâtre. Une information parmi tant d'autres. Plus anachronique que d'autres.

Fumier ? Bien sûr, Laurent en était un, et même pis. Mais, à le caractériser ainsi, le cœur n'y était pas, ni la conviction. Le flic avait fait un mauvais calcul. Sa grille d'expérimentation n'était pas la bonne. Tellement absurde et dévastateur, ce cambriolage de mon appartement m'avait paru anecdotique, spontanément dans l'ordre des choses. Pas très important. Il m'avait libéré de tout le fatras de l'époque d'avant. De quelques sédimentations bien combinées mais vieillotes avec Paris.

La disparition des chats, elle, aurait provoqué des vengeances implacables. Laurent avait su rester prudent.

Nadège continua :

– Dans son plan, il était prévu que je tombe dans vos pattes. Votre Solveig a un peu déjoué cet aspect-là. Tant pis.

Elle proposa que l'on trinque, au point où nous en étions. Ses seins débordants l'embarrassaient. Dans une autre vie, il aurait été raisonnable de leur rendre hommage. Nadège avait une dernière précision à apporter :

– Je marche avec Laurent. C'est une histoire entre lui et moi. Ce n'est pas à cause de lui que je suis ici. Je suis venue de moi-même.

– Et encore ?

– Vous, Laurent ? Qui est le plus dingue ?

L'épisode suivant était inévitable. Poursuivant mon investigation dans l'enfilade des caves, j'aperçus Solveig.

Entourée de toute une petite compagnie, elle riait fort. Complaisante, la compagnie, comme il se doit. Vacek n'était pas loin, plus sombre que jamais, renfrogné et complice. Il feignit de m'ignorer. Je m'installai, pour observer.

C'était une grande nuit.

Solveig en faisait beaucoup, parlait haut, interpellait des copains à des tables voisines, de simples gueules qui lui revenaient. Elle embrassait démonstrativement de plus ou moins vieilles connaissances, injuriait et chassait tel ancien stalinien passant malencontreusement par là. Le rappelait aussitôt, puisque qu'importent les minables ! Ce numéro n'avait rien de flambant. Solveig ne m'avait jamais séduit en haussant le ton. Il était heureux de l'entendre parler tchèque.

Il m'apparut aussi que ce genre de numéro à l'esbroufe, dont Solveig avait le goût, avait fait son temps. Ses cheveux blancs n'avaient plus rien de précoce. Ils étaient de son âge. Il était juste que ce dernier éclat se fît à Prague.

– Je te salue, Victor, dit-elle.

Me vint l'angoisse de trouver une issue.

Toutes les confidences convergeaient : j'avais été fait et refait. Comme un rat. J'aimais les rats.

Je ne fis pas exprès de ne pas trouver un serveur. Ils étaient en goguette comme nous tous. La chaleur m'accablait. Cherchant la sortie pour trouver un peu d'air, je me perdis dans l'agencement des salles. L'idée de mourir asphyxié me parut dans l'ordre des choses.

Je m'échouai à une table, encombrée de bouteilles et de verres vides, désertée. Ici, pas de décorations superflues, rien qu'une voûte de pierre, rugueuse et humide. L'envie de m'assoupir me parut séduisante. Ne serait-ce que pour imaginer le plaisir que Mila aurait pris à cette nuit.

C'était à Mila que j'avais pensé en voyant Solveig, quelques instants avant. Solveig et son excitation exagérée. Mila n'aurait pas eu à forcer le ton. Cette révolution lui allait bien. Elle était sa victoire.

Pas loin, je sentais Katz taciturne. J'en étais désolé.

Je ne perçus pas tout de suite la rumeur. Il me fallut être attentif, la dissocier de tous les autres bruits parasites, de la musique rock. Ici, c'était le *Berlin* de Lou Reed. Exercice difficile, car j'étais heureux d'entendre les échos de ce vieux Berlin-là.

C'était un bourdonnement. Il s'enflait sans rythme précis, revenait à l'inaudible, reprenait, s'amplifiait. Je m'emparai d'un verre de vodka tiède.

Cette fois, il ne s'agissait pas de manquer le rendez-vous. Je distinguais des sirènes, des cris. Ils s'effaçaient – puisque cette bande-son était un montage – au profit d'un chant très puissant. Un hymne. Les sirènes de police le couvraient. Des cris toujours. C'était une manifestation. Tout près, à la sortie du passage Lucerna, dans l'avenue, dans les rues adjacentes. Je me levai, fis quelques pas mal assurés. Dans une pièce voisine, lumière bleutée, des téléviseurs, trois, quatre, passaient et repassaient les bandes vidéo des soirées de novembre. Les miliciens, les brigades anti-émeutes, les boucliers de plexiglas, les fleurs, les bougies, les matraques, les coups, le sang, les doigts en V. Du noir et blanc hors du temps. La révolution.

Il fallait s'y rendre, trouver l'endroit. Ce lieu précis de la Lanterne magique, où tout s'était coagulé. Un théâtre.

Il me fallait le cadre.

L'escalier par où j'avais accédé à ces caves me parut hors de portée.

Affolé, le souffle court, je trouvai, miraculeusement comme il est de rigueur dans ce genre de cas, une bouche d'ascenseur. Une espèce de monte-charge, plutôt. Primitif et brinquebalant. Un Pater Noster. Il me hissa jusqu'au rez-de-chaussée. Je le quittai, sautant en marche, en catastrophe – du moins, dans mon esprit.

L'éclairage de la galerie Lucerna était devenu encore plus parcimonieux. J'étais entré avec Pavel par temps de fête. Désormais, c'était la nuit. À part quelques lueurs jaunâtres, çà et là. Indispensables pour la suite.

À part les chocs désordonnés dans ma poitrine, c'était presque le silence. Impossible de distinguer l'heure, à ma montre. Minuit moins cinq ? J'aurais tellement voulu ! De toute façon, j'étais en retard.

J'avançais dans les profondeurs de la galerie. Passai sous une première voûte d'échafaudages – même là, il y en avait ! Le sol était un carrelage en damier rayé, ébréché, brun et beige. Une intimité déchue.

Je vis l'*Odradek* assis dans le renfoncement d'une porte de boutique. Il ne se dissimulait nullement. Il ne répondit pas à mon salut.

Moi, je crois bien l'avoir salué.

Un labyrinthe, ai-je dit. Au Lucerna, ne serait-ce que pour faciliter la mise en scène, j'arrivai dans une zone plus large et plus claire, haute de plafond. Elle distribuait d'autres galeries secondaires, permettant de s'enfouir un peu plus. De là, il était également possible de gagner sans encombre une quelconque sortie commode (on a parfois besoin de ce genre d'illusion). Ici, le Lucerna avait connu des heures fastueuses, modernes et, même, insouciantes.

Il n'y avait plus que des petits commerces, un snack (j'y avais mangé plusieurs fois, je l'aimais bien, il était éteint), un cinéma. Le Kino Lucerna. Dont l'entrée était en haut d'une volée de marches, genre marbre, avec des colonnes du même toc, des cuivres. Je tournai et me retournai sur cette scène offerte.

Kino Lucerna ? « Action ! »

La fiction ne déçoit jamais.

J'avais tout mis de mon côté : le vieux feutre, l'imper fatigué, la cigarette maladive et le trop-plein de raide. J'étais usé, en attente, assis sur les marches. L'*Odradek* vint. Le clodo.

Il se profila, sous les tubulures, ce spectre.

Il marchait lentement, traînant le pas – difficile de ne pas voir là une petite affectation –, fort occupé à organiser le rangement de ses multiples poches. Chaque pas, chaque geste du bonhomme provoquaient un petit bruit, un doux craquement de feuilles mortes. Je le voyais pour la première fois dans une lumière convenable, même si (bien sûr) les sources de cette lumière étaient difficiles à localiser.

Le bonhomme était fait d'un seul bloc fragile, menacé de dislocation. Les limites entre le corps et l'entortillage des vêtements étaient des plus indistinctes. Il s'installa sans façon à côté de moi. Après quelques minutes pensives, il m'offrit une cigarette, une Gauloise. Je remarquai le bleu du paquet, extraordinairement délavé. Le tabac était très sec, son goût presque poussiéreux. Nous savourâmes en silence, puis l'*Odradek* s'agita de nouveau, affairé à de petites choses dont le sens m'échappait d'autant plus que je n'osais trop l'observer franchement, par crainte d'impolitesse. Il s'occupait avec des bandes de papier, étroites et longues, des rouleaux défaits en serpentins qu'il scrutait, passait d'une poche à l'autre, posait pour examen sur ses genoux, mettait de côté, reprenait, griffonnait avec un minuscule bout de crayon. Un manège rigoureux, méthodique. Le papier se mêlait jusqu'à s'y fondre avec les franges de la houppelande, du cache-nez, du châle, etc. L'*Odradek* enroula soigneusement une dernière bande. Il était bien logique que ses doigts fussent habiles, ses mains parcheminées. Il sourit gravement.

– Il est très difficile d'arrêter, oui. De dire que c'est la fin. Aux autres de continuer, s'ils veulent. Tout seuls.

– À quoi faire ?

– Ce qu'ils veulent, oui. Tenir le journal, les archives. C'est Nathan qui m'a appris. En travaillant avec lui, je l'ai observé, écouté. Vous vous souvenez comme il était réservé et bavard.

– Nathan ?

L'*Odradek* m'offrit une autre cigarette. Un couple enlacé cassa devant nous, gagna, sur notre gauche, la sortie de la rue Štěpánská. L'homme était très ivre.

– Vous aussi, vous avez bien connu Nathan. À vous aussi, il a dû apprendre, lorsque vous étiez dans ce même magazine. J'ai oublié le nom. N'ayez crainte, c'est noté quelque part. Vous faisiez partie de ce même petit groupe de camarades, à Paris. Il m'a raconté, oui, lorsqu'il est arrivé à Prague. C'était en… quelle date déjà ?

– Octobre 1938.

– Je crois. Qu'importe. Tout est là. Noté, archivé. Comme il m'a appris. Dans des conditions très difficiles, reconnaissez-le. Avec les soldats, les tanks, les chiens. Dans la forteresse, là-bas, à Terezín, c'était aussi très difficile. Mais il fallait faire ce travail, pour après. Même pour ceux qui ne voulaient pas savoir.

Ce bruit de feuilles mortes, ce n'était pas que ces gestes. C'était aussi sa voix.

– Vous croyez que des tanks reviendront encore ?

– Parlez-moi de Nathan.

– Il est mort très vite. À cause d'un malentendu, puisqu'il n'y avait plus de guerre, que nous étions libérés, que les hommes du Château étaient justes et bons. Ils l'ont arrêté.

– Vous étiez son ami ?

– Pas comme vous, à Paris. Alfred Katz, Alex et cette magnifique dame, Mila. Vous devriez me parler d'eux, je me souviens mal. Malgré mes notes, toutes mes fiches. Je suis fatigué.

– Que vous disait-il de ses amis de Paris ?

– Il avait très peur pour vous tous. Pas parce que vous alliez mourir, c'était inévitable. Il avait peur qu'on vous oublie, plus tard, maintenant. Qu'on vous oublie ou qu'on vous condamne. Ou qu'on se moque de vous.

– Que disait-il d'autre ?

Pour autant que cela fût possible, l'*Odradek* se rabougrit encore un peu plus.

– Au tribunal, ce qu'on a reproché à Nathan, c'était d'avoir de la mémoire, beaucoup, sur tout le monde, sur toutes les vies, oui. On a dit qu'il était un traître. C'était un malentendu car le tribunal, un tribunal du peuple, parlait en mon nom, le peuple. Je savais que Nathan n'était pas un traître. Même si je n'étais plus si sûr. Peut-être que Nathan ne se souvenait plus des choses de sa vie à lui, après tout. Mais j'ai continué à faire comme il m'avait appris. Vous pareil. Vous notez tout sur un carnet, n'est-ce pas ? Il le faut.

Je me levai. L'adieu prit un petit moment. Il était difficile de refuser de prendre les archives enroulées que le bonhomme tenait à me confier. Pas toutes, bien sûr. Celles qu'il jugeait indispensables que je prenne pour ne pas trop me perdre, pour ne pas avoir de regret. Il bourra mes poches.

– Nathan vous aimait beaucoup.

Je pris une des galeries, vers l'intérieur.

La rumeur de la rue me revint, telle une rengaine. Comme dans les rêves. C'était peut-être encore une de ces bandes vidéo passant en boucle. Ou pas. Souvent, j'avais erré ici, la nuit. Par endroits, la galerie était presque complètement obscure. Il m'arrivait alors de trébucher, à cause du dallage défoncé ou d'une marche un peu haute. Je n'explorais pas, je n'avais pas début. Je me souvenais bien des récits de novembre et de décembre, des moments de la révolution que m'avaient racontés les amis. La rue Národní était proche. C'était place Venceslas que la foule s'amassait. Dans cet immeuble, dans les étages, se réunissaient les gens du Forum. Ils avaient donc parcouru ces couloirs. Peut-être, lors des charges de policiers, y avaient-ils trouvé refuge. Quel meilleur terrain que ce labyrinthe pour déjouer une poursuite ? À gauche, à droite, devant, derrière, en haut, en bas : des issues, des perspectives, des portes dérobées, des boutiques à double fond, des escaliers, des coulisses. Cette ville en minuscule était un piège qui permettait de déjouer tous les autres. Katz l'aurait aimée. Mila, plus encore. Déserte comme elle était maintenant et telle que je la devinais, elle m'inspirait le dessin d'un plan qu'il me faudrait réaliser un jour, que je collerais sur celui que déploie le jeune homme du dessin de Delvaux. J'étais même assez grisé pour imaginer, ici, avoir de nouveau l'envie de photographier.

J'arrivai dans une partie de la galerie où les vitrines étaient faiblement éclairées par un néon classiquement blafard. Par centaines, des petites annonces étaient rangées sur des glissières, chacune écrite sur un bristol rectangulaire, blanc, jaune, rose, bleu. Elles m'étaient incompréhensibles. Je devinai des propositions immobilières, des négoces d'objets, des trocs. Aussi des offres matrimoniales, des arrangements de toutes sortes. Cela occupait un espace compris entre deux carrefours et je n'étais pas seul. Une assez vieille silhouette était penchée sur les annonces, le nez au plus près de la vitre. L'homme prenait des notes sur un calepin. Constatant ma présence, il souleva légèrement son chapeau, un melon, continua ses investigations. Je passai mon chemin. Au-delà, il faisait noir.

Désorienté une fois de plus, je m'assis contre un rideau de fer. L'idée s'imposa peu à peu que j'étais dans la dernière rue de l'exposition qui avait tant séduit Katz, en janvier 1938. *Lucerna*, donc « lanterne ». La rue de la

Vieille-Lanterne, près de la tour Saint-Jacques, avait disparu. Vu sa forme, longtemps les Parisiens ont appelé la tour « la lanterne ». La rue n'était qu'un leurre. Elle était faite pour mener, tout droit ou par tous les détours, à Prague, ici. Une lanterne est faite pour être magique.

Je me serais voulu prostré, épuisé, ivre mort, agité par les fantômes familiers. Ce n'était pas si simple. Ce n'était même pas indispensable. Je m'assoupis. Peu importe combien de temps.

Ce fut un tintement de clochettes qui me tira de ma torpeur. De très douces et raisonnables clochettes. En fait, un simple trousseau de clés que Solveig agitait devant moi. Elle ne m'avait pas suivi. Il était admis qu'elle savait toujours où me trouver. Quelquefois, nous nous rejoignions.

Elle dit :

– Katz et Mila étaient avec nous, ce soir. Félix aussi, Alex et tous les autres. C'était leur dernière nuit. Tu les as conduits jusqu'où il fallait. Ils s'enracinent à Paris. Ils font maintenant partie de la cohorte discrète et tenace des ombres de Prague. Simplement ici, au Lucerna. Ce n'est qu'une lanterne. La Lanterne magique, le théâtre de la révolution, est dans une autre galerie. Pas loin d'ici, mais ailleurs dans Prague. Jusqu'ici, tu ne te promènes que dans une idée de la ville. Fais attention, mais pas trop. Le jeu n'est pas près de finir.

Solveig proposa que l'on dorme, ici. Parce que dans Prague, malgré nos arrangements et nos lambeaux de biographies, nous en étions au même point.

Elle dit encore :

– Il y en a qui vont et viennent. Toi, tu reviens. Maintenant, ce sera à Prague.

Plus tard, bien plus tard que 5 heures du matin, je me réveillai, seul et engourdi.

Ce segment de la galerie n'était pas encore très fréquenté, il était trop tôt. Je me levai, remis de l'ordre dans ma tenue. Dans une vitrine, un miroir me renvoya très exactement l'image usée que j'attendais et qui me convenait.

Parmi les petites annonces, à quelques pas, je trouvai celle qui m'était destinée, toute nouvelle. Solveig me donnait rendez-vous, le 21 août. Sans plus de précisions. Heureusement.

DU MÊME AUTEUR

Paris, la nuit
(avec Michel Saloff)
Éditions ACE, 1982

C'est toujours les autres qui meurent
Fayard, 1982
Actes Sud, 2008

Passage des singes
Presses de la Renaissance, 1984

État d'urgence
Presses de la Renaissance, 1984

Bastille Tango
Presses de la Renaissance, 1986
Actes Sud, 2013

De parfaits petits crimes
(illustrations d'E. Baudoin)
Futuropolis, 1986

Djemila
Calmann-Lévy, 1988
et « Folio Policier », nº 630

La Grande Ronde du père Duchesne
rue Saint-Antoine
Épigramme, 1989

Les Hiboux de Paris
Nathan, 1989

Les Exagérés
Seuil, 1989
et « Points Roman noir », nº P2014

La Doublure
Nathan, 1990

Sherlock Holmes et les Ombres
(photographies de Christian Louis)
Éditions du collectionneur, 1992

Les Fous de Chaillot
Baleine, 1997

RÉALISATION : IGS-CP À L'ISLE-D'ESPAGNAC
IMPRESSION : CPI BRODARD ET TAUPIN À LA FLÈCHE
DÉPÔT LÉGAL : NOVEMBRE 2014. N° 121279 (3006515)
IMPRIMÉ EN FRANCE